Cet ouvrage est publié

avec le soutien

de la **DRAC Rhône-Alpes** :

Liberté • Égalité • Fraternité
RÉPUBLIQUE FRANÇAISE

Ministère
Culture
Communication

Les trois visages de la vengeance

volume 1

Cécile et le monsieur d'à côté

Précédentes publications de Philippe Setbon

Fou de coudre
Rivages, 1994

Desolata
Rivages, 1995

Mangeur d'âmes
Flammarion, 1999

Le flic de la télé
Flammarion, 2000

L'Apocalypse selon Fred
Buchet-Chastel, 2011

Ego Island
Buchet-Chastel, 2013

Philippe Setbon

Cécile
et
le monsieur d'à côté

Collection Polars en France

Éditions du Caïman

36 rue Pierre Blachon 42100 St-Étienne
ISBN : 978-2-919066-23-0
EAN : 9782919066230
ISSN : 2110-2392
Photo de couverture : © Philippe Setbon

À tous mes amis,
ces dames et ces messieurs d'à côté...

CHAPITRE 1

« Shrorninère ».

C'est le premier mot qu'elle entendit de la bouche du gros bonhomme et elle en conclut qu'il était soit étranger, soit gâteux, soit ivre-mort. En réalité, il s'avéra n'être rien de tout cela et Cécile s'habitua vite à sa diction pâteuse et précipitée. Ce mot, il l'utilisait souvent, ce qui dénotait un enthousiasme intact et une attitude positive face à l'existence. Car Cécile finit par comprendre d'elle-même que « schrorninère » était une version très personnelle de l'adjectif « extraordinaire ». Une fois qu'on avait pris le pli, on n'y faisait même plus attention. Comme disait Servais Marcuse, *« c'est shrorninère à quelle vitesse on s'habitue à tout »*. Même au pire.

Surtout au pire.

L'immeuble était totalement silencieux pendant les week-ends, aussi Servais s'alarma-t-il quand le bruit commença à neuf heures du matin : bousculades dans l'escalier, portes d'ascenseur qui claquent, chocs répétés contre les murs, rires étouffés… Fiona la chatte du vieil homme partit se terrer sous le buffet, les oreilles plaquées et la queue gonflée comme celle d'un gros écureuil. Que se passait-il ? Un ivrogne qui se serait introduit dans la nuit ? Une bande de sauvageons venus tagger les murs ?

Servais enfila un peignoir sur son vieux « marcel » et jeta un prudent coup d'œil au judas. Il percevait mieux les voix à présent. Plusieurs… Celle qui dominait semblait être féminine et inconsciemment cela le rassura.

Quand elle passa en coup de vent dans son champ de vision, et bien qu'elle soit déformée par le verre du petit trou dans sa porte, Servais la trouva belle. Pas jolie, attention ! Belle… Un coup de vent blond et mince, un profil dessiné, aiguisé, un long cou frêle et parfait comme il les aimait. Comme il les avait aimés, plutôt. Quand il faisait encore partie du monde des vivants.

Servais n'avait pas encore avalé ses deux bols de café, aussi son cerveau fonctionnait-il à bas régime. C'est seulement en entendant un bruit de clés dans la serrure, qu'il comprit qu'elle s'installait dans l'appartement à louer. Juste à côté du sien. Contigu, en fait. Elle fut bientôt rejointe par deux jeunes types en sueur, les bras chargés de cartons.

Elle repassa devant la porte de Servais, trop vite pour qu'il puisse vraiment la voir, mais suffisamment pour confirmer sa première impression. Le vieux cœur du voisin s'emballa… Mais ses jambes commençaient déjà à céder sous le fardeau de ses cent-cinquante kilos, aussi s'éloigna-t-il de la porte pour aller préparer son petit-déjeuner. Il fit grincer le plancher disjoint et entendit la fille faire « chut ! » à ses déménageurs, de l'autre côté de la porte.

Belle *et* attentionnée…

Servais Marcuse détestait les dimanches. Mais pas celui-ci.

CHAPITRE 2

Généralement, il ne mettait pas le pied dehors les week-ends et jours fériés et par conséquent, ne faisait qu'une toilette sommaire et ne s'habillait pas. Il traînait en pyjama ou dans son vieux peignoir incolore toute la journée et regardait la télé, attendant l'heure de nourrir le fauve et de se préparer des pâtes nature qu'il colorait d'une petite cuiller de tapenade.
Évidemment, ce jour-là ce fut différent.

Servais prit une longue douche, acheva pour l'occasion la savonnette entamée en janvier et tailla sa grosse barbe grise, dégageant bien les joues, égalisant tant bien que mal la broussaille folle qui lui mangeait la figure. Ensuite, il chercha dans ses placards quelque chose de chic sans être ridicule. Quelle première impression voulait-il donner ? Celle d'un sympathique retraité qui se serait préparé pour sa petite marche dominicale et qui tomberait – tout à fait par hasard – sur sa nouvelle voisine en plein emménagement.

— Schrorninère, tout ce qu'on peut accumuler comme choses 'nutiles, ch'bas ?

— Pardon ? demanda la jeune femme.

Servais répéta en articulant bien et Cécile comprit « extraordinaire » et « n'est-ce pas » qui lui avaient échappé la première fois.

— J'espère qu'on ne vous a pas trop dérangé. Je crois que nous allons être voisins.

« Cécile Segal » annonça-t-elle en tendant la main au vieil homme. Celui-ci la saisit précipitamment dans ses énormes paluches mouchetées de taches et la secoua le plus délicatement possible :

— Servais Marcuse… Pas du tout ! Vous ne me dérangez pas du tout ! Je suis quelqu'un de très actif le week-end. Réveillé aux aurores, arpentant les rues au premier rayon de soleil… J'ai été très sportif dans ma jeunesse. J'ai même fait de la compétition.

« Bravo ! », pensa Servais. *« Trois phrases, trois bobards ! Jolie façon de démarrer une relation. Change rien, surtout ! »*

Les deux types arrivèrent chargés de cartons et d'objets emballés à la va-vite. Cela tranquillisa Servais de découvrir qu'ils étaient homos. « Gays » comme on dit, maintenant. Peut-être même étaient-ils mariés, allez savoir… Ils paraissaient un peu plus âgés que Cécile et n'étaient assurément pas accoutumés à l'effort physique. Pierre et Jean-Pierre, ils s'appelaient. Ça, à vrai dire, Servais s'en foutait comme de l'an quarante, mais il fit tout de même une innocente plaisanterie sur cette similitude qui fit sourire Cécile. Le dénommé Jean-Pierre, le plus essoufflé des deux, leva les yeux au ciel.

Mauvais point… Pour lui. Servais décida de le trouver antipathique.

Appuyé sur sa canne qui lui était devenue indispensable depuis des mois, Servais clopina jusqu'à l'ascenseur, conscient du regard de sa voisine sur lui. Apitoyé ? Indifférent ? Moqueur ? Non… Pas moqueur. Ce n'était pas le genre. Sans avoir à se retourner, il perçut par contre les gloussements des deux autres. Des deux « joyeux » comme il avait résolu de les appeler. Et qu'ils gloussent, ça ne lui plut pas à Servais Marcuse. Est-ce qu'il se foutait d'eux lui, parce qu'ils ressemblaient à des commères anorexiques ? Non. Alors… Il les rangea définitivement dans la colonne des nuisibles.

Servais avait un plan et il s'exécuta méthodiquement, comme à l'époque où il exerçait sa profession. Rien n'était laissé au hasard. Il fit le tour des commerçants et acheta à manger pour quatre. Ça lui faisait mal au cœur de devoir inviter les « joyeux », mais cela ferait certainement plaisir à Cécile. Des entrées, petites salades italiennes légères… Un gros poulet rôti au marché avec des pommes dauphines… Et une glace pour le dessert. Byzance, quoi…

Malgré son souffle court et la douleur lancinante de son ongle incarné, il se hâta de rentrer pour les coincer avant qu'ils ne décident de leur coupure-déjeuner et n'entraînent Cécile dans on ne sait quel bouge à la mode.

Le timing fut impeccable. Servais sortit de l'ascenseur à l'instant précis où Cécile glissait sa clé dans sa serrure. En l'attendant, ses deux acolytes étaient pendus à leurs Smartphones et hululaient de concert, faisant résonner tout l'étage.

— Où partez-vous comme ça ? lança Servais en boitant en direction du trio.

La voisine lui adressa un charmant sourire :

— On va chercher un endroit ouvert pour manger. On a encore pas mal à faire cet après-midi et pas beaucoup de temps. Il faut qu'on prenne des forces.

— Ici, c'est ouvert, sourit Servais en indiquant la porte de chez lui. Sept jours sur sept, vingt-quatre heures sur vingt-quatre. Et j'ai ce qu'il faut pour un régiment.

Cécile se tourna vers ses camarades. Jean-Pierre, lui fit les gros yeux, signifiant qu'il ne comptait sûrement pas perdre son temps à bouffer chez le vieux d'à côté. La jeune femme parut embêtée.

— Pierre et Jean-Pierre ne mangent que « bio », se justifia-t-elle.

— Pas de ça ici, rigola Servais. Mais des tas de bonnes choses bien grasses et moelleuses. Vous m'aidez à ouvrir la porte ?

Il lança ses clés à Cécile qui les rattrapa au vol. Servais sentit qu'elle était tiraillée entre l'envie de faire connaissance avec son nouveau voisin et s'éviter ainsi une sortie dont elle n'avait nulle envie, et le désir de complaire aux « joyeux » qui se trémoussaient d'impatience.

— Nous on sort, en tout cas ! trancha Jean-Pierre en faisant claquer l'étui de son portable.

— Le café n'est pas bio non plus, ironisa gentiment Servais, alors je ne vous propose pas de nous rejoindre à la fin du repas…

Cécile hésita encore, mais ne les suivit pas. Elle ouvrit la porte du voisin et celui-ci l'invita à entrer d'un grand mouvement de bras théâtral. Un instant, à peine une seconde, Servais sentit une inquiétude fugace dans son œil clair. Après tout, ça n'avait rien d'évident d'entrer chez un complet inconnu au physique d'ogre. Peut-être même se disait-elle qu'en se montrant aussi familière le premier jour, elle allait l'avoir constamment sur le dos ?

— Il y a longtemps que je ne mange plus les jeunes filles, sourit Servais. J'adore le goût, mais c'est mauvais pour mon estomac. Et quand bien même, je serais bien incapable de les courser avec ma mauvaise jambe. À mon humble avis, vous n'avez pas grand-chose à craindre de moi.

— Je ne pensais pas du tout à…

— Et vous verrez, je n'ai rien d'un pot-de-colle. Je suis heureux de vous souhaiter la bienvenue, c'est tout. Après, ce sera bonjour-bonsoir. Et plus si affinités, cela va sans dire. Détendez-vous…

Cécile ne put s'empêcher de rougir tant le vieux bonhomme avait tapé juste avec ses remarques. Elle le précéda dans l'appartement et fut accueillie par un miaulement fluté et interrogatif. En la regardant s'agenouiller avec grâce pour caresser Fiona, Servais laissa échapper par mégarde ces pensées qu'il s'efforçait de contenir depuis tout à l'heure… Depuis qu'elle s'était présentée… Depuis qu'elle avait dit s'appeler…

« Cécile ».

Oh ! Mon dieu… Elle s'appelle Cécile.

CHAPITRE 3

Pendant que Servais préparait le déjeuner dans sa kitchenette, Cécile visita l'endroit, la chatte sur les talons. Le deux-pièces n'était pas grand et pas du tout configuré comme le sien, mais il était confortable et arrangé avec goût. Il y régnait un relatif désordre qui donnait plutôt une sensation de chaleureuse bohème que d'abandon. Mais ce qui fascina la jeune voisine, ce fut la bibliothèque. Des étagères montant jusqu'au plafond sur tous les murs, où s'alignaient avec une rigueur toute militaire des milliers d'ouvrages.

— Vous avez lu tout ça ?

— C'est drôle, répondit Servais sans sortir de sa cuisine, les gens posent toujours cette question. Oui, j'ai tout lu. De A jusqu'à Z. Et encore, je ne garde que ceux qui m'ont plu ou m'ont appris quelque chose. Les autres, je les mets direct à la poubelle. Sinon, c'est un immeuble entier qu'il m'aurait fallu pour tout stocker.

Cécile n'en revenait pas… Les centres d'intérêt du vieil homme allaient de Bossuet à San Antonio, en passant par des encyclopédies sur le jazz en anglais, des livres de photos, l'intégrale de Bukowski… Et même des rayonnages entiers de bandes-dessinées de collection.

— Vous êtes retraité, n'est-ce-pas ?

— Depuis pas mal de temps, oui.

— Vous faisiez quoi, avant ?

Servais revint avec le plateau d'amuse-gueules de chez Picard qu'il déposa sur la table basse :

— Surveillez Fiona, s'il vous plaît. Elle n'a pas droit à ce genre de fantaisies… Ce que je faisais « avant » ? Je vendais… Tout et n'importe quoi. VRP on appelait ça. Enseignes lumineuses, appareils électro-ménagers, abonnements à des magazines improbables, bijoux aux pouvoirs magiques même !

— C'est drôle, je vous aurais plutôt vu…

— Prof de littérature ? Le goût des livres m'est venu sur le tard. Ma vie a été un peu compliquée et je ne vais pas vous ennuyer avec ça aujourd'hui.

Cécile ne relança pas. Elle ne voulait pas le contrarier. Servais s'assit sur le canapé avec difficulté, pliant comme il pouvait sa copieuse carcasse. La sueur perlait à son front et un sifflement encombré lui sortait des narines. Il n'avait pas l'air en grande forme. Cécile prit sur elle de servir l'apéro. Ricard pour lui, Martini pour elle. Ils cognèrent leurs verres.

— Je décèle quelque chose dans votre œil droit, Cécile, dit alors le gros homme après avoir vidé la moitié de son verre. Une tristesse…

— Seulement dans le droit ? sourit Cécile.

— C'est celui que vous contrôlez le moins bien, apparemment. Le reste du visage donne le change, je vous rassure tout de suite. Êtes-vous triste, Cécile ?

— Non. Enfin… Disons que ce n'est pas facile, en ce moment…

— Si je peux faire quelque chose...

— Vous faites déjà beaucoup. Grâce à vous, j'arrive ici et je ne me sens déjà plus comme une intruse.

Servais détourna les yeux. Cela l'avait ému mais il avait appris à ne pas trop se dévoiler. Ça pouvait être dangereux. Mais la jeune femme semblait bien l'aimer, lui faire confiance. Et Fiona se frottait à ses jolis mollets en ronronnant, ce qui était très bon signe. Fiona, comme son maître, n'aimait pas tout le monde.

— Elle doit sentir les phéromones de Bruce…

— Vous avez aussi un chat ? Alors ça, c'est « schrorninère » ! s'exclama Servais en manquant s'asphyxier avec une bouchée à la crevette. Quand faisons-nous les présentations officielles ?

— Je ne sais pas… Il est encore chez… Enfin, techniquement Bruce lui appartient, c'est un cadeau que je lui avais fait. Mais il ne s'en est jamais occupé. Je parle de mon ex, bien sûr. Ce qui vous donne une idée de la triste banalité de ma situation actuelle et des raisons de mon arrivée précipitée dans l'immeuble.

— Nous sommes tous banals, mon petit… Et tous exceptionnels dans notre banalité. Votre « ex », il ne veut pas vous le rendre, votre animal, c'est ça ?

Les yeux de Cécile s'embuèrent et elle haussa les épaules. Servais n'insista pas. Ils mangèrent sans beaucoup parler, mais une sorte de familiarité s'était installée entre eux sans qu'ils ne s'en rendent vraiment compte. Aussi était-ce un silence simple et nullement inconfortable. Le poulet était tendre, les pommes dauphines étaient trop cuites et imbibées de jus bien gras. Cécile ne laissa rien dans son assiette, ce qui réjouit le cœur las du vieil homme.

Ils finissaient le café, quand on frappa à la porte.

— Les affaires reprennent ! plaisanta Cécile. Pierre et Jean-Pierre doivent être impatients d'en finir. Ils ont sacrifié leur dimanche pour m'aider. Jean-Pierre est un collègue…

— Vous ne m'avez pas dit ce que vous faisiez, au fait.

— Chargée de clientèle dans une agence bancaire. À deux pas d'ici, d'ailleurs. Si ça se trouve, vous êtes client ?

— Aucune chance. Je ne fais pas confiance aux banques, sourit Servais, patelin.

Il la raccompagna à la porte et revint débarrasser, ménageant ses efforts, marchant à tout petits pas du salon à la kitchenette. Fiona miaula en sentant passer les restes de poulet.

— Tu te rends compte, dis ? Garder un pauvre minou en otage ! Mais c'est honteux, ça ! Ça me fout en rogne, que tu n'imagines même pas.

Fiona gémit de plus belle, la queue frissonnante et Servais lui balança un lambeau de peau grillée qu'elle goba avant qu'il n'atteigne le parquet.

— Pauvre fille, tu te rends compte ?

La sueur s'était remise à couler le long des tempes de Servais. Son dos l'élançait et l'ongle de son gros orteil semblait s'être embrasé tant il le faisait souffrir. Il faut dire qu'il n'était plus habitué à tant d'agitation, surtout le week-end.

Mais quelque chose l'avait contrarié et Servais sentait qu'il n'allait pas dormir cette nuit-là.

Pas avant d'avoir trouvé une solution à ce kidnapping de chat.

Salopard, va…

Quand les « joyeux » furent repartis et que l'immeuble eut retrouvé son calme dominical, Servais entendit clairement les sanglots provenant de l'appartement mitoyen. Pourtant elle ne pleurait pas fort, Cécile. Elle prenait sûrement garde à ne pas déranger le vieux d'à côté.

Assis sur le canapé, devant sa télé dont il avait coupé le son, Servais Marcuse passait peu à peu de la contrariété à l'énervement. Comment ce saligaud pouvait-il faire souffrir une si gentille fille de cette façon ? Et ce pauvre chat ! Privé de sa maîtresse, de ses repères… Le nourrissait-il, au moins ? Et s'il se vengeait sur lui ? S'il le maltraitait ? Cette pauvre bête qui n'avait rien demandé à personne.

Servais avait toujours eu beaucoup d'imagination. Maman lui disait toujours qu'il avait tendance à « se monter le bourrichon tout seul ».

N'empêche. Quand vers minuit, Cécile cessa enfin de pleurer, Servais était en colère. Et même TRÈS en colère.

CHAPITRE 4

C'est à peine s'il se souvenait comment crocheter une serrure. Ça se perd, ces choses-là…

Il eut déjà toutes les peines du monde à trouver des trombones chez lui et encore davantage à les distordre dans ses gros doigts plus très à l'aise dans ce genre d'exercice. Il se piqua jusqu'au sang avec le premier, cassa net le second et se mit à suer à grosses gouttes sur le dernier. Le coup de sonnette résonna comme un gong salvateur.

C'était elle.

Elle avait les yeux rougis, le maquillage trop soutenu et les cheveux électriques. Elle s'astreignait à afficher une figure enjouée et optimiste, mais Servais n'était pas dupe : Cécile était encore au bord des larmes.

— M. Marcuse, dit-elle d'une voix un peu trop aiguë pour être naturelle, puis-je vous demander un service ?

— Moi d'abord, la coupa-t-il. Appelez-moi Servais, je vous en supplie ! Je suis bien conscient d'être un vieillard cacochyme, mais là c'est trop dur. Ce « monsieur » dans votre bouche, j'ai l'impression d'être déjà mort.

— Très bien, « Servais », articula-t-elle en gardant ce sourire qui sonnait si faux. Je dois partir travailler et les gens du gaz doivent passer dans la matinée pour tout remettre en route… Si vous pouviez…

— Quelle question !

Cécile déposa ses clés dans la paume tendue du gros monsieur d'à côté et battit des cils pour dissiper les larmes qui s'accumulaient.

— Vous avez le temps pour un petit caoua ?

— Non, dit-elle dans un souffle. Ça ne se passe pas très bien avec mon patron en ce moment, je ne peux pas me permettre le moindre retard. Mais ce soir, peut-être… Un petit apéro chez moi. J'achèterai une bouteille au Nicolas d'en bas.

— Bien sûr, acquiesça Servais. Vous avez une petite mine, vous savez…

— La fatigue du déménagement, probablement. Mais ne vous en faites pas, j'ai la pêche. J'ai laissé un mot sur ma porte pour leur dire de sonner chez vous. J'étais sûre que vous accepteriez.

— Je sens que nous allons être d'excellents voisins.

— Moi aussi. Merci, Servais.

Et elle partit en coup de vent, laissant dans son sillage un doux parfum fruité. Servais attendit qu'il se soit complètement dissipé pour refermer sa porte. Il serra son poing d'ancien boxeur sur le trousseau.

« Plus besoin de jouer les Arsène Lupin du troisième âge. Quel coup de bol ! »

À peine deux minutes plus tard, il s'enferma précautionneusement chez Cécile et entreprit le repérage méthodique du site. Des cartons partout, il fallait s'y attendre, certains – ceux contenant les vêtements – ouverts n'importe comment et répandus sur le parquet, un ordinateur portable abandonné sur une vieille coiffeuse. Servais commençait à se dire qu'il n'allait pas avoir la tâche facile, quand une photo scotchée sur le grand miroir du salon attira son regard. On y voyait un jeune type bronzé dans un paysage aride, peut-être la Corse, un chaton tigré dans les bras. Servais retourna l'agrandissement et put lire : *« Alain et Bruce, août 2009, Porto Vecchio »*. Il s'imprégna bien du faciès lisse et sans personnalité du bellâtre et continua son investigation.

Rien dans tout ce qu'il voyait ne pouvait indiquer quoi que ce soit sur la personnalité de l'occupante des lieux. C'était un peu triste. Servais ne voulait pas trop traîner là et encore moins s'y faire surprendre par les gars du gaz. Alors il s'assit devant la coiffeuse et alluma l'ordi qui heureusement n'était qu'en veille. Il se rendit directement sur la messagerie Internet de Cécile et parcourut ses contacts. Il n'y avait qu'un seul « Alain ». Sans hésiter, Servais lui envoya un e-mail sibyllin : *« J'ai retrouvé quelque chose qui t'appartient dans mes cartons et qui, je le sais, a une grande valeur pour toi. Viens le chercher ou je le jette à la poubelle aujourd'hui »*.

Et il lui donna rendez-vous dans le petit square près de l'église à quatorze heures. À cette heure-là, c'est généralement tranquille. « Alain » répondit instantanément en demandant sèchement de quoi il s'agissait, qu'il n'avait pas de temps à perdre avec des conneries, etc. Servais se contenta de lui renvoyer un dernier message : *« Personnellement, je m'en fous. Si tu ne viens pas, c'est ton problème »*.

Puis il effaça l'échange de la boîte d'envoi et de réception et se hissa péniblement sur ses vieilles jambes.

Il fallait maintenant qu'il se souvienne où il avait bien pu fourrer son vieux coupe-chou… Ça faisait une éternité qu'il n'avait pas servi.

CHAPITRE 5

Le compteur à gaz de Cécile fut enclenché un peu avant midi. Servais eut tout son temps pour retrouver son vieux rasoir, l'astiquer à l'antirouille, huiler le manche qui grinçait horriblement. Il prit ensuite le temps de finir les restes de poulet de la veille avec une boîte de fayots réchauffée au bain-marie et se brossa méticuleusement les dents. Un vieux monsieur boiteux ne pouvait pas se permettre de jouer les terreurs avec des restes de nourriture entre les incisives. Il fallait être un minimum crédible, tout de même.

C'est affublé de son chapeau de paille blanc préféré qui lui donnait l'air d'un curiste du siècle dernier, que M. Servais Marcuse claudiqua jusqu'au square. Il ne l'aurait jamais avoué bien sûr, mais tout cela le réjouissait et faisait circuler plus rapidement le sang dans ses veines. S'il se donnait toute cette peine, c'était pour rendre service à Cécile, lui redonner le sourire, mais il n'avait pas eu une seconde de répit depuis son réveil et cela faisait bien longtemps que ça n'était pas arrivé. Le temps avait filé à une vitesse folle. Un temps de jeune homme…

« Alain » était déjà là. Dommage, Servais aimait arriver en avance à ses rendez-vous pour se familiariser avec le terrain, s'imprégner de l'atmosphère. Tant pis. Il sera dit que l'imbécile allait tout faire pour l'énerver.

Faisant les cent pas devant le banc que lui avait indiqué Servais dans son courriel, « Alain » semblait tendu, de très mauvais poil. Il alluma une cigarette sur le mégot de la précédente. Un coup d'œil avait suffi à Servais pour constater qu'ils seraient seuls dans ce coin peu ensoleillé du square. Il jeta un regard à sa montre, si Charley était ponctuel, cela lui laissait un bon quart d'heure en tête-à-tête avec le connard. Plus qu'il n'en fallait !

Servais s'arrêta une seconde, juste le temps de lâcher une flatulence sonore. Il voulait avoir l'esprit libre pour sa petite discussion. Il regrettait d'avoir opté pour les haricots au déjeuner. Il aurait dû y penser. Le coupe-chou n'était pas le seul à avoir besoin d'un petit coup d'antirouille ! Servais s'assura de la présence rassurante du rasoir dans sa poche et s'avança tel un gros pingouin débonnaire.

— Alain ?

— Quoi ? Vous m'avez parlé ?

— Vous êtes bien Alain, n'est-ce-pas ? Ça ne vous dérange pas si je m'assieds un instant, le temps de reprendre mon souffle…

Alain desserra nerveusement sa cravate et toisa l'intrus. Ce gros clown barbu se dandinant avec sa canne et son couvre-chef ridicule.

— C'est elle qui vous envoie ?

— « Elle » ? Vous voulez dire Cécile ?

— Évidemment, Cécile ! C'est quoi ce bordel ?

— C'est un peu délicat et je comprends votre agacement, soupira Servais avec l'air ennuyé de l'entremetteur pris entre deux feux. Si vous aviez deux minutes à m'accorder.

Il tapota la place libre à côté de lui sur le banc, mais Alain n'en tint pas compte et continua de sucer son filtre d'un air fielleux. Une sale petite tête de con, se dit Servais, se demandant comment de jolies femmes intelligentes comme Cécile pouvaient finir avec des dégénérés pareils. Y avait-il donc une telle pénurie de mâles fréquentables pour qu'elles se contentent d'une approximation sur pattes telle que cet « Alain » ?

— S'il vous plaît, jeune homme… J'ai un torticolis chronique et cela me fait souffrir de garder la tête levée… Je vous en prie.

— Fait chier, merde !

Il jeta sa clope allumée sur le gazon et se laissa tomber sur le banc. Les derniers mots qu'il avait lâchés avaient fini de convaincre Servais de sa nullité abyssale. M. Marcuse abhorrait la muflerie, les gros mots et le manque d'éducation. Tout mais pas ça !

— Alors, c'est quoi ce plan foireux ? reprit le dénommé Alain. Elle était censée me remettre quelque chose de précieux.

— Absolument. Mais elle travaille et n'a pas pu se libérer. Elle m'a demandé de venir à sa place.

— Vous êtes qui, d'abord ?

L'œil matois de Servais à peine visible entre les plis de son épaisse figure, se mit à irradier d'une sombre lueur :

— Je suis celui qui nichait dans le placard de ta chambre quand tu étais minot… Celui qui se tient tapi dans l'ombre depuis tant d'années, prêt à dévaster ta misérable existence et qui attendait son heure. Je suis celui qu'il ne fallait surtout pas croiser sur ta route.

— Hein ? lâcha Alain, entre rire et agacement.

Le coupe-chou se matérialisa comme par magie dans la grosse pogne de Servais. Il fit jaillir la lame bleutée d'une simple impulsion du poignet. Elle se retrouva fermement bloquée contre la carotide du jeune type, juste sous l'oreille gauche.

— Je suis le croque-mitaine, conclut M. Marcuse. Bouh !

Charley ne se prénommait pas Charles.

Mais il n'aimait pas « Gratien » et l'avait fait savoir très tôt à ses parents. Il avait toujours eu du caractère, Charley. À Bamako, il avait grandi avec divers surnoms, dont le plus durable fut « Fernandel » puisque, effectivement, il accusait une indéniable ressemblance avec l'acteur marseillais. Il était une sorte d'avatar africain affublé d'une coupe afro sortie tout droit des « sixties » de la star de « Don Camillo ». Il vécut avec ce sobriquet sans s'en offusquer, mais c'était uniquement parce qu'il n'avait pas la moindre idée de qui pouvait bien être Fernandel. Quand il tomba un jour sur un vieux Pagnol à la télé chez son cousin, Gratien piqua une colère épouvantable et interdit à quiconque de l'appeler ainsi. Cela déclencha pas mal de bagarres et de grosses fâcheries. Une semaine après ce tsunami patronymique, Gratien rentra chez ses parents avec son nouveau nom : Charley, avec un « e » et un « y » à la fin, comme chez les Anglais, alors que les Ricains écrivent ça « Charlie ». Gratien préférait les rosbifs. Plus la classe. Il avait toujours eu des idées bien arrêtées, Charley.

Il appréciait quand M. Marcuse lui téléphonait. Généralement, c'était pour faire des courses et il réservait son taxi pour la journée. Il lui faisait un forfait intéressant et ils passaient des heures ensemble à deviser, à rigoler. Il faut dire que Charley était son propre patron et que son taxi était légèrement clandestin sur les bords. Il passait son temps en allers-retours furtifs et parfois périlleux entre Paris et Orly ou Roissy. Une fois il s'était fait courser sur le périph par trois tacots « officiels » qui l'avaient repéré depuis un moment… Ces cons-là voulaient jouer les justiciers. Charley les avait semés vite fait.

Des fois, le vieux monsieur l'invitait à déjeuner. Un jour, ils s'étaient même faits un vrai bon restau et Servais lui avait recommandé de s'habiller comme il faut. Quelle ventrée, my friends ! Charley en salivait encore, rien que d'y repenser. En plus, M. Marcuse lui avait expliqué tous les plats… Il lui avait même appris à goûter le pinard en l'aspirant doucement entre sa langue et ses dents du bas.

Il aimait beaucoup le vieux, Charley. Ils parlaient de tout et de rien, des fois, ils partaient en vadrouille avec le bahut jusqu'en province et ils rentraient le soir. C'est avec lui qu'il avait découvert Deauville par exemple. De temps en temps, M. Marcuse lui prêtait des bouquins, il lui avait même appris à jouer aux échecs. Un jour, Charley lui avait dit : *« Vous êtes toujours tout seul, m'sieur Marcuse. Comme Robinson Crusoë. Et moi, je suis votre négro comme Vendredi »*.

Ça n'avait pas du tout fait rire M. Marcuse. Il l'avait même engueulé :

— Ne dis pas des mots comme ça… « Négro ».

— C'est pas grave, avait rigolé Charley, si c'est moi qui le dis, c'est pas raciste.

— Non, c'est pire, avait grommelé Servais Marcuse.

Charley n'avait pas tout à fait compris ce qu'il avait voulu dire par là, mais un petit peu quand même. Et il avait rayé le mot « négro » de son vocabulaire.

C'est pour ces petites choses-là qu'il aimait bien M. Marcuse, Charley. D'ailleurs, il distinguait sa volumineuse silhouette là-bas, sur un banc à côté d'un jeune mec qui se tenait bizarrement assis. Un sourire affleura aux lèvres de Charley, accentuant sa ressemblance avec l'acteur comique dont il avait porté le nom pendant si longtemps. Il ne marqua aucune surprise en découvrant le rasoir. M. Marcuse lui avait demandé de ne pas avoir l'air étonné. No problemo. Charley se gratta même le nez en étouffant un bâillement, pour bien montrer à quel point il n'était pas étonné.

— Tu vas grimper dans le taxi de mon ami Charley, dit M. Marcuse au pauvre gars statufié. Il va t'accompagner jusqu'à ton domicile. Là, tu vas lui donner le chat… Bruce, c'est ça ? Tu vas lui donner « Bruce » dans sa caisse de transport et tu prépareras un sac avec ses croquettes préférées, ses médicaments s'il en a, ses litières, son carnet de santé. Tout le tremblement. Est-ce que tu comprends bien ce que je suis en train de dire en cet instant, Alain ?

— Vous êtes un grand malade, voilà ce que je comprends ! répondit le jeune con. Mais le mouvement infinitésimal qu'il avait fait en parlant enfonça la lame dans sa chair et il sentit aussitôt le sang couler dans son col.

— Bon, j'ai voulu sauter les étapes, c'est ma faute, soupira Servais. Je suis parti du principe qu'une femme comme Cécile n'aurait pas choisi un abruti complet. Autant pour moi. Donne-moi ta main, s'il te plaît.

— Quoi ?

— Ta main. Allez !

La voix du vieux monsieur était à la fois si calme et si tranchante qu'Alain obtempéra. Sa fine coupure commençait à lui faire mal. Avec des gestes délicats, Servais saisit le pouce du jeune homme et le plia.

— Écoute bien, maintenant… Tends l'oreille. Tu es attentif ?

Alain fit « oui » de la tête et déglutit le peu de salive qui lui restait en magasin. Servais eut un bon sourire d'aïeul et il serra brusquement le pouce plié dans son énorme paluche. Les os craquèrent comme une noix écrasée sous la semelle. Alain ouvrit la bouche pour hurler sa souffrance, mais la lame du rasoir vint se nicher sous ses narines.

— Crie et je te fais sauter le nez. Fais-moi signe que tu comprends…

Alain s'était mis à pleurer, la morve lui coulait sur le menton, salopant le rasoir. Mais Servais était satisfait : quand ils se mettaient à chialer, c'était gagné. L'étape suivante était l'incontinence urinaire. Mais on n'aurait sans doute pas besoin d'en arriver là. M. Marcuse s'intéressa alors à Charley qui attendait à quelques pas, sans manquer une miette de la scène. Servais fut content de voir que le chauffeur l'avait écouté et qu'il ne manifestait aucune émotion.

— Tu vas emmener Monsieur dans ton beau taxi à l'adresse qu'il va te donner et tu me ramèneras tout ce qu'il va te remettre. Sur le chemin du retour, tu le déposeras à l'hôpital.

— C'est cassé, vous croyez ? demanda Charley.

— Je ne crois pas, je sais.

Ces simples mots provoquèrent une nouvelle crise de sanglots au pauvre Alain. Obéissant au signal discret du vieux bonhomme, Charley aida l'ex encore reniflant à se relever. Il avait les genoux flageolants et roulait des yeux affolés de serin pris au piège.

— Merci de m'avoir accordé ces instants de votre précieux temps, cher Alain. Normalement, je ne devrais pas avoir à le dire, mais vu votre Q.I. je vais y être contraint : si vous parlez de moi, de Charley, ou de notre petit entretien à quiconque, que ce soit à Cécile ou à la police... Je dis bien à qui que ce soit... Je vous égorgerai comme un poulet, après vous avoir fracturé un à un tous les doigts et les orteils.

Le menton tremblant, luisant de bave, Alain acquiesça de la tête. Servais fit signe à Charley de se mettre en route. La vue de ce minable commençait à l'incommoder.

Alors que l'étrange duo s'éloignait dans le square, l'un avec son pas dansant de chanteur de reggae, l'autre avec sa démarche d'automate déréglé, Servais Marcuse ramassa une feuille morte à ses pieds, essuya sa lame et la replia dans le manche de nacre. Puis il se souleva délicatement sur le côté et lâcha un pet qu'on dut entendre jusqu'à l'autre entrée du jardin.

Satanés flageolets !

CHAPITRE 6

Charley déposa ses fardeaux dans la kitchenette et Servais s'empressa d'ouvrir la grande boîte de plastique moulé. Le chat n'en sortit pas tout de suite, impressionné par ce nouvel environnement olfactif et un peu bousculé par le transport. Fiona vint renifler les environs et repartit quand l'intrus invisible se mit à cracher et à feuler dans son antre. Elle avait eu son quatre-heures, le reste lui importait peu. Elle était comme ça, Fiona. Détachée.

Servais servit le thé au salon et proposa des petits gâteaux anglais à Charley. Il connaissait le goût de celui-ci pour tout ce qui venait de la perfide Albion. Le « taxi driver », comme il aimait à se définir, ne se fit pas prier et eut bientôt la bouche pleine et les joues gonflées comme celles d'un hamster couleur d'ébène. Cela fit sourire Servais qui avait renoncé à lui apprendre les bonnes manières.

— Ça s'est bien passé ? demanda le vieux sans avoir l'air de s'y intéresser plus que ça.

— Le type ? Pas de souci. Au début, il voulait que je le dépose au commissariat, il vous traitait de tous les noms, j'ai cru qu'il allait faire une crise de nerfs… Et puis je lui ai dit que c'était pas malin, que vous étiez pas un mec facile et qu'un jour vous m'aviez pété un bras juste parce que j'avais réclamé un pourliche.

— T'es bête, rigola Servais.

— N'empêche que ça l'a bien calmé et après il n'a plus prononcé un mot. Et il a refusé que je le dépose à l'hosto. Pourtant, il avait l'air de morfler, le pauvre vieux. Sa main était gonflée comme un ballon de rugby.

— Il ne t'a même pas salué quand tu es reparti de chez lui ?

— Rien ! C'est moi qui lui ai dit poliment au revoir… Et en passant la porte, j'ai quand même précisé que maintenant, on connaissait son adresse.

— C'est bien, ça. Bon réflexe.

Il finirent le thé en silence et échangèrent un coup d'œil complice quand le chat daigna enfin s'aventurer hors de sa boîte de transport, oreilles plaquées et flancs palpitants. Il était grand avec un beau poil tigré irrégulier, des yeux verts et devait avoir à peu près l'âge de Fiona. Après un tour rapide de l'appartement, il vida le bol d'eau sous l'évier en gémissant de contentement.

— Je peux vous demander un truc, M. Marcuse, osa Charley la bouche encore pleine.

— Essaie toujours…

— Un jour, au début qu'on se voyait, quand je vous ai refilé ma carte, vous m'avez dit qu'il fallait jamais que je vous pose de questions perso.

— Exact. Alors fais bien attention à ce que tu vas me demander, Charley. Réfléchis bien à ce que tu vas dire.

Charley avala son énorme bouchée de muffin, s'essuya la bouche avec un morceau de Sopalin et se gratta longuement le menton, sans lâcher Servais du regard. Le vieux bonhomme souriait sous sa barbe grisonnante, ses petits yeux de rhinocéros égarés dans sa figure rubiconde.

— En fait, je crois que… J'ai oublié ce que je voulais vous demander, finit par dire le garçon.

— Très bien, opina Servais. Dans ce cas, j'oublierai que tu voulais me poser cette question que tu as oubliée.

Un ange passa.

— Vous voulez faire une balade, le week-end prochain ?

— Je ne pense pas.

— De toute façon, vous avez mon phone.

Les deux chats se tournaient maintenant autour, encore prudents et distants, mais ne manifestant aucune agressivité.

— Ça va bien se passer, je crois, dit Charley en marchant vers la porte.

— J'en suis sûr, confirma Servais.

Un peu avant dix-neuf heures, Cécile sonna à la porte de son voisin.

Elle avait pensé à prendre une bouteille de vin chez Nicolas et venait récupérer ses clés. Servais entrouvrit la porte, contenant difficilement un sourire gourmand de garçonnet préparant un mauvais coup. Il remarqua tout de suite les cernes sous les yeux de sa voisine, ses cheveux aplatis, son maquillage qui bavait un peu partout. Mauvaise journée assurément, mais qu'il allait arranger d'un coup de baguette magique.

Il s'effaça pour la laisser entrer. Déjà familière des lieux, Cécile tendit au passage la bouteille à Servais et partit s'écrouler sur le canapé avec des soupirs à fendre l'âme. Sans un mot, il déboucha le vin italien et déposa devant son invitée les soucoupes débordant de noix de cajou et d'amandes grillées qu'il avait préparées d'avance.

— Tout s'est bien passé ? s'enquit-elle machinalement.

— Parfaitement. Vous allez pouvoir vous doucher à l’eau chaude, dorénavant.

Servais leva son verre et porta un toast :

— Trinquons aux happy ends.

— Vous y croyez, vous ?

À cet instant, comme pour répondre à Cécile, Bruce – qui avait sans doute reconnu sa voix – surgit de sous le buffet où il se terrait depuis deux heures et lui sauta sur les genoux. Elle faillit renverser son verre et ne comprit pas ce qui lui arrivait.

— Mais… Ce n’est pas…

— Fiona ? Non… À cette heure-ci elle fait sa sieste en attendant l’heure du dîner. C'est quelqu'un d’autre.

Le gros chat tigré s'était mis à ronronner comme un diesel encrassé et frottait ses joues contre les bras de Cécile, sur son menton, dans une frénésie amoureuse trop longtemps retenue. Quand Cécile comprit enfin qu'il s’agissait bien de son chat, elle fixa le vieux monsieur d’un air ahuri et incrédule.

— Votre ex-fiancé est passé dans la journée pour le déposer… Je l’ai entendu sonner chez vous, alors j'ai ouvert.

— Alain ? Mais… Il a dit quelque chose ?

— Rapidement. Qu'il n’avait pas le temps de s’occuper de lui. Il n’a pas été très agréable pour dire la vérité, mais l’essentiel est que Bruce et vous soyez réunis, n'est-ce pas ?

Des larmes dans les yeux, Cécile enfouit son visage fatigué dans la fourrure du félin et le serra si fort qu'il finit par se rebiffer et sauta sur le plancher en râlant.

— Je vais lui envoyer un SMS pour le remercier. Même s’il ne l’a pas fait pour me faire plaisir…

— Un SMS ? Mais vous êtes devenus fous, vous les jeunes ! Passez-lui un coup de fil, ce sera plus rapide et surtout plus humain.

Cécile sortit son portable et chercha dans le répertoire. Mais elle hésitait :

— Je ne suis pas encore prête à entendre sa voix.

— Donnez-moi ça !

Trop fatiguée et bouleversée pour discuter, Cécile déposa le Smartphone dans la paume tendue de son voisin. Servais appuya sur la touche d'appel. On décrocha aussitôt :

— Non, cher Alain, ce n'est pas Cécile. C'est son voisin… Elle tenait à vous remercier de vive voix. Je vous la passe.

Il rendit son téléphone à Cécile qui, prise de court, n'osa pas refuser. Elle échangea des banalités d'usage, remercia du bout des lèvres et raccrocha après dix secondes.

— Il avait l'air tout bizarre, dit-elle. Il vous a paru en bonne santé ?

— Excellente, dit Servais en fourrant une poignée de cacahuètes dans sa bouche avide. Il s'était foulé un doigt, je crois… Ça le fait peut-être souffrir.

— Tant mieux, sourit Cécile. Chacun son tour !

— Ah ! J'aime vous entendre parler comme ça.

Il fut établi que si après un délai d'observation Fiona acceptait Bruce sur son territoire, celui-ci pourrait passer ses journées chez Servais. Cela ne le dérangeait aucunement et la chatte aurait de la compagnie. Elle avait tendance à s'empâter ces derniers mois. Un compagnon de jeu lui serait des plus bénéfiques. En attendant, Servais aida sa voisine à transporter le chat et tout ce qui allait avec dans l'appartement mitoyen et il reçut une grosse bise sur la joue en guise de remerciement :

— Vous êtes mon ange gardien, souffla-t-elle, avant de refermer silencieusement sa porte.

Servais resta un moment sur le palier, comme vitrifié. Il frotta sa joue, à l'endroit où elle avait déposé le baiser et il renifla ses doigts.

C'était fruité.

CHAPITRE 7

À présent, M. Marcuse mettait le réveil tous les jours, à sept heures précises.

Au lieu de traîner au lit et d'allumer la télé qu'il laissait en fond sonore comme il en avait pris la fâcheuse habitude depuis des années, il faisait sa toilette à peine réveillé et déjeunait ensuite. Il ne voulait pas que Cécile le surprenne dans son intimité de vieillard négligé et solitaire. Il tenait à donner l'image d'un homme débordant d'activités. Il venait de rincer sa tasse à café dans l'évier, quand elle sonna. Huit heures précises ! Il avait bien calculé son coup. Timing impeccable.

Servais ouvrit et la découvrit sur le palier, Bruce dans les bras, fraîche et pimpante. Rien à voir avec l'épave de la veille. Et il se savait en partie responsable de ce spectaculaire progrès.

— Vous avez le temps pour un petit jus d'orange pressée ? Il est déjà prêt.

— Avec plaisir. En fait, je voulais surtout vous demander…

Servais lui coupa la parole d'un mouvement impérieux et lui saisit le bras pour l'attirer dans l'appartement :

— Bruce est ici chez lui, je vous l'ai déjà dit. À moins qu'il ne parvienne pas à séduire Fiona, ce qui m'étonnerait, il n'aura pas à passer ses journées tout seul.

Servais avait déjà bu son jus, mais il s'en resservit un demi-verre pour accompagner Cécile. C'était plus convivial.

— Je ne sais pas comment vous remercier, dit-elle entre deux gorgées. Je pensais à vous en m'endormant hier soir et je me disais que c'était une espèce de miracle. Je ne savais même pas que les gens comme vous existaient encore.

— Vous me gênez…

— C'est la vérité.

— Je sens que je vais rougir. Quelle honte, à mon âge !

Cécile éclata de rire. Et ce rire désarçonna Servais. Il ne lui correspondait pas du tout. C'était un rire un peu bête, dissonant, qui s'achevait dans un petit renâclement pas très gracieux. Elle devait le savoir car elle l'écourta en se plaquant la main sur la bouche. Et Servais trouva cela charmant… Ce minuscule défaut de cuirasse… Cette imperfection indécelable à première vue qui la rendait encore plus vulnérable, encore plus touchante. Cécile jeta un coup d'œil à sa montre et finit son verre d'un trait avant de se lever en toute hâte.

— Il est vraiment si terrible que ça, votre patron ?

— C'est le nouveau directeur de l'agence. Mon vrai patron a pris sa retraite le mois dernier… Avec lui c'était génial, un vrai plaisir d'aller bosser. Avec celui-là…

Elle n'acheva pas sa phrase.

— Je peux faire quelque chose ?

— Vous ?

Cécile rit encore. Mais cette fois-ci, le petit hennissement crispa Servais qui n'avait jamais aimé qu'on se moque de lui. Même gentiment. Elle dut le sentir :

— Excusez-moi, je ne voulais pas vous… Non, en fait c'est à moi de régler le problème. Il m'a proposé de dîner avec lui ce soir, je vais accepter. Il vaut mieux crever l'abcès.

— Vous êtes sûre ? Et s'il vous fait des avances ?

— Je suis une grande fille, M. Marcuse. Ne vous inquiétez pas.

Alors qu'elle s'apprêtait à repartir, Cécile sortit de sa poche un petit porte-clés fantaisie qu'elle posa négligemment sur le buffet de son voisin :

— Ce sont mes doubles de clés. Je vous les confie… Si vous avez besoin de quoi que ce soit… Des boîtes pour Bruce… Des œufs ou du jambon pour vous, ça vous évitera de sortir juste pour ça. J'ai fait des courses, le frigo est plein.

— Merci, dit simplement Servais d'une voix étranglée.

Il y avait tellement longtemps qu'on ne lui avait pas fait confiance. Tellement longtemps…

Comme il faisait plutôt beau, Servais décida d'aller se promener dans l'après-midi. Il appela Charley qui glandait à Roissy et qui se montra enchanté de la proposition. En l'attendant, Servais fit un petit tour dans l'appartement voisin et chercha dans l'ordinateur de Cécile les coordonnées d'Alain. Celles de son boulot… Tiens, l'idiot était agent immobilier ! Servais inscrivit l'adresse de sa belle écriture d'écolier d'antan et descendit dans la rue attendre l'arrivée de son chauffeur sur un banc, à l'ombre d'un platane.

Une petite voix tout au fond de lui ne cessait de lui faire des reproches. Pourquoi s'était-il mêlé de la vie de cette fille ? Pourquoi se mettre ainsi en danger ? Car

Servais le savait bien, se faire des amis ou même des connaissances, sortir ne serait-ce qu'un bref moment en pleine lumière, c'était attirer l'attention sur soi. Ce petit numéro d'hier avec le fameux « Alain », ça l'avait amusé – ne le nions pas – mais ce n'était pas bien malin. À la grande époque, jamais il n'aurait laissé repartir le type. Jamais ! C'était élémentaire. Alors la petite voix l'avait empêché de dormir et lui pourrissait la journée en insinuant dans son cerveau engourdi de vilaines idées paranoïaques : et s'il parlait de toi à quelqu'un ? Pas aujourd'hui, pas demain, bien sûr… Mais un jour, au hasard d'une conversation entre amis : *« Une fois, il m'est arrivé quelque chose d'hallucinant… J'ai rencontré un vieux type dans un square… À le voir, il ne ressemblait à rien… Un gros bonhomme barbu comme un Père Noël… Vous savez ce qu'il m'a fait ? »*.

Servais grogna comme s'il avait réellement entendu la voix d'Alain en train de déblatérer. Il ne pouvait pas laisser ça en plan… Il fallait être sûr… Or, il n'y avait qu'une façon et une seule d'être tout à fait sûr. Mais cela en valait-il la peine ?

Il en était là de ses réflexions quand le « taxi » de Charley se gara juste devant le banc. Le jeune « black » sortit du véhicule avec sa grande figure hilare et vint aider Servais à se lever. Il était le seul à qui le vieil homme octroyait ce privilège.

— On va où, m'sieur Marcuse ?

— Rendre visite à notre ami commun…

— On n'en a pas d'ami commun.

— « Ami » est peut-être un bien grand mot, je te l'accorde, mais mon cœur saigne toujours pour ceux qui souffrent.

Et il illustra son propos en remuant le pouce. Charley capta aussitôt et éclata d'un bon gros rire fernandellien.

C'était une petite agence plutôt chic, pas très loin de la place de la Muette. Charley s'arrêta en face et aida le vieux monsieur à s'extirper de la banquette arrière. Il l'accompagna jusqu'à la porte :

— Je peux venir avec vous ?

— Pour quoi faire ?

— Pour apprendre…

Servais fixa son chauffeur un instant, puis haussa les épaules en signe d'assentiment peu enthousiaste. L'étrange duo pénétra dans l'agence. Une femme rondelette et portant de grosses lunettes démodées accourut à leur rencontre. Mais avant qu'elle n'ait prononcé un mot, Servais pointa l'index sur « Alain » assis à son bureau du fond, pendu au téléphone. Il avait le poignet plâtré et le bras en écharpe.

— C'est lui que je veux, dit Servais.

— Puis-je vous demander pourquoi ? s'enquit la dame en clignant des cils.

— Non, sourit Servais. Vous ne pouvez pas, chère madame.

Abandonnant la dame interloquée, il boitilla jusqu'au bureau, Charley sur les talons. Alain les reconnut immédiatement et raccrocha. Blanc comme un cierge, il envoya valser son fauteuil à roulettes jusqu'au mur opposé.

— Qu'est-ce que vous voulez ? Je lui ai tout rendu, le chat, les accessoires, je n'ai plus rien !

— Mais enfin, calmez-vous mon garçon, rigola Servais. Je désirais simplement prendre de vos nouvelles, savoir si vous étiez correctement soigné… Vous savez, si les os se ressoudent mal ça peut être très embêtant.

— Tout va bien. Laissez-moi tranquille, s'il vous plaît.

Alain avait vraiment peur, ce qui rasséréna Servais. Il fit signe à Charley de s'approcher et lui chuchota des instructions à l'oreille. Sans discuter, le jeune homme s'en alla demander des renseignements à la dame à lunettes, histoire de l'occuper ailleurs. Servais s'appuya sur sa canne, un peu essoufflé et toisa « Alain » d'un œil pas très charitable :

— Comme tu vois, mon garçon, je sais où tu habites et maintenant où tu travailles.

— Mais vous êtes qui, à la fin ? glapit le pauvre type.

— Je suis celui qui sera toujours quelque part autour de toi… Celui qui n'aime pas qu'on parle de lui… Qu'on dise des méchancetés à son encontre, qu'on le calomnie… Celui qui sera là d'une façon ou d'une autre dans un an, dans quinze ans, si par hasard tu commettais l'énorme bêtise de raconter ce qui est réellement arrivé à ta main.

— Je vous jure que…

— Ne jure pas. Ta parole n'a aucune valeur pour moi.

Alain préféra se taire. Satisfait, Servais fit volte-face et s'en alla retrouver Charley. Mais l'ex ne put s'empêcher d'être stupide :

— Je voudrais juste savoir…

Servais se retourna, l'air peu amène. L'autre déglutit :

— C'est elle qui vous a envoyé ? C'est Cécile ?

La canne fendit l'air dans un sifflement aigu et vint cogner la tempe d'Alain dans un « TOC » sonore. Il cria, attirant l'attention de sa patronne.

— J'oubliais… À partir d'aujourd'hui, interdiction formelle de prononcer son nom.

Plié en deux par la douleur, Alain se serrait la tête comme dans la toile de Munch. Charley prit le bras de M. Marcuse et ils quittèrent l'agence à pas mesurés.

La patronne accourut vers Alain :

— Enfin, Alain… Vous les connaissez, ces gens-là ?

— Je ne connais personne ! hurla le malheureux. Personne, vous entendez ? Je ne sais rien, je ne parle de rien, je n'entends rien ! C'est clair ?

CHAPITRE 8

Sur le chemin du retour, Servais proposa à Charley d'aller déguster des macarons chez Ladurée, sur les Champs-Élysées. Le chauffeur découvrit avec ravissement de nouveaux délices gustatifs et en recommanda trois fois. Pendant qu'il mangeait – qu'il bâfrait plutôt – avec des yeux brillants de gamin affamé, M. Marcuse l'examina avec une attention nouvelle. Jusqu'à quel point pouvait-il se fier à lui ? À quel moment Charley-le-taxi-driver se mettrait-il à devenir un danger à son tour ?

Servais préférait ne pas y penser. Il avait passé tant d'années complètement isolé avec sa chatte, que la compagnie enjouée et la disponibilité de ce garçon lui faisaient grand bien. S'il lui fallait changer son fusil d'épaule, il serait toujours temps d'y songer. Le plus tard possible.

— Vous êtes quelqu'un de riche, m'sieur Marcuse ? demanda Charley en mastiquant voracement deux pâtisseries à la fois.

— Je touche ma retraite.

— Votre retraite ? pouffa l'autre. J'en connais plein des vieux qui touchent leur retraite dans ma banlieue… Je peux vous dire un truc, c'est qu'ils prennent jamais le taxi et qu'ils ont jamais foutu le pied à Ladurée. Peut-être même pas dans l'arrondissement.

— Là, tu recommences à poser des questions, Charley…

Le chauffeur stoppa net son mâchonnement et plongea son regard vif dans celui du vieux monsieur. Dans ces yeux plissés d'un vert transparent, étrange mélange de bienveillance et de dureté extrême.

— Je vous demande ça parce que je trouve qu'on fait une bonne équipe, osa Charley. Et moi, passer ma vie en bagnole à me planquer dans les aéroports, ça me passionne pas. Ça gagne un peu, c'est vrai… Mais je me fais chier.

— Inutile de dire des grossièretés.

— Désolé, m'sieur Marcuse. Dans mon bled, c'est pas des grossièretés, c'est comme ça qu'on cause.

Servais piqua un macaron dans l'assiette presque vide de son acolyte, plus pour se donner le temps de la réflexion que par véritable appétit.

— Qu'est-ce que tu attends de moi, exactement ?

— Rien ! Je me disais que si vous avez de la thune à dépenser, moi je pourrai bosser pour vous à plein temps. Je ferai vos courses, je vous conduirai où vous voulez, j'irai à la poste, à la Sécu… Comme une espèce d'assistant, quoi.

— Un secrétaire.

— Je préfère assistant. C'est plus la classe. Secrétaire, ça fait gonzesse.

— Si tu veux.

— Alors ?

— Ça demande réflexion.

— Je serai pas trop cher au début. Mais j'ai rien contre les primes.

Cela fit sourire Servais. Et Charley lui rendit un rictus plein de dents qui transforma ses yeux noisette en fentes invisibles et son visage en irrésistible masque de carnaval africain :

— Et peut-être que si je bosse pour vous, j'aurai le droit de poser des questions…

Servais ne répondit pas. Les choses allaient un peu vite, ces temps-ci. Après des décennies d'hibernation, c'était comme si la vie exigeait de rattraper son retard.

C'était excitant. Et hasardeux.

— On verra ça, finit-il par dire d'une voix atone.

Charley déposa Servais devant son immeuble et s'en alla vivre sa vie. Il ne put s'empêcher d'adresser un clin d'œil complice au vieux, accompagné d'un simulacre de prière, les mains jointes. Servais aurait voulu garder un air sévère, mais c'était plus fort que lui, ce grand couillon le faisait rire.

Oui, cela demandait mûre réflexion, se disait Servais. Quelqu'un pour accomplir les corvées quotidiennes, pour changer les litières des chats, pour lui préparer à manger quand il se sentait trop fatigué… Et puis un être humain à qui parler tout simplement. S'il hésitait encore, ce n'était pas une question d'argent, il en avait largement les moyens. Il aurait même pu s'offrir une armée de Charley s'il le désirait. C'était un calcul des risques encourus, ni plus ni moins.

Dans l'ascenseur, Servais se dit aussi qu'à bien y penser, tout ce cirque était devenu bien relatif avec les années. Des risques, oui. Mais quels risques au juste ? Il était vieux, seul et vivait quasiment reclus. Que risquait-il au fond ? Sa peau ? Peut-être… Mais que valait-elle depuis vingt ans ? Pas très cher, ch'pas ?

Quand il poussa la porte de chez lui, les chats jouaient ensemble et ne lui firent pas l'aumône d'un regard. Fiona interloquée, contemplait Bruce en train de ramper sous le tapis du salon. On ne voyait que son arrière-train tigré qui dépassait, ainsi que sa queue qui fouettait l'air tel un serpent velu. Comment n'avait-elle jamais imaginé un jeu aussi fabuleux ?

Servais ne s'offusqua pas du manque d'intérêt qu'il suscitait. Fiona l'avait supporté assez longtemps pour qu'elle ait droit à une vie privée et à un compagnon de sa propre espèce. En se préparant une tisane, Servais jeta un regard à l'horloge de la kitchenette. La fin de journée allait être longue. Si Cécile allait directement à son dîner après le boulot, à quelle heure rentrerait-elle ?

Servais était soucieux, cette invitation ne lui disait rien qui vaille. Ce type, Cécile ne l'aimait pas, il l'avait tout de suite senti. Quel pouvait être le but de cet enfoiré ? C'était son supérieur hiérarchique, il lui avait mené la vie dure et maintenant qu'il la sentait fragile, il plantait ses banderilles. Pauvre Cécile… Dans l'état où elle est en ce moment ! Servais faillit l'appeler pour lui demander où avait lieu ce fameux dîner-embuscade, mais il trouva la présence d'esprit de réprimer son élan juste quand son index enfonçait la touche d'appel. Elle allait le prendre pour un cinglé, un obsédé et ne voudrait plus avoir à faire à lui. Du calme, du sang-froid. Après tout, elle s'était très bien passée de lui pendant trente ans, une soirée de plus n'allait pas la tuer.

Servais sirota lentement sa verveine, assis sur le canapé, en regardant les chats s'ébattre dans l'appartement dont ils investissaient sans complexe le moindre centimètre carré.

Et la nuit tomba sans qu'il ne s'en rende compte.

CHAPITRE 9

Cécile rentra juste avant minuit.

Servais n'avait pas dîné, il ne s'était pas changé et ne s'était levé que pour nourrir les chats. Le sale pressentiment qui l'avait tenaillé toute la soirée n'avait fait qu'accroître, jusqu'à lui laisser un goût âcre dans la bouche. Le ronflement de l'ascenseur l'alerta. Il avait mentalement fait le compte depuis des heures, à chaque déclenchement de la machinerie et à présent tous les habitants de l'immeuble avaient regagné leurs pénates. Ça ne pouvait donc être qu'elle.

Il profita des trente secondes que durait le trajet de la cabine pour claudiquer jusqu'au judas où il colla son œil, retenant son souffle. Il entendit le mécanisme stopper, la porte claquer et enfin, les pas de Cécile. Elle courait presque dans le couloir. Elle dépassa l'appartement de Servais, parut hésiter, mais renonça à sonner et se précipita chez elle. Il eut tout de même le temps d'entrevoir la vilaine ecchymose noirâtre le long de sa mâchoire et le rimmel qui avait maculé ses joues. Servais serra ses gros poings mais se retint d'ouvrir la porte.

Elle prit une douche pendant exactement vingt minutes. L'oreille contre le mur mitoyen, le vieil homme chronométra la chose. Cela ne fit que confirmer ses pires prévisions… Les femmes violées faisaient ce genre de choses. C'était un réflexe. Cette seule pensée fit monter une violente nausée. S'il avait dîné, Servais aurait très certainement tout vomi. Mais il se contenta de remontées acides. Quand enfin le son de la douche cessa, il laissa dix minutes de battement et alla sonner à sa porte. Elle ne répondit d'abord pas. Puis il discerna des sons furtifs, des frottements d'étoffe.

— Cécile, c'est moi… C'est Servais. Je voulais simplement savoir…

— Laissez-moi tranquille. S'il vous plaît. Pas ce soir.

— Ce soir, justement, insista-t-il. Si vous ne m'ouvrez pas, j'appelle la police.

— La police ? bredouilla Cécile de l'autre côté de la porte.

— Vous allez porter plainte contre ce saligaud, ch'pas ?

Il l'entendit défaire les verrous un à un. Quand elle ouvrit et qu'il la vit enfin en pleine lumière, il trouva qu'elle ressemblait à une vieille petite fille hâve et livide, sa lèvre supérieure était enflée et ses cheveux mouillés pendouillaient sur son peignoir comme des algues mortes.

— Bruce va bien ? articula-t-elle d'une voix enrouée.

— Qu'est-ce que vient faire Bruce là-dedans ? tonna Servais. Poussez-vous et laissez-moi entrer ! *« Bruce va bien ? »*. Mais on marche sur la tête, là ! Bien sûr qu'il va bien.

Surprise par l'autoritarisme du voisin, Cécile s'écarta. Il claqua la porte derrière lui sans ménagement. Ils restèrent longtemps silencieux, face-à-face sur ce canapé usé qui suivait Cécile de logement en logement depuis son adolescence. Elle n'avait rien proposé à boire au vieil homme et lui-même ne désirait rien. Elle évitait son regard, se mouchait de temps en temps et fixait la fenêtre où se reflétait l’enseigne clignotante de la pharmacie. M. Marcuse ne la bouscula pas, ne l’obligea à rien. Il patientait, s’efforçant de respirer le moins bruyamment possible.

Combien cela dura-t-il ? Dix minutes, peut-être…

— Il ne m’a pas violée, lâcha-t-elle enfin.

— Il n’a pas réussi, vous voulez dire.

— Je me suis débattue. Je l’ai frappé. Il m’a rendu les coups.

— Je vois ça.

Elle le regardait avec un air suppliant, démuni, comme si elle attendait de lui de vraies réponses :

— J'ai besoin de ce boulot, Servais… Qu'est-ce que je vais faire ?

— Avant tout, vous allez avaler des somnifères et dormir tant que vous pourrez. Vous allez me donner le nom de cet individu et j’irai lui parler demain à l’ouverture de l’agence.

— Non !

— Ne vous en faites pas. Je lui expliquerai que vous êtes souffrante, que vous serez absente jusqu'à la semaine prochaine…

— Il va me virer. De toute façon, comment pourrait-il me garder après ce qui s’est passé ?

— Cécile, regardez-moi bien dans les yeux. Un des rares avantages de la vieillesse est d’avoir déjà vécu la plupart des situations humaines sous diverses combinaisons. Faites-moi confiance et je vous donne ma parole que primo, vous garderez votre emploi et secundo, vos relations professionnelles avec ce monsieur vont considérablement s’améliorer.

Elle scrutait le visage rassurant de son voisin avec une sorte de fascination. Confiance ? Oui, elle lui faisait confiance. Pourquoi ? Elle n'en savait trop rien, mais tout semblait si simple quand il s'en occupait.

— Ce n'est pas le genre d'homme à accepter qu'on lui fasse la morale, dit-elle.

— Ça tombe bien, je ne suis pas le genre d'homme à m'encombrer de ces choses-là.

— Et s'il me licencie quand même ?

— Femme de peu de foi, sourit Servais en se relevant. Prenez vos petites pilules et abandonnez-vous aux bras de Morphée. Demain, tout cela ne sera plus qu'un mauvais rêve et vous aurez des journées entières pour arranger votre maison et la rendre accueillante.

— D'accord, soupira-t-elle.

— Très bien ! Donnez-moi le nom de cette personne, sa fonction exacte au sein de la banque, ses horaires d'arrivée et je me charge de tout.

— M. Marcuse… Servais… Je n'ai pas l'habitude qu'on me prenne en main de cette façon.

— Et ça vous inquiète ?

Elle ne répondit pas. Se méfier d'un gros bonhomme au faciès rubicond, à la bedaine débordant du pantalon. Un vieux monsieur qui marche avec une canne… C'était ridicule.

— C'est ridicule, confirma Servais en riant.

— Je sais.

Il nota tout ce que lui dictait Cécile, plia l'enveloppe fournie par la jeune femme et la fourra dans sa poche. Puis il exigea de la voir avaler ses somnifères. Avant de passer le seuil, il consentit une amorce d'explication :

— Vous me rappelez quelqu'un, Cécile.

— Une femme qui a compté dans votre vie ?

— Ce n'était pas exactement une femme… Une enfant, plutôt. Et… oui. À sa façon elle a compté. Elle compte encore.

L'infime dérapage dans les aigus de la fin de sa phrase trahit, bien malgré lui, son émotion. Il détourna les yeux, gêné, presque vexé.

— Vous me raconterez un jour ?

Servais fit une mimique indéchiffrable qui signifiait oui et non dans une même ondulation de ses commissures de lèvres. Et il rentra chez lui.

Son pouce fit des allers et venues autour de la touche « appel » de son portable. Ce manège dura plusieurs minutes avant qu'il ne se décide à appeler Charley. À partir de maintenant, il n'y aurait plus de marche arrière. Cela pouvait être une bonne chose. Mais aussi une mauvaise. Une désastreuse, même. Pour lui comme pour Charley.

Mais le choix, Servais ne l'avait plus.

Il appela son nouvel assistant.

CHAPITRE 10

Cécile se réveilla tard.

À neuf heures passées, ce qui ne lui arrivait jamais, même les week-ends. Le somnifère sans aucun doute. Sa mâchoire la lançait et son premier réflexe fut d'aller se regarder dans le miroir de la salle de bains. L'hématome virait déjà au jaune et ce n'était pas joli. Elle revit Yves dans sa voiture, sa fureur, sa frustration quand elle l'avait repoussé. Et cette gifle partie toute seule, sèche, humiliante et définitive. Avec le dos de la main. La grosse bague de son patron avait dérapé le long de son menton… Cécile eut soudain envie de vomir, mais se contint.

Après avoir bu son café noir, elle enfila un imper sur son pyjama de garçon et sonna à la porte du voisin. Elle entendit le son de la télé qui se coupait, puis le pas lent et laborieux de M. Marcuse traversant son appartement.

Il eut un grand sourire en la découvrant sur son palier :

— Ah ! Cécile… Comment allons-nous ce matin ?

— Un peu dans le coltard. Mais mieux… Beaucoup mieux.

— Un petit café ?

— Non, merci. Je voulais seulement savoir si vous aviez parlé à Yves. À mon patron.

— Je viens de rentrer. Et je ne lui ai pas parlé pour la bonne raison qu'il n'était pas là. Je suis tombé sur votre ami, celui qui vous a aidée à déménager et je lui ai dit que vous étiez souffrante. Il vous appellera dans la journée, m'a-t-il demandé de vous transmettre.

— Mais Yves… Il a prévenu quelqu'un de son absence ?

— Apparemment non. Mais dites-donc, vous n'allez quand même pas vous faire du souci pour ce gougnafier, maintenant ! Pensez à vous et à vous seule.

À cet instant, Bruce sauta sur le petit meuble de l'entrée en miaulant. Servais s'en saisit et le déposa dans les bras de sa maîtresse :

— Prenez ce voyou quelques heures, ça vous fera de la compagnie. Je passerai tantôt et on verra dans quelle forme vous êtes. Maintenant, vous retournez au lit et vous faites comme si nous étions un dimanche d'hiver.

Cécile sourit au vieil homme avec reconnaissance et lui obéit. Lové contre sa poitrine, Bruce ronronnait et pétrissait son avant-bras du bout de ses griffes acérées.

À quelques kilomètres de là, dans son studio de Suresnes, Charley ne parvenait pas à s'endormir. L'insomnie était un concept très neuf pour lui qui avait pour habitude de faire des nuits de huit heures, voire davantage, sans même changer de position. L'appel du vieux l'avait réveillé en sursaut dans son premier sommeil et il n'avait regagné ses draps qu'aux premières lueurs de l'aube. Et malgré cela, Charley ne s'endormait pas. D'ailleurs, pourrait-il se rendormir un jour ? Il fixait le plafond d'un air ébaubi, la bouche ouverte, il tentait de digérer ce qu'il venait de vivre. Ça n'allait pas être facile, si tant est qu'il y parvienne un jour.

MAIS BORDEL ! QUI ÉTAIT DONC M. MARCUSE ?

Quand Charley était arrivé au bas de son immeuble, il était environ une heure du matin. Le gros homme l'attendait déjà, appuyé sur sa canne dans un costard sombre qu'il ne lui avait encore jamais vu. Il l'aida à s'installer sur les banquettes arrière et attendit les ordres en l'observant dans le rétro.

— Charley, dit-il essoufflé. As-tu en ta possession un de ces téléphones jetables dont personne ne peut retrouver la trace ?

— Moi non, mais je connais quelqu'un qui en a plein… C'est des « tombés-du-camion », si vous voyez ce que je veux dire.

— Où est-il ce quelqu'un ?

— Vers la place de Clichy, en général.

— Très bien, on y va tout de suite. Et on se dépêche, il est déjà tard.

— C'est quoi le job, boss ?

— Je t'expliquerai plus tard. Allons-y et ne m'appelle pas « boss », c'est grotesque.

Cela fit rire Charley qui adorait les mots un peu désuets qu'utilisait souvent Servais. Il mit le contact et alluma l'autoradio sur la station préférée du vieux, rien que du jazz des années cinquante.

— Pas ce soir ! grogna Servais. J'ai besoin de gamberger.

— OK, boss… Pardon ! Chef… Ça vous convient, « chef » ?

— Si ça te fait plaisir.

— Sinon, y'a bien « bwana », mais vous aimez pas trop quand je fais des blagues de négro.

— Roule et tais-toi.

Sous l'abribus de la place, juste en face de la grande librairie, la transaction ne dura que deux minutes et Charley se remit au volant, déposant les cinq portables réclamés par Servais à côté de lui sur la banquette. Tout à l'heure, le vieux avait pris dans sa poche une énorme liasse de billets de cinquante euros dont il avait extrait la somme réclamée par le fournisseur de Charley. Était-il à ce point « pété de thunes » ?

Chaussant ses lunettes de vue, Servais déplia un morceau d'enveloppe kraft sorti de sa poche, le déchiffra longuement et composa le numéro sur une de ses acquisitions toute neuves. Il laissa sonner un certain temps et cela finit par répondre. Il s'éclaircit la gorge :

— M. Langlet ? Yves Langlet ? Ici le commissariat central. Désolé de vous réveiller en pleine nuit, mais nous venons de retrouver un véhicule incendié et tout nous porte à penser qu'il pourrait s'agir du vôtre.

Charley ouvrit grand les yeux et les oreilles, stupéfait par la facilité avec laquelle le vieil homme mentait et jouait son rôle à la perfection. Pas un bafouillage, pas l'ombre d'une hésitation. Même son timbre de voix s'était altéré.

— Ne paniquez pas, M. Langlet, nous ne sommes encore sûrs de rien. Quelle est votre adresse personnelle, s'il vous plaît ? Nous devons vérifier qu'elle correspond bien à l'immatriculation de la voiture.

Servais nota soigneusement ce que lui dictait l'autre et promit de le recontacter dans les minutes suivantes.

— C'est quoi cette histoire d'immatriculation ? demanda Charley, déjà dépassé par les événements.

— J'ai dit n'importe quoi pour obtenir l'adresse, sourit Servais. Le pauvre gars était paniqué, il n'a pas eu le temps de se poser trop de questions.

Servais tendit à son assistant l'adresse qu'il venait de noter et se cala confortablement le dos. Il ferma les yeux :

— Maintenant, tu me laisses dormir dix minutes, d'accord ? Je dois ménager mes forces. C'est plus de mon âge, ces bêtises-là.

— Quelles « bêtises » ?

— Tout à l'heure… Tout à l'heure…

Quand ils arrivèrent rue d'Oberkampf, Servais recommanda à Charley de faire le tour du pâté de maison pour tâcher de repérer les éventuelles caméras de surveillance. Ils en avisèrent quelques-unes et rangèrent la voiture dans une ruelle perpendiculaire à l'abri des regards indiscrets. Il était pas loin de deux heures maintenant, peu de chances que la fourrière vienne à passer. Servais tendit très naturellement le bras à Charley pour s'y appuyer et ils marchèrent jusqu'au numéro indiqué par Yves Langlet.

— Je peux savoir, maintenant ? tenta Charley.

— On va rendre une petite visite de courtoisie à un monsieur qui a brutalisé une amie à moi. Une amie très chère.

— Je savais pas que vous aviez des « amies très chères », m'sieur Marcuse, moqua gentiment Charley.

— C'est récent et ça ne te regarde pas.

— Un peu quand même…

— Un peu. Mais pas davantage. Il se peut que la rencontre s'avère un peu déplaisante, donc si tu n'as pas le goût des conflits, je te conseille de m'attendre dans le hall de l'immeuble.

— Vous me prenez pour qui ? Je suis votre assistant et un assistant, ça assiste. Vrai ou pas ?

— Vrai.

Servais allait sans doute bientôt savoir à qui il avait réellement à faire. Ce serait l'épreuve du feu pour le jeune Charley.

Le code ! Il n'avait pas le code…

Comment n'y avait-il pas pensé ? Il faut dire à sa décharge qu'à son époque, ces choses-là n'existaient pratiquement pas. Agacé, Servais reprit son portable et appuya sur la touche de rappel.

— M. Langlet ? C'est à nouveau le commissaire. Nous sommes en bas de votre immeuble. Puis-je avoir le code, s'il vous plaît ? Votre voiture est toujours dans le parking, dites-vous ? Oui, nous sommes au courant. Mais j'ai besoin de votre signature pour mon rapport… Désolé pour tout ce dérangement.

Charley éclata de rire en silence, indiquant à Servais que l'autre n'allait jamais gober son délire de rapport.

Il goba.

Servais enfonça précautionneusement les touches jusqu'à ce que la porte s'ouvre dans un déclic métallique.

— L'important, dit Servais en pénétrant dans l'immeuble, c'est la conviction. Il faut croire à ce qu'on dit, Charley. S'imprégner de son personnage comme un comédien. Pendant dix secondes, j'ai été ce commissaire travaillant la nuit et débordé par la paperasse. J'ai ressenti de l'empathie pour lui.

— OK, mais l'autre là-haut, pourquoi il vous a ouvert ?

— Parce qu'il est tellement content d'avoir retrouvé sa bagnole intacte dans son parking, qu'il embrasserait le monde entier. C'est important la psychologie dans nos métiers, tu sais…

— Quel métier, chef ?

Servais ne prit pas la peine de répondre. Charley verrait bien par lui-même.

La porte du troisième étage s'ouvrit sur Yves. Le tristement célèbre Yves. Le harceleur à deux balles, le quasi-violeur d'employée, le castagneur de jeunes filles, le pleutre diplômé. Et il ressemblait très exactement à l'image que s'en était faite Servais. C'est-à-dire à rien. Un type entre trente et quarante piges, ni maigre ni gros, ni beau ni moche, le front un peu dégarni, les yeux bleus lavasse, la pomme d'Adam proéminente. Il dévisagea Servais et Charley de longues secondes durant, sans bouger, sans rien dire. Eux, visiblement, ne correspondaient pas du tout à l'image qu'il se faisait d'un commissaire de police.

— Je ne comprends pas, dit-il enfin.

— C'est normal. Pouvons-nous entrer deux minutes, s'il vous plaît ? J'ai les jambes qui fatiguent vite.

— Qui êtes-vous ?

— Personne. Mais vous, vous êtes quelqu'un, M. Langlet. Vous êtes l'individu qui a tenté d'abuser de Mlle Cécile Segal en début de soirée.

L'autre changea de couleur. Ses yeux se mirent à aller en tous sens, comme s'ils cherchaient à s'échapper de leurs orbites :

— Qu'est-ce que vous racontez ?

— La triste réalité, hélas. Je vous propose donc de faire vos valises, de prendre votre passeport et de quitter définitivement la France cette nuit même.

L'autre éclata d'un rire nerveux. Mais – sans très bien savoir pourquoi – Charley sentit que le type avait tort de prendre cela à la légère.

— Je vois, dit calmement Servais. Vous n'avez pas l'intention de suivre mon conseil… C'est pourtant votre seule alternative.

— Vous êtes givré, lâcha l'autre en secouant la tête. Ou alors un peu Alzheimer, peut-être ?

— Soit vous quittez la France et mon assistant ici présent se fera même un plaisir de vous conduire jusqu'à l'aéroport de votre choix, soit vous crevez ici et tout de suite.

— Hein ?

Ce « hein ? » fut prononcé en chœur par Yves et Charley.

Mais il s'étrangla dans la gorge du premier quand la longue tige en acier se planta au beau milieu de cette pomme d'Adam qui offrait une cible si tentante à M. Marcuse depuis tout à l'heure. Yves écarquilla les yeux, commença à baver des bulles de sang. Ne voulant pas être éclaboussé, Servais le poussa à l'intérieur du bout de sa canne et l'autre s'écroula sur la moquette en émettant d'affreux sifflements mouillés.

Servais entra à son tour dans l'appartement, suivi par Charley. Yves serrait le manche de bois de l'ustensile qui était en train de le tuer, sans quitter son assassin des yeux. Charley fut effaré de voir à quelle vitesse ceux-ci devenaient vitreux et perdaient leur éclat.

— Pas de panique, le rassura Servais. Il en a pour une minute grand maximum…

Et effectivement, trente secondes plus tard, l'occupant des lieux s'affaissa comme un tas de chiffons dans le vestibule, les jambes secouées de soubresauts.

Charley fixait le corps, puis M. Marcuse, puis encore le corps… Il n'avait plus une goutte de salive dans la bouche, ses mains s'étaient glacées à lui faire mal, son cœur lui était remonté contre le palais.

— Qu'est-ce que vous avez fait, chef ?

— Ça paraît pourtant clair, Charley… Qu'est-ce que tu n'as pas compris ?

— Vous avez tué quelqu'un !

— Et tu as vu avec quelle précision. Pas une goutte de sang sur la moquette, aucune trace de lutte…

Le gros homme sortit de sa poche des gants de plastique qu'il enfila, puis en tendit une paire à Charley.

— Mets ça, mon garçon. Et va donc me cambrioler cet endroit…

— Comment, chef ?

— Tu prends une taie d'oreiller, n'importe quoi, ce que tu trouveras, et tu emportes tout ce qui te semble valoir quelque chose. Montres, bijoux, Smartphones, ordinateurs portables… Et dépêche-toi, je commence à avoir sommeil.

Charley s'éloigna dans l'appartement à peine éclairé, d'un pas chancelant. Servais trouva qu'il ne tenait pas trop mal le coup. On verrait plus tard ce qu'il en sera, quand il aura pleinement assimilé les événements. En attendant, il posa un genou à terre, ce qui lui arracha une grimace de douleur et d'un geste sec, retira le poinçon de la gorge du mort. Du sang se mit à couler sans débordement excessif. Étonnant tout de même à quel point il n'avait pas perdu la main. Servais plongea ses yeux dans ceux du cadavre. Mi-clos, sereins, laiteux… Comme toujours.

C'était son premier cadavre depuis vingt-cinq ans.

CHAPITRE 11

Servais arrose le premier étage d'essence.

L'odeur ne le dérange pas. Mieux : il aime plutôt ça. Allez savoir pourquoi. Cela doit lui rappeler des souvenirs. Le plein sur l'autoroute des vacances, quand son père remplissait le réservoir… Il revenait toujours de la station-service avec des paquets de biscuits et des bouteilles de limonade. Et puis des bières pour maman et lui. Oui, c'était sûrement ça…

À l'époque, Servais ne s'appelait pas Servais bien sûr, mais à quoi bon s'accrocher à des identités périmées qui, de toute façon, ne diraient plus rien à personne. Le premier bidon est terminé. Servais retourne chercher l'autre devant la chambre des parents. Tiens ! La femme est tombée du lit… Il était sûr qu'elle était morte, pourtant. Par acquit de conscience, parce qu'il est un professionnel irréprochable, un artisan à l'ancienne, Servais va vérifier. Il appuie l'index sur la jugulaire, attend dix secondes… Oui, elle est bien morte. Comment pourrait-il en être autrement avec ce poinçon d'acier qui lui est entré dans la bouche par le palais et a transpercé son cerveau. Elle a dû avoir des spasmes post-mortem et basculer sur le côté. Ça arrive et en l'occurrence, ce n'est pas bien grave.

Servais se saisit du second bidon et achève son travail, imbibant les moquettes, aspergeant les lambris, il garde un peu de combustible pour l'escalier. On en a connu qui se sont retrouvés encerclés par l'incendie qu'ils avaient eux-mêmes allumé.

Les cons…

Au rez-de-chaussée, Servais s'arrête un instant devant le miroir en pied de l'entrée et se recoiffe, rentre sa chemise dans le pantalon. Il est à son poids idéal en ce moment : quatre-vingt six kilos. Son ventre est plat, son visage creusé mais pas maigre, ses épaules sont larges, imposantes, sans lui donner l'air imbécile de certains sportifs. Servais n'aime pas le sport, mais il veut être à son maximum. Respecter son corps, le faire durer comme on bichonne un outil précieux. Il vient tout de même de fêter ses quarante-cinq ans. Une fille lui a dit l'autre jour qu'il ressemblait à James Bond. Elle voulait dire à Sean Connery. Au moment de passer le seuil, il sort une boîte d'allumettes de cuisine, les gratte toutes en même temps faisant jaillir une longue flamme bleue. Puis il jette le tout dans la traînée luisante qu'il vient de laisser.

L'incendie part en moins d'une seconde.

Servais s'en va. Il n'aime pas spécialement le feu et se refuse à jouir de ce qu'il fait pour gagner sa vie. C'est malsain. Il est tout ce qu'on voudra, il ne se cherche pas de justification, mais il n'est pas un psychopathe ni un vulgaire assassin. Il est payé et il fait du mieux qu'il peut ce pour quoi on le paie. Point-barre. Alors qu'il regagne sereinement sa voiture garée deux rues plus loin, Servais sent la fournaise dans son dos et le souffle des enfers qui enfle et commence à raréfier l'oxygène. Il sourit : dans deux heures, il ne restera rien de la maison. Et ne parlons même pas des corps. Nul ne saura si l'endroit avait été occupé ou pas.

Alors qu'il cherche ses clés dans la poche de son blouson, Servais entend le cri. Un long hurlement aigu, éraillé, strident. Et son ouïe exercée lui dit aussitôt qu'il provient de la maison. La femme est morte, ça il l'avait vérifié, l'homme n'aurait jamais crié avec cette voix-là…

Y a-t-il quelqu'un d'autre ?

Un désagréable frisson court le long de l'échine du tueur. Il se retourne et la voit, ombre chinoise à la fenêtre du second. Une petite fille blonde, les mains collées à la vitre, la bouche grande ouverte, qui hurle à la mort. Le premier réflexe de Servais est d'y retourner, de tenter quelque chose. Il ne touche pas aux enfants. Ça, il a toujours été parfaitement clair là-dessus. N'importe qui, n'importe où et n'importe comment, mais pas les gosses. Il n'a pas fait deux pas qu'elle s'embrase.

D'abord les cheveux dans une gerbe mordorée, puis le corps tout entier. Elle crie encore. Elle crie toujours quand elle disparaît, avalée par les flammes.

Elle n'a pas cessé de crier depuis un quart de siècle.

CHAPITRE 12

Servais permit à Charley de garder le cash trouvé chez le mort et l'obligea à jeter à la Seine le reste du butin, bijoux, montres et ordis compris. Charley râla pour le principe, mais jugea prudent de ne pas discuter les ordres. Paris commençait à s'éveiller, alors que le jour ne pointait pas encore. Un début de circulation, une rumeur lointaine… Servais ne cessait de bâiller et demanda à Charley de le ramener chez lui sans tarder. L'autre se demandait s'il fallait parler maintenant de ce qui venait de se passer ou attendre le bon vouloir de M. Marcuse. Comme s'il lisait dans ses pensées – ce qui ne semblait d'ailleurs pas totalement exclu – Servais posa sa grosse patte sur l'épaule osseuse du jeune homme :

— Alors, Charley ? Qu'as-tu pensé de notre petite excursion nocturne ?

— Là, m'sieur Marcuse, franchement, je sais pas trop quoi vous répondre.

— Je comprends. Tu te dis que selon ta réponse, je risque de te considérer soit comme un bras-droit efficace et fiable, soit comme un pétochard qui, un jour ou l'autre, ira tout balancer aux flics.

— Jamais j'irai aux flics ! Jamais !

— « Chez les flics » corrigea mécaniquement Servais. Non en effet, je ne pense pas que tu sois du genre balance.

— Au contraire, même ! plaida Charley dont les mains avaient tendance depuis tout à l'heure à glisser sur le volant, tant elles étaient moites.

— Toutes ces considérations mises de côté, ce job te plaît-il ou n'as-tu qu'une envie à présent, c'est de ne plus jamais me revoir et trouver une petite planque sous-payée comme manutentionnaire dans une supérette de province ?

Charley lâcha la route des yeux un instant pour dévisager Servais dans le rétro. Le vieux avait toujours sa grosse bonne tête de Père Noël, mais son regard avait changé. Ce n'était sans doute qu'une impression… On a tendance à considérer les gens différemment quand on les a vus planter une tige d'acier dans la gorge d'un gus.

— Je ne crois pas être capable de tuer quelqu'un…

— On ne t'en demande pas tant, sourit Servais. Tu as été engagé comme assistant, pas comme associé. J'ai besoin d'un chauffeur, d'une personne disponible et qui sache tenir sa langue. Je ne rajeunis pas et ne suis pas au meilleur de ma forme physique, comme tu peux le constater tous les jours…

— D'accord, chef. Mais… Enfin, j'aimerais juste savoir…

— Pourquoi j'ai tué ce type ? l'aida Servais.

— Voilà ! Je ne vous demande rien. Mais si vous avez l'intention de recommencer ce genre d'activité…

— Ça ne dépend pas de moi. C'est la mission qui commande tout, qui décide de tout. Je ne suis qu'un « réacteur ». Je n'agis pas, je réagis. Tu comprends ?

— Grosso-modo. Et sans être indiscret, m'sieur Marcuse… C'est quoi exactement, « la mission » ?

— On appellera ça « l'Opération Cécile ».

CHAPITRE 13

À l'époque, Servais Marcuse – appelons-le ainsi – était du genre à réagir au quart de tour. Aussi se rend-il directement avenue d'Ivry.

C'est l'heure des livraisons et l'épicerie est saturée de senteurs exotiques, douceâtres et entêtantes. Mais il s'en fiche, il n'est pas là pour jouer les touristes. Les employés déchargent les cageots sans lui prêter attention, comme s'il était invisible. Le patron les a bien dressés. Servais pousse la porte du fond, il sent son cœur battre la chamade et ne connaît que trop bien cette impérieuse appétence qui monte en lui. Bien plus puissante, bien plus irrésistible que n'importe quelle pulsion sexuelle qu'il ait pu ressentir. Il n'a pas besoin d'allumer l'étroit couloir sombre, il le connaît par cœur. Jusqu'au nombre de pas qu'il lui faut accomplir pour arriver au bureau. Il ne frappe pas, il entre. Le gérant est là. Petit, gras du bide, les cheveux frisottés. Il n'a rien d'un asiatique et parle avec un accent « pied-noir » appuyé.

— Qu'est-ce qu'il te prend de venir ici ? T'as eu un problème ?

— C'est toi qui en as un, riposte Servais en refermant la porte à clé.

— Qu'est-ce que tu racontes ?

— Le job, c'était l'avocat et sa femme… Personne n'avait parlé d'un enfant.

— Bien sûr qu'on en a parlé ! glapit l'autre.

— Impossible, grince Servais. Je n'aurais pas accepté le job. C'était quoi, son nom ?

— Quoi ? Mais qu'est-ce que j'en sais, moi ! Et qu'est-ce que j'en ai à foutre, surtout ? Tu veux ton pognon maintenant, c'est ça ? Pas la peine de faire tout ce cinéma, je vais te le filer. Je l'ai dans le coffre… Si ça peut calmer tes p'tits nerfs. J'aime pas quand t'es comme ça. Tu me fous les jetons.

Il s'extrait du fauteuil pour aller vers son coffre encastré, mais d'un bond, Servais le saisit à la nuque et serre jusqu'à ce qu'il hurle d'une voix aiguë. Une voix de lapin qu'on écorche. Servais serre encore et l'oblige à se rasseoir. Quand il se remet à parler, c'est d'une voix mesurée et pédagogue :

— Je n'ai toujours eu qu'une seule condition. Depuis le début… Je ne touche pas aux enfants, ni aux animaux. Est-ce que je mens en disant cela ?

— Je savais pas pour la gamine, ma parole ! pleure le boss qui en oublie son accent pied-noir.

— Je n'ai jamais dit que c'était une fille, rétorque Servais avec un mince sourire.

D'un mouvement sec du poignet, il fait jaillir la lame de son coupe-chou. L'autre se pisse directement dessus. Servais recule d'un pas, c'est dégueulasse.

— Je parlerai au commandant tout à l'heure, hoquète l'autre. On doublera ta prime, d'accord ? On la triple même, si tu veux ! Je comprends que tu ne sois pas content, sur ma mère ! C'est normal. La petite devait être chez ses grands-parents jusqu'au week-end, mais… On ne sait pas ce qui s'est passé, ils l'ont ramenée dans la journée. On n'allait quand même pas tout annuler !

— Si, gronde Servais d'une voix si basse et profonde, que l'autre en ressent les vibrations jusque dans son thorax.

— Qu'est-ce que tu veux ?

— Connaître son prénom.

— Je le connais pas, merde !

La lame s'envole dans un éclair d'argent et entaille la pommette juste sous l'œil droit. Des flots de sang s'échappent aussitôt de la plaie, souillent la chemise du gérant.

— T'es dingue ! hurle-t-il. Tu sais à qui tu t'attaques, là ?

— Son prénom.

L'autre se sent devenir glacé, sa bouche lui semble molle, comme en sortant de chez le dentiste. Le sang lui dégouline maintenant sur le pantalon. Il va se vider. Le tueur a dû tailler jusqu'à l'os.

Alors il dit à ce cinglé ce qu'il veut savoir. Après tout, qu'est-ce qu'il en a à foutre ?

Servais achève le travail en accomplissant le même mouvement mais cette fois de gauche à droite et d'une carotide à l'autre. Il sait déjà précisément dans quelle direction le sang va gicler, aussi se place-t-il dans un angle mort. Malgré les impressionnants geysers qui aspergent jusqu'au plafond, il quitte le bureau sans une seule goutte sur lui.

Il ressort sans que personne ne le remarque. Au passage, il pique un de ces gros fruits mauves qu'il affectionne. Un « dragon ». Il s'en fera un petit-déjeuner tout à l'heure, avec du sucre et un filet de citron vert.

Elle s'appelait Cécile.

CHAPITRE 14

Il s'était assoupi tout habillé dans son lit et avait dormi une bonne partie de l'après-midi. C'est un sourd bourdonnement de voix qui le ressuscita. Il devait être cinq heures. Servais tendit l'oreille et distingua deux sonorités bien distinctes : le timbre clair et harmonieux de Cécile déjà si familier et une voix masculine, plus hésitante, entrecoupée de quintes de toux. Servais ouvrit le tiroir de sa table de nuit, y ramassa son vieux stéthoscope dont il posa l'extrémité contre le mur du salon. Fiona vint se frotter contre sa jambe, Servais la chassa sans brutalité mais assez fermement pour que la chatte reparte, ulcérée. L'antédiluvienne méthode d'écoute fonctionnait toujours. Il entendait maintenant l'échange qui avait lieu à quelques pas de lui. Les flics n'avaient pas perdu de temps !

— Je comprends que vous soyez bouleversée, Mlle Segal, disait le poulet qui semblait être assez jeune. Mais nous avons déjà interrogé vos collègues de l'agence et comme on nous a dit que vous étiez souffrante, j'ai préféré passer directement pour ne pas perdre de temps. Les souvenirs s'évaporent vite, vous savez…

— Un cambriolage, vous dites ? bégaya Cécile.

— C'est la première conclusion qui s'impose. Mais nous n'en sommes qu'au début de l'enquête et la façon dont M. Langlet a été tué est plutôt suspecte.

— C'est-à-dire, suspecte ?

— Je ne peux pas être plus explicite pour le moment. Mlle Segal, avez-vous parlé à M. Langlet, hier ?

— Je… Non, je ne crois pas…

Servais tiqua. Elle n'était pas en état de mentir correctement et allait se trahir à un moment ou à un autre. S'il était à peu près compétent, le flic n'allait pas tarder à lui demander l'origine de ses hématomes au visage. Ensuite, ce serait un jeu d'enfant de remonter le fil.

Alors Servais partit à la rescousse.

Un coup d'œil au miroir pour s'assurer qu'il n'avait pas une tête de fou et pour se refaire sa bonne expression de « gros bonhomme débonnaire » et il sortit d'un pas plein d'allant, son sac de commissions à la main. Il fit mine d'être surpris en découvrant la porte de l'appartement de Cécile ouverte et celle-ci dans l'embrasure, face à un type d'une trentaine d'années, au visage osseux, aux cheveux très blonds coupés en brosse, façon « marines ».

— C'est mon voisin… et ami, dit Cécile en faisant les présentations. M. Servais Marcuse.

— Capitaine Antoine Natividad, fit l'autre en tendant la main.

Servais la serra et sentit une force peu commune dans la poigne du jeune type, qui lui avait semblé malingre au premier abord. Rester vigilant, donc…

— Qu'est-ce qu'il se passe ? Ne me dites pas que ces « taggers » sont revenus dégrader notre entrée pour la énième fois ! tonna-t-il d'un air indigné à l'avance.

— Ne vous en faites pas, Servais. Il est arrivé un problème à mon patron.

— Oh ! Pas trop grave, j'espère…

Cécile interrogea le flic du regard, pour savoir si elle pouvait répondre à la curiosité du vieil homme. C'est lui qui s'en chargea :

— On l'a retrouvé mort à son domicile. Une agression…

— Seigneur ! Quelle horreur ! Mais vous devez être complètement bouleversée, ma pauvre Cécile. Puis-je faire quelque chose ?

— Allez faire vos courses, je viendrai sonner à votre porte tout à l'heure, pour l'apéritif.

— Excellent ! Et… bon courage, ajouta-t-il à l'adresse du capitaine Natividad. Je ne sais pas comment vous faites pour vivre au milieu de toute cette violence. Je vous admire, jeune homme.

Servais fit trois pas dans le couloir, puis soudain, fit volte-face et boitilla jusqu'au policier en tendant ses poignets d'une façon comique :

— Allez ! J'avoue tout ! C'est moi, c'est moi le coupable ! Je ne peux pas garder le secret plus longtemps.

— Pardon ? fit le flic déconcerté.

— Je ne parle pas de ce malheureux, bien sûr ! Mais c'est moi qui ai défiguré cette pauvre Cécile.

Elle ouvrit la bouche pour réagir, mais eut la présence d'esprit de n'en rien faire. Étonnée, elle regarda Servais pendant qu'il poursuivait son numéro :

— Je lui avais vanté mes talents de bricoleur et elle m'avait réquisitionné pour poser ses étagères. Résultat : j'ai tout fait tomber, j'en ai cassé une et ce faisant, j'ai mis un coup de coude dans la figure de cette ravissante personne. Dieu merci, les dommages ne sont que temporaires. Je ne me le serais jamais pardonné.

Servais vit quelque chose s'atténuer dans l'œil de Natividad. Une petite flammèche de curiosité qui avait dû s'allumer dès qu'il avait posé les yeux sur Cécile. Servais venait de l'étouffer sous sa semelle.

— Si Mlle Segal porte plainte, ça risque de vous coûter cher, plaisanta le flic.

— Ça ira pour cette fois, rétorqua Cécile sur le même ton badin. Mais vous êtes repéré, Servais.

Elle avait donné le change, mais son regard était grave et perplexe alors qu'elle le rivait dans celui de M. Marcuse.

— Je vous laisse, les jeunes ! C'est l'heure pour papy d'aller faire sa promenade quotidienne.

Antoine Natividad le salua d'un sourire et le vit s'engouffrer dans l'ascenseur.

— Sympathique, ce monsieur, dit-il alors que la cabine entamait sa descente.

— Bien plus que cela. Depuis mon arrivée ici, je l'appelle mon ange gardien.

Vers sept heures, ils burent un Martini chez Cécile.

Servais semblait de belle humeur, il devisa sur les changements dans le quartier, les hausses de prix au supermarché, pesta contre ces accros au tabac qui tétaient leurs clopes aux terrasses des cafés, sous les portes-cochères, empuantissant l'atmosphère déjà bien polluée. Bref, il monologua sur tout et rien, évitant le seul sujet qui intéressait Cécile. C'est donc elle qui se vit obligée d'aborder la chose :

— Pourquoi avez-vous menti, tout à l'heure ? Pourquoi avoir dit à ce policier que vous m'aviez frappée accidentellement ?

— Vous ne comprenez pas ?

— Non. J'ai cherché, mais…

— Cécile, mon petit, sourit Servais d'un air indulgent et plein d'affection. Si cet odieux personnage a tenté de vous violenter, s'il vous a frappée sauvagement et s'il vient à passer de vie à trépas quelques heures plus tard… Imaginez deux secondes le schéma qui s'inscrit illico dans le cerveau formaté d'un fonctionnaire de police.

— Vous voulez dire qu'il m'aurait soupçonnée ?

— Vous, un de vos proches… Je ne sais pas… C'est le mobile idéal. Les deux événements sont si rapprochés dans le temps.

— Mais je n'ai rien à voir dans la mort d'Yves !

— Vous le savez, Cécile… Je le sais… Le problème est de le prouver.

— Ce que vous avez fait… C'est un faux témoignage, n'est-ce-pas ? Et comme je n'ai pas démenti, cela fait de moi votre complice.

— Je vous ai seulement épargné d'interminables interrogatoires dans un commissariat vétuste, des questions insidieuses voire insultantes. C'est tout. Mais si ça vous dérange à ce point, j'appelle moi-même ce policier et je lui raconte tout.

— Inutile.

Cécile fit signe à Servais de la resservir, ce qu'il fit avec allégresse, rajoutant des glaçons et un zeste de citron.

— Au fond, dit-elle après avoir vidé son verre, je ne sais même pas s'il a réellement essayé de me violer. Il a peut-être été simplement maladroit, grossier… Un gros beauf bien lourd, parmi tant d'autres. C'est peut-être moi qui ai exagéré. Je suis devenue hystérique.

— Pourquoi dites-vous des bêtises pareilles ? dit Servais d'un air peiné. Vous prenez plaisir à vous diminuer ? Ce type – Dieu ait son âme, s'il la désire – était un salopard et une brute. Le fait qu'il soit mort n'y change rien.

— Pourquoi je dis des bêtises pareilles ? C'est une bonne question, M. Marcuse. La seule en vérité, qui vaille la peine d'être posée.

— Je ne vous suis pas…

— Pourquoi ne puis-je pas garder un homme plus de six mois ? Pourquoi ai-je toujours envie de mourir après avoir fait l'amour ? Pourquoi est-ce que je ne m'aime pas ?

Servais ne savait que dire. Il ne s'était pas attendu à cette déferlante et – ce qui était rare chez lui – il en restait coi.

— Vous ne devinez pas, Servais ? C'est pourtant aveuglant. Je suis un cliché ambulant. Une statistique sur pattes… Une enfant « sexuellement abusée », comme on dit.

M. Marcuse en avala son Martini de travers et se mit à tousser.

Comme son visage devenait violacé, Cécile lui tapa dans le dos. Elle affichait une drôle d'expression, celle d'une fillette studieuse et trop sage, mais pas tout à fait présente. Quand la quinte de Servais fut passée, il mâcha un cube de glace en asséchant les larmes qui arrosaient sa barbe. Cécile lui sourit et poursuivit ses confidences, comme si rien ne s'était passé :

— C'était Silvio, le second mari de ma mère. Il a commencé à venir dans ma chambre le jour de mes onze ans. Je m'en souviens parce qu'il m'avait organisé une grande fête à la maison… Il avait invité toutes mes copines d'école et avait fait venir un magicien. J'ai même eu le droit de boire du champagne. Ce que j'ignorais alors, c'est qu'il m'apporterait la note la nuit-même.

— Onze ans, répéta stupidement Servais.

— Pile-poil, oui. Et ça a duré jusqu'à mes quinze ans… Jusqu'au divorce, en fait.

— Votre mère avait découvert qu'il…

— Rien à voir. Elle n'a jamais rien su, rien vu, rien deviné. Silvio vivait à ses crochets… Il se voulait peintre, illustrateur, je ne sais trop quoi encore. Il n'a jamais rien publié. Il dépensait l'argent de maman et baisait tout ce qui passait à sa portée. Je n'étais pas la seule élue. Silvio avait un gros appétit. Sans doute parce qu'il n'avait rien d'autre à faire dans l'existence. Des jeunes, des vieilles, des grosses, des maigres, tout le monde y passait. Et moi avec.

Choqué, Servais se passa la main sur la figure.

Il sentait remonter cette faim d'autrefois. Cette vague puissante et noire à goût de fer qui s'était mise à galoper dans ses veines, à obscurcir ses pensées, son contrôle de lui-même. Il ne fallait pas qu'elle le voie comme ça… Qu'elle lise cette horrible chose dans ses yeux.

— Ça ne va pas, Servais ?

— Si, si… Ce « Silvio », je suppose qu'il est mort, depuis ?

— Aux dernières nouvelles, il va parfaitement bien. Il m'a même écrit l'année dernière pour m'emprunter de l'argent. Qu'est-ce que vous dites de ça ?

— Vous lui avez répondu ?

— J'avais écrit l'e-mail. J'ai mis trois jours à le peaufiner, à le réécrire, j'ai déballé tout ce que j'avais sur le cœur. Et finalement, il est resté dans mes brouillons. Je n'ai pas pu me résoudre à l'envoyer. Une vieille trouille… Je ne sais pas.

Par réflexe, Servais tourna la tête vers l'ordinateur. Elle suivit son regard :

— Vous voulez le lire ?

— C'est votre vie, mon petit, dit Servais d'une voix à peine audible. Je crois qu'il serait préférable que vous vous reposiez un peu à présent.

Il se leva avec peine, elle ne fit pas un geste pour l'aider, les jambes coupées par l'alcool. Alors qu'il se dirigeait vers l'entrée, elle lui saisit le poignet :

— Vous êtes la première personne au monde à qui j'aie jamais parlé de ça.

— J'en suis très honoré, Cécile. Je ferai tout pour être digne de votre confiance.

— Pourquoi faites-vous tout ça, pour moi ? Vous n'avez personne dans votre vie, pas de famille ?

— Reposez-vous.

Cécile se retrouva seule. Cela lui avait fait du bien de parler de Silvio, de prononcer son nom. Elle prit un glaçon et le passa sur son front et ses joues en feu.

Et puis… Elle sourit.

CHAPITRE 15

Le lendemain, Servais appela Charley, lui demanda de s'habiller le plus élégamment possible et l'invita à passer le prendre à midi précis pour aller déjeuner. En général, le simple fait d'enfiler sa chemise blanche et de nouer son unique cravate faisait déjà saliver Charley. Il avait déjà testé quelques-unes des bonnes adresses de M. Marcuse et aurait dû se réjouir à l'avance de la journée qui s'annonçait. Il pensait en terme de journée, car avec « le vieux », le repas pouvait durer jusqu'à seize heures et même plus. Il goûtait les vins, discutait avec le sommelier, parfois quand tous les clients étaient partis, le chef venait même s'asseoir à leur table et se mettait à parler bouffe avec Servais. Charley souriait encore en se souvenant de la fois où remis en appétit par sa conversation culinaire avec le patron, Servais avait commandé un second menu dégustation dans la foulée. Le mec avait été tellement épaté, qu'il le lui avait offert.

Seulement voilà, aujourd'hui Charley n'avait pas très faim.

À vrai dire, il avait espéré que le vieux ne le rappellerait plus jamais et que sa vie allait reprendre un cours normal. C'est-à-dire, avant qu'il n'ait été témoin d'un assassinat de sang-froid et qu'il ait lui-même enfreint à peu près toutes les lois de la République. Charley n'était pas un trouillard, mais il ne voulait pas d'ennuis… Il sentait bien qu'avec le vieux Marcuse, il allait pouvoir se faire un paquet de pognon, mais à quoi faire ? À quel prix ? Qui était-il, ce nouvel employeur ? Un échappé d'asile ? Un serial killer ? Une barbouze ? L'idée pouvait faire sourire au premier abord, mais en y réfléchissant bien, tous les serial killers ne se font pas gauler. Il doit même y en avoir des tas encore en liberté, des wagons, même ! Et passé un certain âge, ils n'avaient plus les capacités physiques d'exercer leur art. Alors ils devaient prendre leur retraite, comme tout le monde. Peut-être charcuter encore quelques personnes de temps en temps, par habitude, par nostalgie…

L'idée de partager la table d'un tueur en série ne ravissait pas Charley. Par sécurité, il prit son vieil Opinel dans son placard, vérifia que la lame se dépliait sans trop forcer et le fourra au fond de sa poche de pantalon. Ce n'était pas grand-chose, mais cela le rassura un peu. Si le gros sortait son pic à glace, s'il faisait le moindre mouvement suspect, s'il le regardait de travers, Charley lui planterait son acier dans son bide d'hippopotame et basta !

Quoi ! Il n'allait quand même pas se laisser impressionner par un grabataire qui marche avec une canne, non !

M. Marcuse était déjà là, devant l'immeuble à l'attendre. Par réflexe, Charley vérifia l'heure : il était une minute en avance. Le vieux détestait le manque de ponctualité et l'avait vertement fait savoir à son taxi lors de leurs premières balades. Charley laissa le moteur tourner, le temps d'aider Servais à monter en voiture. Alors qu'il ouvrait la portière, le vieux lâcha un petit rire pointu :

— Dis-moi, garçon… Qu'est-ce que tu as dans ta poche ?

— Dans ma…? Mais rien. J'ai jamais rien dans mes poches. Ça déforme.

Servais donna un petit coup du bout de sa canne en haut de la cuisse de Charley, provoquant un son creux.

— Du bois, dit-il. Un couteau ? C'est pour moi que tu t'es armé ?

— Quoi ? Pas du tout, je…

— Tu sais, Charley, si j'avais voulu ta mort, ce serait déjà fait depuis longtemps. Pour être tout à fait franc, j'ai hésité l'autre soir, dans l'appartement.

— Ah oui ? fit Charley en déglutissant.

— Et puis j'ai renoncé… J'avais la flemme de me chercher un taxi à cette heure-là.

Servais pinça la joue d'ébène de son assistant et acheva l'accolade par une grosse baffe sonore :

— Allez va, te mets pas la rate au court-bouillon. Tu as ma parole que tu verras le soleil se lever demain. Enfin, si tu te réveilles à des heures décentes, bien sûr.

Charley haussa les épaules, gêné, mais tout de même très soulagé. Il prit le bras de M. Marcuse et le soutint pendant qu'il s'installait.

L'appétit était en train de revenir, tiens !

M. Marcuse avait réservé le petit salon au fond. À l'abri des indiscrets, la table VIP. Charley était déjà venu dans ce grand restaurant près de la Maison de la Radio, mais ce jour-là, le petit coin convoité était occupé par des hommes politiques. Il en avait reconnu un, sans avoir la moindre idée de qui il s'agissait avec précision. Charley se foutait de la politique. Tout ce qu'il voulait, c'est vivoter, bien bouffer, baiser de temps à autres, pas forcément très souvent, mais bien. Pas avec n'importe qui. Plutôt des belles à la fesse bien ronde.

Personne ne vint prendre leur commande. On ne leur proposa même pas le menu. Le vieux s'était déjà occupé de tout par téléphone et le service fut impeccable, furtif, minuté, un vrai ballet de silhouettes à peine visibles qui remplissaient les verres, changeaient les assiettes, dégageaient les miettes, sans un mot, sans un frôlement d'étoffe. La perfection. Après les œufs-mayo du chef, qui transportèrent Charley en lui faisant comprendre qu'un même plat, aussi banal qu'il soit, pouvait revêtir bien des apparences et dissimuler bien des régals, M. Marcuse prit la conversation en mains :

— Je suis sûr que tu as des tas de questions à me poser, mon garçon. Alors aujourd'hui et aujourd'hui seulement, je vais tâcher de t'éclairer. Il y a certains sujets, ou en tout cas certaines zones, que je laisserai dans le flou, mais je ferai de mon mieux pour que tu saches à peu près où tu mets les pieds.

— J'ai une première question, M. Marcuse.

— Je t'écoute. On a un bon quart d'heure avant l'arrivée du poisson.

— Si je vous pose des questions, je vais obtenir des réponses. Quelques-unes en tout cas… Si je décide d'arrêter de bosser avec vous, ça va pas être un peu dangereux d'avoir entendu ces réponses ?

— Disons que cela va créer un petit malaise, c'est certain. Mais franchement, qui te croirait ? Et à qui vas-tu les faire, tes révélations ? À la police ? Même s'ils t'écoutaient, ce dont je doute, ils ne te donneront non seulement pas de médaille, mais ils te colleront manu militari dans un avion pour le Mali. Car tu n'as toujours pas tes papiers, ch'pas ?

Charley fit non de la tête. Un peu mortifié.

— D'accord, dit finalement Charley. Est-ce que vous êtes un serial killer ?

— Ne parle pas en anglais, ça m'agace. Qu'est-ce que ça veut dire, ça ? En plus avec ton accent, on dirait que tu dis « céréale-qui-l'heure », c'est ridicule.

— OK, obtempéra l'assistant, sans prendre ombrage. Est-ce que vous êtes un tueur en série ?

— Tu veux dire par-là un de ces types qui découpent les femmes en morceaux, en dévorent une partie, gardent les restes dans leur frigo et collent des coupures de journaux sur les murs de leur cave ? Eh bien, désolé de te décevoir, mais… non. Quoique… À l'armée, il paraît que le psy avait laissé entendre que j'avais le profil. C'est d'ailleurs pour ça qu'ils m'ont contacté quand j'ai fini mon service. Ils m'attendaient à la sortie de la caserne, à Blois. Ils m'ont proposé de me ramener sur Paris en voiture officielle.

— Qui ça, « ils » ?

— Aucune idée. Je ne l'ai jamais su et ça ne m'a jamais intéressé. Moi, tout ce que je voyais c'était la sécurité d'emploi, les horaires souples. J'étais logé aux frais de la princesse, on me fournissait des papiers, des passeports, j'avais accès aux meilleurs soins médicaux sans jamais débourser un centime. Et la paie, garçon ! À vingt ans, toucher autant, c'était presque obscène.

— Mais c'était quoi, ce job ?

Servais sourit de cet air madré et bon-enfant dont Charley avait appris à se méfier. Puis il pointa l'index sur le jeune homme et imita le son d'un coup de feu.

Discrètement, bien sûr. Le restaurant s'était rempli… La mâchoire de Charley s’affaissa de plusieurs centimètres :

— On vous payait pour tuer des gens ? Mais quels gens ?

— Des « ennemis d’État », ils appelaient ça. À mon époque, hein… Maintenant, ça a dû changer, ça doit être encore plus codé. Plus « politiquement correct », comme ils disent.

Abasourdi, Charley vérifia que personne ne les écoutait et se pencha pour chuchoter à l’oreille du vieux :

— Mais… Ces gens… Ces ennemis, là… Vous en avez tué combien, m’sieur Marcuse ?

— Une petite centaine, je dirais… J'ai arrêté de compter après les soixante premiers, ça me filait des ulcères. J'ai toujours été trop sensible.

Charley resta bouche bée. Scié. Anéanti sur place. Servais lui servit un grand verre d’eau et l’obligea à l’avaler. Cela le ranima un peu :

— Mais c'est pas possible ! C'est dans les films, ça… On tue pas la population comme ça ! Pas chez nous. On n’est pas au Chili !

— Si tu le dis.

— Mais c'était qui vos patrons ? Les services secrets ? La police ? L’Élysée ?

— Aucune idée, je t’ai dit. De toute façon, je n’ai jamais eu à faire qu’à des intermédiaires au fond d’arrière-boutiques crasseuses. On me donnait un dossier, des noms, des adresses, des photos… Et la date limite de finition du chantier.

— Du chantier ?

Servais refit son petit geste de l'index-revolver, mais cette fois, il n'eut pas besoin de faire le son qui accompagnait. Charley avait pigé l'idée générale.

— Je pensais que vous étiez retraité, moi…

— Je le suis. Je l'ai été. Pendant très très longtemps. Je me suis caché, j'ai réussi à me rendre invisible. Totalement indétectable.

— Comment ?

— D'abord, j'ai dû quitter la France pendant un certain temps… J'avais commis une grosse bêtise sous le coup de la colère. Je reconnais que c'était assez anti-professionnel. Je me suis planqué en Italie et j'ai bouffé.

— Bouffé ?

— Toute la journée, oui… Jusqu'à cinq fois par jour. Pâtes, pizzas, glaces, fritures, olives, légumes confits dans l'huile, du pain, des tonnes de pain, j'ai tout essayé. Il m'a fallu cinq mois de labeur intensif pour devenir ce que je suis encore aujourd'hui.

M. Marcuse tapota son énorme panse rebondie d'un air presque fier.

— Vous avez grossi… volontairement ? béa Charley.

— Quel meilleur déguisement pour quelqu'un comme moi, qu'une armure de graisse de cinquante kilos ?

— C'est génial.

— Ça, la grosse barbe, des lunettes… Et j'ai enfin pu rentrer en France. Ils attendaient James Bond…

— …Et ils n'ont vu que le sergent Garcia, enchaîna Charley transporté. Ils ont arrêté de vous chercher ?

Je ne pense pas, non. Je ne fais sûrement plus partie de leurs dossiers prioritaires après tout ce temps. Mais ils ne classent jamais un cas pareil.

Charley secoua la tête avec un air comique d'ébahissement mêlé de total respect. C'est pile à ce moment-là qu'on apporta le bar de ligne accompagné de sa purée maison.

— Allez, assistant, sourit Servais. Peaufinons mon déguisement !

CHAPITRE 16

C'est l'avalanche d'informations qui avait grisé Charley, bien plus que le vin sélectionné avec tant de soin par M. Marcuse. En rentrant chez lui en fin d'après-midi, il ne put s'empêcher de ressentir une certaine satisfaction mêlée d'orgueil. De toute évidence, le vieil homme lui avait accordé sa confiance. Il lui avait raconté une bonne partie de sa vie, il s'était mis à nu – et donc en danger – et avait même attribué une mission à son nouvel assistant.

Servais s'était introduit chez Cécile dans la matinée et avait déniché le nom et l'adresse e-mail de « Silvio ». Il avait briefé Charley sur le personnage et lui avait demandé primo, de le localiser, secundo de le surveiller. De l'espionner, autrement dit. Et ce, pendant plusieurs jours. De noter ses horaires, ses habitudes, prendre des photos, éventuellement. Mais surtout, surtout, ne jamais se faire voir et – cela allait sans dire – ne jamais entrer en contact.

Charley était tout excité, il se prenait pour un héros de film d'action hollywoodien. C'était autrement plus fun que de conduire des « relous » à Orly ou Roissy à longueur de journée. Aller-retour, aller-retour, aller-retour… C'était à devenir dingo, à force ! Il avait tout de même demandé à Servais pourquoi il s'intéressait à ce type. Il avait l'intention de le… Enfin, comme l'autre ? M. Marcuse posa ses paluches sur les épaules de Charley et s'approcha si près de lui, que le jeune homme put sentir le Pinot dans son haleine :

« À partir d'aujourd'hui, ton travail est le même que le mien. T'occuper de ma petite voisine. Faire en sorte qu'elle vive bien, qu'elle ne soit embêtée par personne, qu'elle puisse envisager un avenir radieux, même dans le monde de merde dans lequel nous vivons ».

« D'accord, rétorqua Charley, ange gardien, ça me va. Mais pourquoi elle ? Je veux dire… C'est quelqu'un de votre famille ? »

« Bien plus que ça, mon garçon. J'ai une dette envers elle, une énorme dette. Si j'arrive à m'en acquitter même en partie, il se peut que j'aie la possibilité de renégocier les conditions de mon séjour en enfer. Tu comprends ? »

« Pas vraiment ».

« Aucune importance, appelle-moi tous les soirs pour me tenir au courant ».

En sortant de l'ascenseur, Servais se sentit euphorique. Quelque chose lui disait qu'il pouvait se fier à Charley, du moins pour un certain temps. Le garçon était malin et fin à sa manière folklorique. Aventureux aussi et surtout, il ne possédait pas une notion très claire du Bien et du Mal. Il tâchait de s'en sortir tout seul depuis sa plus tendre enfance par tous les moyens et cela avait dû émousser ses scrupules. Tant mieux. Car Servais avait bien conscience maintenant qu'il ne s'en serait jamais sorti tout seul. Il se sentait fatigué, son souffle était de plus en plus court en fin de journée et son ongle incarné lui faisait souffrir le martyr.

Alors qu'il cherchait ses clés, M. Marcuse perçut un pas précipité dans son dos : quelqu'un qui gravissait l'escalier quatre à quatre. Vieux réflexe, Servais s'adossa au mur le plus proche et serra ses clés dans son poing, laissant affleurer les extrémités comme autant de mini-poignards. Arme rudimentaire, mais tout à fait létale entre de bonnes mains. Il avait pu le vérifier à une ou deux reprises dans son autre vie…

Servais n'eut pas à s'en servir. Le sportif qui débarquait ainsi sur le palier n'était autre que ce jeune flic. Le capitaine Natividad. Il portait un costume élégant, pas de cravate, mais il sortait visiblement de chez le coiffeur – sa brosse blonde était impeccable – et tenait un bouquet de fleurs à la main. Il parut surpris de découvrir le vieux voisin pétrifié dans le couloir, le teint marbré, le front perlé de sueur.

— Ça va, M. Marcuse ?

— Ça va parfaitement bien, capitaine… Je reprends mon souffle. Et vous, comment vont les affaires ?

Ce disant, Servais avait jeté un rapide coup d'œil au bouquet, ce qui n'avait pas échappé au flic.

— L'enquête, vous voulez dire ? À vrai dire, ça piétine pas mal. Mais on attend des résultats du labo… Vous avez dû voir ça dans les séries à la télé. L'ADN, tout ça…

— Je ne regarde pas ces bêtises, grogna Servais. Dites donc, c'est pour moi ces fleurs ? Ça me touche beaucoup. Ce sont mes préférées.

Antoine Natividad resta coi pendant trois secondes, déconcerté par le ton pince-sans-rire du vieil homme. Puis il éclata d'un rire silencieux et saccadé, presque aussi idiot que celui de Cécile :

— En fait, j'ai invité Mlle Segal à dîner.

— Dans un endroit valable, j'espère. Cécile n'est pas n'importe qui, jeune homme.

— J'en suis parfaitement conscient, M. Marcuse. Je pense avoir fait un bon choix.

— Sinon, j'ai de bonnes adresses…

— Je crois qu'on s'en sortira, merci.

Les deux hommes se toisèrent un instant, puis Servais se fendit d'un sourire onctueux. Il avait décidé de trouver le flic sympathique. Pour le moment…

Moment qui ne dura pas très longtemps, d'ailleurs.

Même s'il avait décidé de respecter la vie privée de Cécile, Servais n'en demeura pas moins assis à la cuisine, à écouter la rumeur de voix provenant de l'appartement d'à côté. Il perçut des rires, aussi. Assez fréquemment. Le flicaillon devait avoir le sens de l'humour. Mais pas seulement. Comme la première fois, Servais l'entendit tousser. Toussoter, plutôt. Il ne semblait pas avoir mal à la gorge pourtant, tout à l'heure. Était-ce une façon de jouer les timides devant Cécile ? Ça devait être touchant, ce grand gaillard avec son holster d'épaule, qui s'éclaircissait sans arrêt la gorge tant il était intimidé devant une si jolie demoiselle.

Petit saligaud, va !

Le problème avec cette sortie de retraite inopinée, c'est qu'en réveillant l'eau qui dort, le processus avait réactivé la paranoïa de Servais. Ce sixième sens aiguisé à un tel degré qu'il se retournait parfois contre lui et lui rendait la vie impossible. Là, par exemple, Servais était en train de réévaluer le dossier Natividad. Il se repassait le film de leur brève rencontre dans le couloir… Non, décidément quelque chose lui déplaisait chez ce garçon.

Mais quoi ? En fait, Servais se demandait s'il n'était pas plus tordu qu'il ne paraissait. Que cachait-il sous ses faux airs de G.I. naïf blondi au soleil californien ? Et pourquoi était-il revenu si vite voir Cécile ?

D'accord, elle était jolie, Cécile. Et lui était jeune et sans doute célibataire. Normal qu'il ait eu envie de l'inviter à dîner. Mais elle était toujours sur la liste des suspects pour la mort de son patron… Normalement, un vrai professionnel aurait attendu l'issue de l'enquête. Conclusion : Antoine Natividad était peut-être en service commandé, ce soir. Et son petit numéro de joli cœur toussotant avec son beau costume sorti du pressing ne servait probablement qu'à piéger Cécile, à lui faire dire des choses qu'elle regretterait ensuite… Il n'avait sans doute pas gobé l'explication, il est vrai un brin improvisée, quant aux hématomes sur la figure de la jeune femme.

Servais frappa du poing sur la table, faisant sauter de plusieurs centimètres le pot de miel et tressaillir Fiona qui déguerpit en râlant.

« Du calme… N'extrapole pas… Ne te monte pas le bourrichon, comme disait maman… Redescends sur terre. Après tout, ce flic a sans doute eu le coup de foudre en voyant Cécile. Qui ne l'aurait pas ? »

Il serait toujours temps d'aller interroger sa voisine demain matin, pour savoir ce qu'il en était. Natividad n'allait tout de même pas lui passer les menottes en plein dîner aux chandelles. Peu à peu, les pensées folles de M. Marcuse s'ordonnèrent, sa tension se rabaissa de plusieurs crans et il cessa de transpirer.

Et s'il allait faire une petite sieste, tiens…

Il ne se réveilla que vers vingt-deux heures. Le vin, sans doute. Il alla aussitôt sonner chez Cécile : pas de réponse. Il entra chez elle pour prendre Bruce et lui donner à dîner. De toute façon, Fiona le cherchait partout. Il réunit donc le jeune couple. Les chats se frottèrent les joues l'un contre l'autre en ronronnant. Décidément, toutes pareilles, les bonnes femmes…

Servais se nourrit d'un simple yaourt et attendit.

Mais le seul événement notable fut un appel de Charley qui avait déjà localisé le fameux « Silvio » et avait même débuté sa filature. Il habitait tout près, en fait. Dans le même arrondissement. Cécile devait l'ignorer, sinon elle ne se serait jamais installée ici. Apparemment, le vieux dégueulasse vivait seul au-dessus d'un atelier de peinture où il donnait des cours. Là, il était sorti dîner à la brasserie du coin. Tout seul. À quoi ressemblait-il ? Fièrement, Charley envoya en MMS la photo qu'il avait prise une heure plus tôt, de Silvio en train de quitter un bar-tabac. Un grand type assez maigre, aux épais sourcils noirs, les yeux enfoncés dans les orbites. La soixantaine, probablement. Banal… C'est souvent banal, les violeurs de petites filles, se dit M. Marcuse.

Il félicita Charley et ne dormit pas de la nuit.

Mais Cécile ne rentra pas.

CHAPITRE 17

Nicki avait passé la nuit dans sa voiture, à planquer devant l'immeuble où vivait le capitaine Natividad. Elle lui avait laissé plusieurs messages la veille. Ils étaient censés se payer un cinoche et éventuellement aller bouffer un morceau après. Cette fois, Nicki l'avait senti au plus profond d'elle-même, il allait enfin se passer quelque chose entre eux. Ça ne pouvait plus durer comme ça, de toute façon. La tension était trop forte. De son côté à elle, tout du moins. Et elle n'arrivait pas à croire qu'une telle intensité de sentiments puisse échapper totalement à Antoine et qu'il ne ressente rien pour elle. Ne serait-ce que sexuellement. Le lieutenant Nicki Lasalle n'avait rien d'un top model, elle en convenait, mais elle avait une sacrée personnalité, du « chien » comme on dit, un beau visage effilé, des cheveux drus et roux coupés courts, un corps athlétique, une poitrine généreuse. Un caractère de cochon aussi, il fallait bien l'admettre. Mais jamais en présence d'Antoine. Il ne connaissait pas du tout cette facette de la personnalité de sa coéquipière. Alors pourquoi demeurait-il aussi distant ? Pourquoi la traitait-il comme un simple collègue de travail ? Un collègue-mec s'entend. Nicki était pour l'égalité des sexes, mais il y avait des limites…

L'habitacle de son véhicule de service puait le vieux kebab et la clope. Il lui avait posé un lapin, purement et simplement. Pour s'en remettre, elle avait d'abord envisagé de se soûler la gueule, mais elle opta plutôt pour l'investigation. Après tout, c'était son job.

Elle l'avait vu rentrer chez lui vers onze heures, escorté d'une blondasse. Physiquement pas mal, mais mince et frêle. Une vraie tête-à-claques selon les critères personnels de Nicki. Ils s'étaient engouffrés dans l'immeuble en plaisantant. Cela lui avait serré le cœur, mais elle pouvait l'encaisser. Après tout, il avait le droit de tirer sa crampe de temps en temps et Nicki elle-même n'avait rien d'une nonne. Elle pouvait comprendre. Rien à voir avec ce qui se passait entre eux…

Elle décida d'attendre. Si la fille ressortait dans une ou deux heures, c'était clair et net. Un petit coup vite-fait, une soirée hygiénique tout ce qu'il y a de banal et acceptable. Si elle passait la nuit, c'était déjà plus chiant. Mais Nicki voulait être là pour les voir ensemble, lire sur leurs visages…

Elle poireauta toute la nuit.

Aucun incident à signaler, si ce n'est ce clodo qui vint taper à sa vitre vers quatre heures, la faisant sursauter. La figure crasseuse, mangée de barbe, les dents sales, il lui indiqua par signes qu'il avait besoin de quelques euros pour bouffer. Nicki faillit l'envoyer chier, quand elle crut soudain reconnaître l'homme sous la couche de saleté. C'était le portrait craché d'un poulet qu'elle avait croisé à ses débuts. Le commissaire Fabrizio. C'était même son sosie ! Se pouvait-il qu'il en soit réduit là ? Il avait été un grand flic, un mec bien… Il n'y a pas si longtemps. Cela fit froid dans le dos à Nicki. Comme un avant-goût saumâtre de son propre avenir. Elle entrouvrit la vitre, laissa tomber trois pièces dans la paume tendue et le SDF déguerpit sans demander son reste.

Nicki mit de longues minutes à se convaincre que ce n'était probablement pas Fabrizio et que de toute façon, cela n'avait rien à voir avec elle…

Vers huit heures du mat', ils ressortirent ensemble. Exactement au même moment, un G7 vint se garer devant l'immeuble et Natividad ouvrait la portière à la morue blonde. Jusque-là rien d'alarmant. Mais à l'instant où la radasse allait laisser tomber son cul plat sur la banquette du taxi, Antoine lui appliqua un petit baiser sur la main. Au creux de la paume, pour être précis. Un geste spontané, très tendre, qui fit rougir la salope.

C'est *ça* qui acheva Nicki. Le petit bisou dans la paume…

Avant même que le taxi n'ait redémarré, le lieutenant Lasalle avait mis rageusement le contact et s'était arrachée dans un crissement de pneus sur l'asphalte et en cognant sans douceur la camionnette garée devant elle. Mais Antoine Natividad et Cécile Segal étaient tellement absorbés l'un par l'autre, qu'ils ne tournèrent même pas la tête. Nicki suivit le taxi jusqu'à destination. Elle fixa la façade de l'immeuble jusqu'à ce qu'une fenêtre s'illumine. Elle nota l'étage sur son paquet de clopes et rentra dormir. Non… Elle n'allait pas se laisser marcher dessus par une poufiasse pareille. Pas cette fois !

Le pas de Cécile était calme et d'une lenteur mesurée quand elle passa devant la porte de M. Marcuse. Pas de précipitation, nulle trace de panique. Elle fit attention à ne pas faire de bruit avec ses clés quand elle regagna son appartement.

Servais n'était pas tombé de la dernière pluie. Elle avait passé la nuit avec ce flic. C'était aussi bête que ça. Et d'ailleurs, ça aurait dû lui faire plaisir, puisqu'il ne désirait que son bonheur. Alors pourquoi ce bouillonnement de colère, cette amertume dans la gorge et – autant dire les choses comme elles étaient – cette jalousie morbide ?

Le vieux monsieur en surpoids qu'il était aujourd'hui n'allait tout de même pas tomber amoureux d'une jeunette ! Ce serait trop burlesque, trop pathétique. Pas lui ! Lui qui s'était toujours félicité de n'avoir jamais connu les affres de la passion, les tourments du désir. Lui qui n'avait jamais fait l'amour à la même femme plus d'une fois. Par précaution déjà, mais aussi par manque d'envie. Pour Servais, l'acte sexuel était une servitude à laquelle il fallait bien s'abandonner de temps en temps puisque la nature nous avait ainsi faits. Aussi s'allouait-il un budget mensuel et s'offrait-il ce qui se faisait de mieux en matière d'escort-girls. À force, il avait fini par trouver cela normal et ne comprenait pas du tout pourquoi les gens s'encombraient d'un conjoint dont il fallait partager les misères, qu'on était obligé de voir vieillir, se dégrader… Franchement, qu'y avait-il à gagner là-dedans ?

Servais Marcuse n'avait jamais douté de lui en ce qui concerne la question. Alors comment expliquer ce qu'il ressentait pour Cécile ? Depuis le premier coup d'œil dans le judas… Comment devait-il interpréter le fait qu'il adorait jusqu'à ce rire énervant qu'elle lâchait parfois ? Et pourquoi, alors qu'il ne la connaissait que depuis quelques jours, était-il prêt à tout risquer pour elle ? À donner sa vie…

Ce n'était pas uniquement en souvenir de cette nuit-là ? À la mémoire de l'autre Cécile… Ce ne serait pas si puissant, si incandescent…

Servais n'alla pas la déranger. Il n'entendit pas la douche, elle avait dû aller dormir directement. Sa nuit avait dû être agitée, pas de doute là-dessus.

Dans une impulsion spontanée, le vieil homme prit le poinçon dans le tiroir où il l'avait rangé et se mit à jouer avec. Il s'imagina dans le couloir tout à l'heure, face à ce petit flic avec son bouquet merdique. Il aurait suffi d'un coup. Un seul. Juste sous le menton… Un geste sec pour faire pénétrer, suivi d'une seconde poussée vers le haut pour traverser jusqu'au cerveau. À supposer qu'il en ait un ! Il aurait entendu le petit « cloc » étouffé de l'os qu'on perfore. Le capitaine Natividad aurait eu un hoquet, il aurait ouvert la bouche pour brailler et Servais aurait aperçu la tige d'acier dans sa gorge qui aurait transpercé la langue.

Et puis… c'est tout. Le flic aurait fini dans les dossiers classés.

Seulement, pourquoi le tuer ? Pour se faire plaisir à lui. À Servais Marcuse. Mais pas à elle. Pas à Cécile. Ce n'était peut-être qu'une aventure sans lendemain, ce que souhaitait Servais de tout son cœur, mais si par malheur ce n'était pas le cas, si elle était entichée de lui… M. Marcuse le protecteur, l'ange-gardien, avait-il le droit d'éliminer l'homme qu'elle aimait, juste parce que cela le contrariait ?

Il savait bien que non. C'est à *elle* qu'il fallait penser avant tout, par-dessus tout. Ses petits sentiments à lui ne présentaient aucune espèce d'intérêt. Qui se préoccupait du petit vieux d'à côté ? On lui confie son chat, on vient pleurer chez lui, d'accord… Mais il n'existait pas vraiment, ch'pas ? Pas comme ce poulet blond à la timidité factice. S'il suivait sa propre logique, s'il obéissait à ses préceptes, M. Marcuse ne devait pas toucher à Antoine Natividad. Mieux : il devait l'inclure dans son plan de protection. S'ils étaient réellement amoureux, s'ils envisageaient un avenir ensemble, dans quel état serait Cécile, s'il disparaissait ? Cela la détruirait, à coup sûr.

Servais bâilla, s'étirant tel un grizzly émergeant de sa grotte et il partit se coucher à son tour. Tout ce qu'il fallait espérer maintenant, c'est que cet « Antoine » ne soit pas trop doué dans sa partie et qu'il élimine Cécile de sa liste de suspects potentiels le plus rapidement possible. Dans le cas contraire, Servais n'aurait pas d'autre solution que…

Mais on n'en était pas encore là ! Maintenant, dodo…

CHAPITRE 18

Elle sonna à huit heures, en partant travailler. Le remplaçant d'Yves Larquet entrait en fonction ce matin et Cécile avait décidé d'être présente malgré sa « tête de panda » comme elle disait drôlement. Elle ne fit aucune allusion à sa soirée de la veille, ni à sa petite mine, promit à Servais de passer le voir ce soir pour le débarrasser de Bruce et s'en alla. Il la vit faire un petit pas de marelle juste avant d'atteindre l'ascenseur. Il faut croire que le blondinet avait assuré…

Pendant plusieurs jours, elle ne passa qu'en coup de vent, fraîche et radieuse et ne trouva jamais le temps de s'asseoir cinq minutes avec le vieux monsieur pour discuter autour d'un verre. Si cela fit souffrir Servais, il n'en laissa rien paraître. Il était devenu le tuteur du chat et tenait la chandelle quand celui-ci lutinait Fiona maintenant soumise à son nouveau seigneur et maître. Comme aucun des deux n'avait été stérilisé, l'issue de cette fulgurante passion ne laissait aucun doute. Mais Servais laissa faire. On verrait bien…

Charley débarqua un après-midi pour montrer à son « chef » les photos qu'il avait prises du dénommé Silvio. Il y en avait beaucoup trop, certaines inutiles ou redondantes, la plupart étaient floues, mais il avait travaillé, y avait mis du cœur. D'après le rapport de son assistant, M. Marcuse apprit que l'individu déjeunait toujours au même endroit, qu'il enseignait les subtilités de la peinture à l'huile à de vieilles rombières dans une petite rue tranquille. Qu'il arrivait tôt le matin pour préparer l'atelier et nettoyer les saletés de la veille. Ça laissait une fenêtre de trois quarts-d'heure environ pour plier l'affaire. C'était serré. Mais Servais commençait à s'ennuyer et décida de ne pas trop tarder. Ne jamais remettre au lendemain…

Il allait passer ses nerfs sur le pédophile, ça lui ferait le plus grand bien !

Il somma Charley d'aller faire un dernier tour là-bas, d'inspecter les lieux le plus discrètement possible, de repérer s'il y avait plusieurs sorties, des petites choses qui pourraient s'avérer utiles. Charley proposa de se « déguiser » en coursier : un casque de moto sur la tête, une grosse enveloppe kraft sous le bras avec des étiquettes collées dessus. Il pourrait ainsi circuler comme il voulait sans éveiller de soupçon et même pénétrer dans les immeubles voisins si le besoin s'en présentait. La petite lueur d'estime qu'il lut alors dans l'œil de M. Marcuse fut pour Charley une immense récompense. Là, il avait marqué un point, un vrai ! Le vieux avait été bluffé par son initiative et son imagination. Il avait pas mal gambergé, il faut dire. Il avait eu le temps pendant sa planque… Mais c'était une sacrée putain de foutue bonne idée !

Quand il revint, en début de soirée, Charley avait tous les renseignements nécessaires. Il était carrément entré dans l'atelier au culot, avait posé des questions bidon sur le destinataire fictif de son colis et demandé à utiliser le W-C. Il avait trouvé l'issue de secours dans l'arrière-boutique.

— Il t'a vu ? s'empourpra Servais. Tu lui as parlé ?

— J'ai pris l'accent antillais, chef, le rassura Charley. J'avais le casque et mes lunettes de soleil. Déjà que pour vous, les blancs, on se ressemble tous, là je crois que personne pourra m'identifier.

Servais n'insista pas. Charley n'avait pas tort. Il le remercia d'une petite claque sur la joue.

— Dites, chef… On va vraiment le…?

— Ça fait partie des probabilités. Pourquoi ? Ça te gêne ?

— Pas du tout ! Mais comment vous allez faire ? Le poinçon ? Le rasoir ?

— Quelques jours à peine après ce brave Yves, ce serait comme si je signais, mon garçon. Non, on va y aller les mains vides, on trouvera bien des outils sur place. Et puisque tu aimes les déguisements, pourrais-tu te procurer un uniforme de chauffeur pour demain matin ?

— Sans problème, répondit Charley.

— Parfait.

Le nouveau directeur d'agence était une femme. Une mère de famille stricte mais souriante qui ne cherchait pas à devenir la meilleure amie des gens œuvrant sous ses ordres, mais qui exigeait une bonne ambiance sur le lieu de travail et un professionnalisme sans faille. Cécile était aux anges. Personne ne parlait plus d'Yves Langlet, c'est comme s'il n'avait jamais existé. Un vague intérim entre deux vrais responsables. Même le « joyeux » Jean-Pierre, à l'esprit généralement si caustique, était tombé sous le charme : Mme Delmonico lui rappelait sa mère. Et la mère de Jean-Pierre, c'était sacré.

Les choses semblaient enfin s'harmoniser pour Cécile. Elle préférait déjeuner seule ces jours-ci, afin de pouvoir téléphoner tranquillement à Antoine et lui chuchoter des secrets de gamine amoureuse. Les choses étaient allées très vite, mais elle pensait avoir tiré le bon numéro cette fois. Elle n'aurait jamais imaginé sortir un jour avec un flic, mais après tout, pourquoi pas ? Antoine était tendre, drôle, attentionné, il parlait doucement, elle aimait tout en lui : sa modestie, son humour en demi-teinte, sa délicatesse quand ils faisaient l'amour. Après toutes ces années passées avec Alain, elle avait oublié que cela pouvait être agréable de se retrouver nue dans un lit contre un corps d'homme. Que cela pouvait même être exaltant, parfois.

Elle avait réservé sa table préférée dans un petit Japonais, à l'écart des autres et un peu isolée du brouhaha de midi. Elle commanda son menu favori, le « E » et saisit son portable. Son cœur battait un peu plus vite… Elle anticipait déjà le « allô » un peu sourd d'Antoine, son rire gêné, cette petite toux nerveuse, l'intimité qui allait se recréer en quelques secondes à des kilomètres de distance. Mon dieu, faites que ça dure, pria Cécile.

Son pouce enfonçait la touche d'appel quand quelqu'un vint s'asseoir en face d'elle. Le blouson de cuir, l'odeur de tabac et de transpiration, la main rugueuse et striée de petites coupures… Elle crut d'abord qu'il s'agissait d'un importun. D'un homme cherchant à la draguer. Mais ce n'en était pas un.

Nicki Lasalle s'empara du portable et le coupa d'autorité. Puis elle commanda une bière d'une voix puissante qui fit tressaillir les clients du restaurant.

— Je suis le lieutenant Lasalle, dit-elle devant l'expression interdite de Cécile. Je bosse avec Antoine.

— Oh ! Pardon… Vous m'avez fait peur…

— C'est normal, sourit Nicki. C'est précisément pour ça que je vous ai suivie jusqu'ici.

— Pour… ça ? répéta Cécile, complètement perdue.

— Pour te foutre les miquettes.

Nicki saisit la bière qu'on venait de lui apporter par le goulot et en avala la moitié d'une lampée. Puis elle posa la main sur celle de Cécile, la plaquant sur la table avec fermeté. Cécile frissonna au contact de cette peau rêche et froide.

— J'ai gambergé, tu sais… Et j'ai compris que ce con de Natividad était tout à fait capable de tomber amoureux d'une donzelle dans ton genre. Douce, élégante, féminine, cultivée, avec un job pépère, un gentil appart dans un beau quartier… Tout le contraire de moi, quoi.

— Je ne savais pas qu'Antoine et vous…

— Tu ne savais pas, parce qu'il n'y a rien à savoir ! la coupa Nicki d'une voix âcre. Ça fait des mois que j'attends un signe, n'importe quoi. Mais rien ne vient. Je sais ce que tu penses : *« Regarde-toi dans une glace, grosse vache »*. Dis-le !

— Je ne penserais jamais une chose pareille.

— C'est ça, ouais ! En attendant, moi j'en ai ras le cul de patienter, de rêvasser comme une connasse dans mon coin… Alors j'ai décidé d'agir parce que sinon, je me fourre mon calibre dans la bouche et je repeins les murs avec ma cervelle.

Nicki vida sa bière et relâcha la pression sur la main de Cécile. Les deux femmes s'observèrent un moment dans un silence tendu. Le regard délavé du lieutenant Lasalle était strié de rouge, elle manquait manifestement de sommeil, ce qui la rendait dangereuse. Cécile le sentait jusque dans ses os.

— Tu vas appeler Antoine ce soir et lui dire que c'est fini entre vous. Tu inventeras ce que tu veux, mais on arrête les frais.

— Vous êtes folle !

C'était parti tout seul et ce n'était sans doute pas la chose à dire. Nicki sortit son arme de service de son holster, la glissa sous la table à l'abri des regards et enfonça le canon entre les jambes de Cécile. L'acier lui meurtrit les cuisses.

— Ne parle pas de ce que tu connais pas, OK ? J'ai décidé de plus être à la traîne, de plus espérer un regard, un coup de fil. C'est trop dur, c'est trop humiliant. Moi aussi j'ai droit à ma part du gâteau, tu comprends ? Et mon gâteau à moi, c'est Antoine Natividad. Et tu peux me croire sur parole, personne ne me l'enlèvera.

— Je vous en prie, murmura Cécile en retenant ses larmes.

Nicki retira son arme, mais le regard qui transperça Cécile fut tout aussi invasif :

— Si tu le revois, ne serait-ce qu'une seule fois, je te pourrirai la vie comme t'as pas idée. Je suis capable de tout parce que j'en ai rien à foutre de rien. À part d'Antoine. Si tu lui parles de notre petit rendez-vous entre filles, je te crève. Regarde-moi bien au fond des yeux et dis-moi si je bluffe.

— Vous ne bluffez pas, articula Cécile.

— Je clope, je picole, je prends pas mal de coke ces derniers temps. Alors ça me rend un peu agitée… En temps normal, j'aurais tenté une approche plus raffinée. Alors désolée, hein ! Tu m'en veux pas trop, j'espère.

Cécile fit « non » de la tête. C'est à cet instant que la serveuse déposa le plateau du menu « E » sur la table. Nicki s'empara d'une brochette bœuf-fromage qu'elle engloutit d'une bouchée, puis elle se leva :

— Des Antoine, t'en trouveras d'autres dans ta vie, je me fais aucun souci pour toi. Mais moi pas. Alors réfléchis bien avant de dire ou de faire une connerie. Parce qu'avant de me faire sauter le caisson, je m'occuperai d'abord de toi. Je t'en donne ma parole d'honneur.

Et elle quitta le restaurant bondé.

Cécile mit de longues minutes à émerger. Elle s'épongea le front avec la serviette de table et regarda autour d'elle. Personne ne semblait avoir rien remarqué. Avait-elle rêvé ?

Son portable se mit à sonner. C'était Antoine.

Cécile ne décrocha pas.

CHAPITRE 19

M. Marcuse s'était commandé un double expresso avec une lichette de lait. Bien sûr, les croissants n'avaient plus le bon goût de beurre de jadis et d'ailleurs, ils ne laissaient pas les doigts aussi gras. Mais cela lui rappelait des souvenirs. C'est drôle, se dit-il, comme tout me ramène au passé ces temps-ci. Moi qui ai tant travaillé pour le gommer, pour faire comme s'il n'avait jamais existé. En soufflant sur le liquide noir encore brûlant, Servais jeta un coup d'œil à l'horloge du troquet. Encore plus ou moins cinq minutes et il rejoindrait Charley à l'atelier. L'assistant venait de lui envoyer un SMS pour lui confirmer que « Silvio » était bien arrivé à huit heures comme tous les jours et qu'il avait commencé son ménage. La rue était déserte, tous les commerces étaient encore fermés. Conditions optimales.

Charley rajusta la livrée de chauffeur que lui avait prêtée un pote de son immeuble. Vieux souvenir de l'époque où celui-ci avait un emploi. En 2008 B-C. « Before Crisis », comme il disait tout le temps avec un accent épouvantable. Le vêtement parfaitement entretenu lui allait à merveille à part les manches un peu courtes et Charley était tout fier d'évoluer dedans. Il s'imaginait en général prêt à donner l'assaut.

À travers la vitre pas très propre de l'atelier, Silvio ramassait ce qui traînait au sol, papiers froissés, déchets de glaise, crayons cassés. Il remplissait plusieurs sacs-poubelle tous les matins. Charley prit son élan et tapa sur le verre. L'autre, l'air revêche, fit signe que c'était fermé. Charley insista en faisant de grands sourires et des gestes incompréhensibles. Silvio soupira et vint ouvrir.

— Désolé de vous déranger de si bon matin, monsieur. Mais mon patron voudrait savoir si vous pouvez le recevoir… Il doit prendre l'avion pour Boston tout à l'heure et…

— Qu'est-ce que j'en ai à faire de votre patron, moi ?

— C'est un marchand d'art très connu et il est intéressé par certaines de vos toiles. C'est tout ce qu'il m'a dit.

Silvio changea aussitôt d'expression. Il jeta un coup d'œil derrière lui. Les croûtes de ses élèves étaient accrochées partout. Quel marchand d'art pourrait s'intéresser à ces horreurs ?

— Il est passé l'autre jour devant votre atelier… Une peinture a accroché son regard. Je crois qu'il a eu un coup de foudre.

— Une peinture ? Mais laquelle ?

Charley avisa une marine de grande taille dont il avait repéré la signature lors de sa précédente visite, en coursier :

— Celle-là, je crois.

Silvio pâlit, puis rougit. C'était une des siennes ! Un vieux machin qu'il avait torché il y a au moins cinq ans. Un marchand d'art ! Peut-être un Américain ! C'est comme si son plus vieux fantasme se réalisait soudainement, sans prévenir, au beau milieu de la grisaille quotidienne :

— Et il est où, ce monsieur ?

— Il attend dans la Limo. Si ça vous intéresse de le recevoir, je lui envoie un texto et il arrive.

Moins de cinq minutes après, Servais pénétra effectivement dans l'atelier. L'endroit était exigu, poussiéreux, puait le dissolvant et le bois mouillé. Silvio l'accueillit avec servilité et referma la porte à clé. Pas question d'être dérangé dans un moment pareil ! Charley indiqua discrètement la croûte bleue à son patron et celui-ci se planta devant, chaussa ses lunettes et prit un air absorbé.

— Est-il possible de tirer les rideaux ? demanda-t-il sans lâcher la toile des yeux. Cette lumière ne rend pas justice à votre œuvre, cher maître.

L'autre se précipita pour fermer les voilages. M. Marcuse resta encore contemplatif un instant et se posa lourdement sur un tabouret inconfortable et taché de peinture.

— J'en ai d'autres à vous montrer, bredouilla le tâcheron. Celle-ci n'est pas la plus aboutie. Du moins, à mon humble avis. Mais les artistes sont-ils les mieux placés pour juger leur travail ? Personnellement, je préfère me fier à des gens qualifiés comme vous. Monsieur… ?
M. Marcuse balaya la question d'un rapide mouvement de main :

— Avant toute chose mon cher Silvio, je voudrais vous poser deux ou trois questions simples, afin d'être bien sûr que nous partons du bon pied. Est-ce que le nom de Cécile Segal vous évoque quelque chose ?

Le sourire complaisant du bonhomme s'évanouit en un éclair et il retrouva son habituel faciès lugubre. Il avait senti l'embrouille. Rien qu'en entendant ces quatre syllabes. Cé-cile-Se-gal.

— Elle fut votre belle-fille, n'est-ce pas ?

— Quel rapport avec mes tableaux ? fit l'artiste très mal à l'aise.

— Répondez, je vous en prie…

— Vous êtes venu acheter mes toiles ou pas ?

La longue main de Charley partit toute seule et claqua l'arrière de la tête de Silvio. Même Servais en fut surpris. Ce n'était pas du tout prévu.

— Le Monsieur t'a posé une question Picasso, alors tu réponds !

Maintenant stressé au maximum, Silvio se frotta le crâne en dévisageant le chauffeur noir et son gros patron :

— Je connais Cécile, oui.

— À la bonne heure ! sourit M. Marcuse. Maintenant que le contact semble établi et que nous sommes – me semble-t-il – sur la même longueur d'ondes, pouvez-vous me confirmer que vous avez bien abusé d'elle le soir de ses onze ans et que vous avez réitéré l'exploit pendant plusieurs années.

— Jamais de la vie ! glapit Silvio. C'est elle qui est allée vous raconter ces salades ? Évidemment que c'est elle ! Qui d'autre ? C'est une malade mentale, cette gamine. C'est à cause d'elle qu'on a divorcé sa mère et moi. Si vous saviez la vie qu'elle m'a menée, cette cinglée !

— Je vous prierai de parler de Mlle Segal avec plus de retenue, murmura Servais, en retenant son envie de l'écraser contre ses murs crasseux.

— …Et de respect, précisa Charley.

Prudent, Silvio s'excusa et attendit la suite. M. Marcuse sortit ses gants de plastique qu'il enfila sans se presser, arborant son bon gros sourire débonnaire. Par réflexe, Charley jeta un coup d'œil dehors : R.A.S. À son tour, il mit ses gants.

— Mais alors, tenta le malheureux, mes tableaux… Boston, tout ça…

— Je t'avais dit qu'il y croirait, sourit Servais en regardant Charley et en finissant d'ajuster les gants. Tu sais pourquoi, maintenant ?

— Parce que pendant cinq minutes, vous avez *vraiment* cru que vous étiez un riche marchand d'art venu proposer un deal à un peintre inconnu. Comme un acteur qui joue un rôle.

— Bravo !

— Mais elles vous plaisent au moins, mes toiles ?

— Elles sont hideuses, mon pauvre ami, répondit Servais sans méchanceté, comme une évidence impossible à nier. Comme est hideuse l'enfance que vous avez offerte à Cécile.

C'en fut trop pour le prénommé Silvio, qui devint écarlate et se mit à beugler et à postillonner :

— Foutez-moi la paix avec cette petite salope ! Elle m'a harcelé pendant des années. Je croyais en avoir fini avec elle ! Qu'est-ce qu'elle est encore allée baver sur mon compte ?

Avec la calme assurance des vrais professionnels, M. Marcuse saisit la nuque de Silvio plaça son autre main sur son front et exerça un double mouvement contraire qui provoqua sa mort instantanée par fracture des cervicales et sectionnement de la moelle épinière. Charley eut le réflexe de le rattraper avant qu'il ne s'écroule, mais Servais lui fit signe de ne pas s'en faire :

— Laisse-le par terre et bascule ce machin sur lui, on croira qu'il a glissé et que ça lui est tombé dessus.

Charley avisa le gros Zeus en plâtre qui trônait sur une étagère juste au-dessus d'eux. M. Marcuse s'éloigna pour ne pas être sali par la poussière. L'énorme bloc blanc bascula et écrabouilla la tête de Silvio dans un bruit écœurant. Pour parfaire le tableau, Charley brisa l'étagère vermoulue en son milieu, comme si elle avait soudain cédé à sa trop lourde charge. Servais apprécia la finition. Charley partit repérer la rue et la voie étant libre, ils repartirent comme ils étaient arrivés. Avec l'heureuse sensation du travail bien fait.

En ouvrant la portière à son patron, Charley lui glissa :

— C'est marrant, hein… Mais on n'avait pas l'impression qu'il racontait des bobards, ce pauvre type.

Servais lui jeta un regard noir et se laissa tomber dans la voiture.

Rentré à la maison, le vieil homme prit un bon bain, un rituel contracté lors de son activité professionnelle. Ensuite, il faillit taper à la porte de Cécile pour lui annoncer la nouvelle et fêter ça avec elle. Il y renonça, bien évidemment. Pourtant quel bonheur cela aurait été de partager ce moment avec sa protégée et lui relater tous les détails de l'opération, la statue comprise.

Dommage, dommage…

CHAPITRE 20

C'est le témoignage d'une gardienne d'un certain âge qui justifiait la présence de la Crim' sur les lieux. Son récit était vague et tiré par les cheveux, mais le capitaine Natividad et le lieutenant Lasalle furent de corvée. Il ne prononça pas un mot pendant le trajet. Et cela ne lui ressemblait pas. Nicki préféra ne pas l'interroger.

La gardienne affirmait avoir aperçu un individu « de type nord-africain » vêtu en chauffeur de maître sonner à l'atelier de ce pauvre M. Silvio, quelques minutes avant que son cadavre ne soit découvert. Pendant que Nicki Lasalle explorait la grande pièce, incommodée par l'odeur infecte des solvants, Natividad notait scrupuleusement tout ce que disait la vieille... Après mûre réflexion, celle-ci soutenait à présent que le fameux chauffeur était plus « noiraud » qu'arabe. D'ailleurs, elle n'était plus très sûre qu'il s'agissait d'une livrée... Un militaire, peut-être ? Guère engageant tout ça, pensa le flic en rempochant son carnet, la tête ailleurs.

En fouillant les tiroirs de ce qui servit de bureau à Silvio, Nicki remarqua une enveloppe ancienne, bombée et déchirée sur les côtés. Elle la vida et y trouva des photos. D'antiques tirages aux couleurs passées, des polaroïds, des photomatons. La victime figurait sur la plupart des clichés, au bras d'une jolie femme un peu ronde. Rien que de très ennuyeux. Alors qu'elle s'apprêtait à tout faire glisser dans le casier, sans prendre la peine de ranger l'enveloppe, Nicki s'arrêta sur un détail : un bon nombre de photos avaient été découpées. Il en manquait une partie. Toujours la même : la tête d'une petite fille qu'on devinait dans les bras de sa maman, ou tenant la main du défunt « Silvio ». Quelqu'un avait pris la peine de tailler méthodiquement sa tête, l'éliminant de son passé. Nicki empocha quelques tirages, se disant que cela valait peut-être la peine de fouiner de ce côté-là. À ses moments perdus.

Nicki Lasalle était cinglée, mais c'était un bon flic.

Après le retour d'Antoine et au vu de son air désabusé, elle comprit que la mort du peintre n'était certainement qu'un malencontreux accident du travail : écrabouillé par Zeus. Belle mort… Mais ils n'avaient décidément rien à foutre là ! En quittant la ruelle, Nicki constata non sans une réelle satisfaction, qu'Antoine vérifiait une fois de plus son portable en quête d'un message ou d'un SMS qui ne venaient pas. La pétasse avait compris la leçon !

— Un souci ?

— Pardon ? Non, rien… Ma batterie, mentit mollement Natividad qui ne fit pas l'effort de chercher une meilleure excuse.

— Tu tires une drôle de tronche, ce matin, insista Nicki.

Natividad se laissa tomber à la place du mort dans le véhicule de service, pendant que sa coéquipière mettait le contact.

— Tu te souviens du Portugais ? Celui au tuyau…

Nicki avait espéré quelque confidence intime, elle ne s'attendait pas du tout à ce qu'il ressorte cette vieille histoire. Bien sûr, qu'elle se souvenait du « Portugais ». Il s’appelait « Zé » Silva, c'était un ouvrier du bâtiment. Ils ne l’avaient jamais appelé par son nom, comme s’il n’en était pas digne. Juste « Le Portugais ». Quatre ans plus tôt, un soir qu'il avait trop picolé, il avait traîné sa femme et son fils de trois ans dans le jardinet de sa petite maison de ville, et il les avait battus avec un tuyau d’arrosage. Une raclée qui avait selon les témoins, duré plus d’un quart d’heure. Jusqu'à l’arrivée des secours. À ce jour, la femme était toujours dans le coma et le gamin qui avait eu toutes les dents cassées et un œil arraché n’avait pas prononcé un seul mot depuis. Nicki se souvenait qu’Antoine avait été salement secoué par ce dossier et elle ne l’en avait trouvé que plus adorable.

— Pourquoi tu parles de ce porc ?

— Parce qu'il sort demain…

— Quoi ?

— En conditionnelle…

Nicki se tut, laissant sa main sur la clé sans la tourner. Les photos du drame lui revinrent en mémoire. Une boucherie… Ils avaient retrouvé des morceaux de dents et de cuir chevelu à l’intérieur du tuyau. Ça, même elle n’avait jamais pu l’oublier.

— Mais… Pourquoi ? Enfin, je veux dire… Comment…?

Natividad tourna vers elle un regard las et rougi :

— Parce qu’on vit dans un monde de merde, Nicki. Parce que les mecs comme lui, ils s’en sortent toujours et ils remettent ça. Pas tout de suite, bien sûr. Il leur faut le temps de trouver une autre femme, de lui faire un ou deux gosses… Et puis un beau jour, il se remettra à picoler et son regard tombera sur un autre tuyau… Ou une poêle à frire… Ou un marteau… N'importe quoi.

— Qu'est-ce qu'on peut faire ? fit Nicki, touchée par le désarroi sincère de son capitaine.

— Rien. On continuera à ramasser les dents et à éponger le sang, à faire le ménage derrière ces bêtes sauvages… À leur passer les pinces, à les voir ressortir…

— Tu me déprimes.

— Désolé… J'ai appris ça au réveil. Ça m'a fichu un coup. Dans ces moments-là, je sais même pas à quoi on sert. À quoi *je* sers.

Cécile vint frapper à la porte de Servais en milieu d'après-midi. Elle était perdue, embarrassée, comme intimidée. Ses hématomes semblaient encore plus visibles, sans doute parce qu'elle ne s'était pas maquillée. Servais lui sourit comme si elle ne l'avait pas abandonné depuis plusieurs jours tel un jouet passé de mode.

— Cécile ! Quelle heureuse surprise !

Il la fit asseoir sur le canapé, lui servit à boire et la contempla avec curiosité.

— Vous avez l'air bien triste… C'est ce policier qui vous traite mal ?

Elle s'empourpra aussitôt :

— Le capitaine Natividad ? Mais pourquoi voulez-vous…

Servais lui raconta leur petite entrevue dans l'escalier, l'autre soir, le bouquet de fleurs. Pourquoi perdrait-elle du temps et de l'énergie à lui mentir ? Il n'était pas son père et c'était une grande fille. De plus, il trouvait ce garçon tout à fait sympathique.

Cécile se tut un instant, ne sachant plus très bien si elle devait se vexer, repartir ou s'en fiche et se dire qu'il était tout de même bien agréable d'avoir un confident.

— Vous vous souvenez de Silvio ? dit-elle enfin en reposant son verre encore plein. L’ex-mari de ma mère…

— Après ce que vous m’en avez dit, c'est quelqu'un de difficile à oublier…

— J'ai reçu un coup de fil, tout à l'heure. De sa sœur Grazia… J'ai dû la voir une ou deux fois quand j’étais gamine. Elle cherchait le numéro de maman pour lui annoncer la mort de Silvio.

— Seigneur, souffla Servais en portant la main à son cœur.

— Un bête accident dans son atelier. Écrasé par une de ses propres statues, vous imaginez ?

— Qu'est-ce que ça vous a fait d’apprendre ça ?

Cécile leva les yeux sur le vieil homme et il s’aperçut qu'ils étaient inondés de larmes. De vraies larmes épaisses et gorgées de sel, prêtes à lui engloutir la figure. Servais courut prendre un morceau de papier absorbant dans la cuisine. Pendant qu'elle s’épongeait et se mouchait, M. Marcuse se dit que décidément, il ne comprendrait jamais rien aux femmes. Ce salopard qui l’avait violée gamine, qui avait pourri son enfance et l’avait traumatisée à vie, avait enfin payé pour ses péchés et elle… elle pleurait !

— J'ai honte, lâcha-t-elle enfin, en roulant le papier dans son poing. J'ai tellement honte !

— Honte ? Mais de quoi, grands dieux ? C'est plutôt lui qui…

— J'ai tout inventé ! Je suis complètement folle ! Tout ce que je vous ai raconté sur Silvio, c'était faux. Il ne m’a jamais touchée. Pas une seule fois. C'est moi qui suis tombée amoureuse de lui quand j’avais quinze ans… Je l’ai harcelé, je lui écrivais des lettres d’amour, des poèmes… Tous les jours. Il ne s'est jamais plaint à ma mère, il a tenté de me raisonner, il a été très bien. Je m'en rends compte, maintenant.

Servais sentit ses jambes le lâcher et il laissa choir son surpoids à côté de la jeune femme. Il en avait le souffle coupé. Littéralement.

— Mais… Je ne comprends pas… Que vous ayez agi de cette façon quand vous étiez adolescente, c'est normal – enfin, c'est explicable. Mais pourquoi m'avez-vous raconté ces histoires, l'autre soir ? Vous étiez si convaincante.

— L'habitude. Et puis, j'avais envie qu'on me plaigne. Qu'on s'intéresse à moi. Alors j'ai fouillé dans mes souvenirs les plus sordides, les plus pathétiques. Même s'ils étaient pure invention. Je n'avais pas mieux en magasin. Mais… Ça ne va pas, Servais ? Vous êtes tout pâle.

Servais secouait la tête comme un métronome, laissant flageoler ses bajoues sous sa barbe grisonnante. Il en avait la gorge sèche, la sueur lui perlait au front.

Quel vieux con !

CHAPITRE 21

Cécile avait huit messages sur sa boîte vocale.

Tous d'Antoine Natividad. Sans compter les raccrochés. On sentait la tension monter au fur et à mesure, de l'un à l'autre. Le dernier était tendu, sec, la voix avait des sonorités métalliques et désagréables. Mais Cécile le comprenait. Il s'était passé quelque chose de spécial entre eux l'autre nuit. Comment lui expliquer ? Plusieurs fois, elle faillit l'appeler, lui révéler son face-à-face au Japonais avec Nicki. Mais la croirait-il ? Pourrait-il empêcher sa coéquipière de coincer Cécile dans une ruelle déserte et de la massacrer ? Elle avait lu la folie dans l'œil cerné de la fliquette. Nicki Lasalle ne bluffait pas, de cela elle était certaine. Et Antoine ne serait pas toujours là pour la protéger. Nicki tiendrait parole. Elle lui tomberait dessus. Dans une semaine… Dans un an…

Pourvu qu'il cesse de téléphoner…

Les deux flics traînaient dans un troquet à Montparnasse tenu par une ex d'Antoine, et où il avait ses habitudes. L'ambiance était « tex-mex » et Nicki vida sa cinquième tequila avant de frapper le bois de la table avec son verre, ce qui fit sursauter son collègue :

— Qu'est-ce qu'il y a ? T'es amoureux ou quoi ? tenta-t-elle d'un ton détaché et moqueur.

— Possible…

— T'en es pas sûr ?

— Je l'étais. Je pensais même que c'était réciproque…

Il consulta une fois de plus son portable et tiqua, déçu avant de commander une autre tournée. Nicki prit un ton plus chaleureux :

— Elle te rappelle pas, c'est ça ? Elle a peut-être des trucs à faire… Elle a besoin de réfléchir…

— Qu'est-ce que t'en sais ? Tu la connais ?

C'était parti tout seul et d'un ton plus agressif qu'il ne l'aurait voulu. Natividad s'excusa et posa une main fraternelle sur le poignet de sa coéquipière. Celle-ci le retira nerveusement :

— Qu'est-ce qu'elle a de si spécial, celle-là ? Ça fait longtemps que je t'ai pas vu comme ça…

— J'en sais rien, dit Antoine en se passant les mains sur la figure. Un truc qui est passé, tu vois ? Un courant… T'as déjà dû connaître ça.

— Oui, avoua Nicki. À part que moi, c'était pas réciproque.

Antoine dévisagea Nicki. Ses traits rudes, son expression revêche, ses cheveux rouille en bataille, ses mains abimées. On aurait pu croire qu'elle venait de s'évader d'une prison pour femmes. Elle n'aima pas ce regard :

— Qu'est-ce que j'ai ?

— Rien. On passe notre vie ensemble, côte à côte, et des fois je me rends compte que je sais rien de toi. En fait, je sais même pas si on s'entend bien, si on est amis… On fonctionne ensemble, c'est tout.

— T'as trop bu.

— C'est vrai.

Antoine repoussa son verre à moitié plein vers Nicki qui l'éclusa sans hésiter.

— Pourquoi tu vas pas la voir, si t'es si malheureux que ça ?

— Je veux pas la faire flipper… Je vais attendre qu'elle fasse le premier pas. C'est peut-être allé trop vite pour elle.

— Et si elle le fait ce pas, tu retourneras la voir, comme un gentil chienchien ?

— Comme un gentil chienchien, répéta Antoine.

La commissure des lèvres de Nicki se creusa en une moue amère qui l'enlaidit terriblement :

— Moi je pourrais jamais me rabaisser comme ça. Pour personne !

— C'est que t'as jamais été amoureuse…

Si Antoine remarqua le tic qui agita les paupières de sa compagne de beuverie à ce moment-là, il n'en laissa rien paraître.

— Quand je te regarde ce soir, devant moi, reprit-elle, je me dis que ça ne doit pas être si génial que ça, d'être « in love ». Tu verrais ta tronche !

Natividad sourit gentiment :

— Ce serait trop long à expliquer… À toi, il te faudrait presque des cours de formation accélérée.

Il partit régler au bar. Il tenait à payer toutes ses consommations, même si son ex tentait de l'inviter à chaque fois. C'était devenu un jeu entre eux. À les voir, à distance, souriants et encore complices, Nicki se sentit seule et misérable. Ils avaient dû s'aimer, ça se voyait à leur façon de se sourire, de se toucher les mains. Ils avaient peut-être divorcé, c'était sûrement il y a longtemps, mais il restait encore quelque chose. Des vestiges. C'était beau… Nicki elle, n'avait jamais connu ça. Elle s'en serait pourtant contentée, de ces vestiges.

Mais même ça, elle n'y avait pas droit. Sa mélancolie fut soudain balayée par une vague de colère qui fit passer un voile d'encre devant ses yeux. Si l'autre salope le rappelait, il y retournerait, hein ? C'est tout ce qu'elle avait besoin d'entendre.

Nicki ferait en sorte que Cécile ne puisse jamais le rappeler.

Quand Antoine revint à la table, le lieutenant Lasalle avait disparu. Sans un mot, sans dire au-revoir. Malgré les vapeurs d'alcool qui l'isolaient du monde et calmaient ses angoisses, Natividad eut un drôle de pressentiment.

Il frissonna.

CHAPITRE 22

Charley n'avait pas donné de nouvelles de la journée, ce qui ne lui ressemblait pas. M. Marcuse avait commencé par s'inquiéter, espérant qu'il ne lui était rien arrivé de fâcheux. Puis peu à peu, sa vieille parano reprit le dessus et il se mit à imaginer d'autres scénarios bien plus crispants qu'un simple accident de voiture. Et si Charley s'était dégonflé et s'en était allé tout raconter aux flics ? Mieux : et s'il travaillait comme indic depuis le début ? Cet enfoiré d'Africain pourrait parfaitement vendre le vieux monsieur contre l'obtention de ses papiers… Et même contre un peu de cash. Peut-être connaissait-il le capitaine Natividad depuis longtemps ? Peut-être que ce petit connard de flic avait repéré Servais et avait profité de la présence de Cécile sur le même palier pour se rapprocher de lui, attendre l'instant propice… Peut-être même que Cécile elle-même…

Le cerveau de Servais Marcuse allait bientôt atteindre ce point d'ébullition maximale qu'il connaissait si bien et qui l'avait souvent poussé aux pires extrémités et aux plus graves imprudences, quand on frappa à sa porte. Le bourdonnement dans ses oreilles faiblit en intensité, sa vision latérale se clarifia et Servais reprit le contrôle de ses pensées et de lui-même. Encore sonné par la virulence de sa crise, il jeta un rapide coup d'œil au judas et reconnut le faciès joyeux et insouciant de Charley. Servais soupira de soulagement et lui ouvrit.

— Je vous réveille pas, j'espère…

— Non. Je pensais à toi, justement. Où étais-tu ?

— Je bossais, chef ! J'ai fait preuve d'initiative et je suis allé finir un petit boulot qui traînait. J'arrêtais pas d'y penser et ça me rendait nerveux. C'est pas dans ma nature d'être nerveux. J'aime pas ça.

— Un boulot, s'alarma Servais. Quel « boulot », Charley ?

— Vous m'offrez un petit quelque chose, chef ? Un truc corsé, n'importe quoi… J'ai pas encore bien l'habitude de ce nouveau job, j'ai la gorge toute sèche.

— Qu'est-ce que tu as fait, Charley ?

Servais attendit patiemment que son « assistant » ait avalé trois verres de rosé d'affilée sans prendre le temps de respirer. Enfin, Charley laissa échapper un petit rot, se frotta les mains et s'enfonça dans les épais coussins du canapé :

— C'est Alain… Ça me travaillait la tête depuis plusieurs jours. Je me disais que c'était quand même pas très prudent de laisser ça dans le flou. Ça faisait un peu bâclé, vous voyez ?

— Alain… Tu veux dire l'ex-compagnon de Cécile ?

— J'en connais pas d'autre, rigola Charley. Non, c'est vrai ! Ce mec, vous lui pétez le pouce, on lui chourave son chat, on va le menacer à son boulot et on espère qu'il dira jamais rien ?

— Qu'est-ce que tu as fait, Charley ? répéta Servais d'une voix encore plus basse, encore plus menaçante.

— Je suis allé l'attendre en bas de son immeuble… Quand il est rentré du boulot, je l'ai suivi, j'ai monté l'escalier derrière lui et je lui ai cassé la tête.

— C'est-à-dire…

— Ben… Je l'ai pris par l'arrière du crâne avec une main, de l'autre j'ai serré sa nuque et je l'ai cogné contre le mur. Trois fois, pas plus… Ça a éclaté comme un œuf.

— Il est mort ?

— Plus que mort, chef.

— Imbécile.

Le visage réjoui de Charley s'affaissa d'un coup, comme victime d'une effroyable injustice. Il ne s'attendait pas à ce que le vieux lui fasse l'accolade, mais quand même !

— D'abord le patron de Cécile, ensuite son ancien beau-père et maintenant son ex, tout ça en quelques jours ! Il ne t'est pas venu à l'esprit que ça pourrait *éventuellement* paraître un tantinet suspect ?

— C'est la loi des séries. Ça existe…

Servais demeura silencieux d'interminables secondes, s'efforçant de prendre de longues inspirations. Sa tension avait encore dû monter de plusieurs crans.

— Le corps, finit-il par dire. Qu'as-tu fait du corps ?

— Là, vous allez adorer ! rigola Charley. Avant de passer chez lui, j'ai fait un détour par la Défense pour acheter quelques grammes de coke à un copain. Une fois que je l'ai éclaté sur le mur le mec Alain, j'ai ouvert un sachet, je lui ai foutu de la poudre sur les doigts, un peu sur les marches et j'ai fourré ce qui restait dans ses poches. À votre avis, qu'est-ce qu'ils vont en conclure, les keufs ?

Servais ne répondit pas.

— Parce que j'ai repensé à sa patronne à l'agence immobilière… Si les flics lui racontent qu'Alain trempait dans une affaire de dope, elle penserait jamais à parler de nous et de notre petite visite de courtoisie à l'agence. Sinon, ça lui serait sûrement revenu à l'esprit et comme on est plutôt facile à décrire, on se serait vite retrouvés en portrait-robot dans tous les commissariats. J'ai pas raison ?

Le raisonnement était simpliste mais pas sot. Oui, cela retarderait peut-être l'enquête sur une fausse piste. Mais pour combien de temps ? Trois morts dans l'entourage immédiat d'une seule et même personne… Servais en était là de ses réflexions, quand une détonation toute proche le fit sursauter. Il connaissait ce son-là par cœur. Il aurait même pu donner le calibre exact.

Et ça provenait de l'appartement de Cécile.

CHAPITRE 23

Elle est si sûre qu'il ne peut s'agir que du vieux monsieur d'à côté, qu'elle ouvre sa porte sans un regard au judas. Elle l'aime beaucoup, M. Marcuse, vraiment, mais elle commence à étouffer un peu et à manquer d'intimité. Il va falloir qu'elle lui explique avec délicatesse et tact… Depuis son installation, Cécile a la sensation d'être constamment épiée, écoutée, couvée. Elle comprend très bien qu'à son âge, le voisin n'ait rien de plus important à faire que de s'occuper des affaires des autres, mais si elle n'y met pas un frein, elle sent que la situation va devenir invivable.

Alors quand elle ouvre la porte, Cécile se forge un masque froid et distant. Du mieux qu'elle peut. Masque fragile qui se décompose dès qu'apparaît devant elle le lieutenant Nicki Lasalle. Celle-ci pousse rudement la porte, bousculant Cécile et pénètre dans l'appartement. Elle le visite sans la moindre gêne, ouvre machinalement les placards au passage, fait couler l'eau dans l'évier et s'en asperge la figure, inondant le carrelage. Elle dégage une telle tension, une telle fièvre, qu'on pourrait croire qu'elle va exploser comme une grenade dégoupillée. Cécile n'ose rien dire. Elle referme la porte et attend que l'intruse ait achevé son tour du propriétaire.

— Alors, c'est quoi le deal ? lâche soudain Nicki en posant une fesse sur un coin de table.

— Pardon ?

— Je suis retournée à ta banque tout à l'heure, interroger tes collègues… Ton gentil copain Jean-Pierre, la tarlouze en premier… Qu'est-ce qu'il est bavard, celui-là ! Il m'a tout raconté pour toi et ce pauvre Yves Langlet, paix à son âme.

— Tout ? C'est-à-dire…

— Les brimades au bureau d'abord, puis le harcèlement, puis l'invitation à dîner… Votre belle relation de A jusqu'à Z, quoi ! C'est lui qui t'a cognée, hein ? C'est Langlet…

Cécile ne répond pas. Nicki s'en fout. Elle n'a pas besoin de confirmation. Ce qu'elle sait elle le sait, le reste elle le devine. Elle sort des papiers de son blouson qu'elle balance sur la table basse. Les photos trouvées dans l'atelier de Silvio. Cécile n'y jette qu'un rapide coup d'œil, mais elle devient si pâle que, là encore, Nicki n'a pas besoin de poser de question ni d'attendre de réponse.

— Ce dossier-là est déjà classé : simple accident. J'ai pas l'air comme ça, je sais, mais je suis une « pro », une laborieuse, une consciencieuse, une monomaniaque comme on dit. Alors j'ai poussé les recherches sur ce pauvre type, alors que personne ne me le demandait. Il n'y avait pas grand-chose à trouver d'ailleurs. Aucune condamnation, pas même une prune impayée. Par contre, j'ai appris à mieux le connaître à travers ses mariages et ses divorces. Trois en tout. Dont un avec ta maman…

— Qu'est-ce que vous me voulez ? l'interrompt Cécile, atone.

— D'abord ton patron après un dîner qui a mal tourné, ensuite ton beau-père avec lequel tu avais des contentieux, si on en juge par l'état de ses photos-souvenirs… On dirait qu'il ne t'aimait pas beaucoup, hein ? Et c'était réciproque, j'imagine. Qu'est-ce qu'il t'est arrivé, Cécile Segal ? Tu t'es levée un beau matin en te découvrant une vocation de serial killer ? Tu as subitement décrété qu'il était temps de solder les vieux comptes ?

— Si vous croyez que j'ai quelque chose à voir avec…

— Je ne crois rien, chérie. Je SAIS. Tu as dû suivre Langlet chez lui, il t'a sauté dessus, il a dû te bousculer un peu trop fort, peut-être même te la fourrer où il fallait pas et toi, tu l'as crevé. Après, tu as maquillé ça en cambriolage… Plutôt adroitement d'ailleurs, faut reconnaître. Et comme tu as vu qu'il ne t'arrivait rien, que personne ne te soupçonnait, tu t'es dit : *« Tiens ! Pourquoi je n'irais pas faire la même chose à ce vieux Silvio ? »*. Qu'est-ce qu'il t'a fait au fait, Silvio ? Il te tripotait quand t'étais gamine, je suppose ? C'est lié au cul, tout ça… Encore et toujours le cul. C'est freudien.

Cécile est trop estomaquée pour rétorquer quoi que ce soit. Cette fille est folle à lier, c'est évident. Elle faisait une fixation sur son coéquipier et maintenant c'est sur elle que s'est chevillé son esprit malade. Cécile réfléchit vite, elle sait s'adapter, elle décide de ne pas la contrarier… À peine serait-elle repartie qu'elle appellerait Antoine pour tout lui raconter.

— Ta chance là-dedans, reprend Nicki, c'est qu'Antoine Natividad est raide-dingue de toi. Et je crois que s'il découvrait ce que tu es réellement, ça ne ferait qu'aggraver les choses, je le connais par cœur. Il se battrait pour toi, il ferait tout pour te faire sortir de zonzon ou plutôt de l'asile de barjots… Alors moi, j'ai trouvé une solution aux problèmes de tout le monde : tu fais tes valises, là maintenant, ce soir. Et tu disparais pour toujours. Je n'ai parlé à personne de mes petites trouvailles sur Silvio et votre passé commun, pas même à Antoine. Donc, j'enterre tout ça et chacun reprend sa petite vie. Ça s'appelle une seconde chance et elles sont assez rares pour ne pas les saisir quand elles s'offrent à nous.

— D'accord, dit Cécile.

Mais elle l'a dit un peu trop vite. Et Nicki Lasalle déteste qu'on se foute de sa gueule. Alors une grosse veine verticale apparaît au beau milieu de son front, sa peau se marbre, devient violacée et elle sort son arme de service qu'elle enfonce dans le ventre de Cécile.

— Ne commets pas l'erreur de me prendre pour une conne ! grince-t-elle entre ses dents ambrées de nicotine. Je sais exactement ce que tu es en train de penser dans ta petite cervelle de criminelle. Mais tu ne diras rien à Antoine ! Parce que je suis en train de réaliser que je me plante grave en te faisant cette proposition. Toi vivante, je n'aurais jamais la paix. Et qui sait, tu serais même capable de t'en prendre à moi, une nuit, par surprise… Maintenant que tu as compris qu'il était facile de buter quelqu'un. Facile, radical et tellement pratique.

— Je vais m'en aller, je vous le promets. Vous n'entendrez plus jamais parler de moi…

— Il te retrouvera, je le connais le garenne. Il remuera ciel et terre. Non finalement, c'est pas la solution.

— Je vous en supplie…

— Moi aussi, j'ai supplié. Pendant des années… Dans ma tête. J'ai demandé humblement une vie meilleure, un monde plus charitable, les bras d'un mec autour de moi pour me réfugier… Et même une famille, pourquoi pas… Des mômes… Mais tu vois, ça n'a pas donné grand-chose. J'aurais peut-être dû brûler des cierges.

La peau de Nicki a retrouvé sa teinte normale, la veine s'est estompée. Son regard est serein, presque… bienveillant. C'est cela curieusement, qui soulève un vent de panique chez Cécile :

— Vous n'allez pas me tuer comme ça ! Vous êtes de la police !

— Retourne-toi et mets-toi à genoux.

— Non…

— Ça ne me dérange pas de te fourrer le canon dans la bouche, tu sais… Au fait, tu l'as sucé, Antoine ?

— Pauvre cinglée ! hurle Cécile.

Giflée en pleine face par l'injure, Nicki veut faire taire la blondasse, lui tirer dessus à bout-portant, lui vaporiser la gueule, mais elle ne contrôle plus tout à fait ses mouvements et le percuteur de son arme se prend dans les mailles du pull de Cécile. Cela ne dure qu'une ou deux secondes, juste le temps pour celle-ci de saisir les poignets de Nicki. De toutes ses forces.

Le coup part.

CHAPITRE 24

Servais prit le temps de saisir son poinçon dans le tiroir de la cuisine et soutenu par Charley, il se précipita chez sa voisine. Il n'eut pas à sonner, la porte était grande ouverte et Cécile se tenait sur le seuil, éclaboussée de sang des pieds à la tête, le visage défait, le bleu pâle de ses yeux ressortant bizarrement au milieu de ce masque vermillon. Ses mains pendaient le long du corps et gouttaient sur le plancher.

Servais fit signe à Charley de s'occuper d'elle. L'assistant la poussa à l'intérieur, pendant que M. Marcuse entrait à son tour. Avant toute chose, il s'immobilisa et tendit l'oreille pendant de longues secondes. Rien ne bougeait dans l'immeuble… Pas de bruits de pas, aucun cri ou claquement de porte. Apparemment, personne d'autre n'avait entendu la détonation. Ou tout du moins nul ne s'en était alarmé. Charley avait installé Cécile choquée et muette dans la cuisine et rejoignit son patron dans le salon. Les deux hommes contemplèrent le cadavre d'une inconnue vêtue de cuir, aux cheveux courts, dont la moitié du visage avait été emportée par la balle du pistolet qui gisait près d'elle au milieu d'une mare de sang.

— Schrorninère, grommela Servais.

— Là, ça fait quatre quand même, renchérit Charley. Ça commence à faire beaucoup.

D'un coup d'œil d'expert, le vieux monsieur passa les murs en revue. Le sang et les morceaux d'os et de cervelle avaient giclé jusqu'au plafond, il y en avait même dans le petit lustre à l'ancienne. Cela lui suffit à évaluer la trajectoire du projectile.

— Il va falloir nettoyer tout ça, garçon.

— J'en ai pour des heures…

— Je sais. Et à la Javel. Après, on va devoir la faire disparaître.

Charley ne discuta pas. Il ôta sa veste, retroussa ses manches et chercha un seau et des serpillères qu'il trouva aussitôt. Pendant qu'il se mettait au travail, Servais claudiqua jusqu'à Cécile et s'assit à ses côtés.

— Qui est-ce ?

— Elle travaille avec Antoine. Avec le capitaine Natividad.

— C'est un flic ? toussa Servais qui ne s'attendait tout de même pas à ce nouveau cataclysme.

— Le lieutenant Lasalle.

— Puis-je savoir ce qui s'est passé ? Pas la peine d'entrer dans les détails, je sais que vous êtes bouleversée. Les grandes lignes…

Cécile se mit à respirer difficilement, à trembler et à claquer des dents. Servais lui servit un whisky bien tassé qu'il l'obligea à boire. Elle avala l'alcool d'une traite, sans réagir, comme s'il s'agissait d'une infusion médicinale. Servais la resservit. Après trois doses, Cécile sembla s'apaiser et planta enfin son regard dans celui de Servais.

— Prenez votre temps, mon petit…

— Il faut appeler Antoine. Il faut lui dire… Il saura quoi faire.

— J'en suis sûr. Mais faites-moi d'abord un petit résumé à moi. S'il vous plaît.

Pendant que Charley avec une remarquable efficacité s'attaquait déjà au mobilier et vidait son troisième seau d'eau rougie dans l'évier, Cécile débita son histoire d'un ton mécanique d'horloge parlante. Sa première rencontre avec Nicki Lasalle au restaurant japonais, les menaces, le pistolet entre ses jambes. Et puis tout le reste…

— Je ne voulais pas qu'elle meure, renifla-t-elle après avoir achevé son récit. Mais elle était dans un état second. Je lui tenais les poignets, mais elle essayait de diriger son arme dans ma direction… Alors j'ai compris que j'allais mourir, que c'était elle ou moi…

— Vous n'avez rien fait de mal, Cécile. Vous êtes en vie, c'est l'essentiel.

Le cerveau de M. Marcuse assimilait toutes ces nouvelles données. Puis son regard tomba sur les photos souillées de sang et de matière visqueuse, qui gisaient sur la table basse. Il reconnut Silvio.

— Elle a enquêté sur Silvio et elle est remontée jusqu'à moi, murmura Cécile. Antoine n'est pas au courant. C'est elle qui me l'a dit…

— Donc à présent, personne ne connaît votre lien avec Silvio.

— À part vous.

Reprenant peu à peu ses esprits, Cécile s'intéressa au grand gaillard noir qui astiquait ses murs en sifflotant entre ses dents.

— Qui est-ce, Servais ?

— Mon assistant, Charley. C'est vrai que vous ne vous connaissez pas.

— Je ne vous serre pas la main, sourit Charley sans s'arrêter de trimer. Mais le cœur y est.

Servais posa ses grosses mains sur les épaules de Cécile, aux rares endroits encore à peu près propres :

— Allez prendre une douche, changez-vous et fourrez ces vêtements dans un sac-poubelle. Je m'occupe de tout.

— Mais… On n'appelle pas la police ?

— Vous avez tué un flic, Cécile. Il va y avoir une enquête très poussée. Ces gens-là se serrent les coudes, vous savez. Ils vont mettre votre vie sens dessus dessous et eux aussi remonter jusqu'à Silvio.

— Et alors ? Il est mort accidentellement ! Je n'ai rien à voir là-dedans !

— Vous, non.

Cécile ne comprit pas. Mais la voix de Servais Marcuse avait perdu de sa chaleur et de sa bonhomie. Elle s'était fait sèche et métallique.

— Qui êtes-vous, Servais ?

CHAPITRE 25

Antoine Natividad est mal à l'aise. La rue dans laquelle il s'est garé est très pentue et il n'arrive pas à trouver une position confortable.

Le jour ne va pas tarder à se lever et cela fait déjà deux heures qu'il planque là, comme un imbécile. Ou plutôt non, comme un obsédé qui n'arrive pas à surmonter une situation donnée et qui va bientôt se retrouver – à l'image ô combien symbolique de son véhicule de service – sur une mauvaise pente. Antoine en a pourtant vu des poulets qui faisaient subitement une fixette sur un dossier en particulier. Pourquoi ? Nul ne le sait et eux moins que quiconque. Sans doute une horreur trop compacte pour être digérée ou peut-être une forme de violence qui les renvoyait plus ou moins consciemment à leur propre passé. Toujours est-il qu'Antoine se retrouvait exactement dans cet étroit tunnel qui ne menait qu'à une seule issue : la dépression, la mise au placard et bien souvent le canon dans la bouche et la balle dans la cervelle.

À six heures trente précises, la porte de la vétuste HLM s'ouvrit sur la silhouette carrée et disgracieuse de « Zé » Silva. Le Portugais. Il portait une casquette en laine, un vieux cartable et marchait d'un pas lourd mais rapide. Il avait une bonne tête de travailleur, les cheveux frisés à peine grisonnants. Il avait pris quelques kilos à l'asile.

Natividad souleva l'exemplaire de *Libé* posé à côté de lui, révélant son arme. Un antique Lüger de la Wehrmacht, trouvé lors d'une balade en forêt par son père et précieusement conservé comme une relique familiale. Antoine en avait hérité. Nul ne connaissait son existence, il n'était répertorié nulle part et donc intraçable. Le capitaine l'avait méticuleusement nettoyé, remis à neuf. Il avait lui-même fabriqué plusieurs balles et avait pris la décision de supprimer le Portugais.

Il lui suffirait de descendre de voiture, de lui emboîter le pas. Les rues de Nogent étaient désertes à cette heure-ci. Une balle dans la nuque à bout touchant et l'engrenage infernal serait définitivement stoppé : plus de femme et d'enfant massacrés, plus d'impunité pour les bêtes humaines qui s'en prennent à plus faibles qu'eux pour épancher leur soif de haine et de mort. « Zé » Silva avait un dossier de violences domestiques épais comme une encyclopédie. Des plaintes, des procès, des non-lieux, des remises de peine… Et derrière toute cette paperasse, des chairs mutilées, des os mal ressoudés, des vies brisées à jamais.

Jamais il ne s'arrêterait. Il aimait trop ça. C'était son seul moyen d'expression. Mais il était là, dehors, frais comme un gardon, cheminant vers la gare pour aller bosser dans l'imprimerie qui avait accepté de l'embaucher, accélérant sa remise en liberté. Encore combien de temps avant qu'il ne rencontre une femme ? Une collègue… Une serveuse au bar du coin… Au fast-food… Une innocente en mal d'amour ou une idiote fascinée par les « bad boys »… Combien de temps avant qu'un enfant ne croise sa route au mauvais moment, au mauvais endroit ?

Antoine serra la crosse du Lüger et s'apprêta à sortir de sa voiture, le cœur au bord des lèvres. Il aimait son métier de flic, il avait toujours suivi les règles et savait très bien qu'il allait franchir une ligne invisible qui l'emmènerait vers un territoire interdit dont on ne revient pas. Mais en fermant les yeux, il revit le tuyau d'arrosage souillé de sang noir, il revit les petites dents éparpillées dans le gazon, le trou béant à l'endroit où s'était trouvé l'œil du petit garçon… À l'instant précis où il posait le pied sur le trottoir, son portable se mit à vibrer. Antoine voulut l'ignorer et jeta un regard au Portugais qui s'éloignait. Il traversait un parking hors de vue des immeubles alentours. C'était le moment idéal. Mais l'image de Cécile s'imposa alors, sans prévenir. Et si c'était elle qui lui envoyait un SMS ?
Mais ce n'était pas elle.

C'était un message sibyllin de Nicki : « GROS SOUCI FAMILIAL. SERAI ABSENTE QUELQUES JOURS. T'APPELLE DÈS QUE POSSIBLE ».

Merde !

« Zé » Silva était loin à présent. Et l'adrénaline commençait déjà à refluer. La gorge sèche, les mains glacées, Antoine Natividad comprit qu'il n'aurait plus la détermination et l'énergie de tirer sur un homme désarmé aujourd'hui. Tout était à recommencer…

Alors il rangea le pistolet dans la boîte à gants et répondit à Nicki : « OK, BON COURAGE. TIENS-MOI AU COURANT DÈS QUE TU PEUX. BISES ».

Un « souci familial » ? Nicki n'avait jamais parlé de sa famille… Antoine savait qu'elle avait quitté la banlieue de Lille encore mineure, qu'elle avait eu une jeunesse tumultueuse… Mais jamais Nicki n'avait prononcé un mot sur ses proches. Ça devait être grave. Un décès, très probablement. Antoine se demanda si c'est cette fameuse famille sortie de nulle part qui le surprit le plus ou l'absence de fautes d'orthographe du laconique SMS… Toute la fatigue de la nuit tomba soudain sur ses épaules. Il aurait pu s'assoupir là, tout de suite, au volant et dormir jusqu'en milieu d'après-midi. Il trouva la volonté de mettre le contact et de quitter le quartier.

En passant devant la gare où se pressaient déjà des voyageurs engourdis de sommeil, il aperçut le Portugais. En train de discuter avec une jeune femme qui tenait un bébé dans les bras. Elle riait de bon cœur et lui faisait des grimaces au bambin. Ce serait peut-être eux, se dit Antoine, peut-être d'autres…

Cette année. Celle d'après…

CHAPITRE 26

Cécile était si secouée qu'elle se contenta des explications évasives de M. Marcuse sur son passé. Il laissa entendre qu'il avait plus ou moins travaillé pour la police dans un service très particulier, ce qui expliquait son sang-froid et son savoir-faire dans une situation pareille. Tout ce qu'il attendait d'elle maintenant, était qu'elle se lave, qu'elle avale ses somnifères et surtout qu'elle oublie toute cette vilaine histoire. Demain il ferait jour.

Charley avait fini son ménage en un temps-record et sans fatigue apparente. Servais commençait à se dire qu'il avait peut-être dégotté une perle. Il l'envoya chez lui chercher une bâche qu'avaient oubliée les peintres deux ans plus tôt, quand il avait rénové la salle de bains. Charley roula Nicki Lasalle dedans, empaqueta le tout à grand renfort d'adhésif et courut voir en bas si la voie était libre.

Quand Cécile eut achevé sa toilette, elle eut un haut-le-corps en découvrant le « paquet » dans le vestibule.

— Qu'est-ce que vous allez faire d'elle ?

— Ne vous préoccupez pas de ça, mon petit. Le SMS que j'ai envoyé à votre ami Natividad depuis son portable devrait nous donner un petit confort de plusieurs jours. D'ici là, ce sera comme si cette infortunée jeune femme n'avait jamais existé.

— C'est horrible, hoqueta Cécile.

— C'est ainsi.

Charley revint, à peine essoufflé et jeta le cadavre sur son épaule, souriant de toutes ses dents à Cécile :

— J'espère qu'on se reverra un de ces quatre dans des circonstances plus agréables.

— J'espère, oui. Merci pour…

— C'est mon job, l'interrompit Charley en levant le menton. Et moi je dis toujours que quand on choisit un travail on doit viser l'excellence. J'ai pas raison, m'sieur Marcuse ?

— Tout à fait, Charley. Allez, ne perdons pas de temps. Le jour va bientôt se lever.

Servais promit à Cécile de passer la voir dans la journée et de s'occuper de Bruce qui était resté terré dans la chambre à coucher depuis le début des « incidents », tétanisé par le coup de feu. Puis il suivit Charley dans le couloir. Avant que celui-ci ne s'engouffre dans l'ascenseur, Servais lui donna une tape sur l'épaule :

— Merci, garçon. Tu as pris du galon, ce soir. Qu'est-ce que tu vas faire d'elle ?

— Vous en faites pas pour ça. Je connais des coins à dix bornes de Paris, où l'homme civilisé n'ose plus mettre les pieds. Et surtout pas les flics. J'ai repéré sa bagnole dans la rue, juste en face de l'immeuble, je vais la jeter dans le coffre et rouler avec. Une fois sur place, elle sera dépiautée en même pas dix minutes, on retrouvera même pas les essieux.

— Tu penseras bien à lui couper les doigts, comme je t'ai expliqué…

— Pas de souci. Allez dormir un peu vous aussi. C'est pas raisonnable de veiller comme ça, à votre âge.

— N'en fais pas trop quand même, grogna Servais. Je pourrais encore te casser en deux comme un gressin, tu sais.

— Vous fâchez pas, je rigole !

Charley hennit de bonheur d'avoir taquiné le vieil homme et installa le corps emmailloté dans la cabine avant d'appuyer sur le bouton marqué « RDC ». Servais contempla le toit de l'ascenseur qui s'éloignait en ronflant, puis les gros câbles d'acier, avant d'étouffer un bâillement qui résonna dans le palier.

Le bougre n'avait pas tort : il était temps d'aller en écraser un peu.

Le lendemain, Cécile passa le voir en partant travailler. Servais lui offrit le rituel café mais ils ne parlèrent pas de ce qui était arrivé la veille. Pas un mot. Elle semblait ailleurs, calme et souriante. Servais la soupçonna d'avoir un peu outrepassé les doses de sédatifs. Ce qui était parfaitement excusable.

Vers midi, Charley appela pour dire que le colis avait été livré sans encombre. Toute la conversation se fit ainsi « en code ». Cela fit sourire Servais, qui se garda bien de gâcher le plaisir enfantin de son aide de camp qui se prenait très au sérieux et parlait à voix basse, d'un ton de conspirateur.

Après cette brusque accélération, la semaine s'acheva paisiblement et l'immeuble retrouva son train-train ouaté. M. Marcuse gambergea beaucoup, cherchant les failles éventuelles des replâtrages d'urgence qu'il avait dû effectuer ces derniers jours. Et des failles, il y en avait tout de même quelques-unes : l'accumulation de cadavres reliés de près ou de loin à Cécile, l'état nerveux de la jeune femme et son intimité avec le flic qui, s'il avait un minimum de jugeote finirait bien à faire le lien… Cela faisait beaucoup. Trop ! Une petite voix soufflait au vieux monsieur de faire sa valise et de décamper sans dire adieu à personne. C'est ce qu'il aurait fait quand il pesait cinquante kilos de moins et qu'il marchait sans canne.

On verrait bien, finit par se dire Servais en prenant la chatte sur ses genoux. Après tout, ce jeune Natividad n'avait pas l'air d'une lumière et il était plus que probable que les choses allaient en rester là.

Après trois jours entiers sans la moindre nouvelle de Nicki Lasalle, Antoine manifesta son inquiétude auprès de sa hiérarchie. Mais la réaction du commissaire le « cueillit » complètement : *« Ça devait arriver un jour ou l'autre »* avait-il déclaré, *« Je l'aime bien, Nicki. Nous l'aimons tous bien, mais c'est un boulet et franchement elle ne donne pas une bonne image du service. J'ai toujours toléré ses excès de langage, son manque d'éducation et son hygiène plus que moyenne, uniquement parce qu'elle faisait équipe avec vous, Antoine et que par je ne sais quel mystère, vous paraissiez l'apprécier ».*

— Vous en parlez au passé ? s'était étonné le capitaine Natividad.

— Trois jours sans nouvelle ! À quoi vous attendez-vous ? Elle doit être défoncée quelque part dans un squat pourri ou elle s'est balancée dans la Seine. Allez savoir ! Les rapports du psy à son sujet sont éloquents. Vous voulez en lire un récent ?

— Non merci, monsieur, avait répondu Antoine choqué par cette attitude.

— De mon temps, on appelait ces gens-là des maniaco-dépressifs, mais il paraît que c'est un gros mot, maintenant. Elle refera surface, ne vous faites aucun souci à ce sujet. Mais à ce moment-là, le lieutenant Lasalle aura directement affaire à moi et nous vous trouverons un nouveau coéquipier plus assorti, si j'ose dire.

Natividad avait néanmoins obtenu le feu-vert pour mener une investigation en dehors des heures de travail, afin de la localiser. Il s'était tellement habitué à l'avoir à ses côtés qu'il ne l'avait pas vue se détériorer au fil des années. Le portrait qu'en avait brossé le commissaire était âpre et cruel, mais Antoine se rendit compte qu'il était aussi assez fidèle. Ce soir-là, quand les bureaux se vidèrent, il pénétra dans l'ordinateur de Nicki et entama l'exploration méthodique de ses dossiers en cours.

C'est seulement vers minuit, qu'il tomba sur un document « Word » contenant ses notes sur la mort du prof de peinture. Pourquoi diable avait-elle perdu son temps là-dessus et sans lui en parler, en plus ? À mesure qu'il lisait, Antoine sentit le sang se retirer de son visage. Il parcourut ensuite ses derniers e-mails et tomba sur le message d'un collègue du Onzième, signalant à Nicki la mort d'un type dans sa cage d'escalier. Un règlement de comptes entre dealers, selon toute vraisemblance. Mais comme elle lui avait demandé récemment des tuyaux sur une certaine Mlle Segal, le brave flic lui signalait que la victime se trouvait être l'ancien concubin de la dame. C'était inscrit noir sur blanc dans le rapport. Les enquêteurs n'avaient pas jugé bon d'interroger celle-ci.

Antoine fut pris d'une subite tachycardie qui l'obligea à interrompre ses « heures sup ». Il mit l'ordi en veille et partit s'asperger la tête et la nuque à l'eau froide.

À l’heure d’aujourd'hui, Cécile, sa douce Cécile, était mêlée directement à trois morts violentes, dont deux assassinats avérés !

CHAPITRE 27

C'est Jean-Pierre qui repéra le flic.

Il était sorti en griller une dans la rue, vers onze heures et son œil exercé avisa d'abord la coupe « marines » aux reflets mordorés, avant de s'attarder sur les traits aigus mais encore juvéniles de l'homme au volant. Le visage lui semblait vaguement familier... Jean-Pierre en aurait volontiers fait son quatre heures, mais depuis leur dernière réconciliation en début d'année, il avait juré fidélité à Pierre. Et ce n'était pas facile tous les jours... Jean-Pierre avait de gros appétits, alors que Pierre était plutôt « popote ». Alors il se contenta de mater. Le profil d'aigle, le cou musculeux, les joues creusées et pour parfaire le tableau, la chaînette dorée se détachant sur le T-shirt noir. Jean-Pierre se laissait aller à de succulentes rêveries, quand il prit conscience que le bel inconnu fixait l'agence. Un regard soutenu qui semblait rivé sur quelque chose de bien précis. Ou sur quelqu'un... Jean-Pierre se retourna et comprit que le beau blond surveillait sa copine. Cécile.

Déçu, il s'empressa d'écraser son mégot sous sa semelle et se précipita à l'intérieur. Cécile raccompagnait justement une cliente à la porte.

— Ma chérie, je ne sais pas ce que tu leur fais à tous, il faudra me donner ton truc, mais tu as un admirateur, là dehors !

Cécile jeta un coup d'œil à travers la vitre. Elle croisa le regard d'Antoine Natividad, une demi-seconde, peut-être. Le policier démarra aussitôt, s'arrachant dans un hurlement de pneus.

— Et timide, avec ça ! pouffa Jean-Pierre.

— Tu ne l'as pas reconnu ? C'est ce flic qui était venu interroger tout le monde à l'agence, quand Yves est mort.

— Mais oui ! Je savais que je le connaissais… Qu'est-ce qu'il te veut ?

Cécile haussa les épaules en signe d'ignorance et retourna dans son bureau. Que pouvait-il bien lui vouloir, en effet ? Sa présence était-elle liée à ce qu'ils avaient vécu ensemble et au silence de Cécile ? Ou cela avait-il à voir avec la disparition de Nicki Lasalle ? Ce qui serait infiniment plus embêtant… Il ne pouvait pas déjà avoir compris ce qui s'était passé dans l'appartement. À moins que sa coéquipière lui ait parlé de ses soupçons… À moins qu'elle ait laissé traîner des notes… Cécile sentit le sang se glacer dans ses veines.

Antoine s'était installé à la terrasse d'un café face au métro Villiers et attaquait son troisième expresso. Son imagination s'emballait et il faisait d'énormes efforts pour la juguler et concentrer ses neurones sur l'essentiel. Ré-ca-pi-tu-ler… C'est ça ! Il fallait mettre les choses dans un bon ordre chronologique et ensuite analyser les données et l'enchaînement des événements, tâcher de leur donner une logique, une cohérence. Antoine Natividad ne croyait pas au chaos.

Alors… Dans l'ordre… Étape par étape…

Cécile Segal, jeune employée de banque sans histoire, avait de mauvaises relations avec son ancien patron, le dénommé Yves Langlet. Ça, tout le monde en avait témoigné à l'agence. Le jour même où Cécile prend des coups au visage, Langlet est retrouvé mort chez lui, à la suite d'un possible cambriolage. À ce stade, il n'y a pas obligatoirement lien de cause à effet.

Ensuite, c'est le beau-père de Cécile qui est retrouvé mort dans son atelier. Encore un accident qui serait passé inaperçu si Nicki n'avait pas fouiné de son côté, comme elle avait l'habitude de le faire pour combler le vide de son existence. Les photos découpées éliminant le visage d'une petite fille qui était très certainement Cécile, donnait à penser que les relations entre elle et « Silvio » n'étaient pas au beau-fixe. Mais pourquoi le tuer maintenant ? Tant d'années après et en prenant le risque qu'on fasse le rapprochement avec la mort toute récente de Langlet… De toute façon, rien ne laissait supposer que l'homme avait été assassiné. Simple coïncidence ?

Pour finir, ce type retrouvé le crâne fracassé dans sa cage d'escalier, pataugeant dans la coke. Cet Alain-Quelque Chose… L'ex de Cécile, dont elle venait à peine de se séparer. La pensée de Nicki traversa l'esprit en surchauffe d'Antoine. Fulgurante et douloureusement nette. Nicki était-elle allée seule parler à Cécile ? Lui avait-elle fait part de ses soupçons, de la corrélation qu'elle avait faite entre les trois décès ? Si Cécile avait été capable de tuer trois hommes adultes dans la force de l'âge, elle aurait tout aussi bien pu éliminer Nicki. Pourquoi s'arrêter en si bonne voie ?

En temps normal, le capitaine Natividad aurait déjà mis Cécile en garde à vue et lui aurait soutiré des aveux détaillés. Pourquoi restait-il aussi passif ? Parce qu'il s'était entiché d'elle ? Ou parce qu'au fond de lui, aux tréfonds de son cœur de poulet, il savait que c'était impossible. Elle n'avait pas le profil. Pas la force de caractère… Ni même la robustesse. Antoine l'avait serrée dans ses bras, il avait senti son corps contre lui. Comment aurait-elle pu surprendre et abattre quelqu'un d'aussi massif et aguerri que Nicki Lasalle ?

CHAPITRE 28

M. Marcuse ne parvint pas à s'endormir après le déjeuner, ce qui n'était pas bon signe. Il faisait d'énormes efforts pour ignorer la sonnette d'alarme qui refusait de s'interrompre dans son crâne et ne faisait même que s'amplifier. Il avait fini par s'habituer à sa petite vie insignifiante de retraité anonyme, à son quartier, ses petits bistrots, à ses petits câlins avec Fiona juste avant l'heure des croquettes. Et depuis quelque temps, il l'aimait encore plus sa vie grâce à Cécile, à la beauté qu'elle y avait apporté sans le vouloir. Il aurait volontiers vécu ainsi entre les apéros, les matous et les papotages entre voisins, jusqu'à la fin de ses jours.

Mais il y avait trop de fenêtres demeurées ouvertes, de portes mal refermées. Ces derniers temps, il avait agi sous le coup de l'indignation et de la colère sans prendre aucune précaution. Il avait même tué un innocent de ses propres mains ! Il ne pouvait pas se blâmer de s'être ainsi ramolli. Il fallait bien voir les choses en face : il était âgé. Vieux, pour dire les choses crûment. Et s'il avait gardé certains automatismes, il était dépassé, hors du coup. Obsolète. Allait-il attendre sagement que les flics viennent l'arrêter ? Comme un vieux cheval fatigué, plus capable de se rebiffer et se laissant entraîner à l'abattoir avec résignation ? Sous la carapace de graisse, l'ancien Servais Marcuse eut un sursaut de rébellion et de dignité. L'homme qu'il avait été avait prévu ce genre de situation d'urgence et s'était assuré des planques à droite et à gauche. Garde-meubles divers tout autour de Paris, bourrés de valises de billets, de faux papiers et d'armes de secours, tout l'attirail nécessaire au fugitif. Peut-être était-il temps de les utiliser.

Il hésita longuement avant d'appeler Charley. De toute évidence, il faisait partie des éléments à abandonner derrière lui. Mais comment s'en passer ? Servais n'avait pas conduit depuis des années, il était incapable de courir, de soulever des poids et il se savait physiquement trop repérable pour circuler tout seul. Aussi finit-il par téléphoner :

— Charley, dit-il. Si un de ces jours… Peut-être très bientôt, je te demandais de tout abandonner, de venir me prendre avec ta voiture et de partir avec moi, serais-tu capable de le faire sans discuter ?

— Of course, chef.

— C'est un voyage sans retour, insista M. Marcuse. Je n'en connais pas encore la destination, il faut que je travaille un peu là-dessus, que je prenne des dispositions… Mais une fois partis, il sera hors de question de remettre le pied en France. Du moins tant que je serai en vie.

— Je comprends, chef. Pas de blème ! Mon sac, il sera fait en cinq minutes et je laisserai personne derrière moi. Personne que j'aie envie de revoir, je veux dire. En fait, ça me plaît bien, votre idée de grand départ.

— Très bien, souffla le vieil homme avec soulagement. Je m'organise et je te tiens au courant. En fin de semaine au plus tard.

Cela faisait une heure qu'Antoine Natividad tapait comme un sourd sur son sac de sable. Il fréquentait cette salle d’entraînement pouilleuse de Belleville depuis son adolescence et y retrouvait d’anciens copains de lycée, dont la plupart étaient devenus dealers ou grenouilleurs à la petite semaine. Ils se méfiaient un peu de lui, bien sûr, mais Antoine ne faisait jamais allusion à son boulot et la vieille familiarité reprenait vite le dessus. L’ambiance était chaleureuse et virile.

Pas aujourd'hui. Parce qu’aujourd'hui, « Nativ » comme on l’appelait au bahut à l’époque héroïque, était dans un état de nerfs effrayant. D’ailleurs, ses potes avaient hâtivement quitté les lieux, jugeant que d’un seul coup, il ressemblait beaucoup plus à un poulet qu’à ce bon vieux « Nativ ».

Donc, il tapait Natividad. À s’en fêler les jointures, à s’en déboiter les épaules. Et plus il cognait, plus il gambergeait. Les éléments du puzzle dansaient dans son crâne embrasé : Cécile et ses macchabées, Nicki disparue sans laisser de trace, le Portugais libre comme l’air… Faisant le clown devant un bébé à la gare… Les dents éparpillées dans le gazon… La bouche de Cécile… Les seins de Cécile… Les fesses de Cécile…

La voix de Cécile…

Soudain, il cessa de taper. Cécile, justement ! Et s’il la retirait de l’équation ? S’il partait du principe qu'elle était innocente. Qu'elle n’avait rien à voir dans les trois morts : Yves Langlet son patron tué par un cambrioleur, Silvio son beau-père écrasé par une statue, Alain-Quelque-Chose son ex, tabassé à mort par un hypothétique dealer… Ça ne pouvait pas être un hasard. Trois hommes qui ne se connaissaient pas entre eux, mais étaient ou avaient été proches de la même femme et qui mouraient dans la même semaine… Il y avait forcément un lien.

Donc, si on décide que ces trois-là ont été assassinés par la même personne… Oui, ça faisait pas mal de « si »… Continue, merde ! Si ce n'était pas Cécile… Et qu'ils avaient bel et bien été tués par le même meurtrier…

Alors qui ?

Antoine retira ses gants de cuir, comme s'ils l'empêchaient de penser. Il tournait en rond autour du sac qui se balançait doucement entre ciel et terre. Comme un fauve affamé à deux pas de sa proie. Si près qu'il sentait son odeur…

Alors *qui*, bordel ?

Antoine ne savait pratiquement rien d'elle. Rien sur sa famille, ses amis, ses connaissances. Il se souvenait vaguement de ses collègues à l'agence bancaire… Mais les visages s'étaient déjà effacés… Il y avait ce gros monsieur… Le vieux d'à côté. Antoine le revoyait, tendant ses poignets pour qu'il lui passe les menottes : *« J'avoue tout ! C'est moi le coupable ! Je ne peux pas garder le secret plus longtemps »*, avait-il dit en plaisantant. Pourquoi Natividad repensait-il à cela ?

Il l'élimina d'un haussement d'épaules incrédule.

Mais c'est une autre voix, celle de Cécile qui ramena M. Marcuse sur le devant de la scène. Sa voix, ce même jour, lors de leur toute première rencontre sur le palier… Antoine se remémora la démarche claudicante du vieil homme alors qu'il cheminait vers l'ascenseur.

« Mon ange gardien », avait-elle dit avec une sincère tendresse dans la voix. Il s'en souvenait avec une cristalline précision…

Mon ange gardien.

CHAPITRE 29

Les choses s'étaient, somme toute, plutôt bien organisées.

Servais avait réactivé certains de ses vieux réseaux, il avait fait pas mal d'allers-retours dans la voiture de Charley, acheté des valises neuves, il avait récupéré des objets de première nécessité dans ses diverses planques. À présent, lui et son assistant avaient en leur possession des passeports tout neufs et prêts à l'emploi, du cash à foison tout en dollars américains. Seul le jour du départ restait à déterminer. Mais ce serait pour bientôt. Demain aux aurores, peut-être.

Servais consacra un long moment à la rédaction de sa missive d'adieux à Cécile. Il avait décidé de lui laisser Fiona, même si cela lui fendait le cœur. Mais les chats n'étaient pas faits pour les grands chamboulements et encore moins pour les cavales. La féline se consolerait entre les pattes de Bruce et l'oublierait vite.

« Ma chère Cécile, nous nous connaissons depuis peu, mais nous avons un lourd passé en commun. Je suis peut-être un vieux fou, mais dès que je vous ai vue ce dimanche, j'ai compris que vous étiez ma seconde chance. Une Cécile qui me tombait du ciel pour réparer le mal que j'avais fait sans le vouloir à une autre Cécile. Il y a très longtemps, dans une autre vie. Une vie dont vous n'avez pas idée et que j'aurais bien trop honte de vous raconter. Alors voilà, jolie Cécile… Le vieux monsieur d'à côté a disparu. Il a tenté de vous venir en aide et espère qu'il y est parvenu d'une certaine

manière. Oubliez les vilaines choses de ces dernières semaines et regardez l'avenir. Il sera radieux pour vous, charmante Cécile, j'en suis convaincu. Avec ce beau policier peut-être ou avec quelqu'un d'autre… Qui peut le prédire ? Il devra être exceptionnel celui qui vous méritera ».

M. Marcuse appuyait la pointe de son Mont-Blanc pour parachever son point, quand on sonna à sa porte. Charley devait passer le prendre, mais pas avant une heure. Servais lui avait pourtant dit et répété qu'il tenait avant toute chose à la ponctualité. Ni avant, ni après. À l'heure dite !

Agacé, déconcentré, il boita jusqu'à la porte en grommelant.

Mais ce n'était pas Charley. L'homme qui se tenait sur le palier avait la peau blanche, les cheveux blonds et les yeux clairs.

Clairs et froids.

— Bonjour M. Marcuse, dit Antoine Natividad.

— Capitaine… Cécile doit être à son travail. Elle rentre généralement vers…

— Je sais, le coupa le flic. C'est vous que je venais voir.

— Moi ? Vous ne tombez pas très bien, jeune homme.

— Je n'en ai pas pour longtemps.

Natividad bouscula légèrement Servais. Il ne s'excusa pas et s'avança dans l'appartement, faisant craquer le plancher sous ses semelles. Servais referma la porte sans commentaire. La sonnette d'alarme s'était à nouveau déclenchée dans sa tête. Plus tonitruante que jamais. On peut même affirmer qu'elle était en alerte maximale.

Le policier compta les valises, il y en avait quatre, deux grandes, deux petites :

— Vous partez en vacances, M. Marcuse ?

— Quelques jours, oui. Tous les ans, je m'offre une petite thalasso. Ça fait un bien fou à mes vieux os.

— Vous ne m'offrez rien à boire ?

— Je croyais que les policiers ne buvaient jamais pendant le service.

— Qui vous dit que je suis en service ?

Servais n'aimait pas le petit air insolent qu'affichait Natividad. Et encore moins son œil ironique et supérieur. Le regard de ceux qui pensent pouvoir tout se permettre parce qu'ils se savent impunis. Il sortit une bouteille de blanc entamée du frigo et en servit un verre généreux qu'il tendit au flic. Celui-ci le posa sur la table basse sans y toucher :

— Vous avez beaucoup occupé mes pensées cette semaine, M. Marcuse. Et j'ai longtemps hésité à passer vous voir… Je voulais être sûr de mon coup. Mais je crains qu'avec des gens de votre espèce, on ne puisse jamais être sûr de rien, n'est-ce pas ?

— *« De mon espèce »* ? répéta Servais.

— J'ai voulu effectuer des recherches sur votre compte, figurez-vous. Et j'en suis arrivé à une conclusion bien étrange… En gros et pour résumer, vous n'existez pas. Aucun numéro de Sécu, pas de permis de conduire, affilié à aucune caisse de retraite, pas d'assurance, ni même de compte bancaire, inscrit à aucune école, aucune faculté, pas le moindre lien familial…

— J'ai longtemps vécu à l'étranger.

— Bien sûr, M. Marcuse, bien sûr. Vous savez, j'ai longtemps cru que les individus comme vous n'existaient pas… Des mythes urbains, des épouvantails de fiction… Ces hommes de l'ombre recrutés au berceau, dont la véritable identité repose quelque part dans le coffre-fort d'une administration sans existence officielle. Des fantômes qu'on entrevoit parfois sur des lieux d'attentats, silhouettes floues et furtives filmées par des caméras de surveillance. Ou à la suite d'un assassinat en plein jour, d'un accident suspect… Des ombres sans visage, sans signe particulier. Des entités sur lesquelles on préfère ne pas enquêter et qu'on élimine d'emblée des listes de suspects. Parce qu'on ne court pas après le vent.

— Si ça ne vous ennuie pas, je vais m'asseoir, dit Servais avec un bon sourire, j'ai du mal à rester debout plus de quelques minutes et j'ai l'impression que vous êtes parti sur votre lancée. Tant mieux d'ailleurs, c'est passionnant !

— Je vous en prie, répondit Natividad gardant sur le vieil homme un œil vigilant.

Servais se laissa tomber sur les coussins informes du canapé, faisant fuir Fiona qui s'était assoupie sur le dossier :

— Je ne sais pas exactement de quoi vous parlez, capitaine, mais vous en parlez très bien ! Et j'ai toujours adoré les romans d'espionnage. Vous avez lu John Le Carré ?

— Pas le temps de lire.

D'un geste de la main, Servais invita le policier à se servir dans sa bibliothèque. Natividad tourna la tête, appréciant le choix prodigieux qui lui était offert. Juste le temps pour Servais de plonger la main sous le coussin où il s'était vautré et de saisir le manche du poinçon qu'il y avait dissimulé. Au cas où…

— Je vais vous dire ce que je crois, reprit Natividad la voix à peine assourdie par le stress. C'est vous qui avez tué Yves Langlet, ainsi que le beau-père de Mlle Cécile Segal et son ex-concubin… Il se peut même que le lieutenant Lasalle en soit arrivée aux mêmes conclusions que moi et que vous l'ayez éliminée elle aussi.

— Pourquoi aurais-je commis ces choses affreuses, grands dieux ? s'esclaffa Servais.

— Pour Cécile. Parce que vous êtes dérangé, parce que vous avez fait une fixation sur elle… Je n'en sais rien, je ne suis pas psychiatre.

Servais fixa un moment le jeune flic, l'œil sombre. Il n'avait pas trop apprécié ses dernières insinuations. L'aurait-il sous-estimé ?

— Vous avez l'air très fatigué, mon garçon.

— Ça doit être parce que j'ai également fouillé dans le passé de ma collègue et découvert qu'elle n'avait pas de famille. Des vagues cousins dans le Nord que j'ai réussi à contacter et qui n'ont pas entendu parler d'elle depuis vingt ans. Donc ce n'est pas elle qui m'a envoyé de SMS, le jour de sa disparition.

— Je ne sais pas de qui vous parlez, capitaine.

— Je comprends qu'elle ait pu se laisser surprendre par quelqu'un comme vous. Un gros monsieur essoufflé qui peut à peine se déplacer. Qui se méfierait ?

— Et ce « gros monsieur pouvant à peine se déplacer » aurait tué trois… Non ! *Quatre* personnes ? Dans toute la force et l'énergie de leur jeunesse ? C'est un peu paradoxal, vous ne trouvez pas ?

Antoine Natividad entrouvrit son blouson et dégaina son arme de service qu'il pointa en direction de M. Marcuse :

— Je n'ai rien de concret contre vous, dit-il. Pour la bonne raison que vous-même n'êtes qu'une abstraction. Je ne suis pas ici pour vous arrêter, M. Marcuse.

— Non ? Que comptez-vous faire ? M'abattre ?

— Vous proposer un marché.

Servais ne s'attendait pas à celle-là. Il faillit en lâcher le poinçon qu'il serrait de toutes ses forces sous le coussin. Il passa le dos de sa main sur son front, essuyant la sueur qui lui dégoulinait dans la barbe :

— Pouvez-vous m'apporter un verre d'eau du frigo, s'il vous plaît ? Je ne me sens pas très bien.

— Vous êtes tout pâle, en effet.

Sans relâcher son attention, Natividad prit une bouteille d'Évian entamée et l'apporta au vieil homme. Il la déposa prudemment sur la table, mais Servais n'arrivait pas à l'atteindre. Du regard, il implora le policier de la lui placer dans la main. Natividad hésita un instant et raffermissant sa prise sur la crosse de son revolver, il obtempéra. À peine se fut-il penché, que Servais saisit sa nuque d'une main et de l'autre lui enfonça la tige d'acier sous la gorge, juste au-dessus de la pomme d'Adam.

— Lâchez ce jouet ridicule, sourit M. Marcuse. Et ne m'obligez pas à répéter.

La voix du gros bonhomme s'était modifiée du tout au tout et avait perdu toute tonalité chaleureuse et cordiale. Ses petits yeux brillaient de concentration et – Antoine aurait pu en jurer – d'excitation. Il ouvrit la main et laissa tomber son arme. Le vieux l'envoya valser d'un coup de talon sous le canapé :

— Aidez-moi à me relever, à présent. Très doucement, très calmement. Avec les précautions qu'on prend avec les personnes âgées.

Antoine fit un gros effort pour soulever les cent-cinquante kilos flapis de M. Marcuse. Quand celui-ci fut sur pieds, il poussa le policier jusqu'au mur du salon où il le plaqua sans douceur. Le pic glacé pénétra la chair tendre de son cou, il sentit le sang couler. Un mince filet tiède et régulier. Servais était si près de lui qu'il sentait son haleine chargée de médicaments.

— Vous avez une vision si étriquée du monde qui vous entoure, Natividad, sourit le vieux. Tout vous paraît simple, manichéen, binaire, alors que la réalité est un kaléidoscope de nuances qui se renouvèlent à l'infini.

— Vous allez me tuer ?

— Quel choix me laissez-vous, espèce d'abruti ? Et croyez-moi, ce ne sera pas de gaieté de cœur. Vous formiez un joli couple avec Cécile et j'aurais bien aimé savoir qu'elle avait quelqu'un dans sa vie avant de m'évanouir dans la nature.

— Dites-moi au moins qui vous êtes !

— Vous l'avez deviné tout seul, mon garçon… Une abstraction !

Servais déplaça la pointe de deux millimètres afin d'être parfaitement positionné. Il ne voulait pas faire souffrir plus que nécessaire ce garçon pour lequel il éprouvait, sans bien comprendre pourquoi, une sorte de sympathie instinctive. Au regard du vieil homme qui s'était soudain adouci, comme s'il allait s'endormir, Natividad comprit qu'il n'en avait plus que pour quelques instants à vivre. Alors il ferma les yeux et pensa à elle.

À Cécile.

— Lâchez-le, Servais. S'il vous plaît.

Les deux hommes sursautèrent et se tournèrent d'un même mouvement vers le vestibule. Cécile était entrée sans que nul ne l’entende et braquait à deux mains un revolver dans leur direction. Sur lequel des deux, c'était encore difficile à déterminer.

Servais était interloqué. Que faisait-elle là à cette heure ? D’où sortait-elle ce machin ? C'était le calibre de cette fliquette ? Charley ne l’avait donc pas ramassé, cette nuit-là ? Servais lui-même n’y avait pas pensé ! Il pesta en silence. Oui, il devenait définitivement trop vieux pour ce genre de boulot, aucun doute à ce sujet.

— Rentrez à la maison, mon petit, dit-il. Ce n’est pas un spectacle pour vous.

— Servais, si vous avez un tant soit peu d’affection pour moi, reprit Cécile d’une voix posée, laissez partir le capitaine Natividad.

— Vous savez ce que cela signifierait ? Une fin de vie derrière les barreaux pour moi et des années d’enfer judiciaire pour vous. C'est une très décourageante perspective, Cécile.

Alors elle pointa son arme plus directement sur le vieil homme. Cette fois, il n’y avait plus d’ambiguïté possible quant à sa cible et M. Marcuse en fut bouleversé :

— Vous seriez capable de m’abattre ? Pour lui ?

— Relâchez-le, Servais… Je vous en supplie.

M. Marcuse se détourna de Cécile pour considérer le policier. Natividad était livide, le blanc de ses yeux s'était fondu dans une brume rougeâtre et il respirait à peine. Il avait déjà un pied dans la tombe. Il suffisait d’une poussée et il ne poserait plus jamais de problème à quiconque :

— Vous lui avez demandé de venir vous prêter main-forte, espèce de trouillard ? feula le vieil homme.

— Non ! gémit Natividad, sentant l'acier pénétrer un peu plus loin dans sa chair.

— Ça suffit, Servais ! Il est passé me voir à l'agence tout à l'heure. Il ne m'a rien dit de spécial. À part *justement* de ne pas rentrer trop tôt, après le boulot.

— Vous auriez dû l'écouter…

Servais ne savait plus qui mentait ou pas. Il sentait monter le vieux désir. L'ancestral besoin de tuer qui rétrécissait son champ visuel et obscurcissait sa faculté à raisonner. Pousser vers le haut, perforer le palais, atteindre la matière molle, tourner la tige d'acier deux ou trois secondes et régler l'imbroglio une bonne fois pour toutes. C'était si simple !

— J'ai vraiment un deal à vous proposer, parvint à articuler le flic. Un arrangement qui solutionnerait tout. Pour Cécile, pour vous et pour moi.

— Je ne fais jamais d'affaire avec la police, grogna Servais. Nous n'avons pas les mêmes valeurs.

— Servais, intervint Cécile d'une voix plus aiguë, moins sûre d'elle, je vais tirer !

— Alors il y aura deux morts au lieu d'un, voilà tout, rétorqua M. Marcuse.

— Trois, en fait, dit Charley.

L'assistant s'était matérialisé dans le dos de Cécile.

Et à son tour, il appuyait les cinq centimètres du canon d'un Colt « Cobra » sur la tempe de la jeune femme. C'est M. Marcuse qui avait récupéré l'arme dans un de ses garde-meubles et qui l'avait offerte à Charley. C'était un modèle 1951, un pétard démodé de collectionneur, mais Charley en était dingue. Il avait passé une bonne partie de la journée à la nettoyer et à jouer avec, la faisant tournicoter autour de son index tel un bandido de western.

Il devait passer prendre les bagages du « chef » plus tard dans la soirée, mais il avait décidé d'arriver en avance pour l'aider un peu. Le vieux était trop fier pour lui demander cela, mais Charley attentif, avait bien vu qu'il souffrait particulièrement de son ongle incarné ces derniers jours. En arrivant à l'étage, il avait aussitôt remarqué que la porte de l'appartement était grande ouverte et avait perçu les voix.

Maintenant, la situation était encore plus compliquée : Charley braquait Cécile qui braquait Servais qui menaçait Natividad. Et plus personne ne bougeait ou ne parlait.

Qu'y avait-il à dire, d'ailleurs ?

Servais échangea un regard avec son assistant. Il lui suffisait d'un simple hochement de tête pour tout solutionner. Charley tuerait Cécile à bout-portant, elle n'aurait probablement pas le temps de presser sa détente et quand bien même, sa balle se perdrait certainement dans le plafond. Il suffirait ensuite d'achever le flic. Et adieu la compagnie !

Mais… tuer Cécile ?

Servais rabaissa son bras, retirant la pointe acérée du poinçon de la gorge d'Antoine, qui se mit à saigner abondamment. Cécile lâcha son arme et accourut pour lui venir en aide. Le jeune capitaine était au bord du malaise et se laissa entraîner par Cécile jusqu'à la salle de bains. Charley ramassa les deux flingues qui jonchaient le plancher, les fourra dans ses poches et posa un œil interrogateur sur son employeur. Celui-ci, épuisé, s'assit sur une chaise branlante.

— Qu'est-ce qu'il se passe maintenant, chef ?

— Je n’en sais pas plus que toi, garçon. Je suppose qu’on va tous s’asseoir à la table des négociations, comme on dit.

— Pour négocier quoi ?

— Alors là, tu m’en demandes trop.

— J'ai pas envie de finir en taule, moi ! geignit Charley.

— Tiens, va me nettoyer ça au lieu de dire des bêtises.

Charley saisit le poinçon que lui tendait le vieux et partit le rincer dans l’évier. Le sang avait dégouliné jusqu'au manche.

CHAPITRE 30

Les trois hommes étaient installés autour de la table dans la kitchenette de M. Marcuse pendant que Cécile servait le thé. Elle était allée chercher des sablés chez elle et les proposa à ces messieurs. Seul Charley plongea la main dans l'assiette pour en retirer une pleine poignée. Il en fallait davantage pour lui couper l'appétit.

Encore blafard, les yeux injectés, amoché par le pansement que Cécile lui avait appliqué sous le menton, Antoine Natividad avait perdu de sa superbe et tentait de mettre de l'ordre dans ses pensées. Ainsi il y avait eu non pas trois, mais bien quatre meurtres ! À eux deux, le vieil homme et son acolyte africain étaient responsables de trois d'entre eux. Le dernier était l'œuvre de Cécile. Qu'il s'agisse d'un accident ou pas ne changeait pas grand-chose à la donne. Elle n'avait prévenu personne et s'était montrée complice de la disparition du corps. Du cadavre d'un officier de police, de la propre coéquipière de son amant !

Qu'il l'ait voulu ou non, Natividad était mouillé jusqu'au cou. Il ne savait pas ce qui le remuait le plus : savoir que Nicki était morte et n'aurait jamais de sépulture décente ou se rendre compte que sa seule présence à cette table lui ôtait dorénavant toute possibilité de marche-arrière.

— Vous parliez d’un deal, le relança Servais. J’avoue que si l’idée de négocier avec vous me paraît saugrenue, ma curiosité est piquée.

— Je sais parfaitement que vous pouvez me tuer d’un instant à l’autre, qu'il y a de fortes chances que je ne quitte jamais cet immeuble sur mes deux jambes… Mais j'ai pris mes précautions et laissé toutes mes notes accessibles sur mon ordi au Central. Dans deux ou trois jours, quand tout le monde commencera à s’inquiéter de mon silence, les collègues iront fouiner dans mes documents…

— Dans deux ou trois jours, on sera loin, my friend ! pouffa Charley.

— Laisse-le parler, intervint Servais.

Cécile prit une tasse et la déposa entre les mains glacées d’Antoine. Il la remercia d’un sourire de gosse maltraité.

— Personne ne te fera de mal, dit-elle. Je t’en donne ma parole.

— Parce que tu t’imagines qu’un homme comme lui hésiterait ne serait-ce qu’une seconde à nous éliminer tous les deux ?

Elle plongea son regard clair dans celui de M. Marcuse :

— Je l’imagine, oui. J’en suis même sûre et certaine.

Le vieil homme faillit rougir et claqua des doigts afin de raviver l’énergie du policier :

— Allez-y, Natividad ! Je n’ai pas beaucoup de temps.

— Je peux faire une proposition intéressante. Pour toutes les parties.

— À mon avis, t’es pas tellement en position, motherfucker ! dit Charley en frappant sur la table.

— Ça suffit, Charley ! rugit Servais. Maintenant, tu la boucles ! Je ne veux plus t’entendre. Surtout si c'est pour parler l’anglais avec un accent aussi atroce !

— Vous parlez comme ça à un mec qui a trois guns sur lui ?

— Deux seulement, dit M. Marcuse.

Et le Cobra apparut comme par magie dans son gros poing. Il le maintint contre l’arête du nez de son assistant. Stupéfait, Charley fouilla ses poches pour se rendre compte que l’arme n’y était plus. Il hurla de rire :

— Vous êtes trop fort, chef !

— Heureux de te l’entendre dire.

Servais rendit l’arme à Charley et revint à Natividad comme s’il ne s'était rien passé :

— Je vous écoute.

— J’aime mon métier, M. Marcuse.

— Je vous en félicite.

— Et j’aime Cécile. Si je devais choisir entre les deux…

— Mais… C'est le cas, cher ami, sourit Servais.

— C'est elle que je choisirais.

Cécile posa les bras sur les épaules d’Antoine et l’embrassa sur le front. Il la repoussa gentiment, s’efforçant de rester focalisé sur son face-à-face avec le vieil homme :

— Je ne peux pas vous arrêter sans impliquer Cécile, j’en suis parfaitement conscient. Et si ce que vous m’avez raconté est vrai, je préfère laisser l’image d’une Nicki Lasalle disparue sans laisser de trace, plutôt que celle d'un officier de police devenue folle à lier et incontrôlable.

— Je vous suis jusqu'ici, capitaine, dit Servais.

— En vous oubliant, en refermant ce dossier jamais vraiment ouvert, je vous fais tout de même une fleur. Vous ne serez pas obligé de quitter la France, de repartir à zéro, de changer d'identité. À votre âge, ça doit être difficile.

— Ne vous occupez pas de mon âge, le coupa Servais, d'un ton rogue.

— Maintenant que je vous connais mieux, M. Marcuse, je pense qu'on peut s'apporter beaucoup l'un à l'autre.

— Vraiment ? s'amusa le vieux monsieur.

— Je vous laisse couler des jours tranquilles auprès de Cécile et de vos chats, je pourrais même éventuellement faire partie de cette petite famille reconstituée…

— En tant que gendre, peut-être ?

— En quelque sorte.

Servais jeta un regard à Cécile qui était au bord des larmes, comme une midinette énamourée. Il devait admettre que le jeune Natividad ne manquait ni de panache ni d'aplomb.

— Le programme paraît tentant, à première vue. Mais je suppose qu'il y a une contrepartie à toute cette félicité domestique ?

— Légère, M. Marcuse. Très légère. Et qui ne devrait pas vous poser trop de problèmes.

— Je vous écoute…

— Alors voilà… Je ne suis pas un lâche, dit solennellement Natividad. Mais je ne suis pas non plus un assassin.

ÉPILOGUE

C'est à l'occasion d'un déjeuner dominical chez Cécile, qu'Antoine apporta à Servais les photos de la femme et du fils de « Zé » Silva, après que celui-ci les ait anéantis à coups de tuyau d'arrosage. Servais en avait vu d'autres bien sûr, mais le visage mutilé du gamin lui glaça les sangs. Charley quant à lui, ne put retenir ses larmes.

Le mardi suivant, installés à l'arrière du quasi-taxi de Charley, le policier et le vieux monsieur attendirent devant la gare RER de Nogent-Le Perreux, l'arrivée du train de dix-neuf heures. Antoine indiqua aux deux hommes la lourde silhouette du Portugais au milieu de la foule de passagers. Ils le suivirent un moment, jusqu'à son immeuble, puis regagnèrent Paris.

Le reste de la semaine, M. Marcuse et son bras-droit étudièrent la géographie des lieux, Charley retourna là-bas deux ou trois fois en repérages et il fut décidé d'un plan d'attaque qui excluait le « chef », beaucoup trop identifiable et bien incapable de se mouvoir assez rapidement, le cas échéant. À ce stade, Servais faisait assez confiance à Charley pour ne pas s'inquiéter.

Le vendredi matin, revêtu de son « déguisement », Charley roula jusqu'à Nogent, gara son véhicule à deux cents mètres de la gare où il se rendit à pied. Plusieurs personnes se retournèrent sur son passage. Il faut dire qu'avec son jogging rouge vif, ses dreadlocks et ses Ray-Ban lui mangeant la figure, il ne risquait pas de passer inaperçu. C'était le but. Les futurs témoins ne retiendraient que le look, pas l'homme. C'est M. Marcuse qui lui avait appris le truc. Il lui avait même raconté qu'un jour, il avait exécuté un contrat avec pour tout déguisement… un dentier en or ! Cela avait suffi. Personne n'avait su le décrire avec précision et pourtant il avait œuvré dans une mairie bondée, en pleine journée. Le seul signalement qu'avaient recueilli les flics était *« un grand type avec des dents en or »*. C'est tout. Charley en rigolait encore.

Ponctuel comme chaque jour, « Zé » Silva traversa le quai et se plaça à l'endroit précis où allait stopper son wagon de prédilection. Il s'était rasé de frais, ses cheveux étaient encore mouillés de sa douche et il chantonnait, de fort belle humeur.

Remarqua-t-il le grand rasta chamarré plongé dans l'écoute de son MP3 ? Possible. Comment ne pas voir cette tache écarlate dans la grisaille matinale… En revanche, il sentit à peine le coup de pied qui le frappa entre les omoplates à l'arrivée du train, le précipitant sur les rails.

Effroyable bruit de chairs broyées, vociférations des usagers, bousculade et mouvement de panique. Charley n'eut aucun mal à quitter la gare RER en sautant par-dessus la barrière blanche.

À l'abri d'une palissade repérée l'avant-veille, il arracha sa perruque, ôta son survêtement. Il portait au-dessous un petit costard-cravate gris tout simple. Il jeta sa défroque dans la benne à ordures voisine et s'éloigna d'un pas tranquille et assuré.

Quand il se remit au volant, Charley crut entendre au loin les premières sirènes de police.

Ce fut leur premier job pour le capitaine Antoine Natividad.

L'année qui suivit fut pleine de bonheurs divers. D'abord Fiona donna naissance à sa première portée, cinq magnifiques chatons aux couleurs chatoyantes. Si beaux et si bien assortis, qu'il fut décidé de tous les garder. Entre les deux appartements, ils auraient largement l'espace pour s'épanouir et ils égayèrent les journées de M. Marcuse.

Au printemps, Antoine et Cécile vinrent annoncer leurs fiançailles au vieux monsieur. Ils avaient décidé de se marier à la fin de l'été. À sa grande surprise, M. Marcuse essuya une larme. Et le champagne coula à flots.
Il y eut encore trois contrats durant ces derniers mois de bonheur. Des dossiers étudiés avec un sérieux tout professionnel par Antoine, Servais et même Charley qui avait maintenant son mot à dire. Plusieurs furent rejetés car jugés insuffisants ou trop risqués. Mais trois remplirent toutes les conditions : des tueurs d'enfants, des violeurs, des tortionnaires, que la justice avait cru bon de remettre en circulation.

L'état de santé de M. Marcuse s'étant dégradé, c'est Charley qui se chargea seul de ce qu'il appelait « la livraison » avec son goût du message codé.

C'est un dimanche que Cécile était entrée dans le lugubre univers de M. Marcuse pour le changer à jamais et le ramener à la vie. Et c'est un dimanche que l'autre Cécile vint le chercher.

Elle était assise sur son lit et le contemplait alors qu'il se réveillait d'une longue et paisible nuit. La petite Cécile, toute blonde, toute menue dans sa chemise de nuit trop ample. Telle qu'il l'avait entrevue derrière cette fenêtre, juste avant qu'elle ne s'embrase. Servais voulut lui caresser la joue, mais son corps ne lui obéissait pas. Alors c'est la fillette qui chatouilla ses grosses mains criblées de grains de beauté.

— Comment tu t'appelles ? demanda Cécile d'une voix pure comme l'oxygène des montagnes.

Sans la moindre hésitation, M. Marcuse lui donna son véritable nom.

— Tu veux venir te promener avec moi ? dit l'enfant.

— Bien sûr.

Servais se leva, sans lâcher la petite main. Pour la première fois depuis des années, des décennies, il ne sentit pas le poids de son corps, ne fit pas d'effort pour poser les pieds sur le plancher. Il se sentait léger et plein de force.

Il quitta la chambre avec Cécile.

Fiona qui était en train d'allaiter ses petits, le suivit du regard un instant et plissa les yeux, signe d'amitié chez les félins. Et Servais perçut toute l'affection et la confiance que la chatte ressentait pour lui. Il les sentit jusqu'aux tréfonds de son âme. Plus forts que des mots, plus forts qu'une caresse. De l'amour à l'état pur.

Cécile l'entraîna dehors, sa main toujours nichée dans la sienne.

Ensemble, ils se dirigèrent vers l'ascenseur. Mais il n'était plus là. Plus vraiment. À la place, Servais vit un halo lumineux bleuté et palpitant qui semblait enfler à mesure qu'ils s'approchaient.

— Cécile, dit-il, je voulais te dire…

— Je sais, le coupa l'enfant.

— C'est tellement joli ce prénom… Cécile.

Et ils traversèrent la lumière.

Un an plus tard, l'autre Cécile, la grande Cécile mit au monde un petit garçon blond aux yeux verts. C'est Antoine qui proposa de l'appeler « Marcus ». Marcus Natividad. C'était original et cela sonnait bien.

Charley s'installa dans l'appartement de Servais et s'occupa des chats.

L'enseignement du vieux monsieur lui avait été des plus profitables et sa « petite entreprise » avec Antoine connut de francs succès.

C'est ainsi que se resserra la petite famille au milieu des pleurs de bébé, des miaulements et de jolis meurtres soigneusement planifiés.

Schrorninère, ch'pas ?

Autres titres parus
aux Editions du Caïman

Polars en régions

La guerre a son parfum, JL Nogaro - mai 2010
Alpes noires, Ph. Paternolli - mars 2011
Gurs 10.39, P. Amand - août 2011
Les six naïades, L. Corre - septembre 2012
La morte des tourbières, JL Nogaro - décembre 2012
Camarguestan ! , P. Paternolli - mars 2013 (Prix de L'Instant polar, 2013)
Enfin (tous) réunis, A. Léna - septembre 2013
Sinon… L'Hermione coulera, MC Aristégui/A.Develde-mars 2014
Beau temps pour les couleuvres, P. Caujolle, septembre 2014
Les Belges reconnaissants, Martine Nougué, janvier 2015
Nozze Nere 1, Jérôme Sublon, juin 2015
Tunnel, Eric Courtial, septembre 2015

Polars du monde

L'île des hommes déchus, G. Audru - décembre 2013
Prix Balai découverte 2014
Sélection Polars francophone, Cognac 2014

Noires nouvelles

Omaha blues, Patrick Amand - juin 2014

Caïman jeunesse

L'ami interdit
roman, V. Dumas - sept.2010
Fatou n'a qu'une jambe... mais dans sa tête, elle en a deux
roman, V. Allam, C. Grenier - déc. 2011
100 papiers
album, J. Taboni Misérazzi M. Radenac déc. 2010
Adrien
album, S. Lamour - juin 2011
Renardot et le souvenir volé
album, I. Wlodarczyk et T. Portal juin 2013

Cet ouvrage a été achevé d`imprimer par
Pulsio.net, France en octobre 2015
Imprimé en UE
(Dépôt légal : septembre 2015)

SEHENSWERTES VON A BIS Z

HINTERGRUND

ERLEBEN UND GENIESSEN

PRAKTISCHE INFORMATIONEN

PREISKATEGORIEN

Restaurants
Preise für ein Hauptgericht

€€€€	über 25 €
€€€	15 bis 25 €
€€	10 bis 15 €
€	bis 10 €

Hotels
Preise für ein Doppelzimmer mit Dusche/Bad und Frühstück

€€€€	über 300 €
€€€	150 bis 300 €
€€	75 bis 150 €
€	bis 75 €

ANHANG

BAEDEKER MAGISCHE MOMENTE

MAGISCHE MOMENTE

BAEDEKER ÜBERRASCHENDES

ÜBERRASCHENDES

D

DAS IST …

Sankt Petersburg

Die großen Themen
rund um »Russlands Fenster nach Europa«.
Lassen Sie sich inspirieren!

St. Petersburg ist vielleicht nicht ganz Venedig, aber stimmungsvolle Kanäle gibt es genug. ▶.

СЗ 13-62
СИЕРРА-МОБИЛ

OLYMP DER OPER, MEKKA DES BALLETTS

Elitäres Vergnügen? Keineswegs! In St. Petersburg gehört es in kultivierten Kreisen zum guten Ton, über die Klassiker wie auch die neuen Ballett- und Operninszenierungen im Repertoire des Mariinskij-Theaters im Bilde zu sein. Tickets sind (erst recht für Einheimische) vergleichsweise günstig zu haben, aber man muss sie lange vorab besorgen.

Die Compagnie des Mariinskij gehört zu den führenden Ballett-Truppen der Welt. ►

1847 siedelte Marius Petipa, ein in Marseille geborener Tänzer, nach St. Petersburg über – nicht ganz freiwillig, denn er hatte eine Affäre mit einer verheirateten Frau gehabt und ihm drohte ein Duell mit dem gehörnten Ehemann. Für Russland erwies sich das als Glücksfall, denn ab den 1860er-Jahren sollte **Ballettmeister Petipa** als bis heute einflussreichster Choreograf zum Erfinder des klassischen Balletts aufsteigen: Innerhalb beinahe eines halben Jahrhunderts schuf er an seiner neuen Wirkungsstätte über 50 Ballette, darunter die Welt-Hits »Dornröschen«, »Schwanensee« und »Nussknacker« zur Musik von Pjotr Tschaikowski.

Ballett und Oper

Am Petersburger Theaterplatz, im (später zum Konservatorium umgebauten) »Großen Theater« und gegenüber, im 1860 eingeweihten Mariinskij-Theater, schlug damals nicht nur das Herz der Ballett-Welt. Dank der stets **üppigen Finanzierung durch den Zarenhof** war hier zugleich auch der Olymp der Oper: Immer wieder gab es in der zweiten Hälfte des 19. Jh.s in der russischen Hauptstadt Premieren enorm aufwändiger Inszenierungen zur Musik einheimischer Komponisten: Neben Tschaikowskij etwa Modest Mussorgskij und Nikolaj Rimskij-Korsakow. Kein Wunder, dass russische Opern-Klassiker wie »Boris Godunow«, »Jewgeni Onegin«, »Sadko« oder »Pik Dame« an ihrer Geburtsstätte bis zum heutigen Tag im Repertoire stehen – betont klassisch oder in modernen Interpretationen.

Die Welt verdankt Marius Petipa Klassiker des Balletts wie »Schwanensee«, »Nussknacker« und »Dornröschen«.

Wiege vieler Ballett- und Operstars

Schon früh hatte man in St. Petersburg auf staatlicher Ebene begonnen, neben der Architektur und den bildenden Künsten auch die Ausbildung in den Bereichen Musik und Tanz zu fördern: Bereits 1738 wurde von Zarin Anna eine kaiserliche Tanzschule ins Leben gerufen. Hundert Jahre später bezog sie ihre heutigen Räume in der an klassizistischer Eleganz kaum zu überbietenden »Straße des Baumeisters Rossi«. Hier

arbeitet mit der »**Waganowa-Akademie des russischen Balletts«** bis heute jenes Institut, aus dem seit den Zeiten Petipas zahlreiche Tanzstars mit Weltruhm hervorgegangen sind: **Anna Pawlowa** und **Vaslav Nijinsky** präsentierten als Tanz-Traumpaar mit den »Ballets Russes« der begeisterten Pariser Kulturszene zu Beginn des 20. Jahrhunderts völlig neue Bühnenerlebnisse. Aber auch als Begründer des modernen Balletts geltende Choreografen wie Michel Fokine und George Balanchine erhielten hier einst selbst ihre Tanzausbildung – ebenso der größte Ballettstar der zweiten Hälfte des 20. Jh.s, **Rudolf Nurejew**. Er kehrte allerdings dem Sowjetsystem den Rücken und setzte sich 1961 in Paris von seiner Truppe ab.

Das altehrwürdige Konservatorium am Theaterplatz als geachtete Hochschule für Sänger, Musiker, Dirigenten und Komponisten hat seit 1865 – als Tschaikowski zu den ersten Diplomierten gehörte – ebenfalls seine Weltstars hervorgebracht - in den 1990er Jahren beispielsweise die Opernsängerin **Anna Netrebko**. Auch **Waleri Gergijew** erlernte hier das Dirigenten-Handwerk. Ohne den genialisch-umtriebigen Intendanten des Mariinskij-Theaters hätte St. Petersburg heute wohl kaum wieder – fast wie zur Zarenzeit – eine vom Staat solide finanzierte Heimstatt für das Gedeihen seines musikalisch-szenischen Kulturerbes.

Neuer Tanz-Palast

Ebenfalls in den 1970er Jahren absolvierte Choreograf Boris Eifman das Konservatorium. Seit 40 Jahren leitet er in St. Petersburg schon eine eigene Truppe, die mit ihrem hochdynamischen »psychologischen Ballett« vor allem in Nordamerika immer wieder Furore macht. Nun baut ihm der Putins Kremlverwaltung einen eigenen »Tanz-Palast« an der Newa. Damit wird St. Petersburg als Bühne für großes Ballett noch attraktiver werden.

LASSEN SIE SICH VERZAUBERN

»Bitte schalten Sie ihre Mobiltelefone aus!« – und vergessen Sie sie für einen Abend: Wenn sich im goldglänzenden Mariinskij-Theater der schwere Brokat-Vorhang hebt, im eleganten Saal der Schostakowitsch-Philharmonie unter Kronleuchtern der Dirigent zum Pult schreitet oder der schon vor über 500 Jahren gegründete einstige Zaren-Hofchor im Konzertsaal Kapella seine Plätze einnimmt, dann verdrängt Russlands reiche musikalische Hochkultur alle Segnungen der Gegenwart. Besuchen Sie das zu Recht seit 150 Jahren weltberühmte Mariinskij für ein Bühnenerlebnis der Extraklasse – sei es im altehrwürdigen Stammhaus oder der hochmodernen Filiale gleich dahinter! (►S. 107, 243; Kartenverkauf online: www.mariinsky.ru)

WEISSE NACHT

Wer nicht schlafen kann, wenn es zu hell ist, der hat es in der Petersburger Hochsaison schwer: Es wird definitiv nicht dunkel. Aber vielleicht ist es ja gut, wenn man dann nicht schlafen kann? Denn St. Petersburg zeigt in den Weißen Nächten einen ganz besonderen Charme: Mit Schiffen, die vor Autos Vorfahrt haben. Mit Brücken, die vertikal stehen. Und einem Straßenleben, das die Nacht ebenfalls zum Tage macht.

DIE skandinavischen Hauptstädte Oslo, Stockholm und Helsinki liegen etwa auf dem gleichen Breitengrad wie St. Petersburg: ca. 60 Grad Nord. Auch dort verschmilzt für einige Wochen um die Sommersonnwende die Abenddämmerung mit dem Morgenrot. Die Sonne verschwindet dann nur für etwa fünf Stunden knapp hinter dem Horizont. Doch nur im Falle Petersburgs ist das Phänomen der Weißen Nächte zum **Markenzeichen der Stadt** geworden. Es liegt wohl an ihrer literarischen Reflexion durch Dostojewski (»Die ganze Nacht hindurch war ich auf den Beinen; ich konnte mich nicht dazu entschließen, nach Hause zurückzukehren. Ich war so glücklich... bis morgen!«), Puschkin (»Ich lese und schreibe ohne Lampe ...«) und andere Autoren aus der russischen Kulturmetropole. Und an den ebenfalls pastellfarbenen historischen Fassaden und den vielen das orange-rosa Himmelslicht reflektierenden Wasserflächen.

Batterie aufladen

Von Ende Mai bis Mitte Juli gibt es diese zauberhaften Nächte – allerdings nur, wenn es nicht regnet oder die Wolken tief hängen. Ist dann noch Wochenende, zieht es mitten in der Nacht auch die Einheimischen auf die Straßen ihrer Stadt. Viele haben ihren stimmungsvollen **Lieblingsplatz** an einem Kanalufer oder der Newa. Junge Leute suchen diesen wohl noch, zu Fuß, mit Fahrrädern, Skates oder Motorrädern. Oder sie machen Musik, Party oder Sport – mitten in der Nacht, mitten in der Stadt. Das Nonstop-Licht, sagen viele Petersburger euphorisiert, lädt eine innere Batterie auf, die man braucht, um den langen dunklen Winter zu überstehen.

Die geteilte Stadt

Hauptattraktion sind dann die Klappbrücken. Gegen 1.30 Uhr werden die Fahrbahnen von energischen Herren in Warnwesten gesperrt. Sie verscheuchen die letzten die Newa im Laufschritt querenden Fußgänger – dann heben sich die Brückenflügel **geräuschlos und majestätisch** in den Himmel. Knapp vor den Brücken dümpeln jetzt Dutzende Boote mit Touristen eng an eng, gehüllt in eine Wolke aus Schiffsdiesel und Discomusik. »Dabei ist es viel schöner, die Klappbrücken in Ruhe vom Ufer aus zu beobachten«, so Peter Kosyrew, der seit über 20 Jahren ungewöhnliche, englischsprachige Stadtführungen anbietet.

Bootsparade in zwei Akten

Zumal die Bootspassagiere den zweiten Akt verpassen: Alsbald schiebt sich **das erste Frachtschiff** heran. Lotsen zirkeln im Abstand von einigen Minuten ein Schiff nach dem anderen durch die engen Durchfahrten: Zunächst zieht ein Konvoi flussaufwärts, nach 3 Uhr kommt der Gegenverkehr herunter. Denn wie im frühen Mittelalter, als hier der Handelsweg »von den Warägern zu den Griechen« entlang führte, ist die Newa auch heute noch das West-Tor von Russlands Binnenwasserwegen: Die wirtschaftliche Bedeutung rechtfertigt den für Nachtschwärmer wie Notärzte problematischen Umstand, dass die Innenstadt jede Nacht bis etwa 5 Uhr gnadenlos geteilt ist. Wer das Schauspiel verfolgen will, sollte deshalb auf jener Newa-Seite bleiben, wo das Bett steht – falls man doch schon schlafen gehen möchte.

Einfach unvergesslich ...

MAGISCHE ATMOSPHÄRE

Gewiss, das wird anstrengend! Nach einem Tag voller Besichtigungen und Kulturgenuss sich auch noch die Nacht über herumtreiben ... Doch wenigstens eine Weiße Nacht in St. Petersburg sollte man nicht verschlafen: Denn wenn im Pastelllicht vor den Palästen die Newa-Klappbrücken hochgezogen werden und Frachtschiffe wie Flaneure ungestört durch die ruhende Stadt ziehen, dann entfaltet St. Petersburg seine ganze Magie. Genießen Sie diese Stimmungen! Am lebhaftesten geht es an der Schlossbrücke zu – während an der Troizkij-Brücke die Schiffe ganz nah am Ufer vorbeirauschen.

LENIN-GRAD!

Zu UdSSR-Zeiten grüßten von den Fassaden kommunistische Parolen und rote Sterne. Derartige Blech- und Gips-Agitation ist schon längst demontiert oder bis zur Unkenntlichkeit verblichen. Doch wenn sie aus Bronze, Granit oder Gusseisen gefertigt wurde, ist die Sowjetsymbolik fest mit dem Alt-Petersburger Stadtbild verwachsen – und inzwischen selbst denkmalgeschütztes Kulturgut.

Immer noch blickt Lenin von seinem Sockel auf das Smolnyj-Institut, wo er den Rat der Volkskommissare leitete. ►

SO grüßt die größte Lenin-Statue der Stadt, die charakteristische Kappe in der ausgestreckten Hand, seit 1970 alle, die über den Moskauer Prospekt vom Flughafen in die Stadt fahren. Und auch wer am Finnländischen Bahnhof ankommt, wird von einem »Bronze-Iljitsch« empfangen: Wo der Revolutionsführer 1917 nach seiner Rückkehr aus dem Exil auf einem Panzerwagen seine erste Rede hielt, steht seit 1926 der Prototyp aller Lenin-Denkmäler.

Die Heldenstadt

Die Einheimischen finden es völlig normal, dass bis heute ein Sowjetstern auf dem Obelisken vor dem Moskauer Bahnhof das Ende des Newskij Prospekts markiert – und dass auf dem Dach des Hotels nebenan der Schriftzug »Heldenstadt Leningrad« steht. Dieses Ensemble erinnert schließlich an den Sieg im Zweiten Weltkrieg – und von der Wehrmacht eingekesselt und ausgehungert wurde damals ja Leningrad und nicht St. Petersburg.

Kathedralen des Kommunismus

Hier, am Platz des Aufstands, war Endstation für die erste Metro-Linie der Stadt. Zehn Jahre nach Kriegsende war deren Eröffnung nicht nur eine Glanzleistung des Wiederaufbaus, sondern auch ein grandioser propagandistischer Schachzug: Anstelle einer weggesprengten Kirche gab es nun einen tempelartigen Pavillon, aus dem lange Rolltreppen in eine unterirdische Kathedrale des Kommunismus führten: Das Dekor der Station »Ploschtschad Wosstannija« preist bis heute die Oktoberrevolution. Auch die weiteren Stationen bis Awtowo, damals der andere Endpunkt, sind im **prunkvollen Empirestil** der Stalin-Ära gehalten. Meist huldigt ihr Dekor pathetisch der siegreichen Arbeiterklasse. Von einer »an einem U-Topos verwirklichten U-Topie« spricht der Philosoph und Kunstwissenschaftler Boris Groys in Bezug auf die ähnlich ausgestalteten ersten Moskauer Metro-Linien. 1955, faktisch zeitgleich mit der Inbetriebnahme der Linie 1, verordnete

BAEDEKER DAS IST …

DIE SPUR DES ROTEN STERNS

Die Paläste des Zarenreichs sind die Besuchermagneten Petersburgs – umrahmt von einem 1917 konservierten feudal-großbürgerlichen Stadtbild. Doch auch ein Dreiviertejahrhundert Sowjetmacht hat Spuren hinterlassen, nicht nur in Form gesichtsloser Plattenbauten! Gehen Sie auf die Suche – und entdecken Sie an der Metrostation Narwskaja einen ganzen Stadtteil im jungrevolutionären Architekturstil des Konstruktivismus. Dorthin gelangt man mit der Metrolinie 1, in deren Stationen der Prachtrausch der Stalin-Zeit konserviert ist.

die Sowjetführung jedoch, fürderhin auf Schwulst in der Architektur zu verzichten – es begann die Epoche des Plattenbaus. Alle späteren Metrostationen Petersburgs sind deshalb ähnlich solide gefertigt, aber optisch eher von sozialistischer Schlichtheit.

Bauhaus auf Russisch

Doch beweisen musste sich das Sowjetsystem in der Realität, an der Oberfläche. Inspiriert von der künstlerisch enorm kreativen russischen Avantgarde waren in Russlands »Laboratorium der Moderne» bereits in den 1920er-Jahren Bauten und Arbeitersiedlungen im Stil des **Konstruktivismus** entstanden – in gewisser Weise Russlands Entsprechung zum Bauhaus-Stil.
Russlandweit einmalig ist das Viertel am Narwa-Tor, direkt an der Metrostation Narwskaja: Denn nur hier gelang es den Architektur-Revolutionären, einen ganzen **Modell-Stadtteil** zu gestalten: Es entstand ein Kulturpalast, gegenüber ein Kaufhaus mit riesiger »Fabrikküche« zur Massenverpflegung (prompt residiert heute im Hauptspeisesaal McDonald's!), daneben eine Schule mit dem Grundriss von Hammer und Sichel sowie die »Traktor-Straße« mit 16 Häusern als lichter proletarischer Wohn-Traum. Den Abschluss dieses zukunftsfrohen Ensembles bildete 1930-35 das markante Ratsgebäude des Kirow-Viertels, eine mutige Komposition verschiedener geometrischer Körper. Kaum war dies vollendet, wurde dem Bauwesen Stalins »Zuckerbäckerstil« verordnet – und seine Herrschaft mutierte zum Terror-Regime.

Der Helden-Obelisk am Moskauer Bahnhof erinnert an die Belagerung Leningrads.

EREMITAGE ZUM ZWEITEN

Der Kontrast ist extrem: Im prachtvollen Winterpalast, einst exklusive Hauptresidenz der Romanow-Zarendynastie, herrscht sommers Hochbetrieb: Die beiden da-Vinci-Madonnen sind vor lauter Smartphones chinesischer Touristen kaum noch zu sehen. Doch die wohl teuersten Meisterwerke im Besitz der Eremitage kann man selbst in der Hochsaison in aller Ruhe studieren – im Generalstabsgebäude.

Immer dicht umlagert: die »Stillende Madonna« von Leonardo da Vinci ▸

DIE GRÖSSTEN SCHÄTZE IN RUHE GENIESSEN

Die wertvollsten Gemälde der Eremitage sucht so mancher Besucher seit einiger Zeit vergebens. Doch weder Kunstraub noch Zensur sind Ursache für das Verschwinden der Werke von Monet, Gauguin, Cézanne, Renoir und Picasso aus dem Winterpalast: Seit der aufwändigen Restaurierung des Generalstabs-Gebäudes wird die riesige Sammlung französischer Impressionisten und Postimpressionisten auf der anderen Seite des Schlossplatzes präsentiert. Genießen Sie dort in modernen Museumsräumen die Highlights von Russlands größter Kunstsammlung – und das ganz ohne Gedränge!

ZU Dutzenden hängen seit 2014 im Ostflügel des Generalstabs frühe Picassos, reihenweise Tahiti-Motive von Gauguin oder der weltberühmte »Tanz« von Henri Matisse. 38 seiner Werke hütet die Eremitage heute, von Picasso sind es 40. Insgesamt umfasst die Abteilung »Französische Malerei der zweiten Hälfte des 19. und des 20. Jh.s« etwa 3000 Bilder – und nicht wenige von ihnen gehören zu jener Kunst-Spitzenklasse, die heute bei Auktionen dreistellige Dollar-Millionenbeträge erzielt.

Einst verfemt

Einen Hinweis, wie das staatseigene Museum zu diesen Topwerken gelangt ist, gibt der etwas sperrige Name dieser Ausstellung im vierten Stock des Generalstabs: **»Gedenkgalerie für Sergej Schtschukin und die Brüder Morossow«**. Dabei handelt es sich um schwerreiche Moskauer Industrielle, die um die Wende zum 20. Jh. mit viel Sachverstand und Geld große Kunstsammlungen anlegten – und mit ihrem avantgardistischen Geschmack damals noch auf viel Unverständnis stießen. Manche ihrer Bilder bestellten sie in der Kunstmetropole Paris direkt bei den jungen Malern. Nach der Oktoberrevolution emigrierten Schtschukin und Iwan Morossow in den Westen.

In Moskau formierte man daraufhin aus den beiden beschlagnahmten Privatkollektionen ein **»Museum der neuen westlichen Kunst«**. Doch unter Stalin wurde der sozialistische Realismus zum einzig goutierten Kunststil erhoben, weshalb das Museum 1948 als »Brutstätte der Unterwürfigkeit gegenüber der verfallenden bourgeoisen Kultur« geschlossen wurde. Manche Bilder wollte man gar als wertlos vernichten. Einiges übernahm dann das Moskauer Puschkin-Museum – doch die Leningrader Eremitage war mutiger und sicherte sich den Löwenanteil der verfemten Meisterwerke.

Kunst als Geschäft

Auch aus anderen konfiszierten Privatsammlungen, darunter jene der reichsten Adelsgeschlechter des Landes, hatte die Eremitage schon in den 1920er-Jahren riesige Mengen an Kunstwerken aufgenommen. Umgekehrt gab es aber auch der Gier nach Geld geschuldete

Verluste: Zur Valutabeschaffung verkaufte die junge Sowjetunion um 1930 etwa 3000 Bilder aus der Eremitage ins Ausland. 48 von ihnen – darunter Gemälde von Tizian, van Eyck und Rembrandt - gelten heute als Werke von Weltruf.

Kunst als Politikum

Nochmals starken Zuwachs erhielt die Eremitage in der Folge des Zweiten Weltkriegs: Von der Sowjetarmee ausgehobene Kunstlager in Ostdeutschland wurden als Trophäen abtransportiert. Was Deutschland als »**Beutekunst**« offiziell noch immer zurückfordert, wurde inzwischen in Russland per Gesetz zu Kompensationsleistungen für die im Krieg erlittenen Verluste an Kulturgut erklärt – Rückgabe ausgeschlossen. Während der Sowjetzeit lagen diese Werke verschämt in Geheimdepots, doch 1995 hob die Eremitage in einer sensationellen Ausstellung den Schleier der Verschwiegenheit und zeigte auf einen Schlag **74 verloren geglaubte Werke der großen Impressionisten**.

Heute sind viele dieser Bilder im Generalstab zwischen den anderen Impressionisten eingereiht. Achten Sie deshalb auf die eher unauffälligen, kleinen Herkunftshinweise an den Bildern! Werden da Ex-Besitzer namens Krebs, Gerstenberg oder Siemens genannt, steht man nicht nur vor einem Kunstwerk – sondern auch vor einem Politikum.

Das renovierte Generalstabsgebäude stellt den großartigen Rahmen für großartige Kunst.

PETERSBURG
EVERYDAY!

RISSE IN DER ZEIT-KAPSEL

Einmalig für eine Fünf-Millionen-Metropole: St. Petersburg hat ein schlüssig erhaltenes historisches Stadtbild. Geradezu argwöhnisch wird es von Denkmalschützern verteidigt. Die gesamte Innenstadt, zusammen mit den drei Parkinseln im Newa-Delta 39 km², ist als Unesco-Welterbe anerkannt. Doch zur Erhaltung fehlt oft das Geld – und das Business fürchtet die strengen Auflagen.

◄ Die geflügelten Löwen an der Bankbrücke müssen dringend restauriert werden.

AM Konjuschennaja Ploschtschad, dem Stallplatz, befanden sich, der Name sagt es schon, die Stallungen des Winterpalasts. Gegenwärtig steht der historische Zweckbau von 1820 weitgehend leer, die Fassaden bröckeln, die Mauern sind feucht. Dabei gab es bereits einmal einen Investor: 2010 hatte die Stadt die Stallungen an die Holding zweier Baulöwen abgetreten. Diese versprachen, darin ein Hotel einzurichten, selbstverständlich unter Berücksichtigung des Denkmalschutzes. Doch noch bevor die Bauarbeiten begannen, wurde bekannt, dass ein »Apart-Hotel« entstehen soll – sprich: Luxuswohnungen für finanzkräftige Käufer. Als dann auch noch erste Mauern fielen, gingen Petersburgs **kämpferische Denkmalschützer** auf die Barrikaden: Es sei unzulässig, den drei Hektar großen Komplex aufzuteilen und zu einer unzugänglichen VIP-Oase zu machen. Letztlich ließ sich die Stadtregierung von den Bedenken überzeugen: Der Vertrag mit dem Investor wurde 2015 gekündigt. Nun möchte die Stadt darin ein multifunktionales Kulturzentrum einrichten. Am Konzept wird gearbeitet – aber wann und wie in wirtschaftlich schwierigen Zeiten dessen Finanzierung zustande kommen wird, steht in den Sternen.

Wie unter einer Glocke

Der Fall zeigt, wie schwierig es ist, in der Petersburger Innenstadt Sanierungsprojekte zu verwirklichen. Der Verlust der Hauptstadtwürde 1918 an Moskau kam faktisch einem Baustopp für Jahrzehnte gleich – und bis dahin durfte nicht höher als der Winterpalast gebaut werden. Alt-Petersburg überlebte die Sowjetzeit wie unter einer Glasglocke – historisch authentisch, aber eben auch rissig, rostig, mürbe, altmodisch und voller Uralt-Installationen. Bis heute lebt etwa jeder zehnte Petersburger in einer der ca. **80 000 »Kommunalwohnungen«**, einem Erbe aus frühen Sowjetzeiten: In diesen Altbau-WGs müssen sich mehrere Parteien Küche, Bad und Toilette teilen – und man kann sich seine Mitbewohner nicht aussuchen.

Jahrelange Streitigkeiten

Neben der Denkmalschutzbehörde verteidigen zahlreiche Bürgerinitiativen wortgewaltig jedes Stück des alten Pe-

BAEDEKER DAS IST ...

VOLLER GESCHICHTE – UND GESCHICHTEN.

In den Werken der großen russischen Romanciers und Dichter des 19. Jahrhunderts war die Stadt oft mehr als nur Schauplatz: Petersburgs Seele, aber auch sein – nicht immer gesunder und ansehnlicher – Organismus bestimmen die literarische Handlung nicht weniger als deren menschliche Akteure. Ein Spaziergang mit einer kompetenten Führung auf den Spuren Dostojewskijs und seiner Romanhelden eröffnet Einblicke in die Welt von damals. Denn vielerorts ist noch alles ganz beim Alten. (▶ S. 39, Tour 5)

Die Rossi-Straße gilt als Schulbeispiel vollendeter Proportionen.

tersburgs. Schließlich kann eine Betonsünde die Aura eines ganzen Viertels zerstören. Immer wieder zieht sich der Streit, ob ein altes Gemäuer nun rettungslos baufällig oder ein um jeden Preis zu erhaltendes Kulturdenkmal sei, ewig hin – mit Prozessen, Gutachten und Gegengutachten. Es kommt vor, dass potenzielle Bauträger die Geduld verlieren: Entweder sie versuchen, mit der Abrissbirne Fakten zu schaffen. Oder sie verwerfen das Projekt – und die Gebäude verfallen weiter.

»Petersburgs Troja«

Auch Petersburgs ungewöhnlich flache Skyline steht - nach einigen groben Bausünden – inzwischen wieder unter Schutz. Ihren größten Sieg feierten die Stadtbildschützer 2010: Nach vier Jahren Streit musste der sonst allmächtige Gazprom-Konzern auf den Bau eines 400 Meter hohen Wolkenkratzers im Zentrum verzichten. Unter dem Namen **Lachta-Center** entsteht er nun weit abseits am Stadtrand.

Doch der alte Bauplatz an der Ochta-Mündung blieb seither ungenutzt – denn er erwies sich als »Petersburgs Troja«: Beim Graben fand man hier, weit besser erhalten als erwartet, die Überreste der 1703 bzw. 1301 von den Russen zerstörten schwedischen Festungen Nyenschanz und Landskrona. Doch für die Anlage eines archäologischen Parks fehlt der Stadt seither das Geld.

T

TOUREN

Durchdacht, inspirierend, entspannt

Mit unseren Tourenvorschlägen lernen Sie St. Petersburgs beste Seiten kennen.

Auf dem Schlossplatz warten die Kutschen für eine Rundfahrt. ►

UNTERWEGS IN ST. PETERSBURG

Mindestens drei Tage!

Um der Stadt an der Newa einigermaßen gerecht zu werden, sollte man mindestens drei Tage für einen Besuch einplanen. Denn nicht

nur die Zahl der Sehenswürdigkeiten ist groß, sondern auch die Entfernungen dazwischen! Während bei einer Gruppenreise für den Transport in der Regel gesorgt ist, verlässt sich, wer auf eigene Faust unterwegs ist, am besten auf die **Metro** (► S. 310) als Fortbewegungsmittel. Das Stadtzentrum mit den allermeisten Attraktionen erkundet man jedoch am besten zu Fuß – auch wenn dabei beachtliche Wege zurückzulegen sind. Gutes Schuhwerk ist also unabdingbar.

JENSEITS DER NEWA

Start: Metro-Station Gorkowskaja | **Ziel:** Metro-Station Wassileostrowskaja | **Dauer:** mind. 4 Stunden

Tour 1

Dieser Rundgang führt zum nördlichen Newa-Ufer – wo St. Petersburgs Geschichte mit dem Bau der Peter-Paul-Festung begann. Auf der Spitze der Wassilij-Insel erschließt der Weg dann ein besonders eindrucksvolles städtebauliches Ensemble.

Wo alles begann

Von der Metro-Station Gorkowskaja folgt man dem Kronwerkskij Prospekt in südlicher Richtung, vorbei an der ❶ **Moschee**. Gleich dahinter an der Ecke zur Uliza Kujbyschewa steht ein repräsentatives Jugendstilgebäude, die Villa Kschessinskaja, die heute das Museum der politischen Geschichte Russlands beherbergt. Gegenüber der Villa führt eine Straße zum Newa-Ufer. Man hält sich links und gelangt zum ❷★ **Häuschen Peters des Großen**. Von diesem bescheidenen Holzbau aus leitete der Zar den Aufbau seiner Metropole. Unweit östlich kündet der ❸★ **Kreuzer Aurora** von einem anderen Kapitel der russischen Geschichte. Für den Rückweg geht man am besten am

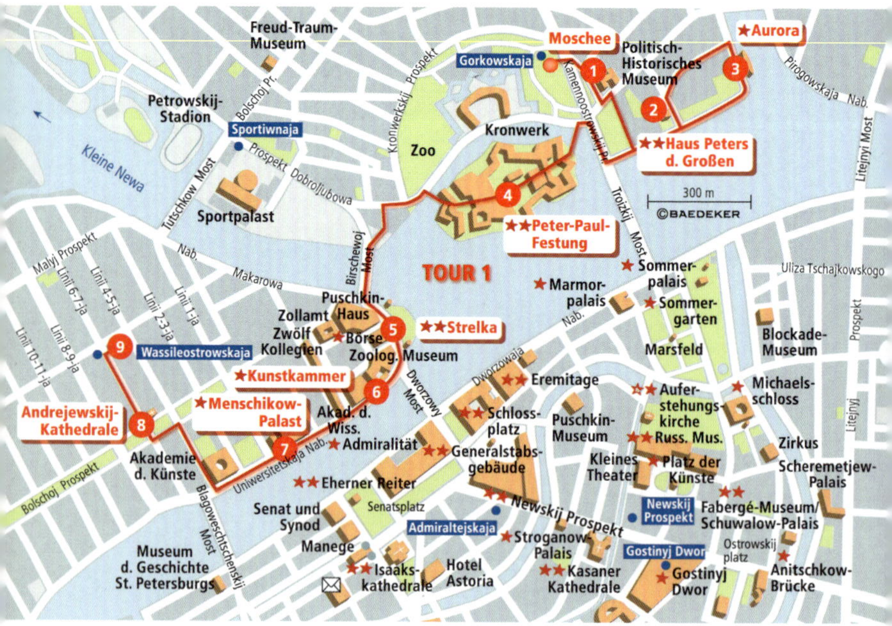

Newa-Ufer entlang und erreicht über eine schmale Brücke die auf der Haseninsel gelegene 4★★ **Peter-Paul-Festung**. Mindestens eine Stunde nimmt die Besichtigung der Festungsanlage in Anspruch, dann verlässt man den Komplex über die Brücke, die weiter westlich den Kronwerk-Kanal überspannt.

Prächtiges Ensemble an der Strelka

Die Kleine Newa überquert man über die Börsenbrücke und erreicht die 5★★ **Strelka**, die Ostspitze der Wassilij-Insel mit der imposanten ★**Börse** und den beiden **Rostra-Säulen**. Von hier bietet sich ein schöner Blick auf das gegenüberliegende Newa-Ufer. Unweit südwestlich ragt die 6★ **Kunstkammer** auf, gleich daneben folgen am Universitätsufer die Akademie der Wissenschaften und die Zwölf Kollegien, heute das Hauptgebäude der Petersburger Staatsuniversität. Der nächste beeindruckende Bau am Newa-Ufer ist das 7★ **Menschikow-Palais**, eine Eremitage-Filiale, die an die Zeit Peters des Großen erinnert. Nicht weit entfernt steht der mächtige frühklassizistische Bau der **Akademie der Künste**, davor am Newa-Ufer die berühmten **Sphinxen**.

Abseits der Paläste

Von hier geht man durch die 4./5. Linie zum **Andrejewskij-Markt**. Peter der Große hatte geplant, auf der ganzen Insel Kanäle anzulegen, doch bald nach seinem Tod nahm man von diesen Plänen wieder Abstand. Was blieb ist, dass die Seiten der »Kanäle« jeweils eine unterschiedliche Nummer als Straßennamen tragen. Jenseits des Bolschoj Prospekts ragt an der 6./7. Linie die 8 **Andreas-Kathedrale** auf. Zwischen Bolschoj Prospekt und Srednij Prospekt wurde diese Straße zur Fußgängerzone ausgebaut. Hübsch restaurierte Fassaden, Bäume und viele Cafés laden zum Bummeln ein. Dann folgt auch schon bald die 9 Metro-Station Wassileostrowskaja.

HIGHLIGHTS IM ZENTRUM

Start und Ziel: Admiralität | **Dauer:** min. 2 Stunden

Tour 2

Auch wer sich nur kurze Zeit in St. Petersburg aufhält, sollte diesen Rundgang machen. Er führt zu den Sehenswürdigkeiten, die man einfach gesehen haben muss. Der Weg selbst ist schnell absolviert, doch geht der Aufstieg auf die Kolonnade der Isaak-Kathedrale etwas in die Waden. Will man auch noch die Eremitage besichtigen, benötigt man ein paar Stunden zusätzlich.

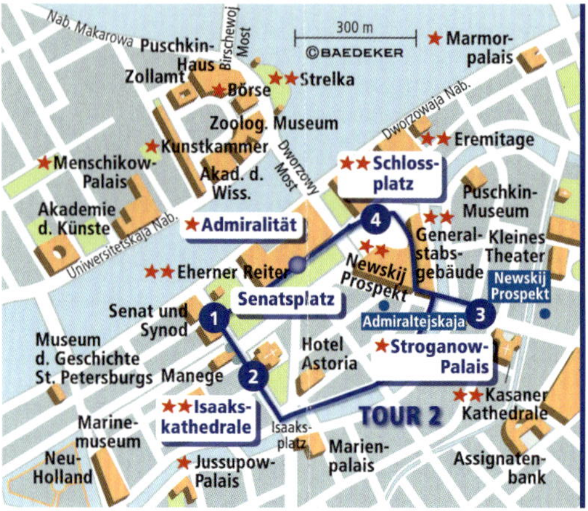

Ausgangspunkt ist die ★ **Admiralität**. Ihre goldene Nadelspitze, auf die drei wichtige Magistralen strahlenförmig zulaufen, ist ein Wahrzeichen der Stadt. Durch Grünanlagen schlendert man zum geschichtsträchtigen ❶ **Senatsplatz** mit dem weltbekannten Denkmal Peters des Großen, dem ★★ **Ehernen Reiter**. Gegenüber, am Universitätsufer, sieht man einige der eindrucksvollsten Bauten der Stadt (u. a. die Kunstkammer und die Akademie der Künste). In südlicher Richtung vom Senatsplatz versteckt sich hinter den Bäumen die gewaltige ❷★★ **Isaakskathedrale**. Der Aufstieg zum Säulenumgang unterhalb der Kuppel lohnt sich: Man genießt einen herrlichen Rundum-Blick über die Stadt.

Am Puls der Stadt

Nachdem man den Isaaksplatz mit dem Reiterdenkmal für Nikolaus I. überquert hat, geht es entlang des vergleichsweise ruhigen Mojka-Ufers in Richtung Newskij Prospekt. Dabei lohnt sich ein Blick in das Jugendstil-Luxuskaufhaus Au Pont Rouge – auch weil es hier das gute Café Garçon für eine Pause gibt. An der Ecke zum Newskij Prospekt steht das barocke, rosafarbene ❸★ **Stroganow-Palais**. Der Adelssitz ist heute eine Filiale des Russischen Museums.
Fast immer herrscht auf dem ★★ **Newskij Prospekt**, der Hauptverkehrsader und wichtigsten Einkaufsstraße der Innenstadt, reges Treiben. Folgt man dem Menschenstrom ein kleines Stück in Richtung Admiralität, erreicht man an der nächsten Kreuzung die Bolschaja Morskaja Uliza. Nach rechts führt ein kurzer, verkehrsberuhigter Stummel dieser Straße zur Rückseite des Triumphbogens des Generalstabsgebäudes.

Einer der großartigsten Plätze der Welt

Und schon steht man auf einer der grandiosesten Platzanlagen der Welt, dem ❹★★ **Schlossplatz** mit der gewaltigen Alexandersäule, dem prunkvollen Winterpalast und dem Generalstabsgebäude. Rechts neben dem **Winterpalast** steht die **Kleine Eremitage**, an sie schließt die ★★ **Neue Eremitage** an. Wer sich jetzt zum Besuch des weltberühmten Kunstmuseums entschließt, ist für den Rest des Tages gut beschäftigt (Eingang ins Winterpalais vom Schlossplatz über den Innenhof, in den Generalstab direkt vom Platz).

DAS GOLDENE DREIECK

Start und Ziel: Metro-Station Newskij Prospekt | **Dauer:** min. 2,5 Stunden

Tour 3

Als Goldenes Dreieck bezeichnet man in Petersburg den von Kanälen durchzogenen Kernbereich zwischen Newskij Prospekt, Newa-Ufer und Fontanka. Erhabene Paläste und Plätze, aber auch alte Parkanlagen finden sich hier dicht an dicht. Vor allem bei schönem Wetter eröffnet dieser Rundgang das besondere Flair Petersburgs!

Entlang des Gribojedow-Kanals

Ein Ausgang der Metro-Station Newskij Prospekt liegt direkt am Gribojedow-Kanal. Man folgt der Uferstraße in nördlicher Richtung, immer die bunte ❶★★ **Auferstehungskirche** im Blick. Ihr Inneres ist komplett mit Mosaiken ausgekleidet! Hinter der Kathedrale überquert man die Mojka und das Marsfeld. An dessen Ende steht links in der Millionnaja Uliza das ❷★ **Marmorpalais** mit einer Sammlung moderner Kunst. Weiter geht es in östlicher Richtung zum ❸★ **Sommergarten** und ★**Sommerpalais** Peters des Großen. Hier zeigt sich wieder einmal, dass der Stadtgründer eine Vorliebe für kleine Bauten hatte: Sein Sommerpalais ist nicht viel größer als eine luxuriöse Villa. Schattige Parkwege führen vorbei am Kaffee- und Teehaus zum südlichen Parkausgang. Dort fällt der Blick auf das ★**Michaelsschloss**, heute eine Zweigstelle des Russischen Museums. Passiert man es an seiner Westfassade, fällt auf der anderen Straßenseite der Sadowaja Uliza der Blick in den idyllischen Michaelsgarten.

Hinter dem Michaelsschloss sieht man auf der für Autos gesperrten Kljonowaja Uliza ein Reiterdenkmal für Peter den Großen und überquert am Zirkus die Fontanka. So erreicht man das ❹ **Scheremetjew-Palais**, einen der luxuriösesten Adelssitze – in dessen bescheidenem Hinterhaus sich das Ge-

BAEDEKER MAGISCHE MOMENTE

HARLEYSCHE STADTRUNDFAHRT

Der Newskij Prospekt ist ja auch eine Glamourmeile: Sehen und gesehen werden steht hier hoch im Kurs. Cooler als auf einer vor Kraft blubbernden Harley-Davidson oder einer chrombeladenen Honda Gold Wing kann man die sechsspurige City-Magistrale kaum durchmessen. Und das geht ganz easy: Sie sprechen die am Newskij-Rand, etwa vor der Petrikirche, auf Kundschaft wartenden Biker an – und für einen Obolus werden Sie zum Sozius auf dem Ledersitz. Und keine Angst: Mit Fahrgästen lassen es die robust ausschauenden Kerle ganz sanft angehen.

denkmuseum für die Lyrikerin Anna Achmatowa (▶Interessante Menschen) befindet. Bereits in Sichtweite ist nun der ★★**Newskij Prospekt**, den man bei der ❺★ **Anitschkow-Brücke** mit ihren berühmten Rossbändigern erreicht. Nach dem Überqueren der Brücke geht es wieder ein Stück den Kanal zurück bis zum ❻★★**Schuwalow-Palais** mit dem **Fabergé-Museum**. Gleich danach geht es links in die Italjanskaja Uliza. Sie führt geradewegs zum ❼★ **Platz der Künste**, den das ★★**Russische Museum** beherrscht. Die Platzmitte ziert ein Puschkin-Denkmal.Von hier sind es nur wenige Schritte bis zum ❽ **Grand Hotel Europe**. Wer tief in die Tasche greift, kann sich in der Hotelbar auf stilvolle Weise erholen.

NEWSKIJ PROSPEKT

Start: Admiralität | **Ziel:** Alexander-Newskij-Kloster
Dauer: 2 Stunden

Tour 4

Ein Bummel über den Newskij Prospekt muss sein! Hier kommt man nicht nur an einigen bedeutenden Sehenswürdigkeiten der Stadt vorbei, man gewinnt auch gleich viele Eindrücke vom Alltag in St. Petersburg.

Hauptgeschäftsstraße

Von der ★**Admiralität** bis zum ★**Alexander-Newskij-Kloster** sind rund 4,5 km zurückzulegen. Wer gut zu Fuß ist, kann den Newskij Prospekt in seiner gesamten Länge abmarschieren. Zunächst säumen prächtige Kirchen, Paläste und die einst führenden Handelshäuser die Hauptstraße der Stadt. Jenseits der Fontanka ändert sich das Bild. Die Gebäude in diesem Abschnitt des Newskijs waren früher gewöhnliche Wohn- und Geschäftshäuser, heute sind vielerorts Modeläden, Hotels und Restaurants eingezogen. Jenseits des turbulenten Ploschtschad Wosstanija macht der Newskij einen leichten Knick nach Süden. Bis zum Alexander-Newskij-Kloster präsentiert er sich stellenweise als besonders edle Einkaufsmeile. Dieser Spaziergang ist unter dem Stichwort Newskij Prospekt bei den Sehenswürdigkeiten (► S. 119) ausführlich beschrieben.

DOSTOJEWSKIJS PETERSBURG

Start: Ploschtschad Wosstanija | **Ziel:** Sennaja Ploschtschad | **Dauer:** ca. 3 Stunden

Tour 5

Dieser Rundgang erschließt eine Welt abseits der prachtvollen Fassaden und führt in das St. Petersburg, das man aus den Romanen Dostojewskijs kennt. Vielerorts wurde inzwischen zwar saniert, doch die Aura der alten Kleine-Leute-Viertel ist noch lebendig!

Durch Hinterhöfe, über Märkte

Am Ploschtschad Wosstanija folgt man beim Moskauer Bahnhof dem Ligowskij Prospekt in südlicher Richtung. Über den Hinterhof des Hauses Nr. 53 erfolgt der Zugang zum **Kunstzentrum Puschkinskaja 10** (► S. 241). Im weiteren Verlauf des Ligowskij Prospekts zweigt

rechts der Kusnetschnyj Pereulok ab. In Nummer 5 verbrachte Dostojewskij seine letzten Lebensjahre, heute ist hier das ❶ **Dostojewskij-Museum** untergebracht. Wenige Schritte weiter folgt der Zugang zum Kusnetschnyj-Markt (Kusnetschnyj Per. 3), einem der buntesten Märkte der Stadt. Vom Wladimirskaja Ploschtschad mit dem 1997 enthüllten Dostojewskij-Denkmal führt der Schtscherbakow Pereulok zur Fontanka. Hier hält man sich links, überquert das Flüsschen auf der Lomonossow-Brücke und gelangt zum gleichnamigen Platz. Nicht versäumen sollte man hier einen Blick in die ❷★ **Rossi-Straße**, ein Schulbeispiel vollendeter Proportionen. Gebäude Nr. 65 an der Fontanka ist Sitz des Großen Towstonogow-Dramatheaters. Wer mag, macht dahinter einen Abstecher in das orientalisch anmutende Bazar-Viertel des Apraxin Dwor. Wenn die Uliza Jefimowa erreicht ist, verlässt man die Fontanka und geht zum nahen ❸ **Sennaja Ploschtschad** (Heumarkt). Hier bestimmen heute moderne Einkaufszentren das Bild. Nur in den Nebenstraßen ist noch ein Hauch von Dostojewskijs Petersburg spürbar.

Romanschauplätze und die schönste Kirche der Stadt

Man verlässt den Heumarkt in südwestlicher Richtung auf der Sadowaja Uliza und sieht bald die goldenen Kuppeln der ❹★ **Nikolaus-Marine-Kathedrale** – der vielleicht schönsten Kirche der Stadt. Die Uliza Glinki führt von der Kathedrale nordwärts zum Theaterplatz mit dem ❺★★ **Mariinskij-Theater** – der Neubau Mariinskij II steht dahinter – sowie dem **Rimskij-Korsakow-Konservatorium**. Nun bummelt man am verträumten Gribojedow-Kanal mit der hübschen Löwenbrücke entlang – und kommt wieder in Dostojewskijs Welt: Auf Haus 104 am anderen Ufer passt die Beschreibung vom Wohnort der alten Wucherin. Am Stoljarnyj Pereulok lohnt sich ein Abstecher nach links: In Haus 14 schrieb Dostojewskij den »Spieler« und »Verbrechen und Strafe« – dessen tragischen Haupthelden Raskolnikow er eine Straßenecke weiter ansiedelte (6 Raskolnikow-Haus, Stoljarny pereulok 5). Man hat ihm dort sogar ein Denkmal gesetzt. Von hier ist es nicht mehr weit zurück zum 3 Heumarkt.

Mit Führung

Wer sich das Dostojewskij-Museum und die Original-Schauplätze der Romane im Rahmen einer kompetenten deutschsprachigen Führung erschließen möchte, kontaktiert am besten die Petersburger Literaturwissenschaftlerin Juliana Kaminskaja: guide@infoburg.info.

AUSFLÜGE

Zumindest eine der prächtigen Sommerresidenzen der Zaren in der Umgebung von St. Petersburg sollte man sich anschauen. Nur welche? Hat man ein paar Tage Zeit, so lohnen sich auch andere ungewöhnliche Ziele in der Umgebung

Halbtagsausflug

Steht wirklich nur ein Vor- oder Nachmittag zur Verfügung, fällt die Wahl am besten auf ★★ **Peterhof** oder ★★ **Zarskoje Selo**. Im Sommer ist Peterhof mit seinem prächtigen Park und den grandiosen Wasserspielen ein unvergleichliches Erlebnis – inklusive der rasenden Anfahrt mit dem Tragflügelboot über die Newa-Bucht. Im Winterhalbjahr oder bei schlechterem Wetter spricht einiges für Zarskoje Selo – so heißt das Palastensemble im Vorort Puschkin. Der Katharinenpalast mit prachtvoller Fassade und reicher Innenausstattung lockt seit 2003 auch wieder mit dem legendären ★★**Bernsteinzimmer**. Die Parks von Zarskoje Selo können sich ebenfalls sehen lassen.

Zwei Zarenresidenzen an einem Tag

Steht ein ganzer Besichtigungstag für die Umgebung zur Verfügung, so lässt sich der Besuch zweier Zarenresidenzen gut kombinieren. Entweder entscheidet man sich für das prächtige **Peterhof** und das nahe gelegene ★**Oranienbaum**, dessen Park einen herrlichen alten Baumbestand aufweist. Auf der Rückfahrt passiert man dann noch **Strelna**, wo der Konstantinpalast von Präsident Putin zum noblen Kongresszentrum ausgebaut wurde.
Die Alternative: Man besichtigt **Zarskoje Selo** und das rund 5 km entfernt gelegene ★**Pawlowsk**. Wer all diese Residenzen schon gesehen hat, kann das weiter entfernte **Gatschina** samt seines weitläufigen Landschaftsparks besuchen. Zum Lieblingsschloss der Kaiser Paul I. und Alexander III. gelangt man in einer Stunde Fahrtzeit per Vorortzug vom Baltischen Bahnhof.
Tgl. 11 – 19 Uhr außer 1. Di des Monats, 500 RUB
www.gatchinapalace.ru

Weitere Ziele in der Umgebung

Interessant sind ferner Ausflüge zur Inselfestung ★**Kronstadt** mit ihrer renovierten mächtigen Kathedrale oder nach **Repino** an der Küste des Finnischen Meerbusens. Dort stößt man nicht nur auf schöne Sandstrände, sondern auch auf die Villa Penaten, den skurilen Landsitz des Malers Ilja Repin (▶ Interessante Menschen).
www.nimrah.ru/musrepin

Tagestour nach Welikij Nowgorod

Im weiteren Umland gibt es Orte, die eine bedeutend längere Geschichte haben als St. Petersburg: In der Inselfestung **Schlüsselburg** (nur Mai-Okt tgl. 10-18 Uhr, 450 RUB inkl. Überfahrt, www.spbmuseum) auf einer Insel im Ausfluss der Newa aus dem Ladogasee wurde bereits 1323 ein Grenzvertrag zwischen Russen und Schweden abgeschlossen. Das gleichnamige Städtchen erreicht man mit Bus 575 ab der Metrostation Uliza Dybenko.
Noch viel älter ist **Welikij Nowgorod**, das man am besten mit einer Ganztags-Busexkursion oder mit dem schnellen Vorortzug »Lastot-

schka« (Abfahrt am Moskauer Bahnhof 7.25, Rückfahrt 18.05 Uhr) in drei Stunden Fahrt erreicht.Welikij Nowgorod wurde 859 erstmals urkundlich erwähnt und erlebte seine Blütezeit zwischen dem 12. und dem 15. Jahrhundert. Damals bestand hier eine Adelsrepublik mit einem gewählten Fürsten an der Spitze, die ganz Nordrussland beherrschte. Das westliche Wolchow-Ufer dominiert der Kreml mit dem ältesten Bauwerk der Stadt, der Sophienkathedrale (1045 – 1050). Auch auf dem östlichen Flussufer, der Handelsseite, sind zahlreiche alte Kirchen erhalten. Etwas außerhalb der Stadt, schon fast am Ilmensee, liegt das **Jurjewkloster**. Daneben lohnt das **Freilichtmuseum Witoslawlizy** einen Besuch, das hervorragende Beispiele der Holzbaukunst zeigt.
www.visitnovgorod.de.

S
SEHENS-WERTES

Magisch, aufregend, einfach schön

Alle Reiseziele sind alphabetisch geordnet. Sie haben die Freiheit der Reiseplanung.

Peter der Große und seine Liebe zum Meer: Auf diesem Kanal konnten einst Schiffe von der See direkt zum Palast von Peterhof fahren .►

★ ADMIRALITÄT

Russisch: Адмиралтейство | **Umschrift:** Admiraltejstwo | **Lage:** Admiraltejskaja Nabereschnaja 2 | **Metro:** Admiraltejskaja | **Trolleybus:** 1, 5, 7, 10, 11, 22 | **Bus:** 3, 7, 10, 22, 24, 27, 191

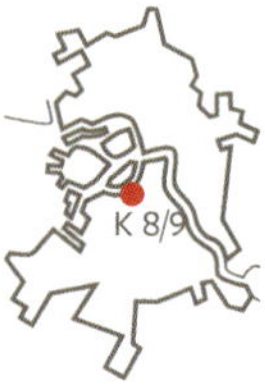

Nicht nur die prächtige goldene Turmspitze der Admiralität ist ein Wahrzeichen der Stadt, sondern auch die Nabe, auf die drei zentrale Hauptstraßen – darunter der Newskij Prospekt – sternförmig zulaufen. Was man dem hochrepräsentativen Bau von gewaltigen Ausmaßen aber schon lange nicht mehr ansieht: Einst war dies eine Werft! Hier packte Stadtgründer Peter I. beim Bau seiner Kriegsschiffe manchmal selbst mit an.

Wahrzeichen der Stadt

Bereits 1704, kurz nach dem ersten Spatenstich zum Bau der ►Peter-Paul-Festung, wurde mit der Errichtung einer **Werft** begonnen. Sie hatte wie die heutige Admiralität einen U-förmigen Grundriss. Allerdings umgaben damals, zum Schutz vor etwaigen Angriffen, hohe Erdwälle und ein Wassergraben das Bauwerk, während auf der Newa-Seite die ersten Schiffe der russischen Flotte gebaut wurden. Zu Beginn des 19. Jh.s hatte die Admiralität jegliche militärische Bedeutung verloren. So wurde auch die Werft zwischen 1806 und 1823 unter der Leitung des Architekten Sacharow in ein klassizistisches Repräsentationsgebäude für das Flottenoberkommando verwandelt, die Wassergräben wurden zugeschüttet und die Festungswälle abgetragen. In der Sowjetzeit diente der Komplex als **Marinehochschule**. Doch 2012 zog hier wieder der aus Moskau zurückverlegte Stab der russischen Marine ein. Deshalb kann man die Admiralität nur von außen besichtigen.

Zwei Nymphen tragen Himmel und Erde

Hauptfassade und Torturm

Die 407 Meter lange Hauptfassade überblickt man nur von der Südseite der Admiralität. Von der Newa aus sieht man lediglich die beiden Stirnseiten der Seitenflügel, dazwischen entstanden ab 1880 repräsentative Wohnhäuser. Kompositorischer Mittelpunkt der Admiralität ist der Torturm. Zu beiden Seiten des Torbogens stehen Nymphen, die die Erd- bzw. die Himmelskugel tragen. Auf der **Attika** ist dargestellt, wie Peter der Große von Neptun den Dreizack, das Symbol für die Macht über die Meere, empfängt. Die Ecken oberhalb der Attika schmücken Figuren von Achilles, Pyrrhus, Ajax und Alexander dem Großen. Auf der unteren Turmzone erhebt sich ein etwas kleinerer Kubus, über dem wiederum 28 Figuren stehen; sie stellen jeweils in doppelter Ausführung die vier Elemente Feuer, Wasser, Luft und Erde dar, die Jahreszeiten und vier Winde, die ägyptische Göttin Isis als Beschützerin des Schiffsbaus und die Muse Urania. Darüber prunkt die **vergoldete Kuppel** mit der langen Spitze des insgesamt 72,50 Meter hohen Turms. Sie endet in einer Wetterfahne in Form einer Karavelle.

Ein Kamel aus Bronze

Alexandergarten

Um 1870 legte man vor der Südfassade der Admiralität eine Grünfläche an. Den Alexandergarten zieren ein hübscher Springbrunnen und zahlreiche Denkmäler. Am originellsten ist jenes für den Forschungsreisenden Nikolaj Prschewalskij, kauert doch ein Bronze-Kamel vor dem Sockel.

Russisch-niederländische Verbindungen

Denkmal für Zar Peter I.

Auf der Newa-Seite ist hingegen der junge Zar Peter I. verewigt, wie er 1697 im holländischen Städtchen **Zaandam** das Schiffbauer-Handwerk lernte. Seine praktischen Kenntnisse stellte er an dieser Stelle mehrfach unter Beweis. Das 1910 hier aufgestellte Denkmal wurde allerdings von den Sowjets eingeschmolzen. Doch da 1911 noch ein Abguss als Geschenk nach Zaandam gegangen war, konnten sich die Niederlande 1996 wiederum mit dessen Kopie revanchieren.

Wo heute unübersehbar der Turm der Admiralität im Stadtbild aufragt, entstanden Russlands erste Kriegsschiffe. Peter der Große legte selbst mit Hand an.

AKADEMIE DER KÜNSTE

Russisch: Академия Художеств | **Umschrift:** Akademija Chudoschestw | **Lage:** Universitetskaja Nabereschnaja 17 | **Metro:** Newskij Prospekt, Gostiniy Dwor | **Trolleybus:** 10, 11 | **Bus:** 7, 24 | Mi., Do., Sa., So. 11 – 19, Fr. 13 – 21 Uhr | **Eintritt:** 500 RUB | **www.nimrah.ru**

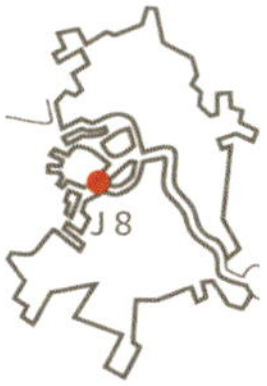

Typisch Petersburg: An den schönen Künsten wurde unter den Zaren nicht gespart. Das beweist dieser mächtige Bau über Gebühr. Und direkt davor stehen gar 3400 Jahre alte Kunstwerke: Zwei Sphinxen flankieren mit altägyptischer Erhabenheit eine Freitreppe zur Newa.

Großer Kunst nachspüren

Gegründet wurde die Kunstakademie bereits 1757 von Elisabeth I., das Geld für einen eigenen Bau stellte jedoch erst Zarin Katharina II. zur Verfügung. So wurde 1764 bis 1788 nach Plänen von Alexander Kokorinow und Jean-Baptiste Vallin de la Mothe, die beide an der Akademie lehrten, das Gebäude am Universitätskai auf der Wassilij-Insel errichtet. Es weist einen **ungewöhnlichen Grundriss** auf: Innerhalb eines großen Rechtecks legte man einen weiten runden Innenhof und in den Ecken vier kleinere rechteckige Höfe an. Zahlreiche berühmte Maler, Bildhauer und Architekten gingen aus der Akademie hervor: darunter Ilja Repin (► Interessante Menschen), der dort auch unterrichtete, Surikow, Brüllow, Iwanow, Starow und Martos. Heute beherbergt der Bau das Repin-Institut für Malerei, Bildhauerkunst und Architektur. Der Kunsthochschule ist **eine der ältesten Kunstsammlungen** des Landes (1757 gegründet) angegliedert. Ausgestellt sind neben den Abschlussarbeiten der aus der Akademie hervorgegangenen Schüler Kopien berühmter Gemälde und antiker Skulpturen. Die eindrucksvolle Kollektion an historischen Architektur-Modellen bedeutender St. Petersburger Bauten ist jedoch gegenwärtig unzugänglich.

Zwischen gewaltigen Sphingen hinab zur Newa

Freitreppe

Gegenüber der Akademie führt eine Freitreppe zur Newa hinunter. Sie wurde 1832 bis 1834 nach Plänen des Architekten Konstantin A. Thon angelegt. Rechts und links der Treppe erheben sich zwei auf Granitsockeln ruhende Sphingen. Jede Sphinx ist über 3,60 m hoch und wiegt mehr als 23 t. Die Hieroglyphen am Sockel der Sphingen verherrlichen Pharao Amenophis III. (1413 – 1377 v. Chr.). Die Statuen bewachten einst einen Tempel und wurden 1820 in **Theben** ausgegraben, vom russischen Staat gekauft und 1832 nach St. Petersburg gebracht. Mit ca. 3400 Jahren sind sie in etwa genauso alt wie die – geologisch gesehen – noch ziemlich junge Newa. Denn ihr Flusslauf entstand erst um diese Zeit. Zuvor war das Wasser des Ladogasees 80 Kilometer weiter nördlich zur Ostsee abgeflossen.

★ ALEXANDER-NEWSKIJ-KLOSTER

Russisch: Александро-Невская Лавра | **Umschrift:** Aleksandro-Newskaja Lawra | **Lage:** Pl. Aleksandra Newskogo | **Metro:** Pl. Aleksandra Newskogo | **Trolleybus:** 1, 14, 16, 22 | **Bus:** 8, 24, 27, 46, 55, 191 | **Kathedrale:** tgl. 6 – 20 Uhr | **Klosteranlage:** tgl. 6 – 23 Uhr | **Friedhöfe:** tgl. 9.30 – 18 Uhr | **Mariä-Verkündigungs-Kirche:** Di., Mi., Fr. – So. 11 – 17 Uhr | **Eintritt:** Spende erbeten, 400 RUB (Friedhöfe), 150 RUB (Mariä-Verkündigungs-Kirche) | Kloster: **www.lavra.spb.ru**; Friedhöfe: **www.gmgs.ru**

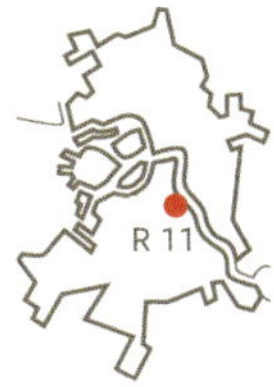

Eine Insel der seelischen und akustischen Ruhe mitten in der City ist dieses berühmte Wallfahrtskloster am Ende des Newskij Prospekts. Dem Sitz des Petersburger Metropoliten vorgelagert sind zwei sehenswerte Museums-Friedhöfe – der eine uralt, der andere betont kultiviert und voller Prominenz.

Peter der Große gründete das Kloster 1710 an der Stelle, wo der Überlieferung nach der Nowgoroder Fürst Alexander Jaroslawitsch,

Das Alexander-Newskij-Kloster ist Sitz des Petersburger Metropolien und eines von nur zwei russisch-orthodoxen Klöstern mit dem Ehrentitel »Lawra«.

Lazarus-Friedhof
1 Iwan Martos (Bildhauer, 1752-1835)
2 Carlo Rossi (Architekt, 1775-1849)
3 Giacomo Quarenghi (Architekt, 1744-1817)
4 Wassilij Stassow (Architekt, 1769-1849)
5 Andrej Sacharow (Architekt, 1761-1811)
6 Leonhard Euler (Mathematiker, 1707-1783)
7 Michail Lomonossow (Gelehrter und Dichter, 1711-1765)

Tichwiner Friedhof
8 Iwan Krylow (Dichter, 1768-1844)
9 Marius Petipa (Choreograph, 1818-1910)
10 Peter Klodt von Jürgensburg (Bildhauer, 1805-1867)
11 Anton Rubinstein (Komponist, 1829-1894)
12 Peter Tschaikowskij (Komponist, 1840-1893)
13 Modest Mussorgskij (Komponist, 1839-1881)
14 Nikolaj Rimskij-Korsakow (Komponist, 1844-1908)
15 Michail Glinka (Komponist, 1804-1857)
16 Fjodor Dostojewskij (Schriftsteller, 1821-1881)

Stille genießen mitten in der Stadt

der später den Beinamen »Newskij« (»von der Newa«) erhielt, am 15. Juli 1240 einen wichtigen Sieg über die Schweden errungen hatte – in Wirklichkeit geschah dies aber 18 Kilometer flussaufwärts. Zwei Jahre später schlug er auf dem Eis des Peipussee auch noch die deutschen Kreuzritter. Die Gebeine des 1263 gestorbenen und 1547 heiliggesprochenen Alexander Newskij wurden 1724 aus Wladimir hierher überführt. Seit 2002 steht ein Reiterdenkmal des Namenspatrons auf dem gleichnamigen Platz vor dem Kloster – schließlich gilt er heute in Russland wieder als einer der größten Nationalhelden.

Kloster mit Ehrentitel

Klosteranlage

Zunächst gab es in dem Klosterbezirk nur eine einfache Holzkirche, doch schon 1717 erteilte Peter der Große den Auftrag, die steinerne Mariä-Verkündigungs-Kirche zu bauen. Zar Paul I. erhob das Kloster

1797 zur **Lawra** (ursprünglich: Eremitensiedlung), ein Ehrentitel, den außer dem Alexander-Newskij-Kloster nur noch ein weiteres Kloster in Russland, in Sergijew Possad nördlich von Moskau, beanspruchen kann.
Zunächst passiert man die von Starow 1783 – 1785 errichtete Torkirche und folgt dem von Mauern eingefassten Weg, zu dessen Seiten sich der Lazarus- bzw. Tichwiner Friedhof erstrecken. Jenseits eines Wassergrabens führt ein zweites Tor in den eigentlichen Klosterbezirk. Der aus zweigeschossigen, galerieartigen Bauten bestehende Komplex bildet ein geschlossenes Rechteck. Im Osten verbinden Zellentrakte die **Mariä-Verkündigungs-Kirche** mit der **Dreifaltigkeitskathedrale** und der ähnlich der Verkündigungs-Kirche gestalteten **Fjodor-Kirche** (Mitte 18. Jh.). Im Südflügel ist das Seminargebäude, im Nordflügel der Hostientrakt und im Westflügel das Metropolitenhaus integriert; alle drei Bauten stammen von dem Architekten Rastorgujew. Der Klosterinnenhof wurde zu Sowjetzeiten als Friedhof genutzt. Deshalb befinden sich dort auch – teils avantgardistisch gestaltete – Gräber von Revolutionären und Soldaten.

Prunkvoller Rahmen für die Gebeine des Gründers

Dreifaltigkeitskathedrale

Den Mittelpunkt des Ensembles bildet die 1776 – 1790 von Iwan Starow errichtete Dreifaltigkeitskathedrale. Das prunkvolle Innere der dreischiffigen Kirche ist durch mächtige Säulen mit korinthischen Kapitellen gegliedert. Die **Malerei** an den Gewölben und in der Kuppel wurde nach Entwürfen von Giacomo Quarenghi geschaffen. Den **Ikonostas** aus weißem Marmor und rotem Achat schmücken u. a. Kopien von Werken von van Dyck, Rubens und Reni. Die Verkündigung Mariä hinter dem Ikonostas stammt von Anton Raphael Mengs. Ein Reliquienschrein bewahrt die sterblichen Überreste von Alexander Newskij.

Sieht nicht aus wie eine Kirche

Mariä-Verkündigungs-Kirche

Die Mariä-Verkündigungs-Kirche entstand 1717 – 1722 nach Plänen von Domenico Trezzini als erstes Gebäude der Klosteranlage. Das **weiß-rot gestrichen**e Bauwerk nimmt sich mit seinem rechteckigen Grundriss, dem hohen Terrassendach und den lang gestreckten großen Fenstern wie ein Profanbau aus. Im Erdgeschoss der zweigeschossigen Kirche befinden sich die schlichten Grabplatten von Angehörigen der Zarenfamilie – u. a. ruhen hier der Sohn und eine Schwester Peters des Großen – und von Feldmarschall Alexander Suworow (1729 – 1800). Suworow wählte die lakonische Grabinschrift »Hier liegt Suworow« selbst aus.

Friedhöfe für Aristokraten Künstler und Gelehrte

Lazarus-Friedhof

Der Lazarus-Friedhof ist die älteste Begräbnisstätte von St. Petersburg. Eingeweiht wurde er 1716 anlässlich der Beisetzung von Natalja Alexejewna, der Lieblingsschwester Peters des Großen. Danach erwarben Mitglieder der Aristokratie und hohe Würdenträger Grabstätten auf dem Lazarus-Friedhof, auch viele namhafte Baumeister hatten die Ehre, hier beigesetzt zu werden. Wer auf dem 1823 eröffneten **Tichwiner Friedhof** seine letzte Ruhe finden wollte, musste es zu künstlerischem Ruhm gebracht haben. So liegen hier Fjodor Dostojewskij und die Komponisten Modest Mussorgskij, Nikolaj Rimskij-Korsakow, Michail Glinka, Pjotr Tschaikowskij und Anton Rubinstein begraben. Diese Grabstätten stehen unter Verwaltung des Museums für städtische Skulptur, weshalb Eintritt erhoben wird. Östlich der Dreifaltigkeitskathedrale erstreckt sich dann noch der 1861 angelegte **Nikolaus-Friedhof**. Er ist die Ruhestätte zahlreicher Gelehrter und Priester des Klosters. Auch Größen aus der jüngsten Vergangenheit wie der erste frei gewählte Bürgermeister der Stadt, Anatolij Sobtschak (1937 – 2000), fanden hier ihre letzte Ruhe.

★★ AUFERSTEHUNGS-KIRCHE

Russisch: Храм Воскресения Христова | **Umschrift:** Chram Woskresenija Christowa | **Lage:** Nab. Kanala Gribojedowa 2A | **Metro:** Newskij Prospekt | **Bus:** 3, 7, 22, 24, 27, 191 | **Trolleybus:** 1, 7, 5, 10, 11, 22 | Do. - Di. 10.30 - 18, Mai - Sept. bis 22.30 Uhr | **Eintritt:** 250/400 (abends) RUB | **www.cathedral.ru** (Museum), **www.spas.spb.ru** (Gemeinde)

Ein echter Hingucker: Mit ihren grellbunten Kuppeln und dem altrussischen Baustil ist diese prominent am Gribojedow-Kanal platzierte Kirche ein frivol-markanter Kontrapunkt im barock-klassizistischen Stadtbild. Der Farbenrausch findet seine Fortsetzung im Innern – wo über 7000 Quadratmeter Wand- und Kuppelfläche mit Mosaikbildern ausgekleidet sind. Dabei war der Anlass für den Bau der von den Einheimischen »Retter auf dem Blut« genannten Kirche dramatisch: An dieser Stelle wurde Zar Alexander II. ermordet.

Sich an Farben berauschen

Alexander II. fiel am 1. März 1881 einem **Attentat** der linksradikalen Gruppe »Volkswille« zum Opfer – es war bereits der sechste Anschlag auf sein Leben. Die Terroristen hatten seiner Kutsche auf dem Weg zum Winterpalast am Kanalufer aufgelauert. Ein erster Bombenwurf beschädigte das Gefährt nur leicht, der Zar blieb unverletzt. Doch anstatt sich in Sicherheit zu bringen, stellte der Zar den ergrif-

Die Farbenpracht der Mosaiken in der Auferstehungskriche lässt gern vergessen, wo die Kirche steht: An dieser Stelle wurde Zar Alexander II. ermordet.

fenen Attentäter zur Rede. In diesem Moment warf ein Komplize einen weiteren Sprengsatz. Der Sohn und Nachfolger Alexander III. wünschte sich genau an dieser Stelle die Errichtung einer Gedächtniskirche in »echt russischem Stil«. Umgesetzt wurde das Projekt vom Architekten Alfred Parland. Obwohl dessen Vater Schotte und die Mutter Schwäbin war, entstand von 1883 bis 1907 ein ganz und gar nicht sparsam gestalteter Sakralbau nach dem Vorbild der aus dem 17. Jh. stammenden Basiliuskathedrale in Moskau. Genau unter dem Turm mit der goldenen Kuppel steht ein Jaspis-Baldachin über jenem Stück Straßenpflaster, auf dem der Zar sein Blut vergoss. Dies erklärt auch den offiziellen Namen der Kirche: **Christi-Auferstehungskirche auf dem Blute**. Auch das vielfach verschnörkelte Gitter, das die Kirche vom Michaelsgarten des Michaelspalasts (► Russisches Museum) abgrenzt, ist ein Werk Parlands.

Farbenfrohe Mosaike, wohin das Auge reicht

Innenraum

Im Innern wurde das Bauwerk extrem aufwändig ausgestaltet. Üblicherweise malte man altrussische Kirchen mit Fresken aus. Doch hier bedecken über 600 aus vielfarbiger Glasschmelze, sog. Smalte, angefertigte Mosaike die Wandflächen – insgesamt 7065 Quadratmeter. Die ikonischen Darstellungen an den Pfeilern zeigen über 200 Heilige und Märtyrer der russisch-orthodoxen Kirche, während an den Wänden und in den hohen Kuppeln Szenen aus dem Neuen Testament dargestellt sind. Die Entwürfe zu den Bildern lieferten 32 verschiedene Künstler, doch die Fertigung und Montage geschah allein durch die Petersburger Mosaikwerkstatt der Gebrüder Frolow. Der kaum minder sehenswerte **Marmorfußboden**, ebenfalls ein Puzzle aus 45 individuellen Mosaikmustern, wurde jedoch in Genua angefertigt. Die Sockelverkleidungen und der kunstvoll aus Stein geschnitzte Ikonostas entstanden 1905 in Neapel.

Auf der Höhe der Zeit

Technisch aktueller Neubau

Trotz ihrer altmodischen Gestaltung war die Kirche technisch ein Neubau auf dem Stand des frühen 20. Jahrhundert. Ihr Fundament ist eine feuchtigkeitsisolierte Betonplatte, im Innern verfügte das Bauwerk von Anfang an über eine **Dampfheizung** und **elektrische Beleuchtung**. In manchen Dekoren ist auch der Einfluss des damals aktuellen Jugendstils zu erkennen.

Leichenhalle, Theaterfundus – heute auch wieder Kirche

Vielfältige Nutzung

Während der Blockade Leningrads diente die geschlossene Kirche als Leichenhalle, später als Lager für Theaterdekorationen. 1961 entdeckte man in der Hauptkuppel eine nicht detonierte 150 Kilogramm schwere deutsche **Fliegerbombe**, die sicher geborgen werden konnte. Fast drei Jahrzehnte dauerten die Restaurierungsarbeiten, bis die Auferstehungskirche 1997 als Museum wieder zugänglich wurde. Inzwischen feiert aber samstags und sonntags um 7.20 Uhr auch eine wiedergegründete Kirchengemeinde hier Gottesdienst.

★ AURORA (PANZERKREUZER)

Russisch: Крейсер Аврора | **Umschrift:** Krejser Awrora | **Lage:** ggü. Petrogradskaja Nabereschnaja 4 | **Metro :** Gorkowskaja | **Straßenbahn:** 6, 40 | **Bus:** 46, 49 | Mi. – So. 11 – 18 Uhr | **Eintritt:** 600 RUB, mit Führung | **www.navalmuseum.ru**

Ein Schuss dieses Kriegsschiffs ließ die Welt erzittern – behauptete jedenfalls die sowjetische Propaganda. Der Signalschuss der »Aurora« zum Sturm auf das Winterpalais ist aber eine Legende. Doch ihr ist zu verdanken, dass der alte Panzerkreuzer als Ikone der Oktoberrevolution erhalten blieb - und heute als piccobello renoviertes Museumsschiff Marine-Enthusiasten begeistert.

Der Schuss, der die Oktoberrevolution auslöste, kam nicht von der »Aurora«.

Wo die Große Newka (Bolschaja Newka) die Newa als Seitenarm verlässt, liegt seit 1948 die legendäre Aurora vor Anker. Der 1900 gebaute Panzerkreuzer wurde erstmals im Russisch-Japanischen Krieg 1904/1905 eingesetzt. Im Zuge der revolutionären Ereignisse vom Februar 1917 (▶ Baedeker Wissen, S. 212/213) schloss sich seine Besatzung den **Bolschewiken** an. Um zu verhindern, dass die Blagoweschtschenkskij-Brücke hochgezogen und so den Aufständischen der Zugang zur Innenstadt abgeschnitten würde, bekam die Besatzung der »Aurora« im Oktober 1917 den Auftrag, vor der Brücke zu ankern. Am 25. Oktober um 21 Uhr soll ihr Buggeschütz den Schuss abgegeben haben, der den Beginn der Erstürmung des Winterpalais signalisierte. Doch in Wirklichkeit kam dieser von der ▶Peter-Paul-Festung – die »Aurora« feuerte nur einmal ohne Munition 40 Minuten später zur Prüfung der Wachsamkeit der umliegenden Schiffe. Am folgenden Tag wurde über die Funkanlage des Schiffs **Lenins Aufruf »An die Bürger Russlands«** verbreitet, um die Welt vom Sieg der proletarischen Revolution in Kenntnis zu setzen. Von 1923 an fungierte die »Aurora« als Schulungsschiff. Im Zweiten Weltkrieg wurden ihre Geschütze an Land zur Verteidigung Leningrads eingesetzt, das Schiff selbst sank im Hafen von Oranienbaum. Nach gründlicher Überholung richtete man in dem Panzerkreuzer 1956 ein erstes Museum ein.

Geschichtsträchtiger Ort

Nicht mehr seetüchtig, aber auf Hochglanz poliert

Multimediale Ausstellung

1984 bis 1987 sowie nochmals 2014 bis 2016 wurde die Aurora bei Werftaufenthalten grundlegend restauriert. Fahrfähig ist sie nicht mehr, aber an Bord ist alles auf Hochglanz poliert. Und im Unterdeck gibt es in einer Unterabteilung des Marinemuseums (▶ S. 268) eine mit Multimedia-Effekten angereicherte Ausstellung über die wechselvolle Geschichte des Schiffs wie auch der russischen Kriegsmarine. Das blaue Gebäude, vor dem die »Aurora« ankert, wurde 1909 bis 1911 errichtet. Es beherbergt die **Nachimow-Marineschule**, in der Jugendliche auf eine Offizierslaufbahn vorbereitet werden.

★ BANKBRÜCKE

Russisch: Банковский мост | **Umschrift:** Bankowskij most | **Lage:** Nab. Kanala Gribojedowa, auf Höhe Haus 29 bzw. 30 | **Metro:** Newskij Prospekt | **Bus:** 3, 7, 22, 24, 27, 191 | **Trolleybus:** 1, 7, 5, 10, 11, 22

Auch wenn der Name eher geschäftsmäßig klingt: Dies ist die romantischste aller Petersburger Brücken – und davon gibt es etwa 350! Vier mystische geflügelte Löwen flankieren den schmalen Fußgängersteg über den Kanal Gribojedowa. Doch sie sind nicht nur zur Zierde da – sondern auch der Statik wegen.

Romantik am Kanal

Nicht nur die Brücke ist hübsch, sie hat auch noch den perfekten Standort als Fotomotiv: Sie steht ein wenig abseits vom Newskij Prospekt in einer Biegung des Kanal Gribojedowa, sodass sich von hier eine attraktive Perspektive auf die Auferstehungskirche öffnet. Ihren prosaischen Namen verdankt sie der Assignationsbank, die der Brücke allerdings ihre Rückfassade zuwendet. Heute befindet sich in dem Gebäude eine Wirtschaftsuniversität.

Löwen – mal mit, mal ohne Flügel

Raffinierte Konstruktion

Errichtet wurde die Brücke 1826 von dem aus Mannheim gebürtigen Ingenieur Wilhelm von Traitteur, der damals die ersten Hängebrücken Petersburgs konstruierte. Die aus Eisenstäben bestehenden Tragketten scheinen von den Löwenfiguren mit goldenen Flügeln im Maul gehalten zu werden. Doch in Wirklichkeit umhüllen ihre gusseisernen Körper stabile Eisengerüste, die tief in der Ufermauer verankert sind. Die Figuren, oft fälschlich als Greifen bezeichnet, gestaltete der Bildhauer Pawel Sokolow. 2017 wurden sie zur Restaurierung demontiert, ihre Rückkehr wurde für das folgende Jahr angekündigt.

Nicht Greife, sondern geflügelte Löwen halten die Bankbrücke.

Nach demselben Prinzip baute Traitteur zeitgleich auf Höhe von Haus 99 noch eine weitere Brücke über den Katharinenkanal, wie der Kanal Gribojedowa bis 1923 hieß. An der **Löwenbrücke** halten recht natürlich aussehende weiße Löwenfiguren den Steg.

DOSTOJEWSKIJ-MUSEUM

Russisch: Мемориальный Музей Ф. М. Достоевского | **Umschrift:** Memorialnyj Musej F. M. Dostojewskogo | **Lage:** Kusnetschnyj Pereulok 5 | **Metro:** Wladimirskaja, Dostojewskaja | **Trolleybus:** 3, 8, 15 | Di., Do. – So. 11 – 18, Mi. 13 – 20 Uhr | **Eintritt:** 200 RUB | **www.md.spb.ru**

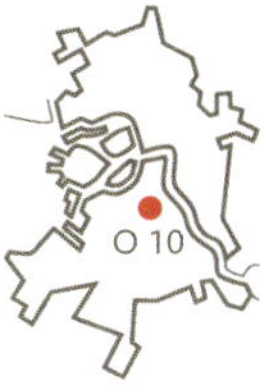

Fjodor Dostojewskij war ein rastloser Geist. In der großzügigen Wohnung, wo er zumindest die letzten drei Jahre seines Lebens Ruhe fand, wurde die Aura seiner Zeit konserviert.

Dem großen Dichter ganz nah

In dieser Sechs-Zimmer-Wohnung schrieb Fjodor Dostojewskij (▶ Interessante Menschen) »Die Brüder Karamasow«. Nach Fotos, Gemälden und Aufzeichnungen von Anna Dostojewskaja, der zweiten Frau des Dichters, wurde versucht, die Wohnung so herzurichten, wie sie zu dessen Lebzeiten ausgesehen hat. Zahlreiche persönliche Gegenstände des Dichters und seiner Familie werden hier gezeigt. Besonders sorgfältig wurde sein einstiges **Arbeitszimmer** rekonstruiert, denn nach dem Tod ihres Mannes hatte die Witwe einen Fotografen gebeten, Aufnahmen von dem Raum zu machen. Auf dem Schreibtisch liegen noch Korrekturfahnen von der Januarausgabe des »Tagebuchs eines Schriftstellers«, an dem Dostojewskij Anfang 1881 arbeitete. Ein frisches Glas Tee – besonders stark, wie er ihn mochte – wird jeden Tag auf den Schreibtisch gestellt. In diesem Zimmer starb der Dichter am 9. Februar 1881. Eine Uhr gibt die Todeszeit an: 20.38 Uhr. Während in der Museumswohnung also förmlich die Zeit stehen geblieben ist, richtete man 2009 in der Nachbarwohnung eine **moderne Ausstellung** zu Dostojewskijs Leben, Werk und Zeit ein. Dem Museum ist auch ein kleines Theater angeschlossen.

★★ EHERNER REITER

Russisch: Медный всадник | **Umschrift:** Mednyj wsadnik | **Lage:** Senatskaja Ploschtschad | **Metro:** Admiraltejskaja | **Trolleybus:** 5, 22 | **Bus:** 3, 10, 22, 27

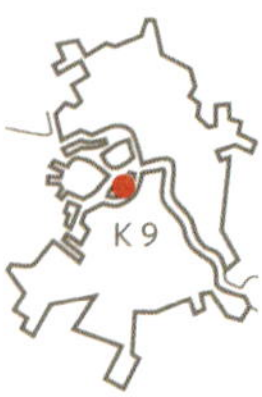

Dynamischer lässt sich ein Reiterdenkmal kaum gestalten: Als Bronzeskulptur weist der visionäre Stadtgründer Peter der Große hoch zu Ross seinem Land den Weg nach vorn. Das zum bekanntesten Wahrzeichen Petersburgs avancierte Monument steht dabei auf einem Sockel von wahrhaft titanischen Dimensionen.

Dynamik pur

Das Denkmal Peters des Großen, nach einem Gedicht von Puschkin auch als Eherner Reiter bezeichnet, beherrscht den in eine Grünanlage verwandelten Senatsplatz zwischen der ▶ Isaakskathedrale und der Newa. Geschaffen wurde der Reiter auf dem sich aufbäumenden Pferd vom Bildhauer Etienne Maurice **Falconet** 1766 bis 1778. Damit der nur für dieses Projekt nach Petersburg gekommene Franzose ein Modell hatte, wurde eigens ein Gardereiter abgestellt, der mehrmals täglich eine Rampe vor dem Atelierfenster hinaufstürmte.

15 km in zwei Jahren

Sockel und Inschrift

Ross und Reiter erheben sich auf einem mächtigen Felsmonolithen, der die Form einer brechenden Welle bekam. Der ursprünglich 1600 t schwere Koloss wurde gut 15 km von St. Petersburg entfernt im Wald gefunden und in einem zwei Jahre dauernden, mühevollen Transport, teils zu Lande, teils zu Wasser mit einem eigens dafür konstruierten Ponton in die Zarenmetropole gebracht. Der »Donnerstein« genannte Findling wurde damit zum **größten je von Menschenhand bewegten Monolithen der Welt**! Doch Katharina die Große scheute in dem Bestreben, Peter dem Großen – und damit auch sich selbst – ein würdiges Denkmal zu setzen, weder Kosten noch Zeitaufwand. Als Inschrift wählte die Zarin die in Russisch und Lateinisch angebrachte lakonische Widmung »Peter dem Ersten, Katharina die Zweite, 1782«. Das Denkmal wurde am 7. August 1782, dem hundertsten Jahrestag der Thronbesteigung Peters des Großen, enthüllt.

Peter der Große erstürmt den Donnerstein.

BAEDEKER MAGISCHE MOMENTE

ABWÄRTS – UND IMMER GERADEAUS

Petersburger Metro-Rolltreppen verlangen auch so schon ein beherztes Aufspringen: Sie laufen deutlich schneller als im sicherheitsvernarrten Westeuropa. An der Station Admiraltejskaja wird jedoch ein Schritt in einen schier bodenlosen Abgrund nötig: Das Ende der Rolltreppe ist von oben kaum noch zu erkennen! 125 Meter lang führt sie in einem Rutsch 69 Meter in die Tiefe. Das ist Weltrekord!

Sitz der wichtigsten Institutionen des Zarenreichs

Senatsplatz

Der Senatsplatz war 1825 der Schauplatz des Dekabristenaufstands (▶ S. 209). Seine gesamte Westfront nehmen die durch einen Triumphbogen miteinander verbundenen Gebäude des **Senats** und des **Synods** ein. Das gelb-weiße Doppelgebäude für die von Peter dem Großen gegründeten höchsten weltlichen und geistlichen Institutionen des Zarenreichs schuf Carlo Rossi 1829 bis 1834, es war sein letztes bedeutendes Werk. Seit etwa zehn Jahren hat im rechten Gebäudeteil das russische Verfassungsgericht seinen Sitz, den linken Flügel nimmt die neugegründete Jelzin-Präsidentenbibliothek ein.

★ ERARTA

Russisch: Эрарта | **Umschrift:** Erarta | **Lage:** 29. Linija 2 | **Metro:** Wassileostrowskaja | **Bus:** 1, 6, 7, 128 | **Trolleybus:** 10, 11 | **Straßenbahn:** 6 | Mi. – Mo. 10 – 22 Uhr | **Eintritt:** 500 RUB | **www.erarta.com**

Zeitgenössische Kunst aus Russland? Da wird es bei beiden Museumsgiganten in der Kulturmetropole, der Eremitage und dem Russischen Museum, doch sehr dünn. Doch zum Glück gibt es dieses private Museum, das die Lücke mehr als würdig schließt: Denn bei Erarta zeigt man nicht nur moderne Kunst – man emonstriert auch, wie ein modernes Kunstmuseum clever konzeptioniert, gestaltet und finanziert werden kann (▶ Abb. S. 270).

Zugegeben, von außen wirkt das größte russische Museum für moderne Kunst nicht gerade avantgardistisch: Es befindet sich in einem fünfstöckigen Prachtbau in bestem Stalin-Empire: Früher residierte hier ein Gummiforschungsinstitut. Und auch die Lage an der hintersten aller Linien auf der Wassilij-Insel ist nicht gerade erster Güte. Doch schon vor dem Eingang stehen dann zwei interessante große Plastiken. Sie symbolisieren die **Zeit** (era) und die **Kunst** (arte) – womit der Name des Museums bereits erklärt wäre. Und hinter den großen Türen ändert sich der Stil endgültig: Nun dominiert cooles Hightech-Grau.

Der Name ist Programm

Anschauen und staunen – oder gleich kaufen

Über alle fünf Etagen im linken Gebäudeflügel erstreckt sich die ständige Kollektion des Museums mit 2800 Exponaten aus der Zeit **von 1945 bis heute** – von kleinen Bildern bis zu riesigen Skulpturen und Art-Objekten. Die rechte Gebäudehälfte steht weitgehend für Ausstellungen zur Verfügung, die alle drei Monate wechseln. Dabei stammen alle gezeigten Werke von etwa 300 russischen Künstlern, die die Erarta-**Trägerstiftung** gewissermaßen unter ihre Fittiche genommen hat. Denn die Kunstwerke ihrer Schützlinge werden hier nicht nur ausgestellt, sondern auch verkauft: Zum einen als Reproduktionen in den interessant sortierten Museumsshops, zum anderen als Originale in der hauseigenen Galerie – welche auch Filialen in London und Hongkong hat.

Ständige Sammlung und wechsende Ausstellungen

Die »totale Installation« erleben

Vorbildlich ist im Erarta die grundsätzlich auf Russisch und Englisch gegebene Beschriftung. Auch die zum Kunstverständnis durchaus hilfreichen Rezensionen, die Besucher über die Website des Museums zu für sie besonders beeindruckenden Werken einreichen können, werden zweisprachig angeboten. Und wer Kunstwerke nicht immer nur von außen betrachten, sondern geradezu von innen erleben möchte, kann auch dies hier tun: Acht **U-Space** genannte Kammern mit »totalen Installationen« stehen Gruppen von bis zu fünf Personen für je 15 Minuten zur Verfügung (je 200 RUB pro Besuch). Perfekt ergänzt wird das Museumserlebnis durch gute **Gastronomie**: Es gibt ein Restaurant im Souterrain und ein schickes Café im dritten Stock – mit Freiluft-Plätzen auf dem Balkon.

Besucherfreundliches Konzept

Weiterer Hotspot der zeitgenössischen Kultur

Keine 500 Meter von Erarta entfernt gibt es mit dem »Sergej-Kurjochin-Zentrum für moderne Kunst« einen weiteren Hotspot des aktuellen Kulturlebens mit intensivem **Festival-Programm**. Allerdings wird das Gebäude – ein großes Kino aus den 1960er-Jahre – am Srednij Prospekt 93 gegenwärtig komplett umgebaut. Mit der Wiedereröffnung ist erst 2019 zu rechnen. Bis dahin betreibt das Zentrum ein kleines Sergej-Kurjochin-Museum.

»Sergej-Kurjochin-Zentrum«

Ligowskij Prospekt 73, 4. Stock | Mo. – Sa. 11 – 21 Uhr | Eintritt: 150 RUB | www.kuryokhin.net

★★ EREMITAGE

Russisch: Эрмитаж | **Umschrift:** Ermitasch | **Lage:** Dworzowaja Pl. 2 | **Metro:** Admiraltejskaja, Newskij Prospekt | **Trolleybus:** 1, 7, 10, 11 | **Bus:** 7, 10, 24, 191 | Di. – So. 10.30 – 18, Mi., Fr. bis 21 Uhr | **Eintritt:** 600 RUB, Mai – Sept. 700 RUB (1. Do. im Monat und 7. Dez. frei) | **www.hermitage.ru**

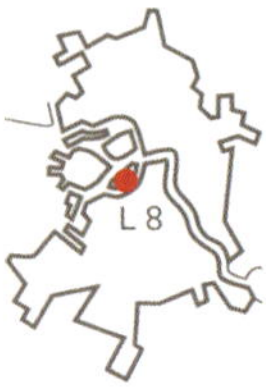

Über 4 Mio. Besucher jährlich können nicht irren: Wenn eines der größten und reichsten Kunstmuseen auch noch einen der prachtvollsten Paläste der Welt einnimmt – dann muss man das einfach gesehen haben. Die »Staatliche Eremitage« ist Russlands größte und wichtigste kulturelle Schatzkammer.

An Pracht kaum zu überbieten!

Hier lebten und herrschten die Zaren, hier wurde nicht nur einmal Geschichte geschrieben: Das **Winterpalais**, die einstige repräsentative Hauptresidenz der Romanow-Dynastie mit atemberaubend üppigen Sälen, ist selbst das eindrucksvollste Exponat dieses Museumsgiganten. Der »Hauptmuseumskomplex« der Eremitage erstreckt sich noch über mehrere **Anbauten** des außen barocken und innen klassizistischen 1000-Zimmer-Palasts – die diesem in ihrer Pracht jedoch kaum nachstehen. Schließlich wurden sie alle von den Zaren für ihre private Kunststammlung errichtet.

Kunstschätze aus aller Welt – außer aus Russland

Riesige Sammlung

Wie ganz St. Petersburg ist die Eremitage weitläufig und weltoffen: In den riesigen Kollektionen mit Kunstwerken und Kulturgut aus aller Welt, beginnend mit der **Steinzeit**, kann man leicht einen ganzen Tag verbringen – am besten außerhalb der Hochsaison, wenn der Besucherandrang deutlich nachlässt. In stilvollen Marmorsälen präsentiert sich die große **Antikensammlung**. Italienische, holländische und französische **Malerei bis zum 18. Jahrhundert** ist umfangreich und auch mit Werken von Genies wie da Vinci, Tizian und Rembrandt breit vertreten. Die sensationelle Sammlung der Eremitage an französischen Impressionisten und Postimpressionisten befindet sich seit wenigen Jahren allerdings in der Filiale im ► Generalstab – am ► Schlossplatz gleich gegenüber und mit der gleichen Eintrittskarte zugänglich. Nur wer in Russlands größtem Kunstmuseum explizit russische Malerei erwartet, wird enttäuscht: Diese Gemälde wurden einst nach der Gründung des ► Russischen Museums dorthin abgegeben.

Nehmen Sie sich Zeit für all die Pracht

Besichtigung planen

Für die Eremitage sollte man sich wirklich Zeit nehmen. Schließlich verfügt das Museum über mehr als drei Millionen inventarisierte Ex-

ponate, von denen etwa 60 000 ausgestellt sind – man muss ohnehin nach Interesse vorselektieren. Wer nur wenig Zeit hat, sollte im ganzen Komplex stur auf der Ebene des ersten Obergeschosses bleiben. Hier sind die schönsten Säle und Exponate. In anderthalb Stunden – so kurz sind die meisten **Standardführungen** für Pauschaltouristen –, werden Sie nur einen sehr oberflächlichen Eindruck von den mannigfaltigen Interieurs wie auch den versammelten Kunstschätzen bekommen und sich vor allem durch die besonders überfüllten Räume und Korridore kämpfen. Ist das Zeitbudget größer, empfiehlt es sich, die Besichtigung in **zwei Schleifen** vorzunehmen: Die erste führt durch das erste Obergeschoss (nach russischer Zählung: 2. Etage) des Winterpalais und erschließt die prächtigsten Säle der Zarenresidenz. Nach einer Pause in der Cafeteria (eine Etage tiefer) schließt sich dann eine zweite Runde durch die Kleine, die Alte und die Neue Eremitage an, wo sich das Gros der Kunstsammlungen befindet.
Auf der Website der Eremitage kann man zur Einstimmung **virtuelle Exkursionen** durch eine Vielzahl von Museumsräumen machen. Auch die diversen Filialen sind auf diese Weise online zugänglich.

Praktische Hinweise für den Besuch

In die Schlange stellen lohnt sich nicht

Tickets und Zugang

Besucher betreten die Eremitage vom Schlossplatz her – Gruppen direkt vom Platz, alle anderen durch den dreifachen Torbogen, der in den Innenhof führt. In der Regel steht hier eine sehr lange Warteschlange. Ausländer, die ohnehin den Vollpreis bezahlen müssen, können ihr Ticket aber auch an den **Automaten** links und rechts hinter dem Torbogen erwerben (auch Kartenzahlung möglich). Mit diesen Eintrittskarten kann man an der Schlange vorbeigehen und wird mit dem nächsten Schub Besucher eingelassen. Das Ticket gilt nur am gleichen Tag auch noch für den ▶ Generalstab, den ▶ Winterpalast Peters des Großen und den ▶ Menschikow-Palast.
Mit **Online-Tickets**, die auf der Museumswebsite erworben werden können, kann man noch schneller über einen separaten Zugang von der Uliza Millionaja zwischen Kleiner und Neuer Eremitage direkt ins Museum gelangen. Ein solches Ticket kostet allerdings mit 17,95 USD (für einen Tag, 23,95 USD für zwei aufeinanderfolgende Tage) etwa 50 Prozent mehr! Studenten mit beliebigen Studentenausweisen sowie Minderjährige haben freien Eintritt. **Kostenlose Tickets** für sie gibt es aber nur an der Kasse (Warteschlange!) bzw. als Dreingabe bei einer Online-Bestellung.
An den Tagen mit kostenlosem Eintritt für alle Besucher ist der Andrang auf das Museum gewaltig – es ist klüger, dann nur den ebenfalls frei zugänglichen ▶ Generalstab zu besichtigen, der weitaus weniger

Das Winterpalais, Sitz und mit seinen 1000 Zimmern zugleich Hauptausstelluungsstück der Eremitage

Publikum anzieht. In der Hauptsaison ist es sinnvoll, die Besichtigung auf die **Abendöffnungszeiten** am Mittwoch und Freitag zu legen. Dann sind die größten Besuchermassen bereits wieder gegangen.

Orientierung tut not

Im Museum

Ohne einen aktuellen Etagenplan – erhältlich im Foyer im Erdgeschoss – ist die Orientierung im Labyrinth der Museumsäle äußerst schwierig. Auch die wenigen Toiletten (nur im Erdgeschoss!) und Aufzüge sind ohne Plan nicht leicht zu finden. Deutschsprachige **Audioguides** sind nach der Einlasskontrolle sowie auf der oberen Ebene der Jordantreppe erhältlich.

Das **Fotografieren** und Filmen für den Privatgebrauch (ohne Blitz) ist erlaubt und kostenlos. Nur in Sonderausstellungen gilt ein Foto-Verbot. Die **Gastronomie** in der Eremitage ist nur bescheiden entwickelt – es empfiehlt sich also, die Besichtigung gut gestärkt zu beginnen! Eine kleine Cafeteria und ein Internet-Café befinden sich im Erdgeschoss rechts neben der Jordan-Treppe in der Rastrelli-Galerie. Dort gibt es auch gut sortierte **Museumsshops**.

★★ Winterpalast

Auftritt Zarenfamilie

Aufbau und Jordan-Treppe

Im Erdgeschoss des 1762 bezogenen Palasts (▶ Baedeker Wissen S. 68 und S. 76 ff.) waren nur Wirtschaftsräume sowie Zimmer für das Personal und die Wachmannschaften. Im zweiten Obergeschoss befanden sich – ebenfalls nur bescheiden ausgestaltet – Schlafzimmer und Räume für die vielen Hofdamen und Höflinge. Einzig das erste Obergeschoss beherbergte die Prunkräume. Dorthin gelangt man nach der Einlasskontrolle über die Jordan-Treppe. Ihren Namen verdankt die üppig ausdekorierte Paradetreppe des Palasts dem **Jordanfest**, das die orthodoxe Kirche jährlich am Dreikönigstag (6. Januar) beging: In einem feierlichen Akt wurden die Wasser der Newa gesegnet. Die Zarenfamilie schritt über die Jordan-Treppe zum Fluss hinunter, um an der Zeremonie teilzunehmen. Stassow errichtete nach dem Großbrand von 1837 den zweiarmigen Paradeaufgang im barocken Stil wieder so, wie er von Rastrelli geschaffen worden war.

Vielfältige Pracht in Serie

Rundgang durch die Prunksäle und Galerien

Links nach der Treppe folgt der Feldmarschallsaal (Raum 193), dahinter der auch als Kleiner Thron-Saal (194) bezeichnete **Peter-Saal**. Er wurde 1833 von Montferrand zu Ehren Peters des Großen entworfen. Das Gemälde hinter dem Thron zeigt ihn zusammen mit Minerva. Der folgende, goldgleißende **Wappensaal** (195), von Stassow 1841 als Zeremoniensaal ausgestaltet, hat seinen Namen von den Wappen der russischen Gouvernements. Man findet sie nur in

EREMITAGE

Zweiter Stock

- Persien, Iran
- Islam, Byzanz, Naher Osten
- Süd- und Ostasien
- Numismatik-Abteilung

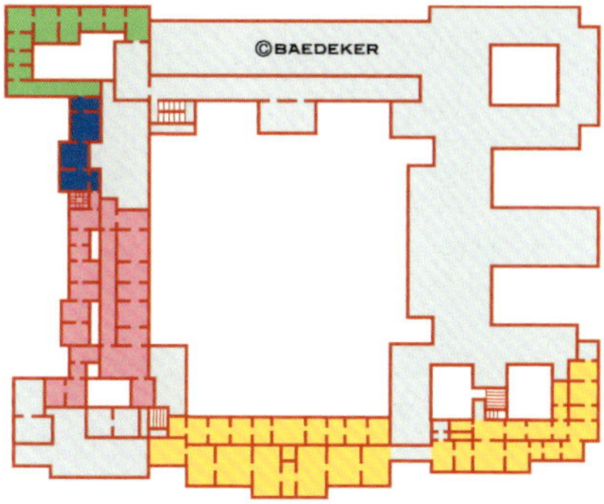

Erster Stock

- Russische Kunst und Staatsgemächer
- Englische Kunst (16.-19. Jh.)
- Französische Kunst (15.-18. Jh.)
- Deutsche Kunst (15.-18. Jh.)
- Niederländische Kunst (15.-18. Jh.)
- Kunsthandwerk des europäischen Mittelalters
- Flämische Kunst (17.-18. Jh.)
- Spanische Kunst (15.-19. Jh.)
- Italienische Kunst (13.-18. Jh.)
- Waffen und Rüstungen

Erdgeschoss

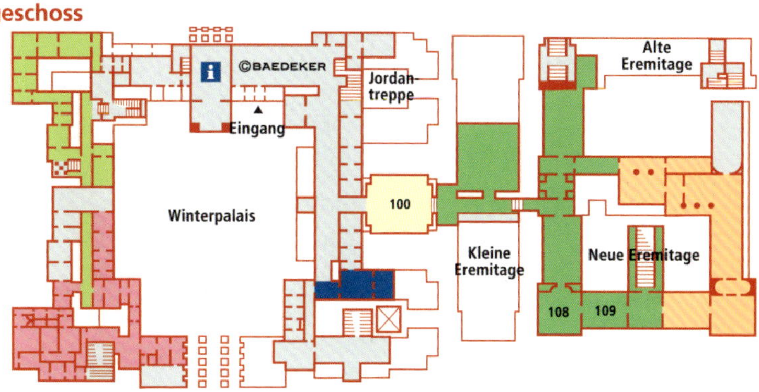

- Prähistorische Kultur
- Mittelasien und Kaukasus
- Ägypten
- Westasien
- Antikes Rom
- Griechenland

RUSSISCHER BAROCK: WINTERPALAIS

Das Winterpalais ist ein Hauptwerk des russischen Barock und gibt im Rahmen der Eremitage mit einzigartigen Sammlungen einen Überblick über die gesamte Geschichte der Weltkultur bzw. -kunst. Ihre Exponate datieren von der Altsteinzeit bis ins 20. Jahrhundert.

1 Innenhof
Der Zugang zum Winterpalais erfolgt vom Schlossplatz her über den Innenhof. An der Newa-Seite sind Kassen, Information und Garderobe zu finden.

2 Hauptgalerie
Die 1837 – 1839 von Wassilij Stassow gestaltete Hauptgalerie führt vom Vestibül zur Jordan- oder Gesandtentreppe.

3 Wappensaal
Im klassizistischen Wappensaal, einst Schauplatz von glänzenden Bällen und Empfängen, wurde bei der Ausgestaltung nicht mit Gold gespart.

4 Großer Thronsaal
Auf einem Podium des prachtvollen Saals steht der 1737 für Anna Iwanowna gefertigte Zarenthron. Das Relief darüber zeigt den hl. Georg als Drachentöter.

5 Palastkirche
Das Interieur der Kirche präsentiert sich noch weitgehend so, wie Bartolomeo Rastrelli es 1754 – 1762 schuf. Das Deckengemälde stellt die Auferstehung Christi dar. Hier fanden besondere Gottesdienste statt: Der letzte Zar, Nikolaus II., heiratete in dieser Kirche 1894 Prinzessin Alix von Hessen-Darmstadt, die spätere Zarin Alexandra Fjodorowna.

6 Goldener Saal
Der Weiße Saal bildet im ersten Stock den Auftakt zur Zimmerflucht, deren Gestaltung Alexander Brüllow entwarf und zu der u. a. der Goldene Saal gehört. Hier wohnte im 19. Jh. Zarin Maria Alexandrowna. Der Schreibtisch stammt von David Roentgen (1743 – 1800).

7 Rotunde
Sie bildet den Übergang von den privaten Zarengemächern zu den Prunkräumen. Gestaltet wurde dieser Saal 1838/1839 von Auguste de Montferrand und Alexander Brüllow.

8 Konzertsaal
Er gehört zu den drei großen Prunkräumen an der Newa-Seite und ist geschmückt mit Statuen der Musen und Figuren, die Musikinstrumente tragen.

9 Ballsaal
Er wird auch als Nikolaussaal bezeichnet, denn seit 1856 hängt hier ein Porträt von Nikolaus I. Der Saal dient heute für Sonderausstellungen.

⑩ Durchgang zur Kleinen Eremitage
An die Ostfassade des Winterpalais grenzt die Kleine Eremitage. Sie besteht aus zwei mit Galerien verbundenen Pavillons. Dazwischen erstreckt sich der ursprünglich 1764 – 1769 von Jurij Veldten angelegte Hängende Garten mit Plastiken aus dem 18. Jh. und einem Springbrunnen.

⑪ Schlossplatz
Die Südfront der Eremitage ist dem Schlossplatz zugewandt.

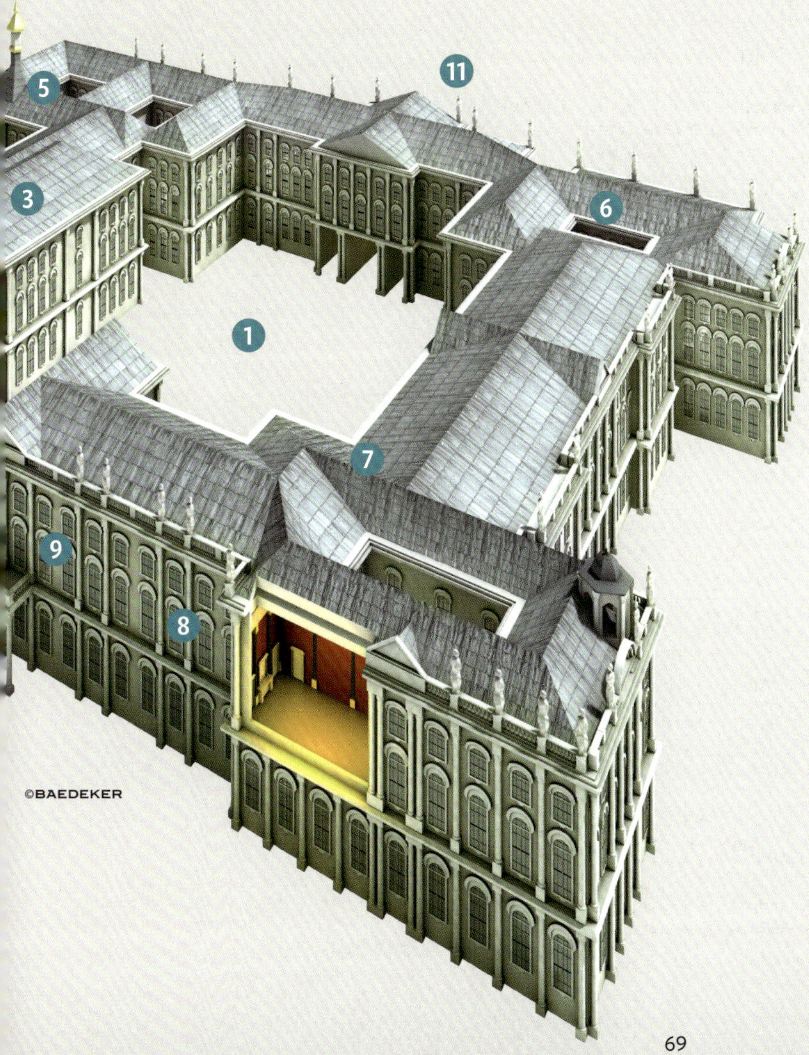

GROSSE MUSEEN: EREMITAGE

Was mit einer kleinen Sammlung unter Peter dem Großen begann, ist heute eines der meistbesuchten Museen der Welt. Die Eremitage versammelt Kunstwerke aus allen Ländern und Epochen, wobei die Sammlung westeuropäischer Malerei die bedeutendste ist. Die ist allerdings ins Generalstabsgebäude gegenüber umgezogen.

Eremitage, St. Petersburg
1764

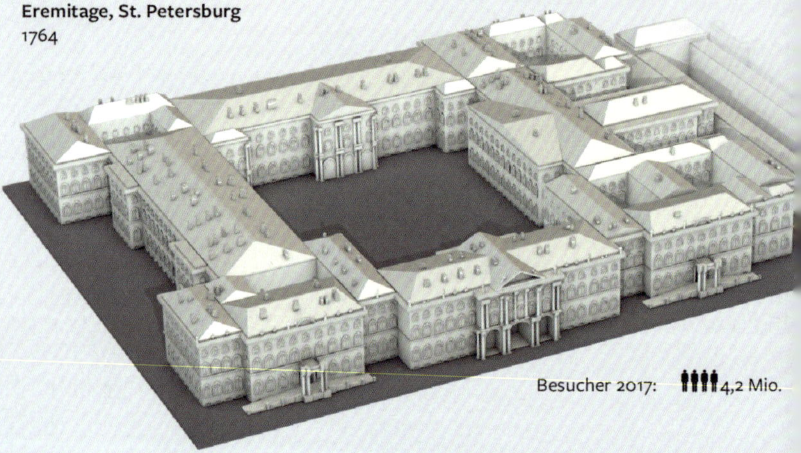

Besucher 2017: 4,2 Mio.

▶ **Meisterwerke westeuropäischer Malerei:**

REMBRANDT	**Saskia als Flora**	1634
LEONARDO	**Madonna Benois**	1478
	Madonna Litta	1490
RAFFAEL	**Madonna mit Kind**	1602–1603
TIZIAN	**Hl. Sebastian**	1570
LUCAS CRANACH d.Ä.	**Jungfrau mit Kind unter einem Apfelbaum**	1525
HENRI MATISSE (JETZT IM GENERALSTAB)		
PICASSO (JETZT IM GENERALSTAB)		
RUBENS	**Bündnis der Erde mit dem Wasser**	1618
C. D. FRIEDRICH (JETZT IM GENERALSTAB)		

1400 1450 1500 1550 1600 1650

Die Eremitage im Vergleich

Louvre, Paris
1793

Besucher 2017: 8,1 Mio.

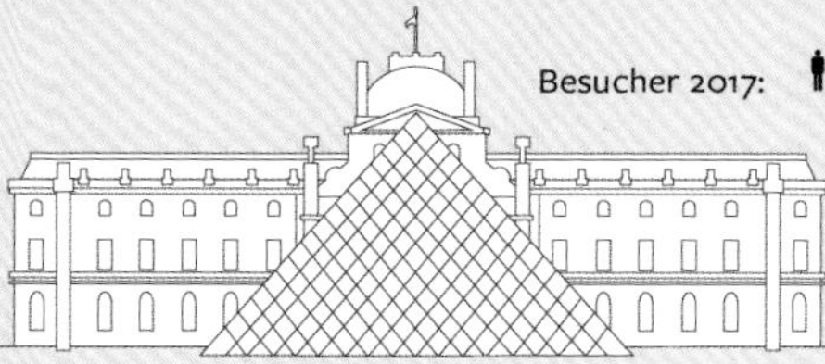

National Gallery, London
1824

Besucher 2017: 6,4 Mio.

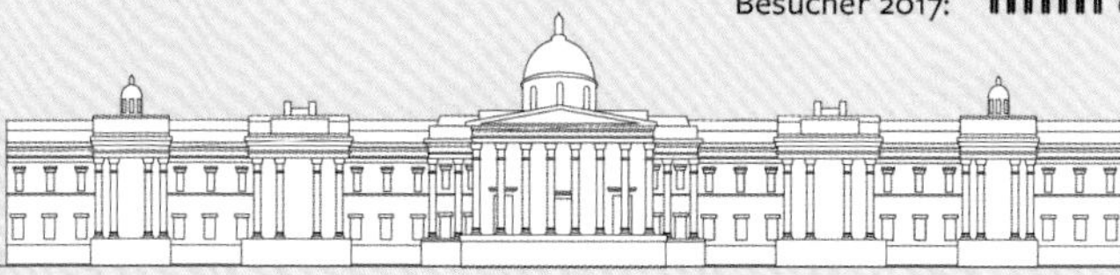

Prado, Madrid
1819

Besucher 2016: 2,8 Mio.

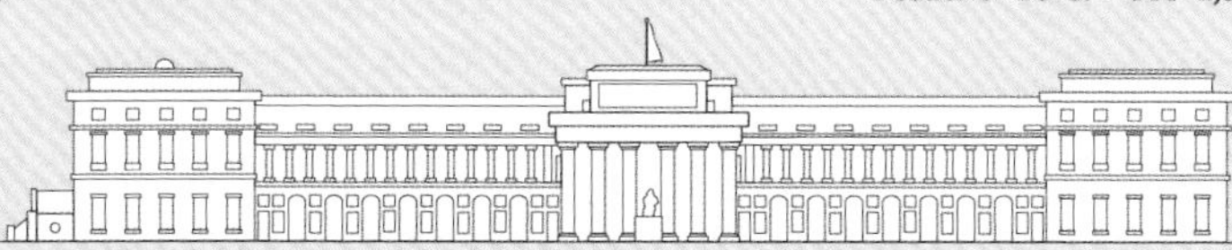

David und Jonathan
1642 (erstes Werk von Rembrandt in Russland überhaupt)

Musik
1910

Tanz
1910

Absinthtrinker
1901

Drei Frauen
1908

Perseus und Andromeda
1620–1621

An Bord eines Segelschiffes
1818

1700 | 1750 | 1800 | 1850 | 1900 | 1950

den Kronleuchtern – früher befanden sie sich auch an den Lanzenschäften der vier Figurengruppen altrussischer Krieger.
Die links anschließende Galerie (197) enthält 332 Porträts der Generäle, die am Krieg gegen Napoleon 1812 teilgenommen haben, sowie **Reiterbildnisse** der drei verbündeten Monarchen: Alexander I. von Russland, Franz I. von Österreich und Friedrich Wilhelm III. von Preußen. Alle anderen Bilder malte der Engländer Geroge Dawe.
Der anschließende Große Thron- oder **St.-Georgs-Saal** (198) wurde mehrfach umgestaltet, zuletzt 1842 durch Stassow. Die vergoldeten Ornamente der Decke wiederholen sich im Parkettboden, der aus 16 verschiedenen Edelhölzern kunstvoll gefertigt wurde. Für das offizielle Hofzeremoniell wurde der Saal zuletzt 1906 genutzt.
Der weitere Rundgang führt zur erst 2014 wiederhergestellten brocken **Palastkirche** (271) und dann durch den **Alexandersaal** (282) mit einer beeindruckenden Kollektion von höfischem Tafelsilber auf die Schlossplatz-Seite. Durch die Abteilung mit älterer französischer Kunst (283 – 297) gelangt man zum **Goldenen Saal** (304).
Ein langer Korridor (303) führt nun hinüber auf die Newa-Seite zum vergleichweise kleinen, aber umso prächtigeren **Malachitsaal** (189). Aus dem grünen Halbedelstein bestehen in diesem von Brüllow entworfenen Raum Säulen und Pilaster sowie einige der Einrichtungsgegenstände. Der Raum diente Alexandra Fjodorowna, der Gattin Nikolaus I., als Salon. Im Malachitsaal sowie dem angrenzenden **Weißen Esszimmer** (188) fanden im Oktober 1917 die letzten Sitzungen der Kerenskij-Regierung statt. Höhepunkt der sich anschließenden Räume mit Mobiliar des 19. Jh.s ist die **Bibliothek** von Nikolaus II. (178), die 1895 mit viel Nussbaumholz in englischer Gotik ausgeführt wurde. Auf der Newa-Seite lohnt sich noch ein Blick in die Flucht der Paradesäle (190 – 192). Der größte ist der **Ballsaal** (1103 Quadratmeter). Er wurde 1793 von Quarenghi durch die Vereinigung dreier Säle geschaffen. Diese Räume werden für Sonderausstellungen – auch moderner Kunst – genutzt.
Die beiden **Schatzkammern** der Eremitage – der Goldraum mit einmaligen Arbeiten der Skythen sowie der Diamantenraum – sind nur im Rahmen von Führungen (russisch, 350 RUB) zugänglich.

★★ Die Sammlungen

Ein mechanisches Meisterwerk in Gold

Kleine Eremitage

Erneut ist der Feldmarschallsaal (193) bei der Jordan-Treppe der Ausgangspunkt, nun geht es aber links ab durch einen Korridor (200) in die Kleine Eremitage – und direkt in den wohl schönsten Raum des Museums: Im von Stackenschneider 1856 geschaffenen **Pavillonsaal** (204) harmonieren die weißen, schlanken Marmorsäulen wunderbar mit den prachtvollen Lüstern, den Wandspringbrunnen aus Marmor

OBEN: Auf der Jordantreppe schritt die Zarenfamilie zur Segnung des Newa-Wassers.

UNTEN: Kameras gezückt für den großen Augenblick: Die Pfauenuhr sagt an, wie spät es ist.

im maurischen Stil und dem einem römischen Original nachgebildeten Fußbodenmosaik. Hauptattraktion ist die **vergoldete Pfauen-Uhr**. Das mechanische Wunderwerk aus den 1770er-Jahre – der Pfau schlägt ein Rad, der Hahn kräht, die Eule dreht den Kopf – ist funktionsfähig, wird aber nur ein- bis zweimal im Monat in Gang gesetzt. An dieser Stelle befand sich einst die Eremitage von Katharina der Großen – wobei ihre Gemäldesammlung anfangs in den Galerien zu beiden Seiten des leider nicht zugänglichen Dachgartens untergebracht war. Dort stößt man heute auf der linken Seite (259) auf Kunsthandwerk des europäischen Mittelalters, auf der rechten Seite (255) auf alte deutsche Gemälde, darunter drei ausdrucksstarke Werke von Lucas Cranach d. Ä.

Hier »residieren« die alten Italiener

Alte Eremitage

Das folgende Treppenhaus mit einer markanten grünen Malachitvase (206) markiert den Beginn der Alten Eremitage, deren reich dekorierte Räume den alten Meistern Italiens vorbehalten sind. Ihr unbestrittener Höhepunkt ist der **Da-Vinci-Saal** (214) mit zwei kleinformatigen Madonnenbildern: Die Madonna Benois von ca. 1480 ist ein offenbar unvollendet gebliebenes Frühwerk des Universalgenies. Die Madonna Litta von 1495 zeigt sich dann jedoch geradezu als Verkör-

Ausnahmsweise etwas weniger Andrang in der italienischen Abteilung.

perung des Schönheitsideals der Hochrenaissance. Der auf der Hofseite angrenzende **Tizian-Saal** (221) birgt gleich sieben Gemälde dieses Meisters.
Vorbei am über dem Winterkanal liegenden Foyer des Eremitage-Theaters (225) geht es in die **Raffael-Loggien** (227). Dabei handelt es sich um die Kopie eines 1519 vollendeten Laubengangs im Apostolischen Palast des Vatikans, der nach Entwürfen Raffaels komplett mit kleinen Bildern und feinziselierten Ornamenten und Grotesken ausgemalt wurde. Parallel dazu erstreckt sich der **Raffael-Saal** (229), in dem ein Bild der Heiligen Familie besonders bemerkenswert ist. Es wird auch »Madonna mit dem bartlosen Josef« genannt – wobei dieser mit tieftrauriger Nachdenklichkeit »seinen« Sohn mustert. Im benachbarten Raffael-Freskensaal (230) darf man die kleine Marmorstatue eines kauernden Knaben nicht übersehen: Dabei handelt es sich um das einzige Werk Michelangelos in Russland! Diese beiden Säle befinden sich bereits in der Neuen Eremitage.

Die flämischen und holländischen Meister

Neue Eremitage

Der Mittelteil dieses im Stil der Neorenaissance errichteten grandiosen Museumsbaus birgt drei große, hohe Säle für italienische und spanische Malerei, wo auch **Monumentalwerke** dank der hier eingebauten Oberlichter gut zur Geltung kommen. Gezeigt werden u. a. Bilder von Canaletto, Tiepolo, Tintoretto und Velasquez.
Vorbei an der hocheleganten Paradetreppe geht es in den Südflügel, wo die Abteilungen für flämische und holländische Meister beginnen. Von van Dyck (246), Rubens (247) und Rembrandt besitzt die Eremitage jeweils etwa zwei Dutzend Werke! Die »Danae« im **Rembrandt-Saal** (254) war 1985 Opfer eines Säureanschlags geworden. Es dauerte zwölf Jahre, bis die Restaurierung durch Eremitage-Experten beendet war. Besonders anrührend sind hier das »Porträt eines alten Mannes in Rot« und ein Spätwerk des großen Malers, die »Rückkehr des verlorenen Sohnes«.

Perfekte Symbiose von Architektur und Skulptur

Antikenabteilung

Aus diesem Saal gelangt man wieder in das Treppenhaus mit der Malachitvase. Treppab geht es nun ins Erdgeschoss zu einem Rundgang durch die große Antikenabteilung – wobei das Bestreben des bayerischen Hofbaumeisters Leo von Klenze, mit vielfarbigem Marmor und Stuck hier einen idealen klassizistischen Kunsttempel zu bauen, bestens mit den Skulpturen aus römischer Zeit harmoniert. Am besten zeigt sich diese Symbiose im **Antiken Hof** (108). Die ausgestellten Darstellungen griechischer Gottheiten sind allerdings weitgehend römische Kopien griechischer Originale. Dazu zählt auch die »Taurische Venus« (109) aus dem 3. Jh. n. Chr. Sie kam 1720 als erste antike Statue nach Russland. Ihren Namen erhielt sie, weil sie später im Taurischen Palais aufgestellt war.

Ein Übergang quer durch die Kleine Eremitage führt nun zurück ins Winterpalais. Quer durch die **ägyptische Abteilung** (100) erreicht man die Rastrelli-Galerie mit den Museumsläden und Cafés, die nach rechts zum Ausgang führt.

Noch Zeit und Energie?

Westflügel

Wer die Eremitage noch weiter erkunden möchte, geht nun erneut über die Jordan-Treppe nach oben und hinüber in den Westflügel des Palasts. Hier befinden sich im zweiten Obergeschoss die Abteilungen mit Kunst aus Byzanz, dem Nahen Osten, Asien und Fernost sowie die **Numismatik-Abteilung**, deren Münzbestände allein ein Drittel aller Eremitage-Exponate ausmachen.

Ein Wagen aus vorchristlicher Zeit

Frühgeschichtliche Schätze

Ein echtes Highlight zum Abschluss findet sich noch im Erdgeschoss, wo es neben Funden aus der Stein- und Bronzezeit (11 – 16) sowie aus Mittelasien und dem Kaukasus (38 – 63) eine Abteilung mit frühgeschichtlichen Schätzen aus Sibirien gibt. Sie wurden um 1950 im Altai-Gebirge gefunden: In Raum 26 hängen nicht nur der älteste geknüpfte Teppich der Welt und ein wohl geringfügig jüngerer Teppich mit bunten, rührend naiven Reiterdarstellungen. In einem der vom Permafrost konservierten **Königsgräber der Pasyryk-Kultur** fanden die sowjetischen Archäologen auch einen kompletten vierrädrigen Paradewagen! Diese ungewöhnlichen Kulturgüter sind etwa 2400 Jahre alt.

Hier drechselte der Zar höchstpersönlich

Zweiter Winterpalast

Bei 1985 bis 1990 vorgenommenen Restaurierungsarbeiten stieß man im Kellergeschoss des Eremitage-Theaters auf Reste des sogenannten Zweiten Winterpalasts, in dem Peter der Große 1725 starb. Einige Palastgemächer wurden so rekonstruiert, wie sie zu Anfang des 18. Jh.s ausgesehen haben könnten. Man kann diese Räume – samt einer Drehbank des Zaren und einer noch zu Lebzeiten von Rastrelli angefertigten Wachsfigur Peters – besichtigen. Der Zugang erfolgt vom Schlossufer.

Dworzowaja Nab. 32 | Öffnungszeiten wie Eremitage | Eintritt: 300 RUB

Geschichte der Eremitage

Am Anfang steht der Winterpalast

Baubeginn 1754

Den Beginn der Geschichte der Eremitage markiert der Bau des Winterpalais: Beauftragt wurde damit von Zarin Elisabeth Bartolomeo Francesco Rastrelli – der dafür einen von ihm selbst 20 Jahre zuvor errichteten Winterpalast abreißen ließ. 1762, während der halbjährigen Regierungszeit von Peter III, wurde der hochelegante barocke

Der bayerische Hofbaumeister Leo von Klenze schuf den architektonischen Rahmen für die Antikenabteilung in der Neuen Eremitage.

Palast bezogen. Zur ersten langjährigen Hausherrin wurde dann **Katharina II.** (die Große; ▶ Interessante Menschen). Sie entließ Rastrelli und engagierte für den weiteren Ausbau neue, dem Klassizismus zugetane Architekten.

Kunst zunächst als reines Privatvergnügen ...

Ursprung des Namens

Das französische Wort Eremitage bedeutet Einsiedelei. Im Europa des 18. Jh.s wurden so kleine, in den Schlossparks errichtete Pavillons bezeichnet. Vielfach konnte ein gedeckter Esstisch mit einer besonderen Vorrichtung in das Obergeschoss des Pavillons hinaufgezogen werden, wo ein illustrer Kreis dann ungestört speiste.

1764 bezog Katharina die Große über den Berliner Kunsthändler Johann Gotzkowsky 225 (nach anderen Angaben 317) Bilder flämischer und holländischer Meister, die zunächst streng abgeschirmt in der neben der Ostfassade des Winterpalais von Vallin de la Mothe und Veldten 1764 bis 1775 im Stil des frühen Klassizismus errichteten sogenannten **Kleinen Eremitage** aufgehängt wurden – und zwar in den Galerien links und rechts des von außen nicht einsehbaren Dachgartens. Sie bildeten den Grundstock der Kollektion, und ihr Eintreffen in St. Petersburg am 7. Dezember gilt als das Geburtsdatum des Museums. Mit dem Anwachsen der Gemäldegalerie wurde der Name auf alle Gebäudeteile ausgedehnt, in denen die Gemäldesammlung untergebracht war.

... dann für eine exklusive Elite

Anbauten

Für die in der Folgezeit schnell wachsende Kunstsammlung der Herrscherdynastie brauchte es in der Folge weitere Anbauten: 1771 bis1787 errichtete entlang der Newa Jurij Veldten die Große Eremitage, für die sich später den Name **Alte Eremitage** einbürgerte. Jenseits des Winterkanals entstand 1783 bis 1787 das Eremitage-Theater von Giacomo Quarenghi, das mit einer Brücke – sie beherbergt das Foyer – an die Palastbauten angeschlossen wurde. Zeitgleich errichtete Quarenghi entlang des Winterkanal-Ufers die **Raffael-Loggien**. Dahinter entstand 1839 bis 1852 nach einem Entwurf des deutschen Architekten Leo von Klenze die **Neue Eremitage** – bereits als ein für die Öffentlichkeit zugängliches Museum, weshalb es an der Millionaja Uliza einen prachtvollen Portikus mit zehn 5 Meter hohen Atlantenfiguren erhielt. Einlass erhielten allerdings zunächst nur Herrschaften in Uniform oder Frack – und Damen in höfischen Kleidern.

Feuer, eine Bombe und ein politisches Beben

Schauplatz vielfältiger Ereignisse

1837 war das Winterpalais in einem dreitägigen Feuersturm fast komplett ausgebrannt. Der **Wiederaufbau** geschah in den nächsten zwei Jahren unter der Leitung des Architekten Wassili Stassow. Dabei wurden nur einige wenige der urspünglichen barocken Interieure wiederhergestellt – die meisten Räume wurden nun klassizistisch gestaltet. Das äußere Erscheinungsbild blieb aber weitgehend erhalten.

1880 starben bei einer gewaltigen Bombenexplosion unter der Hauptwache des Palais (heute Raum 26) elf Gardesoldaten. Es handelte sich um ein **Attentat** auf Zar Alexander II., der mit seiner Familie kurz darauf im Raum darüber zu Abend essen sollte. Der Täter hatte sich fünf Monate zuvor als Schreiner im Palast anstellen lassen.

In der Nacht auf den 26. Oktober 1917 wurde im kleinen Weißen Esszimmer im Winterpalais (Raum 188) die bürgerlich-sozialistische provisorische Regierung von den Bolschewiken verhaftet. Eine Uhr auf dem Kaminsims zeigt noch immer den Zeitpunkt an: Um 2.10 Uhr war die **Oktoberrevolution** im Prinzip vollzogen.

Eine Kunstsammlung im Wechselbad der Geschichte

Von der Wiedereröffnung bis heute

1921 wurde das Museum als »Staatliche Eremitage« wiedereröffnet, wobei sich bis 1941 im Winterpalais auch noch ein Revolutionsmuseum befand. Die Eremitage wurde um unzählige beschlagnahmte Kollektionen aus dem Besitz von enteigneten Adeligen und Wohlhabenden ergänzt. 1929 bis 1934 wurden jedoch über 3000 teils hochkarätige Kunstwerke aus dem Museumsbestand zur **Devisenbeschaffung** ins Ausland verkauft.

Vor der **Blockade** Leningrads war es gelungen, die Museumsbestände fast komplett in den Ural zu evakuieren. Die Palastbauten, in denen zahlreiche Museumsmitarbeiter bei Hunger und Kälte aushielten,

wurden stellenweise durch Artillerietreffer beschädigt. Nach dem Zweiten Weltkrieg gelangte »**Beutekunst**« aus Deutschland in die Eremitage. Bis zu einer sensationellen Ausstellung 1995 lag sie in Geheimdepots. 1948 erhielt die Eremitage aus Moskau etwa 300 herausragende Werke aus dem Bestand des dort aufgelösten Museums für Neue Westliche Kunst.
1993 wurde der Eremitage der Ostteil des Generalstabsgebäudes am Schlossplatz übereignet. Bis zum Abschluss der Sanierungsarbeiten und der kompletten Eröffnung der neuen Filiale ▶ **Generalstab** vergingen aber 20 Jahre. Bereits 2003 nahm die Eremitage hingegen ihren hochmodernen **Lager- und Restaurierungskomplex** im Stadtteil Staraja Derewnja in Betrieb. Er soll in den nächsten Jahren weiter ausgebaut werden. In diesem Magazin verwahrt das Museum auch besonders sperrige Exponate wie Luxus-Kutschen und ein Prunk-Zelt des türkischen Sultans. Eine Besichtigung ist allerdings nur im Rahmen russischer Führungen möglich.
Sausadebnaja Uliza 37 | Metro: Staraja Derewnja | Mi. – So. 11 – 15.30 Uhr | Eintritt: 500 RUB

★★ FABERGÉ-MUSEUM · SCHUWALOW-PALAIS

Russisch: Музей Фаберже | **Umschrift:** Musej Fabersche | **Lage:** Nabereschnaja Reki Fontanki 21 | **Metro:** Gostinyj Dwor | Sa. – Do. 10 – 21 Uhr | **Eintritt:** 450 RUB, Audioguide 150 RUB | **www.faberge-museum.ru**

Fabergé-Eier sind der Inbegriff für allerhöchste Juwelierskunst – und zugleich der historische Prototyp des Überraschungs-Eis. Sowohl die äußere Gestaltung als auch die im Inneren versteckte Pretiose verblüffen mit ihrer atemberaubend filigranen Ausarbeitung. Die weltweit größte Sammlung dieser raren Schmuckstücke des Petersburger Hofjuweliers Carl Fabergé kann seit wenigen Jahren in einem noblen Adelspalais bewundert werden. Nach seiner perfekten Renovierung wirkt es innen wie außen ebenfalls wie aus dem Ei gepellt.

Das Herzstück der Kollektion bilden die im Blauen Saal ausgestellten Schmuckeier. Sie alle stammen aus der Werkstatt von Carl Fabergé

Wie aus dem Ei gepellt

(1848 – 1920). 30 Jahre lang lieferte er alljährlich ein oder zwei Exemplare an den russischen Zarenhof. Sie dienten Alexander III. und Nikolaus II. als Ostergeschenk für die Gattin und die Mutter. Jedes Ei erforderte knapp ein Jahr Arbeit. Die üppig geschmückten Eier haben ein teils überraschendes Innenleben – etwa eine goldene Henne oder eine Miniaturkutsche. Von 54 Fabergé-Eiern für die Zaren sind weltweit 42 erhalten. 17 weitere gingen an andere Kunden.

Die wohl berühmtesten Eier der Welt kehren zurück

Fabergé-Eier

Die Kollektion von inzwischen 15 Fabergé-Eiern (davon elf aus dem Zarenhof) im Schuwalow-Palais ist die größte Sammlung ihrer Art weltweit. Sie gehört einer Kulturstiftung des russischen Multimilliardärs Viktor Wekselberg (geb. 1957). Den Grundstock bildete eine Fabergé-Sammlung mit damals neun Eiern, die Wekselberg 2004 für geschätzt 75 Mio. Euro vor ihrer geplanten Einzel-Versteigerung im Paket von den Erben des US-Medienmoguls Malcolm Forbes (1919 bis 1990) erwarb – und so nach Russland zurückholte.

Alltagsgegenstände wie aus dem Märchen

Weitere Ausstellungsstücke

Insgesamt sind 4000 Kunstwerke ausgestellt, darunter zahlreiche juwelengeschmückte Gebrauchsgegenstände aus Gold, Silber und

Überraschungseier der wirklich teuren Sorte verschenkten Alexander III. und Nikolaus II. 54 Stück fertigte Carl Fabergé für sie an.

Bronze, z. B. Zigarettenetuis und Schnupftabakdosen, zu Zarenzeiten ein Symbol des Wohlstands. Zu sehen sind im **Goldenen Saal** auch filigran geschmiedete Blüten, winzige Tierfiguren, Tee- und Kaffeegedecke sowie aus Silber und Elfenbein gefertigte Samoware, Haarspangen, Knöpfe, Kämme, Ketten, Aschenbecher, Trinkhörner oder elegantes Porzellan. Der **Gotische Saal** beherbergt russische Ikonen, darunter zahlreiche kleine Heiligenbilder, die ihre Besitzer auf Reisen beschützen sollten. Hinzu kommen Gemälde aus Wekselbergs Privatsammlung, darunter Werke russischer Künstler wie Karl Brüllow, Ilja Repin und Iwan Aiwasowskij, aber auch von Henri Martin, Auguste Renoir und anderen.

Feudal ausgestaltet und aufwändig renoviert

Schuwalow-Palais

Von der Petersburger Stadtverwaltung bekam Wekselberg für sein geplantes Museum ein feudal ausgestaltetes Palais zur Verfügung gestellt. Allerdings musste der Oligarch nochmals 27 Mio. Euro in die Restaurierung des 1963 zum »Haus der Freundschaft« umgewidmeten Baus investieren, der im Krieg schwer beschädigt worden war. Das Fabergé-Museum öffnete dann 2014 seine Pforten für Besucher. Das Anwesen an der Fontanka war um 1780 für den Grafen Woronzow errichtet worden. 1799 erwarb die Familie Naryschkin den Besitz, deren Erbin ihn 1844 in ihre Ehe mit Graf Pjotr Schuwalow einbrachte. Bis 1859 erhielt das Palais sein heutiges Erscheinungsbild im Stil der **Neorenaissance**.

★★ GENERALSTAB

Russisch: Главный штаб| **Umschrift:** Glavnyj schtab | **Lage:** Dworzowaja Pl. 6 – 8 | **Metro:** Admiraltejskaja, Newskij Prospekt | **Trolleybus:** 1, 7, 10, 11 | **Bus:** 7, 10, 24, 191 | Di. – So. 10.30 – 18, Mi., Fr. bis 21 Uhr | **Eintritt:** 300 RUB (1. Do. im Monat und 7. Dez. frei) | **www.hermitage.ru**

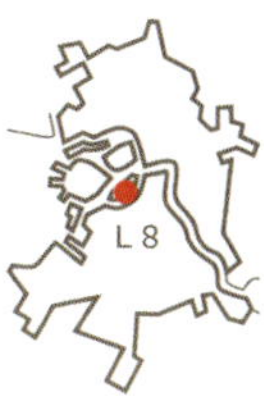

Wo einst das Außen- und das Finanzministerium des Russischen Reichs residierten, wird heute vom russischen Staat westeuropäische Malerei präsentiert – von unschätzbarer kultureller Bedeutung und geradezu schwindelerregendem Wert. Wer sich für Bildende Kunst interessiert, darf diese neue Eremitage-Filiale einfach nicht versäumen! Denn das Museum verfügt über eine riesige Kollektion an Gemälden von Monet, Renoir, Gauguin, Picasso, Matisse und vielen anderen großen Meistern des Impressionismus und Postimpressionismus.

Kunst statt Militär

Die Osthälfte des mächtigen Generalstabsgebäudes am ▶ Schlossplatz wurde, von außen unsichtbar, in ein modernes Museum umgebaut. 2014 hat sie eröffnet. Wie drüben im Hauptkomplex der ▶ Eremitage sollte man sich auch hier am Eingang einen Etagenplan greifen. Denn erneut ist die Orientierung nicht einfach. Schließlich wurde für die Museumsnutzung ein unter Denkmalschutz stehendes Amtsgebäude aus den 1820er-Jahre umgebaut – das zudem einen völlig asymmetrischen Grundriss aufweist! Deshalb ist es sinnvoll, sich vor der Malerei erst kurz der Architektur zu widmen: Der Aufstieg über die – bei Konzerten auch als Sitztribüne nutzbare – enorme Treppe im Hauptatrium führt zu einer Art Brücke. Sie verbindet durch riesige Tore die nun überglasten **fünf Innenhöfe**. Diese Promenade bietet viel Fläche für Sonderausstellungen mit durchaus sperrigen Exponaten – im Winterpalast war für derartige Projekte einfach kein Platz.

Großzügige, zeitgemäße Museumsräume, flexibel nutzbar, perfekt gesichert, ausgeleuchtet und klimatisiert – für die Staatliche Eremitage war das bis vor wenigen Jahren noch ein Traum. Ihre von den Zaren geerbten Palastbauten mögen eindrucksvoll und repräsentativ sein, doch die Anforderungen an ein **modernes Kunstmuseum** erfüllten sie schon lange nicht mehr. Ein Neubau inmitten der historischen Bausubstanz war aber undenkbar. Aus dieser Zwangslage befreite sich das Museum mit seiner Expansion auf die andere Seite des Schlossplatzes.

Viel Licht, Luft und Platz

Kunstschätze von enormem Wert

Das eigentliche Highlight der Museumserweiterung sind, im wahrsten Sinne des Wortes, die Räumlichkeiten im 4. Stock: Hier wurden – zumindest auf der der Mojka zugewandten Gebäudeseite – **trichterförmige Oberlichter** aus Beton in den Dachstuhl integriert. So kann das Allerheiligste der Gemäldekollektion – jeweils über 30 Werke von Picasso und Matisse! – nun mit indirekter Beleuchtung und vor allem viel Luft und Platz präsentiert werden. Sehenswert ist aber die gesamte Sammlung der französischen Malerei des späteren 19. und frühen 20. Jh.s auf dieser Etage. Offiziell firmiert sie als »Gedenkgalerie für Sergej Schtschukin und die Brüder Morosow« – jene Moskauer Sammler, denen diese Kollektion zu verdanken ist.

Ein Geniestreich: der gemalte Schnappschuss

Monet, Degas

Als Einstieg empfiehlt sich Raum 403, der Claude Monet gewidmet ist. Im folgenden Raum 404 verdient ein Bild von **Edgar Degas** besondere Beachtung: »**Place de la Concorde**«, das den Vicomte Lepic mit Töchtern und Hund beim Überqueren dieses Pariser Platzes zeigt. Das Bild von 1875 bedeutet einen völligen Bruch mit den bisher gültigen Regeln der Bildkomposition: Die Figuren sind allesamt angeschnitten, sie schauen und bewegen sich in verschiedene Richtungen, die Bildmitte ist hingegen leer. Dieses wie ein Schnappschuss wirkende Gemälde – entstanden wohl unter dem Einfluss der aufkommenden Fotografie – galt 50 Jahre lange als verschollen: Ursprünglich war es in deutschem Privatbesitz, aber ab 1945 lag es als »Beutekunst« im Geheimdepot der Eremitage.

Meisterwerk an Meisterwerk

Renoir, Cézanne, Gaugin

Weiter geht es mit Werken von weltbekannten Künstlern wie Renoir, Cézanne und Gauguin, von denen die Eremitage in jeweils zwei Räumen immer mindestens ein Dutzend Bilder zeigen kann (407 – 412). Die meisten der Gauguin-Werke sind dabei während der Tahiti-Aufenthalte des Malers in den 1890er-Jahre entstanden. Es folgt ein nicht minder hochkarätiger **van-Gogh-Raum** (413).

Das Allerheiligste

Picasso, Matisse

Ein Steg durch die Spitze des letzten Innenhofs führt dann nicht nur hinüber in den Gebäudeflügel auf der Mojka-Seite, sondern kunsthistorisch auch ins 20. Jh.: Man stößt zunächst auf gleich vier Räume mit frühen Werken Pablo Picassos (431 – 435). Den Auftakt machen Bilder aus seiner »Blauen Periode« wie die »Absinth-Trinkerin« (1901) und »Die Schwestern« (1902). Alle gezeigten Picasso-Bilder entstanden **vor dem Ersten Weltkrieg**. Dies gilt auch für fast alle der 36 Bilder von Henri Matisse. Mittelpunkt der Ausstellung seiner Werke sind die miteinander korrespondierenden großformatigen Bilder »Tanz« und »Musik«, die beide 1910 in Auftrag von Sergej Schtschukin entstanden. Bis zur Oktoberrevolution hingen sie bei dem kunstsinnigen Moskauer Industriellen im Treppenhaus. Vom »Tanz« gibt es eine zweite, ein Jahr früher entstandene Version, die sich heute im Museum of Modern Art in New York befindet.

Wenn Sie aus dem Kunst-Olymp herabsteigen

Ausstellungsräume des 3. Stockwerks

Nach diesem Kunst-Höhenflug wird es schwierig, die anderen Abteilungen des Generalstabs auf den darunter liegenden Stockwerken noch angemessen zu würdigen. Dabei wird in Raum 303 mit Schlüsselwerken der historische **Übergang zur abstrakten Malerei** dokumentiert: Hier hängt ein Entwurf zu »Komposition V« von Wassily Kandinsky und eines der vier revolutionären »Schwarzen Quadrate« von Kasimir Malewitsch.

Eine Ausstellung würdigt das Schaffen des berühmten russischen Hofjuweliers Carl Fabergé (300 – 302) – verfügt aber – anders als das viel umfangreichere ► Fabergé-Museum – nur über eines seiner berühmten Eier. Die Räume 307 – 316 zeigen viel französische Kunst des 19. Jahrhundert. Darauf folgen mit **prächtigen Original-Interieuren** ausgestatte Säle der zaristischen Ministerien mit einer umfassenden Schau zum Empire-Stil (317 – 330). Auf der Mojka-Seite des

In der Eremitage wurde der Platz knapp. Also zog die westeuropäische Moderne in das Generalstabsgebäude gegenüber.

Gebäudes findet sich dann noch die Eremitage-Sammlung an Malerei des 19. Jh.s aus Deutschland, Österreich, Belgien und den Niederlanden. Ihr Höhepunkt und zugleich der passende Abschluss der Besichtigung ist der **Caspar-David-Friedrich-Raum** (352) mit gleich acht Werken des berühmten deutschen Romantikers.

★ GOSTINYJ DWOR

Russisch: Гостиный Двор | **Umschrift:** Gostinyj Dwor | **Lage:** Newskij Prospekt 35 | **Metro:** Newskij Prospekt, Gostinyj Dwor | **Trolleybus:** 1, 5, 7, 10, 11, 17, 22 | **Bus:** 3, 7, 22, 24, 27, 49, 181, 191 | tgl. 10 – 22 Uhr | **www.bgd.ru**

Petersburgs traditionsreichstes Kaufhaus sieht ganz anders aus als seine Artgenossen in anderen Metropolen. Glas-Atrien und Rolltreppen sucht man hier vergebens – denn das riesige Gebäude mit den eleganten doppelstöckigen Arkaden ist schon 250 Jahre alt!

Bummeln und shoppen

Für einen Shoppingbummel ist das Gostiny Dwor optimal: Hier gibt es neben allerlei Alltagswaren auch Reisebedarf, Kleidung von praktisch bis hoch-modisch, schönen Schmuck, sogar leckeren Honig und entlang des Newskij Prospekts auch eine gute Souvenirabteilung ohne üblen Kitsch. Zudem kann man sich entscheiden, ob man in dem zweistöckigen Gebäude in einer großen Runde die Abteilungen abgeht – oder es unter den Arkaden regengeschützt im Freien mit einem Schaufensterbummel belässt. Der **obere Laubengang** ist dabei ein faszinierender Ort: 400 Meter lang ist er auf der Seite entlang der Sadowaja Uliza – und trotz seiner Lage mitten im Stadtzentrum fast immer menschenleer!

Der »Gästehof« ist das zentrale Kaufhaus der Stadt

Riesiger trapezförmiger Bau

Der im Grundriss trapezförmige Bau wendet seine Hauptfassade dem ▸ Newskij Prospekt zu. Das Große Gostinyj Dwor (so der offizielle Name) nimmt bis heute einen ganzen Straßenblock ein, die gesamte Fassadenlänge beträgt mehr als einen Kilometer. Es wurde nach Plänen von Rastrelli, der schon 1748 den Grundriss entwarf, und Vallin de la Mothe 1761 – 1785 im frühklassizistischen Stil errichtet. Als Gostinyj Dwor (wörtlich: Gästehof) bezeichnete man in Russland früher Handelsplätze, in denen reisende Kaufleute ihre Waren anboten. Faktisch waren sie eine **Mischung aus Markt, Messe und Hotel** – im Konzept orientalischen Karawansereien vergleichbar. Bis in die Nachkriegszeit bestand das Gostinyj Dwor aus 170 einzelnen Geschäften. 1955 – 1967 erfolgte dann mit vielen Mauerdurchbrüchen der Umbau zum zentralen Kaufhaus Leningrads – mit Metroeingang im Haus.

★ HÄUSCHEN PETERS DES GROSSEN

Russisch: Домик Ретра I. | **Umschrift:** Domik Petra I. | **Lage:** Petrowskaja Nab. 6 | **Metro:** Gorkowskaja | **Straßenbahn:** 6, 40 | **Bus:** 46, 49 | Mo., Mi., Fr. – So. 10 – 18, Do. 13 – 21 Uhr | **Eintritt:** 200 RUB | **www.rusmuseum.ru**

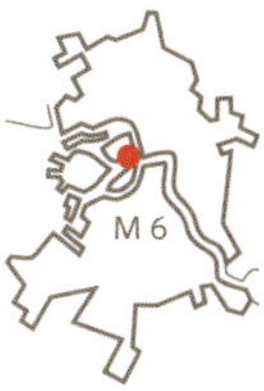

Jede Stadt hat irgendwo ihr ältestes Haus stehen – in St. Petersburg ist es aber zugleich das erste hier gebaute Haus! Besucher dürfen ungeniert in jene Blockhütte hineinschauen, in der Stadtgründer Peter der Große wohnte, als man im Sommer 1703 gleich nebenan die ▸ Peter-Paul-Festung aus dem Boden stampfte.

Zehn Tage nach der Stadtgründung verfügte Peter I., man möge ihm neben der Großbaustelle eine Unterkunft errichten. Nur vier Tage später war sie fertig. Das unbeheizte, mit Schindeln gedeckte Blockhaus unterschied sich von traditionellen russischen Bauernhäusern aber durch **größere Fenster** im von Peter so geliebten holländischen Stil. Peter wohnte hier nur einige Monate, aber 1723 verfügte er, das Häuschen mit einem Schutzdach vor dem Verfall zu schützen. Es wurde so zum ersten offiziell unter Denkmalschutz gestellten Objekt Russlands. 1844 entstand der heutige Steinbau, der das Holzhaus wie eine Matrioschka umschließt.

Erstaunlich bescheiden

Der große Herrscher musste sich bücken

Drei kleine Räume

Das Innere der Zarenhütte gliedert sich in drei durch einen Flur getrennte Zimmer: ein Arbeitsraum, ein Ess- und ein winziges Schlafzimmer. Obgleich Peter mit 2,05 Meter sehr groß war, verabscheute er hohe Räume. Die Türen sind sogar nur 1,82 Meter hoch, denn sie wurden aus erbeuteten schwedischen Schiffen entnommen. Die Räume sind mit **Möbeln aus der Zeit** Peters des Großen und einigen persönlichen Gegenständen des Zaren eingerichtet, seinen Schreibtischstuhl schreinerte er sogar selbst. Das um das Holzhaus herum gebaute Steinhaus lässt Platz für weitere Exponate. Dazu gehört ein Boot, das Peter der Große ebenfalls selbst gebaut hat.

★★ ISAAKS-KATHEDRALE

Russisch: Исаакиевский Собор | **Umschrift:** Isaakiewskij Sobor | **Lage:** Isaakiewskaja Ploschtschad | **Metro:** Admiraltejskaja | **Trolleybus:** 5, 22 | **Bus:** 3, 22, 27 | Do. – Di. Mai – Sept. 10. – 22.30, sonst 10.30. – 18 Uhr | **Eintritt:** 250 RUB, ab 18 Uhr 400 RUB | **www.cathedral.ru**

Die mächtigste und prächtigste Kirche von St. Petersburg überragt die Altstadt wie ein Berg – genau 101,50 Meter hoch. Erdacht wurde sie schließlich nicht nur als russisch-orthodoxes Gotteshaus, sondern als vom Staat finanzierter Repräsentationsbau, der Reichtum und Herrlichkeit des Zarenreiches verkörpern sollte. Entsprechend beeindruckend ist das Innere ausgestaltet. Gleichzeitig ist die Kathedrale der schönste Aussichtspunkt der Stadt.

Hier ist eigentlich alles kolossal

Drei kolossale Bronzetüren mit reichem Skulpturenschmuck führen in das durch die Kuppelfenster nur matt beleuchtete, etwa 4000 Quadratmeter große Innere der Kirche. Hier finden **12 000 Menschen** Platz. Die Wände sind mit unterschiedlichsten Marmorarten, Edelsteinen, 300 Skulpturen und über 200 Mosaiken und Gemälden derart üppig ausgeschmückt, dass das einzelne Werk beinahe schon an Wirkung verliert. Das Deckengemälde der Hauptkuppel, geschaffen von Brüllow und Bassin, zeigt die Muttergottes umgeben von Heiligen, Aposteln und Evangelisten. Am Ikonostas sind in drei Reihen übereinander Heiligenmosaike angebracht. Vier grellgrüne Säulen aus Malachit und zwei aus tiefblauem Lapislazuli setzen dabei **farbige Akzente**. Wenn die mittlere Tür des Ikonostas geöffnet ist, sieht man ein großes Glasfenster im Altarraum. Es zeigt die Auferstehung Christi und wurde in München gefertigt. Ein derartiges Schmuckelement war bei der Weihe der Kathedrale 1858 ein landesweites Novum.

Das Lebenswerk ausgerechnet eines Katholiken

43 verschiedene Mineralien

Für die Ausgestaltung des Innenraums wurden 43 verschiedene Mineralien herangezogen. Sie alle wurden auch bei der Anfertigung einer Büste verwendet, die den Urheber dieses gewaltigen Bauwerks zeigt: Es handelt sich um den Franzosen **Auguste Ricard de Montferrand**, der als begnadeter Zeichner, aber in der Praxis unerfahrener Architekt von Zar Alexander I. 1818 nach einem Wettbewerb den Auftrag für die Errichtung dieses Monumentalbaus erhalten hatte. Er sollte sein Lebenswerk werden: Montferrand starb nach 40 Jahren Bauzeit 1858 einen Monat nach der Weihe. Doch der inzwischen

16 Jahre brauchte es, bis die Innenausstattung der Isaakskathedrale fertig war.

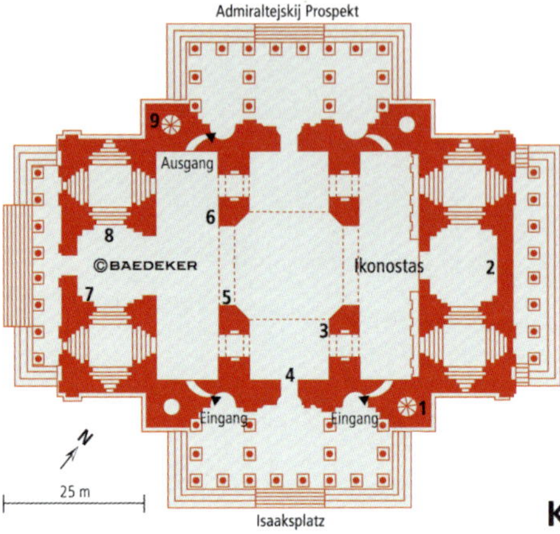

1 Treppenaufgang zur Kuppel
2 Glasfenster
3 Gerüstmodell für die Errichtung der Portikussäulen
4 Materialien zur Baugeschichte und Restaurierung
5 Montferrand-Büste
6 Eisenabguss von der Montferrand-Darstellung am Giebel
7 Taube (1850 im galvanoplastischen Verfahren hergestellt)
8 Konstruktionsmodell der Hauptkuppel
9 Treppenabgang von der Kuppel

ISAAKS-KATHEDRALE

herrschende Alexander II. verweigert ihm seinen Wunsch, in der Kathedrale beerdigt zu werden – weil Montferrand Katholik war.

Raffinierte Hilfsmittel für den Bau

Fassaden-gestaltung, Portiken

Eine weitere Schlüsselfigur beim Bau war der von der Kanareninsel Teneriffa gebürtige spanische Ingenieur Agustín de Betancourt. Er ersann gewaltige **Hebemaschinen aus Holz**, mit denen für die Fassadengestaltung 114 Tonnen schwere monolithische Granitsäulen in jeweils nur 45 Minuten Muskelarbeit aufgestellt werden konnten – laut Montferrand gab es dabei nicht einmal ein Knarzen. Ein Modell dieses trickreichen Mechanismus ist in der Kathedrale zu sehen. Wegen des enormen Platzbedarfs wurden zuerst die Säulen aufgestellt und erst dann die Mauern der Kathedrale hochgezogen. Die Haupteingänge an der mit 111 Metern etwas breiteren Nord- und Südseite bilden der Vorhalle des Pantheon in Rom nachgebildete Portiken mit je 16 in drei Reihen aufgestellten Säulen, während die Portiken an den Schmalseiten nur jeweils acht der Säulen aus poliertem roten finnischem Granit aufweisen.

Auf den Säulen ruhen **vier Giebelfelder** mit großen Bronzereliefs: »Die Anbetung der Könige« von Vitali an der Südseite, an der Ostseite von Lemaire »Der hl. Isaak, dem Kaiser Valentinian sein nahes Ende vorhersagend«, an der Nordseite ebenfalls von Lemaire die »Auferstehung Christi« und an der Westseite »Die Begegnung des hl. Isaak mit Kaiser Theodosius« von Vitali. Auf dem Letzteren wurde als Randfigur Architekt Montferrand mit einem Modell seines Werkes in der Hand verewigt. Auf dieser Seite wurden bewusst **Spuren der Belagerung** Leningrads im Zweiten Weltkrieg belassen: Die Granitsäulen weisen Schrammen von Granateinschlägen auf.

10 762 Baumstämme als Fundament

Vorgängerbau, Baugeschichte

Eine erste dem Hl. Isaak von Dalmatien, dessen Gedenktag mit dem Geburtstag Peters des Großen zusammenfällt, geweihte Kirche wurde bereits 1707 etwa an jener Stelle errichtet, wo heute der ► Eherne Reiter steht. An der Stelle der heutigen Isaakskathedrale entstand 1768 bis 1802 ein Kirchenbau, der jedoch bald als nicht imposant genug erschien. Nach dem Sieg über Napoleon beschloss man, ihn durch etwas Eindrucksvolleres zu ersetzen. 1819 begann man mit dem Bau, wobei zunächst beabsichtigt war, größere Bereiche des Vorgängerbaus zu erhalten. Aufgrund heftiger Kritik an der Statik des Projekts mussten die Arbeiten 1822 bis 1825 eingestellt werden. Dann präsentierte Montferrand korrigierte Pläne, nach denen die Kathedrale schließlich auch gebaut wurde. Um im weichen Boden des Newa-Deltas ein tragfähiges Fundament errichten zu können, mussten zunächst 10 762 Baumstämme in die Erde gerammt werden. Für die Nivellierung behalf man sich mit einem Trick: Die Baugrube wurde im Herbst geflutet. Die entstehende Eisdecke erlaubte es, die Stämme dann millimetergenau abzusägen. Die letzten **16 Jahre der Bauzeit** wurden **für die aufwändige Innenausstattung** gebraucht. In der Kirche stecken allein 400 Kilogramm Gold – wobei die Vergoldung der Kuppeln aufgrund des dabei verwendeten Quecksilbers 60 Fachkräften das Leben gekostet haben soll.

Von der Kirche zum Museum - und wieder zurück?

Nutzungsrechte

1928 wurde die Kathedrale von der Sowjetmacht geschlossen und in ein »Antireligiöses Museum« umgewandelt. Mit dem größten Foucaultschen Pendel der Welt demonstrierte man nun im Kirchensaal die Drehung der Erdkugel. Auch nach dem Ende der Sowjetunion blieb die Kathedrale ein Museum, seit 1990 finden an hohen Festtagen aber **auch wieder Gottesdienste** statt; tägliche Andachten gibt es in einer Seitenkapelle. Die 1930 eingeschmolzenen Kirchenglocken wurden 2012 bis 2015 durch neu gegossene Glocken ersetzt. 2017 bezeichnete das St. Petersburger Stadtoberhaupt Georgij Poltawtschenko die Übergabe der Nutzungsrechte an der Kathedrale an die russisch-orthodoxe Kirche als »beschlossene Sache«. Gegen diese Entscheidung gab es heftige Proteste in der Stadt, die weitere Entwicklung der **Streitfrage** blieb offen. Kritiker befürchten, dass nun der Stadthaushalt den Unterhalt des Gebäudes tragen muss, den bislang das Museum durch seine Einnahmen bestreiten konnte .

Der Aufstieg wird mit dem besten Blick belohnt

Aufstieg auf die Kolonnade

Petersburg ist weitläufig, seine historische Innenstadt erstreckt sich über etwa 30 Quadratkilometer. Die Kolonnade am Fuß der Kuppel der Isaakskathedrale ist dabei der einzige Ort in der Stadt, von wo man sich einen echten Überblick verschaffen kann. Mit 43 Metern Höhe liegt dieser von mächtigen Säulen flankierte Rundgang bereits deutlich über

GEWALTIGE KUPPEL

Sie ist eine der größten Kuppelbauten der Welt. Dafür mussten allerdings einige technische Probleme gelöst werden. Für das Fundament wurden 10 762 Pfähle aus Kiefernholz etwa 7,5 Meter tief in den sumpfigen Untergrund gerammt. Auch die Aufstellung der 48 monolithischen Granitsäulen an den Portiken war eine ingenieurstechnische Meisterleistung.

1 Relief am Tympanon
Diese Hochreliefs sind aus Bronze. Dasjenige an der Südseite stammt von Vitali und zeigt »Die Anbetung der Könige«.

2 Portiken
An der West- und der Ostfassade bestehen die Portiken aus je acht mächtigen Säulen.

3 Engelsfiguren
An den Ecken der Kathedrale stehen Fackeln tragende Engelsfiguren. Die Fackeln wurden an hohen kirchlichen Feiertagen entzündet.

4 Nebenkuppeln
Die vier Nebenkuppeln bilden den oberen Abschluss der mächtigen in die Längswände integrierten Pfeiler.

5 Grundriss
Die Kathedrale hat einen kreuzförmigen Grundriss, in dessen Zentrum sich die Hauptkuppel erhebt.

6 Bronzetüren
Auch die Reliefs der Bronzetüren stammen von Vitali. Sie zeigen Szenen aus dem Leben Christi und der Heiligen.

1
4
5
6
©BAEDEKER

Eine bessere Übersicht auf St. Petersburg als von der Kolonnade der Isaakskathedrale gibt es sonst nicht in der Stadt.

den weiten Dachlandschaften. Hat man den Aufstieg über 262 Stufen durch das Treppenhaus im südöstlichen Eckturm geschafft, schweift der Blick von hier frei in **alle Himmelsrichtungen**: Nach Norden öffnet sich das historische Newa-Panorama der Stadt – wobei den Horizont inzwischen das über 450 Meter hohe ▶ Lachta-Center am Stadtrand dominiert. Im Osten erkennt man die ▶ Smolnyj-Kathedrale. Sie verdeutlicht die enorme Ausdehnung der historischen Bausubstanz der Stadt. Im Westen sieht man Kräne von Werft- und Hafenanlagen sowie am Horizont die Ostsee. Entlang der Küstenlinie verläuft mit hohen Hängebrücken die erst 2016 fertig gestellte Maut-Stadtautobahn SSD. Im Süden liegt der Isaaksplatz direkt vor der Kathedrale. Man kann ihn also entweder aus der Distanz von dieser hohen Warte aus oder anschließend auch ebenerdig zu Fuß besichtigen.

Kolonnade geöffnet tgl. 10.30 – 18 Uhr (150 RUB), Mai – Okt. bis 22.30 Uhr (300 RUB), Juni – 20. Aug. bis 4.30 Uhr (400 RUB)

Der Isaaksplatz

Diese Allegorien tragen bekannte Züge

Reiterdenkmal für Zar Nikolaus I.

In der Mitte des Isaaksplatzes erhebt sich das Reiterdenkmal für Zar Nikolaus I. (1796 – 1855). Das Konzept entwarf Montferrand, die nur auf den Hinterbeinen balancierende Reiterstatue ist jedoch das Meisterstück des auf Pferde spezialisierten Bildhauers Peter Klodt von Jürgensburg. Das 1859 enthüllte Werk zeigt den Zaren in der Uniform des Gardekavallerieregiments auf einem sich aufbäumenden Ross. Die vier Frauenfiguren am Sockel sind Allegorien für Gerechtigkeit, Stärke, Weisheit und Glauben. Die Gesichter der Gestalten tragen aber die Züge der Frau und dreier Töchter Nikolaus I., die das Denkmal in Auftrag gaben. Die Bronzereliefs am Sockel thematisieren Ereignisse aus der Regierungszeit Nikolaus I.

Was dieser Brücke an Länge fehlt, hat sie an Breite

Marienpalais, Blaue Brücke

Am südlichen Ende des Isaaksplatzes erhebt sich das Marienpalais, der **Sitz des Stadtparlaments**. Nikolaus I. ließ das Gebäude von Schtakenschneider 1839 bis 1844 für seine älteste Tochter Maria errichten. Die Blaue Brücke vor dem Marienpalais ist mit 97 Metern so breit und mit ca. 35 Metern gleichzeitig so kurz, dass sie kaum als Brücke über die Mojka zu erkennen ist. Passiert man sie auf einer Kanalrundfahrt, glaubt man, mit dem Boot durch ein Tunnel zu fahren. Markierungen auf einem Obelisken an der Brücke zeigen **Hochwasserstände** an. Bei der schlimmsten Überschwemmung Petersburgs im Jahr 1824 stieg der Pegel um 4,21 Meter an, mehrere hundert Menschen ertranken.

Zwischen Neoklassizismus und Bauhaus

Gebäude Nr. 11 ist umstritten

Auf der Westseite des Platzes diente das Gebäude Nr. 11 aus rotem Granit nur kurze Zeit als Botschaft des Deutschen Reichs, nämlich von 1913 bis zum Ausbruch des Ersten Weltkriegs. Das von Peter Behrens entworfene Gebäude ist bei Fachleuten bis heute heftig umstritten. Die einen betrachten den monumentalen, dem Neoklassizismus verpflichteten Bau als Vorläufer der nationalsozialistischen Architektur, andere schätzen ihn als wichtigen Meilenstein auf dem Weg zur architektonischen Moderne des Bauhauses. Heute dient es als Depandance des russischen Kulturministeriums.

JELAGIN-INSEL · KREUZINSEL

Russisch: Елагин Остров, Крестовский Остров | **Umschrift:** Jelagin Ostrow, Krestowskij Ostrow | **Lage:** nördl. Newa-Delta | **Metro:** Krestowskij Ostrow | **Bus:** 10,14, 25 | **www.elaginpark.org**

Ein im Grünen versinkender edler Landsitz, ein alter Park voller kleiner Teiche für eine nostalgische Ruderboottour oder auch schöne Spazierwege unter schattigen Bäumen, bewohnt von neugierigen Eichhörnchen – all das bietet Petersburgs schönste innerstädtische Parklandschaft. Man findet dieses erholsame Kontrastprogramm zur Hektik der Stadt auf der Jelagin-Insel. Die benachbarte Kreuzinsel ist dagegen eher ein Rummelplatz im Zeichen des Fußballs.

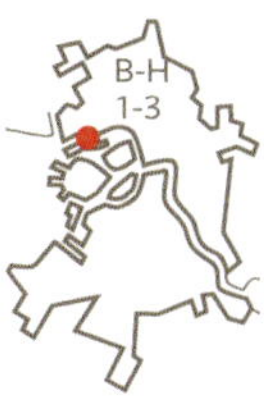

Durchatmen und entspannen

Die Petersburger nennen sie einfach nur »die Inseln« – auch wenn sie bei Weitem nicht die einzigen im Newa-Delta sind. Doch drei Eilande haben hohen Freizeit- und Erholungswert: Die Jelagin-Insel wird komplett von einem Park eingenommen, der eine schöne Mischung aus kultivierter Entspannung und sportlicher Betätigung anbietet. Auf dem Westteil der Kreuzinsel gibt es ebenfalls einen großen Park mit Möglichkeiten für Spiel und Spaß, aber auch zahlreiche neue Sportarenen. Die kleine **Steininsel** ist allenfalls für Architekturfans interessant, die hier einige alte Villen aufspüren können.

Jelagin-Insel

Fahrt mit dem Ruderboot?

Park mit Freizeitangeboten

Katharina die Große schenkte die Insel 1770 ihrem Hofmarschall Iwan Jelagin. 1817 kaufte sie Alexander I. für die Krone zurück und überließ sie seiner Mutter Maria Fjodorowna, der Witwe Pauls I. In dieser Zeit entstand ein englischer Landschaftspark mit neun miteinander verbundenen Teichen. Sie lassen sich dank zweier Bootsverleihe geruhsam vom Wasser her erkunden. Ein asphaltierter Rundkurs zieht Rollschuhläufer und Radfahrer an. Cafés, Konzertpavillons, ein Mini-Zoo, Beachvolleyball-Felder und Liegewiesen komplettieren das Angebot. Vom Westkap der Insel hatte man einst einen idyllischen Ausblick auf die Ostsee. Doch in den letzten Jahren haben hier moderne Monumentalbauten ein ganz anderes **Panorama** geschaffen: Das WM-Fußballstadion, eine Brücke der neuen Stadtautobahn und der gewaltige Wolkenkratzer ▶ Lachta Center engen nun den Blick ein.

Sommer 6 – 24, Winter bis 23 Uhr | Eintritt: werktags frei, am Wochenende 100 RUB | Am Wochenende von 10 – 22 Uhr Fahrradverbot

Vielfältige Ausstellungsräume vor schöner Kulisse

Jelagin-Palais

Carlo Rossi baute 1818 – 1822 das Palais, das Jelagin auf der Insel hatte errichten lassen, vollständig um. Er schuf einen rechteckigen klassizistischen Bau über einem hohen Sockel. Die Hauptfassade ziert ein sechssäuliger korinthischer Portikus. Gegenwärtig ist das für diverse Ausstellungen genutzte Palais aber wegen Renovierungsarbeiten nicht zugänglich. In den elegant um eine **große Festwiese** komponierten Nebengebäuden, der Küche, der Orangerie und den alten Stallungen, gibt es weitere Ausstellungssäle.

Kreuzinsel

Für Fans von rasanter Action

Vergnügungspark Diwo Ostrow

Den Mittelteil der Kreuzinsel nimmt der Küsten-Siegespark ein. Seine breite zentrale Allee ist nicht nur ein Eldorado für Freizeitsport-

BAEDEKER MAGISCHE MOMENTE

ABHEBEN UND DURCHSTARTEN

Achterbahnen wurden einst in St. Petersburg erfunden. Baron von Münchhausen, der Kanonenkugelreiter, war ein russischer Offizier, wie Gagarin, der erste Mensch im Weltall. Reicht das nicht als Motiv, um auf gut russische Art eine hyperrasante Schussfahrt zu machen? Ein wild über den Baumwipfeln taumelndes Karussell zu besteigen oder einen Katapultstart direkt in den Himmel zu riskieren!? Geht alles für relativ wenig Geld im Vergnügungspark Diwo Ostrow. Denn wie Gogol schrieb: »Welcher Russe liebt das schnelle Fahren nicht?«

Im Sommer Mo. – Fr. 12 – 22, Sa. – So. 11 – 23 Uhr, im Winter geschl., Eintritt frei, Fahrgeschäfte 100 – 500 RUB, www.divo-ostrov.ru

ler, die hier alles, was Räder hat, bestens bewegen können. Rechter Hand erstreckt sich der Kinder und Jugendliche begeisternde Vergnügungspark Diwo Ostrow mit teils extremen Attraktionen und vier Achterbahnen. Vom sich nur gemächlich drehenden Riesenrad können aber auch ängstliche Seelen einmal in Ruhe Petersburgs Küstenzone überblicken. Die Allee führt 1,5 Kilometer weit direkt auf das riesige **Fußballstadion »Sankt Petersburg«** zu, das nach zehn Jahren Bauzeit 2017 eröffnet wurde – rechtzeitig zur in Russland ausgetragenen Fußball-WM 2018. Die Baukosten für die Arena mit 68 000 Plätzen und einem Schiebedach waren nach vielen Skandalen geradezu explodiert und betrugen letztlich ca. 700 Mio. Euro. Um das Stadion gruppieren sich weitere große Sporthallen für Leichtathletik, Basketball und Radsport sowie eine Ruderregatta-Strecke. Am Südufer der Insel gibt es einige schöne Gartenrestaurants.

★ JUSSUPOW-PALAIS

Russisch: Юсуповский Дворец | **Umschrift:** Jussupowskij Dworez | **Lage:** Nab. Reki Mojki 94 | **Metro:** Sadowaja | **Bus:** 3,22,27 | **Trolleybus:** 5, 22 | tgl. 11 – 18 Uhr | **Eintritt:** 700 RUB | **www.yusupov-palace.ru**

Nicht nur die Zarendynastie, auch Russlands führende Adelsgeschlechter nannten prachtvolle Paläste ihr eigen. Die Familie Jussupow hatte gleich vier davon in der Stadt. Jener an der Mojka ist nicht nur samt seines romantischen Haus-Theaters wunderbar erhalten, er hat auch noch eine Grusel-Komponente: Hier wurde Rasputin ermordet.

Außen bescheiden, innen grandios

Die Jussupows waren eine der reichsten Sippen Russlands un seit dem 15. Jh. als Höflinge am Zarenhof. Wenngleich nach der Oktoberrevolution ein Großteil ihrer Kunstschätze an die Eremitage überging, ist doch ein großer Teil der kostbaren Innenausstattung ihres Stadtpalais erhalten geblieben. Die Familie erwarb das Grundstück an der Mojka in den 1760er-Jahren und baute ihr Anwesen in mehreren Schritten aus. Dabei blieb es von außen geradezu unscheinbar, während die Paraderäume im Obergeschoss eine ebenso prächtige wie stilsichere klassizistische Ausstattung erfuhren. Zum Anwesen gehört auch ein **Theater** mit 190 Plätzen im gold-glänzenden Rokoko-Stil. Hier finden regelmäßig Konzerte und Ballettaufführungen statt.

Das Theater im Jussupowpalais gibt den stilvollen Rahmen für Konzerte.

Schauplatz eines gemeinschaftlich begangenen Mordes

Wunderheiler Rasputin

In die Geschichte ging das Jussupow-Palais als der Ort ein, an dem der Wunderheiler Rasputin am **30. Dezember 1916** von Angehörigen der Hofgesellschaft – darunter Hausherr Felix Jussupow – ermordet wurde. Zunächst reichte man ihm mit Zyankali vergifteten Kuchen, der jedoch seine Wirkung verfehlte. Daraufhin schossen die Verschwörer mehrfach auf Rasputin, schließlich warf man die Leiche in einen abgelegenen Newa-Arm. In den Souterrain-Räumen des Palais, wo der ungesühnt gebliebene Mord stattfand, ist die Szene mit Wachsfiguren nachgestellt. Diese Ausstellung ist aber gegenwärtig nicht zugänglich.

★ KASANER KATHEDRALE

Russisch: Казанский Собор | **Umschrift:** Kasanskij Sobor | **Lage:** Kasanskaja Ploschtschad 2 | **Metro:** Newskij Prospekt | **Trolleybus:** 1, 5, 7, 10, 11, 22 | **Bus:** 3, 7, 22, 24, 27, 191 | **Kathedrale:** 6.30 – 20 Uhr | **Gottesdienste:** tgl. 7, 10 und 18 Uhr | **www.kazansky-spb.ru**

In diesem imposanten Gotteshaus herrscht jeden Tag intensives religiöses Leben – und das nur wenige Schritte vom turbulenten ▸ Newskij Prospekt entfernt. Vor einer als wundertätig verehrten Marien-Ikone steht eine Warteschlange von Gläubigen, andere beten vor Heiligenbildern und stellen Kerzen auf. Mehrmals täglich halten Priester Messen ab. Doch niemand stört sich daran, wenn derweil Touristen die wichtigste orthodoxe Kirche der Stadt besichtigen.

Erkennen Sie das Vorbild?

Der von der Peterskirche in Rom begeisterte Paul I. erteilte kurz vor seinem Tod den Auftrag für den Bau einer ähnlichen Kirche in der russischen Hauptstadt. Baumeister Andrej Woronichin, ein ehemaliger Leibeigener des Grafen Stroganow, schuf in den Jahren 1801 bis 1811 ein durchaus eigenständiges Bauwerk im Stil des Alexandrinischen Klassizismus; lediglich die Kuppel und die Kolonnade erinnern an das römische Vorbild.

Kreative Lösung

Ungewöhnlicher Grundriss

An die dem Newskij Prospekt zugewandte Seitenfassade des im Grundriss kreuzförmigen Bauwerks schließt eine Kolonnade an mit in vier Reihen angeordneten, 13 m hohen korinthischen Säulen. Die Enden des **Säulenumgangs** sind als mächtige Portale mit Attiken ausgebildet. Woronichin entschied sich für diesen ungewöhnlichen Grundriss, da in einer orthodoxen Kirche der Altar nach Osten ausgerichtet sein muss, der Haupteingang demnach im Westen liegt. Doch sollte die dem Newskij Prospekt zugewandte Nordfassade besonders prächtig gestaltet sein, weshalb Woronichin vor der Kathedrale halbrunde Kolonnaden errichtete. Über der Vierung der Kirche erhebt sich die 71 m hohe **Kuppel**, die – damals ein technisches Novum – aus Eisen gefertigt wurde.

Wundertätige Ikone

Innenraum

Das Innere der »Kathedrale der Ikone der Gottesmutter von Kasan«, so der offizielle Name, erinnert eher an eine **Palasthalle** als an eine Kirche. Doppelte Säulenreihen – Monolithe aus rosafarbenem finnischen Granit – tragen das Gewölbe von Langhaus und Querschiff. Der

Ikonostas birgt auf der rechten Seite eine als wundertätig verehrte Kopie der Ikone der **»Muttergottes von Kasan«**, die sich seit 1721 in St. Petersburg befindet. Ihr angeblich 1579 in Kasan gefundenes Original ist verschollen. Es ist nicht einmal gesichert, ob eine 1904 in Kasan gestohlene und dann angeblich vernichtete Ikone noch das Original war oder eine Kopie – wobei dieser Unterschied für orthodoxe Gläubigen letztlich ohne Belang ist. Von 1932 bis zum Ende der Sowjetzeit befand sich hier das »Museum für Religionsgeschichte und Atheismus«. 2000 erhielt die orthodoxe Kirche das Gebäude zurück.

BAEDEKER MAGISCHE MOMENTE

FRÖMMIGKEIT FÜHLEN

Ein russisch-orthodoxer Gottesdienst geht in die Beine – denn man absolviert ihn stehend. Aber er besänftigt die Seele mit schummrigem Licht und geheimnisvoller Stimmung: Weihrauch wallt, Kerzen flackern, liturgische Gesänge in altem Kirchenslawisch hallen durch die ikonengeschmückte Kirche. Man kann sich auch als Fremder davon einfangen und mittragen lassen – in russischen Kirchen darf man während der Messe kommen und gehen, wie man möchte.

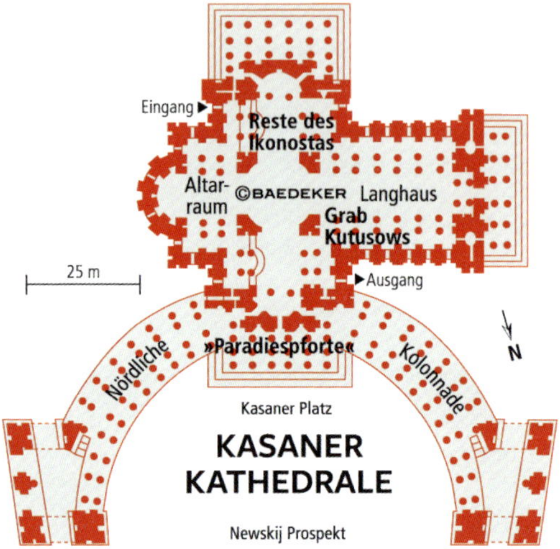

Kriegstrophäen

Denkmäler vor der Kirche

Im nördlichen Querschiff ist Feldmarschall Michail Kutusow (1745 bis 1813) angeblich an der Stelle beigesetzt, wo er betete, bevor er 1812 in gegen Napoleon zog. Erbeutete Fahnen und andere Trophäen wie die Stadtschlüssel von Lübeck und Bremen bei seinem Grab erinnern an russische Siege. Vor der Kathedrale stellte man 1837 Denkmäler für die Feldherren Kutusow (links) und Michail Barclay de Tolly (1761 – 1818, rechts) auf, die beide als Oberbefehlshaber des russischen Heers im »Vaterländischen Krieg« Erfolge verzeichneten.

★ KRONSTADT

Russisch: Кронштадт | **Umschrift:** Kronschtadt | **Lage:** Insel Kotlin, 25 km westlich | **Bus:** K-405 ab Metro-Station Tschornaja Retschka, 101 ab Metro-Station Staraja Derewnja | **www.visitkronshtadt.ru**

AUSFLUGSZIEL

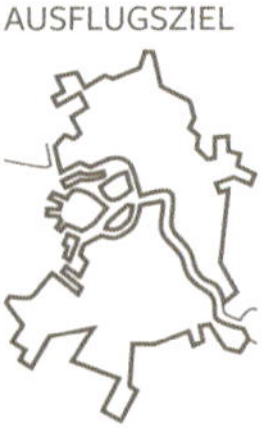

Petersburgs ungewöhnlichster Stadtteil liegt auf einer flachen Insel mitten in der Newa-Bucht: Aufgrund ihrer Abgelegenheit ist die alte Hafen- und Festungsstadt Kronstadt ein überraschend ruhiges Pflaster. Den Eindruck von Provinzialität widerlegt aber eine riesige Kathedrale, die der Hagia Sophia nachempfunden ist.

Dank ihrer exponierten Lage sieht man sie von Weitem – aus Peterhof und selbst aus St. Petersburg: die **Marinekathedrale** mit ihrer 70 Meter hohen Kuppel in der Stadtmitte von Kronstadt. Genau 100 Jahre nach ihrer Weihe im Jahr 1913 wurde sie nach einer überaus aufwändigen Restaurierung wieder eröffnet – und zieht nun zu Recht viele Besucher an: Die im seltenen neobyzantinischen Stil errichtete Kathedrale hat einen faszinierenden Innenraum, in dem die Würde der uralt wirkenden architektonischen Formen mit der überreichen Innenausstattung korrelliert. Eine Prise Jugendstil – etwa bei den Engeln am Hauptportal – gibt dem Bau einen besonderen Reiz. Zu Sowjetzeiten war die Kathedrale als Konzertsaal, Offiziersclub und Museum zweckentfremdet gewesen.

Überraschend ruhig

Nikolaus-Marinekathedrale: Jakornaja Ploschtschad 1 | tgl. 10 – 19, Gottesdienste 10 und 18 Uhr

Fahren Sie mit der »Reeperbahn«

Rund um die Kathedrale

Auf dem Platz vor der Kathedrale steht ein ebenfalls 1913 vom Jugendstil inspiriertes Denkmal für Admiral Makarow (1848 – 1904), der im russisch-japanischen Krieg ums Leben kam. Höchst ungewöhnlich ist der Straßenbelag auf einer Seite des dreieckigen Ankerplatzes: 1862 experimentierte man hier mit einem **gusseisernen Pflaster** aus runden Gittersegmenten. Hinter der Kathedrale eröffnete 2014 ein Museum zur Geschichte Kronstadts.

Am Hafen am Peter-Park werden Bootstouren zu den vorgelagerten Forts angeboten – unter anderem mit der »Reeperbahn«. Dieser nostalgische Musikdampfer tat einst im Hamburger Hafen Dienst. Fotos an Bord beweisen, dass mit ihm die Beatles, die Rolling Stones und Queen über die Elbe schipperten!

Museum der Geschichte Kronstadts: Jakornaja Ploschtschad 2A | tgl. 11 – 18 Uhr, Herbst – Frühjahr Mi. geschl. | Eintritt: 150 RUB

Bootstour zu den Forts: Anleger am Arsenalyj Pereulok 1 | im Sommer tgl. 13, 15.30, 17 Uhr | Eintritt: 550 RUB | www.forthotel.ru

Flottenstützpunkt und Hochseehafen

Geschichte Kronstadts

Kronstadt ist genauso alt wie St. Petersburg, hat heute aber nur 43 000 Einwohner: 1703 hatte man zum Schutz der gerade entstehenden neuen Stadt auf der **Insel Kotlin** erste Bastionen angelegt, um das Fahrwasser in die Newa-Mündung zu beherrschen. Im Verlauf des 18. Jh.s wurde Kronstadt massiv befestigt und mit seinen vielen Werften und Docks zum wichtigsten russischen Flottenstützpunkt. In der zweiten Hälfte des 19. Jh.s war es zugleich Petersburgs Hochseehafen. Es gibt hier nach wie vor eine Marinebasis, weshalb die Stadt bis 1996 für Fremde unzugänglich war. Inzwischen ist die Insel Kotlin über einen 1979 bis 2011 errichteten **Damm** mit dem Festland verbunden, der St. Petersburg vor Sturmfluten schützt. Das 3 Mrd. Euro teure Bauwerk ist zugleich Teil des 142 Kilometer langen Autobahnrings um St. Petersburg.

★ KUNSTKAMMER

Russisch: Кунсткамера | **Umschrift:** Kunstkamera | **Lage:** Universitetskaja Nab. 3 | **Metro:** Admiraltejskaja | **Bus:** 7, 10, 24, 191 | **Trolleybus:** 1, 7, 10, 11 | **Museen:** Di. - So. 11 - 19 Uhr | **Eintritt:** 300 RUB | **www.kunstkamera.ru**

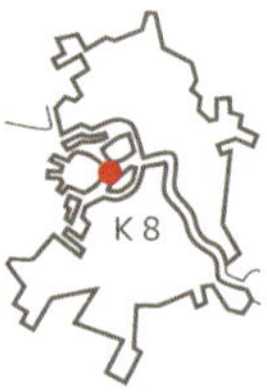

Eine Kunstkammer war zu Zeiten Peters des Großen nicht etwa eine Kunstkollektion, sondern ein Raritätenkabinett mit medizinischen Präparaten, Missgeburten und allerlei Abstrusitäten. Diese 300 Jahre alte Sammlung kann noch immer besichtigt werden – nichts für schwache Nerven und Mägen! Dabei verkörpert das markante Gebäude mit Turm am Universitätsufer zugleich den Beginn der Wissenschaften und des Museumswesens in Russland.

Nichts für schwache Nerven!

Peter der Große erteilte 1718 den Auftrag für den Bau der Kunstkammer, die seine 1714 aus Moskau überstellte Raritätensammlung, einen Anatomiehörsaal und die Bibliothek der frisch gegründeten Akademie der Wissenschaften aufnehmen sollte. Von seinen Reisen hatte der Zar die **verschiedensten Kuriositäten** mitgebracht, z. B. missgebildete Embryos in Spiritus, ausgestopfte Tiere, seltsame Instrumente und Apparate. Den Grundstock der Sammlung bildete eine Reihe in Amsterdam gekaufter Abnormitäten. Sie wurde laufend ergänzt; Peter der Große hatte einen Erlass herausgegeben, nach dem ungewöhnliche und seltene Gegenstände, aber auch tierische und menschliche Missgeburten an die Kunstkammer geliefert werden mussten. Man hoffte damals, über das Studium biologischer Normabweichungen das Geheimnis des Lebens ergründen zu können. Gleichzeitig wollte der Zar die Bildung befördern: Deshalb lockte er die Menschen mit einer einfachen Maßnahme in **das erste Museum Russlands**: Jeder Besucher bekam ein Glas Wodka und einen Imbiss umsonst.

»Kunst« – nicht gerade im klassischen Sinne

Museum für Anthropologie und Ethnografie

Heute ist das historische Gruselkabinett eine Abteilung des Museums für Anthropologie und Ethnografie in der Kunstkammer. Die Exponate zu verschiedenen Völkern und Kulturen in Asien, Afrika und Nordamerika wirken aber – wie auch ihre museale Präsentation – etwas verstaubt. In der Tat wurden die Sammlungen bereits größtenteils in der Zarenzeit zusammengetragen. Und seither scheint sich am Konzept wenig verändert zu haben.

Globus in altem Glanz

Lomonossow-Museum

Unter dem Turm der Kunstkammer ist zudem ein Lomonossow-Gedenkmuseum eingerichtet. Der russische Universalgelehrte und Gründer der Moskauer Universität, Michail Lomonossow (▶ Interessante Menschen), arbeitete in diesem Gebäude von 1741 bis 1765. Ab 1760 war er Direktor der Akademie der Wissenschaften, die 1789 links neben der Kunstkammer ein von Giacomo Quarenghi errichtetes Gebäude erhielt. Im **Turmzimmer** kann mit Führung (dt./engl., max. 4 Pers., 3700 RUB) der Gottorfer Globus bestaunt werden. Das Meisterwerk aus dem 17. Jh. bekam Peter der Große vom Herzog von Holstein geschenkt. Die Weltkugel hat einen Durchmesser von 3 Metern. Außen zeigt sie die Erdoberfläche und im einst zugänglichen Innern, in dem zehn bis zwölf Personen auf einer runden Bank Platz fanden, drehte sich der Sternenhimmel.

Eine Ohrfeige für die Wiege der Wissenschaft

Zwölf Kollegien

Domenico Trezzini und Theodor Schwertfeger errichteten 1722 bis 1742 den Komplex mit zwölf gleichartigen, ineinander übergehenden Baukörpern, die die »Kollegien« genannten Abteilungen der Staatsverwaltung aufnehmen sollten. Sie wenden lediglich ihre Schmalseite dem Universitätsufer an der Newa zu, während die Ostfront als Hauptfassade gestaltet ist. Fürst Menschikow (▶ Menschikow-Palais) ordnete in Abwesenheit des Zaren diese platzsparende Bauweise an, um seine eigenen Besitzungen nicht zu verkleinern. Damit zog er unweigerlich den Zorn Peters des Großen auf sich: Er wurde geohrfeigt.

Um seine auf Reisen gesammelten »Raritäten und Kuriositäten« unterbringen zu können, ließ Peter der Große die Kunstkammer bauen.

Abgelöst wurden die Kollegien durch die 1802 von Alexander I. geschaffenen Ministerien, die in anderen Gebäuden untergebracht wurden. So bestimmte man die zwölf einheitlichen Bauten 1819 dazu, die im gleichen Jahr gegründete St. Petersburger Universität aufzunehmen. Hier lehrte neben vielen anderen berühmten Persönlichkeiten der Chemiker Dimitrij Mendelejew (1834 – 1907), der 1869 ein **Periodensystem der chemischen Elemente** aufstellte. Seine Arbeitsräume sind als Museum eingerichtet. Mittlerweile sind nur noch einige der insgesamt 15 Fakultäten in den Zwölf Kollegien und angrenzenden Bauten untergebracht. Die weitaus meisten der mehr als 22 000 Hochschüler studieren im neuen Universitätskomplex in der Nähe von ▶ Peterhof.

Mendelejew-Museum: Mendelejewskaja Linija 2 | Mo. – Fr. 11 – 16 Uhr
Eintritt: frei

LACHTA-CENTER

Russisch: Лахта-Центр | **Umschrift:** Lachta-Zentr | **Lage:** Lachtinskij Prospekt 2 | **Metro:** Staraja Derewnja (ab 2018: Begowaja) | **Bus:** 101, 110, 211,216 | **www.lakhta.center**

AUSSENBEZIRK

Achtung Höhenrausch! Von hier hat man ganz St. Petersburg im Blick – und den halbstaatlichen Gaskonzern Gazprom unter sich: Europas höchstes Gebäude soll 2018 fertiggestellt werden. In schwindelerregenden 378 Meter Höhe ist eine verglaste Aussichtsplattform vorgesehen.

Der erste Wolkenkratzer

In St. Petersburg gibt es keine Wolkenkratzer – bis auf einen. Der hat dafür aber gigantische Dimensionen: Für etwa 2 Mrd. Euro baut Gazprom am nordwestlichen Stadtrand seit 2013 seine neue Konzernzentrale. 478 Meter soll der Glasturm, dessen Form an eine Gasflamme erinnert, hoch werden. Ende 2018 soll das Gebäude, das dann alle anderen Bauten in Europa überragt, bezugsfertig sein. Im 86. Stock des Turms ist eine rund um die Uhr geöffnete **Aussichtsplattform** vorgesehen. Bei klarem Wetter wird man von hier die gesamte Stadt wie auch den Finnischen Meerbusen noch weit über Kronstadt hinaus überblicken können. Einige Etagen tiefer, auf 330 Meter Höhe, soll ein Restaurant eingerichtet werden.

Zentrum eines riesigen städtebaulichen Projekts

Multifunktionaler Komplex

Der Büroturm stellt aber nur den Kern eines multifunktionalen Komplexes dar, der weitere Besucher anlocken soll. In den bis zu 15 Stockwerken aufragenden Gebäuden am Sockel sind ein Wissenschaftszentrum für Kinder, Kongressräume, Restaurants und Geschäfte vorgesehen. Am Ufer der Ostsee wird eine Promenade an einem Amphitheater vorbeiführen. Eine **Fuß- und Radwegbrücke** soll sie an den weiter östlich gelegenen großen Park »300-jähriges St. Petersburg« anschließen – von dem wiederum seit 2017 eine autofreie Brücke zum neuen WM-Stadion auf der Kreuzinsel führt.

★★ MARIINSKIJ-THEATER

Russisch: Мариинский Театр | **Umschrift:** Mariinskij Teatr | **Lage:** Teatralnaja Ploschtschad 1 | **Metro:** Sennaja Ploschtschad | **Bus:** 3, 22, 27 | **www.mariinsky.ru**

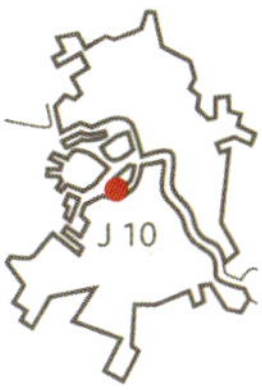

Historischer Ruhm verpflichtet – auch in der Bühnenkunst: Ob in der klassischen, goldglänzenden Pracht des Stammhauses oder in der kühlen Eleganz des neuen Mariinskij II gleich nebenan – die Inszenierungen dieses Theaters haben weltweit einen hervorragenden Ruf. Karten für Aufführungen, sei es für hier uraufgeführte Tschaikowskij-Ballettklassiker wie »Schwanensee« oder »Dornröschen« oder für neue Projekte von Maestro Waleri Gergijew sollte man sich deshalb am besten schon vor der Reise beschaffen. Denn wer möchte den Olymp der Oper nur von außen betrachten?

Im Olymp von Oper und Ballett

Das nach Maria Alexandrowna, der Ehefrau Alexanders II., benannte Theater wurde 1860 eröffnet. Die Umbenennung in Kirow-Theater erfolgte 1935 nach der Ermordung des populären Leningrader Parteichefs Sergej Kirow (1886 – 1934). Seit 1992 heißt es wieder Mariinskij-Theater. Der 1625 Personen fassende Zuschauersaal mit seinem prächtigen Innendekor – vier goldglänzende Ränge, üppige Logen und fürstliche Foyers – ist allein schon den Besuch wert.

Modernste Theatertechnik und ein Kleinod auf dem Dach

Mariinskij II

Als neues Aushängeschild des Theaters gibt es jedoch das Mariinskij II. Der Neubau wurde 2013 eröffnet und schließt jenseits des Krjukow-Kanals direkt an das historische Marientheater an (Uliza Dekabristow 34). Rund 2000 Besucher finden Platz in dem gut 550 Mio. Euro teuren, **von außen eher unscheinbaren** Gebäudes des kanadischen Architekturbüros Diamond Schmitt. Doch die Akustik wird gerühmt, zudem bietet das neue Theater doppelt so viel Fläche wie das

Man ahnt es schon von außen: Das Mariinskij ist der Olymp von Oper und Ballett.

historische Gebäude und jede Menge moderner technischer Finessen. Ein kleines Amphitheater mit 200 Plätzen thront auf dem Dach des Mariinskij II.
Sehr gelobt für seine Akustik wird auch der **Konzertsaal** von 2007, nur 400 Meter vom historischen Mariinskij-Theater entfernt. Seine 1100 Plätze sind beinahe wie in einem Amphitheater auf allen Seiten um die Bühne verteilt(Uliza Dekabristow 37).

Verbilligte Karten sind den Einheimischen vorbehalten!

Eintrittskarten

Über Hotels oder Reiseveranstalter bezogene Karten sind sehr teuer! Außerdem sind die Vorstellungen schnell ausverkauft. Am besten bestellt man deshalb, sobald das Reisedatum feststeht, **Tickets online** über die Website www.mariinsky.ru (auch auf Englisch). Das Mariinskij verkauft seine Karten nur selbst, also nicht an den in der Stadt allgegenwärtigen Theaterkassen. Neben Kassen in den drei Häusern (tgl. 11 – 19 Uhr) gibt es auch eine zentral gelegene Verkaufsstelle im Kaufhaus ► Gostinyj Dwor. Falls Ihnen billige Karten auf der Straße vor dem Theater angeboten werden sollten: Sie sind Russen und in Russland lebenden Ausländern vorbehalten. Wer als ausländischer Tourist erkannt wird, erhält damit keinen Zutritt.

Ballett vom Fließband

»Schwanensee«

Das weltbekannte Ballett »Schwanensee« mit den trippelnden Tänzerinnen im steifen Tutu hat das Mariinskij bis heute gelegentlich im Repertoire. Im August hat das Theater allerdings spielfrei. Die dann allabendlich im alten Mariinskij laufenden Vorstellungen des Klassikers werden von einem zweitklassigen Ensemble gegeben. Karten für diese **rein auf Touristen ausgerichteten** Aufführungen gibt es nicht im Theater, sondern im üblichen Vorverkauf. Ohnehin wird in der Hochsaison »Schwanensee« wie am Fließband auf zahlreichen Bühnen der Stadt getanzt. Der künstlerische Anspruch bleibt dabei allerdings auf der Strecke.

Konzerte in historischer Kulisse

Rimskij-Korsakow-Konservatorium

Das große Gebäude dem Theater gegenüber beherbergt seit Ende des 19. Jh.s das Rimskij-Korsakow-Konservatorium. Die Musikschule wurde 1862 von **Anton Rubinstein** gegründet. Hier lehrte Nikolaj Rimskij-Korsakow viele Jahre. Sobald die Generalsanierung beendet ist, werden in beiden Sälen wieder Konzertabende stattfinden.

Teatralnaja Ploschtschad 3 | www.conservatory.ru

Jüdisches Leben

Große Choral-Synagoge

In einer Seitenstraße zwischen Mariinskij-Theater und Konzertsaal steht die Große Choral-Synagoge, 1883 bis 1888 im maurischen Stil errichtet. Seit einigen Jahren erstrahlt sie in neuem Glanz. Ihr ist das koschere Restaurant Lechaim angeschlossen.

Lermontowskij Prospekt 2 | So. – Fr. 10 – 18 Uhr, Restaurant: So. – Do. 10 – 22 Uhr, Fr. kürzer | www.jeps.ru

★ MARMORPALAIS

Russisch: Мраморный Дворец | **Umschrift:** Mramornyj Dworez | **Lage:** Millionnaja Uliza 5A | **Metro:** Newskij Prospekt | **Bus:** 46, 49 | **Straßenbahn:** 3 | Mo., Mi., Fr. – So. 10 – 18, Do. 13 – 21 Uhr | **Eintritt:** 300 RUB, Kombiticket (mit Russischem Museum, Michaelsschloss, Stroganow-Palais): 850 RUB (3 Tage gültig) | **www.rusmuseum.ru**

Werke internationaler zeitgenössischer Kunstgrößen wie Andy Warhol, Roy Lichtenstein oder Georg Baselitz gibt es in St. Petersburg nur an diesem Ort zu sehen – dem prächtigsten Palast nach dem Winterpalais am Schlossufer. Zu verdanken ist die umfassende Schau moderner Kunst deutschen Mäzenen: Das Aachener Sammlerehepaar Peter und Irene Ludwig hat sie dem ▶ Russischen Museum geschenkt.

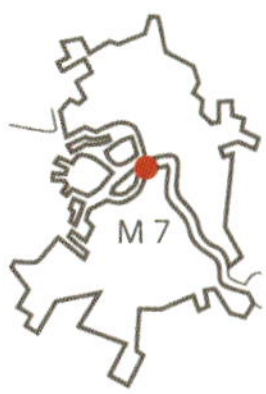

Moderne Kunst und ganz viel Marmor

Von Picasso bis Pop-Art, vom Hyperrealismus über den deutschen Neuexpressionismus bis zum russischen Konzeptionalismus: Das **Museum Ludwig** im Marmorpalast, einer Filiale des Russischen Museums, bietet einen kompakten, aber auch kompetent zusammengestellten Überblick über die Entwicklung der Bildenden Künste in der Nachkriegszeit. Die Schenkung der Ludwigs von 1995 wird dabei bis heute sukzessive erweitert – sei es durch Gaben einheimischer wie internationaler Künstler oder deren Nachfahren, sei es durch Erwerbungen der Ludwig-Stiftung. So befinden sich hier Arbeiten von Jeff Koons, Joseph Beuys, Jasper Johns, Jörg Immendorf oder Anselm Kiefer.

Der Prachtbau macht seinem Namen alle Ehre

Baugeschichte

Katharina die Große ließ das Palais 1768 bis 1785 von Antonio Rinaldi für ihren Geliebten Grigorij Orlow erbauen, von dem sie drei Kinder hatte. Für seine Beteiligung am Sturz Peters III. machte ihn Katharina zum Generalfeldzeugmeiser. Die Fertigstellung des Marmorpalais erlebte er allerdings nicht mehr, er starb 1783. Später gehörte es verschiedenen Großfürsten.
Nichts schien für den Prachtbau zu teuer: Die frühklassizistische Fassade wurde ausschließlich in leicht rosa Marmor und Granit gehalten. Von der ursprünglichen **Inneneinrichtung** sind nur das vollständig aus Marmor gestaltete Treppenhaus und Teile des überreich ausgestatten Marmorsaals erhalten – der Name des Palasts ist also mehr als berechtigt. Die anderen Säle wurden 1844 bis 1851 von Brüllow in neugotischem Stil ausgestattet.

Der Armleuchter auf dem Nilpferd

Reiterstandbild im Ehrenhof

Im Ehrenhof steht ein wuchtiges Reiterstandbild von Alexander III. Es war 1909 auf einem hohen Sockel in der Mitte des Platzes des Aufstands (Ploschtschad Wosstanija) aufgestellt worden. Der Volksmund verspottete es in einem Reim als »Armleuchter auf einem Nilpferd auf einer Kommode«. 1937 verschwand es im Fundus des Russischen Museums; seit 1994 hat es seinen heutigen Platz.

Von der Festwiese zur Grabanlage

Marsfeld

Südöstlich des Marmorpalasts öffnet sich eine etwa 10 Hektar große Grünanlage. Das Marsfeld war einst eine Festwiese, später ein Parade- und Exerzierplatz. Im April 1917 wurden in der Mitte des Marsfelds 180 **Opfer der Februarrevolution** beigesetzt. Die Gräber fasste man dann mit monumentalen Granitblöcken ein. Seit 1957 brennt hier eine ewige Flamme. Diese kollektive Grabanlage ist bis heute das einzige Denkmal in der Stadt, das an den überaus blutig und chaotisch verlaufenden Sturz der russischen Monarchie erinnert.

★ MENSCHIKOW-PALAIS

Russisch: Меншиковский Дворец | **Umschrift:** Menschikowskij Dworez | **Lage:** Universitetskaja Nab. 15 | **Metro:** Wassileostrowskaja **Trolleybus:** 10, 11 | **Bus:** 6, 7, 24, 47 | Di., Do., Sa., So. 10 – 18, Mi., Fr. 10.30 – 21 Uhr | **Eintritt:** 300 RUB | **www.hermitagemuseum.org**

Zu Zeiten Peters des Großen lebte es sich in Saus und Braus – aber nur, wenn man Alexander Menschikow hieß. Denn nicht der Zar, sondern der Generalgouverneur von St. Petersburg ließ sich am Newa-Ufer den ersten steinernen Palast der Stadt errichten. Was damals als größter Luxus galt, ist hier noch immer zu bewundern: etwa ein komplett mit holländischen Kacheln gefliestes Schlafzimmer.

Luxus pur

Alexander Menschikow (1673 – 1729), Günstling, Heerführer, Trinkgenosse und engster Vertrauter Peters des Großen, errichtete 1710 bis 1720 auf den Ländereien, die er vom Zar auf der Wassilij-Insel geschenkt bekommen hatte, einen für die damalige Zeit großen und prunkvollen Palast im Stil des Frühbarock. Peter der Große, der damals selbst über keine derart luxuriöse Residenz verfügte, benutzte den Palast wiederholt für Empfänge von Gesandten oder **rauschende Feste**. Nach Peters Tod und Menschikows Sturz als Graue Eminenz – er wurde 1727 nach Sibirien verbannt – fiel der Palast samt aller Einrichtungsgegenstände an den Staat.
In späteren Zeiten wurde das Gebäude mehrfach erweitert und bis zur Unkenntlichkeit umgebaut. Nachdem es an die Eremitage übergeben worden war, erfolgte 1956 bis 1981 eine grundlegende Restaurierung. Seitdem ist das Äußere größtenteils wieder so wie kurz nach dem Bau.

Doch selbst der größte Luxus hat seine Grenzen

Innenausstattung

Ausgestattet mit Möbeln und Kunstwerken aus den Beständen der Eremitage – nicht wenig davon aus Menschikows früherem Besitz –, gibt der Palast ein schlüssiges Bild davon, wie der Hochadel in den Anfangstagen der Stadt lebte. Eine prunkvolle Eichentreppe führt hinauf zu den einstigen Wohnräumen. Der **Salon** ist mit 120 Quadratmeter größter Raum des Palasts. Der erste Hausbesitzer liebte besonders das **Walnusskabinett**. Das große Deckenfresko »Krieger in Rüstung« zeigt Peter den Großen als Zwanzigjährigen. Vier andere Räume, darunter das Schlafzimmer, sind mit blau-weißen Kacheln verkleidet. Doch erwies es sich schon bald als zu kostspielig, ganze Räume mit **Delfter Kacheln** auszustatten. So ließ Peter der Große von zwei holländischen Meistern in St. Petersburg Werkstätten einrichten, die Kacheln fertigten. Die folkloristischen Motive dieser Kacheln sind im Vergleich zu den vollendeten Delfter Produkten erheblich einfacher.

MICHAELSSCHLOSS

Russisch: Михайловский Замок | **Umschrift:** Michajlowskij Samok | **Lage:** Sadowaja Uliza 2 | **Metro:** Gostinyj Dwor | **Bus:** 46, 49 | **Straßenbahn:** 3 | Mo., Mi., Fr. - So. 10 - 18, Do. 13 - 21 Uhr | **Eintritt:** 300 RUB, Kombiticket (mit Russischem Museum, Marmorpalais, Stroganow-Palais): 850 RUB (3 Tage gültig) | **www.rusmuseum.ru**

Mitten in seiner Hauptstadt ließ sich der weithin unbeliebte Herrscher Paul I. eine Trutzburg bauen: Sein Stadtschloss sollte nicht nur prachtvoll, sondern auch wehrhaft sein. Genutzt haben dem Sohn Katharinas der Großen die Zugbrücken und Wassergräben aber nichts: Kaum eingezogen, wurde er 1801 hier ermordet.

Verflucht?

Angeblich erschien Paul im Traum der **Erzengel Michael** und verlangte, dass er dort, wo er geboren sei, einen Palast samt einer dem Hl. Michael geweihten Kirche errichten solle. So ließ der Zar das an diesem Platz befindliche Sommerpalais abreißen und gab den Auftrag zum von ihm selbst konzipierten Michaelsschloss mit einem quadratischen Grundriss und einem **achteckigen Innenhof**. In den Jahren 1797 bis 1800 schuf Vincenzo Brenna den imposanten Bau, der klassizistische Palastarchitektur mit Elementen des Festungsbaus kombinierte. Schutz gegen Eindringlinge boten im Norden und Osten die Fontanka bzw. Mojka, im Westen und Süden sicherten damals Wassergräben und kanonenbewerte Bastionen den Palast. Lange konnte sich Paul I. an seinem Schloss allerdings nicht erfreuen und die gewünschte Sicherheit bot es ihm auch nicht: Nur 40 Tage nach dem Einzug wurde er im März 1801 in seinem Schlafzimmer von Verschwörern erdrosselt.

Aristokratische Ausbildungsstätte

Innenräume und Porträtgalerie

Von der Zarenfamilie wollte anschließend keiner mehr das Schloss bewohnen. Es wurde daraufhin faktisch ausgeplündert. 1823 richtete man dort eine Ingenieurakademie ein. Seit 1991 gehört es dem ▶ Russischen Museum, das 2003 umfangreiche Restaurierungsarbeiten abschloss. Einige beeindruckende Palasträume wie die Paradetreppe, der Georgssaal und der **Thronsaal der Kaiserin** wurden dabei weitgehend originalgetreu rekonstruiert. Als ständige Ausstellungen befindet sich hier eine Porträtgalerie mit Werken vom 18. bis zur Mitte des 20. Jahrhunderts. Sie besteht aus zwei Teilen: Der erste ist der Romanow-Dynastie (▶ Baedeker Wissen, S. 154) gewidmet. Der zweite ist nach sozialen Gruppen gegliedert und zeigt neben Adel und Prominenz auch einfache Handwerker und Arbeiter.

Durch die Generationen

Reiterdenkmal

Vor dem Michaelsschloss steht ein eher konventionelles Reiterdenkmal Peters des Großen. Es war schon unter der Zarin Elisabeth gegossen worden, doch erst Paul I. befahl, es aufzustellen. In Anspielung auf den ▶ Ehernen Reiter (Abb. S. 59) trägt das Denkmal die Inschrift: »Dem Urgroßvater, der Urenkel, 1800.«

Das kleinste Monument der Stadt

Tschischik-Pyschik

Das kleinste Monument der Stadt findet sich schräg hinter dem Schloss. Auf einem Sockel in der Ufermauer an der Ecke der Fontanka zur Mojka hockt seit 1994 ein nur drei Kilogramm schweres **Bronze-Vögelchen**. Er ist eine Anspielung auf einen Petersburger Folklore-Vers, der von einem an der Fontanka Wodka trinkenden Zeisig handelt.

MOSCHEE

Russisch: Мечеть | **Umschrift:** Metschet | **Lage:** Kronwerkskij Prospekt 7 | **Metro:** Gorkowskaja | **Bus:** 46, 49 | **Straßenbahn:** 3, 6 | **www.dum-spb.ru**

Nein, dies ist keine Fata Morgana – sondern ein Beweis für die religiöse Toleranz des Zarenreichs: Nur 700 Meter von der Grabeskirche der Romanow-Zaren in der ▶ Peter-Paul-Festung entfernt erhebt sich die blaue Kuppel einer Moschee mit zwei Minaretten. Das Hauptportal ist ein Großkunstwerk aus Majolika-Kacheln.

Islamisches Leben

1909 bis 1913 erbaut, erinnert die Moschee stilistisch an das berühmte Gur-Emir-Mausoleum in Samarkand. In der Moschee finden 5000 Menschen Platz, sie ist reger Mittelpunkt der islamischen Gemeinde. Zum Freitagsgebet kommen zahlreiche Gläubige, an hohen muslimischen Feiertagen beten zehntausende Männer – vor allem Gastarbeiter aus Mittelasien – auf den umliegenden Straßen. Außerhalb der Gebetszeiten kann die innen nur schlicht ausgestaltete Moschee besichtigt werden, Kopftücher werden verliehen.

Eines der schönsten Jugendstilgebäude der Stadt

Villa Kschessinskaja

Nur wenige Schritte südlich der Moschee steht eines der schönsten Jugendstilgebäude der Stadt: die Villa Kschessinskaja (1904 – 1910). Sie gehörte der Primaballerina und Mätresse des letzten Zaren Nikolaus II. Matilda Kschessinskaja (1872 – 1971). 1917 hatten die Bolschewiken hier vorübergehend ihr Hauptquartier. Das Innere des phantasievoll und nobel ausgestalteten Gebäudes ist zugänglich, da sich dort heute das Museum der politischen Geschichte Russlands (▶ S. 269) befindet.

NEU-HOLLAND

Russisch: Новая Голландия | **Umschrift:** Nowaja Gollandija | **Lage:** Nab. Admiraltejskogo Kanala, ggü. Haus 31 | **Metro:** Admiraltejskaja | **Trolleybus:** 5, 22 | **Bus:** 3, 6, 22, 27 | Mo. – Do. 11 – 22, Fr. – So. 11 – 23 Uhr | **Eintritt:** frei | **www.newhollandsp.ru**

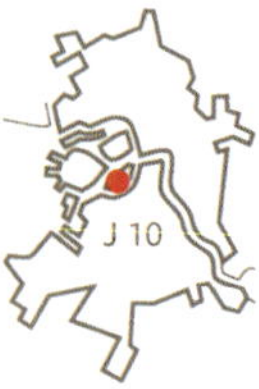

300 Jahre lang war diese dreieckige Insel mit ungewöhnlichen historischen Bauten für die Bürger tabu: ein militärisches Sperrgebiet mitten in der Stadt! Doch nun lockt hier eine moderne, urbane Freizeitoase mit kulturellem Anspruch und Bio-Touch – wo man sogar gerne ins Gefängnis geht.

Urbane Freizeitoase

Die durch den Aushub von Kanälen entstandene künstliche Insel war 1721 der erste Militärhafen Petersburgs. Von 1765 bis 1787 entstanden hier dann roten Backsteinbauten zum Trocknen und Lagern des in der nahen Admiralität für den Schiffbau benötigten Holzes. Die Bedeutung der Insel verdeutlicht der malerische, weil unverputzt gebliebene, **mächtige Durchfahrtsbogen** von Vallin de la Mothe, der das innere Hafenbecken mit der Mojka verbindet. Betrachten kann man ihn aber nur vom anderen Mojka-Ufer aus. 1828 setzte die Marine auf die Westspitze der Insel noch ein dreistöckiges kreisrundes Gefängnis, im Volksmund »die Flasche« genannt. Die sowjetische und dann die russische Marine nutzten die Insel für Depots und Werkstätten – bis es 2004 völlig heruntergekommen an die Stadt übergeben wurde.

Bummeln mit Kaffee ehemaligen Gefängnis

Spielplatz, Openair-Bühne und Cafés

Der erste Anlauf einer Umgestaltung in ein Kunst- und Freizeitareal nach einem ambitionierten Entwurf von Sir Norman Foster scheiterte an Geldmangel. Doch nun investiert die Holding des russischen Oligarchen Roman Abramowitsch in ein zurückhaltenderes Projekt – wobei

BAEDEKER ÜBERRASCHENDES

6x EINFACH UNBEZAHLBAR

Erlebnisse, die für Geld nicht zu bekommen sind

1. PETERS BURG

Petersburgs Keimzelle, die **Peter-Paul-Festung**, ist ein großer, angenehm autofreier Museumskomplex. Der Zugang ist kostenlos, aber nur tagsüber erlaubt. (▶ **S. 115**)

2. UNTERIRDISCHE KATHEDRALEN

Diese Zeitreise kostet nur einen Metro-Jeton – und der gilt auch noch für An- und Abfahrt: Die **prachtvollen Metrostationen der Linie 1** sind spezifische Architektur-Denkmäler der Stalinzeit. (▶ **S. 311**)

3. TANZ AUF DER INSELSPITZE

Bei dieser Kulisse braucht es keine schicke Disco: An Sommerwochenenden bauen Tanzschulen abends Musikanlagen auf der **Strelka** auf – und es gibt Tango oder Rock'n'Roll zum Mitmachen. (▶ **S. 179**)

4. BILDUNGSPARK

Russlands ältester Park, der **Sommergarten**, ist mit seinen 90 klassischen Skulpturen eigentlich ein begrüntes Museum. Kassenhäuschen hat man zwar aufgestellt, der Eintritt ist aber trotzdem frei. (▶ **S. 177**)

5. KUNSTGENUSS FÜR ALLE

Jeden ersten Donnerstag im Monat sowie an ihrem Geburtstag, dem 7. Dezember, lässt die **Eremitage** in allen Filialen alle Besucher kostenlos ein. (▶ **S. 62**)

6. URBANE KULTUROASE

Die einst verschlossene Insel **Neu-Holland** verwandelt sich nach und nach in eine urbane Kultur-Oase: Aus Prinzip ist das Eiland dabei frei zugänglich. (▶ **S. 114**) das von seiner damaligen Gattin Dascha Schukowa aufgebaute zeitgenössische Kunstmuseum »Garasch« in Moskau Know-how und Ideen liefert. Seit 2016 ist das Areal partiell zugänglich. Auf einer zum Admiralitätskanal hin offenen Freifläche gibt es den schönsten Kinderspielplatz der Stadt mit dem Nachbau einer historischen Fregatte, einen **Kräutergarten** und Platz für kulturelle und dezente sportliche Aktivitäten – etwa auf der Pétanque-Bahn. Eine Openair-Bühne und Kunstinstallationen schaffen den Rahmen. In der einstöckigen **alten Schmiede** befindet sich ein schickes Restaurant und ein sehr gutes Café. 2017 eröffneten nach einem kapitalen Umbau im einstigen Gefängnis weitere Gastro-Projekte, die auch den runden Innenhof erschließen. Darüber gibt es hippe Mode- und Designboutiquen, Friseursalons und Fitnessclubs. Bis 2025 sollen sukzessive auch die verbleibenden drei großen Lagerhäuser saniert und neu belebt werden.

★ NEWA-BRÜCKEN

Russisch: Невские мосты | **Umschrift:** Newskije mosty | **Lage:** queren die Newa im Bereich des Stadtzentrums | **Brückenöffnungszeiten ca. von April bis November:** Verkündigungsbrücke: 1.25 – 2.45 Uhr; Schlossbrücke: 1.10 – 2.50, 3.10 – 4.55 Uhr; Dreifaltigkeitsbrücke: 1.20 – 4.50 Uhr; Gießereibrücke: 1.40 – 4.45 Uhr; Große-Ochta-Brücke: 2 – 5 Uhr; Alexander-Newskij-Brücke: 2.20 – 5.10 Uhr; Börsenbrücke: 2 – 4.55 Uhr; Tutschkow-Brücke 2 – 2.55, 3.55 – 4.55 Uhr | **www.mostotrest-spb.ru**

ENTLANG DER NEWA

Mitten in der Nacht erfährt das Petersburger Stadtbild eine Metamorphose: An den flachen Newa-Brücken heben sich einzelne Segmente in den Himmel, um eine Passage für Frachtschiffe zu öffnen. Vor allem in den Weißen Nächten zieht dieses majestätische Schauspiel viele Nachtschwärmer an. Wer es jedoch nicht rechtzeitig auf die andere Seite geschafft hat, muss bis zu drei Stunden warten oder große Umwege fahren!

Majestätisches Schauspiel

Da die nur 74 Kilometer lange Newa die Verbindung des russischen Binnenwasserstraßensystems mit dem Meer darstellt, herrscht **reger Schiffsverkehr**. Größere Schiffe können die Newa jedoch nur nachts passieren, wenn die Brücken hochgezogen werden. Im Winter ruht die Schifffahrt auf der meist zugefrorenen Newa. Die Brücken über die Bolschaja Newka zwischen Petrograder und Wyborger Seite sind ebenfalls klappbar, werden aber nur sehr selten bei Bedarf geöffnet.

Auch die Schlossbrücke öffnet sich für Frachtschiffe.

Die erste und …

Die 1850 eröffnete Verkündigungsbrücke (Blagoweschtschenskij most) war die erste ständige Brücke über die Newa. Vorher gab es nur Pontonbrücken, die im Winter demontiert werden mussten. Im Verlauf ihrer Geschichte wurde die Brücke zweimal, 1936 bis 1938 und 2006 bis 2007, grundlegend renoviert und dabei verbreitert. Sie behielt aber ihr **historisches Geländer** mit dem Seepferdchen-Motiv. Am Englischen Ufer erinnert neben der Brücke ein Gedenkstein an den von der n »Aurora« von hier abgegebenen vermeintlichen Signalschuss zur Oktoberrevolution.

Verkündigungsbrücke

... die jüngste der fünf großen

Schlossbrücke

Die Schlossbrücke (Dworzowyj most) beim ▶ Winterpalast führt vom ▶ Newskij Prospekt zur ▶ Strelka auf der Wassilij-Insel. Sie wurde als letzte der fünf großen Newa-Brücken im Stadtzentrum erst 1912 bis 1916 errichtet. Da Krieg herrschte, verzichtete man auf alle ursprünglich geplanten Schmuckelemente. Das gusseiserne Geländer wurde erst 1939 montiert, weshalb es mit Sowjetsternen verziert ist.

Besonders elegant und mit anderer Technik

Dreifaltigkeitsbrücke

Die besonders elegante Dreifaltigkeitsbrücke (Troizkij most) überspannt die Newa nahe der ▶ Peter-Paul-Festung. Sie ist, bis hin zu den Oberleitungsträgern für die Straßenbahn, mit schönem **Jugendstildekor** verziert, was auf die Beteiligung einer französischen Baufirma zurückgeht. Für den Verkehr freigegeben wurde sie 1903. Anders als die beiden Brücken flussabwärts klappen hier nicht zwei Brückenteile in der Mitte hoch, sondern nur ein großer Flügel auf der Südseite. Dieser Mechanismus stammt von 1967, ursprünglich befand sich hier ein drehbares Brückensegment.

Die **Gießereibrücke** (Litejnyj most) zwischen Zentrum und Wyborger Seite wurde 1879 eröffnet. In den 1960er Jahren wurde sie komplett erneuert. Von der alten Brücke blieben nur die gemauerten Pfeiler und das kunstvolle Geländer erhalten, das in jedem Segment ein Paar Meerjungfrauen zeigt.

Individuelle Silhouette

Große-Ochta-Brücke

Die 1909 nahe des Smolny-Klosters fertiggestellte Große-Ochta-Brücke (Bolscheochtinskij most) hat aufgrund ihrer eisernen Tragbogenkonstruktion eine individuelle Silhouette und erinnert von Ferne an die Londoner Tower Bridge. Sie verbindet die Innenstadt mit dem Stadtteil Ochta, wo sich vor der Gründung Petersburgs im 17. Jh. die schwedische Festung Nyenskans und das Städtchen Nyen befanden.

Und es gibt noch mehr

★ Moderne Brücken

Die **Alexander-Newskij-Brücke** (Most Aleksandra Newskogo) am gleichnamigen Kloster ist ein 1965 eingeweihter Stahlbetonbau. Die **Börsenbrücke** (Birshewoi most) über die Kleine Newa wurde 1957 bis 1960 in optischer Anlehnung an die Schlossbrücke errichtet, um die Symmetrie des Strelka-Ensembles zu wahren. Sie ersetzte eine seit den 1890er Jahren hier bestehende Holzbrücke.

Weiter flussabwärts verbindet die heutige **Tutschkow-Brücke** (Tutschkow most) ebenfalls seit 1965 die Wassilij-Insel mit der Petrograder Seite. Als dritte Brücke über die Kleine Newa ist 1,3 km weiter eine Hängebrücke in Bau. Sie soll 2018 zur Fußball-WM fertig werden.

★★ NEWSKIJ PROSPEKT

Russisch: Невский Проспект | **Umschrift:** Umschrift: Newskij Prospekt | **Metro:** Ploschtschad Aleksandra Newskogo, Ploschtschad Wosstanija/Majakowskaja, Newskij Prospekt/Gostinyj Dwor, Admiraltejskaja | **Trolleybus:** 1, 5, 7, 10, 11, 22 | **Bus:** 3, 7, 22, 24, 27, 191

»Es gibt nichts Schöneres als den Newskij Prospekt, wenigstens nicht in Petersburg; für die Stadt bedeutet er alles.« So lobte Nikolaj Gogol den Newskij Prospekt in seiner gleichnamigen Erzählung über das Tag und Nacht pulsierende Leben auf der zentralen Magistrale der Stadt. Daran hat sich seit fast 200 Jahren nichts geändert: Der Newskij, dicht bestanden mit hochkarätigen Sehenswürdigkeiten und Shopping-Gelegenheiten, hat eine magnetische Anziehungskraft auf Flaneure – leider aber auch Sogwirkung auf den innerstädtischen Verkehr. Und das Straßenbild ist einmalig: Das großstädtische Leben pulsiert auf der 4,5 km langen Achse fast ausnahmslos vor und hinter historischen Fassaden!

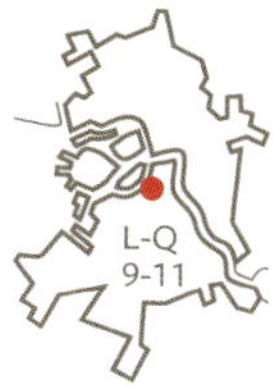

Am Puls der Stadt

1712 bis 1718 ließ Peter der Große die ▶ Admiralität und das gerade gegründete ▶ Alexander-Newskij-Kloster durch eine breite, fast gerade verlaufende Straße miteinander verbinden. **Große Perspektive** wurde sie damals genannt, führte aber noch durch Wald und Sumpf. Doch mit der Zeit entstand eine Vielzahl zentraler und repräsentativer Gebäude entlang dieser alsbald gepflasterten und beleuchteten Straße, die zugleich die Eindruck heischende **Hauptzufahrt nach St. Petersburg** war: Im Bereich des heutigen Moskauer Bahnhofs mündete die alte Fernstraße aus Moskau und Nowgorod zur Newa ein. Für einen Bummel über den Newskij soll und muss man sich Zeit nehmen, denn die Distanzen sind groß und interessante Punkte zahlreich. Die eindrucksvollsten Geschäftshäuser, Paläste und Kirchen stehen aber auf dem 1,8 Kilometer langen Abschnitt zwischen der Admiralität und dem Flusslauf der Fontanka, die lange Zeit die Stadtgrenze bildete.

Vorsicht bei Artilleriebeschuss!

Ausgangspunkt Admiralität

Das 1911/1912 errichtete Gebäude (Nr. 7 – 9) einer polnischen Privatbank hat eine graue Granitfassade, deren Gestaltung und Dekor an den Dogenpalast in Venedig erinnert. Für St. Petersburg ist das völlig untypisch. In Sowjetzeiten residierte hier die Fluglinie Aeroflot, gegenwärtig läuft der Umbau in ein Luxushotel.
Von allen Bauten des Newskij Prospekt bis zum Ploschtschad Wosstanija entstand lediglich das Gebäude mit der Hausnummer 14 nach der Oktoberrevolution, nämlich 1939. Auf der Hauswand steht der

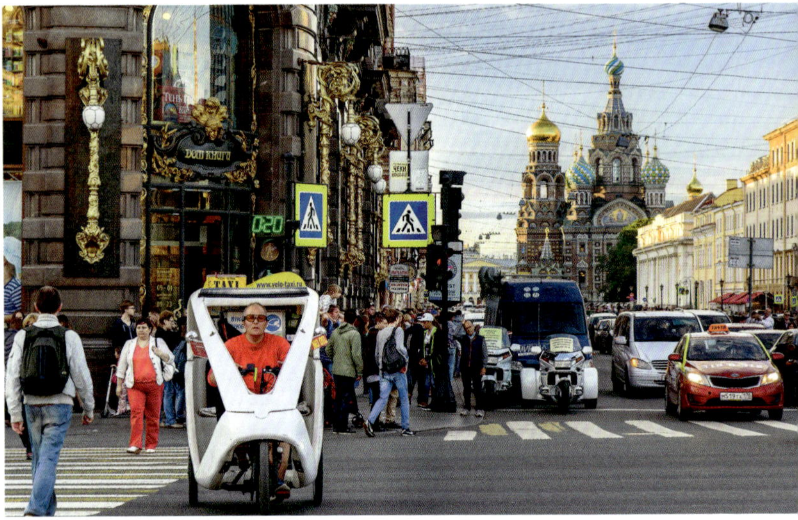

Das heutige Haus des Buches am Newskij-Prospekt wurde vom Singer-Nähmaschinen-Konzern gebaut. Im Hintergrund strahlt die Auferstehungskirche,

Hinweis, dass diese Straßenseite bei Artilleriebeschuss besonders gefährdet ist – eine als Denkmal erhaltene Mahnung aus der Zeit der Blockade Leningrads.

Eines der schönsten barocken Bauwerke der Stadt

★ Stroganow-Palais

Nach der Querung der Mojka wird der Newskij breiter und repräsentativer. Den Auftakt bildet auf der rechten Straßenseite das in altrosa und weiß gehaltene Stroganow-Palais (Nr. 17). Vom 15. Jh. bis zur Oktoberrevolution zählten die Stroganows zu den bedeutendsten Familien des Landes. Sie ließen das Palais 1752 bis 1754 von Rastrelli erbauen, der hier eines der schönsten barocken Bauwerke der Stadt schuf. In den Galasälen präsentiert das ▶ Russische Museum eine Schau zum russischen Kunsthandwerk der Empire-Zeit sowie ein historisches Mineralienkabinett und wechselnde Ausstellungen.

Mo., Mi., Fr. – So. 10 – 18, Do. 13 – 21 Uhr | Eintritt: 300 RUB; Kombiticket (mit Russischem Museum, Michaelsschloss, Marmorpalais): 850 RUB (3 Tage gültig) | www.rusmuseum.ru

Fünf-Meter-Sprungturm statt Altar

Petrikirche

Schon zu Zeiten Peters des Großen begann sich der Newskij zu einer »Straße der Glaubensfreiheit« zu entwickeln, da hier verschiedene nicht-orthodoxe christliche Gemeinschaften ihre Bethäuser und Kirchen bauen durften. Die Holländische Kirche in Haus Nr. 20 kann man aber nur erahnen – einzig die Kuppel über dem Mittelteil des Gebäudes weist auf ihre Existenz hin. Die nach einer Seitenstraße folgenden Parzellen 22 – 24 gehörten seit 1727 der einflussreichen deutschen lutheranischen Gemeinde. Sie errichtete hier Mietshäuser und dann 1832 bis 1838 nach einem Entwurf von Alexander Brüllow die großzügig dimensionierte Petrikirche im Stil der europäischen Romanik. Die Kirche, die 1962 in ein **Schwimmbad** umfunktioniert worden war, wurde 1993 an die Evangelisch-Lutherische Kirche zurückgegeben. Wo einst der Altar stand, erhob sich nun ein Fünf-Meter-Sprungturm. Wie sich herausstellte, war das Beton-Schwimmbecken aber nicht mehr zu demontieren, da es nun anstelle dreier vernichteter umlaufenden Emporen das Gebäude stabilisierte. Man entschloss sich deshalb zu einem pragmatischen Rückbau: Das Becken blieb, wo es war, wurde aber mit einem neuen Fußboden abgedeckt, so dass der Kirchenboden nun eine Etage höher liegt. Auch die steilen Sitztribünen an den Rändern sind noch ein Relikt des Schwimmbads. 1997 wurde die auch als Konzert- und Veranstaltungssaal genutzte Kirche wieder neu geweiht. Sie ist **Sitz des lutheranischen Erzbischofs** für Russland, Kasachstan, Usbekistan, Kirgisistan, Georgien und die Ukraine. 2017 erhielt sie eine neue Orgel.

Die Damen mit der Nähmaschine

Singer-Haus

Gegenüber der ▶ Kasaner Kathedrale, dem größten und prächtigsten Gotteshaus am Newskij Prospekt, zieht das Singer-Haus (Nr. 28; 1902 – 1904) mit seiner üppigen Fassadenpracht und einer von einer Weltkugel gekrönten hohen Glaskuppel die Aufmerksamkeit auf sich: Bauherr war der US-amerikanische Nähmaschinenkonzern Singer. Als damaliger »Global Player« der Weltwirtschaft wollte das Unternehmen eigentlich einen Wolkenkratzer als Zentrale für sein Russlandgeschäft errichten. Doch da in der Zarenzeit kein Gebäude Petersburgs höher als der ▶ Winterpalast sein durfte, blieb die Stockwerkszahl begrenzt – wenngleich ein tragendes Stahlskelett für die damalige Zeit ungewöhnlich große Fenster ermöglichte. Die Einheimischen kennen das famose Jugendstilgebäude nun schon seit 100 Jahren als **Haus des Buches** – und kaum einem der Besucher der großen, dreistöckigen Buchhandlung fällt auf, dass die jeweils rechte Dame der drei mächtigen Walküren-Paare an der Fassade bis heute eine Nähmaschine unterm Arm hat!

Messen in mehreren Sprachen

Katharinenkirche

Von der Brücke über den Gribojedow-Kanal fällt der Blick auf die von hier besonders malerisch wirkende ▶ Auferstehungskirche. Vallin de la Mothe ist der Erbauer der katholischen Katharinenkirche (1762 – 1783) zwischen den Häusern Nr. 32 und 34, die ebenfalls einst Gemeindebesitz waren. Die Hauptfassade der Kreuzkuppelkirche ist als Triumphbogen gestaltet. Auf der Attika stehen Statuen der

Evangelisten und ein kreuztragender Engel. Das innen schön renovierte Gotteshaus ist nach Rückgabe an die Dominikaner wieder die **katholische Hauptkirche** in St. Petersburg. Sonntags finden hier nacheinander Messen auf Englisch, Russisch, Polnisch und Französisch statt. Im nächsten Straßenblock folgt dann noch zwischen den Häusern 40 und 42 die 1771 bis 1780 von Veldten erbaute, vergleichsweise kleine Armenische Kirche.

Schneller Informationsfluss, aber nur bei gutem Wetter

Rathausturm

Auf der anderen Straßenseite schließt an die 1784 bis 1787 von Quarenghi erbauten Silbernen Handelsreihen (Nr. 29 – 31) der Turm der Stadtduma an. Der 1804 fertig gestellte Rathausturm diente als Ausguck, bei Feuer oder Flutwellen wurden von hier Warnsignale abgegeben. Die hohe Drahtkonstruktion auf der Spitze ist ein erstaunliches technisches Relikt: In den 1830er bis 1850er Jahren nutzte man den Turm für einen **optischen Telegrafen**, der mittels Spiegeln und Lampen die Hauptstadt mit Kronstadt und den Sommerresidenzen verband. Eine 1839 eingerichtete Linie war mit 1200 Kilometer und 149 Zwischenstationen sogar die längste der Welt: Botschaften konnten bei guten Wetterbedingungen in 22 Minuten über Pskow und Wilna nach Warschau durchgegeben werden.

Alle Spezereien Russlands gibt es bei Jelissejew.

Nach Herzenslust bummeln und shoppen

Einkaufszentren

Der historische Mittelpunkt der Petersburger Einkaufswelt ist das ▶ Gostinyj Dwor (Nr. 35), dessen Hauptfassade auf 230 Metern den lebhaftesten Newskij-Abschnitt flankiert. Gegenüber reiht sich im Einkaufszentrum **Grand Palace** (Nr. 44) eine Nobelboutique an die andere. Weitaus stimmungsvoller ist die »**Passasch**« (Nr. 48), eine Ende des 19. Jh.s im Stil des Moskauer GUM entstandene überglaste Ladengalerie, die den Newskij Prospekt mit der Italjanskaja Uliza verbindet. Auf dem Brückchen quer über die Passage stehen Café-Tische: ein origineller Platz für eine Pause!

Vom Tellerwäscher zum Millionär – die russische Variante

Delikatessen Jelissejew

Der prachtvollste historische Konsumtempel am Newskij ist jedoch das berühmte Delikatessengeschäft der Gebrüder Jelissejew, das 1903 in einem **sehr auffälligen Jugendstilbau** (Nr. 56) mit einer über fünf Stockwerke verglasten Fassade eröffnete. Vier große Skulpturen verkörpern Wissenschaft, Industrie, Handel und Kunst. Der Firmengründer Peter Jelissejew, ein Leibeigener, dem 1812 die Freiheit geschenkt worden war, hatte seine Karriere als Obsthändler mit einem Bauchladen begonnen. Schon wenige Jahre später erwarb er ein großes Geschäft, das seine Nachkommen weiter ausbauten. Prunkvolle Filialen der Kolonialwarenhandlung wurden in Moskau und Kiew eröffnet. Heute wird in dem Laden mit dem überbordend prächtigen Jugendstildekor unter dem alten Namen wieder allerlei Feinkost angeboten. Man kann hier auch einen Imbiss nehmen. Die oberen Etagen nimmt ein Komödientheater ein.

★ Ostrowskij-Platz

Abseits vom Trubel im »Kätchengarten« verschnaufen

Denkmal für Katharina die Große

Auf der anderen Straßenseite bietet der vom Ensemble-Spezialisten Carlo Rossi gestaltete Ostrowskij-Platz mit einer hübschen Grünanlage die Gelegenheit zu einer Verschnaufpause etwas abseits vom Verkehr. Der Platz ist seit 1923 nach dem Dramatiker Alexander Ostrowskij (1823 – 1886) benannt, der als Schöpfer des nationalen russischen Theaters gilt.

Die Petersburger kennen ihn aber viel eher unter dem Begriff **»Katkin sad«** – »Käthchengarten«. Käthchen ist dabei niemand Geringeres als Katharina die Große. Ihr hier 1873 enthülltes Denkmal zeigt die Zarin in einer gewaltigen Hermelinschleppe – umgeben von einigen ihrer Favoriten und Getreuen: Auf dem glockenförmigen Sockel sind neun überlebensgroße Bronzefiguren berühmter Zeitgenossen dargestellt, darunter Grigorij Potjomkin (1739 – 1791) und der Feldherr Alexander Suworow (1729 – 1800). Die einzige Frau unter ihnen ist Katherina Daschkowa (1743 – 1810), die die Akademie zum Studium der russischen Sprache gründete, einige Zeitschriften herausgab und mit bedeutenden Persönlichkeiten der Aufklärung korrespondierte.

Prächtig innen wie außen

★ Alexandra-Theater

Das beherrschende Gebäude am Ostrowskij-Platz ist auf dessen Stirnseite das von Carlo Rossi zwischen 1828 und 1832 errichtete und nach der Gemahlin des Zaren Nikolaus I. benannte Alexandra-Theater (Aleksandrinskij Teatr). Seine Attika krönt eine Quadriga mit Apollon als Wagenlenker. Die Seitenfassaden zieren achtsäulige Portiken. Die Rückfront blickt auf die ▶ Rossi-Straße. Innen steht der Zuschauerraum mit fünf Rängen, viel Gold und Samt dem prächtigen äußeren Erscheinungsbild des Theaters in nichts nach.

Die älteste russische Handschrift

Russische Nationalbibliothek

Die Russische Nationalbibliothek an der Westseite des Ostrowskij-Platzes besteht aus drei Gebäudetrakten. Das Hauptgebäude am Newskij Prospekt 37 wurde zwischen 1796 und 1801 errichtet. Der dem Ostrowskij-Platz zugewandte Teil entstand 1828 bis 1834 ebenfalls unter der Leitung von Carlo Rossi. Seine Fassade ist mit ionischen Säulen und zehn Statuen von klassischen Philosophen und Dichtern wie Homer, Vergil, Tacitus und Cicero verziert. Ein weiterer Trakt wurde um 1900 ebenfalls im klassizistischen Stil angebaut. Zu den Beständen der zweitgrößten Bibliothek Russlands gehören unter anderem die **Privatbibliothek Voltaires**, die von Katharina der Großen für einen lächerlich geringen Betrag angekauft wurde, sowie das Ostromir-Evangeliar, die älteste datierte russische Handschrift (1056/1057).

Immobiliengeschäfte der Zarenzeit

Anitschkow-Palais

Als östliche Begrenzung des Ostrowskij-Platzes errichtete Rossi 1816 bis 1818 zwei Pavillons. Sie gehören zum durch eine unauffällige Pforte weiter rechts frei zugänglichen Park des Anitschkow-Palais (Nr. 39). Zarin Elisabeth ließ nach Plänen des Architekten Semzow diesen Palast 1741 bis 1750 für ihren Geliebten Rasumowskij im Barockstil erbauen. Nach dessen Tod wurde das Palais von der Krone zurückgekauft. Katharina die Große schenkte es 1776 ihrem – ständig hoch verschuldeten – Günstling Potjomkin, der es prompt versilberte. Doch die Zarin war hartnäckig: Sie kaufte das inzwischen klassizistisch modernisierte Palais zurück und schenkte es wiederum Potjomkin – den dies aber nicht davon abhielt, das Palais 1785 erneut zu verkaufen, diesmal aber direkt an den Zarenhof. Danach lebten hier bis zur Revolution Mitglieder der Zarenfamilie. Heute dient es der städtischen Jugendarbeit. 1803 bis 1811 entstand im der Fontanka zugewandten Garten des Palasts das zweistöckige **Karree des Kaiserlichen Kabinetts**, von wo das exorbitante Vermögen des Zaren verwaltet wurde.

OBEN: »Käthchens« Getreue und Favoriten versammeln sich standesgemäß zu ihren Füßen am Ostrowskij-Platz. Dahinter das Alexandra-Theater.

UNTEN: Noch etwas Geduld, gleich ist das Porträt fertig. Freiluftkünstler suchen ihre Modelle am Katharinengarten.

Mensch und Kunst stehen über der Natur

Anitschkow-Brücke

Wenige Schritte weiter führt der Newskij Prospekt über die Anitschkow-Brücke. Zur Zeit von Peter dem Großen gab es an dieser Stelle lediglich eine einfache Holzbrücke, die wegen des ausgesprochen sumpfigen Geländes viermal so lang war wie die heutige Brücke. Sie war vom Regiment des Oberst Michail Anitschkow errichtet worden. Erst Ende des 18. Jh.s wurde die Holzbrücke durch eine steinerne ersetzt. Nach einer Verbreiterung stellte man hier 1849/1850 die **eleganten Rossebändiger** auf, denen die Anitschkow-Brücke ihre Berühmtheit verdankt.

Als Allegorie auf das Niederringen der Naturgewalten durch den Menschen zeigen sie die einzelnen Phasen einer Pferdebändigung. Geschaffen wurden die **vier mächtigen Bronzegruppen** von Peter Klodt von Jürgensburg. Klodt musste aber insgesamt acht Statuen anfertigen, da Nikolaus I. je ein fertig gestelltes Paar an die Könige von Preußen und Neapel verschenkte. Das Berliner Paar steht heute im Kleistpark. Zum Dank gab es bei der Enthüllung eine ehrenrühriges Lob für den Bildhauer aus baltischem Adel: »Klodt, du machst bessere Pferde als ein Zuchthengst«, soll der Zar schulterklopfend gesagt haben.

Prächtiger Spiegelsaal

Bjelosselskij-Bjeloserskij-Palais

Das leuchtend rote Bjelosselskij-Bjeloserskij-Palais jenseits der Anitschkow-Brücke (Nr. 41) gehörte einem der reichsten Geschlechter Russlands. Schtakenschneider schuf es 1847/1848. Die neobarocke Fassade schmückte er mit gleich 16 Atlanten aus. Der Unterhalt geriet mit der Zeit zu kostspielig, sodass die Familie das Gebäude verkaufte, Aleaxnder III. schenkte es seinem Bruder Großfürst Sergeij Romanow, der die charakteritische rote Farbe anbringen ließ. Das Gebäude dient heute Verwaltungszwecken, der prächtige Spiegelsaal wird aber auch für Konzerte genutzt.

Ein anderes Gesicht

Platz des Aufstands

Nachdem man die Fontanka überschritten hat, ändert der Newskij seinen Charakter: Paläste, Kirchen und Theater gibt es nun nicht mehr. Die Straße flankieren Wohn- und Geschäftshäuser aus vorrevolutionärer Zeit – mit vielen Läden, Kinos, Restaurants und Cafés.

Den verkehrsreichen Platz des Aufstands (Ploschtschad Wosstanija) dominieren der 1851 nach Plänen von Konstantin A. Thon erbaute **Moskauer Bahnhof** und ein 48 Meter hoher Obelisk mit goldenem Stern. Er wurde 1985 zum 40. Jahrestag des Endes des Zweiten Weltkriegs errichtet. Hinter dem Platz des Aufstands macht der Newskij einen leichten Knick nach Süden und führt, von den Petersburgern nun als »**Alter Newskij**« bezeichnet, zum ▶ Alexander-Newskij-Kloster. In der Mitte dieses Abschnitts ballen sich nochmals noble Boutiquen.

★ NIKOLAUS-MARINE-KATHEDRALE

Russisch: Никольский Морской Собор | **Umschrift:** Nikolskij Morskoj Sobor | **Lage:** Nikolskaja Ploschtschad 1/3 | **Metro:** Sennaja Ploschtschad, Sadowaja, Spasskaja | tgl. 6.45 – 21 Uhr | **www.nikolskiysobor.ru**

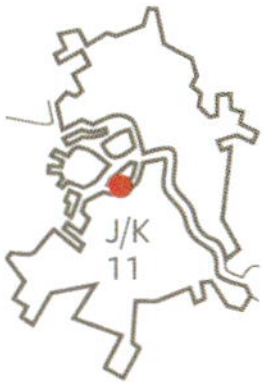

Wie eine provinzielle klösterliche Idylle wirkt das Umfeld dieser bildhübschen Kirche im früheren Seemanns-Viertel Kolomna. Viele halten die nahe des Theaterplatzes aufragende blau-weiße Nikolaus-Marine-Kathedrale samt ihrem separaten Glockenturm für das schönste Gotteshaus der Stadt. Und wenn St. Petersburg irgendwo das Prädikat »Nördliches Venedig« verdient hat, dann in diesem recht stillen Viertel: Unweit der Kathedrale kreuzen sich der Krjukow-Kanal und der Kanal Gribojedowa – wohin man auch schaut, gibt es kleine und große Brücken.

An der Nikolaus-Marine-Kathedrale ist St. Petersburg am »venedigsten«.

Venedig des Nordens

Die Kathedrale steht in einem Viertel, in dem früher in erster Linie Seeleute und Schiffbauer wohnten. Daher ist sie dem Hl. Nikolaus, dem **Schutzpatron der Seefahrer**, geweiht – und sie wurde zur Hauskirche der Marine-Garnison bestimmt. Bis heute wird hier mit Gedenktafeln den Besatzungen gesunkener Kriegsschiffe gedacht. Tschewakinskij, ein Schüler Rastrellis, errichtete die barocke Kirche zwischen 1753 und 1762 über dem Grundriss eines griechischen Kreuzes – so wie es vor der Europa-Begeisterung Peters des Großen im russischen Kirchenbau immer üblich war. Vor- und Rücksprünge der Fassade sowie gebündelte Säulen an den Ecken verkomplizieren das einfache Konzept jedoch. Gemäß der alten Traditionen verfügte der Sakralbau auch wieder über fünf Kuppeln – und der ebenfalls von goldenen Kuppeln gekrönte Glockenturm steht etwas abseits.

Eine Kirche für Werktage und eine für Sonntage

Oberkirche und Unterkirche

Ebenfalls ein altes Prinzip ist die Unterteilung der Kirche in zwei Geschosse: In der recht düster wirkenden, dafür aber winters leicht zu beheizenden Unterkirche im Erdgeschoss finden täglich mehrmals Gottesdienste statt. Die lichtdurchflutete, feierliche Oberkirche wird nur samstagabends, sonntagmorgens und an Festtagen genutzt. Hier befindet sich das Prunkstück des Gotteshauses: der **vergoldete Ikonostas**. Touristen dürfen währendessen ein und aus gehen, sie werden einfach nur gebeten, hinter einer dezenten Absperrung zu bleiben.

★ ORANIENBAUM

Russisch: Ораниенбаум | **Umschrift:** Oranienbaum | **Lage:** 30 km westlich | **Bahn:** ab Baltischer Bahnhof 1 Std. bis Oranienbaum I | **Bus:** 175 ab Kronstadt, 200 ab Metro Awtowo, 403 ab Metro Kuptschino | **Linientaxi:** 401 ab Metro Awtowo | **Park:** tgl. 9 – 20 Uhr | **Eintritt:** frei | **Großer Palast:** für Individualbesucher Mi. – Mo. 10 – 12, 16 – 16.45 Uhr | **Eintritt:** 400 RUB | **Chinesischer Palast:** im Sommerhalbjahr Di. – So. 10.30 – 18 Uhr | **Eintritt:** 500 RUB | **www.peterhofmuseum.ru**

AUSFLUGSZIEL

Die verträumte Zarenresidenz: In 10 Kilometer Distanz zum mondänen, aber auch überlaufenen ▸ Peterhof geht es in und um dieses Schloss bedeutend ruhiger zu. Ein schöner alter Park animiert zum Spazierengehen und bietet dabei einiges an Sehenswürdigkeiten und historischen Kuriositäten. Und das zu Unrecht kaum bekannte Glasperlenkabinett im Chinesischen Palast übertrumpft an Schönheit, Originalität und künstlerischem Wert wohl selbst das Bernsteinzimmer.

Obwohl Oranienbaum nicht so spektakulär wirkt wie andere Landschlösser der Zaren, verfügt es doch über sehenswerte Bauten und einen naturbelassenen Park mit altem Baumbestand. Als einzige der Residenzen im Umland war Oranienbaum im Zweiten Weltkrieg nicht von deutschen Truppen besetzt und hat daher seinen Originalzustand bewahren können. Das Palastensemble liegt ca. eine Fahrstunde westlich von St. Petersburg im Städtchen **Lomonossow**, das seit 1948 den Namen des russischen Universalgelehrten Michail Lomonossow (▶ Interessante Menschen) trägt, der in der Nähe eine Mosaikmanufaktur hatte einrichten lassen. Der Name Oranienbaum erklärt sich durch schon früh dem Palast angegliederte Orangerien.

Einzigartiges bestaunen

Hier legte Katharina den Grundstein ihrer Macht

Bau und Besitzerwechsel

Noch während Peter der Große an einem ersten kleinen Palast in Peterhof bauen ließ, beschloss **Fürst Menschikow**, einer seiner engsten Vertrauten, dass auch er ein Schloss am Finnischen Meerbusen besitzen müsse. Er gab 1710 den Auftrag zum Bau eines Palasts, der unter Leitung der Architekten Giovanni Maria Fontana und Gottfried Schädel erbaut wurde. Die Innenausstattung war noch nicht fertiggestellt, als Menschikow 1728 gestürzt wurde. Das Anwesen fiel an die Krone. Zarin Elisabeth überließ Oranienbaum ihrem Neffen, dem späteren Kurzzeit-Zaren **Peter III.** und dessen Ehefrau und Nachfolgerin, der späteren Katharina II. Beide stammen aus deutschem Regional-Adel – er aus dem Geschlecht der Schleswig-Holstein-Gottorp, sie ist eine von Anhalt-Zerbst. 17 Jahre lang lebt das im Stil der Zeit zwangsverheiratete Paar hier ab 1745 nebeneinander her: Peter, der das Preußentum vergötterte, vergnügt sich mit seinem holsteinischen Spielregiment, während Katharina fleißig Studien betreibt und im Hofstaat gute Beziehungen knüpft. Ein halbes Jahr nach der Thronbesteigung putscht 1762 ihr Umfeld gegen Peter III., der dabei den Tod findet. Das Paar bewohnte den auf einer zum Meer hin abfallenden Terrasse gelegenen **Großen Palast**. An einen zweigeschossigen Haupttrakt schließen Galerien an, die in achteckigen Pavillons enden. Um 1750 fügte Rastrelli an die Pavillons Wirtschaftsbauten an, die einen weiten Ehrenhof bilden.

So vergnügte sich der Hof

Der »Rutschberg«

Das originellste Gebäude ist der Rutschberg (Katalnaja Gorka; 1762 – 1777), ein hohes, sich nach oben verjüngendes dreigeschossiges Lustschlösschen. Der Name rührt von einer der Lieblingsbeschäftigungen der Hofgesellschaft her: Direkt davor begann eine über 500 Meter lange **hölzerne Berg-und-Tal-Bahn**, auf der man im Sommer mit lustig dekorierten Wägelchen jauchzend durch den Park gondelte. Doch bereits 1801 war die Bahn baufällig und wurde später ganz abgetragen. Eine lange Schneise im Park verrät aber noch immer ihren Verlauf. Der 1758 bis 1762 von Rinaldi erbaute **Palast Peters III.**, ein kleiner zweigeschossiger Bau, stand damals innerhalb der später mit Ausnahme des Torbogens geschliffenen Festung Peterstadt, in und um die der Thronfolger seine Kriegsspiele inszenierte.

Einzigartige Glasperlenkunst

★ Glasperlenkabinett

Auftraggeberin für den äußerlich unscheinbaren Chinesischen Palast, 1762 bis 1768 von Rinaldi erbaut, war Katharina die Große. Doch die Innenräume sind – in Russland einmalig – im **Rokokostil** eingerichtet, das Interieur anderer Räume ist deutlich orientalisch inspiriert. Und da in Russland zu dieser Zeit alles Exotische als »chinesisch« bezeichnet wurde, ist auch der Name erklärt. Weltweit ein Unikat ist dabei das Glasperlenkabinett: Seine Wandbespannungen sind dicht an dicht mit farbig glänzenden Glasperlen drapiert, die fantastische filigrane Vogel- und Pflanzenmotive ergeben. Allein deshalb ist die Besichtigung dieses Sommer-Refugiums weitaus eindrucksvoller als die des Großen Palasts.

★ PAWLOWSK

Russisch: Павловск | **Umschrift:** Pawlowsk | **Lage:** 16 km südlich Bahn: ab Witebsker Bahnhof 40 Min. oder ab Metro Kuptschino 25 Min. bis Pawlowsk | **Linientaxi:** K-299, K-363, K-521, K-545 ab Metro Kuptschino | **Park:** tgl. 6 – 24 Uhr, von 9 – 19 Uhr | **Eintritt:** 100 RUB
www.pavlovskmuseum.ru

AUSFLUGSZIEL

Um diese eher kompakte Residenz erstreckt sich der schönste Landschaftspark aller Zarenschlösser. Er ist so groß, dass hier Fahrräder bei der Erkundung gute Dienste leisten. Doch auch das Schloss ist sehenswert, wartet es doch mit einer besonders stilsicheren Symbiose von Architektur und Inneneinrichtung auf.

Wenn schon das Atrium des Schlosses von Pawlowsk so schön ist, wie wird es dann erst imPark sein?

Land-schaft wie gemalt

Nachdem 1837 die erste Eisenbahnstrecke Russlands von Petersburg über ▶ Zarskoje Selo nach Pawlowsk eröffnet worden war, wurde der kleine Ort ein beliebtes Ausflugsziel der Petersburger Gesellschaft. Dazu trug neben dem romantischen Park auch der Konzertsaal bei, den man sogleich neben dem damaligen Endbahnhof errichtete. Zehn Sommer lang dirigierte hier der Wiener Walzerkönig **Johann Strauß** (1825 – 1899). Leider wurden diese Bauten im Zweiten Weltkrieg zerstört.

LUSTWANDELN

Ein Flüsschen schlängelt sich durch ein blühendes Wiesental mit alten steinernen Brücken, der Wald rauscht, nach jeder Wegbiegung taucht ein Tempel oder eine geheimnisvolle Statue hinter den Bäumen auf – und kein Auto weit und breit. Solche idealen Landschaften gibt es im Traum – oder in Pawlowsk. Der riesige Schlosspark dieser Zarenresidenz ist ein landschaftsgärtnerisches Großkunstwerk, in dem man sich im wahrsten Sinne des Wortes ergehen kann.

Die Gemahlin des Zaren bewies Geschmack

Entstehungsgeschichte

Katharina die Große hatte die sechs Quadratkilometer großen ehemaligen Jagdgründe von Zarskoje Selo 1777 ihrem Sohn, dem späteren Zaren Paul I., und dessen Gemahlin **Maria Fjodorowna** (bis zu ihrer Heirat Prinzessin Sophie von Württemberg) geschenkt. 1782 begann man mit dem Bau des Palasts. Das Thronfolger-Paar war derweil auf Europareise und kaufte en gros allerlei Einrichtungsgegenstände ein. Zusammen mit vielen nicht minder edlen Gastgeschenken dienten diese nach Hause geschickten Erwerbungen bei der baulichen Ausgestaltung der Palasträume als Stilvorlagen. Gleichzeitig wurde mit viel landschaftsgärtnerischem Sachverstand der Park angelegt. Nach seiner Thronbesteigung überließ Paul I. den Besitz jedoch seiner Frau. Sie zeigte weiterhin großes Engagement bei der Ausstattung des Palasts und der Anlage des Parks. Bis zu ihrem Tod 1828 hielt sie sich regelmäßig hier auf. Pawlowsk blieb bis 1917 in kaiserlichem Besitz und wurde kaum noch verändert. Während des Zweiten Weltkriegs war die Residenz **von deutschen Truppen besetzt** und wurde, ebenso wie ▶ Peterhof und Zarskoje Selo, zerstört. Sofort nach dem Abzug der Wehrmacht begann man mit der Rekonstruktion von Park und Palast.

Großer Palast

Schnell brauchte man mehr Platz

Vorbild: Renaissance-Landhaus

Der Große Palast entstand 1782 bis 1786 unter Leitung von Charles Cameron am hohen Ufer des sich durch den Park schlängelnden Flüsschens Slawjanka. Grundlage für Camerons Entwurf waren Renaissance-Landhäuser im Stile Palladios. Schon bald erwies sich der Palast als zu klein: Bis 1799 stockte Vincenzo Brenna die gerundeten Galerien und Seitenflügel auf, und baute weitere Flügel an, sodass ein fast geschlossener **ovaler Ehrenhof** entstand. In der Mitte des Ehrenhofs steht ein 1872 aufgestelltes Denkmal von Paul I., ein Abguss eines für das Schloss in Gatschina geschaffenen Werks von Giovanni Vitale. Der Zar ist in preußischer Uniform dargestellt.

Den Haupttrakt des klassizistischen Palasts bildet ein rechteckiger, dreigeschossiger Bau, auf beiden Seiten mit einem Portikus aus korinthischen Säulen. Er wird von einem von Säulen umgebenen Tambour bekrönt, darüber erhebt sich eine flache Kuppel.

Tgl. 10 – 18 Uhr, erster Mo. im Monat geschl. | Eintritt: Mo., Mi., Do., Sa., So. 500 RUB (Wohn- und Paraderäume), Di., Fr. 400 RUB (nur Paraderäume)

Viele Köche, trotzdem guter Brei

Paraderäume und Privatgemächer

Für die einheitlich klassizistische Innenausstattung des Palasts wurden viele führende Architekten ihrer Zeit herangezogen. Einige Zim-

mer gestaltete Cameron, andere sein Nachfolger Brenna, mindestens zwei davon Quarenghi, und nach einem Brand 1803 schuf Woronichin etliche Zimmer neu. Auch Carlo Rossi war an der Inneneinrichtung beteiligt.
Besichtigen kann man die prächtigen Paraderäume im Obergeschoss – als schönster Raum des Palasts überhaupt gilt der **Griechische Saal** mit seinen marmorierten grünen Säulen und dem üppigen weißen Stuck – und die Privatgemächer im Erdgeschoss. Im zweiten Stockwerk, wo einst das Dienstpersonal untergebracht war, wird heute die Ausstellung »Russische Wohnkultur im 19. Jahrhundert« gezeigt.

★ Park von Pawlowsk

Landschaften wie gemalt

Parkanlage

Der Landschaftspark wird von der Slawjanka in zwei Hälften geteilt. Der westliche Teil ist waldiger, während im besonders weitläufigen Ostteil mit Lichtungen, Hainen und freien Blickachsen geradezu Landschaften gemalt wurden. Bis ins 19. Jh. hinein erfuhr der Park laufend Umgestaltungen und Verschönerungen. Blumen und Bäume wurden aus dem Ausland herangeschafft, Eichen bestellte man in Finnland, Linden in Lübeck, Blumenzwiebeln in Holland und England. Insgesamt 18 Pavillons, 12 Brücken und zahlreiche Skulpturen schmücken den Park. Einige Pavillons werden für wechselnde Ausstellungen genutzt.
Tgl. 6 – 24 Uhr | Eintritt: 9 – 18 Uhr 100 RUB, sonst frei

Von Freundschaft, Rosen, Milch und den drei Grazien

Tempel, Pavillons

Bedeutendster Bau im Park ist der **Tempel der Freundschaft**. Er entstand 1780 bis 1782 nach Entwürfen von Cameron. Den Rundbau umgeben kannelierte dorische Säulen. Als Symbole der Freundschaft zieren Delphine und Kränze den Fries. Das Innere besteht aus einem durch Nischen gegliederten Saal, Licht fällt durch die Kuppel ein.
Erst 1998 wurde der **Rosenpavillon** in seiner ursprünglichen Form nach Plänen von Woronichin (1811/1812) wieder aufgebaut. Der von Rosen umrankte Pavillon war einer der Lieblingsplätze Maria Fjodorownas.
Im Stil eines Schweizer Landhauses schuf Cameron das **Milchhäuschen** (1782). Hier wurden anfangs Kühe gehalten, doch dann diente das Milchhäuschen hauptsächlich dem Vergnügen, wie die mit vergoldeten Möbeln ausgestatteten Räume zeigen.
Der **Pavillon »Drei Grazien«** ist das letzte Werk von Cameron in Pawlowsk (1801) und gehört zum sog. Eigenen Garten der Kaiserin direkt vor ihren Wohnräumen. Die Skulpturengruppe der Drei Gra-

zien, 1803 von dem Bildhauer Paolo Triscorni aus einem Stück Marmor gehauen, steht zwischen 16 ionischen Säulen.

Tempel der Freundschaft: Mai – Okt. Mi. – So. 11 – 18 Uhr Eintritt: frei
Rosenpavillon: 15. Mai – 15. Sept. Mi. – Sa.11 – 18 Uhr | Eintritt: 100 RUB
Café Milchhäuschen: tgl. 10 – 18 Uhr
Pavillon »Drei Grazien«: Mai – Okt. tgl. 11 – 19 Uhr
Eintritt: 100 RUB

Die obligatorische malerische Ruine

Apollo-Kolonnade

Auch für die Apollo-Kolonnade (erbaut 1782/1783) jenseits des Flusses zeichnete Cameron verantwortlich. Ursprünglich war die Statue des Apollo von einem Säulenring umgeben. Infolge eines Unwetters 1817 rutschte der Boden jedoch ab, und ein Teil der Kolonnade stürzte ein. Man beließ aber alles wie es war, denn die Natur selbst hatte eine besonders malerische Ruine geschaffen.

★★ PETERHOF

Russisch: Петергоф | **Umschrift:** Petergof | **Lage:** 20 km westlich
Tragflächenboot: ab Schlossbrücke (Mai – Mitte Sept.) | **Bus:** 200, 210 ab Metro-Station Awtowo | **Linientaxi:** K-224, K-300, K-404, K-424 ab Metro-Station Awtowo | **www.peterhofmuseum.ru**

AUSFLUGSZIEL

Prachtentfaltung par excellence: In einer grandiosen Synthese aus Wasser und Gold haben die Baumeister der Zaren eine perfekte und hochrepräsentative Sommerresidenz geschaffen. In »Russlands Versailles« thront ein 300 Meter langer Palast auf einer Anhöhe über einer weiten Parklandschaft voller frivoler und kunstsinniger Wasserspiele – und dahinter erstreckt sich das Meer. Tun Sie es den Zaren gleich, lustwandeln sie durch diese Welt für sich! Doch nicht alle Zaren wollten in dem Renommier-Palast wohnen, manche von ihnen errichteten ganz in der Nähe ihre individuellen Lieblings-Datschen. Peterhof ist deshalb nicht nur ein Schloss mit einem Park, sondern ein ganzer Residenzvorort voller nobler, aber auch überraschender Bauten.

Russlands Versailles

Peter der Große hatte sich diesen Platz am Südufer des Finnischen Meerbusens schon früh als Ort eines nach ihm selbst benannten Landsitzes ausgeguckt: Bereits 1705 erwähnte er es in seinem Tagebuch – Peterhof war damals aber nur ein Rastplatz auf dem Seeweg nach Kronstadt. Die gut 16 Meter hohe Geländestufe hinter dem Uferwald zog den Zaren besonders an: Hier müsste es möglich sein, aufgrund des natürlichen Gefälles **vor einem schmucken Palast eine Fontänenlandschaft** anzulegen – und dabei elegant von See her vorzufahren! So begann man ab 1714, das Land nach den Vorstel-

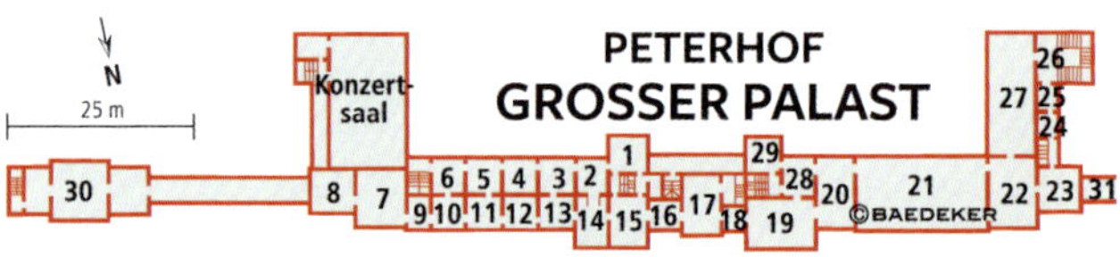

- **1** Eichenkabinett
- **2** Kronzimmer
- **3-6** Reserve-(Gäste-)zimmer
- **7** Großer Blauer Salon
- **8** Sekretärszimmer
- **9** Durchgangszimmer
- **10** Kavalierzimmer
- **11** Standartenzimmer
- **12** Arbeitszimmer
- **13** Ankleidezimmer
- **14** Diwanzimmer
- **15** Rebhuhnzimmer
- **16** Östl. Chinesisches Zimmer
- **17** PBildersaal
- **18** Westl. Chinesisches Zimmer
- **19** Weißes Speisezimmer
- **20** Audienzsaal
- **21** Thronsaal
- **22** Cesme-Saal
- **23** Blaues Empfangszimmer
- **24, 25** Durchgangszimmer
- **26** Paradetreppe
- **27** Tanzsaal
- **28** Aufwärmzimmer
- **29** Caféteria
- **30** Palastkirche
- **31** Durchgang zum Verwaltungstrakt

lungen des Zaren zu gestalten: Wälder wurden gerodet, Alleen angelegt und die ersten Residenzbauten entstanden. Für die architektonische Konzeption zeichneten v. a. Johann Braunstein und Jean Baptiste Alexandre Leblond verantwortlich. An Arbeitskräften wurde nicht gespart, erst recht nicht, nachdem sich Peter auf seiner zweiten Europareise 1717 in Versailles und Marly-le-Roi von der Prachtentfaltung der französischen Könige hatte beeindrucken lassen. Schon 1723 konnte Peterhof samt der Großen Kaskade als Zarenresidenz feierlich eingeweiht werden. Als Peter der Große 1725 starb, stoppten die Arbeiten in Peterhof. Doch Mitte des 18. Jh.s folgten unter der Herrschaft seiner bauwütigen Tochter, Zarin Elisabeth, **Erweiterungen und Umgestaltungen**, betraut mit dieser Aufgabe wurde Bartolomeo Rastrelli. Im Zweiten Weltkrieg besetzten deutsche Truppen Peterhof. Aufgrund der Frontlage wurden Palast und Parkanlagen völlig verwüstet, unzählige Kunstschätze waren zerstört oder verschwunden. Nach dem Krieg gelang es den Restauratoren, anhand von alten Plänen, Fotos und Tapetenresten die einstige Pracht wiederherzustellen.

Am besten per Schiff

Anfahrt auf dem Wasser

Es ist zwar eine deutlich teurere, aber auch die schönere und schnellere Anfahrtsvariante. Machen Sie es wie Peter der Große und reisen Sie mit dem Schiff nach Peterhof. Zwischen Mitte Mai und Mitte September fahren Tragflächenboote von der Schlossbrücke direkt zum Park von Peterhof (ca. 700 RUB, 30 Min.). Am besten wählt man einen Wochentag, denn am Wochenende sind auch viele Einheimische dort, und die Wartezeiten sind entsprechend lang.

★★ Großer Palast

Repräsentation über alles

Außenansicht

Das uesprüngliche Schloss Peters des Großen war weit einfacher als der heutige repräsentative Palast. Zunächst entstand nur ein frühbarockes, zweistöckiges Gebäude, für dessen architektonische Gestaltung bis 1719 der französische Architekt Leblond verantwortlich war, nach seinem Tod wurden die Arbeiten unter der Aufsicht von Braunstein und später von Michetti und Semzow fortgesetzt. Schon bald jedoch genügte das schlichte Gebäude den Repräsentationszwecken der Zaren nicht mehr: Rastrelli vergrößerte 1747 bis 1752 den Palast erheblich. Vom **dreigeschossigen Haupttrakt** des insgesamt 275 Meter langen Palasts gehen Galerien ab, die in je einem **Pavillon** enden. Den östlichen Pavillon mit der Palastkirche krönt ein Kreuz, während der westliche von dem russischen Doppeladler geziert wird. Die Fassadengestaltung des Baus ist im Vergleich zu anderen Zarenschlössern sparsam. Den älteren Mittelteil des Schlosses betont ein

Die Launen eines Herrschers, architektonisch manifestiert: die große Kaskade in Peterhof

Dreiecksgiebel, über dem eine vergoldete Vase steht. Prunkvoller wirken die Pavillons, auf deren Dächern sich vergoldete Girlanden winden.

Die ganze Pracht des Spätbarock

Inneneinrichtung

Während Rastrelli bei der Gestaltung der Außenfassade weitgehend den frühbarocken Stil Leblonds beibehielt, zelebrierte er bei der Inneneinrichtung mit prächtigen vergoldeten Schnitzereien und großen Wand- und Deckengemälden die ganze Pracht des Spätbarocks. In der zweiten Hälfte des 18. Jh.s wurden dann etliche Räume im Stil des Klassizismus umgestaltet. Der Rundgang durch den Großen Palast beginnt mit dem Aufstieg über die üppig **vergoldete Paradetreppe**. Ihr zentrales Schmuckelement sind vier Statuen, die die Jahreszeiten symbolisieren. Im Folgenden werden nur die wichtigsten der etwa 30 zugänglichen Räume ausführlicher beschrieben.

Ein Künstler, acht Modelle, 368 Porträts. Der Bildersaal ist wirklich einmalig.

Ein großes Opfer für große Kunst

Tanzsaal, Cesme-Saal

Nach der Treppe folgt gleich der überschwänglich vergoldete Tanzsaal, der dank vieler Spiegel noch größer wirkt als seine 270 Quadratmeter Fläche. Das Deckengemälde von 1751 zeigt Apollon auf dem Berg Parnass. Im folgenden Cesme-Saal hängen zwölf großformatige Gemälde, die Russlands Seesieg 1770 in der Schlacht von Cesme über die osmanische Flotte darstellen. Es handelt sich um Werke des deutschen Landschaftsmalers Jakob Philipp Heckert, der damals in Italien lebte. Nur damit der Künstler eine Vorstellung vom Sujet seines Auftrags erhielt, ließ Katharina die Große im Hafen von Livorno eine Fregatte ihrer siegreichen Flotte in die Luft sprengen!

Übergroß die mächtige Herrscherin

Thronsaal, Weißes Speisezimmer

Der Thronsaal nimmt die gesamte Breite des Bauwerks ein, sodass an beiden Längsseiten durch Fensterreihen Licht einfallen kann. Hinter dem Anfang des 18. Jh.s von russischen Meistern gefertigten Thron zeigt ein riesiges Gemälde **die junge Kaiserin Katharina II. in Gardeuniform** auf ihrem Lieblingsschimmel Brilliant, den Säbel in der Hand. Genau so soll sie beim Sturz ihres Gatten 1762 ihrer Truppe vorangeritten sein. Durch den Audienzsaal gelangt man ins Weiße Speisezimmer. Seine typisch klassizistische Ausgestaltung erhielt dieser Raum 1774/1775. Hier ist von den Wänden bis zur Tischdekoration alles **cremefarben** gehalten. Das Wedgwood-Service stammt von 1770, die Gläser wurden im 18. Jh. in Russland und Böhmen gefertigt.

Ein Bilderteppich aus 368 Porträts

Bildersaal

Zwei chinesische Kabinette rahmen den Bildersaal ein, der sich genau in der Mitte des Schlosses befindet. Er ist nach dem Teppichprinzip ausgeschmückt – mit 368 dicht an dicht gehängten Mädchenporträts. Die Bilder stammen allesamt von Pietro Rotari, der von 1757 bis zu seinem Tod 1762 in Sankt Petersburg wirkte. Für die vielen Porträts saßen Rotari **lediglich acht Mädchen** Modell, die er in den verschiedensten Trachten und Posen porträtierte.

Edle Seide als Tapete

Rebhuhnzimmer, Großer Blauer Salon

Beeindruckend ist die Seidenbespannung des Rebhuhnzimmers: Sie zeigt auf hellblauem Grund Rebhühner, Blumenkränze und Ähren. Die Seide, mit der der Raum ursprünglich ausgeschmückt war, wurde in Lyon gefertigt. Anfang des 19. Jh.s ersetzte man sie durch eine in Moskau hergestellte. Die Westwand des Zimmers ist heute noch damit bespannt, während die anderen Wände mit nach dem alten Muster gewebten neuen Stoffen verkleidet sind.

Die Wände des Großen Blauen Salons schmückt hellblaue Seide. Das ausgestellte **Service** wurde um 1850 in der Kaiserlichen Porzellanfabrik für Galaempfänge gefertigt. Es hat 5500 Teile und reicht für 250 Gedecke. Auch der Kronleuchter stammt aus der gleichen Fertigung.

Dauerhafte Eiche

Eichenholzkabinett

Aus der Zeit Peters des Großen blieben im Palast nur das Eichenholzkabinett und die Eichenholztreppe erhalten, die den Abschluss der Besichtigung bilden. Ein Teil der Holzverkleidung des Kabinetts stammt noch aus den Jahren 1718 bis 1720. Die **Tischuhr** aus dem Besitz Peters wurde um 1650 in Augsburg von Johannes Benner angefertigt.

Im Winter Di. - So. 10.30 - 18, Ende Mai - Anf. Okt. Di. - Fr., So. 12 - 14, 16.15 - 17.45, Sa. 12 - 14, 16.15 - 19.45 Uhr | Eintritt: 700 RUB

★ Unterer Park

Raffinierte Wasserspiele ganz ohne Pumpe

150 Fontänen und Kaskaden

Zwischen dem Ostseeufer und dem Großen Palast erstreckt sich auf mehr als zwei Kilometer Länge der Untere Park, ein regelmäßig gestalteter Barockgarten. Auf dem 600 m langen Meereskanal, der den Park in einen östlichen und westlichen Teil gliedert, konnten sich der seefahrtsbegeisterte Erstbesitzer bis unmittelbar vor den Großen Palast fahren lassen. Seine Einzigartigkeit bekommt der Untere Park durch die etwa 150 Fontänen und Kaskaden. Doch arbeitet die gesamten Anlage ohne jede Pumpen, nur mit Hilfe des natürlichen Gefälles: Peter der

Große ließ von 2000 Soldaten einen 15 Kilometer langen Kanal ausheben, der Wasser aus Quellen und Bächen weit im Hinterland zu **Speicherteichen** auf der Landseite des Schlosses führt. Durch Rohrleitungen unter dem Palast schießt es dann in die tieferliegenden Springbrunnen und fließt über den Kanal ins Meer. Zu den ältesten Fontänen im Park gehören die Adam- und die Eva-Fontäne (1717/1726); von beiden gehen sternförmig Alleen aus. Beim Schlösschen Monplaisir gibt es, zur Freude aller Kinder, seit Zar Peters Zeiten **Scherzfontänen**: Sie bespritzen die Besucher, wenn sie sich auf eine bestimmte Bank setzen oder auf gewisse Steine treten. Manche werden aber auch manuell aus einem unauffälligen Kabäuschen in den Büschen gesteuert. Weitere sehenswerte Brunnenanlagen sind der Schachbrettberg (1739), eine von drei geflügelten Drachen gespeiste Kaskade im Ostteil des Parks und die hochelegante Löwenkaskade (1855) im Westteil.

So. - Fr. 9 - 20, Sa. bis 21 Uhr | Betrieb der Fontänen im Sommer: Mo. - Fr. 10 - 18, Sa. partiell bis 20.45, So. bis 19 Uhr | Eintritt: 750 RUB

Eine der eindrucksvollsten Brunnenanlagen der Welt

★★ Große Kaskade

Die 1715 bis 1724 angelegte Große Kaskade ist eine der eindrucksvollsten Brunnenanlagen der Welt. Von der Schlossterrasse fällt das Wasser in mehreren Stufen in ein Marmorbecken (▶ Abb. S. 138/139). Die

RUSSLANDS VERSAILLES

Peterhof, die Sommerresidenz am Meer, gilt mit dem Großen Palast, den prächtigen Parkanlagen und den grandiosen Wasserspielen als »russisches Versailles«. Wer per Schiff anreist, dem bietet sich von der Anlegestelle ein überwältigendes Panorama des Schlosses und der Samson-Fontäne davor.

1 Großer Palast
Der Große Palast, 1714 bis 1725 errichtet und mehrfach erweitert, erweist sich als relativ schlichter, dreigeschossiger Bau. Vom Haupttrakt gehen Galerien ab, die in Pavillons enden. Insgesamt ist der Palast 275 Meter lang.

2 Oberer Park
Den Mittelpunkt des als französischer Garten angelegten Oberen Parks bildet der Neptun-Brunnen.

3 Unterer Park
Die Besonderheit des regelmäßig gestalteten Barockgartens sind sage und schreibe 144 Fontänen und 3 Wasserkaskaden.

4 Große Kaskade
1714–1724 angelegt, gilt sie als eine der beeindruckendsten Brunnenanlagen der Welt.

5 Samson-Fontäne
Die Fontäne im Zentrum der Großen Kaskade erinnert an den Sieg der Russen über die Schweden in der Schlacht bei Poltawa 1709. Aus dem Maul des Löwen, der von Samson bezwungen wird, schießt ein 22 m hoher Wasserstrahl.

6 Meereskanal
Die Zaren reisten normalerweise mit dem Schiff nach Peterhof. Über den Meereskanal ließen sie sich direkt vor das Schloss transportieren.

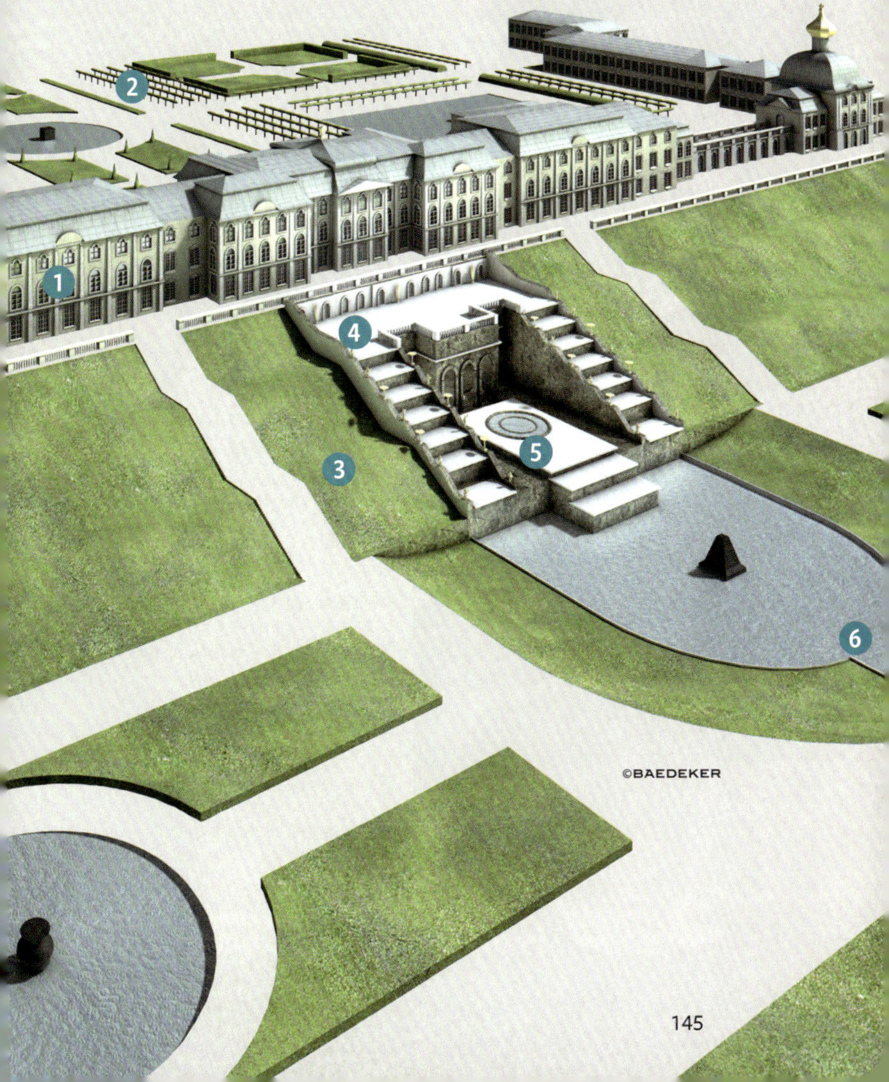
1
2
3
4
5
6
©BAEDEKER

OBEN: Kostümierte lassen im Sommer die Zeit Peters des Großen lebendig werden.
UNTEN: Die Scherzfontänen sind noch heute der Favorit der Kinder.

Doppelkaskade und die Grotte in der Mitte werden von 138 Fontänen und vergoldeten Bronzestatuen flankiert. Im Zentrum der Anlage erhebt sich die **Samson-Fontäne**. Sie wurde 1735 zur Erinnerung an den Sieg der Russen über die Schweden in der Schlacht bei Poltawa im Jahr 1709 im ehemaligen Hafenbecken aufgestellt. Aus dem Maul des Löwen, der von Samson bezwungen wird – die Schlacht fand am Tag des Hl. Samson, am 27. Juni, statt –, schießt ein 21 Meter hoher Wasserstrahl. 1801 wurde die Figur ausgewechselt, sie verschwand im Zweiten Weltkrieg spurlos. Doch bereits zwei Jahre nach dem Krieg wurde sie durch die jetzige Nachbildung ersetzt.

Der Zar liebte den holländischen Stil

★ Monplaisir

Zeitgleich mit dem Palast entstand direkt am Meer das Schlösschen Monplaisir (meine Freude). Der Ziegelbau demonstriert die Vorliebe Peters des Großen für schlichte, aber elegante Bauten im holländischen Stil. Galerien mit Rundbogenfenstern gehen vom Mittelteil ab und enden in kleinen Pavillons. Die Inneneinrichtung ist weitgehend so erhalten wie zur Zeit Peters des Großen, als hier der Zar seine Gäste gerne einmal »unter den Tisch trank«. Den Mittelpunkt des Baus bildet der **Große Saal** mit schöner Deckendekoration. Links und rechts davon schließen sich jeweils drei kleine Räume an. Einer davon ist das Schlafzimmer Peters mit einem erstaunlich kleinen Bett für den 2,05 m großen Herrscher Die Küche ist komplett mit holländischen Kacheln verkleidet, die aber auch andere Räume schmücken. Vor allem in den Galerien ist eine Sammlung von Gemälden untergebracht, die Peter der Große bei seinen Auslandsreisen erwarb.

Ende Mai – Anf. Okt. tgl. 10.30 – 18 Uhr | Eintritt: 500 RUB

Den Nachfolgern war immer alles zu klein

Katharinenkorpus

Nicht nur Peter der Große liebte das unmittelbar am Ostseeufer stehende Schlösschen. Auch seine Nachfolger schätzten die gute Lage des Gebäudes, fanden dessen Dimensionen jedoch nicht ausreichend. Mitte des 18. Jh.s baute Rastrelli auf der Westseite den Katharinenkorpus an. Innen beeindruckt vor allem der von Giacomo Quarenghi gestaltete Blaue Salon und der gelben Salon mit einem 5000-Teile-Galaservice. Auf der Ostseite von Monplaisir befand sich schon zu Peters Zeiten ein Badehaus, Kern des Badekorpus ist jedoch der **Bäderkomplex**, der hier um 1865 für Maria Fjodorowna, die Gattin von Alexander II., entstand.

Tgl. 10.30 – 18 Uhr | Eintritt: 500 RUB

Die Krux mit der Technik

Eremitage

Im westlichen Teil des Parks errichtete Braunstein 1722 – 1725 die von einem Wassergraben umgebene Eremitage. Im Erdgeschoss des zweistöckigen Pavillons befand sich die Küche, im Obergeschoss der intime Speisesaal mit vielen Bildern. Ursprünglich gab es hier keine Treppe: Die Mitte des Tisches wie auch einzeln alle 14 Gedecke der Gäste konnten mit einer **Hubvorrichtung** hinauf- und heruntergefahren werden, die Kommunikation mit dem Personal geschah schriftlich oder per Glöckchen. Die Gäste wurden mit einer Art Sessellift hinaufgekurbelt. So blieb man beim Speisen immer unter sich. 1797 ging der Lift allerdings just kaputt, als Paul I. hier dinierte: Die Zarenfamilie musste über eine an den Balkon gelehnte Leiter evakuiert werden.

Mi. – Mo. 10.30 – 18 Uhr, bei Regen geschl. | Vorführung der Hubanlage Sa. – So. 12, 13, 14 Uhr | Eintritt: 400 RUB

Auch die Gäste wohnten in einem Schlösschen

Pavillon Marly

Am Westrand des Parkensembles wurde 1720 bis 1723 der Pavillon Marly gebaut. Das Schlösschen diente in erster Linie als Gästehaus. Das Innere ist heute wieder mit Möbeln und Kunstgegenständen aus der Zeit Peters des Großen eingerichtet.

Mai – Sept. Di. – So. 10.30 – 18 Uhr | Eintritt: 400 RUB

Kurzweil der Herrscher

Multimediale Ausstellung

Auf der Ostseite des Schlosses, aber bereits außerhalb des Parkareals macht eine neue Ausstellung mit multimedialen Effekten und Mechanismen höfische Vergnügungen wie Theater, Bälle und Feuerwerk lebendig. Gezeigt werden hier aber auch die originalen Fahrräder der Romanow-Dynastie.

Di. – So. 10.30 – 18 Uhr | Eintritt: 500 RUB

Weitere Sehenswürdigkeiten

Symbol deutsch-russischer Geschichte

★ Neptun-Brunnen

Der Obere Park vor der Südfassade des Großen Palasts ist nach französischem Vorbild in exakter Geometrie angelegt. Er wird von einem kunstvollen Gitter eingefasst, das Rastrelli 1755 bis 1759 entwarf. Den Mittelpunkt des Gartens bildet der Neptun-Brunnen, ähnlich wie das Bernsteinzimmer (▶ Baedeker Wissen, S. 188) ein Symbol deutsch-russischer Geschichte: Entworfen und gegossen wurde er ursprünglich 1688 für den Nürnberger Marktplatz. Doch der Stadt **Nürnberg** gelang es nicht, für einen Wasseranschluss zu sorgen. Also verschwand der Brunnen für Jahrzehnte im Depot. Schließlich entschloss man sich zum Verkauf. Paul I. erwarb den Brunnen und ließ ihn 1799 in Peterhof aufstellen. Im Stadtpark von Nürnberg errichtete man dann 1902 einen Abguss. Das Original wurde während der Belagerung von der Wehrmacht abtransportiert, doch 1947 ging der erbeutete Brunnen erneut von Nürnberg nach Peterhof.

So. – Fr. 9 – 20, Sa. bis 21.30 Uhr | Eintritt: frei

Der Olga-Teich und seine künstlichen Inseln
Jenseits der am Palast vorbeiführenden Straße war 1837 ein Sumpf trockengelegt worden. Mit dem Aushub formte man zwei Inseln, auf denen in den 1840er-Jahren Hofarchitekt Stackenschneider zwei höchst individuelle Häuser für die Familie von Nikolaus I. errichten durfte: Der **Zarinnen-Pavillon** für seine Gattin Alexandra Fjodorowna wurde im Stil einer antiken römischen Villa errichtet. Auch das Mobiliar und selbst das Porzellan wurden dieser Idee angepasst. Der Olga-Pavillon auf der zweiten Insel war ein Hochzeitsgeschenk für seine Tochter Olga anlässlich der Vermählung mit dem späteren württembergischen König Karl I. Der turmartige Bau ahmt ein sizilianisches Wohnhaus nach, hatte sich das Paar doch in Palermo kennengelernt. Auf den drei Etagen gibt es nur je ein Zimmer.

★ Insel-Pavillons

Tgl. 10.30 – 18 Uhr, nur bei trockenem Wetter | Eintritt: 700 RUB

Farbenfrohe Kuppel
Dank ihrer 70 m hohen, höchst farbenfrohen Kuppel ist diese Kirche schon bei der Anfahrt per Tragflügelboot als Erstes zu sehen. Sie wurde 1895 bis 1905 als Gemeindekirche des Residenzstädtchens errichtet. Dank ihres neorussischen Stils sieht man hier klassische Merkmale des Kirchenbaus in der vorpetrinischen Zeit – etwa den umlaufenden Kreuzgang und die bis unter die Kuppel hochgezogenen filigranen Fresken. Gegen eine Spende darf man auf einen Rundgang auf halber Höhe aufsteigen – und hat einen famosen Blick über Peterhof, den Meerbusen und auf die Petersburger Skyline.

Peter-Paul-Kathedrale

Gottesdienste tgl. 9.30 Uhr und 17 Uhr

Alexandria-Park

Private Oase der Zaren
An den Unteren Park schließt sich im Osten der Alexandria-Park an (zugänglich nur von der Straße aus). In diesem vergleichsweise wenig besuchten, weiten englischen Landschaftsgarten befanden sich die **privaten Sommersitze der letzten drei Zaren** – eher Villen als Schlösser. Von der im Zweiten Weltkrieg zerstörten Luxus-Datscha von Nikolaus II. blieb allerdings nach einer Sprengung 1961 nur ein Trümmerhaufen direkt am Meer. Das exotischste Gebäude im Park ist die Gotische Kapelle mit ihren Stilzitaten von großen Kathedralen: Sie entstand 1831 bis 1833 nach Plänen des Berliner Baumeisters Karl Friedrich Schinkel als Hauskapelle der Romanows.

Gotische Kapelle

Tgl. 9 – 22 Uhr | Eintritt: 300 RUB, ab 17 Uhr und im Winter frei

Ein Hoch auf die Gemütlichkeit
Das älteste Gebäude im Park ist das 1826 bis 1829 erbaute Cottage, der wohl mit Abstand gemütlichste Zarenpalast: Der Schotte Adam

★ Cottage

Menelaws und dann später Andrej Stackenschneider gestalteten ihn im neugotischen Stil mit allerlei Spitzgiebeln, Schnitzwerk, Terrassen und Balkonen – wie es damals in England in Mode war. Hier verbrachte Nikolaus I. mit seiner Familie gern die Zeit – weshalb er sich selbst im Scherz **Lord Cottage** nannte. Vor dem Haus erstreckt sich der rekonstruierte Spielplatz für die sechs Zarenkinder.
Di. – So. 10.30 – 18, im Winter Do., Sa., So. 10.30 – 17 Uhr
Eintritt: 500 RUB

Von wegen Bauernhof

★ Meierei-Palast

Ein Hof etwas weiter westlich versorgte die Familie mit frischer Milch und Eiern. Dem späteren Zaren Alexander II. gefiel es hier schon als Kind so gut, dass er den Bauernhof nach und nach zu einer veritablen viktorianischen Villa ausbauen ließ. 1860 verfügte die einstige Farm über fortschrittliche Attribute wie einen Aufzug, fließend Wasser, Bäder und Toiletten. Im mondän ausgestatteten **Blauen Kabinett** unterzeichnete der Zar 1861 das historische Dekret über die Aufhebung der Leibeigenschaft. Auch hier herrschte turbulentes Familienleben: Für die acht Kinder gab es eine Festung und eine Feuerwache zum spielen.
Di. – So. 10.30 – 18, im Winter Sa., So. 10.30 – 17 Uhr | Eintritt: 400 RUB

★★ PETER-PAUL-FESTUNG

Russisch: Петропавловская Крепост | **Umschrift:** Petropawlowskaja Krepost | **Lage und Zugang:** Haseninsel, zwei Brücken auf der Nordseite | **Metro:** Gorkowskaja | **Straßenbahn:** 3, 6 | **Trolleybus:** 1, 7 | **Bus:** 10, 46, 49, 191 | **Insel:** tgl. 6 – 22 Uhr | **Festung:** tgl. 9 – 21 Uhr | **Museen:** Do. – Mo. 11 – 18 Uhr | **Kathedrale:** tgl. 10 – 19, Sa. bis 17.45, So. ab 11 Uhr | **Gefängnis:** tgl. 10 – 19 Uhr | **Eintritt:** Kathedrale und Zarengräber: 450 RUB, Museen: 100–200 RUB, Gefängnis: 200 RUB, Kombiticket für 2 Tage: 600 RUB | **www.spbmuseum.ru**

Eine massive Festung auf einer winzigen Insel ist der harte Kern und zugleich die Keimzelle von St. Petersburg. Heute kann man die Haseninsel, auf der 1703 der Grundstein für die Stadt gelegt wurde, als fußgängerfreundliche Museumslandschaft genießen – immer gut besucht, aber doch angenehm abseits der innerstädtischen Hektik. In und um »Peters Burg« gibt es viel zu entdecken: Hier lassen sich gleichermaßen geschichtsträchtige Architektur und seltsame Freizeitgewohnheiten der Einheimischen studieren: Die einen huldigen den Zaren, die anderen der Sonne.

Der Zugang zur Peter-Paul-Festung erfolgte anfangs nur von Osten her, vom Dreifaltigkeitsplatz (Troizkaja Ploschtschad), wo sich auch das erste Stadtzentrum befand. Nach der Johannesbrücke kann man nach links oder rechts zu einem Spaziergang um die Festung abbiegen – oder zur Besichtigung geradeaus durch das Johannestor weitergehen. Das Betreten der Insel wie auch der Festung ist kostenlos, Eintritt muss aber für alle Museen und die Peter-Paul-Kathedrale bezahlt werden. Eine zentrale Kasse befindet sich links hinter dem Tor.

Die Keimzelle der Stadt entdecken

Bollwerk vor allem nach innen

Baugeschichte, Funktionen

Die flache Haseninsel erschien den Russen nach der Eroberung des Newa-Deltas als der beste Ort, um das Hauptfahrwasser zu kontrollieren. Deshalb erfolgte hier am 27. Mai 1703 (nach dem heute gültigen Kalender) der erste Spatenstich zum Bau einer Bastion, die alsbald den Namen Sankt-Peterburg (in den verschiedensten Schreibweisen) erhielt. Erdwälle wurden aufgeschüttet und mit hölzernen Palisaden versehen. Petersburgs erster Architekt, der Tessiner Domenico Trezzini ersetzte die Wälle 1706 durch 2,50 – 4 Meter dicke Ziegelmauern in Form eines unregelmäßigen Sechsecks. Bastionen sichern die Eckpunkte. Die Peter-Paul-Kathedrale in der Mitte der Festung entstand 1712 bis 1733. In den 1730er-Jahren wurden der Festung noch zwei Ravelin genannte Vorwerke angesetzt. Die der Newa zugewandten Festungsmauern versah man 1770 bis 1780 mit einer Granitverkleidung. Doch eines äußeren Feindes musste sich das mächtige Bollwerk nie erwehren. Dafür bot es sich an, hier verlässlich innere Feinde einzukerkern und die teuersten Dinge zu verwahren: Die Inselfestung wurde für zwei Jahrhunderte zum

BAEDEKER MAGISCHE MOMENTE

STRANDBAD MIT SCHLOSSBLICK

Im Sand liegen, in die Sonne blinzeln, dem Glucksen der Wellen lauschen – das geht an jedem Strand. Aber dabei auch noch auf eine der schönsten Stadtansichten schauen, die Europa zu bieten hat? Das geht nur in St. Petersburg, wenn man sich am Strand der Peter-Paul-Festung einfach mal fallen lässt. Baden ist hier zwar offiziell nicht erlaubt, aber niemand schert sich drum – schließlich ist die Newa relativ sauber.

KEIMZELLE DER STADT

Mit dem ersten Spatenstich zum Bau der Peter-Paul-Festung im Mai 1703 beginnt die Stadtgeschichte. Zunächst wurden Erdwälle angelegt und Holzbauten errichtet. Doch schon 1706 entstand die Steinummauerung als unregelmäßiges Sechseck. In der Kathedrale und der angrenzenden Grabkapelle sind Angehörige der Zarenfamilie beigesetzt.

1 Kasse
Hinter dem Johannestor liegen gleich rechts der Kassenraum für die Museen, die Kathedrale und das Gefängnis.

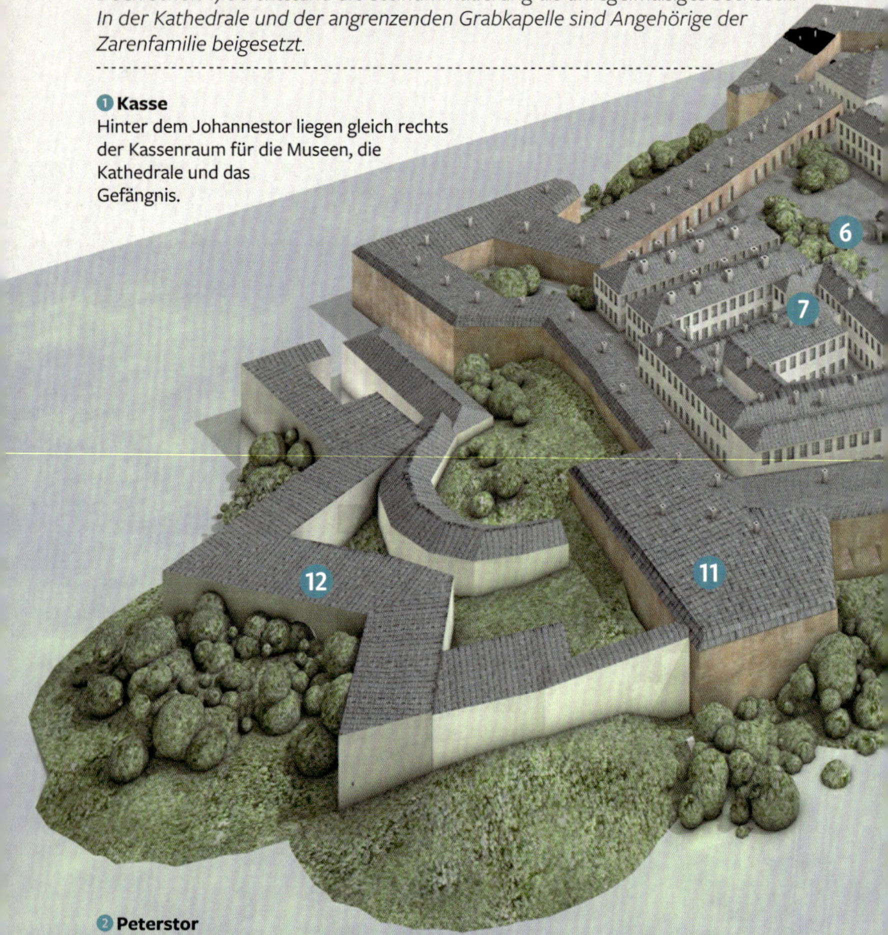

2 Peterstor
Das Peterstor führt in den eigentlichen Festungsbereich. Überm Durchfahrtsbogen prangt der russische Adler.

3 Ingenieurhaus
Das Ingenieurhaus von 1748/1749 ist heute ein Museum.

4 Grabkapelle
Die erst um 1900 erbaute Grabkapelle ist mit der Peter-Paul-Kathedrale durch einen Gang verbunden.

8 Zarenbastion
Hier liegt der Aufgang zum Rundgang auf den Bastionsmauern.

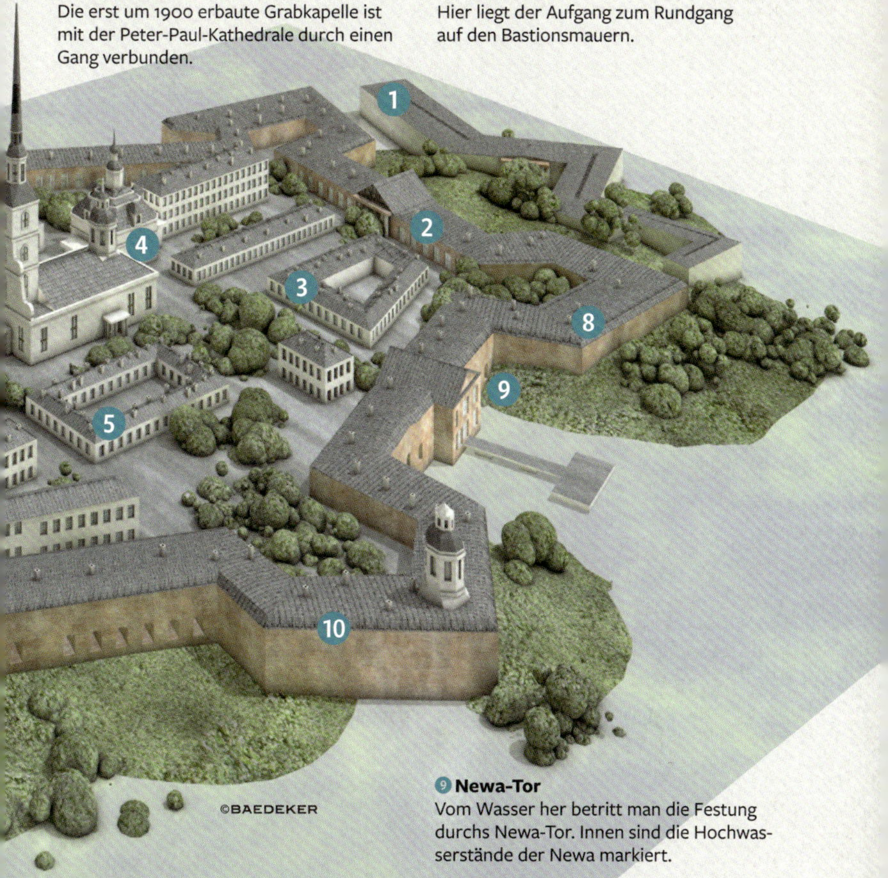

5 Haus des Kommandanten
Auch das Haus des Kommandanten, errichtet 1743 bis 1746, ist heute ein Museum.

6 Bootshaus
Es beherbergt einen Souvenirshop.

7 Münze
In der nicht zugänglichen Münze werden Medaillen, Orden und Kleingeld hergestellt.

9 Newa-Tor
Vom Wasser her betritt man die Festung durchs Newa-Tor. Innen sind die Hochwasserstände der Newa markiert.

10 Naryschkin-Bastion
Hier liegen die Gefängniszellen und die Besuchsräume.

11 Trubezkoj-Bastion
Auch diese Bastion diente ehemals als Gefängnis, heute ist ein Museum untergebracht.

12 Aleksej-Bastion
Sie fungierte als Vorbefestigung.

DIE ROMANOWS

Nach dem Ende der seit dem Tod des Rurikidenzaren Fjodor I. herrschenden bürgerkriegsähnlichen Zeiten wählte die russische Reichsversammlung mit Michael I. den ersten Romanow auf den Zarenthron. Durch die Heirat von Anna Petrowna, der Tochter Peters des Großen, mit Herzog Karl Friedrich von Holstein-Gottorf, kam eine deutsche Linie in die Dynastie.

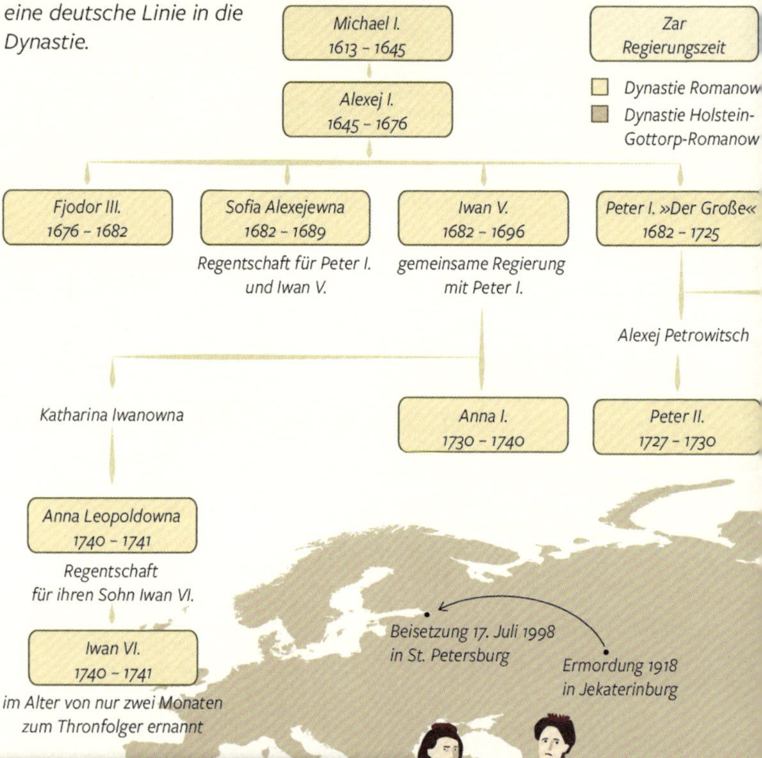

▶ **Die Ermordung von Nikolaus II. und seiner Familie** In der Nacht zum 17. Juli 1918 erschossen von Jakow Jurowski angeführte Tschekisten in Jekaterinburg die Familie. Zwei Leichen wurden sofort verbrannt, die anderen verscharrt. 80 Jahre später wurden diese gefunden, identifiziert und in der Peter-Paul-Festung in St. Petersburg beigesetzt.

Die geheimnisvolle Zarentochter

Anna Anderson bzw. Franziska Schanzkowsky (1896 – 1984) gab sich nach der Ermordung der Zarenfamilie als überlebende Tochter Anastasia aus. Erst 1994 konnte eine DNA-Analyse nachweisen, dass sie nicht mit den Romanows verwandt war. 2007 identifizierten Archäologen die Gebeine der echten Zarentochter.

Anastasia | **Hochstaplerin Anna Anderson**

Katharina I. *1725 – 1727* — *zweite Frau von Peter dem Großen*

Anna Petrowna | *Elisabeth I.* *1741 – 1762*

Peter III. *1762 – 1762 (6 Monate)* | *Katharina II. »Die Große«* *1762 – 1796*

Paul I. *1796 – 1801*

Alexander I. *1801 – 1825* | *Konstantin* | *Nikolaus I.* *1825 – 1855* | *Michail*

Alexander II. *1855 – 1881* | *Konstantin* | *Michail* | *Nikolai*

Nikolai | *Alexander III.* *1881 – 1894* | *Wladimir* | *Alexei* | *Sergei* | *Pawel*

Nikolaus II. *1894 – 1917* | *Michail* | *Georgi*

Der letzte russische Zar musste nach der Februarrevolution 1917 abdanken.

Fast 60 Angehörige der Zarenfamilie leben heute in der ganzen Welt verstreut.

▶ **Das Familienwappen der Romanows** wurde zur Regierungszeit von Alexander II. eingeführt.

gefürchteten politischen Gefängnis, aber auch zur **Grablege der Romanow-Dynastie**. Und man begann 1716, in der Festung Geld zu prägen: Die staatliche Münze arbeitet hier noch immer, fertigt aber nur noch Orden und Medaillen.

Triumphale Allegorie

Peterstor

Das Peterstor wurde von Trezzini 1718 auch als Triumphbogen errichtet. Das hölzerne Relief über dem doppelköpfigen russischen Adler zeigt den »Sturz des Simon durch den Apostel Petrus«, den Namenspatron des Herrschers. Dies war eine Allegorie auf den Sieg über die Schweden 1709 bei Poltawa – wobei Peter I. dezent als Soldat in römischer Uniform vorne in der rechten Personengruppe steht. Die Figuren in den Nischen neben dem Torbogen stellen links die Kriegsgöttin Bellona und rechts die Göttin der Weisheit, Minerva, dar.

Ein Schelm, wer Böses dabei denkt …

Denkmal Peters des Großen

Vorbei am für Wechselausstellungen genutzten einstöckigen Ingenieurshaus (1749) erreicht man vor der Hauptwache – heute der Sitz der Direktion des Museumskomplexes – ein 1991 aufgestelltes, umstrittenes Denkmal Peters des Großen. Es handelt sich um ein Werk des in den USA lebenden russischen Bildhauers Michail Schemjakin. Er orientierte sich dabei an einer noch zu Lebzeiten 1725 angefertigten Wachsfigur – heute in der ► Eremitage zu sehen – und der Totenmaske Peters. Doch hier sitzt ein zu klein scheinender Kopf auf einem massigen Leib mit unnatürlich langen Fingern. Manche sehen darin Anspielungen auf stete historische »Qualitäten« der russischen Staatsführung.

Die traditionelle Zeitansage ist nicht zu überhören

Aussichtspunkte

Rechts vom Denkmal kann man durch das Newa-Tor mit historischen Hochwassermarkierungen zum Fluss hinausgehen, um das Panorama des gegenüberliegenden Schlossufers zu genießen. Wer einen noch besseren Ausblick haben möchte, erklimmt gegen Eintritt (250 RUB) einen 350 Meter langen Aussichtssteg auf den Festungsmauern. Dieser Weg endet an der **Naryschkin-Bastion**, von wo in alter Tradition jeden Tag um 12 Uhr ein ohrenbetäubender Kanonenschuss abgegeben wird. Den Petersburgern diente dies einst als Zeitansage.

Spüren Sie dem früheren Leben in der Stadt nach

Ausstellung zur Stadtgeschichte

Im ehemaligen Haus des Festungskommandanten, erbaut 1743 bis 1746 befindet sich die interessanteste der vielen Filialen des Museums der Geschichte St. Petersburgs. Es beleuchtet das Leben der Metropole von 1703 bis 1917 – wobei man hier in viele Schubladen schauen und an alten Telefonhörern lauschen darf. Auch wurde der **Gerichtssaal** wieder so hergerichtet, wie er im Juli 1826 aussah, als hier die Todes- und Verbannungsurteile gegen die Dekabristen fielen.

Der Fluch des Ruhms

★ Peter-Paul-Kathedrale

Wahrzeichen und Herz der Festung ist die dank ihrer 122,50 m hohen goldgleißenden Turmnadel weithin sichtbare Grabeskirche der Romanow-Zaren. Die 64 Meter lange Hallenkirche ersetzte 1712 bis 1733 eine kleine Holzkirche an gleicher Stelle. Architekt war erneut Trezzini, der unter Peter zum wichtigsten Baumeister und Stadtplaner aufstieg. Die Turmspitze krönt eine **Wetterfahne** in der Gestalt eines Engels. Er trägt ein 7 m hohes Kreuz. Diese Figur wurde 1830 bei einem Sturm beschädigt. Da es zu teuer war, ein Gerüst zu errichten, suchte man einen Freiwilligen, der Engel und Kreuz unter Einsatz seines Lebens reparieren könnte. Für seine waghalsigen Kletterkünste bekam der Bauer Teluschkin ein fürstliches Honorar und – so sagt die Legende – vom Zaren das Recht, in jedem Gasthaus des Landes kostenlos zu trinken, so viel er wollte. Fakt ist, dass Teluschkin sich drei Jahre später totgetrunken hatte. 1857/1858 ersetzte man die hölzerne Spitze durch eine 10 m höhere Metallkonstruktion.

Der Kircheninnenraum wird von Säulen in drei Schiffe gegliedert. Als Schmuck dienen ornamentale Wandmalereien, Stuckarbeiten und Kopien von im Nordischen Krieg erbeuteten Fahnen. Ungewöhnlich für eine orthodoxe Kirche ist neben dem »europäischen« Grundriss der Kirche auch die **Kanzel**. Sie soll nur ein einziges Mal benutzt worden sein: Von hier wurde die Exkommunikation Lew Tolstojs 1902 verkündet – er hatte die Orthodoxie scharf kritisiert. Der vergoldete Ikonostas gleicht einem Triumphtor. Er wurde 1722 bis 1726 im Stil des Russischen Barock geschaffen. Geschmückt ist er – eine Neuerung in der russischen Kunst – mit Vollplastiken.

Beginnend mit Peter dem Großen fanden in der Peter-Paul-Kathedrale alle Zaren bis auf Peter II. und Iwan VI. ihre letzte Ruhe. Was wie edle Sarkophage aussieht, sind aber nur **dreidimensionale Grabdeckel**: Die Särge stehen in Grüften darunter. Blumen weisen daraufhin, dass die beiden »großen« Zaren, Peter I. und Katharina II., noch immer viele Verehrer haben. Nikolaus II. und seine Familie wurden 1998 – 80 Jahre nach ihrer Ermordung in Jekaterinenburg – in einer Seitenkapelle beigesetzt. Sie wurden von der orthodoxen Kirche 2000 als Mär-

PETER-PAUL-KATHEDRALE

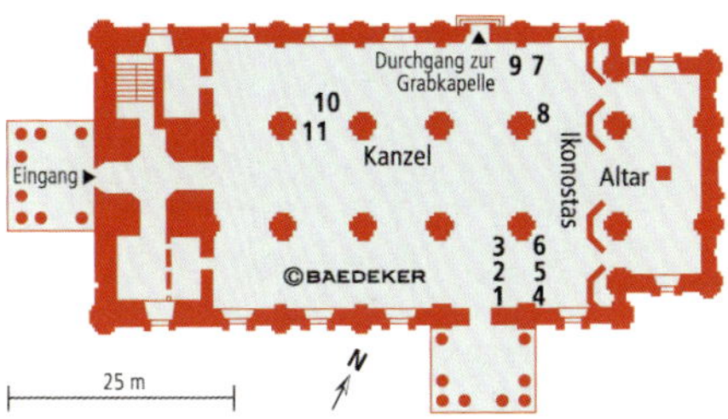

Zarengräber
1 Peter der Große (1672-1725)
2 Katharina I. (1684-1727)
3 Elisabeth I. (1709-1761)
4 Anna Iwanowna (1693-1740)
5 Peter III. (1728-1762)
6 Katharina die Große (1729-1796)
7 Paul I. (1754-1801)
8 Alexander I. (1777-1825)
9 Nikolaus I. (1796-1855)
10 Alexander II. (1818-1881)
11 Alexander III. (1845-1894)

tyrer heiliggesprochen, doch offiziell hegt die Kirchenführung noch Zweifel an der Echtheit der Gebeine.
Ein Verbindungsgang führt in die 1896 bis 1908 angebaute **Grabkapelle**. Hier fanden weitere Mitglieder der Zarenfamilie (▶ Baedeker Wissen, S. 154) ihre letzte Ruhe. Seit den 1990er-Jahren werden hier wieder hochrangige Angehörige der im Exil lebenden Romanow-Dynastie beigesetzt. Auch Maria Fjodorowna (1847 – 1928), die Gattin Alexanders III., wurde im September 2006 hierher umgebettet; bis dahin hatte sie im Dom von Roskilde in Dänemark geruht.

Dunkles Kapitel der Geschichte

Gefängnis

Zarewitsch Alexej (1690 – 1718), der gegen seinen Vater aufbegehrende Sohn Peters des Großen, war der erste einer langen Reihe prominenter politischer Gefangener in der Festung. Er überlebte die Haft und Folter nicht. In die **Trubezkoj-Bastion** wurde dann 1872 ein nach damaligen Maßstäben modernes Hochsicherheitsgefängnis integriert, das heute als reichlich bedrückendes Museum zugänglich ist: Die kargen Zellen sind detailgetreu rekonstruiert. In strenger Einzelhaft saßen hier Regimekritiker und Revolutionäre wie Lenins Bruder Alexander Uljanow, Maxim Gorkij oder Leo Trotzki ein. Nach der Oktoberrevolution kerkerten dann die siegreichen Bolschewisten ihre Gegner hier ein, bis das Gefängnis 1921 aufgelöst wurde.

Bad im Eis, Bad in der Sonne – oder ganz klassisch

Moderne Freizeitbeschäftigungen

Im Winter schlagen sich besonders abgehärtete Schwimmer, »Walrösser« genannt, an der Südwestecke der Festung eine Badegelegenheit ins Newa-Eis. Neben dem Newa-Tor befindet sich ein im Frühjahr und Herbst belebtes Solarium: Ein windgeschütztes, fast schwarzes und auf die Nachmittagssonne ausgerichtetes Mauerstück animiert zum Sonnenbad – stehend, denn um sich hinzulegen ist der Boden viel zu kalt. Das Baden am schönen Sandstrand auf der Südseite der Festung ist zwar offiziell nicht erlaubt, unter Einheimischen aber durchaus Usus: Die Wasserqualität der Newa hat sich in den letzten Jahren deutlich verbessert, denn inzwischen werden Petersburgs Abwässer komplett geklärt in den Finnischen Meerbusen abgeleitet. Und vor der Festungsmauer an der westlichen Zugangsbrücke gibt es Bahnen für den fast vergessenen alten russischen **Volkssport Gorodki**. Dabei müssen mit einem schweren Stock verschiedene Figuren aus fünf kleinen Holzzylindern abgeräumt werden.

Russisch-sowjetische Militärgeschichte

Kronwerk

Das nördlich der Festung am anderen Ufer gelegene Kronwerk bestand ursprünglich aus zusätzlichen Bastionen auf der Landseite. Der

Mit diesem wenig schmeichelhaften Denkmal Peters des Großen machte sich Bildhauer Michail Schemjakin bei russischen Patrioten keine Freunde.

heutige hufeisenförmige Bau stammt aus den 1850er-Jahren. Benutzt wurde das Gebäude zunächst als Artilleriearsenal, schon ab 1872 jedoch als Artilleriemuseum. Heute dokumentiert hier das Museum der Artillerie-, Pionier- und Fernmeldetruppen russische Militärgeschichte von der Lanze bis zur Atomrakete. Der Saal, in dem der Übergang zu den ersten Feuerwaffen dokumentiert ist, wirkt wie eine ritterliche Waffenkammer. Die größten Flächen sind aber in sowjetisch-patriotischem Duktus dem Zweiten Weltkrieg gewidmet.
Mi. - So. 11 - 18 Uhr | Eintritt: 400 RUB | www.artillery-museum.ru

★ PETRINISCHES WASSERBECKEN

Russisch: Петровская Акватория | **Umschrift:** Petrowskaja Aquatoria | **Lage:** Malaja Morskaja Ul. 4 | **Metro:** Admiraltejskaja | tgl. 10 - 22 Uhr | **Eintritt:** 400 RUB, Sa. - So: 450 RUB | **www.peteraqua.ru**

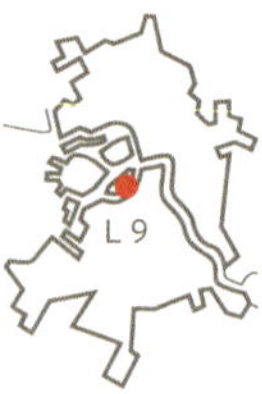

Kleine Zeitreise gefällig? Das Petersburg des 18. Jh.s lässt sich in allen Details studieren – es braucht nur scharfe Augen. Denn fanatische Modellbauer haben die noch junge Stadt ebenso penibel wie gewitzt nachgebildet – im Modelleisenbahnmaßstab HO. Auf 500 Quadratmetern Fläche kann man Paläste und Bauernhöfe, zaristische Bälle, das Hafen- und Straßenleben von damals studieren – und entdeckt hunderte originelle Details.

Zeitreise in Miniatur

25 000 winzige, standesgemäß gewandete Ur-Petersburger (darunter auch Peter der Hier-nicht-so-Große) gehen auf dem Modell ihren alltäglichen Beschäftigungen nach. Kutschen rumpeln über die Straßen, und auf der Newa ziehen Segelschiffe ihre Bahnen – 20 Tonnen Wasser und Magnetfelder im Modell machen es möglich.

Faszinierend für Groß und Klein

High-Tech-Modell in H 0

Teile der St. Petersburger Innenstadt, aber auch ▶ Kronstadt und die Schlösser von ▶ Oranienbaum und ▶ Peterhof wurden nachgebildet – wo Zarin Elisabeth gerade einen grandiosen Ball veranstaltet. Glanz und Elend liegen hier nahe beeinander: Nur wenige Meter weiter überspült gerade eine Flutwelle die bescheidenen Häuser der – im wahrsten Sinne des Wortes – kleinen Leute. Per Knopfdruck lassen sich manche Szenen zum Leben erwecken: Da drehen sich Kräne, Straßenlaternen werden entzündet, Hühner picken im Hof – nicht nur Kinder sind fasziniert!

Neben seinem Unterhaltungswert bietet das gründlich nach historischen Vorlagen erarbeitete High-Tech-Modell auch allen an der Baugeschichte Petersburgs interessierten Besuchern jede Menge Aha-Erlebnisse: Denn es zeigt im Rahmen der Mini-Stadtlandschaft **historisch belegte Bauten**, die es schon lange nicht mehr gibt: etwa den Winterpalast Peters des Großen oder auf Stelzen in der Newa stehende Lagerhäuser vor der Strelka.

Russland kompakt

Grand Market

Wer sich für Modellbau begeistern kann, darf eine weitere Anlage nicht versäumen: Grand Maket ist eine auf 800 Quadratmeter Fläche angelegte Modelleisenbahn, die ganz Russland von Kaliningrad bis Wladiwostok, von der polaren Tundra bis zu den Stränden Sotschis darstellt. Auch hier haben die Schöpfer mit jeder Menge Phantasie und Humor abertausenden Miniatur-Russen ein abwechslungsreiches Leben gestaltet. Und tief in der Taiga reitet **Präsident Putin** mit nacktem Oberkörper auf einem Bären ...

Zwetotschnaja Uliza 16 | Metro: Moskowskije worota | www.grand-maket.ru | tgl. 10 – 20 Uhr | Eintritt: 480 RUB., Mo. 280 RUB

PISKARJOWSKOJE-GEDENKFRIEDHOF

Russisch: Пискаревское Мемориальное Кладбище | **Umschrift:** Piskarjowskoje Memorialnoje Kladbischtsche | **Lage:** Prospekt Nepokorennych 72 | **Metro:** Pl. Muschestwa, dann 3 km mit Bus 80, 123, 138 | tgl. Museumspavillon: 9 – 18 Uhr; Friedhof Sommer: 9. – 21, Winter: 9 – 18 Uhr | **Eintritt:** frei | **www.pmemorial.ru**

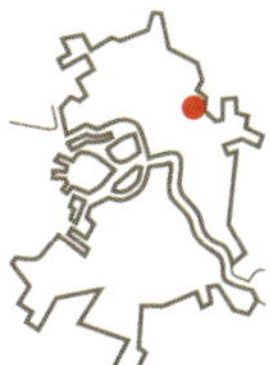

AUSSENBEZIRK

Das bedrückendste Monument von St. Petersburg liegt im Nordosten der Stadt: Während der Blockade im Zweiten Weltkrieg wurden die verhungerten und erfrorenen Opfer hier in anonymen Massengräbern beerdigt. Die Würde und Tragik dieses Ortes ist außergewöhnlich – und gerade für deutsche Besucher keine leichte Prüfung.

Bedrückend, aber wichtig

Am Eingang des Friedhofs dokumentieren in einem Pavillon Fotos und Schriftstücke die Belagerung Leningrads (▶ Baedeker Wissen, S. 216/217). Ausgestellt ist hier u. a. ein Faksimile des Tagebuchs von Tanja Sawitschewa (1930 – 1944), die den Tod jedes Familienmitglieds festhielt. Am Schluss war nur noch sie selbst übrig. Die Schülerin wurde zwar noch evakuiert, starb aber kurz darauf.

»Niemand ist vergessen«

Gräberfeld

Von einer Terrasse mit einer ewigen Flamme überblickt man das gesamte Gräberfeld. In den flachen Massengräbern, die nur mit Jahreszahlen bezeichnet sind, liegen 420 000 Zivilisten und 70 000 Soldaten – etwa die **Hälfte aller Blockadeopfer**. Den Abschluss der Grabreihen bildet eine Gedenkmauer aus Granit mit einem Poem der russischen Dichterin Olga Berggolz (1910 – 1975): »Doch wisse, wenn Du diese Steine siehst: Niemand ist vergessen und nichts ist vergessen.« Davor steht eine 12 Meter hohe Bronzestatue der Mutter Heimat.

PUSCHKIN-MUSEUM

Russisch: Музей Пушкина | **Umschrift:** Musej Puschkina | **Lage:** Nab. Reki Mojki 12 | **Metro:** Newskij Prospekt, Admiraltejskaja | Mo., Mi. – So. 10.30 – 18 Uhr | **Eintritt:** Museumswohnung 310 RUB (inkl. dt. Audioguide), Literaturausstellung 200 RUB | **www.museumpushkin.ru**

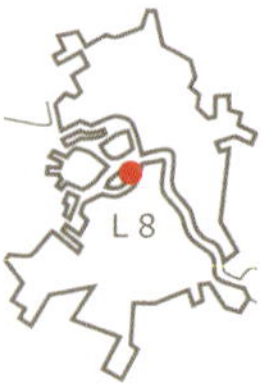

Für kultivierte Russen ist er »unser alles«, der größte Dichter aller Zeiten – und eine tragische Figur: Alexander Puschkin (▶ Interessante Menschen) starb bereits in jungen Jahren nach einem Duell – auf jenem Ledersofa, das noch immer in seinem Arbeitszimmer steht. Puschkins zum Museum gestaltete letzte Wohnung bewahrt den Geist seiner Zeit – und Reliquien des vergötterten Poeten.

Nicht alle Gegenstände im rekonstruierten Arbeitszimmer Puschkins stammen tatsächlich von ihm. Die Bücher aber gehören dazu.

Puschkin war mit seiner Familie erst im Oktober 1836 in diese edle Elfzimmer-Wohnung gleich neben dem ▶ Schlossplatz eingezogen. Nach einem Duell, mit dem er die Ehre seiner Frau bewahren wollte, brachte man ihn mit einem schweren Bauchschuss wieder hierher. Zwei Tage später starb er nach qualvollem Leiden.
Die einstigen Wohnräume wurden rekonstruiert und mit Möbeln aus dem 19. Jh. ausgestattet. Einige Gegenstände stammen aus Puschkins persönlichem Besitz. Bewahrt wird hier auch ein Teil seiner umfangreichen Bibliothek. Eine zweite Ausstellung in anderen Räumen widmet sich Puschkins Leben und Werk.

Der Geist des großen Poeten

★ ROSSI-STRASSE

Russisch: Улица Зодчего Росси | **Umschrift:** Uliza Sodschego Rossi | **Lage:** zwischen Pl. Ostrowskogo und Pl. Lomonossowa | **Metro:** Gostinyj Dwor | **Trolleybus:** 1, 5, 7, 10, 11, 22 | **Straßenbahn:** 3 | **Bus:** 3, 7, 22, 24, 27, 49, 181, 191

Selten, dass eine Straße nach dem Architekten benannt ist, der sie gestaltet hat: Doch Carlo Rossi, der Petersburger Experte für feine städtebauliche Ensembles, hat hier ein Schulbeispiel vollendeter Proportionen abgeliefert – und dabei Zahlenmagie in bauliche Harmonie umgesetzt.

Die Baumeister-Rossi-Straße – so heißt die ehemalige Theaterstraße seit 1923 – ist 220 Meter lang, 22 Meter breit, die sie säumenden zwei Gebäude sind 22 Meter hoch und haben spiegelbildliche Fassaden mit paarig angeordneten ionische Halbsäulen. Im östlichen der 1828 – 1834 erricheten Gebäude ist heute die **Waganowa-Ballett-Akademie** untergebracht. Die bereits 1738 gegründete Schule gilt als Wiege des modernen Balletts. Die ehemalige Primaballerina Agrippina Waganowa (1879 – 1951) leitete die Schule, aus der zahlreiche Berühmtheiten hervorgingen, von 1921 bis zu ihrem Tod.

Vollendete Proportionen

Genau richtig schief
Rossi sah als Abschluss dieser perfekten Straßenflucht ursprünglich eine Kirche auf dem runden Lomonossow-Platz vor. Sie wurde aber nie gebaut. Die dortige Brücke beweist jedoch, dass man auch schon vor Rossi in Petersburg auf optimierte Blickachsen Wert legte: Bei ihrem Bau 1787 erhielten die vier Pavillons der damaligen Zugbrücke schief **verschobene Grundrisse**: Doch da die Brücke schräg über die Fontanka führt, stimmt aus der Entfernung betrachtet die Symmetrie umso besser!

Lomonossow-Brücke

★★ RUSSISCHES MUSEUM

Russisch: Русский Музей | **Umschrift:** Russkij Musej | **Lage:** Platz der Künste (Inschenernaja Uliza 2-4) | **Metro:** Newskij Prosp./Gostinyj Dwor | **Trolleybus:** 1, 5, 7, 10, 11, 22 | **Bus:** 3, 7, 22, 24, 27, 191 | Mo. 10 – 20, Do. 13 – 21, Mi., Fr. – So. 10 – 18 Uhr | **Eintritt:** 450 RUB, Kombiticket (mit Michaelsschloss, Marmorpalais, Stroganow-Palais): 850 RUB (3 Tage gültig) | **www.rusmuseum.ru**

Gemeinhin gilt ja die ▶ Eremitage als Russlands Kultur-Schatzkammer. Doch explizit russische Kunst sieht man dort nur wenig – es dominiert Kulturgut aus aller Herren Länder. Anders im Russischen Museum, dem zweitgrößten Kunstmuseum Petersburgs: Es dokumentiert über ein Jahrtausend die Entwicklung der einheimischen Malerei, Skulptur, Grafik und des Kunsthandwerks. Und da russische Avantgardisten wie Chagall, Kandinsky und Malewitsch international Schrittmacher beim Übergang zur abstrakten Malerei waren, gibt es hier eine Sammlung mit kunsthistorisch einschneidenden Werken zu besichtigen. Wie für Petersburg fast schon üblich, befindet sich das Museum in einem ehemaligen Palast der Zarendynastie.

Macht seinem Namen alle Ehre

Im Hauptbau, dem klassizistischen **Michaelspalast**, ist die russische Kunst bis zum 19. Jh. untergebracht. Mit dem Übergang zum 20. Jh. verlagert sich die Ausstellung ins Obergeschoss des 1912 bis 1916 als Erweiterungsbau errichteten Benois-Flügels. Wer nur die Werke der Avantgarde, des Futurismus und der frühen abstrakten Kunst – etwa Malewitschs Werke »Suprematismus« (1916) und das revolutionäre »Schwarze Quadrat« (1923) – besichtigen möchte, kann diesen Museumsteil vom Kanal Gribojedowa aus durch einen Seiteneingang betreten. Er führt auch direkt zu den Erdgeschoss-Räumen und den oft hochkarätigen Sonderaustellungen (Säle 101 – 109). Ansonsten betritt man das Museum vom **Platz der Künste** her. Die Portale des urspünglich für Großfürst Michael Pawlowitsch, den jüngsten Bruder des Zaren Alexander I., 1819 bis 1825 errichteten Prunkbaus sind aber verschlossen: Besucher werden etwas weiter rechts durch eine unscheinbare Kellerpforte eingelassen. Denn Kassen, Garderoben und der interessant sortierte Museumsshop befinden sich allesamt im labyrintisch verworrenen Untergeschoss des Palastes.

Die riesige Sammlung ist über die ganze Stadt verteilt

Sammlung und Filialen

Den Grundstock der heute 400 000 Exponate umfassenden Bestände bildete eine von Zar Alexander III. zusammengetragene Sammlung explizit russischer Kunst. Sein Sohn, Nikolaus II., erwarb dafür 1895 das Michaelspalais, ergänzte die Kollektion mit Werken aus der ▶ Eremitage, der ▶ Akademie der Künste und dem Alexanderpalast (▶ Zarskoje Selo) und eröffnete 1898 das Russische Museum. Nach der Oktoberrevolution nahmen die Bestände durch Verstaatlichungen privater Sammlungen um ein Vielfaches zu. Das ▶ Marmorpalais, das ▶ Michaelsschloss, das Stroganow-Palais (▶ Newskij Prospekt), der ▶ Sommergarten und das ▶ Häuschen Peters I. gehören heute als Filialen ebenfalls zum Russischen Museum.

Meisterwerke der Ikonenmalerei

Altrussische Kunst

Die Exponate des 1895 gegründeten Russischen Museums sind chronologisch geordnet. Wer diesem Prinzip bei der Besichtigung folgen möchte, muss durch das mit seinem Säulen-Karree besonders prachtvolle Haupttreppenhaus ins erste Obergeschoss aufsteigen und nach links abbiegen, wo die Abteilung für altrussische Kunst beginnt. Sie umfasst die Zeit zwischen der Einführung des Christentums (988) und dem Ende des 17. Jh.s mit dem Regierungsantritt Peters des Großen. Faktisch ihre einzige Kunstform ist die Ikonenmalerei. Von den Ikonen des Russischen Museums ist besonders der »Engel mit dem goldenen Haar« hervorzuheben: eine kleine, äußerst ausdrucksvoll gemalte **Ikone des Erzengels Gabriel** aus dem 12. Jahrhundert. »Boris und Gleb« (um 1300) stellt die Söhne des Kiewer Großfürsten Wladimir dar, die von ihrem Bruder umgebracht und später heiliggesprochen wurden. Andrej Rubljow (ca. 1370 – ca. 1430) ist einer der namhaftesten Künstler der Moskauer Schule; ihm gelingt in einzigartiger Weise die Darstellung menschlicher Gefühle. Die Ikone »Dreifaltigkeit« von Simon Uschakow (1626 – 1686) weist neue Merkmale der Ikonenkunst auf: Menschen und Landschaftselemente werden naturgetreu wiedergegeben.

Neue Themen und Schwerpunkte

18. Jh.: Porträts, Historienmalerei

Die Reformen Peters des Großen zeigen auch Auswirkungen im Bereich der Kunst, die sich nun von den kirchlichen Zwängen befreit. Hauptthema der Malerei wird das Porträt. Zu den wichtigsten Vertretern dieser Epoche zählen Iwan Nikitin (ca. 1688 – 1741), der unter anderem mehrfach Peter den Großen porträtiert, Andrej Matwejew (1701 – 1739), zu dessen besten Arbeiten das »Selbstbildnis mit Frau« gehört, und Alexej Antropow (1716 – 1795), der sich nicht scheut, die von ihm porträtierten Personen ungeschönt darzustellen (Raum 5). Neben der Porträtmalerei gewinnt mit der Gründung der **Akademie der Künste** 1757 die Historienmalerei zunehmend an Bedeutung. In Anlehnung an westeuropäische Entwicklungen kristallisiert sich ein eigener Akademiestil heraus. Ein typischer Vertreter dieser Richtung ist Anton Lossenko (1737 – 1773). Auch die **Bildhauerkunst** entfaltet sich neu. Bei seiner »Venus, sich waschend«

lässt sich Fedossij Schtschedrin (1751 – 1825) nicht vom antiken Schönheitskanon leiten, sondern präsentiert die Venus in naturgetreuer Haltung (Raum 8).

Die ursprüngliche Pracht des Palasts erahnen

Weißer Saal (Saal 11)

Als der Palast Ende des 19. Jh.s zum Museum umgewidmet wurde, gingen die meisten Originalinterieure verloren. Nur die Stuckdecken lassen in den Ausstellungsräumen die alte Pracht erahnen. Neben der **Paradetreppe** ist nur der Weiße Saal noch so erhalten, wie Rossi ihn ursprünglich schuf. Er gehörte einst zu den drei Empfangszimmern des Schlosses. Die Deckenmalerei stellt Göttinnen auf Streitwagen, Figuren und Girlanden dar. Gegenüber der Fensterfront sind vier Szenen aus den griechischen Dichtungen »Ilias« und »Odyssee« abgebildet.

Beeindruckend groß

Italienische Einflüsse

Einigen Mitgliedern finanzierte die Akademie der Künste Aufenthalte in Italien. Als Karl Brüllow (1799 – 1852) in Rom weilt, entstehen Gemälde wie »Italienischer Tag« und »Der letzte Tag von Pompeji«, auch die Werke von Fjodor Bruni (1799 – 1875) stehen unter dem Einfluss der italienischen Malerei. Einige dieser Bilder haben gewaltige Dimensionen: Brunis »**Kupferne Schlange**« ist mit 48 Quadratmetern das größte Bild des Museums. Entsprechend riesig sind aber auch die reich bestückten Museumsräume 14 und 15.

Dramatische Stimmungen eingefangen

Landschaftsmalerei

Zunehmend wichtig wird in der ersten Hälfte des 19. Jh.s die Landschaftsmalerei. Insbesondere bei Silwestr Schtschedrin (1791 bis 1830) und Iwan Ajwasowskij (1817 – 1900) spielen Tageszeit, Witterungsverhältnisse und Beleuchtung nunmehr eine wesentliche Rolle. Ajwasowskij wurde als amtlicher Maler des Marinestabs zum unangefochtenen Meister bei der Darstellung des Meeres: Seine hochdramatische »Neunte Woge« mit Schiffbrüchigen im Sturm ist weltbekannt.

Das Leben durch die Kunst umgestalten

Peredwischniki

Weiter geht es im Erdgeschoss des Palastes: Wichtig für das späte 19. Jh. ist eine Gruppe von Künstlern, die 1863 unter Protest aus der Akademie der Künste ausscheidet und sich 1871 zur Gemeinschaft der Peredwischniki (Wanderaussteller) zusammenschließt. Mit Werken vertreten sind hier zahlreiche Künstler, unter anderen natürlich **Ilja Repin** (1844 – 1930; ▶ Interessante Menschen), der zu den bedeutendsten Malern Russlands zählt. Sein mit Abstand bekanntestes Werk sind »Die Wolgatreidler« (Saal 33). Eine einheitliche Richtung in der Malerei vertreten die Peredwischniki allerdings nicht, ihnen geht es vielmehr in erster Linie darum, die sozialen Missstände

40 hohe Herren verwewigte Ilja Repin auf seiner »Festsitzung des Staatsrats von 1901«. Manche Besucher scheinen sie schon zu kennen.

anzuprangern. »Das Leben durch die Kunst umgestalten« wird zu ihrem Wahlspruch. Doch Repin verlor deshalb nicht den Kontakt zur herrschenden Schicht: Seine »Festsitzung des Staatsrats von 1901« (Saal 54), ein monumentales Gruppenporträt, füllt einen eigenen Raum des Museums. Danach gilt es von Raum 48 den etwas verwirrenden Übergang in den Benois-Korpus – und damit ins 20. Jh. – zu finden.

Viele Wege führen ins 20. Jahrhundert

Impressionismus, Symbolismus

Um 1900 stehen viele russische Maler unter dem Einfluss des Impressionismus, u. a. Walentin Serow (1865 – 1911) und Konstantin Korowin (1861 – 1939), andere wie Pawel Kusnezow (1878 – 1968) haben sich dem Symbolismus verschrieben, wieder andere, z. B. Michail Nesterow (1862 – 1942) oder Boris Kustodijew (1878 – 1927), malen traditionell. In die Epoche der Sowjetischen Kunst leiten schon die Werke von Kusma Petrow-Wodkin (1878 – 1939) über.

Die Kunst muss dem Volk dienen

Sozialistischer Realismus

In der UdSSR wird 1932 der Sozialistische Realismus zur einzig anerkannten Art künstlerischen Schaffens erklärt. Die Themen Krieg und Revolution werden vorrangig behandelt, generell beschränkt man sich auf **»verständliche« Motive** (Arbeitsalltag, Landschaft, Genrebilder, Porträts), denn die Kunst hat dem Volk zu dienen. Diesen Vorgaben der Machthaber werden Maler wie Pawel Kusnezow und Pjotr Kontschalowskij gerecht.

Das Museum sammelt auch Abweichler

Russische Avantgarde

Daneben gibt es aber gleichwohl eine inoffizielle Kunst, die von den politisch vorgegebenen Themen abweicht und auch auf formale Experimente nicht verzichtet – und die trotzdem vom staatseigenen Museum gründlich gesammelt und bewahrt wurde. Zu den herausragenden Vertretern der russischen Avantgarde des frühen 20. Jh.s gehört **Kasimir Malewitsch** (1878 – 1935), von dem das Museum 136 Gemälde und Zeichnungen besitzt. Auch einst verfemte Arbeiten von Wladimir Tatlin (1885 – 1953), Wassily Kandinsky (1866 – 1944) und Pawel Filonow (1891 – 1941) sind nun wieder als Meisterwerke anerkannt.

Elegante Grünanlage

Michaelsgarten

Auch der elegante Park auf der Rückseite des Palasts, der sich bis zur Mojka erstreckt, wird vom Museum unterhalten. Zugänglich ist er aber nur von den Seitenstraßen her. Die Gartenfassade des Palasts mit ihrer zwölfsäuligen Loggia erscheint dabei noch großartiger als die zum Platz der Künste hin orientierte Fassade mit ihrem achtsäuligen korinthischen Portikus und dem durch ein Gitter abgeschlossenen Ehrenhof.

Geschichtsträchtiger Platz

★ Platz der Künste

Um die Wirkung des Palais zu erhöhen, hatte Architekt Carlo Rossi hier ab 1825 einen weiten Platz angelegt und Fassaden für die angrenzenden Bauten entworfen – errichtet wurden sie zum Teil erst Jahrzehnte später. Ursprünglich hieß er Michaelsplatz, seinen heutigen Namen, den er den ihn säumenden Theatern und Museen verdankt, bekam er erst 1940. Die Platzmitte schmückt seit 1957 ein Puschkin-Denkmal des Bildhauers Michail Anikuschin.

Neben dem Russischen Museum steht an der Nordseite des Platzes noch das **Ethnografische Museum** und an der Westseite das Michailowskij-Theater für Oper und Ballett. Ein Gebäude gegenüber dem Russischen Museum beherbergte ursprünglich die honorige Adelsversammlung. Heute befindet sich hier der Große Saal der Schostakowitsch-Philharmonie. Hier wurde 1942 während der Blockade die **Leningrader Sinfonie** von Dmitrij Schostakowitsch (▶ Interessante Menschen) uraufgeführt.

SCHEREMETJEW-PALAIS · MUSEUM DER MUSIK

Russisch: Шереметевский дворец | **Umschrift:** Scheremetewskij Dworez | **Lage:** Nab. Reki Fontanki 34 | **Metro:** Gostinyj Dwor, Majakowskaja | **Bus:** 3, 7, 22, 24, 27, 181, 191 | **Trolleybus:** 1, 5, 7, 10, 11, 22 | Mi. 13 – 21, Do. – Mo. 11 – 19 Uhr | **Eintritt:** 300 RUB, mit Musikinstrumentensammlung 370 RUB | **www.theatremuseum.ru**

Nicht nur die Zaren lebten im alten Russland in Prunk und Pracht: Die Scheremetjews gehörten zum elitären Kreis der reichsten Adelsgeschlechter Russlands – und verfügten schon früh über eine standesgemäße Stadtresidenz. Die Enfilade der Paradesäle zeigt, welchen Stil und Kunstgeschmack der Hochadel um 1830 pflegte. Zudem gibt es hier die größte Musikinstrumentensammlung des Landes zu bestaunen.

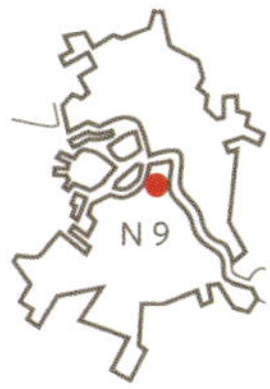

Hochadlige Residenz

Die Scheremetjews nannten ihr Palais wegen seiner Lage an der Fontanka »Fontannyj Dom« (Fontänenhaus). Einen ersten Palast an dieser Stelle hatte Boris Scheremetjew (1659 – 1719), der sich im Krieg gegen die Schweden als Feldherr Ruhm erworben hatte, schon 1712 errichten lassen. Damals lag er noch vor der Stadt. Den jetzigen barocken Bau gaben seine Söhne in den 1730er-Jahren bei den Baumeistern S. Tschewakinskij und F. Argunow in Auftrag und ließen ihn um 1750 aufstocken. Zum Fontanka-Ufer hin begrenzt ein von I. Corsini in der ersten Hälfte des 19. Jh.s entworfenes Eisengitter das elegante Palais.

Purer Überfluss.

Weißer Saal

Die unermesslich reichen Scheremetjews unterhielten einen eigenen Chor, dessen Leistungen selbst Franz Liszt bewunderte. An diese Tradition knüpft der Weiße Saal des Palais als Veranstaltungsort für Konzerte klassischer und volkstümlicher Musik an. Außerdem gibt es im Erdgeschoss eine umfangreiche, aber lustlos präsentierte **Sammlung von Musikinstrumenten** aus aller Welt.

Einblicke in eine Intellektuellen-Kommunalka

Achmatowa-Museum

Richtig anrührend ist dagegen eine Museumswohnung im Gartenflügel des Scheremetjew-Palais, wo in der Stalin-Zeit in beengten Verhältnissen die bedeutende Lyrikerin Anna Achmatowa (▶ Interessante Menschen) lebte. Hier musste sie nicht nur einmal miterleben, wie die Geheimpolizei ihren Lebensgefährten, den Kunsthistoriker Niko-

laj Punin (1888 – 1953), und ihren Sohn, den Ethnologen Lew Gumiljow (1912 – 1992), abholte. Der Kummer, aber auch der Kunstsinn, die in einer solchen Intellektuellen-Kommunalka allgegenwärtig waren, sind dank der liebevollen und detailreichen Rekonstruktion der Wohnräume heute wieder spürbar. Der Zugang zum Museum erfolgt über einen üppig bewachsenen Innenhof vom Litejnyj Prospekt her. Links vom Palais kann man durch Nachbarhöfe dorthin durchgehen.
Litejnyj Pr. 53 | Di., Do. – So. 10.30 – 18.30, Mi. 12 – 20 Uhr | Eintritt: 120 RUB, Audioguide (deutsch): 200 RUB | www.akhmatova.spb.ru

★★ SCHLOSSPLATZ

Russisch: Дворцовая Площадь | **Umschrift:** Dworzowaja Ploschtschad | **Lage:** Zentrum | **Metro:** Admiraltejskaja | **Trolleybus:** 1, 7, 10, 11 | **Bus:** 7, 10, 24, 191

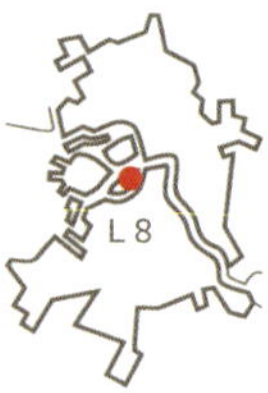

Auf diesem Platz fühlt man sich winzig klein, wird aber zugleich staunend ergriffen von einer perfekt austarierten architektonischen Harmonie. Trotz oder wegen seiner gewaltigen Dimensionen – hier hätten sieben Fußballfelder Platz! – ist der einstige Paradeplatz der Zaren das unbestrittene Herz der Stadt: Zwischen dem prunkvollen Winterpalais (▸ Eremitage) im Norden und dem gestrengen Generalstabsgebäude (▸ Generalstab) im Süden bietet sich reichlich Freiraum für Flaneure, Skater, Artisten und Touristen – und immer wieder auch für Feste und Openair-Konzerte. Perfektioniert wird die prachtvolle Kulisse durch die Alexandersäule in der Platzmitte: Eigentlich ist sie ja nur ein riesengroßer Stein – aber von welch anmutiger Eleganz!

Das Herz der Stadt

Sein heutiges Aussehen erhielt der Platz in der ersten Hälfte des 19. Jahrhunderts. Zwar hatte schon Rastrelli, der Erbauer des Winterpalais, Pläne für das südlich an die Zarenresidenz grenzende Areal entworfen, doch die wurden nie verwirklicht. Wo sich heute das Generalstabsgebäude befindet, standen verschiedene Holzbauten unterschiedlicher Höhe und Bauart. Alexander I. beauftragte 1819 den Architekten Carlo Rossi, den Schlossplatz neu zu gestalten. Dank der Bogenform, die Rossi dem Generalstabsgebäude gab, bekam der Platz eine außergewöhnliche Form und Weite und war nunmehr ein idealer Ort für Aufmärsche und Paraden.

Durch die Triumphbögen des Generalstabsgebäudes geht der Blick auf den Schlossplatz mit Alexandersäule und Winterpalast.

404-00-00

Überwältigende Größe

★ Alexandersäule

Aus einem einzigen Granitblock ließ der Architekt Montferrand 1829 bis 1834 die Alexandersäule fertigen. Ebenso wie der monumentale Triumphbogen des Generalstabsgebäudes wurde sie zum Gedenken an den Sieg über Napoleon errichtet. Montferrand knüpfte an römische Traditionen an und schuf eine dorische Säule, auf deren Spitze eine Engelsfigur steht, die eine Schlange zerquetscht – Sinnbild für den Sieg Russlands. Der Engel mit den Gesichtszügen des 1825 jung verstorbenen Kaisers Alexander I. hält ein sechs Meter hohes Kreuz in der linken Hand. Die **Gesamthöhe** des Denkmals beträgt **47,50 Meter** und übertrifft damit die Trajanssäule in Rom. Die Alexandersäule steht in einem aus einem 400 Tonnen schweren Gesteinsblock gefertigten Sockel, der mit Bronze-Basreliefs verkleidet ist. Sie thematisieren allegorisch Ereignisse aus dem Krieg gegen Napoleon. Die dem Winterpalais zugewandte Seite trägt die Inschrift: »Alexander I., das dankbare Russland.« Die Säule ist dabei nicht im Sockel verankert: Ihr Eigengewicht von ca. 600 t stabilisiert sie hinreichend – und macht sie zugleich zum größten je von Menschenhand vertikal aufgerichteten Monolithen der Welt. Die **Aufstellung** mittels einer riesigen Holzkonstruktion mit Seilwinden geschah vor einer gewaltigen Menge an Schaulustigen am 30. August 1832. Es brauchte dafür die Muskelkraft von 2400 Männern – und nur 105 Minuten Zeit!

Fassadengestaltung rund um den Platz

★★ Winterpalast, ★★ Generalstabsgebäude

Der 1754 bis 1762 errichtete Winterpalast, der mit seiner Südseite dem Schlossplatz zugekehrt ist, scheint auf den ersten Blick eine einheitliche Fassadengestaltung zu haben. Doch die **Fensterumrahmungen** variieren von Geschoss zu Geschoss und von Fassade zu Fassade. Über jedem Fenster befindet sich eines von Rastrellis charakteristischen Schmuckelementen, vielfach eine Maske, mitunter auch eine Muschel. Die Brüstung des Dachs und die Giebel der Risalite sind mit 3,50 Meter hohen Statuen und Urnen geschmückt. Die kleine goldene Kuppel weist auf die Lage der Palastkirche hin.

1819 bis 1829 baute Rossi gegenüber dem Winterpalais das Generalstabsgebäude (▶ Abb. S. 84/85), in dem auch das Außenministerium untergebracht wurde. Das klassizistische Bauwerk bildet einen deutlichen Kontrast zu dem von Rastrelli barock geschmückten Winterpalast. Die dem Schlossplatz zugewandte bogenförmige Fassade hat eine Länge von ca. 580 Metern. Eine Zugabe vom Anfang des 20. Jh.s ist die Eisenkonstruktion der Kuppel über der Bibliothek des Gebäudes.

Der Sieg Russlands auf einem Sechsspänner

Triumphbogen

In zwei Trakte unterteilt wird der Bau durch einen doppelten Durchfahrtsbogen, der sich über die den Schlossplatz mit dem ▶ Newskij Prospekt verbindende Straße schwingt. In Erinnerung an den russischen Sieg über Napoleon gestaltete Rossi ihn als Triumphbogen. Die mächtige Skulptur über der Attika des Torbogens galt mit einer Höhe von 10 Metern und einer Breite von 15 Metern lange Zeit als die größte Europas. Dargestellt ist eine mächtige, den Sieg Russlands versinnbildlichende weibliche Figur auf einem von sechs Rossen gezogenen Wagen. Während der Westflügel bis heute vom Militär als Kommandantur genutzt wird, beherbergt der Ostflügel die 2014 eröffnete moderne Eremitage-Filiale ▶ Generalstab – von außen blieben die dafür vorgenommenen aufwändigen Umbauten aber unsichtbar.

Dezenter Übergang

Stabsgebäude der Garde

Im Westen und Osten wird der Platz von einem Seitenflügel der ▶ Admiralität und dem 1837 bis 1843 von Brüllow errichteten Stabsgebäude der Garderegimenter eingerahmt. Mit seiner dezenten Fassade bildet es einen gelungenen Übergang zwischen Winterpalais und Generalstabsgebäude.

SIEGESPLATZ

Russisch: Площадь Победы | **Umschrift:** Ploschtschad Pobedy | **Lage:** südl. Stadtrand | **Metro:** Moskowskaja | **Bus:** 3, 11, 13, 39, 59, 64, 90, 141

AUSSENBEZIRK

Sozialistischer Realismus und sowjetische Beton-Architektur sind üblicherweise keine Stile, die besonders intensive Gefühlsregungen hervorrufen. Das 1975 eingeweihte Blockade-Mahnmal an der Ausfallstraße Richtung Flughafen ist eine rühmliche Ausnahme. Sowohl die Skulpturengruppen an und in dem symbolisch aufgesprengten Ring als auch der unterirdische Gedenksaal verursachen angesichts des dargestellten Schreckens und Leids tiefe Betroffenheit. Wer St. Petersburg nicht nur auf die Geschichte in der Zarenzeit reduziert erleben möchte, sollte diesen Ort besuchen – auch wenn es nicht leicht fällt.

Bewegendes Mahnmal

Das Monument steht inmitten eines riesigen Kreisverkehrs, der Zugang erfolgt durch eine Unterführung. Sein Zentrum bildet ein halb offener Ring aus rötlichem Granit – Symbol für die durchbrochene Blockade. In seiner Mitte steht die dramatische **Skulpturengruppe »Blockade«**, die Hungernde und Sterbende darstellt. Ein 48 Meter hoher Obelisk überragt das Mahnmal, flankiert von weiteren eindrucksvollen Skulpturengruppen – sie alle sind Werke des Bildhauers Michail Anikuschin (1917 – 1997): Die zur Front stürmenden Soldaten, aber auch die Munitionsarbeiterinnen und Barrikaden bauenden

Bürger sind allesamt ausgemergelte, dürre Gestalten, In einem unterirdischen Ausstellungsraum zeugen Exponate und Filmchroniken vom Leben in der belagerten Stadt.

Tgl. außer Mi. 11 – 18, Di./Fr. bis 17 Uhr | Eintritt: 200 RUB
www.spbmuseum.ru

Ausgefallene Grundrisse, zuckersüßes Dekor

Cesme-Kirche und Palast

Etwa 20 Gehminuten entfernt stößt man zwischen sowjetischen Vorstadtbauten auf ein höchst pittoreskes Kirchlein: Mit ihren vielen Türmchen und der rosa-weiß gestreiften Fassade erinnert die Cesme-Kirche trotz neugotischer Stilelemente an eine kitschige Hochzeitstorte. Die 1777 bis 1780 unter Leitung von Jurij Veldten erbaute, schön restaurierte Kirche hat den Grundriss eines vierblättrigen Kleeblatts. Sie gehört zum Ensemble des sogenannten Durchreisepalasts, für den Katharina die Große 1773 den Auftrag gab. Hier machten die Zaren auf der Fahrt nach ▶ Zarskoje Selo bzw. ▶ Pawlowsk Station. Der für Palast und Kirche gewählte Name sollte an den Sieg der russischen Flotte über die türkische 1770 bei Cesme erinnern. Auch der Palast bekam von Veldten einen ungewöhnlichen Grundriss: ein gleichschenkliges Dreieck mit einem runden Turm an jeder Ecke. Bei späteren Umbauten wurden jedoch weitere Flügel angefügt, so dass der Bau heute kaum noch als Palast erkennbar ist.

Ul. Lensowjeta 12 | Metro: Moskowskaja | Bus: 16 (ab Park Pobedy)
tgl. ca. 10 – 18 Uhr | www.chesma.spb.ru

★ SMOLNYJ-KLOSTER

Russisch: Смольный Монастырь | **Umschrift:** Smolnyj Monastyr | **Lage:** Rastrelli Pl. | **Metro:** Tschernyschewskaja | **Trolleybus:** 5, 7, 15, 16 | **Bus:** 22, 54, 74,105, 181 | **Kathedrale tgl. 11 – 20 Uhr** | **Eintritt:** frei, Glockenturm tgl. 11 – 20 Uhr gegen Spende | **www.smolnyspb.ru**

Das Smolnyj-Kloster verdankt seinen Namen dem Umstand, dass sich zu Zeiten Peters des Großen hier an der großen Newa-Biegung der »Teerhof« (russ. smola = Pech, Teer) befand, wo für die russische Flotte Teer als Dichtmaterial gekocht wurde. Der Name ist also wenig erbaulich, der Anblick dafür umso mehr, denn die Anlage ganz im Osten der Innenstadt ist ein in leuchtendem Blau-Weiß perfekt durchkomponiertes Barockensembl, das einst der bauwütigen Zarin Elisabeth als Alterssitz dienen sollte. Besonders attraktiv ist – zumindest von außen – die weithin sichtbare Auferstehungskathedrale.

Es gibt in St. Petersburg wohl kaum eine prächtigere Fassade als diese: Säulenbündel und Pilaster gliedern die vielfach vorspringenden Fronten der Kirche, vier Glockentürme scheinen die 94 Meter hohe Hauptkuppel geradezu in den Himmel schieben zu wollen. Die erste Bauphase der prächtigen fünfkuppeligen **Auferstehungskathedrale** erfolgte zusammen mit den Klosterbauten 1748 bis 1764 unter der Leitung Rastrellis. Doch dann ging das Geld aus – und die Bauherrin Elisabeth war auch schon 1762 gestorben. Vollendet wurde das Gotteshaus deshalb erst 1835 von Stassow. In der Sowjetzeit und bis 2015 wurde der eher schlichte, streng klassizistische Innenraum der Kirche als Konzertsaal genutzt, dann erfolgte die Übereignung an die orthodoxe Kirche. Sie führt das gemeinhin als Smolnyj-Kathedrale bekannte Gotteshaus nun als »Kirche aller Lehranstalten«.

Erhabene Ruhe genießen

Barock in Vollendung

Klosteranlage

Die Kathedrale umgeben in der Form eines griechischen Kreuzes zweigeschossige Zellentrakte. Ihre Eckpunkte werden durch vier Turmkirchen betont. Der Bau der Zellentrakte war 1764 weitgehend vollendet, lediglich der westliche entstand im 19. Jh., wurde dann

Wenn im Frühling die Tulpen blühen, kommen die Farben des Smolnyj-Klosters noch mal so schön zur Geltung.

aber in barocker Manier angepasst. Die Steinmauer, die den Klosterbezirk ehemals vollständig eingrenzte, ist teilweise zerstört. Dennoch ist die erhabene Ruhe, die dieser Komplex ausstrahlt, bis heute spürbar. Die Gebäude werden heute von Universitätsinstituten und Behörden genutzt.
Geradezu gutgetan hat der Anlage, dass ein ursprünglich von Rastelli geplanter 140 Meter hoher Kirchturm vor der Kathedrale nie gebaut wurde. Er wäre damals das höchste Gebäude Europas geworden. Doch der Baumeister erkannte angesichts des in der ► Akademie der Künste aufbewahrten Architekturmodells, dass dieser Gigant das Kloster geradezu erdrücken würde. Auf einen der in die Kathedrale integrierten **Glockentürme** kann man gegen einen Obolus aufsteigen. Berieselt von Barockmusik kann der Blick aus 50 Meter Höhe hier aber nur in südlicher und westlicher Richtung schweifen.

Erst ein Hort der Bildung, dann der Revolution

Smolnyj-Institut

Als Kloster wurde die Anlage aber kaum genutzt, denn schon 1764 ließ Katharina die Große hier eine Erziehungsanstalt für adlige junge Mädchen einrichten. Für diese renommierte Bildungsanstalt errichtete Giacomo Quarenghi 1806 bis 1808 ca. 300 m südlich eine Art Landschloss, ein klassizistisches Gebäude mit zwei Seitenflügeln. Das Smolnyj-Institut wurde dann zu einem **Schlüsselort der Oktoberrevolution** (► Baedeker Wissen, S. 212/213).
Im August 1917 zog hier der Petrograder Arbeiter- und Soldatenrat ein. Der Sturz der Kerenskij-Regierung wurde hier vorbereitet und in der Nacht vom 25. zum 26. Oktober 1917 der Sieg der sozialistischen Revolution verkündet. Auch die erste Sowjetregierung, der Rat der Volkskommissare, tagte hier unter Vorsitz Lenins, bis die Hauptstadt 1918 nach Moskau verlegt wurde. »Der Smolnyj« blieb aber ein Amtsgebäude der KPdSU. Seit 1991 ist er Amtssitz des Petersburger Stadtoberhaupts, des Gouverneurs – und deshalb nicht zugänglich.

Auch hier revolutionäre Vergangenheit

Taurisches Palais

Ein Kilometer westlich des Klosters steht an der Schpalernaja Uliza ein weiteres Gebäude mit revolutionärer Vergangenheit: das klassizistische Taurische Palais (1783 – 1789). Erster Besitzer war Grigorij Potjomkin (1739 – 1791), einer der Favoriten Katharinas der Großen. Nach der Annektierung der Krim 1783 gab man der Halbinsel den alten Namen Taurien wieder, machte Potjomkin zum Generalgouverneur und schließlich auch zum Fürsten von Taurien. Der Titel wurde auf den Palast übertragen. Nach dem Tod von Potjomkin erwarb Katharina die Große das Anwesen für den Zarenhof.
Das Innere des Palasts wurde völlig umgestaltet, als Russlands erstes Parlament, die Staatsduma, 1906 hier ihren Sitz nahm. Nach seiner Rückkehr aus der Emigration verkündete **Lenin** im Taurischen Palais seine **Aprilthesen**. Am 18. Januar 1918 tagte hier die bereits einen

Tag später von den Bolschewiken aufgelöste Verfassunggebende Versammlung. Heute ist es Sitz der politisch bedeutungslosen parlamentarischen Versammlung der GUS-Staaten.
Der dahinter liegende **Taurische Garten** ist der größte öffentliche Park im innerstädtischen Bereich und mit seinen Wiesen, Wasserläufen und Schlittenhügeln eine beliebte Erholungs-Oase der Petersburger.

★ SOMMERGARTEN

Russisch: Летний Сад | **Umschrift:** Letnyj Sad | **Lage:** Zentrum, zwischen Newa, Fontanka, Mojka und Sommerkanal | **Metro:** Gostinyj Dwor | **Bus:** 46, 49 | **Straßenbahn:** 3 | Mi. – Mo., 1. Mai – 31. Okt. 10 – 22, sonst bis 20 Uhr, April geschlossen | **www.rusmuseum.ru**

Der älteste Park Russlands: Schöne alte Bäume, schattige Alleen durch dichtbewachsener Spaliere, Marmorstatuen, bei deren Identifizierung eine gute humanistische Bildung hilfreich ist – und Nischen im Grünen, die einst Orte für Techtelmechtel oder verschwörerische Gespräche waren. Der Sommergarten mitten im Stadtzentrum, ist die Eremitage unter den Parks der Zarenmetropole: einst ein heimeliger Ort zum Lustwandeln, heute ein großes Museum – nur eben unter freiem Himmel.

Peters Datscha

Peter der Große ließ ab 1704 am Newa-Ufer einen privaten Park als seine Sommerresidenz anlegen. Im Sommer fanden hier häufig Feste statt, militärische Siege und andere Feierlichkeiten wurden mit Gelagen und Feuerwerken begangen. Der damals noch bedeutend größere Sommergarten war – zum Teil von Peter selbst – im strengen Barockstil konzipiert worden. 30 Springbrunnen schmückten ihn und viele klassische Skulpturen. Doch nach einem Hochwasser im Jahr 1777 erneuerte man die Fontänen nicht mehr, der ab 1755 sukzessive für »anständig gekleidetes Publikum« geöffnete Park verwuchs langsam zu einem **Landschaftsgarten** mit altem Baumbestand, durch den viele Generationen von Petersburgern und Leningradern flanierten. Im 19. Jh errichtete man südlich des Sommerpalais ein Kaffee- und ein Teehaus. Zusammen mit der Orangerie dienen sie heute wieder als Parkcafés sowie als Ausstellungsräumlichkeiten. Bei einer 2012 abgeschlossenen grundlegenden Sanierung wurde das ursprüngliche Konzept jedoch wieder zur Leitlinie gemacht: Die Wege flankieren nun blickdichte Spaliere, im Innern der Bosketten wurden lauschige Plätzchen und Vogelvolièren angelegt. Ein Teil der **Wasserspiele** wurde nach alten Zeichnungen rekonstruiert.

Immer wieder gerne auf Leinwand gebannt: die Skulpturenallee im Sommergarten

Lustwandeln zwischen allerlei Berühmtheiten

Marmorskulpturen

Viele der Marmorplastiken, die im 17./18. Jh. von italienischen Künstlern gefertigt wurden, stehen noch immer an den Hauptwegen – wobei die Originale durch Kopien ersetzt wurden. Dargestellt sind griechische Gottheiten, klassische Philosophen, gekrönte Häupter und allegorische Figuren. Nahe dem Teehaus wurde 1855 das Denkmal für den Dichter Iwan Krylow (1768 – 1844) enthüllt. Reliefs am Sockel stellen Szenen aus seinen Fabeln dar. Die 1839 beim Südeingang aufgestellte, fünf Meter hohe Vase aus Porphyr ist ein Geschenk des schwedischen Königs Karl XIV.

Zum Newa-Ufer hin fasste man den Sommergarten 1784 mit einem **schmiedeeisernen Gitter** ein. Als sein Schöpfer gilt der Architekt Jurij Veldten. Ihm gelang ein außergewöhnlich kunstvolles Werk, das Natur und Architektur elegant verbindet. Das Gitter mit seinen vergoldeten Rosetten und Spitzen wird von Säulen aus rosa Granit gehalten.

Die schlichte Fassade täuscht

★ Sommerpalais

Das im Nordosten des Parks nahe der Newa gelegene Sommerpalais gehört zu den wenigen Bauten, die noch aus der Zeit Peters des Großen erhalten sind – und gilt als ältestes Steingebäude der Stadt. Allzu prunkvolle Gebäude lehnte der Stadtgründer anfangs ab, eine moderne technische Ausstattung war hingegen ganz nach seinem Geschmack. So ist das Sommerpalais äußerlich ein schlichtes Bauwerk,

das Domenico Trezzini 1710 – 1714 unter Beteiligung von Andreas Schlüter errichtete. Der Fassadenschmuck des zweigeschossigen Gebäudes beschränkt sich auf Reliefs zwischen den Fensterreihen der beiden Etagen. Im Erdgeschoss lagen die Räume Peters des Großen, im ersten Stock die seiner Frau Katharina I. Teilweise ist sogar noch die einstige **Innenausstattung** erhalten, etwa die Wandvertäfelungen, Kachelöfen und einige Möbel im Speisezimmer, Kabinett und Audienzraum. Für die damalige Zeit sensationell war die Ausstattung mit sechs Toiletten mit Wasserspülung, fließend Wasser in der Küche – und einer **Wetterstation**, die dem seefahrtbegeisterten Herrscher ständig Windstärke und -richtung auf den Schreibtisch übermittelte.
Wegen Restaurierung geschl.

★★ STRELKA

Russisch: Стрелка | **Umschrift:** Strelka | **Lage:** Ostspitze der Wassilij-Insel | **Trolleybus:** 1, 7, 10, 11 | **Bus:** 7, 10, 24, 191

Nirgendwo sonst lässt sich das Besondere an Petersburgs Stadtanlage so gut spüren wie auf der Ostspitze der Wassilij-Insel, genannt die Strelka (russ. Pfeil o. Zünglein). Ein erhabenes Gebäude-Ensemble von klassischer Eleganz scheint die Wassermassen der Newa zu teilen. Frei schweift der Blick von diesem innerstädtischen Kap über Brücken und mit Palästen gesäumte Ufer, von denen Turmnadeln und Kirchenkuppeln grüßen.

Von der Strelka aus hat man einen schönen Blick auf die ▶ Peter-Paul-Festung und das südliche Newa-Ufer. Offiziell heißt die Landspitze aber **Börsenplatz** (Birschewaja Ploschtschad), denn im Westen überragt die Börse das Areal. Von 1733 bis 1855 befand sich hier der Hafen, dann wurde er nach ▶ Kronstadt bzw. in den Südwesten der Stadt verlegt. Deshalb waren die so repräsentativ wirkenden Bauten dieses Handelszentrums zugleich äußerst zweckmäßig. Die Grünanlage auf dem Börsenplatz wird von den zwei 34 Meter hohen **Rostra-Säulen** flankiert. Die 1810 aufgestellten Säulen sollen die Erfolge der russischen Flotte verherrlichen. Daher schmückte man sie nach römischem Vorbild mit Schiffsschnäbeln (lat. rostrum) aus. Die vier allegorischen Figuren an den Granitsockeln verkörpern die russischen Flüsse Wolga, Dnjepr, Newa und Wolchow. Doch in der Vergangenheit fungierten die Rostra-Säulen auch als Leuchttürme: Heute befinden sich auf ihren Spitzen starke Gasbrenner, die aber nur noch zu hohen Feiertagen entzündet werden.

Das ist St. Petersburg!

Ein entspannter Sommerabend auf der Strelka

Ein einziger, riesiger Saal

★ Börse

Die klassizistische, an einen Tempel erinnernde Börse wurde 1805 bis 1810 vom französischen Architekten Thomon errichtet. Auf einem Granitsockel, in dem sich Lagerräume für wertvolle Waren befanden, umgeben 44 dorische Säulen den rechteckigen Mittelbau. Vor den Giebeln der Stirnseiten stehen **Skulpturengruppen**: Die der Newa zugewandte Gruppe zeigt den aus den Wellen aufsteigenden Neptun, seine Begleitfiguren stellen die Flüsse Newa und Wolchow dar; an der Rückfront sieht man den Gott des Handels, Merkur, mit den personifizierten Flüssen Wolga und Dnjepr. Fast das gesamte Gebäude besteht aus einem ca. 900 Quadratmeter großen Saal, der mit Marmor und Skulpturen ausgeschmückt ist. Das markante Gebäude soll in naher Zukunft saniert werden und dann die Heraldik-Sammlung der ▶ Eremitage aufnehmen.

Mammuts mit Haut und Haaren

Zoologisches Museum

Nördlich und südlich der Börse wurden zwischen 1826 und 1832 zwei fast gleich gestaltete Packhäuser errichtet. Im südlichen ist das Zoologische Museum untergebracht. Hauptattraktion sind drei Mammuts mit Haut und Haaren, die mumifiziert im sibirischen Permafrost gefunden wurden.

Mi. – Mo. 11 – 18 Uhr | Eintritt: 250 RUB | www.zin.ru

Zentrum der russischen Literatur

Puschkin-Haus

Das von 1829 bis 1832 nahe dem nördlichen Packhaus errichtete Zollamt hat einen achtsäuligen ionischen Portikus. Den Giebel zieren die Statuen von Merkur, Neptun und Ceres. Hier hat seit 1927 das Institut für russische Literatur (Puschkin-Haus) seinen Sitz. Auf der Südseite sorgt die ähnlich dimensionierte ▶ Kunstkammer für die Symmetrie des Gebäude-Ensembles.

STRELNA (KONSTANTINPALAST)

Russisch: Стрелна | **Umschrift:** Strelna | **Lage:** 23 km westlich | **Metro:** Awtowo, weiter mit Straßenbahn 36 oder Bus 200,201,210, K-224 | Do. – Di. 10 – 18 Uhr, nur mit Führung | **Eintritt:** 250–350 RUB (je nach Exkursion) | **www.konstantinpalace.ru**

»Schloss Putinhof« nennen manche Petersburger den Konstantinpalast im Vorort Strelna scherzhaft. Denn 2003 begrüßte Wladimir Putin zum 300. Stadtjubiläum hier über 40 Staats- und Regierungschefs aus aller Welt. In einer Rekordzeit von nur 18 Monaten hatten 7000 Bauarbeiter und Restauratoren eine Palastruine in ein luxuriöses Kongresszentrum verwandelt.

AUSFLUGSZIEL

Politische Prominenz zu Gast

Strelna liegt nur ca. sieben Kilometer von ▶ Peterhof entfernt am Finnischen Meerbusen. Peter der Große ließ auch hier eine Sommerresidenz errichten. Ein Park wurde angelegt, 1710 ein Palast aus Holz gebaut. Wenig später begann der Bau eines größeren Palasts. Dann schenkte der Zar Strelna seiner Tochter Anna und trieb den Ausbau des nahen Peterhof voran, da dort die Geländevoraussetzungen für Wasserspiele bedeutend günstiger waren. Erst um 1750 wurde der Palast nach Plänen von Bartolomeo Francesco Rastrelli fertiggestellt. Nach einem Brand 1803 leiteten Woronichin und Rusca den Wiederaufbau. Im 19. Jh. gehörte der Große Palast von Strelna nacheinander drei russischen Großfürsten namens Konstantin – das erklärt seinen heutigen Namen. Nach der Revolution fungierte er als Kinderheim, später als Marineschule. Nach einem Brand in den 1980er Jahren stand das Gebäude leer und verfiel. Erst Putins Wunsch nach einem staatlichen »**Kongresspalast**« – so der heutige offizielle Name – sorgte dafür, dass Palast und Parkanlagen aus ihrem Dornröschenschlaf gerissen wurden. Seither wird das einstige Anwesen der Romanow-Dynastie vom Kreml für politische Spitzenereignisse genutzt: z. B. 2006 den G-8-Gipfel und im September 2013 den

G-20-Gipfel. Sofern gerade keine hohen Staatsgäste zu erwarten sind, können Palast und Park im Rahmen von Führungen besichtigt werden.

Überaus praktisch: eine multifunktionale Reisetruhe

Palast Peters des Großen

750 Meter weiter westlich liegt der Holzpalast Peters des Großen (1716 – 1720). Er diente dem Zaren als Zwischenstation auf dem Weg nach Peterhof oder ▶ Kronstadt. In der dezenten Behausung finden sich originelle Exponate wie Peters Bettdecke, die der Überlieferung nach von seiner Gattin Katharina I genäht worden sein soll, sowie die multifunktionale Reisetruhe von Alexander III.: Sie kombiniert Bett, Bar, Wasch- und Schreibtisch.

Di. – So. 10.30 – 18 Uhr | Eintritt: 400 RUB | www.peterhofmuseum.ru

★★ ZARSKOJE SELO

Russisch: Царское Село | **Umschrift:** Zarskoje Selo | **Lage:** 12 km südlich, im Vorort Puschkin, Sadowaja Uliza 7 | **Metro:** Kuptschino, dann Bus 186, K-286, K-287, K-342, K-347 | **Bahn:** ab Witebsker Bahnhof oder Metrostation Kuptschino bis Zarskoje Selo, dann 2,5 km zu Fuß oder Bus 371, 382, 385, K-377 | **www.tzar.ru**

AUSFLUGSZIEL

Ein Mythos ruft: Das Bernsteinzimmer im geradezu irreal prachtvollen Katharinenpalast zieht nicht enden wollende Besucherströme in den Petersburger Palastvorort Puschkin. Doch gibt es hier noch viel mehr zu erleben als nur die Warteschlange vor dem Palast und eine 300 Meter lange Zimmerflucht: Schließlich schufen sich hier gleich mehrere Generationen von Zaren ein weitläufiges Refugium. In dieser kunstsinnig gestalteten Märchenlandschaft, die noch weit über die Grenzen des Schlossparks hinausreicht, kann man einen ganzen Tag auf Entdeckungsreise gehen.

Mythos Bernsteinzimmer im Zarendorf

Ursprünglich befand sich hier ein finnisches Anwesen namens »Saari Muis«, übersetzt in etwa: »Gut an einem hoch gelegenen Ort.« Aus der russifizierten Variante »Saarskoje Selo« wurde im Lauf der Jahre nicht zu Unrecht schließlich »**Zarskoje Selo**«. 1918 wurde der Ort in »Dezkoje Selo« (Kinderdorf) umbenannt, weil sich hier ein großes Kinderheim befand. Die nächste Namensänderung in **Puschkin** erfolgte 1937 aus Anlass des hundertsten Todestags von Alexander Puschkin (▶ Interessante Menschen), der hier zur Schule gegangen war. Seit dem Ende der Sowjetzeit firmiert der staatseigene Residenzkomplex wieder als Zarskoje Selo. Für die Stadt mit rund 100 000 Einwohnern, auf deren Gebiet er liegt, blieb es jedoch beim Namen Puschkin.

★★ Katharinenpalast

Erst im dritten Anlauf prächtig genug

Baugeschichte

Auch wenn Katharina II., die »Große« Zarin, diesen Palast liebte und hier nach ihrem Gusto an- und umbauen ließ – er trägt nicht ihren Namen: Patin stand Katharina I., die Ehefrau Peters des Großen. Ihr war dieses Areal, damals eine stramme Tagesreise vor der Stadt gelegen, 1710 geschenkt worden. Ab 1718 wurde für sie hier ein kleines Landschloss errichtet und davor ein – im Prinzip heute noch erhaltener – terrassierter Garten angelegt. Die eigentlich Begründerin des heutigen pompösen Landsitzes war wieder einmal die baufruidige **Zarin Elisabeth**: Sie ließ das Schlösschen abreißen und größer neu bauen. Als man 1751 fertig war, erschien das Schloss der Zarin nicht repräsentativ genug: Erneut wurde fast alles

OBEN: Statt eines Schlösschens wollte Zarin Elisabeth lieber einen großen Palast. Mit über 300 m Länge ist das durchaus gelungen.

UNTEN: An dessen Nordende funkeln die Kuppeln der Palastkirche.

abgerissen – und nun kam ihr »Hofachitektor« Rastrelli zum Zug: Die in Blau und Weiß gehaltene Fassade des 1756 vollendeten Katharinenpalasts erstreckt sich von Norden, wo ein Übergang die fünfkuppelige **Palastkirche** mit dem Lyzeum verbindet, 308 Meter weit nach Süden, wo der Achatpavillon und die Cameron-Galerie angesetzt sind. In barocker Manier ist die Front des Palastes durch Risalite aufgelockert und reich mit Säulen, Pilastern und Fensterverzierungen geschmückt.

Dieser Raum ist groß, wirkt aber riesig

Großer Saal

Zu den Prunkräumen und Privatgemächern der Zaren im ersten Stock gelangt man über das **Weiße Vestibül**. Die Haupttreppe mit Rokoko-Dekor wurde aber erst 1860 vom Brüllow-Schüler Ippolito Monighetti entworfen.

Der dann schnell folgende, von Rastrelli gestaltete Große Saal ist 47 Meter lang und 18 Meter breit. Bei Empfängen oder Bällen erhellten 696 Kerzen den Raum. Zwischen den Fenstern zu beiden Längsseiten sind Spiegel angebracht, die von Arabesken aus vergoldetem Holz gerahmt werden. Die enorme Raumwirkung wird verstärkt durch das perspektivische **Deckengemälde »Russlands Triumph«**, das eine außerordentliche Höhe vortäuscht. Nach einer Skizze von Giuseppe Valeriani (1708–1762) geschaffen, werden in allegorischer Form Russlands Siege im Krieg, aber auch seine Erfolge auf dem Gebiet der Kunst und Wissenschaft glorifiziert.

Ursprünglich Eingang, heute Wendepunkt

Vorsäle und Arabeskensaal

Ursprünglich betraten Festgäste den Saal über ein nicht mehr erhaltenes Treppenhaus von der anderen Seite her: Von den ursprünglich fünf goldgleißenden Vorsälen sind aber nur noch drei erhalten. Dahinter folgt der erst vor wenigen Jahren nach den verheerenden Kriegszerstörungen wieder rekonstruierte Arabeskensaal. Er wurde in den 1780er-Jahren von Cameron für die im Südflügel eingerichteten privaten Gemächer von Katharina der Großen gestaltet. Für Besucher ist dieser Saal der Wendepunkt, denn nun geht es 300 Meter in der Gegenrichtung immer geradeaus durch die berühmte **Goldene Enfilade** des Schlosses von Saal zu Saal.

Man speiste von edlem Porzellan

Bankettsaal der Ritter

Hinter dem Großen Saal folgt als Erstes dieser Raum, in dem die Mitglieder des 1698 von Peter dem Großen gegründeten St.-Andreas-Ordens verköstigt wurden. Eine gute Ergänzung bilden die nach alten Vorbildern geschaffenen Barockstühle.

Der **Staatsspeisesaal** diente für offizielle Galadiners. Das Speiseservice auf dem Esstisch wurde in den 1760er-Jahren in der kaiserlichen Porzellanmanufaktur von St. Petersburg hergestellt. Auf weißem Grund sind Jagdszenen in Grün und Braun festgehalten.

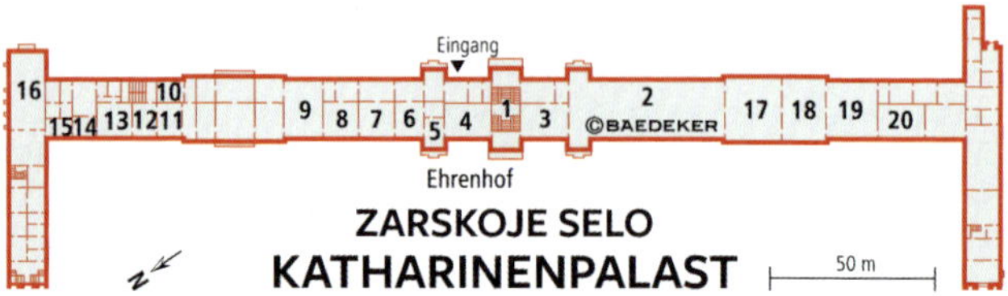

Obergeschoss
1 Weißes Vestibül
2 Großer Saal
3 Bankettsaal der Ritter
4 Staats-Speisesaal
5 Himbeerfarbener Salon
6 Grüner Salon
7 Porträtsaal
8 Bernsteinzimmer
9 Gemäldegalerie
10 Arbeitszimmer Alexanders I.
11 Grünes Esszimmer
12 Kellnerzimmer
13 Blauer Salon
14 Blauer Chinesischer Salon
15 Vorchorraum
16 Palastkirche
17 1. Vorzimmer
18 2. Vorzimmer
19 3. Vorzimmer
20 Arabeskensaal

Eines der großen Rätsel der Welt

★★ Bernsteinzimmer

Zum rekonstruierten Bernsteinzimmer (▶ Baedeker Wissen S. 188/189) gehören nicht nur die legendären Wandpaneele aus Bernstein, sondern auch vier **florentinische Mosaike** von 1752, die die menschlichen Sinne allegorisch darstellen. Eines dieser Steinbilder, »Fühlen und Riechen«, war 1996 in Deutschland als privates Beutestück eines deutschen Soldaten wieder aufgetaucht. Zusammen mit einer ebenfalls originalen Kommode wurde es 2000 an Russland zurückgegeben. Etwa 130 Bilder, davon 114 Originale, schmücken hingegen die Wände der **Gemäldegalerie**. Es sind Werke flämischer, deutscher, italienischer und französischer Meister aus dem 17. und frühen 18. Jahrhundert.

Über alles blau

Blaue Salons

Den Blauen Salon gestaltete Cameron für Paul I. Das blaue Muster der Tapete wiederholt sich auf den Bezügen der Vorhänge und Sessel. Dazu passen die dunkelblauen gläsernen Kerzenleuchter (Ende 18. Jh.). Die Wände des ebenfalls von Cameron entworfenen Blauen chinesischen Salons sind mit **chinesischer Seide** bespannt, auf der Landschaften idealtypisch dargestellt sind. Die übrige Einrichtung ist fast ausnahmslos streng klassizistisch. Ein Porträt von Elisabeth zeigt die Zarin als achtjähriges Mädchen in der Gestalt der Göttin Flora.

Originale Tapete

Vorchorraum

Goldfarbene Seide mit eingewebten Fasanen, Pfauen und anderen Vögeln ziert die Wände dieses Raums. Sie wurde nicht wie in den meisten anderen Zimmern nach alten Vorlagen neu gewebt, sondern stammt noch aus der zweiten Hälfte des 18. Jahrhunderts. Da einem früheren Besitzer des Palasts das Tapetenmuster nicht gefiel, hängte man sie nicht auf, sondern bewahrte sie im Winterpalais (▶ Eremitage) auf. Erst nach dem Zweiten Weltkrieg wurde sie angebracht.

Die Symbole der Herrscher

Praktische Hinweise

Individualbesucher betreten den Palast von der Gartenseite her – und müssen deshalb auch erst Eintrittskarten für den Katharinenpark erwerben. Gruppen werden durch den Ehrenhof des Palasts auf der Nordwestseite geführt, den halbkreisförmige Wirtschaftsgebäude bilden. Das **Haupttor** des Ehrenhofs fertigte Cordoni nach Entwürfen Rastrellis: Über dem schmiedeeisernen, vergoldeten Tor prunken der doppelköpfige russische Adler und die Krone .

Mi. – Mo. 12 – 18, Juni – Aug. bis 20, Mai, Sept. bis 19 Uhr (erster Mo. im Monat geschl.) | Eintritt: 1000 RUB | Audioguide auf Deutsch: 150 RUB (plus 1000 RUB Pfand) | An manchen Tagen ist der Palast wg. Veranstaltungen nicht zugänglich – die Website informiert darüber vorab.

★ Katharinenpark

Symmetrie und Freigeist

Gestaltung, Ausstattung

Östlich und südlich des Katharinenpalasts erstreckt sich der Katharinenpark. Er gliedert sich in den völlig symmetrisch gestalteten älteren französischen Garten östlich des Katharinenpalasts und in den südlich anschließenden Landschaftsgarten englischen Stils, dessen Mittelpunkt der **Große Teich** bildet. In diesem seit 1768 angelegten Landschaftspark verwirklichte Katharina die Große ihre Vorstellungen von Gartengestaltung. Sie hasste gerade verlaufende Alleen, Brunnen und Kanäle; Statuen gehörten ihrer Meinung nach in Gebäude. Stattdessen sollte in einem Park die Schönheit der Natur selbst zur Geltung kommen.

Im weitläufigen Gelände des Katharinenparks verteilen sich etliche Pavillons, Denkmäler und Brücken unterschiedlichster Stilrichtungen. Neben barocken, klassizistischen und neugotischen Bauwerken sieht man hier auch Schlösschen im Chinoiserie-Stil.

Mai – Juli tgl. 7 – 23, Aug. bis 22, Sept. – April bis 21 Uhr | Eintritt: 25. April – 20. Okt. 9 – 18 Uhr 120 RUB (vor 9 und nach 18 Uhr frei) Eintrittskarte vorzeigen beim Kauf von Tickets für Palast und Pavillons

Unterwegs im Park

Mobile Angebote

Wer nicht alles zu Fuß machen möchte, macht am besten eine 50-minütige Rundtour mit dem Elektromobil. Der Startpunkt ist vor der Admiralität (Juni – Sept., 11 – 18 Uhr, 250 RUB pro Person). Zum Saal auf der Insel im Großen Teich kann man mit einer Fähre übersetzen (Mo. – Do. 11 – 18 Uhr, 200 Rubel). Für romantische Seelen empfiehlt sich eine Gondeltour (11 – 18 Uhr, 300 Rubel). Von Mai bis September werden außerdem Kutschfahrten angeboten (10 – 18 Uhr, 25 Minuten, 400 Rubel), die Tickets dafür gibt es in der Nähe des Oberen Bads.

WO IST DAS BERNSTEINZIMMER?

Seit Kriegsende beschäftigt diese Frage professionelle Schatzsucher und Verschwörungstheoretiker. Über den Verbleib des sagenhaften Bernsteinzimmers, vom Berliner Baumeister Andreas Schlüter entworfen, gibt es unfassbar viele Theorien. Bisher ist aber nur 1997 in Bremen ein Original-Mosaik aufgetaucht. Die letzte Spur führte im Sommer 2016 nach Masuren in den Mamerki-Bunker.

▶ **Geschichte des Bernsteinzimmers**

1701 erteilte Friedrich I. von Preußen den Auftrag für eine Wandverkleidung aus Bernstein für einen Raum im Schloss Charlottenburg. Nach der Fertigstellung 1711 wurde sie dort aber nicht mehr benötigt.

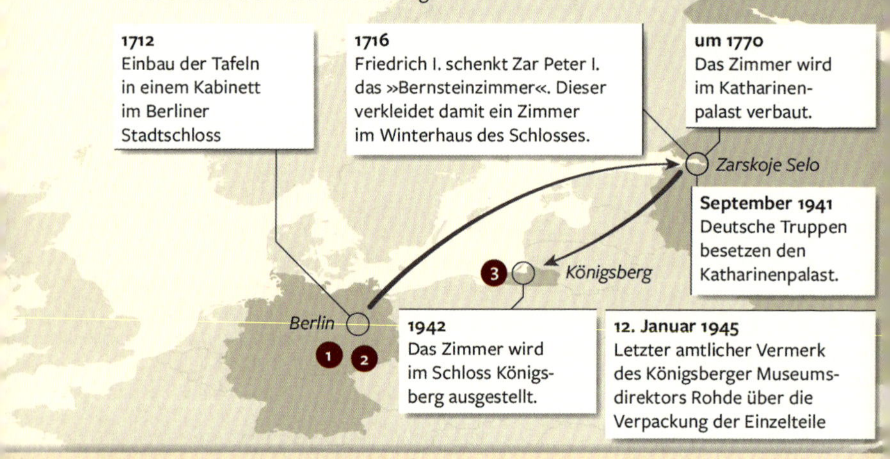

1712
Einbau der Tafeln in einem Kabinett im Berliner Stadtschloss

1716
Friedrich I. schenkt Zar Peter I. das »Bernsteinzimmer«. Dieser verkleidet damit ein Zimmer im Winterhaus des Schlosses.

um 1770
Das Zimmer wird im Katharinenpalast verbaut.

September 1941
Deutsche Truppen besetzen den Katharinenpalast.

1942
Das Zimmer wird im Schloss Königsberg ausgestellt.

12. Januar 1945
Letzter amtlicher Vermerk des Königsberger Museumsdirektors Rohde über die Verpackung der Einzelteile

▶ **Theorien über den Verbleib des Zimmers**

Untergebracht an einem geheimen Ort (Bunker, Stollen, Bergwerke, Burgen ...)

1 Weimar
Ein Konsens unter fast allen Schatzsuchern.

2 Poppenwald (Erzgebirge)
Seit Jahren wird dort gegraben, bis heute ohne Erfolg.

3 Königsberg
Im weitläufigen Kellersystem unter dem Königsberger Schloss

Oder wurde es vielleicht doch ...

... zerstört beim Brand des Königsberger Schlosses?

... verladen auf das Flüchtlingsschiff »Wilhelm Gustloff«, das am 30. Januar 1945 in der Ostsee versenkt wurde?

... in den Dünen der Kurischen Nehrung vergraben? Sie sind die höchsten Europas.

In der Zarenresidenz
Fast zwei Jahrhunderte schmückte das Bernsteinzimmer den Katharinenpalast von Zarskoje Selo. 1976 begann die Rekonstruktion des Zimmers nach Vorlagen alter Schwarz-Weiß-Fotos. Seit Abschluss der Arbeiten 2003 kann das Zimmer besichtigt werden.

▶ Das Bernsteinzimmer in Zahlen

Gesamtlänge	14 m
Gesamthöhe	4,75 m
Spiegel	24
Sockelstücke	10
Wandfelder	12

©BAEDEKER

Wandpaneele aus Bernstein
Der Bernstein wurde in Platten geschnitten und auf Eichenholzbretter geklebt (Inkrustination). Rund eine halbe Million Bernsteinplättchen waren für das gesamte Zimmer nötig.

Bernstein-
plättchen

25 Tonnen Schmuckstein

Achatpavillon und Cameron-Galerie

Der südöstlich des Katharinenpalasts stehende Achatpavillon wurde 1780 bis 1787 als Tagesapartment für Katharina die Große erbaut. Seiner kunstvollen Ausstattung mit Achat, Jaspis, Porphyr und Marmor verdankt er seinen Namen. Die frisch renovierten Luxusräume, für die über 25 Tonnen Schmuckstein verwandt wurden, befinden sich über dem sog. **Kalten Bad**. Denn das Untergeschoss war nach römischem Vorbild geschaffenen Badeeinrichtungen vorbehalten.
Charles Cameron war auch für den Bau der angrenzenden, nach ihm benannten Galerie verantwortlich. Ionische Säulen schmücken den langen Umgang im Obergeschoss, von dessen Schmalseite eine **geschwungene Doppeltreppe** hinab zum See führt. Dieser die ganze Parkanlage beherrschende Bau ist gegenwärtig nicht zugänglich.
Mai – Sept. Fr. – Mi. 10 – 18 Uhr | Eintritt: 300 RUB inkl. Audioguide in Deutsch

Badekultur des 19. Jahrhunderts

Unteres Bad

Das Untere Bad, auch Kavaliersbad genannt, ist ein Werk des Architekten Ilja Nejelow (1778/1779). Nach jahrelangen Restaurierungsarbeiten widmet sich hier nun eine ungewöhnliche Ausstellung der Badekultur des 19. Jahrhunderts.
Mai – Sept. Do. – Di. 10 – 18 Uhr, bei Regen geschlossen | Eintritt: 150 RUB inkl. Audioguide auf Deutsch

Raffinierte Technik garantiert Exklusivität

Eremitage

Der Hauptweg des terrassiert angelegten Französischen Gartens läuft auf die Eremitage zu. Dieser 1744 bis 1756 im Wesentlichen nach Entwürfen von Rastrelli errichtete Pavillon verfügt wie die Eremitage in ▶ Peterhof über eine Vorrichtung, mit deren Hilfe sowohl Personen als auch der Esstisch in das Obergeschoss gezogen werden konnten. So blieb der illustre Kreis von Gästen beim Speisen unter sich. Nach dem Mahl ließ man den Tisch wieder hinunter, und aus dem Speisesaal wurde ein Ballsaal.
Juni – Sept. Di. – So. 10 – 19 Uhr, bei Regen geschlossen | Führung mit Anhebung der Tische um 12, 12.30, 15 und 15.30 Uhr | Eintritt: 300 RUB

Am »Großen Teich«

Admiralität, Türkisches Bad

Die in den 1770er-Jahren am Großen Teich errichteten Gebäude der Admiralität erinnern mit rotem Ziegelmauerwerk, Türmchen und Spitzbogenfenstern an gotische Bauten. Es handelte sich um ein Bootshaus, flankiert von zwei Vogelvolieren. Heute befinden sich hier ein Café sowie ein Restaurant.
Das ebenfalls am Ufer des Großen Teichs liegende Türkische Bad wurde als letztes Gebäude im Park im Auftrag von Nikolaus I. 1850 bis 1852 zur Erinnerung an den russisch-türkischen Krieg 1828/1829 errichtet. Der Architekt Monighetti nahm sich dafür eine türkische Mo-

OBEN: Katharina die Große verlangte nach einem Ort des Lustwandels und für geistige Gespräche. Charles Cameron baute für sie die heute nach ihm benannte Galerie, die fast den gesamten Park überblickt.

UNTEN: Platzkonzert am Schlosstor

schee zum Vorbild, innen ist der Pavillon im maurischen Stil gestaltet. Gezeigt werden hier Dekorationen und Möbel.

Juni - Sept. Do. - Di. 11 - 18 Uhr, bei Regen geschlossen | Eintritt mit Audioguide in Englisch: 200 RUB

In China abgeschaut

Große Kaprice

Auch in Russland wurde es im 18. Jh. Mode, chinesische Bauten nachzubilden. Im Katharinenpark zeugen hiervon die Große Kaprice (1770er-Jahre), ein Lusthäuschen, das sich auf einem Torbogen erhebt, und die **Knarrende Laube** (1778 - 1786). Letztere verdankt ihren Namen einer nicht geräuschlos arbeitenden Wetterfahne.

Mai - Okt. Di. - So. 11 - 14 und 14.30 - 16 Uhr, bei Regen geschlossen
Eintritt: mit Parkticket frei

Von martialisch bis romantisch

Denkmäler im Park

Eine Reihe von Monumenten erinnert an den Ersten Russisch-Türkischen Krieg (1768 - 1774). Katharina die Große schrieb an Voltaire:

»
Wenn dieser Krieg weitergeht, dann sieht mein Park in Zarskoje Selo bald aus wie eine Kegelbahn, denn für jeden glänzenden Streich wird ein Denkmal errichtet.
«

Dazu gehören die 20 Meter hohe **Cesme-Säule** im Großen Teich, an deren Spitze der russische Adler den türkischen Halbmond zerfetzt, die 1771 errichtete Morea-Säule und die Turmruine, die die kriegsbedingte Machteinbuße des Osmanischen Reichs symbolisieren soll. Rührend romantisch ist dagegen unterhalb der Granitterrasse die Symbolfigur von ganz Zarskoje Selo, **das traurige Milchmädchen**: Aus dem zerbrochenen Krug der Skulptur von 1816 rinnt permanent Wasser.

Hier drückte der Nationaldichter die Schulbank

Lyzeum

Ein Anbau an den Kirchenflügel des Katharinenpalasts wurde 1810 dem Lyzeum, einer neugegründeten Lehranstalt für Buben aus höchsten Kreisen, zur Verfügung gestellt. Von 1811 bis 1817 wurde hier auch Alexander **Puschkin** unterrichtet. Einige Klassenräume, der Große Saal, die Bücherei und die spartanischen Schlafkammern sind wieder so hergerichtet wie zu den Schulzeiten des Nationaldichters, der hier mit ersten Oden Furore machte.

Mi. - Mo. 10.30 - 18 Uhr | Eintritt: 120 RUB | www.museumpushkin.ru

Kutschen und Schlitten

Zwischen Pracht und Pragmatik

Gegenüber des Park-Haupteingangs am Lyzeum beherbergen die ehemaligen Stallungen des Palasts eine Sammlung von Kutschen und

BAEDEKER ÜBERRASCHENDES

6X TYPISCH

Dafür fährt man nach St. Petersburg.

1.
FRIEDE, FREUDE, BUCHWEIZEN-KUCHEN

Russlands Antwort auf Hot Dogs, Hamburger und Döner sind die **Blini**: Dünne, lockere Pfannkuchen aus Buchweizenmehl werden mit Inbrunst zubereitet und auf vielfältigste Art gefüllt.

2.
DAS NEWA-FISCHLEIN

Anfang Mai zieht der Stint (russ.: korjuschka) die Newa aufwärts – und wird fleißig gefangen. Die kleinen Fische verströmen den Geruch frischer Gurken – und stehen auf beinahe jeder Speisekarte. Besonders bemüht sich dabei das **Restaurant Korjuschka** an der Peter-Paul-Festung.. (► **S. 258**)

3.
LE BALLET RUSSE

Das klassische Ballett wie auch das moderne Tanztheater sind im Wesentlichen russische Erfindungen – mit dem Petersburger **Mariinskij-Theater** als Epizentrum und Tschaikowskij als Taktgeber. Gönnen Sie sich eine Vorstellung! (► **S. 107**)

4.
MATRIOSCHKA

Seit Generationen sind sie das Russland-Souvenir schlechthin: Ob nun rührselig–folkloristisch oder avantgardistisch bemalt, mit Staatsmännern oder Popstars – so eine **Puppe-in-der-Puppe** ist und bleibt ein nettes Spielzeug.

5.
BRÜCKEN-LÜCKEN

Nachts um halb zwei wird die Stadt für drei Stunden geteilt. Die **Newa-Brücken** klappen eine nach der anderen auf, um aus dem Strom eine Wasserstraße für Frachter zu machen. Ein beeindruckendes Schauspiel! (► **S. 116**)

6.
BERNSTEIN

Im russischen Gebiet Kaliningrad liegen die weltweit größten Vorkommen, im Katharinenpalast das daraus gefertigte Zimmer: Schmuck und allerlei Pretiosen aus dem **»Gold der Ostsee«** sind deshalb eine feste Größe im Souvenirhandel. (► **S. 186**)

Schlitten der russischen Herrscher. Riesige Prunk-Equipagen von Katharina II. oder Alexander II. stehen hier – aber auch praktische Gefährte wie jene Kutsche, unter deren burgundroten Sitzpolster sich ein Plumpsklo versteckt.

Do. – Di. 10 – 18 Uhr | Eintritt: 200 RUB | www.tzar.ru

Ein Palast zur Hochzeit

Alexanderpalast

Den Alexanderpalast 500 m weiter nördlich ließ Katharina die Große von Giacomo Quarenghi für ihren Lieblingsenkel, den späteren Zaren Alexander I., erbauen. Sie schenkte ihm den Palast zu seiner Hochzeit 1793 mit Louise von Baden. Das schlichte, klassizistische Bauwerk war der bevorzugte Wohnsitz des letzten Zaren Nikolaus II. Hier wurde er auch 1917 mit seiner Familie nach der Revolution interniert.

Zurzeit wegen Restaurierung geschlossen

Riesig, wild und exotisch

Alexanderpark

Südwestlich des Alexanderpalasts erstreckt sich ein riesiger Landschaftspark – vergleichsweise verwildert und ideal für lange Spaziergänge. Zahlreiche Bauten im Chinoiserie-Stil, aber auch künstliche Ruinen, eine Spiel-Ritterburg und ein ehemaliger Lama-Stall erlauben exotische Entdeckungen.

Nur die Kirche wurde renoviert

Fjodor-Städtchen

Nördlich des Palasts liegt ein Komplex neo-altrussischer Bauten aus den letzten Jahren der Zarenherrschaft: Das heute halb verfallene Fjodor-Städtchen im Stil eines mittelalterlichen Kremls diente zur Unterbringung von Palastpersonal. Frisch renoviert strahlt daneben die **Fjodor-Kirche** von 1912, wohin sonntags die letzte Zarenfamilie zum Gottesdienst ging. 250 Meter weiter westlich beherbergt die im Altnowgoroder Stil 1913 bis 1917 gebaute **Ratnaja Palata** Russlands einziges, 2014 komplett neu erstelltes Museum über den Ersten Weltkrieg.

Fermskaja Doroga 5 | Do. – Di. 10 – 18 Uhr | Eintritt: 300 RUB
www.tzar.ru

China war im 18. Jh. groß in Mode. Im Alexanderpark leuchten sogar chinesische Damen den Weg aus.

H

HINTER-
GRUND

Direkt, erstaunlich, fundiert

Unsere Hintergrundinformationen beantworten (fast) alle Ihre Fragen zu Sankt Petersburg.

Mit Ernst bei der Sache: Junge Kadetten versammeln sich vor dem Winterpalast. ►

КАДЕТСКИЙ КОРПУС

DIE STADT UND IHRE MENSCHEN

St. Petersburg, die nördlichste Millionenstadt der Welt, liegt im Mündungsbereich der Newa in den als Finnischen Meerbusen bezeichneten Teil der Ostsee. Sie ist nach Moskau die größte und in wirtschaftlicher wie kultureller Hinsicht die bedeutendste Stadt Russlands.

Russlands Kulturmetropole

»Tor zum Westen«

Von jeher gilt St. Petersburg als die Kulturmetropole Russlands, als **Hauptstadt der Intelligenz**. Es ist die Stadt von Puschkin und Dostojewskij, von Tschaikowskij und Schostakowitsch, von Pasternak und Brodsky. Für viele bildet sie eine einzigartige Synthese aus Russland und dem westlichen Europa. Beim Zusammenbruch der Sowjetunion trat sie aus dem Schatten Moskaus hervor und galt in den frühen 1990er-Jahren als Vorbildstadt für eine demokratische Gesellschaft, fiel dann aber bald in die Provinzialität zurück. Das Stadtjubiläum 2003 bot die Chance zu einer wahren Renaissance. Der in St. Petersburg bzw. Leningrad geborene damalige und heutige russische Präsident Wladimir Putin sorgte dafür, dass Geld in die Newa-Metropole floss. Und er holte Prominenz aus Politik, Wirtschaft und Kunst in seine Heimatstadt. So sind die Wirtschaftsbeziehungen zum Westen eng, die Infrastruktur wurde in mancherlei Hinsicht verbessert. Allmählich tritt die Stadt wieder aus dem Schatten Moskaus hervor.

Rasantes Wachstum

Entwicklung der Bevölkerung

Als Peter der Große 1725 starb, lebten bereits 70 000 Menschen in St. Petersburg. 1784 waren es 192 000 und 1835 515 000 (Moskau hatte damals erst 300 000 Einwohner). Einen deutlichen Einschnitt in der Bevölkerungsentwicklung brachte die Revolution mit dem Bürgerkrieg und der Abtretung der Hauptstadtfunktion an Moskau. Konnte Petrograd 1916 noch 2,4 Mio. Einwohner verzeichnen, so sank die Zahl bis 1920 auf 722 000.

Doch bereits 1959 war die Einwohnerzahl auf 3,4 Mio. angewachsen, 1970 auf 4 Mio. und 1990 auf 5 Millionen. Derzeit leben 5,3 Mio. Menschen in St. Petersburg, ca. 80 Prozent von ihnen sind Russen. Der Anteil der Migranten – vor allem Gastarbeiter aus Mittelasien – beträgt etwa 10 Prozent.

Das Leben ist nicht leicht ...

Große soziale Gegensätze

... für die Petersburger. Die relativ homogene Sozialstruktur in der ehemaligen Sowjetunion ist in den letzten zweieinhalb Jahrzehnten auseinandergebrochen. Auf den Straßen sieht man Menschen, die ihren Lebensunterhalt erbetteln müssen neben Neureichen, die aus ihren Luxuskarossen steigen. Relativ schlecht geht es bis heute all denen, die ihr Einkommen vom Staat beziehen oder von der Schattenwirtschaft ausgeschlossen sind. Lehrer und Ärzte, Bibliothekare oder Kindergärtnerinnen liegen mit ihren Gehältern nahe an der Armutsgrenze. Mit weniger als dem Existenzminimum müssen sehr viele alte Menschen auskommen; sie erhalten vom Staat durchschnittlich 220 Euro pro Monat. Viele bauen auf der eigenen Datscha in den Vororten ein wenig Gemüse an, das sie auf dem Markt verkaufen, für den Winter einwecken oder um ihre Kinder und deren Familien damit zu versorgen.
Gerade für junge, gut ausgebildete Leute hingegen ist St. Petersburg – neben Moskau – interessant. Entsprechend haben sich in den Metropolen vergleichsweise hohe Gehälter durchgesetzt. Während der landesweite durchschnittliche Bruttolohn bei rund 475 Euro liegt, sind es in St. Petersburg etwa 930 Euro (2016).

Für dieses Paar auf der Brücke über den Gribojedow-Kanal scheint zumindest im Moment das Leben leicht zu sein.

▶ Russische Schreibweise:

Сáнкт-Петербýрг

Lage:
Im Nordwesten der Russischen Föderation am Finnischen Meerbusen
nördlichste Millionenstadt der Welt

Fläche:
606 km² (Stadtgebiet)
davon **58 km²** Wasserfläche
1439 km² (mit Vororten)

Einwohner: **5,3 Mio.**
(davon ca. **1,1 Mio.** Rentner)
Im Vergleich:
Moskau **12,3 Mio.**
Paris **2,2 Mio.**
Berlin **3,5 Mio.**

▶ Verwaltung

18 Stadtbezirke
Verwaltungschef: **Gouverneur** (seit 2011 **Georgij Potawschenko**, ehem. KGB-Mitarbeiter, Chef der St. Petersburger Steuerpolizei und Generalgouverneur für Zentralrussl.)

▶ Verkehr

Internationaler Flughafen:
Pulkowo
5 Bahnhöfe
1 Seehafen (größter Russlands: 20% des seewärtigen Außerhandels)
1 Flusshafen (Neubau geplant)
Wichtigstes Verkehrsmittel:
U-Bahn (Metro)
Streckennetzlänge: **113 km**
Stationen: **67**
Tägliche Fahrgäste: **2,03 Mio.**

= 100 000 Fahrgäste

▶ Tourismus

2,3 Mio. ausländische Gäste (2016)

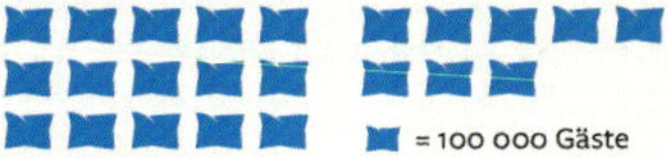

= 100 000 Gäste

▶ Flutschutz

Seit der Gründung **1703** ist die Stadt von **295 Überschwemmungen** heimgesucht worden. Der **25 km** lange und **2,7 Mrd. €** teure Schutzdamm wurde im August 2011 nach **33 Jahren** Bauzeit offiziell eröffnet. Damit wurde auch der Stadtautobahnring geschlossen.

Wirtschaft

Zweitgrößtes industrielles Zentrum des Landes nach Moskau

Arbeitslosenrate:
St. Petersburg: **ca. 1%**
Ganz Russland: **5,5%** (nach ILO)

Durchschnittlicher Monats-Nettolohn:

St. Petersburg **930€**

Ganz Russland: **475€**

Bildung

Insgesamt **400 000 Studenten** in
- **52 staatlichen** Hochschulen
- **44 privaten** Hochschulen
- **18 militärischen** Schulen

Religion

70% Russisch-Orthodoxe, 15% Muslime, 1% Juden

▶ Klimastation St. Petersburg

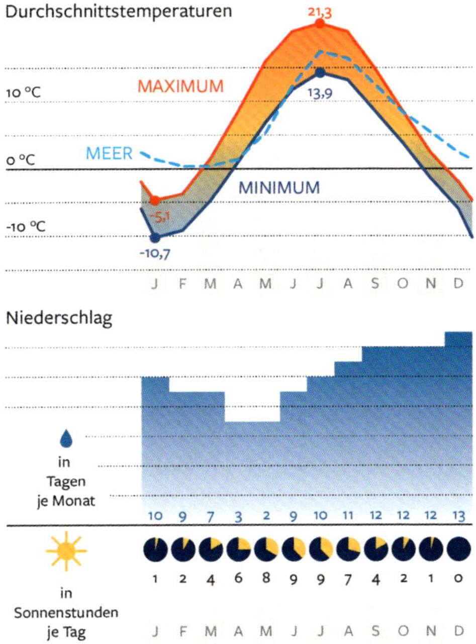

B-1 bis 6

Sechs Schleusen ermöglichen eine natürliche Strömung in der Bucht.

Schleusen
Tore: **64**
Jeweilige Breite: **24 m**

C-1

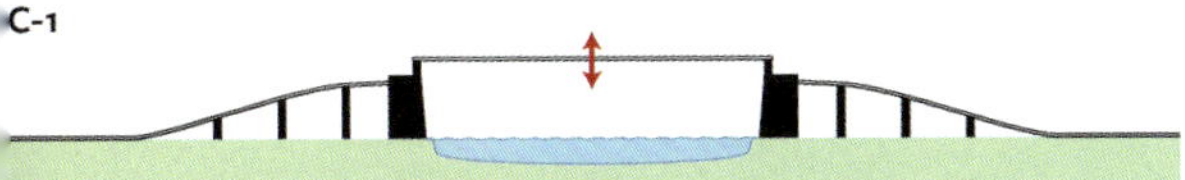

Die Brücke über die 110 m breite Durchfahrt kann bei Bedarf angehoben, der Durchfluss durch ein sich vertikal bewegendes Tor geschlossen werden.

Brücke
Länge: **110 m**
Breite: **11,8 m**
Gewicht: **2600 t**

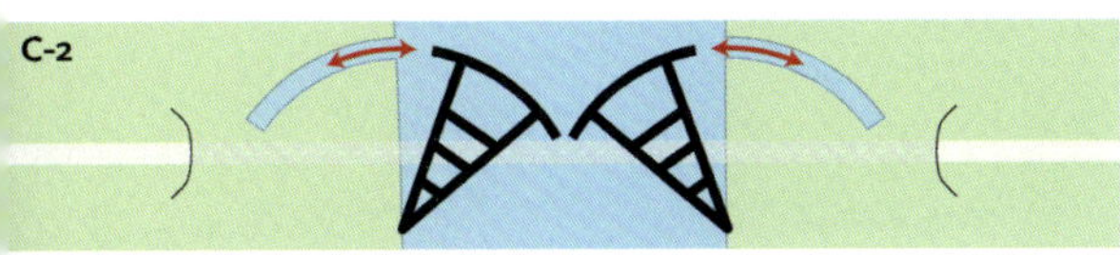

Die 200 m breite Durchfahrt kann mit zwei Armen geschlossen werden. Die Autobahn verläuft in einem Tunnel darunter.

Tore
Länge: **110 m**
Höhe: **22 m**
Radius: **132 m**
Gewicht: **2650 t**

BAEDEKER ÜBERRASCHENDES

6X ERSTAUNLICHES

Überraschen Sie Ihre Reisebgleitung: Hätten Sie das gewusst?

1. REKORD-FELS

Ausgerechnet im Sumpf des Newa-Deltas lag der größte je von Menschenhand bewegte Gesteinsbrocken der Welt: der 1600 Tonnen schwere **Sockel des Ehernen Reiters**. (▶ **S. 59**)

2. HAURUCK-AKTION

Und nur einen – zugegeben titanischen – Steinwurf weit entfernt: Die 600 Tonnen schwere **Alexandersäule** auf dem Schlossplatz, aufgerichtet von 2400 Mann in nur 105 Minuten. (▶ **S. 172**)

3. ZARENHÜTTE

Keine Frage, welches Gebäude das älteste der Stadt ist: Das **Häuschen Peters des Großen** war definitiv das erste, das nach der Gründung St. Petersburgs gebaut wurde – und es steht noch immer. (▶ **S. 87**)

4. NEUER KUNSTTEMPEL

Gauguin, Matisse, Picasso, Manet und Monet zu Dutzenden... Bis vor wenigen Jahren konnte die Eremitage ihre riesige Sammlung an französischen Impressionisten und Postimpressionisten nicht angemessen präsentieren. Jetzt schon: im **Generalstab**! (▶ **S. 81**)

5. NORD-METROPOLE

Petersburgs **Klima** ist grenzwertig: So weit im Norden, am 60. Breitengrad, gibt es sonst auf dem Globus keine Millionenstädte. Und hier harren gleich fünf Millionen frostfeste Menschen aus.

6. STÄDTEBAU IN HO

Eine Modelleisenbahn ganz ohne Züge, dafür halb geflutet? Wenn findige Tüftler mit pingeligen Historikern gemeinsame Sache machen, kommt dabei ein detailversessenes Stadtmodell des alten Petersburg heraus. Zu sehen beim **Petrinischen Wasserbecken.** (▶ **S. 160**)

Wohnraum und Mieten

Billig sind die Mieten in St. Petersburg nicht, vor allem nicht für Wohnungen mit westlichem Standard. Zahlreiche Wohnungen wurden privatisiert, und wer keine eigene Immobilie hat, tut sich schwer: Viele Ehepaare leben in winzigen Einzimmer-Wohnungen, oft wohnen mehrere Generationen unter einem Dach. Der Mangel an Wohnraum ist in St. Petersburg ein chronisches Problem. Mit der Errichtung immer neuer Großsiedlungen am Stadtrand versucht man seit den 1950er-Jahren das Wohnraumproblem zu lösen. Im Innenstadtbereich lebte noch 1994 ein Viertel der Bevölkerung in sogenannten **Kommunalkas**, Gemeinschaftswohnungen, deren Bewohner sich Küche und Bad teilen. Viele Kommunalkas wurden in den letzten Jahren allerdings aufgelöst, die meist großen Wohnungen in der Innenstadt saniert und danach zu einem begehrten Kaufobjekt.

Religion ist wichtig

Gut besuchte Gottesdienste

Zu Sowjetzeiten wurden viele Kirchen vom Staat als Kinos, Museen oder Konzerthäuser genutzt. Im neuen Russland erhielt die Kirche ihr Eigentum zurück, überall entstanden neue Gemeinden. Die **russisch-orthodoxe Kirche** erlebt einen enormen Zulauf: Bei den Gottesdiensten sieht man nicht nur Alte und Bedürftige, sondern auch junge Leute und Familien. Neueren Umfragen zufolge bezeichnen sich etwa zwei Drittel der Bevölkerung als Orthodoxe. Gut 10 Prozent gehören dem Islam an und unter 1 Prozent jeweils dem Judentum, der protestantischen und der katholischen Kirche. Eine offizielle Religionsstatistik fehlt aber.

Industriemetropole

Maschinenbau und Metallverarbeitung

St. Petersburg war immer eine Industriestadt. Fast alle Betriebe sind außerhalb der Innenstadt angesiedelt. Traditionsgemäß die wichtigsten Bereiche sind die metallverarbeitende und die Maschinenbau-Industrie. Auf einigen Werften werden Tanker, Eisbrecher und Kriegsschiffe gebaut; der erste atomgetriebene Eisbrecher der Welt lief in Leningrad vom Stapel. Das Elektrosila-Werk produziert Turbinen für die großen Wärme- und Wasserkraftwerke. In den im Süden der Stadt gelegenen Kirow-Werken, die zu Sowjetzeiten massenhaft Panzer und Traktoren fertigten, werden nun Baumaschinen, Generatoren, Schiffsteile und Kräne hergestellt. Ferner sind in St. Petersburg Textil-, Leder- und chemische Industrie ansässig. Generell hat sich die Schwerindustrie aber hin **zur Konsumgüter- und Lebensmittelindustrie verlagert**. Aktuell gehört die Pharmabranche zu den aufstrebenden Branchen in der Region. Die größte Brauerei Russlands, Baltika, ist seit 1990 ebenfalls in St. Petersburg ansässig.

Automobilindustrie

St. Petersburg galt zuletzt als das »russische Detroit«: Autobauer wie Toyota, Ford, Nissan, General Motors und Hyundai haben hier ihre Werke errichtet. Der massive Wertverlust des Rubels von 2014 bis 2016, die damit verbundene geringere Kaufkraft und die niedrigen Rohstoffpreise beendeten den Pkw-Boom jedoch: Der russische Automobilmarkt schrumpfte um 50 Prozent zusammen. Opel zog Mitte 2015 die Konsequenzen und schloss das Werk in St. Petersburg.

Bauwirtschaft

Die russische Bauwirtschaft hat sich, wie andere Branchen, von der globalen Finanzkrise von 2009 zunächst erholt. Doch schon 2014 traf die Rubelabwertung auch die Bauwirtschaft erneut hart: Viele Großprojekte wurden auf Eis gelegt oder neu konzipiert, dazu gehört auch das »Europa-Ufer«, das ursprünglich ein Tanzzentrum und den Obersten Gerichtshof beherbergen sollte. Das Terminal **Morskoj Fassad** wurde hingegen in den vergangenen Jahren erfolgreich ausgebaut, hier machen viele internationale Kreuzfahrtschiffe Halt.
Nach langjähriger Bauzeit wurde 2011 der **Autobahnring** fertiggestellt. Teil der Trasse ist ein 25 km langer Damm für fast 3 Mrd. Euro, der die Stadt vor Hochwasser schützen soll und die Insel Kotlin mit dem Festland verbindet. 2016 ging eine mit großen Brücken die Newa-Mündung querende Maut-Autobahn in Betrieb, die das Stadtzentrum vom Durchgangsverkehr entlastet.

Kaum Arbeitslosigkeit

Das Ende der Sowjetunion stürzte St. Petersburg in eine tiefe Wirtschaftskrise, die viele Entlassungen nach sich zog. Das hat sich in den darauffolgenden Jahren geändert: Jahrelang herrschte in St. Petersburg de facto Vollbeschäftigung. Infolge der Rubelabwertung hat sich die Situation nur geringfügig verschlechtert. Die offizielle Arbeitslosenquote lag 2016 unter 2 Prozent; für ganz Russland belief sie sich 2017 auf 5,5 Prozent. Die Kaufkraft der Bevölkerung ist aber dramatisch eingebrochen.

Touristenmagnet

Russische und ausländische Gäste

Neben Moskau ist St. Petersburg Russlands wichtigstes Touristenzentrum. 2016 kamen ca. 7 Mio. Gäste, davon 3 Mio. Ausländer. Russlands Ukraine-Politik verschreckt jedoch viele US-Amerikaner und Europäer: Seit 2014 reisen weniger westliche Privatpersonen nach Russland, dafür **mehr Gäste aus China**, die nun die meisten Touristen in St. Petersburg stellen. Entsprechend wurde die Hotel-Auszeichnung »China friendly« eingeführt. In den vergangenen Jahren sind viele moderne Mini-Hotels, Pensionen und Hostels – teilweise in umgebauten Privatwohnungen – entstanden.

Krisen hinterlassen ihre Spuren

EU-Sanktionen und Wirtschaftskrise

Wegen der russischen Annexion der Krim und der Situation in der Ostukraine hat die Europäische Union 2014 Sanktionen gegen Russland verhängt, die seither halbjährlich verlängert werden. Der Kreml reagierte mit Gegensanktionen und boykottierte Lebensmittel der EU. Die Krise führte unter anderem dazu, dass sich Russland **Asien zugewendet hat**, vor allem China. Auch der Rubelverfall in Folge der gesunkenen Erdölpreise haben Russlands Wirtschaftsleistung seit 2014 massiv einbrechen lassen. Teure Kredite und ein Inflationsschub – 15,5 Prozent 2015 und 5,4 Prozent 2016 – führten zu weniger Absätzen bei Privatkonsumenten und zu weniger ausländischen Investitionen. Steigende Preise zehrten das Einkommen der Bevölkerung auf, was zu einer sozialen Krise im Land geführt hat – v. a. allem Lebensmittel sind deutlich teurer geworden. 2017 zeichnete sich wieder eine wirtschaftliche Erholung ab.

Ausblick: Fußball-WM

Von den elf Austragungsorten der Fußballweltmeisterschaft 2018 in Russland war St. Petersburg mit sieben Spielen neben Moskau die wichtigste Spielstätte. Zur Vorbereitung wurde viel in die **Verkehrsinfrastruktur** investiert: Eine Autobahn von Moskau nach St. Petersburg, ebenso eine Hochgeschwindigkeitsbahnstrecke nach Kasan sowie Flughafenterminals in vielen Städten. In St. Petersburg wurden die Ausbaupläne für die Metro geändert, um vorrangig das neue Fußballstadion auf der Krestowskij-Insel besser anzubinden. Dessen Bau zog sich mit vielen Skandalen zehn Jahre hin und verschlang letztlich ca. 800 Mio. Euro. 2017 wurde die Arena eingeweiht.

STADTGESCHICHTE

St. Petersburg hat eine erstaunliche Geschichte. Innerhalb weniger Jahrzehnte entwickelt sich die auf dem Reißbrett entstandene Stadt zum unumstrittenen administrativen und kulturellen Zentrum des Zarenreichs.

Welcher Kalender gilt?

Am 1. Januar 1700 lässt Peter der Große im Zuge seines Europäisierungsprogramms die bis dahin gültige byzantinische Zeitrechnung auf den **Julianischen Kalender** umstellen. Die Einführung des **Gregorianischen Kalenders** erfolgte in der Russischen Sowjetrepublik erst am 14. Februar 1918. Die Zeitdifferenz zwischen dem Julianischen Kalender und dem in Westeuropa seit Ende des 16. Jh.s gebräuchlichen Gregorianischen betrug am 1. März 1900 13 Tage.Demnach fand die Oktoberrevolution nach dem Julianischen Kalender am

STADTGESCHICHTE

DIE ANFÄNGE	
1703	Stadtgründung
1704	Beginn des Baus der Admiralität
1707	Die ersten Bauten in Peterhof werden errichtet
1712	St. Petersburg wird Hauptstadt
PRACHTVOLLE ZARENRESIDENZ	
1764	Gründung der Eremitage
1824	Flutkatastrophe
1825	Dekabristenaufstand
1835	Petersburg hat 515 000 Einwohner
REVOLUTIONÄRE JAHRE	
1905	Blutiger Sonntag
1914	Aus St. Petersburg wird Petrograd
1917	Oktoberrevolution
1918	Moskau wird wieder Hauptstadt
1921	Aufstand von Kronstadt
SOWJETISCHE ZEIT	
1924	Aus Petrograd wird Leningrad
1941–1944	Blockade durch deutsche Truppen
1955	Erste Strecken der Metro werden eröffnet
NEUE FREIHEIT	
1991	Aus Leningrad wird wieder St. Petersburg
1998	Die Überreste des ermordeten letzten Zaren und seiner Familie werden in der Peter-Paul-Kathedrale beigesetzt
2003	Das 300-jährige Bestehen St. Petersburgs wird gefeiert
2010	Gazprom beginnt mit dem Bau des Lachta-Turms
2012	Proteste und Festnahmen anlässlich der Wiederwahl Putins zum Staatspräsidenten

25. Oktober statt, nach dem Gregorianischen jedoch am 7. November. In der Tabelle oben und im Folgenden werden die Daten bis zur Kalenderreform in Russland von 1918 nach dem Julianischen Kalender angegeben.

Eine Stadt entsteht aus dem Nichts

Die Geschichte von St. Petersburg beginnt am 16. Mai 1703. An diesem Tag wird der Grundstein für die Peter-Paul-Festung gelegt. Erst zu Beginn desselben Monats sind die Russen unter Graf Scheremetjew bis zur Newa-Mündung vorgestoßen und haben die Festung Nyenschanz erobert. An diesem nur von einigen finnischen Bauern bewohnten Ort lässt **Peter der Große** aus dem Geschlecht der Romanows (▶ Baedeker Wissen, S. 154/155) die Stadt entstehen und benennt sie nach seinem Namenspatron. In alten Urkunden und Karten findet sich neben der deutschen Bezeichnung auch die holländische Sankt Piter Bourgh oder St. Petersburch. Dem Aufbau der Stadt stehen enorme geografische und politische Widrigkeiten entgegen. Aufwändige und daher kostspielige Entwässerungsarbeiten sind nötig, um das sumpfige Gelände des Newa-Deltas überhaupt bebauen zu können. Zudem führt Russland Krieg mit Schweden (Nordischer Krieg, bis 1721); mehrere Gefechte finden in der Nähe der gerade gegründeten Zarenresidenz statt. Erst als die Schweden in der Schlacht von Poltawa (1709) geschlagen werden, kann wenigstens die Stadt weitgehend als gesichert angesehen werden. Dass Peter der Große dennoch diesen Ort für seine neue Hauptstadt auswählt, ist darauf zurückzuführen, dass hier gut ein **Hafen** angelegt werden kann und der Anschluss an das russische Flusssystem gegeben ist. Wichtig ist auch die Nähe zu Westeuropa, geht es Peter dem Großen doch darum, wie Puschkin es ausdrückt, ein »Fenster nach Europa« zu öffnen.

Die ersten Bauten

Welche Bedeutung der **Flottenbau** für Peter den Großen hat, zeigt die Tatsache, dass schon 1704 mit dem Bau der Admiralität begonnen wird. Auch die ersten Arbeiten für die Anlage des Sommergartens werden in Angriff genommen. Schutz erhält die Stadt durch die Festung Kronstadt auf der vor der Newa-Mündung gelegenen Insel Kotlin. In Peterhof, der Sommerresidenz des Zaren, entstehen 1707 die ersten Bauten. Das 1710 gegründete Alexander-Newskij-Kloster wird 1711 mit der Admiralität durch eine Straße verbunden, die ab 1788 Newskij Prospekt heißt.

St. Petersburg wird Hauptstadt

Das Bauprogramm des Zaren kann nur **mit drastischen Maßnahmen** durchgeführt werden. Baumaterialien sind an der Newa-Mündung ein seltenes Gut. So ergeht 1710 ein Erlass, nach dem jeder Einwohner der Stadt jährlich 100 Steine abliefern oder eine hohe Geldstrafe zahlen muss. Ein Ukas von 1714 besagt, dass Steinbauten nur noch in St. Petersburg errichtet werden dürfen; dieser Erlass wird erst 1741 wieder aufgehoben. Die drakonischen Erlasse des Zaren zeigen Erfolg: Schon 1712 erklärt Peter der Große St. Petersburg anstelle von Moskau zur **Hauptstadt des Russischen Reichs**. Beim Adel stößt dies auf wenig Begeisterung, nur ungern gibt man die bequemen Wohnsitze in Moskau auf. Leibeigene – zwischen 1712 und 1716 sind ständig 50 000 Menschen am Aufbau von St. Petersburg beteiligt – werden an die Newa beordert, Zwangsansiedlungen erfolgen. Die am Aufbau der Zarenmetropole Beteiligten leben unter elen-

desten Bedingungen. Sie hausen in Erdlöchern, erhalten nur wenig zu essen, sind ständig von Krankheiten bedroht und haben selbst bei geringfügigen Vergehen grausame Strafen zu erwarten. Allen Widrigkeiten zum Trotz werden die Visionen des Zaren Realität. Als Peter der Große 1725 stirbt, hat die Stadt bereits 70 000 Einwohner.

Moskauer Intermezzo

Nach der Ernennung Peters II., eines Enkels Peters des Großen, 1727 zum Zaren wird der Sitz des Hofs wieder nach Moskau verlegt. Nur ein Intermezzo: Schon 1732 bestimmt die nunmehr regierende Zarin Anna Iwanowna, eine Tochter Iwans V., St. Petersburg wieder zur Hauptstadt des Reichs. Bis 1918 behält die Metropole an der Newa diesen Status.

Prachtvolle Zarenresidenz

Repräsentative Bauten

Zarin Elisabeth beauftragt 1754 den von ihr bevorzugten Architekten **Rastrelli** mit dem Bau des vierten, bis heute erhaltenen Winterpalais. 1762 ist es fertiggestellt. Aus dem Ankauf einer größeren Bildersammlung in Deutschland entsteht 1764 im Winterpalais der Grundstock der Eremitage. Erst 1852 werden die Kunstsammlungen als öffentliches Museum einem größeren Publikum zugänglich.

Bildungseinrichtungen

Das 1764 in St. Petersburg gegründete Smolnyj-Institut ist die erste höhere Bildungseinrichtung für adlige Mädchen in Russland. In Zarskoje Selo wird 1811 das Lyzeum eröffnet, eine Eliteschule, die auf wichtige Positionen im Staatsdienst vorbereiten soll. 1843 verlegt man die Schule, zu deren ersten Zöglingen Puschkin gehört, nach St. Petersburg. Aus der Umbildung des Pädagogischen Hauptinstituts entsteht 1819 die St. Petersburger **Universität** mit zunächst drei Fakultäten.

Flutkatastrophe

Am 7. November 1824 erreicht die Newa ihren bisher höchsten Wasserstand, der mehr als 4 m über dem normalen liegt. Bei der Flutkatastrophe ertrinken Hunderte Menschen, zahlreiche Häuser werden fortgespült.

Dekabristenaufstand

Als Alexander I. im November 1825 überraschend stirbt, ist zunächst ungeklärt, ob sein unstandesgemäß katholisch verheirateter Bruder Konstantin oder der jüngere Nikolaus die Nachfolge antreten wird. Diese Unsicherheit bietet einer **Offiziersverschwörung**, die in verschiedenen geheimbündlerischen Organisationen seit geraumer Zeit vorbereitet wird, die günstige Gelegenheit zum Putsch. Auf dem Senatsplatz in St. Petersburg versammeln sich am 14. Dezember etwa

Peter der Große ist sogar in der U-Bahn gegenwärtig: Station Narwskaja.

3000 Soldaten, die sich weigern, den Eid auf den neuen Zaren Nikolaus abzulegen. Der Dekabristenaufstand (von russ. »dekabr« = Dezember) kann jedoch innerhalb weniger Stunden von zarentreuen Truppen niedergeschlagen werden. Die Anführer des Aufstands werden in der Peter-Paul-Festung inhaftiert und im Juli 1826 hingerichtet.

Petersburger Stil

Im Lauf des 19. Jh.s bildet sich der »Petersburger Stil« heraus: In Architektur, Malerei, Musik, Mode und Esskultur werden verschiedene **europäische Einflüsse** übernommen, jedoch den russischen Gegebenheiten angepasst. In St. Petersburg geht es ausgesprochen »weltstädtisch« zu. Immerhin zählt die Stadt 1825 bereits 425 000 Einwohner, Moskau dagegen erst gut 240 000.
So profitiert St. Petersburg auch als erste Stadt im Riesenreich von technischen Errungenschaften: 1837 wird die **erste russische Eisenbahnlinie** zwischen St. Petersburg und Zarskoje Selo eröffnet.

Deutsche in St. Petersburg

Natürlich zieht es viele Ausländer in die aufstrebende Metropole, und Peter der Große und seine Nachfolger tun ein Übriges, um Baumeister, Berater und Kaufleute aus dem Ausland nach St. Petersburg zu holen. Um 1900 hat die Stadt einen Ausländeranteil von 20 Prozent, darunter viele Deutsche. In etlichen Läden am Newskij Prospekt ist Deutsch die Umgangssprache. Zu den bekanntesten Deutschen, die zeitweilig in St. Petersburg leben, gehören die Gemahlinnen der Zaren, die natürlich deutsches Personal mitbringen, **Heinrich Schliemann**, der als Kaufmann ein Vermögen in St. Petersburg verdient, und **Otto Fürst von Bismarck**, der hier von 1859 bis 1862 als preußischer Gesandter tätig ist. Wer mehr über die Geschichte der Deutschen in St. Petersburg wissen will, besucht die Lutherische Peterskirche am Newskij Prospekt 22 – 24 (www.petrikirche.ru).

Revolutionäre Jahre

Industrialisierung

1801 wird die staatliche Eisengießerei zur Herstellung von Artilleriegeschossen gegründet. Sie entwickelt sich zu einem bedeutenden Metallurgie- und Maschinenbauunternehmen, heute unter dem Namen Kirow-Werk bekannt. Weitere Fabriken und Werften entstehen. Im bisher prächtigen St. Petersburg entstehen nun ärmliche Vorstädte mit rasch heruntergekommenen Mietskasernen und schmutzigen Märkten.

Unruhen

Derartige Verhältnisse befeuern soziale Unruhen. Die erste sozialrevolutionäre Demonstration auf russischem Boden findet 1876 vor der Kasaner Kathedrale statt. Die Ruhe ist mit Gewalt schnell wieder hergestellt, die Beteiligten kommen vor Gericht. Lenin gründet 1895 zusammen mit Wassilij Starkow in St. Petersburg den **»Kampfbund zur Befreiung der Arbeiterklasse«**.

Revolution von 1905

Anfang 1905 führt ein Streik der Belegschaft des Putilow-Werks (heute Kirow-Werk) zu einem die ganze Stadt erfassenden Aufstand. Der 9. Januar geht als **Blutiger Sonntag** in die Geschichte ein: Vor dem Winterpalais findet eine Massendemonstration statt. Den Arbeitern, die dem Zaren lediglich eine Bittschrift überreichen wollen, lässt Nikolaus II. mit Waffengewalt antworten. Hunderte Tote sind zu beklagen. Im Lauf des Jahres bilden sich erst in Petersburg, dann auch in anderen Orten als Zusammenschluss von Streikkomitees Räte, so genannte **Sowjets**, die sich allmählich zu Organen der proletarischen Selbstverwaltung entwickeln.

Abdankung des Zaren

Mit Beginn des Ersten Weltkriegs wird St. Petersburg in Petrograd (Petersstadt) russifiziert. Selbst in der (Noch-)Hauptstadt funktioniert die Versorgung während des Kriegs immer schlechter; eine Streikbewegung weitet sich im Februar 1917 zum Generalstreik aus. Als auch die Petrograder Garnison meutert und sich den Demonstrierenden anschließt, ist die Abdankung von Nikolaus II. unausweichlich. Die Regierungsgewalt übernimmt die Erste Provisorische Regierung, geführt von j. Zar Nikolaus II. und seine Familie werden bis Juli in Zarskoje Selo interniert.

Oktoberrevolution

Mit Hilfe der deutschen Regierung, die an der Ostfront für Ruhe sorgen will, reist Lenin von Zürich nach Petrograd, wo er am 3. April 1917 eintrifft. In seinen einen Tag später verkündeten **Aprilthesen** fordert er die Beendigung des Kriegs, eine Republik der Arbeiterräte und die Kontrolle der Räte über die Produktion und deren Verteilung. Der provisorischen Regierung gelingt es nicht, die Versorgungslage zu verbessern, stattdessen unternimmt sie im Juni eine erneute Offensive an der Front, die von vornherein zum Scheitern verurteilt ist. Vor allem die Kriegsmüdigkeit führt dazu, dass sich die **Bolschewiki** – die Sozialdemokratische Arbeiterpartei Russlands hat sich 1903 in die Bolschewiki (Mehrheitler) und in die **Menschewiki** (Minderheitler) gespalten – unter Führung Lenins schließlich durchsetzen können.
In der Nacht vom 24. auf den 25. Oktober (6./7. November) besetzen die Bolschewiki die strategisch wichtigsten Punkte der Stadt, die provisorische Regierung zieht sich ins Winterpalais zurück. In der darauffolgenden Nacht werden die Mitglieder der provisorischen Regierung verhaftet, nur Regierungschef Kerenskij kann fliehen (► Baedeker Wissen S. 212/213). Nachdem eine erneute Offensive die deutschen Truppen in die Nähe von Petrograd gebracht hat, kommt es 1918 zum Abschluss des Friedensvertrags von Brest-Litowsk.

Verlust der Hauptstadtfunktion

Unter dem Eindruck der unmittelbaren militärischen Gefährdung der Hauptstadt siedelt die Sowjetregierung 1918 von St. Petersburg nach Moskau über. Deshalb, aber auch wegen einer Hungersnot als Folge des zwischen »Roten« und »Weißen« ausgebrochenen Bürger-

AN DIE ARBEITER, SOLDATEN UND BAUERN

... war der Aufruf betitelt, mit dem der Allrussische Sowjetkongress – nach dem Auszug der gemäßigten Sozialrevolutionäre und der Menschewiki – die Verhaftung der provisorischen Regierung und den Übergang der Macht auf die Sowjets der Arbeiter, Soldaten und Bauern bekannt gab. Die Bolschewiki hatten mit der bewaffneten Revolution für vollendete Tatsachen gesorgt.

▶ **Schauplätze des 25. Oktober 1917** (7. November nach Gregorianischem Kalender)

Papst Gregors XIII. **Kalenderreform** von 1582 wurde im orthodoxen Russland ignoriert, sodass man den alten (Julianischen) Kalender weiterbenutzte, der 13 Tage »hinterherhinkte«. Die Bolschewiki änderten das zum Jahreswechsel 1917/18.

	Februarrevolution, Sturz des Zaren	Lenins Aprilthesen	Ankunft Lenins in Petrograd; ZK beschließt den bewaffneten Aufstand	Beginn des bewaffneten Aufstands; Allrussischer Sowjetkongress	Dekret über den Frieden, Dekret über Grund und Boden	Einsetzung des Rats der Volkskommissare	Dekret üb Arbeiterkontrolle
Julianischer Kalender	23.02.	07.04.	27.09.	25.10.	26.10.	27.10.	01.11.
Gregorianischer Kalender	06.03.	20.04.	10.10.	07.11.	08.11.	09.11.	14.11.

Die Protagonisten

Wladimir Iljitsch Uljanow (Kampfname seit 1900: »Lenin«) Der Berufsrevolutionär kehrte im April 1917 mit deutscher Unterstützung aus dem Schweizer Exil zurück und übernahm das Amt des Vorsitzenden des »Rats der Volkskommissare« und somit die Führung der Bolschewiki.

Lew Dawidwitsch Bronstein (Leo Trotzki) Vertrauter Lenins, Volkskommissar und Gründer der Roten Armee. Er wurde 1927 ins Exil getrieben und 1940 in Mexiko ermordet.

Alexander Fjodorowitsch Kerenski Mitglied der Sozialrevolutionäre, seit Juli 1917 Ministerpräsident der provisorischen Regierung. Nach der Absetzung ging er ins Exil nach Frankreich, dann in die USA, wo er 1970 starb.

Idee mit Verfallsdatum
Sozialistische Staaten seit 1917

Dauer in Jahren

- über 60
- 50 – 60
- 40 – 50
- 30 – 40
- 20 – 30
- 10 – 20
- unter 10

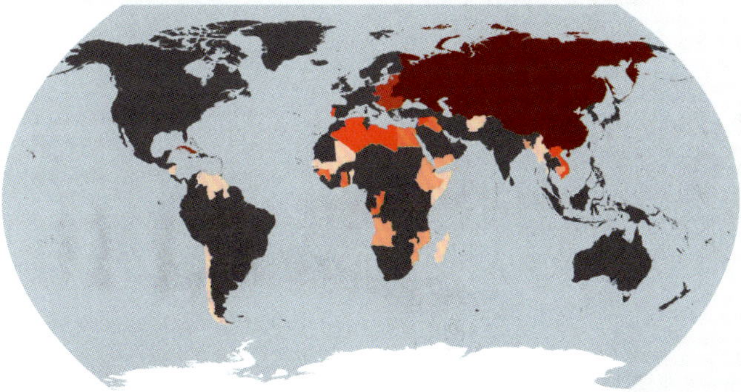

Der Weg zur Sowjetunion

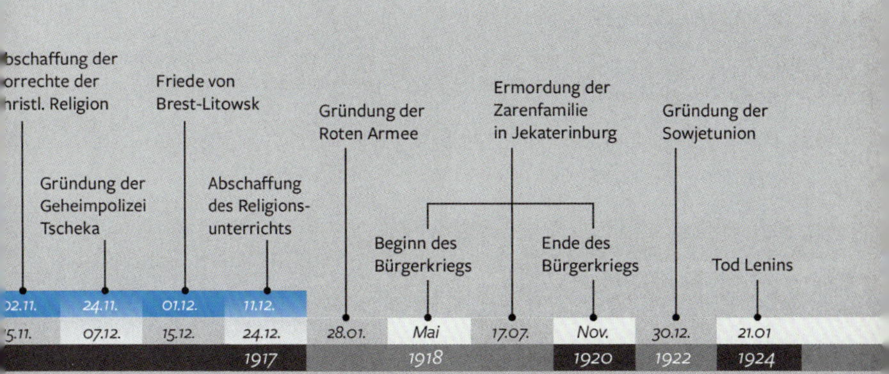

kriegs, verringert sich die Einwohnerzahl drastisch: Hatte Petrograd 1916 2,4 Mio. Einwohner, so sind es 1920 nur noch 722 000.

Aufstand von Kronstadt

Die in Kronstadt stationierten **Matrosen**, die wesentlich am Gelingen der Oktoberrevolution beteiligt und zu einer Elitetruppe der Bolschewiki geworden sind, erheben sich im März gegen deren Einparteienherrschaft. Die Rote Armee schlägt den Kronstadter Aufstand am 18. März 1921 nieder.

Sowjetische Zeit

Aus Petrograd wird Leningrad

Nach dem Tod Lenins am 21. Januar 1924 erhält Petrograd schon sechs Tage später den Namen Leningrad. Unter diesem Namen wird die Stadt 1927 Gebietshauptstadt innerhalb der Russischen Unionsrepublik.

Zweiter Weltkrieg

Am 22. Juni 1941 beginnt der Angriff deutscher Truppen auf die Sowjetunion. Schlüsselburg östlich von Leningrad wird am 8. September eingenommen, am 12. September Peterhof. Die Stadt wird von deutschen Truppen fast völlig eingekreist. Es beginnt ein zermürbenden **Stellungs- und Belagerungskrieg**, der ungeheuer viele Opfer fordert. Er endet erst im Januar 1944 mit der erfolgreicher sowjetischen Gegenoffensive dauert, die die Wehrmacht zum Rückzug zwingt (▶ Baedeker Wissen S. 216/217).

Wiederaufbau

Nun macht sich die Bevölkerung an den Wiederaufbau. Die ersten Teilstrecken der **Metro** werden 1955 eröffnet. Mit der Hansestadt Hamburg wird bereits 1957 eine Städtefreundschaft geschlossen. Zwei Jahre später läuft der erste atomgetriebene Eisbrecher der Welt (»Lenin«) in einer Leningrader Werft vom Stapel. Für die während der Blockadezeit bewiesene Standhaftigkeit verleiht die Sowjetregierung Leningrad 1965 den Ehrentitel einer **»Heldenstadt«**.

Viel Ehre, geringe Bedeutung

Leningrad gilt in der Sowjetunion als Hauptstadt der Wissenschaft und Forschung, wird wegen der einzigartigen Bausubstanz geschätzt, als »Heldenstadt« und Stadt der drei Revolutionen geehrt – doch kann all das nicht darüber hinwegtäuschen, dass Moskau das unumstrittene Zentrum des Staats geworden ist.

Neue Freiheit

Aus Leningrad wird St. Petersburg

Am 12. Juni 1991 entscheidet sich eine knappe Mehrheit der Bevölkerung für die erneute Umbenennung von Leningrad in St. Petersburg. Anfang September 1991 stimmt der Oberste Sowjet der Russi-

Zurück in die UdSSR wünscht sich diese Dame wohl sicher nicht. Zu viel hat sich verändert seit dem Ende des Sowjetstaats.

schen Föderation der Rückbenennung zu. Nach einer im Oktober des Jahres erlassenen Verordnung erhalten 43 Straßen und Plätze in St. Petersburg ihren ursprünglichen Namen zurück.

Das Ende der UdSSR

Im August 1991 scheitert ein Putsch reformfeindlicher Militärs und Politiker nicht zuletzt am entschiedenen Vorgehen des russischen Präsidenten Boris Jelzin. Unterstützung kommt aus St. Petersburg in Form einer von Bürgermeister Sobtschak organisierten Massendemonstration vor dem Winterpalais. Elf Republiken der früheren Sowjetunion gründen am 21./22. Dezember die **Gemeinschaft Unabhängiger Staaten** (GUS) und besiegeln damit endgültig das Ende der UdSSR. Die 1993 verabschiedete Verfassung garantiert – mindestens auf dem Papier – Menschen- und Bürgerrechte sowie das Mehrparteiensystem und schützt das Privateigentum. Der Präsident hat weitreichende Vollmachten. 1996 verliert Sobtschak die Bürgermeisterwahlen. Sein Stellvertreter Wladimir Putin verlässt St. Petersburg und setzt seine Karriere zielstrebig in Moskau fort. 2000 wird er Jelzins Nachfolger als Staatspräsident.

900 TAGE HUNGER UND NOT

Die schrecklichsten Tage seiner Geschichte erlebte Leningrad während der deutschen Blockade im Zweiten Weltkrieg. Zwischen 700 000 und 800 000 Leningrader starben an Hunger, insgesamt kamen mehr als 1 Million Menschen um – für die Tragödie der Belagerung von Leningrad gibt es in der Weltgeschichte keine Parallele.

»Sehr kalt. Die Stadt ist in einem schrecklichen Zustand. Die Straßen werden nicht gereinigt. Es ist sehr schwer, sich zu bewegen. Man sieht viele Menschen mit Schlitten und Leichen, viele Leichen. Die Brotration ist erhöht worden, aber es gibt keine Möglichkeit, Brot zu kaufen. Vor den Brotgeschäften stehen riesengroße Schlangen. Heute gibt es wieder kein Brot.« Dieser **Tagebucheintrag vom 27. Januar 1942** stammt von Georgij Zim, einem Leningrader Marineoffizier a. D. Die letzte Eintragung erfolgte am 10. Februar desselben Jahres. Danach wurde Zim über den Ladogasee evakuiert, starb aber kurz darauf an den Folgen seiner Unterernährung.

Leningrad soll verschwinden

Im Rahmen des **»Unternehmens Barbarossa«**, dem am 22. Juni 1941 begonnenen Angriffskrieg auf die Sowjetunion, ist die Einnahme von Leningrad von vornherein erklärtes Kriegsziel der deutschen Wehrmacht. Am 4. September 1941 erfolgen die ersten Artillerieangriffe auf Leningrad, denen zwei Tage später schwere Luftangriffe folgen. Mit der Einnahme von Schlüsselburg östlich von St. Petersburg am 8. September ist die Stadt vollkommen von deutschen Truppen eingeschlossen – die 900 Tage dauernde Blockade von Leningrad beginnt. Mitte September stoßen die deutschen Truppen bis in die Vororte der Stadt vor, eine schnelle Einnahme glückt jedoch nicht. Leningrad ist zu diesem Zeitpunkt bereits Nebenkriegsschauplatz, die deutschen Kräfte konzentrieren sich auf den Angriff auf Moskau. Hitler befiehlt, Leningrad durch Bombardierung, Artilleriebeschuss und Aushungern zur Übergabe zu zwingen. In einer Geheimen Weisung des Oberkommandos der Wehrmacht vom 23. September 1941 heißt es: »Der Führer ist entschlossen, die Stadt Petersburg vom Erdboden verschwinden zu lassen. Es besteht nach der Niederwerfung Sowjetrusslands keinerlei Interesse an dem Fortbestand dieser Großsiedlung.«

Hungerrationen

Der erste Winter in der belagerten Stadt ist gleichzeitig der schlimmste. Lebensmittelrationierungen ist die Bevölkerung bereits seit Juli ausgesetzt gewesen. Katastrophal wird die Situation im Oktober. Luftangriffe im September haben riesige Lebensmittelvorräte zerstört. Ein früher Wintereinbruch setzt der Bevölkerung zusätzlich zu. Zwar werden Lebensmittelmarken ausgegeben, doch gibt es so gut wie nichts mehr dafür. Die **Brotration** wird immer weiter reduziert. Am 1. Oktober haben Arbeiter noch Anspruch auf 400 g Brot, Frauen und Kinder auf 200 g pro Tag. Am 20. November wird die Ration auf 250 bzw. 125 g reduziert. Wie lange kann man von ca. 300 Kalorien täglich leben? Allein im

Dezember verhungern 53 000 Menschen . Viele fallen einfach auf der Straße um, ihre Leichen bleiben oft tagelang liegen. Hinzu kommt die Kälte. An manchen Tagen sinkt das Thermometer auf minus 40 °C. Heizmaterial ist kaum vorhanden. Wasser- und Elektrizitätsversorgung sind zusammengebrochen.

Die Straße des Lebens

Die einzige Möglichkeit, Lebensmittel in die Stadt zu transportieren oder Menschen zu evakuieren, ist die »Straße des Lebens« über den **Ladogasee**. Vor allem Mütter mit kleinen Kindern und alte Menschen sollen in Sicherheit gebracht werden, im Sommer mit Lastkähnen, im Winter auf Lastwagen über den zugefrorenen See. Die Verbindung zwischen Stadt und See stellt eine Eisenbahnlinie her. Natürlich beschießen die deutschen Truppen diese einzige Verbindung Leningrads mit der Außenwelt. Viele Lkw bleiben in Schneewehen stecken, andere versinken im Eis. Die Verlustrate bei der Evakuierung ist hoch. Viele sprechen daher von der **»Straße des Todes«**.

Der Durchbruch

Ab 18. Januar 1943 gelingt den sowjetischen Streitkräften ein Durchbruch bei Schlüsselburg. Doch die vollständige Befreiung der Stadt gelingt erst nach dem Mitte Januar 1944 gestarteten **Großangriff der Roten Armee** am 27. Januar 1944. Die Menschen erfahren davon im Radio. Am Abend erhellen Tausende bunter Leuchtkugeln den Himmel. Wer den Horror überlebt hat, ist auf der Straße und feiert mit den anderen Überlebenden.

Winter 1941/1942: Diese Wasserleitung am Newskij-Prospekt funktioniert noch.

Aussöhnung

Die in Jekaterinburg bereits 1991 entdeckten Gebeine der ermordeten letzten Zarenfamilie werden in der Peter-Paul-Kathedrale am 17. Juli 1998, dem 80. Jahrestag der Erschießung von Nikolaus II. und seiner Familie, nach orthodoxem Ritus feierlich beigesetzt. Die Umbettung der aus Dänemark stammenden Mutter des letzten Zaren, Maria Fjodorowna, in die Zarengruft erfolgt im September 2006. 2010 wurde hier Leonida Romanowa (geb. 1917) als letztes Mitglied der Romanow-Dynastie, das auf dem Territorium des Zarenreichs geboren wurde, beigesetzt.

Stadtjubiläum

Das 300. Stadtjubiläum wird 2003 mit mehreren, aufwendiegn Feierlichkeiten begangen. Staatsoberhäupter und hochrangige Gäste aus 45 Ländern nehmen daran teil. Kulturelles Highlight ist die Eröffnung des rekonstruierten, legendären **Bernsteinzimmers** (▶ Baedeker Wissen S. 188/189).

Treffpunkt der »Großen«

2008 wird das Verfassungsgericht von Moskau nach St. Petersburg verlegt, 2012 folgt das Oberkommando der russischen Kriegsmarine. Damit hat die »zweite Hauptstadt« des Landes endlich staatliche Einrichtungen, um diesen Ruf zu rechtfertigen.
Der Konstantinspalast in Strelna bei St. Petersburg ist Treffpunkt der wirtschaftlichen und politischen Weltelite, zuletzt beim G8-Gipfel 2006 und beim G20-Gipfel 2013.

Es wird gebaut

Mit dem am nordwestlichen Stadtrand auf 463 m hochgezogen **Lachta-Turm** steht Europas höchster Wolkenkratzer nun in St. Petersburg. Bauherr war der russische Ölkonzern Gazprom. Das umliegende Lachta-Zentrum ist als Mehrzweckareal mit Planetarium, Kultur-, Sport- und Freizeiteinrichtungen gedacht.
Ein ehemaliges militärisches Sperrgebiet auf einer acht Hektar großen Insel wird seit einigen Jahren zu einem neuen Freizeit- und Erholungsareal umgebaut. Das **Projekt Neu-Holland** nahe dem Mariinskij-Theater, südwestlich der Admiralität, sieht die Restaurierung der historischen Bauten vor. Erste Geschäfte, Kultur- und Freizeiteinrichtungen haben eröffnet. Finanziert wird das Kanalinselprojekt vom russischen Oligarchen Roman Abramowitsch.

Gouverneur und Homophobie

Amtierender Gouverneur (diesen Titel trägt das Stadtoberhaupt seit 1996) von St. Petersburg ist seit 2011 der aus Aserbeidschan stammende **Georgij Poltawtschenko**, ein Gefolgsmann von Wladimir Putin und ehemaliger KGB-Mitarbeiter.
Noch vor der Russischen Föderation, die Mitte 2013 ein Gesetz gegen die »Propaganda von Homosexualität« verabschiedet, wird in St. Petersburg ein solches Gesetz erlassen, das »positive Äußerungen über Homosexualität« in der Öffentlichkeit und in den Medien streng bestraft.

Die russische Verfassung billigt dem Staatspräsidenten nur zwei aufeinanderfolgende Amtsperioden zu. Waldimir Putin allerdings wusste das zu umgehen: 2008 wird **Dimitri Medwedjew**, der ebenfalls aus St. Petersburg stammt, zum Staatspräsidenten gewählt, räumt nach einer Amtsziet das Feld aber wieder für Putin, der solange als Ministerpräsident amtierte. Wahl und Amtseinführung des neuen alten Staatspräsidenten 2012 werden auch in St. Petersburg von Protesten und Demonstrationen begleitet. Putins dritte Amtszeit endet 2018. Es ist auch die erste Amtsperiode eines russischen Staatspräsidenten, die nach einer 2008 vorgenommenen Gesetzesänderung nun sechs statt vier Jahre dauert.

Proteste gegen Putin

Bei den Duma-Wahlen im September 2016 sichert sich die Putin-Partei **»Einiges Russland«** eine Zwei-Drittel-Mehrheit im Parlament. Die niedrigste Wahlbeteiligung in der Geschichte Russlands (48 Prozent landesweit) wird in St. Petersburg sogar noch deutlich unterboten, wo nur einer von drei Wahlberechtigten (32 Prozent) zur Wahlurne geht. St. Petersburg neigt wie Moskau eher dem Kreml-kritischen Lager zu.

Parlamentswahlen 2016

ARCHITEKTURGESCHICHTE

Keine andere bedeutende Stadt in Europa ist so planmäßig errichtet worden wie St. Petersburg. Peter der Große ließ seine Stadt aus dem Nichts entstehen und trieb den Ausbau außergewöhnlich schnell voran. Schon 50 Jahre nach ihrer Gründung konnte sich die neue Hauptstadt Russlands, jedenfalls was die Pracht ihrer Bauten anging, mit Metropolen wie Paris, Wien oder Rom vergleichen.

Gesamtkunstwerk St. Petersburg

Die Zaren holten die besten Architekten und Künstler aus Europa nach St. Petersburg. Vor allem Italiener, Franzosen, Holländer und Deutsche schufen im Barockstil und Klassizismus Bauwerke, die der Stadt noch heute ihr eindrucksvolles **westeuropäisches Gepräge** geben. Die rasante und grandiose Bautätigkeit hielt etwa bis zur Mitte des 19. Jh.s an, danach wurde nichts wirklich Großartiges mehr geschaffen. :

Ambitionierte Architektur

Frühbarock

Einfache Grundrisse, nüchterne Fassaden

Die am Aufbau von St. Petersburg beteiligten ausländischen Baumeister brachten zwar westeuropäische Architekturformen in die neue Zarenresidenz, doch mussten sie sich den besonderen landschaftlichen Gegebenheiten und dem Geschmack ihrer Auftraggeber anpassen. So erfuhr der damals Europa beherrschende Barockstil in St. Petersburg spezifische Ausprägungen. Zweckbauten entstanden mit einfachen Grundrissen und nüchternen Fassaden. Falls sie überhaupt Verzierungen erhielten, traten diese kaum hervor. Lediglich flache Pilaster (Wandpfeiler) oder Lisenen (senkrechter Mauerstreifen) gliederten die einzelnen Geschosse. Eine große Rolle spielte allerdings die **Farbe**. Meist wurden die Fassaden zweifarbig gestrichen. Bevorzugt wurde ein warmer roter Grundton, von dem sich die weißen Fensterrahmungen, Pilaster u. a. gut abheben.
Als einer der ersten westeuropäischen Architekten kam der Tessiner Domenico Trezzini (um 1670 – 1734) nach St. Petersburg. Er war am Bau der Peter-Paul-Festung, des Sommerpalais im Sommergarten), der Zwölf Kollegien und des Alexander-Newskij-Klosters beteiligt. Ferner wirkten zu dieser Zeit die Deutschen Andreas Schlüter (um 1660 – 1714), Johann Braunstein und Gottfried Schädel (1680 bis 1752), der Franzose Jean Baptiste Leblond (1679 – 1719) sowie die Italiener Giovanni Maria Fontana und Gaetano Chiaveri (1689 – 1770) aus dem Tessin in St. Petersburg, Peterhof, Zarskoje Selo und Oranienbaum. Mit Ausnahme des Menschikow-Palais und des Kikin-Palasts (Taurisches Palais) ist von ihren Arbeiten aber wenig erhalten.

Russischer Barock

Bauwerke als Symbole der Macht

Im Lauf des 18. Jh.s legten die Zaren und der Adel zunehmend Wert darauf, als Symbol ihrer Macht und ihres Einflusses repräsentative Bauten entstehen zu lassen. Die Folge waren **kompliziertere Grundrisse**, manche Architekten errichteten Anlagen im geschlossenen Karree wie beim Smolnyj-Kloster und dem Winterpalais. Fast immer gliedern Risalite – aus der Fluchtlinie eines Baus in ganzer Höhe hervortretende Gebäudeteile – die Paläste. Säulen, Halbsäulen, Pilaster, Fensterumrahmungen und Giebel lockern die Fassaden auf. Die Ecken eines Bauwerks werden durch oft sogar gebündelte Säulen betont. Noch bedeutender als zuvor wurde die Farbgebung. Als Grundtöne dominieren Türkis, Azurblau und ein dunkles Grün, Fensterrahmungen u. a. bleiben weiß, plastische Details wie Statuen oder Vasen auf dem Dach werden mit einem Gold- oder Olivton hervorgehoben.

Die Kuppeln der Palastkirche von Zarskoje Selo hatten rein dekorativen Charakter. In Farbgebung und Goldglanz sind sie typisch für den russischen Barock.

Kirchenbau

Zwar war das Hauptthema des russischen im Gegensatz zum italienischen Barock der Profanbau, doch entstanden in diesem Stil auch einige Kirchenbauten. Dabei knüpfte man mit der **Fünfkuppelanlage** an altrussische Traditionen an. Die Anordnung der Kuppeln variiert jedoch erheblich. Mal hatten sie rein dekorativen Charakter wie beim Katharinenschloss in Zarskoje Selo, mal standen sie dicht gedrängt wie bei der Smolnyj-Kathedrale, mal weit auseinander wie bei der Nikolaus-Marine-Kathedrale.

Bartolomeo Francesco Rastrelli

Geprägt wurde der Stil des Russischen Barock wesentlich von Bartolomeo Francesco Rastrelli (um 1700 – 1771), der die ersten Bauaufträge von der Zarin Anna Iwanowna. bekam und unter Elisabeth I. der meistbeschäftigte und dominierende Architekt des Hofs wurde. Er nahm aber auch Aufträge von privaten Bauherren an; überall kopierte man seine Bauweise: »azurne Mauern in einem Schwarm weißer Säulen«. In St. Petersburg baute Rastrelli u. a. das Winterpalais, den Großen Palast von Peterhof, den Katharinenpalast von Zarskoje Selo, das Smolnyj-Kloster und das Stroganow-Palais. Ein weiterer bedeutender Vertreter des Russischen Barock war Sawa I. Tschewakinskij (1713 – ca. 1783), sein Meisterwerk ist die Nikolaus-Marine-Kathedrale.

Spätbarocker Klassizismus

Ab den 1760er Jahren

Klassizistische Bauprinzipien tauchen in St. Petersburg erst seit den 1760er-Jahren auf. Zunächst wurden zusammen mit klassizistischen Elementen noch barocke Formen verwendet. Die Architekten dieser Epoche – vor allem Wassilij I. Baschenow (1737 – 1799), Jean Baptiste Vallin de la Mothe (1729 – 1800), Antonio Rinaldi (1709 – 1794) und Jurij M. Veldten (1730 – 1801) – schufen Bauten mit stark horizontal und vertikal gegliederten Fassaden, bauplastische Elemente spielten kaum noch eine Rolle. Hiervon zeugen u. a. die Akademie der Künste, der Gostiny Dwor, die Kleine Eremitage oder auch die Katharinenkirche auf dem Newskij Prospekt.

Reifer Klassizismus

Wichtigstes Element werden die Säulen

Seine volle Ausbildung erreichte der Klassizismus in den 1780er- und 1790er-Jahren. In Anlehnung an antike Bautraditionen avancierte die Säulenanordnung zum wichtigsten Architekturelement. Die Säulen hatten nicht mehr rein dekorative Funktion, sondern auch eine konstruktive. Den Mittelteil eines Gebäudes betont fast immer ein Portikus, über dem sich ein Dreiecksgiebel erhebt. Auch Seitenflügel erhielten Portiken, allerdings um ihre Zweitrangigkeit auszudrücken, häufig solche aus Halbsäulen oder Pilastern. Die Grundrisse der Gebäude gehen von einfachen geometrischen Figuren aus. Auf bauplastischen Schmuck verzichtete man fast völlig, Fenster- und Türöffnungen erhielten nur noch schlichte Umrahmungen. Die Farbgebung wurde ausgesprochen dezent, vorherrschend sind ein zartes Gelb oder Grau, von dem sich weiße Säulen und Fensterumrahmungen nur leicht abheben. In dieser mitunter auch als **»Empfindsamer Klassizismus«** bezeichneten Epoche versuchte man die Gebäude in die sie umgebende Landschaft harmonisch einzufügen. Dies gelang ganz besonders gut in den Landschaftsparks der Zarensommerresidenzen. Giacomo Quarenghi (1744 – 1817) und Charles Cameron (1743 – 1812) waren die bedeutendsten Architekten dieser Zeit. Quarenghi errichtete u. a. die Akademie der Wissenschaften, das Smolnyj-Institut sowie die Assignatenbank. Cameron wurde von Katharina der Großen mit zahlreichen Arbeiten in Pawlowsk und Zarskoje Selo betraut. Die Bauten von Iwan J. Starow (um 1743 – 1808) zeichnen sich durch eine unkonventionelle Gestaltung des Baukörpers aus.

Alexandrinischer Klassizismus

Einfachheit, Mächtigkeit und Strenge

Die Macht und Geltung, die Russland unter Alexander I. erlangte, spiegelt sich in den Bauten dieser Epoche wider. Ebenso wie im übrigen Europa berief man sich nun nicht mehr ausschließlich auf römische Bautraditionen, sondern wandte sich auch dem griechischen Original, insbesondere dem dorischen Stil, zu. Alles war auf Einfachheit, Mächtigkeit und Strenge ausgerichtet. Die verwendeten Säulen wurden stärker und kürzer. Gelegentlich umlaufen sie wie beim griechischen Peripteros-Tempel den Bau von allen Seiten, etwa an der Börse auf der Strelka. Die Fenster haben keinerlei Rahmungen mehr, sind nur noch viereckige Einschnitte. Bedeutung gewannen große **Reliefplastiken**, vor allem mit militärischen Motiven (Sieg über Napoleon 1812!). Dies zeigt sich beispielsweise an der unter Leitung von Andrej D. Sacharow (1761 bis 1811) völlig umgebauten Admiralität. Für Wassilij P. Stassow (1769 – 1849) ist die sparsame Verwendung architektonischer Details kennzeichnend. Beim Marstall oder bei den Kasernen des Paulsregiments gelang es ihm in hervorragender Weise, Repräsentationswillen mit Zweckmäßigkeit zu verbinden. Anders als in den vorangegangenen Jahrzehnten ging es nun nicht mehr ausschließlich darum, Einzelbauwerke zu schaffen, sie sollten darüber hinaus zu einem Ganzen verbunden werden. So legte Thomas de Thomon (1754 – 1813) die Börse als »Knotenpunkt« eines großen Stadtensembles an.

Carlo Rossi

Was Rastrelli für die Epoche des Russischen Barock war, war der in Neapel geborene Carlo Rossi (1775 – 1849) für den Alexandrinischen

Klassizismus. Er trat 1816 er in die Dienste des Petersburger Hofs. In den folgenden Jahren schuf er zahlreiche prachtvolle Gebäude und erwies sich als perfekter Stadtplaner. So entwarf er beispielsweise den Platz der Künste samt den umliegenden Bauten, das Generalstabsgebäude am Schlossplatz oder auch nahezu einen ganzen Stadtteil um das Alexandra-Theater am Ostrowskij-Platz. Seine letzten Arbeiten führte Rossi zu Beginn der 1830er-Jahre aus, danach zog er sich aus dem öffentlichen Leben zurück, blieb aber weiterhin in St. Petersburg, wo er 1849 starb.
Gleichzeitig mit dem Rückzug Rossis als Architrekt setzte der allmähliche Verfall des Klassizismus ein. Die klassizistischen Stilformen wurden nur noch schablonenhaft verwendet. Davon zeugt bereits die von Auguste Ricard de Montferrand (1786 – 1858) geschaffene Isaakskathedrale.

Der Schlossplatz mit Generalstabsgebäude und Alexandersäule ist alexandrinischer Klassizismus in Reinkultur.

Historismus

Neostile dominieren

Ebenso wie im übrigen Europa verstärkten sich mit dem Niedergang des Klassizismus die sogenannten Neostile. Die führenden Petersburger Architekten dieser Zeit, Andrej J. Stackenschneider (1802 bis 1865), Alexander P. Brüllow (1798 – 1877) und Konstantin A. Thon (1794 – 1881) schufen Bauten im Stil von Neoromanik, Neogotik, Neorenaissance und Neobarock (z. B. das Bjelosselskij-Bjeloserskij-Palais am Newskij Prospekt), das Mariinskij-Theater, den Moskauer Bahnhof oder auch die Bauten im Alexandra-Park von Peterhof. Viele Gebäude haben etwas Übertriebenes, Überdimensionales an sich. Bisweilen finden sich an einem Bauwerk Motive verschiedener Stilepochen. Während im sonstigen Russland bevorzugt auf die altrussische Baukunst zurückgegriffen wurde, fand diese Richtung in St. Petersburg kaum Berücksichtigung. Eine Ausnahme bildet die Auferstehungskirche.

Jugendstil

»Stil modern«

Gegen den Historismus wandte sich der Jugendstil oder »Stil modern«, wie er in Russland genannt wird. Obgleich nur ein gutes Jahrzehnt lang in diesem Stil gebaut wurde, hat er in St. Petersburg zahlreiche Spuren hinterlassen. Vor allem auf der Petrograder Seite sind ganze Viertel und Straßenzüge vom Jugendstil geprägt. Charakteristische Merkmale sind eine freie Grundrissgestaltung, Fenster verschiedener Art und Größe sowie unterschiedlich gestaltete Fassadenwände: Neben verputzten Flächen gibt es welche mit grob behauenen Steinen, Ziegeln oder Klinkersteinen. In St. Petersburg, zu dieser Zeit das unumstrittene Banken- und Finanzzentrum Russlands, entstanden zahlreiche repräsentative **Bankbauten** (z. B. das Bankhaus Wollenberg am Newskij Prospekt, die Asow-Don-Bank in der Morskaja Uliza 3 – 5 u. a.). Als neuer Gebäudetypus tauchten um die vorige Jahrhundertwende **Warenhäuser** auf, vielfach um einen Lichthof angelegt und mit verglasten Fassaden, wie das Kaufhaus DLT oder das Geschäft des Delikatessenhändlers Jelissejew am Newskij Propekt. Beispiel für einen Jugendstil-Stadtpalast ist die Villa der Ballerina Kschessinskaja, heute Museum der politischen Geschichte Russlands (▶ S. 269), die einen sehr asymmetrischen Grundriss besitzt.

Petersburger Moderne

Klarheit und Großzügigkeit

Die Jahre um 1910 standen im Zeichen eines **»neuen Klassizismus«**, der die dekorativen Elemente und den Hang zur Stilisierung

Die Auferstehungskirche zeigt sich mit ihren bunten Zwiebeltürmen zwar klassisch-altrussisch, ist aber architektonisch ein Fremdkörper in St. Petersburg.

des Jugendstils ablehnte. Vor allem beim Bau von Miethäusern kam diese Stilvariante, die sich durch Klarheit, Großzügigkeit und maßvolles Dekor auszeichnet, zum Tragen. Funktionale Elemente wie Belüftungs- und Liftschächte oder auch Fenster wurden bewusst in die Gestaltung einbezogen und betont, häufig vergrößern Erker den Wohnraum. Es galt nicht nur, die Häuser zur Straße hin ansehnlich zu gestalten, auch die meist einem Innenhof zugewandten Rückfronten der Häuser wurden nun wichtig. Hinter den Fassaden verbergen sich helle, komfortable, meist geräumige Wohnungen. Zahlreiche Beispiele für diesen Baustil findet man entlang des kilometerlangen Kamennoostrowskij Prospekt, der östlich der Peter-Paul-Festung beginnt und sich nach Nordwesten zieht.

Sowjetarchitektur

Konstruktivismus

Nach der Oktoberrevolution ging die Architektur von den Prinzipien des Konstruktivismus aus. In den Randbezirken von Petrograd bzw. Leningrad entstanden übersichtliche, zweckmäßige Bauten, die den Bedürfnissen des Volkes gerecht werden sollten.

Während der Stalinzeit stagnierte die Entwicklung der Architektur. Auf klassizistischer Grundlage wurden monumentale Wohnblocks errichtet, wie man sie heute noch entlang des Moskauer Prospekts sieht. Von gigantischen Turmbauten, die die Silhouette Moskaus bestimmen, blieb Leningrad damals verschont, da die kommunistischen Machthaber die Wirkung der alten Bauten nicht beeinträchtigen wollten. Stalinscher Neoklassizismus

In den Sechziger- und Siebzigerjahren des 20. Jh. schossen in den Randgebieten der Stadt riesige Neubausiedlungen wie Pilze aus dem Boden. Vor allem in den Siebzigerjahren arbeiteten zunehmend bildende Künstler mit Architekten zusammen.

Gegenwart

Nach dem Zusammenbruch der Sowjetunion kam die Bautätigkeit in St. Petersburg nahezu zum Erliegen. Die Geldmittel reichten nicht einmal aus, um die historische Bausubstanz hinreichend zu sanieren. Einen Aufschwung brachte das Stadtjubiläum 2003, als zumindest die Fassaden in der Innenstadt wieder hergerichtet wurden. Ein Schwerpunkt der Architekturtätigkeit liegt seit einigen Jahren auf dem Wohnungsbau, aber auch große Einkaufs- und Handelszentren oder Hotels entstehen. Zudem wurde und wird in **Großprojekte** wie den Autobahnring und den Schutzdeich (▶ Baedeker Wissen, S. 200/201) investiert. Ein bedeutender Neubau war auch das im Mai 2013 eröffnete nMariinskij-Theater II, über dessen architektonische Qualität sich die Geister streiten.

INTERESSANTE MENSCHEN

Große Dichtkunst: Anna Achmatowa

Leben und Werk von Anna Achmatowa (eigentlich Anna Andrejewna Gorenko) sind eng mit St. Petersburg verbunden. Geboren wurde Anna Achmatowa im Süden der Ukraine. ihre Kindheit, die vom Tod der beiden Schwestern überschattet wurde, verbrachte sie im Ort Zarskoje Selo (heute Puschkin). Achmatowa heiratete 1910 den Dichter Nikolaj Gumiljow (geschieden 1918), 1912 wurde der Sohn Lew Gumiljow geboren. Das junge Paar unternahm Reisen nach 1889 – 1966 Lyrikerin

Frankreich, in die Schweiz und nach Italien. Gemeinsam mit Ossip Mandelstam und anderen begründete sie 1912 die dichterische Gruppierung der **Akmeisten**, die sich als Gegenbewegung zu den Symbolisten verstand und deren Lyrik sich durch eine klare konzentrierte Formensprache auszeichnete. Schon ihre ersten beiden Gedichtbände mit überwiegend schwermütig-erotischer Lyrik fanden in der Öffentlichkeit ein äußerst positives Echo.
Auch nach der Revolution blieb Achmatowa in Leningrad. Bis 1950 mit Schreibverbot belegt, wurde die Dichterin nach Stalins Tod zwar rehabilitiert, doch waren viele ihrer Werke (z. B. »Requiem«) erst seit Ende der 1980er-Jahre in der Sowjetunion erhältlich. Heute gilt Anna Achmatowa sowohl im In- als auch im Ausland (1965 wurde ihr die Ehrendoktorwürde der Oxford University zugesprochen) als bedeutendste russische Dichterin. Ein Vierteljahrhundert nach ihrem Tod richtete die Stadt in Räumen des Scheremetjew-Palais, in denen Achmatowa 30 Jahre gelebt hatte, ein Museum ein.

Im Konflikt mit der Sowjetmacht: Joseph Brodsky

1940 – 1996
Dichter

Als Joseph Brodsky, eigentlich Iossif A. Brodskij, 1987 den Literaturnobelpreis erhielt, wurde er mit einem Schlag weltberühmt. Er wurde 1940 in Leningrad geboren, verließ bereits mit 15 Jahren die Schule und geriet schon früh mit der sowjetischen Führung in Konflikt. 1964 wurde er **wegen »parasitärer Lebensführung«** ins Straflager geschickt, ein Jahr später begnadigt und 1972 ausgewiesen. Danach ging er in die USA und lehrte an verschiedenen Universitäten, betätigte sich aber auch als Lyriker und Essayist sowie als Übersetzer. Nach zwei Herzoperationen starb er am 28. Januar 1996 in New York.
Poesie war für Joseph Brodsky, der sich selbstironisch als schlechten Russen, als schlechten Juden, aber als guten Dichter bezeichnete, Selbstzweck, die ästhetische Bestimmung des Menschen. In seinen Arbeiten, insbesondere in dem Roman »Erinnerungen an Leningrad«, setzte er sich auch intensiv mit den als Kind und Jugendlicher in Leningrad gemachten Erfahrungen auseinander.

Großer Erzähler: Fjodor M. Dostojewskij

1821 – 1881
Schriftsteller

Fjodor M. Dostojewskij wurde 1821 in Moskau als Sohn eines Arztes geboren. Von 1838 bis 1843 studierte er an der Militäringenieurschule in St. Petersburg, ab 1844 betätigte er sich als freier Autor. Sein 1846 erschienenes Erstlingswerk, der Briefroman »Arme Leute«, hatte großen Erfolg, es folgten Arbeiten wie die Erzählungen »Weiße Nächte« (1848). Einen Einschnitt in Dostojewskijs Leben

Dostojewskijs letzte Petersburger Wohnung ist heute Museum.
Auf diesem Sofa starb er.

bedeutete seine **Verhaftung als Verschwörer** 1849. Das schon verhängte Todesurteil wurde in vier Jahre Verbannung umgewandelt. Nach St. Petersburg durfte Dostojewskij erst 1859 zurückkehren. Obgleich zwischen 1860 und 1880 seine großen Romane – »Schuld und Sühne« (neue Übersetzung: »Verbrechen und Strafe«), »Die Dämonen«, »Die Brüder Karamasow« u. a. – erschienen, quälten ihn, abgesehen von seinen letzten Lebensjahren, permanent Geldsorgen. Dostojewskij bewohnte in St. Petersburg 16 verschiedene Wohnungen, von denen die letzte, in der er die »Brüder Karamasow« schrieb und in der er auch starb, als Museum hergerichtet ist (▶ S. 57). In seinem Werk, vor allem in »Schuld und Sühne«, ist St. Petersburg präsent, obgleich er sie anscheinend nicht sehr schätzte:

»
Fenster, Löcher – Monumente.
Nein, ich liebe sie nicht, die Schöpfung Peters.
«

Musik und Politik: Waleri A. Gergijew

geb. 1953
Theaterintendant, Dirigent

St. Petersburgs heutiger Rang als »Russlands Kulturhauptstadt« ist zu einem Gutteil dem unermüdlichen Intendanten des Mariinskij-Theaters zu verdanken: Waleri Gergijew, in Wladikawkas im Kaukasus aufgewachsen, übernahm noch in der Endphase der Sowjetunion die Leitung des damals »Kirow-Theater« genannten Traditionshauses für Oper und Ballett. Seit seinem Amtsantritt 1988 mehrte der gebürtige Ossete mit zahlreichen neuen Festivals, einer drastischen Ausweitung des Repertoires und schließlich der Errichtung von gleich zwei Zweigbühnen den Ruf des Mariinskijs als Russlands Olymp der Oper. So sorgte Gergijew um die Jahrtausendwende dafür, dass die über Jahrzehnte in Russland geächteten Opern von Richard Wagner wieder zur Aufführung kamen. **Russlands Star-Dirigent** ist auch im Ausland gefragt: 1995 übernahm er auch die Leitung des Rotterdamer Philharmonieorchesters und wechselte dann zum Londoner Symphonieorchester. Seit 2015 ist Gergijew Chefdirigent der Münchner Philharmoniker.

International sorgte Gergijew auch **mit politisch symbolträchtigen Konzerten** für Aufsehen: 2008 traten seine Musiker nach dem kurzen russisch-georgischen Krieg im südossetischen Zchinwali auf. Und nachdem die Kämpfer des »Islamischen Staats« aus dem syrischen Palmyra vertrieben worden waren, dirigierte Gergijew 2016 das Mariinskij-Orchester im Amphitheater der historischen Ruinenstadt.

Umstritten: Katharina die Große

1729 – 1796
Zarin

Katharina die Große gehört zu den umstrittensten Persönlichkeiten der Geschichte. Geboren wurde sie als Sophie Auguste Friederike von Anhalt-Zerbst in Stettin. Mit 15 Jahren kam sie nach St. Petersburg, um mit dem russischen Thronfolger, dem späteren Zaren Peter III., verheiratet zu werden. Nach ihrem Übertritt zur russisch-orthodoxen Kirche nannte man sie Katharina Alexejewna. Im Juli 1762 gelang es Katharina, sich **des verhassten Ehemannes** zu entledigen: Er wurde zur Abdankung gezwungen und seine spätere Ermordung gebilligt. Nunmehr Alleinherrscherin, präsentierte sie sich der Weltöffentlichkeit gern als gebildete, von den Ideen der Aufklärung beeinflusste Persönlichkeit. 1767 berief sie eine Gesetzgebende Kommission ein, die über umfassende Reformen zu beraten hatte. Keine der liberalen Überlegungen wurde jedoch auch nur ansatzweise verwirklicht, und die sozialen Gegensätze verschärften sich, die sich schließlich im Pugatschow-Aufstand 1773/1774 entluden und auf den die Zarin mit gewohnter Härte reagierte.
In militärischer Hinsicht konnte Katharina die Große hingegen eindrucksvolle Erfolge vorweisen. Zwei Türkenkriege brachten Russland in den Besitz der Krim und weiter Landstriche bis hin zu den Ufern des Schwarzen Meers, ferner wurde Polen eingenommen, und ein Sieg gegen Schweden war zu verzeichnen. Großen Raum in ihren eigenen Memoiren und in den zahlreichen über sie veröffentlichten Biografien nimmt das **Liebesleben** der Zarin ein.

Oberster Bolschewik: Wladimir I. Lenin

1870 – 1924
Revolutionär

Lenin hat durch die Schaffung Sowjetrusslands wie niemand sonst die Weichen für die Weltpolitik des 20. Jh.s gestellt. Er wurde unter dem Namen Wladimir Iljitsch Uljanow im Gouvernement Simbirsk geboren. Seine glückliche Kindheit im streng religiösen Elternhaus endete 1886 mit dem Tod des Vaters. Nachdem der ältere Bruder zum Tode verurteilt und gehenkt wurde, übersiedelte die Familie nach Kasan. Wladimir Iljitsch immatrikulierte sich an der dortigen Universität, beteiligte sich an Studentenkundgebungen und wurde nach Kokuschkino verbannt. Als Externer erhielt er in St. Petersburg 1892 das Universitätsdiplom ersten Grades, vor allem aber widmete er sich seiner politischen Arbeit und veröffentlichte erste Schriften. Auf einer Reise durch Deutschland, Frankreich und die Schweiz ergaben sich 1895 Kontakte zu russischen Emigranten, noch im Herbst desselben Jahres gründete er den »Petersburger Kampfbund zur Befreiung der Arbeiterklasse«. Die Verhaftung folgte auf dem Fuße: 1897 – 1900 verbrachte Lenin in der sibirischen Verbannung, wo er im Juli 1898 **Nadeschda Krupskaja** heiratete und den Decknamen »Lenin« annahm (für den es keine überzeugende Deutung gibt). 1900 bis 1905 verbrachte er im Ausland; nach der gescheiterten Revolution von 1905 lebte er von 1907 bis 1917 wiederum im Exil. Nach dem Ausbruch der Februarrevolution kehrte Lenin mit deutscher Unterstützung nach Russland zurück, wo er von der Petrograder Arbeiterschaft im Triumph empfangen wurde. Unter seiner Führung rissen die Bolschewiken dann am 25. Oktober (7. November) die Macht an sich. Als **Vorsitzender des Rats der Volkskommissare** stand Lenin nun an der Spitze des Staates. Bis zu seinem Tod hatte er die Parteiführung inne. Er starb an einer Gehirnsklerose, sein Leichnam wurde einbalsamiert und wird bis heute in einem Mausoleum auf dem Roten Platz in Moskau zur Schau gestellt.

Vater der Wissenschaft: Michail W. Lomonossow

1711 – 1765
Naturwissenschaftler und Dichter

Michail W. Lomonossow, viel zitiertes Universalgenie und Mitbegründer der Universität in Moskau, lebte und wirkte in St. Petersburg. Er entstammte einer Bauernfamilie, verließ aber schon als Jugendlicher sein Heimatdorf am Weißen Meer und wurde zur slawisch-griechisch-lateinischen Akademie in Moskau zugelassen. Später wechselte er auf das Akademische Gymnasium in St. Petersburg. Die weitere Ausbildung setzte er in Deutschland in Marburg und Freiberg (Sachsen) fort. Nach fünf Jahren kehrte er nach St. Petersburg zurück und arbeitete fortan an der Akademie der Wissenschaften, die damals ihren Sitz im Gebäude der Kunstkammer hatte. Als erster Russe erhielt Lomonossow 1745 den **Professorentitel für Chemie**. Daneben

Sowohl Peter der Große als auch Lenin drückten Russland ihren Stempel auf.

beschäftigte er sich aber ebenso intensiv mit Physik, Astronomie und der russischen Grammatik und Literatur. Nebenbei fand er noch Zeit, sich für die Errichtung einer Glas- und Mosaikfabrik zu interessieren. In seinen Arbeitsräumen in der ehemaligen Kunstkammer ist ein Museum zu Ehren des »Vaters der russischen Wissenschaft« bzw. des »Vaters der russischen Grammatik und Literatur« eingerichtet (► S. 104).

Stadtgründer: Peter der Große

1672 – 1725
Zar

Noch heute ist die Erinnerung an Peter den Großen, den Stadtgründer, in St. Petersburg lebendig. Sein Denkmal am Dekabristen- bzw. Senatsplatz suchen Hochzeitspaare zum Fotoshooting auf, und auf seinem Sarkophag in der Peter-Paul-Kathedrale liegen immer Blumen. 1682 wurden ihm gemeinsam mit seinem geistig behinderten Halbbruder Iwan V. die Thronrechte zugesprochen; die Regentschaft für die minderjährigen Zaren übte bis 1689 die Schwester Sofija aus. Mit dem Tod Iwans V. 1696 wurde Peter der Große Alleinherrscher. Wichtige Erfahrungen sammelte er auf einer Auslandsreise, die ihn 1697/1698 inkognito u. a. nach Riga, Amsterdam und Wien führte. Danach versuchte er, Russlands Rückständigkeit durch eine **Annäherung an den Westen** zu bekämpfen und eine politische Gleichberechtigung mit anderen europäischen Ländern zu erreichen. Die über 3000 Ukasse seiner Regierungszeit entsprangen aber keinem einheitlichen Reformprogramm, sondern waren eher den wechselnden Erfordernissen angepasst. Durch militärische Erfolge machte er Russland zur beherrschenden Großmacht im Ostseeraum.
Einerseits besaß Peter der Große also überragende Fähigkeiten als Staatsmann und Oberbefehlshaber, andererseits war er eine problematische Persönlichkeit. Er konnte grausam reagieren: Gegen seinen Sohn Alexej verhängte er die Todesstrafe, seiner Frau und Nachfolgerin, Katharina I., präsentierte er den Kopf eines Liebhabers in Spiritus. Als »den Großen« kann man Peter I. hingegen wegen der tiefgreifenden Veränderungen bezeichnen, die er bewirkte. Er brachte Russland einen entscheidenden Schritt voran auf dem Weg vom zwar riesigen, aber unbedeutenden Agrarstaat zur international anerkannten und wirtschaftlich vergleichsweise starken Adels- und Beamtenmonarchie des 18. Jahrhunderts.

Allgegenwärtig: Alexander S. Puschkin

1799 – 1837
Dichter

In St. Petersburg stößt man unweigerlich auf die Person Puschkins: Denkmäler, Museen und nach ihm benannte Straßen, Plätze und Kulturstätten erinnern an den Dichter, der als **Schöpfer der russischen**

Literatursprache gilt. Den Schwerpunkt seines Werks bildet die Lyrik, daneben hat er aber auch etliche Dramen verfasst und sich vor allem nach 1830 der Prosa gewidmet. Mit St. Petersburg verband Alexander S. Puschkin, der am 26. Mai 1799 in Moskau geboren wurde, zeitlebens eine intensive Beziehung, die auch in seinen Arbeiten immer wieder Ausdruck fand. Von 1811 bis 1817 besuchte er in Zarskoje Selo (heute Puschkin) das Lyzeum, die berühmteste Eliteschule des zaristischen Russlands. Seine oft satirischen und politischen Gedichte führten dazu, dass er 1820 Petersburg verlassen musste. Das Exil dauerte bis 1826 und sein Werk unterstand anschließend der persönlichen Zensur des Zaren. Es konnte nur mit Verzögerung erscheinen. Puschkin befand sich ständig in Geldnöten, die sich durch seinen Lebenswandel verstärkten: Phasen tiefer Depression wechselten mit Perioden ausschweifender Lebensfreude. Die Zahl seiner Geliebten ist nicht zu überschauen. Auch nach seiner Heirat 1831 blieb sein Leben von Unrast gekennzeichnet. Angriffe auf die Ehre seiner Frau, einer nicht zuletzt von Zar Nikolaus I. viel bewunderten Schönheit, führten am 27. Januar 1837 zu einem **Duell**, das tödliche Folgen hatte. Puschkin starb zwei Tage später in seiner Wohnung an der Mojka 12. Sein Leichnam wurde heimlich aus dem Haus gebracht und im Kloster Swjatogorsk beigesetzt.

Machthungrig: Wladimir W. Putin

geb. 1952
Politiker

Russlands Langzeit-Präsident ist heute der mit Abstand bekannteste Petersburger – geachtet, beinahe vergöttert von den einen, gefürchtet von den anderen. Dabei wurde Wladimir Putin der Aufstieg in höchste Sphären wahrlich nicht in die Wiege gelegt: Seine Eltern hatten die Blockade Leningrads überlebt und arbeiteten in einem Waggonbauwerk; die dreiköpfige Familie lebte in einem Zimmer in einer Kommunalwohnung ohne Bad. Nach dem Jura-Studium ging er zum Geheimdienst KGB und wurde zum Spezialisten für Spionageabwehr ausgebildet. Von 1985 bis 1990 lebte er mit seiner Familie **in Dresden**, wo er formell Direktor des »Hauses der Freundschaft« war. In dieser Zeit perfektionierte er seine Deutsch-Kenntnisse.

1991 wurde Putin von seinem ehemaligen Jura-Professor Anatoli Sobtschak in die Stadtverwaltung geholt. Nach Sobtschaks Abwahl wechselte Putin 1996 in die Präsidenten-Administration, wo er unter Boris Jelzin Karriere machte und im August 1999 zum **Premierminister** ernannt wurde. Als Jelzin am 31. Dezember 1999 überraschend zurücktrat, wurde Putin zunächst kommissarischer, dann gewählter **Präsident** – das Amt, das er mit Unterbrechung und trotz Protesten bis heute innehat. Es gelang ihm, Russland politisch zu stabilisieren. Nach den von Armut geprägten und von vielen Russen als Chaos empfundenen 1990er-Jahren erlebte Russland unter seiner

Was verbirgt sich unter Wladimir Putins Schale?

Führung ein Jahrzehnt des wirtschaftlichen Aufschwungs. Viele demokratische Errungenschaften der Jelzin-Jahre wurden jedoch eingeschränkt.
Putin wird von einer großen Mehrheit der Bevölkerung als eloquenter und energischer Landesvater von vorbildhafter Sportlichkeit geschätzt. Doch die wohl einzige »Putin-Statue« in der Stadt ist ein winzig kleiner Gag: In der ganz Russland darstellenden Modelleisenbahn Grand Maket (► S. 161) reitet Putin mit nacktem Oberkörper durch die Taiga – auf einem Bären.

Russischer Realist: Ilja J. Repin

1844 – 1930
Maler

Der in Tschugujew geborene Ilja J. Repin ist der bedeutendste Vertreter des russischen Realismus. Seine Genreszenen, Historiengemälde und Porträts haben weit über die Grenzen Russlands hinweg nicht nur Anerkennung gefunden, sondern auch Ergriffenheit hervorgerufen. Nach dem Studium an der Akademie der Künste in St. Petersburg schuf Repin 1873 sein wohl bekanntestes Werk **»Die Wolga-Treidler«** (heute im Russischen Museum). Die realistische

Darstellung erregte in der Kunstszene größtes Aufsehen und galt bald als »Programm« der Peredwischniki (Wanderer). Die offizielle Presse monierte zwar Repins »Profanisierung der Malerei«, doch erkannte man die Bedeutung des Malers: Er erhielt ein Auslandsstipendium, das er zu Studien vorwiegend in Paris nutzte (1873 – 1876). Nach seiner Rückkehr schloss er sich der Künstlerkolonie in Abramzewo bei Moskau an, die eine Reform von Gesellschaft und Kunst forderte. Von 1884 bis 1907 lehrte Repin an der Akademie der Künste. Seit 1899 lebte er zeitweilig, später ständig auf seinem Landsitz Penaty im ca. 45 km nordwestlich von St. Petersburg gelegenen Kuokkala (heute Repino). Hier ist er auch begraben. Die meisten Werke von Repin hängen in der Tretjakow-Galerie in Moskau und natürlich auch im Russischen Museum in St. Petersburg.

Leningrader Sinfonie: Dmitrij D. Schostakowitsch

1906 – 1975
Komponist

Der in St. Petersburg geborene Dmitrij D. Schostakowitsch studierte 1919 bis 1930 am Konservatorium in Petrograd. Von 1939 bis 1958 war er dort Dozent und lehrte 1943 bis 1948 auch in Moskau. Zunächst war Schostakowitsch als Pianist und Komponist der nationalrussischen Schule verhaftet. Seinen ersten Erfolg errang er mit der Ersten Sinfonie in f-Moll (1926). Mit seinen späteren experimentierfreudigen Werken in freitonalem, polyrhythmischen Stil wurde er einer der führenden Komponisten der Sowjetunion. Wichtig für sein späteres Schaffen ist **die Leningrader oder Siebte Sinfonie**. Sie wurde während der Belagerung am 8. August 1942 im Großen Saal der Philharmonie, die heute den Namen von Schostakowitsch trägt, uraufgeführt und von allen russischen Rundfunksendern übertragen.

Der Erfinder des Reiseführers: Karl Baedeker

1801 – 1859
Verleger

Als Buchhändler kommt Karl Baedeker viel herum, und überall ärgert er sich über die »Lohnbedienten«, die die Neuankömmlinge gegen Trinkgeld in den erstbesten Gasthof schleppen. Nur: Wie soll man sonst wissen, wo man übernachten kann und was es anzuschauen gibt? In seiner Buchhandlung hat er zwar Fahrpläne, Reiseberichte und gelehrte Abhandlungen über Kunstsammlungen. Aber will man das mit sich herumschleppen? Wie wäre es denn, wenn man all das zusammenfasst? Gedacht, getan: Zwar hat er sein erstes Reisebuch, die 1832 erschienene »Rheinreise«, nicht einmal selbst geschrieben. Aber er entwickelt es von Auflage zu Auflage weiter. Mit der Einteilung in »Allgemein Wissenswertes«, »Praktisches« und »Beschreibung der Merk-(Sehens-)würdigkeiten« findet er die klassische Gliederung des Reiseführers, die bis heute ihre Gültigkeit hat. Bald sind immer mehr Menschen unterwegs mit seinen **»Handbüchlein für Reisende, die sich selbst leicht und schnell zurechtfinden wollen«**. Die Reisenden haben sich befreit, und sie verdanken es bis heute Karl Baedeker. St. Petersburg beschreibt er erstmals in der 1883 erschienenen 1. Auflage von »Baedeker's Russland«.

»

Die hervorragende Schönheit St. Petersburgs beruht hauptsächlich auf den richtigen Verhältnissen zwischen Strom, Strassen und Plätzen, auf einer grossartigen, schon im ersten Entwurf enthaltenen Raumverschwendung, welche die Riesenbauten, an denen die Stadt so reich ist, für das an grosse Verhältnisse gewöhnte Auge erst hervortreten und würdigen lässt.

«

Baedeker's Russland, 1. Auflage 1883

E

ERLEBEN & GENIESSEN

Überraschend, stimulierend, bereichernd

Mit unseren Ideen erleben und genießen Sie Sankt Petersburg.

Ein Ballettabend im Mariinskij-Theater verspricht Tanzkunst auf höchstem Niveau. ►

AUSGEHEN

Die prächtigen Jugendstilpaläste und Adelssitze von St. Petersburg sind eine ideale Kulisse für den kulturellen Fächer, der hier entfaltet wird.

Von Klassik bis Pop

Schon immer war die Auswahl an erstklassigen Opern, Konzerten und Ballettaufführungen sehr groß. Nicht verpassen sollte man das ▶ **Mariinskij-Theater** (Marientheater). Es gilt als Talentschmiede des Spitzentanzes in Russland. Auch das Angebot an modernen Rhythmen ist facettenreich: Hier finden sich kleine, heimelige Jazzkeller, mitreißende Popkonzerte oder Auftritte internationaler DJs.

»Wiege des russischen Rock«

St. Petersburg gilt als »Wiege des russischen Rock«: Im alternativen Art Center Puschkinskaja 10 (▶ S. 241), dem Zentrum der Petersburger Kunstszene, soll sich die **Kultgruppe DDT** formiert haben. Hier war das eher möglich als in Moskau, wo im Dunstkreis der Machtzentrale die Kultur mehr zensiert wurde. In »Piter« gab man sich liberaler und ließ den sich formierenden »Piterskij rok« (Petersburger Rock) gewähren.

Für jedes Budget, für jeden Geschmack

Das St. Petersburger **Nachtleben** hat sich in den vergangenen gut zwei Jahrzehnten grundlegend gewandelt – es gehört heute den Musikklubs, Diskotheken und Bars. Viele Klubs haben sogar rund um die Uhr geöffnet oder zumindest bis zum Morgengrauen. Auch hier ist das Angebot immens: Wer einen Cocktail in edler Lounge-Atmosphäre trinken, mit der russischen Boheme in Retro-Atmosphäre chillen oder ein Bier im holzvertäfelten Pub genießen möchte, muss nicht lange suchen. Ausgehmöglichkeiten für jedes Budget und jeden Geschmack, auch Restaurants und Cafés, die bis spät in die Nacht geöffnet haben, findet man entlang des Newskij Prospekt und in der Seitenstraße Uliza Rubinschteina, ebenso in der Dumskaja Uliza und der angrenzenden Uliza Lomonossowa.

Glücksspiel ist verboten

Wer schummrige Spielhöllen oder elegante Casinos sucht, wird in St. Petersburg nicht mehr fündig, denn die russische Regierung hat solche Etablissements landesweit verboten. Nur in vier Sonderzonen darf Glücksspiel betrieben werden, St. Petersburg gehört nicht dazu.

Kartenreservierung

Die Kartenvorbestellung für Theater und Konzert erfolgt am problemlosesten über die Rezeption des Hotels, wird dabei aber oft sehr kostspielig. Deutlich günstiger kommt es, Tickets **direkt beim Theater** (auch über dessen Website) oder bei einer Vorverkaufsstelle zu kaufen. Die meisten Theaterkassen haben von 10 bis 21 Uhr geöffnet, machen aber eine einstündige Mittagspause. Bequem ist zudem die

Online-Reservierung bei Anbietern wie www.kassir.ru oder www.bileter.ru, was je nach Anbieter auch auf Englisch möglich ist. Die Zustellung erfolgt bei rechtzeitiger Reservierung auch ins Hotel, Kreditkartenzahlung wird angeboten.
In den höchsten Preiskategorien ist es meist möglich, noch kurzfristig Karten für die gewünschte Vorstellung zu bekommen. Als Ausländer sollte man umgerechnet mindestens 50 € einkalkulieren, im Mariinskij-Theater kann die Karte durchaus 100 € und mehr kosten. **Vorstellungsbeginn** im Theater oder Konzert ist in der Regel bereits um 19 oder 19.30 Uhr, nur selten später.

ADRESSEN

❶ etc. ▸ Plan S. 254/255

DISKO, MUSIKKLUB

❶ KOTELNAJA KAMTSCHATKA
Kleiner uriger Konzertclub in jenem legendären Keller, wo Russlands Rocklegende Viktor Zoi einst als Heizer jobbte.
Uliza Blochina 15 (im Hof)
Metro: Sportiwnaja
www.clubkamchatka.ru

❻ FIDEL
Belebte Tanzbar in der populären Kneipenmeile Dumskaja Uliza - die ideale Party-Location.
Dumskaja Uliza 9
Metro: Newskij Prospekt
20 - 6 Uhr

❽ MISHKA BAR
Sehr populäre DJ-Bar in Top-Lage, in der sich oft jüngeres Publikum (ab 20) und Ausländer treffen.
Nab. Reki Fontankij 40
Metro: Gostinyj Dwor, Majakowskaja
ww.vk.com/mishkabar
18 - 2, Fr./Sa. bis 6 Uhr

❾ FISH FABRIQUE NOUVELLE
Klein und kultig mit einer Bühne für Live-Acts neuer Rockbands.
Ligowskij Prospekt 53 (im Art Center Puschkinskaja 10)
Metro: Ploschtschad Wosstanija
www.fishfabrique.ru
12 - 3 Uhr

⓫ DJUNY
Ganz hinten in einem alten Lagerhausareal betreibt Petersburgs deutsche Kneipen-Pionierin Ann-Christin Albers eine doppelstöckige Strandbar (sic!) - mit Sandkasten für die kleinsten Partygänger.
Ligowskij Prospekt 50, Geb. 11
vk.com/dunesonligovsky

⓬ GRIBOJEDOW
Der Untergrundklub in einem Bunker wurde 1996 von der Kultband »Dwa samoljota« gegründet. Im Glashaus »Gribojedow Hill« darüber geht es heute etwas gesetzter zu.
Woroneschskaja Uliza 2a
Metro: Ligowskij Prospekt
www.griboedovclub.ru
Mo. - Fr. ab 12, Sa./So. ab 14, So. - Do. bis 3, Fr./Sa. bis 6 Uhr

⓭ KLUB SAL OSCHIDANJA
Der »Wartesaal« gilt als eine Top-Location für Musikkonzerte, bis zu 1000 Zuhörer passen hinein.
Nab. Obwodnogo Kanala 118
Metro: Baltijskaja
www.clubzal.com

Wem das Gribojedow zu sehr Untergrund ist, sollte besser das gesetztere Gribojedow Hill im Stockwerk darüber ansteuern.

BLUES, JAZZ

2 JFC JAZZ CLUB

Nur wenige Tische: daher ist eine Reservierung empfehlenswert!
Schpalernaja Uliza 33
Metro: Tschernyschewskaja
www.jfc-club.spb.ru
19 – 23 Uhr

3 G.A. BLUES CLUB

Blues in intimer Atmosphäre mit exzellentem russischen Essen.
Liteinij Prospekt 33
Metro: Tschernyschewskaja
www.vk.com/gablues
12 – 24 Uhr, Konzerte 20.30 Uhr

10 JAZZ-PHILHARMONIE

Beliebte Jazzhalle mit zwei Sälen, in der Betreiber David Goloschtschjokin und seine Gäste auftreten. Relativ groß.
Sa.gorodnyj Prospekt 27
Metro: Swenigorodskaja
Tel. 7 64 85 65 (Tickets, tgl. 14 – 20 Uhr)
www.jazz-hall.ru

BAR UND PUB

4 GOLITSYN LOFT

Der Szenetreffpunkt schlechthin: Der alte Adelssitz beherbergt Dutzende kreativer kleiner Resto-, Wein- und Cocktail-Bars, Cafés, Ateliers und Shops.
Nab. Reki Fontanki 20
Metro: Gostiny Dwor
www.luna-info.ru/spaces

5 JÄGERHAUS

Russische Pub-Kette, die einer »traditionell deutschen Kneipe« nachempfunden ist.
Italjanskaja Uliza 10
Metro: Gostinyj Dwor

7 SHAMROCK

Eines der beliebtesten Irish Pubs der Stadt, immer gut besucht, auch von

Tänzern des gegenüberliegenden Mariinskij-Theaters.
Uliza Dekabristow 27
Metro: Sa.dowaja
www.shamrock.spb.ru

KINO

DOM KINO

Das »Haus des Kinos« ist häufig Schauplatz von Filmfestivals und zeigt anspruchsvolle internationale Kino-Kunst, oft in der Originalsprache.
Karawannaja Uliza 12
Metro: Gostinyj Dwor
www.domkino.spb.ru

OPER, BALLETT

MARIINSKIJ-THEATER

(Marientheater)
Die erste Bühne der Stadt. Traditionelle Opern- und Ballettinszenierungen in grandiosem Rahmen. Die Depandance Mariinskij II wurde 2013 eröffnet (▶ S. 107).
Teatralnaja Ploschtschad 1
Metro: Sennaja Ploschtschad, ab ca. 2019: Teatralnaja
www.mariinsky.ru

MICHAILOWSKIJ-THEATER

Das altehrwürdige Opernhaus am Platz der Künste zeigt heute vorrangig klassische Ballette.
Ploschtschad Iskusstw 1
Metro: Newskij Prospekt
www.mikhailovsky.ru

EREMITAGE-THEATER

Im intimen Rahmen des edlen Eremitage-Theaters tanzen zwei verschiedene Ballett-Truppen im Sommer tagtäglich »Schwanensee« als Touristenaufführung.
Dworzowaja Nab. 34
Metro: Admiraltejskaja

ST. PETERSBURG OPERA

Vor allem Opern, aber auch Konzerte und Dramen werden eindrucksvoll präsentiert im Haustheater eines Palasts aus dem 18. Jahrhundert.
Galernaja Uliza 33
Metro: Admiraltejskaja, ab ca. 2019: Teatralnaja
www.spbopera.ru

KONZERT

KONZERTSAAL DES MARIINSKIJ-THEATERS

Konzertsaal seit 2007 mit hervorragender Akustik.
Uliza Dekabristow 37
Metro: Sennaja Ploschtschad, ab ca. 2019: Teatralnaja
www.mariinsky.ru

GROSSER SAAL DER PHILHARMONIE

Der Saal ist ebenfalls für seine Akustik berühmt und gilt als schönster Konzertsaal der Stadt; vorwiegend Sinfoniekonzerte.
Michajlowskaja Uliza 2
Metro: Newskij Prospekt
www.philharmonia.spb.ru

KLEINER SAAL DER PHILHARMONIE

Kammermusik, Gesangsabende.
Newskij Prospekt 30
Metro: Newskij Prospekt

STAATLICHE AKADEMISCHE KAPELLE

Chorkonzerte, Kammer- und Orgelmusik im historischen Konzertsaal des Hofchors der Zaren.
Nab. Reki Mojki 20
Metro: Newskij Prospekt
www.capella-spb.ru

EISPALAST

In der 2000 errichteten Halle mit 12 300 Plätzen finden Rockkonzerte und Sportveranstaltungen statt.
Prospekt Pjatiletok 1
Metro: Prospekt Bolschewikow
www.newarena.spb.ru

OPERETTE, MUSICAL

MUSIC HALL
Shows mit Gesang und Akrobatik.
AlekSa.ndrowskij Park 4
Metro: Gorkowskaja
www.musichallspb.ru

THEATER DER MUSIKALISCHEN KOMÖDIE
Operetten und Musicals spielt das 1929 gegründete Haus.
Italjanskaja Uliza 13
Metro: Newskij Prospekt
www.muzcomedy.ru

THEATER

ALEXANDRA-THEATER
(Aleksandrinskij Teatr)
Breites russisches und internationales Repertoire. Auf der hochmodernen »Neuen Szene« nebenan (Nab. Reki Fontanki 49a) werden auch experimentelle Dramen inszeniert .
Ploschtschad Ostrowskogo 2
www.alexandrinsky.ru
Metro: Newskij Prospekt

GROSSES DRAMA-THEATER
Gilt als bestes Schauspielhaus der Stadt, klassische russische und internationale Stücke.
Nab. Reki Fontanki 65
Metro: Sennaja Ploschtschad
www.bdt.spb.ru

KLEINES DRAMENTHEATER
Zeitgenössische kritische Stücke.
Uliza Rubinschteina 18
Metro: Dostojewskaja
www.mdt-dodin.ru

Im Eremitage-Theater wird im Sommer jeden Tag »Schwanensee« gegeben als fester Bestandteil vieler touristischer Programme.

KOMMISARSCHEWSKA-THEATER
Zeitgenössische Stücke und Klassiker.
Italjanskaja Uliza 19
Metro: Newskij Prospekt
www.teatrvfk.ru

FOLKLORE

FEEL YOURSELF RUSSIAN
Opulente Folkloreshow im BallSa. al des Nikolaus-Palasts.
Ploschtschad Truda 4
Metro: Admiraltejskaja
www.folkshow.ru

ZIRKUS

ST. PETERSBURGER ZIRKUS
Vorstellungen im ältesten Zirkusgebäude Russlands.
Nab. Reki Fontanki 3
Metro: Newskij Prospekt
www.circus.spb.ru

VORVERKAUFSSTELLEN

TEATRALNAJA KASSA NO. 1
In der rund um die Uhr geöffneten Hauptkasse des dichten Netzes von Vorverkaufskassen (faktisch in oder an allen Metro-Stationen) gibt es Tickets für fast alle Events in der Stadt.
Newskij Pr. 40
Metro: Newskij Prospekt
www.bileter.ru

MARIINSKY TICKET OFFICE
Hier gibt es Karten für das Mariinskij-Theater.
Gostinyj Dwor (Ecke Newskij Prospekt/Perinnaja Linija)
Metro: Newskij Prospekt
Tel. 3 26 41 41, www.mariinsky.ru
Tgl. 11 – 14.30 und 16 – 21 Uhr

ESSEN UND TRINKEN

»Nur Engel haben keinen Hunger«, sagt ein russisches Sprichwort. Es macht deutlich, welch hohen Stellenwert eine reich gedeckte Tafel in Russland hat.

Borschtsch, Blini & Co.

Von Sushi bis Fastfood

Die kulinarische Tristesse der Sowjetunion gehört in St. Petersburg längst der Vergangenheit an: Eine oftmals raffinierte **internationale Küche** hat Einzug gehalten. So finden sich die in Russland sehr populären Sushi-Restaurants, aber auch deutschtümelnde Brauhäuser, französische oder italienische gehobene Fusionsküche sowie die unvermeidlichen Fast-Food-Ketten. Traditionell hält sich auch der Einfluss **Küchen früherer Sowjetrepubliken**, daher stehen georgische, aserbaidschanische oder usbekische Gerichte auf vielen Speisekarten, nicht nur in entsprechend ausgerichteten Restaurants.

Russische Küche

Die russische Küche ist eher bodenständig. Typische Gerichte fehlen auf fast keiner Speisekarte. Populär sind nostalgisch eingerichtete

Restaurants, wo eingelegte Pilze, Borschtsch (Suppe aus roten Rüben, Weißkohl, Kartoffeln und Rindfleisch), Golubzyj (mit Hackfleisch und Reis gefüllte Kohlrouladen, Tomatensauce und Sauerrahm) oder **Piroggen** (unterschiedlich gefüllte Pasteten) serviert werden. Ausgesprochen beliebt sind auch »aristokratische« Rezepte, zu denen etwa die Zubereitung von »Stör nach Art des Zaren« – mit **Kaviar** – gehört. Serviert wird die russisch-französische Küche des 19. Jh.s oft in imperialem Ambiente – mit viel Samt, Brokat und wuchtigem Mobilar, sodass sich der Gast in die Zeit von Puschkin, Gogol und Co. zurückversetzt fühlt.

Leckereien aus der Imbissbude

Schmackhaftes offerieren auch Imbissketten wie Kroschka Kartoschka – Folienkartoffeln mit russischen Salat-Dips – und Teremok oder Tschajnaja Loschka – vielfältig gefüllte Blini (Buchweizenpfannkuchen) und Salate. In orientalischen Imbissstuben wird die libanesische Spezialität Schawerma verkauft – dem Döner Kebap sehr ähnlich.

Fleisch oder Fisch gehören dazu

Fleisch bzw. Fisch gehören einfach zu einer opulenten russischen Mahlzeit. Vor allem in gehobenen Restaurants geht es kaum ohne, hier spielen vegetarische Gerichte – zumindest bei den Hauptspeisen – kaum eine Rolle. Vegetarismus wird in Russland meist belächelt, galt er doch zu Sowjetzeiten als Krankheit und wurde von der politischen Elite abgelehnt. Daher sollte man sich nicht wundern, wenn das »ohne Fleisch« angepriesene Sauerkraut Speckwürfel enthält. Dabei gibt es viele traditionelle **vegetarische Gerichte** wie etwa Wareniki-Teigtaschen mit Quark oder Fruchtmus, Blini oder Sakuski, die Vorspeisentafel mit vielen fleischlosen Salaten. In den vergangenen Jahren wurden einige vegetarische Restaurants in St. Petersburg eröffnet. In der **Fastenzeit** (»post«) vor Ostern bieten die meisten Lokale fleischlose und meist auch fettarme Gerichte.

Kaffeehäuser

Beliebt sind russische Kaffeehäuser, die neben kleinen Gerichten jede Menge Kaffeespezialitäten anbieten. Im Zentrum gibt es sie inzwischen fast an jeder Ecke. Ein neuer Trend sind **Backstuben** mit gutem Brot und einer Imbisstheke.

Wo gibt es was?

Verschiedene Lokalitäten

In fast allen etwas besseren Lokalen gehört die englischsprachige Speisekarte zum Standard, in Imbissbuden jedoch nicht. In einem russischen **Restoran** kann man gut speisen. Ein **Kafe** ist ebenfalls ein Lokal, in dem eine Vielfalt an Gerichten serviert wird und nicht nur Kaffee und Kuchen, wie der Name vermuten lässt. Guten Kaffee findet man eher in einer **Kofejnaja** oder **Konditorskaja**. Bier und Stärkeres fließt vornehmlich in einer **Bar**, was einer Kneipe oder einem Pub ent-

spricht. Die günstigste Möglichkeit zum Essen ist eine **Stolowaja**: Diese durchaus ansprechend designten Kantinen mit Selbstbedie-nungs-Theken und einfachen traditionellen Speisen sind vor allem mittags gut frequentiert. Eine **Rumotschnaja** ist eine Art Trinkhalle, in der die fast nur männlichen Gäste schnell einen Wodka heben – ein Relikt aus Sowjettagen, das es heute nur noch selten gibt.
In gehobenen Lokalen gilt es als flegelhaft, die Jacke über die Stuhllehne zu hängen – dafür gibt es meist eine bewachte **Garderobe** am Eingang.

Bezahlt wird gemeinsam

Getrennte Rechnungen sind in Russland unüblich: Mal zahlt einer der Anwesenden, ein anderes Mal ein anderer. Oder jeder Mann (!) legt großzügig einen Geldschein in die Mitte, bis der Rechnungsbetrag erreicht ist. Das Personal bringt anschließend das Wechselgeld exakt abgezählt in der Rechnungsmappe zurück.
Guter Service sollte belohnt werden: Anschließend 5 bis 10 Prozent **Trinkgeld** zu hinterlassen, ist angemessen. Allerdings sind viele Lokale in jüngster Zeit dazu übergegangen, vor allem bei ausländischen Gästen gleich einen Service-Aufschlag von 10 Prozent auf die Rechnung zu setzen. In einfachen Cafés wird kein Trinkgeld erwartet, man freut sich aber doch darüber.

Ein Wodka gehört in Russland immer dazu.

TYPISCHE GERICHTE

Die ebenso variantenreiche wie schmackhafte russische Küche ist in der Regel recht gehaltvoll. Aber dass man danach mehrere Wodkas zur Verdauung benötigt, ist eher eine Ausrede für üppigen Alkoholgenuss.

Sakuski: Die russische Vorspeisentafel darf bei keiner Feier fehlen. Viele Schüsselchen spiegeln die Vielfalt der russischen Küche wider. Dazu gehören »Möhren auf koreanische Art« (mit Koriander gewürzt), eingelegte Steinpilze, Tomaten, Salzgurken und meist mit viel Mayonnaise zubereitete Salate. Klassiker ist der »Hering unterm Pelzmantel«, der »Pelzmantel« besteht aus Roter Bete, Mayonnaise und/oder Ei.

Salat Olivier: Er war selbst zu Sowjetzeiten Bestandteil jeder Festtafel. Der französische Koch Lucien Olivier servierte ihn um 1860 erstmals in einem Moskauer Restaurant. Er besteht in der Regel überwiegend aus Kartoffeln, gekochtem Rindfleisch, kleingehackten hartgekochten Eiern, Erbsen, Salzgurken, gekochten Karotten und Mayonnaise. Die Variation »Stolitschnyj Salat« (Hauptstädtischer Salat) enthält zudem Hähnchenbruststreifen. Ursprünglich war wohl auch Kaviar enthalten. Das Originalrezept soll Olivier jedoch mit ins Grab genommen haben.

Borschtsch: Die Königin der Suppen stammt streng genommen aus der Ukraine. Grundzutaten sind Rote Bete, Rindfleisch, Karotten, Kartoffeln und Weißkohl, doch gilt: So viele Köchinnen und Köche, so viele Rezepte. Zwei Dinge gehören aber immer dazu: Sauerrahm und Dill.

Blini: Die kreisrunden Blini gelten als russische Antwort auf Crêpes und Pfannkuchen. Allerdings sind Blini viel luftiger gebacken, was am verwendeten Buchweizenmehl liegt. Der feine Blini ist der klassische Begleiter des Kaviars, der oft mit ein wenig Butter und einer Zitronenscheibe serviert wird. Populär in Schnellrestaurants sind mit allerlei Fleisch, Pilzen oder Schmand gefüllte Blini. Ihre goldgelbe Farbe soll die Sonne symbolisieren.

Piroggen: Sie kommen mit süßer Obstfüllung, aber auch herzhaft, z. B. mit Kohl, Kartoffeln oder Fleisch gespickt daher – die beliebten russischen Piroggen, in der Landessprache »Piroschki« genannt. Als eine der besten Adressen für die russische Spezialität gilt die Kaffeehauskette Stolle, die ihre zudem hübsch dekorierten Piroggen auch mit Lachs oder Kaninchen füllt. Die Hülle besteht aus einem feinen, dünnen Teig.

Pelmeni: Das Prinzip von Ravioli oder Maultaschen ist auch in Russland populär: Pelmeni, meist mit Hackfleisch, aber auch mit Pilzen gefüllte Nudelteigtaschen, wurden ursprünglich im Ural erfunden. Serviert werden sie meist mit einem Klecks Rahm, aber auch in der Brühe. Es gibt sie nicht nur in herzhafter Form. Süße Pelmeni heißen **Wareniki** und sind ein beliebtes Dessert: Sie werden mit Beeren, Fruchtmus oder Quark gefüllt und ebenfalls warm serviert.

FISCHROGEN UND SCHNAPS

BAEDEKER WISSEN

»Kaviar« darf sich streng genommen nur die schwarze Sorte des gereinigten und gesalzenen Fischrogens nennen, der von verschiedenen Störarten stammt.

Der Lieferant des Kaviars, der **Stör**, ein urzeitlicher Knochenfisch, lebt in Russland vor allem im Wolgadelta und im Kaspischen Meer, aber auch im Schwarzen Meer und im Fernen Osten. Im Handel sind gegenwärtig vorrangig die Sorten Sterljad und Osjotr zu finden und seltener der würzigere, kleiner gekörnte Sewrjuga. Eine ganz besondere Delikatesse ist der größere **Beluga-Kaviar**: Er stammt vom bis zu fünf Meter langen Hausen.

Roter »Kaviar« wird meist von Lachsarten wie dem Buckel- oder Ketalachs oder der Lachsforelle gewonnen. Er ist deutlich größer – die orangefarbenen bis roten Fischeier können sieben Millimeter messen, während Kaviar vom Stör in der Regel auf anderthalb bis drei Millimeter Durchmesser kommt. Streng genommen handelt es sich bei der etwa zehn Mal billigeren roten Sorte jedoch nicht um Kaviar, sondern um Rogen oder Fischeier. Doch die russische Sprache macht hier keinen Unterschied: **Ikra heißt Kaviar**, gleich welcher Herkunft die Fischeier sind. Weißer »Kaviar« wird vom Zander oder Dorsch gewonnen und ist ebenfalls vergleichsweise günstig.

Traditionell isst man die Delikatesse mit **Buchweizenpfannkuchen** (Blinis), Kartoffelpuffern oder Kartoffelcrêpes. Kenner verzehren ihn mit Perlmutt-, Schildpatt- oder Hornlöffel (**nie Silber!**) aus der in Eiswürfel gestellten Dose.

Im Bestand bedroht

Die Popularität der Delikatesse hat ihre Spuren hinterlassen: Aufgrund von Überfischung und Wilderei sind die frei lebenden Störarten im Wolgadelta stark gefährdet. Russland erließ deshalb schon vor Jahren ein totales Fangverbot, Kaviar-Verzehr galt als Umweltfrevel. Doch zwischenzeitlich entstand mindestens ein halbes Dutzend Zuchtbetriebe, die Störe erfolgreich in **Aquakultur** halten – und gelernt haben, sie zu »melken«: Der Kaviar wird entnommen, der Fisch lebt weiter. Außerdem wird Kaviar aus dem Iran importiert. Feine Restaurants haben die edlen Fischeier deshalb wieder im Angebot – aber zu gesalzenen Preisen: etwa 2000 Rubel für 10 Gramm werden berechnet. Im Handel kostet ein 100-Gramm-Döschen (die Zollfreimenge liegt bei 125 Gramm) etwa 5000 Rubel (ca. 70 Euro). Was deutlich billiger angeboten wird, könnte aus illegalem Fang stammen oder auch eine **Fälschung** sein: Imitate bestehen aus Gelatine und Sojaeiweiß und werden entsprechend eingefärbt.

Wässerchen

Zum Kaviar passt ideal Wodka, was auf Russisch so viel wie »Wässerchen« heißt. Dieser ist fester Bestandteil der russischen Kultur: Gebrannt wird er immer aus Getreide. Zudem hat richtiger Wodka grundsätzlich **40 Prozent Alkoholgehalt** und kommt nur gut gekühlt auf den Tisch. Es soll Unglück bringen, eine angebrochene Wodkaflasche wieder in den Kühlschrank zu stellen, daher dürfen Gäste erst gehen, wenn die Flasche leer ist. Und Gäste gibt es immer, denn Wodka alleine zu trinken ist verpönt. Wer das tut, gilt rasch als »Alkogolik« (Alkoholiker). Ausgeschenkt wird stets großzügig und in Gramm: »Pedesjat Gram« (50 g) sind in der Regel die kleinste Einheit in Restaurants. Übrigens wird Wodka **nie ohne etwas Essbares** konsumiert, je gehaltvoller und fettiger, desto besser. Jeder Wodka hat seinen eigenen Geschmack. Die pure Variante gilt immer noch als besser als neuere, aromatisierte Sorten, etwa mit Zitrone, Anis oder Büffelgras. In den vergangenen Jahren haben sich immer mehr Premium-Sorten etabliert. Doch oft zahlt man hier eigentlich nur für eine aufwändigere Flasche, denn auch Marken im Standard-Preissegment von etwa 350 Rubel sind durchaus empfehlenswert. Generell gilt: Bei einem Toast werden die Gläser in der Hand hochgehalten, ganz gleich wie lange der Trinkspruch dauert. Informationen rund um das russische Wässerchen gibt es im Wodkamuseum (▶ S. 271).

Alkoholismus

Vor allem die russische Männerwelt hat ernstzunehmende Schwierigkeiten mit der Volksdroge Alkohol. Eine Trendwende zeichnet sich jedoch deutlich ab: Der Pro-Kopf-Verbrauch ist in den vergangenen Jahren, von 17 l auf rund 11 l reinen Alkohol pro Jahr gesunken – Balten und Weißrussen gelten inzwischen als trinkfreudiger als die Russen. Dazu haben auch **Verkaufsbeschränkungen** beigetragen: Alkohol darf in St. Petersburg an Kiosken gar nicht mehr und in Geschäften nur noch zwischen 11 und 22 Uhr verkauft werden.

Kaviar haftet zu Recht der Ruf des Edlen und Teuren an. Das gilt allerdings nur für die in der Regel dunklen Varianten vom Stör.

Von früh bis spät

Die meisten Restaurants in St. Petersburg öffnen gegen 11 Uhr und schließen gegen 23 oder 24 Uhr. Viele sind jedoch auch rund um die Uhr oder »bis zum letzten Gast« geöffnet, was bedeutet, dass bis spät in die Nacht serviert wird, solange eben noch Kundschaft da ist.
In Hotels wird neben Pfannkuchen auch ein kontinentales **Frühstück** mit Brot, Müsli, Ei, Wurst und Käse angeboten. Russische Gäste essen aber auch dort gerne ihre morgens gewohnte Hafergrütze (Kascha). Das **Mittagessen** fällt bei den Russen eher mager aus, es umfasst meist eine nahrhafte Suppe und ein kleines Hauptgericht sowie ein Dessert wie gekochtes Fruchtkompott. Als »Bisnes lantsch« bieten viele Kafes und selbst gehobene Restaurants an Werktagen günstige Mittagsmenüs an. Eine Tafel am Eingang weist darauf hin (russ. Бизнес-ланч). Zum **Abendessen** zwischen 19 und 22 Uhr wird wieder üppig und vor allem warm und mit mehreren Gängen aufgetischt. Bei besonderen Anlässen gehört unbedingt eine große Sakuski-Vorspeisentafel dazu. Petersburger mit Durchschnittseinkommen können sich einen Restaurantbesuch allerdings nur selten oder gar nicht leisten.

Bayern an der Newa: Bei Karl & Friedrich geht es weißblau zünftig zu.

Getränke

Bier hat Wodka längst auf der Beliebtheitsskala überholt. Die Vielfalt ist sehr groß, sowohl an lokalen Sorten wie auch an internationalen Marken, die meist unter Lizenz im Land gebraut werden. In St. Petersburg hat die größte russische Brauerei Baltika ihren Sitz – doch geht der Trend jetzt zu exklusivem Craft Beer. Bei Feiern ist vor allem unter den weiblichen Gästen **Schampanskoje** beliebt, ein mitunter recht süßer Schaumwein. Beim **Wein** gibt es recht große Qualitätsunterschiede. Die russischen Weinbauregionen liegen am Schwarzen Meer, doch das meiste wird importiert. Alkoholfreie Getränke wie Mors (Moosbeerensaft) oder Kwas, ein erfrischendes vergorenes Getränk auf Roggenbrotbasis, sind trotz der allgegenwärtigen Softdrinks immer noch sehr beliebt.

AUSGEWÄHLTE RESTAURANTS

❶ etc. ▶ Plan S. 254/255

PREISKATEGORIEN

für ein Hauptgericht
€€€€ über 25 €
€€€ 15 – 25 €
€€ 10 – 15 €
€ bis 10 €

ARISTOKRATISCH

CAVIAR BAR & RESTAURANT €€€€

im ▶ ⓫ Belmond Grand Hotel Europe
Die Qual der Wahl: 12 Sorten feinster Kaviar werden zu 35 Sorten Wodka serviert, es gibt aber auch andere Gerichte.
www.caviar-bar.com

㉖ PALKIN €€€€

In aristokratisch-stilvollem Ambiente kommen Trüffel, Kaviar und russische Küche, französisch angehaucht, auf den Tisch.
Newskij Prospekt 47
Metro: Majakowskaja
Tel. 703 53 71
www.palkin.ru

⓫ LITERATURNOJE KAFE €€€

Einst war das traditionsreiche Café als Treffpunkt der Intellektuellen und der Boheme weithin bekannt. Abends gibt es romantische Live-Musik zur klassisch russischen Küche.
Newskij Prospekt 18
Metro: Newskij Prospekt
Tel. 312 60 57
www.litcafe.su

⓾ GOGOL €€

Hier wird exzellente russische Küche serviert, das Ambiente erinnert an ein Wohnzimmer zu Gogols Zeiten.
Malaja Morskaja 8
Metro: Admiraltejskaja
Tel. 312 60 97
www.restaurant-gogol.ru

㉝ SADKO €€

Stilecht russisch speisen vor oder nach der Vorstellung im Mariinskij-Theater gleich gegenüber: Sa. und So. abends gibt das Personal ein Ständchen mit Opernarien!
Ul. Glinki 2
Metro: Sadowaja (ab ca. 2019: Teatralnaja)
Tel. 570 08 31
www.sadko-rst.ru

❼ RESTORAN €€€

So hätte es Peter dem Großen gefallen: Schlichtes, historisches Design und keine unnötigen Worte: Das Lokal

1 Russkaja Rybalka
2 Karl & Friedrich
3 Demjanowa Ucha
4 Bolsche Kofe!
5 Volga-Volga
6 Korjuschka
7 Restoran
8 Erarta Café
9 Busche
10 Gogol
11 Literaturnoje Kafe
12 Dwe Palotschki
13 Marketplace
14 Tschainaja Loschka
15 Stolle
16 Aragvi
17 Kawkas Bar
18 Pelmenija
19 Teremok
20 Mansarda
21 Krokodil
22 Russkaja Rumotschnaja
23 Suliko
24 I'm thankful for today
25 Yakitoria
26 Palkin
27 Kwartirka
28 Coffeeshop Company
29 Las Torres
30 Rada & K
31 Severjanin
32 Idiot
33 Sadko

Hotels

1. Solo Sokos Palace Bridge
2. DOM Boutique Hotel
3. W
4. Nevsky Breeze Hotel
5. Schastliwyj Puschkin
6. Renaissance St. Petersburg Baltic Hotel
7. Astoria
8. Casa Leto B&B
9. Soul Kitchen
10. Gribojedowa 29
11. Belmond Grand Hotel Europe
12. Radisson Royal Hotel
13. Oktjabrskaja
14. Sovetskaya 21
15. Allegro Ligowskij
16. B & B Swiss Star
17. Alexander House
18. Usadba Derschawina
19. Moskwa
20. Park Inn Pulkowskaja
21. Jekaterina
22. Azimut

Bars

1. Kotelnaja Kamtschatka
2. JFC Jazz Club
3. G.A. Blues Club
4. Golitsyn Loft
5. Jägerhaus
6. Fidel
7. Shamrock
8. Mishka Bar
9. Fish Fabrique Nouvelle
10. Jazz-Philharmonie
11. Djuny
12. Gribojedow
13. Klub Sal Oschidanja

heißt »Restaurant«, die feinen Gerichte einfach »Lachs« oder »Ente«.
Tamoschennij Pereulok 2
Metro: Admiraltejskaja
Tel. 327 89 77
www.russkiyrestaurant-spb.ru

RUSSISCH

❸ DEMJANOWA UCHA €€€
Das Lokal im Holzhüttenstil ist für seine reichhaltige traditionelle Fischsuppe (Ucha), aber auch für Stör, Sterlet, Zander und Co. bekannt.
Kronwerkskij Prospekt 53
Metro: Gorkowskaja
Tel. 232 80 90
www.demyanova-uha.ru

㉒ RUSSKAJA RUMOTSCHNAJA €€
In diesem Ambiente könnten in der Zarenzeit Kaufleute gespeist haben. Riesige Auswahl an traditionellen Gerichten, von günstig bis nobel. Ein Wodka-Museum gehört ebenfalls dazu (mit Verkostung).
Konnogwardejskij Bulwar 4
Metro: Admiraltejskaja
Tel. 570 64 20
www.vodkaroom.ru

㉛ SEVERJANIN €€
Wie in Urgroßmutters Wohnzimmer fühlen sich die Gäste bei traditioneller russischer Küche mit etwas Wild-Exotik. Tee-Tafel am Sonntag (14 – 17 Uhr).
Stoljarnyj Pereulok 18
Metro: Sadowaja
Tel. 951 63 96
www.severyanin.me

⓭ MARKETPLACE €
Angesagtes SB-Restaurant mit Wochenmarktflair: Die Auswahl an knackigen Salaten, Pasta, Wok-, Fleisch- und Fischgerichten, Säften, Smoothies und Kuchen kann sich sehen lassen.
Newskij Prospekt 24
Metro: Newskij Prospekt
Weitere Filialen: Newskij Prospekt 92 (Metro: Majakowskaja); 7-aja Linija 34 W.O. (Metro: Wassileostrowskaja)
www.market-place.me

㉑ KROKODIL €
Etwas versteckt gelegen ist das kleine, holzgetäfelte Restaurant mit Pub-Ambiente, dessen Preis-Leistungs-Verhältnis überzeugt.
Galernaja Uliza 18
Metro: Admiraltejskaja
Tel. 314 94 37
www.bar-crocodile.ru

㉗ KWARTIRKA €
Heimeliger sowjetischer Retro-Schick dominiert das Interieur. Serviert wird russische Hausmannskost: Borschtsch im Emailletöpfchen, eingelegte Pilze oder Hühnchen auf Kiewer Art.
Newskij Prospekt 51
Metro: Majakowskaja
Weitere Filialen: Malaja Sadowaja Uliza 1 und 6 (Linie 25)
www.reca.rest

FUSION-FOOD

⑳ MANSARDA €€€€
Vom Dachgeschoss eines Bürogebäudes öffnet sich ein schöner Ausblick auf die Isaakskathedrale (am besten einen Fensterplatz reservieren!), dazu wird feine russische, asiatische und mediterrane Küche serviert.
Potschtamtskaja Uliza 3-5
Metro: Admiraltejskaja
Tel. 640 16 16
www.ginza.ru/spb/restaurant/mansarda

❻ KORJUSCHKA €€€
Zum einmaligen Ausblick auf Strelka und Schlossufer bietet dieser Glaspavillon auf der Westspitze der Hasen-

Nach der Vorstellung im Mariinskij noch ins Sadko für russische Küche mit Arien

insel eine vielfältige Küche mit maritimem und georgischem Einschlag.
Petropawlowskaja Krepost 3
Metro: Sportiwnaja
Tel. 640 16 16
www.ginza.ru/spb/restaurant/korushka

FISCH

❶ RUSSKAJA RYBALKA €€€

Mitten im Grünen, in einem 2016 neu aufgebauten Blockhaus mit Fischteich vor der Tür, speist es sich naturnah. Auch Delikatessen wir Austern oder Kamtschatka-Krabbe stehen auf der Karte.
Juschnaja Doroga 11
Metro: Krestowskij Ostrow
Tel. 633 02 00
www.russian-fishing.ru

❺ VOLGA-VOLGA €€€

Feinste Seafood-Küche bietet die große lokale Restaurant-Holding Ginza auf ihrem Flaggschiff – das wirklich eines ist: Das Restaurantschiff legt um 15, 19, 22 und 24 Uhr zu einer je einstündigen Newa-Kreuzfahrt ab. Bei schönem Wetter sind die Plätze auf dem offenen Oberdeck einfach top!
Petrowskaja Nabereshnja ggü. Haus 8
Metro: Gorkowskaja
Tel. 640 16 16
www.ginza.ru/spb/restaurant/volga-volga

VEGETARISCH

㉜ IDIOT €€

In dem leicht verwohnt wirkenden Kellerlokal mit literarisch-kultivierter Aura (keine Videoschirme!) gibt es auch für Vegetarier eine schöne Auswahl. Jeder Gast erhält einen Gratis-Wodka.
Nab. Reki Mojki 82
Metro: Sadowaja
Tel. 946 51 73
www.idiot-spb.com

㉚ RADA & K €

In dieser Straße gibt es – selten in St. Petersburg – einige Bioläden. Passend zur grünen Nachbarschaft bietet diese nur bis 21 Uhr geöffnete Cafeteria ein vielfältiges Angebot an vegetarischen und veganen Speisen.
Gorochowaja Uliza 36
Metro: Spasskaja
www.rada-k.ru

GEORGISCH

⑰ KAWKAS BAR €€

Bei dieser guten Auswahl an Schaschlik, Basturma und anderen georgischen Spezialitäten ist es eine wahre Freude, über den russischen Tellerrand nach Süden zu blicken.
Karawannaja Uliza 18
Metro: Newskij Prospekt
Tel. 312 16 65
www.kavkaz-bar.ru

⑯ ARAGVI €€€

Gastfreundschaft ist ein hohes Gut im Kaukasus: Dieses winzige familiäre Restaurant vermittelt sie samt der würzigen Küche und den schönen schweren Weinen Georgiens auf allerbeste Weise!
Nab. Reki Fontanki 9
Metro: Newskij Prospekt
Tel. 570 56 43

㉓ SULIKO €

Wer auf den Glamour-Faktor des Edel-Georgiers »Mamalyga« hinter der Kasaner Kathedrale verzichten kann, kehrt besser zwei Häuser weiter in diesem gemütlichen Keller-»Kafe« ein: authentische georgische Küche mit allen Grill- und Ofen-Klassikern des Genres!
Kasanskaja Uliza 6
Metro: Newskij Prospekt
Weitere Filialen: Kamenoostrowskij Prospekt 14, Uliza Wosstanija 7
Tel. 314 73 73
www.sulikospb.ru

Wenn das Wetter mitmacht, sollte man sich auf dem Restaurantschiff Volga-Volga um einen Platz auf dem Oberdeck bemühen.

DEUTSCH

2 KARL & FRIEDRICH € €

Für alle, die es sommers ohne zünftigen Biergarten nicht aushalten: Ein paar Gehminuten vom WM-Fußballstadion entfernt steht dieses bajuwarische Brauhaus mit vielen Plätzen im Freien, süffigem Hausbier, Hax'n, Brez'n und allem was dazugehört. Nur die obligatorischen Kastanienbäume sind Birken.

Juschnaja Doroga 15
Metro: Krestowskij ostrow
Tel. 633 03 03
www.k-f.ru

JAPANISCH

12 DWE PALOTSCHKI €

Günstige Restaurantkette (20 Filialen) mit behaglichem Ambiente und gutem Sushi, sehr beliebt bei den Einheimischen

Newskij Prospekt 22
Metro: Newskij Prospekt
www.dvepalochki.ru

25 YAKITORIA € €

Das Sushi-Lokal überzeugt mit sehr guter Qualität und fairen Preisen, auch nachts.

Ploschtschad Ostrowskogo 5/7
Metro: Gostinyj Dwor
Weitere Filiale mit ruhigen Freilufttischen beim Häuschen Peters des Großen: Petrowskaja Nab. 4
Tel. 8 123 27 77 00
www.yakitoriya.spb.ru

SPANISCH

29 LAS TORRES € €

Wer die mediterrane Küche vermisst,

kann sich in diesem heimeligen Kellerrestaurant an Paëlla und anderen spanischen Gerichten gütlich tun. Abends Gitarrenmusik.
Newskij Prospekt 53
Metro: Majakowskaja
Tel. 713 14 53
www.las-torres.ru

FAST FOOD

⓮ TSCHAJNAJA LOSCHKA €
Auch bei dieser preiswerten Fastfood-Kette stehen Blini im Mittelpunkt, flankiert von Suppen und Salaten.
Newskij Prospekt 44
Metro: Gostinyj Dwor
www.teaspoon.ru

⓳ TEREMOK €
Fastfood auf russische Art: Das Schnellrestaurant serviert lockere, leckere Blini gefüllt mit Käse, Pilzen, Marmelade oder anderen nahrhaften Dingen. Neben solchen SB-Restaurants betreibt diese Kette auch Imbissbuden.
Newskij Prospekt 60
Metro: Newskij Prospekt
www.teremok.ru

CAFÉS

❹ BOLSCHE KOFE!
Leicht zu übersehen: In einer winzigen künstlichen Grotte im Park brauen Experten ihres Fachs hervorragenden Kaffee. Dafür fehlt es an einer Toilette.
Alexandrowskij park 3 (zwischen Metrostation und Peter-Pauls-Festung)
Metro: Gorkowskaja
www.vk.com/morecoffee

❽ ERARTA CAFÉ €
Fantasievoll angerichtet werden die köstlichen Éclairs, Macarons, Petit Fours, Kuchen und Desserts im Café des Museums Erarta.
29-aja Linija 2 W.O.
Metro: Wassileostrowskaja (weiter mit Trolleybus 10, 11)
www.erartacafe.com

❾ BUSCHE €
Café-Bäckerei-Kette mit feinem Kuchen und Gebäck, aber auch kleinen warmen Gerichten. Ein netter Ort zum Frühstücken oder für eine süße Pause zwischendurch.
Malaja Morskaja Uliza 7
Metro: Admiraltejskaja
www.bushe.ru

⓯ STOLLE €
Die Petersburger lieben diese Cafékette sehr, denn hier gibt es die wohl besten Piroggen der Stadt. Zu empfehlen sind alle Sorten, egal ob herzhaft oder süß!
Newskij Prospekt 11
Metro: Admiraltejskaja
Weitere Filialen z. B.: Sadowaja Uliza 8,Kamonoostrowskij Prospekt 31, Wladimirskij Prospekt 15
www.stolle.ru

㉔ I'M THANKFUL FOR TODAY
Hipster-Bar und zugleich Petersburgs schönstes Szene-Café: Im Sommer sitzt man in den offenen Fenstern mit den Füßen auf dem Trottoir und – ja, ist dankbar für den Tag!
Gorochowaja Uliza 24
Metro: Sadowaja
www.coffeeroomspb.com

㉘ COFFEESHOP COMPANY
Diese Kaffeehauskette mit modern gestalteten Filialen hat tatsächlich Wiener Wurzeln. Das garantiert guten Kaffee und Sachverstand beim Strudelbacken!
Newskij Prospekt 100
Metro: Majakowskaja
www.coffeeshopcompany.ru

FEIERN

In Russland wird gerne gefeiert. Privat trifft man sich – auch spontan – zu Hause und tischt auf, was die Vorräte hergeben, zu vorgerückter Stunde wird oft getanzt. Ein Anlass zum Feiern findet sich immer!

Ersatz für religiöse Feste

Einige sehr populäre Feste haben sich zu Sowjetzeiten als eine Art Ersatzhandlung herausgebildet, da religiöse Feste offiziell nicht gefeiert wurden: So traf man sich zu **Ostern auf dem Friedhof**, um auf die Verstorbenen zu trinken und dort ein Picknick abzuhalten. Dieser Brauch hat sich bis heute gehalten. Das **Neujahrsfest** hat immer noch einen höheren Stellenwert als das orthodoxe Weihnachtsfest. Väterchen Frost (Djed Moros) bringt an diesem Tag die Geschenke, der Neujahrsbaum, vergleichbar mit unserem Weihnachtsbaum, wird aufgestellt und der Jahreswechsel fröhlich gefeiert. Die Tage bis zum 7. Januar, dem orthodoxen Weihnachtsfest, sind arbeitsfrei.

Besondere Feste

Beliebt ist die volkstümliche **Masleniza**, die Butterwoche, mit der der Winter vertrieben und die Fastenzeit begonnen wird: Dazu gehören Blini, Rodelpartien und Schneeballschlachten. Männer haben ihren eigenen Festtag, nämlich am Tag des Vaterlandsverteidigers, auch **Tag der russischen Armee**, dem 23. Februar, Frauen ihren am 8. März, dem Internationalen Frauentag. Gefeiert wird dann mit

BAEDEKER MAGISCHE MOMENTE

WEISSE NÄCHTE

Petersburgs nördliche Lage macht die Nacht zum Tage. Zumindest für etwa sechs Wochen rund um die Sommersonnenwende am 21. Juni. Das pastellige Zwielicht, dazu das Schimmern der weiten Wasserfläche und die festliche Architektur der Paradefassaden sorgen an den Ufern der Newa für einen einmaligen ästhetischen Dreiklang. Und wenn sich dann noch – begleitet von klassischer Musik – die Schlossbrücke hebt und teilt, entfaltet diese Stadt einen Zauber, den es nirgendwo sonst gibt.

Freunden und Kollegen, abends zu Hause mit der Familie oder im Restaurant. Anfang Mai nutzen viele St. Petersburger die Tage zwischen dem 1. Mai, dem Tag des Frühlings und der Arbeit, sowie dem 9. Mai, dem **Tag des Sieges über den Faschismus**, um erstmals auf ihre Datschen in der Umgebung zu fahren. Am Siegestag gibt es morgens eine Militärparade auf dem Schlossplatz und am Nachmittag einen Volksmarsch über den Newskij Prospekt zu Ehren der Kriegsteilnehmer. Eine mit kulturellen Events besonders üppig ausgefüllte Zeit ist die Phase der Weißen Nächte von etwa Ende Mai bis Mitte Juli. Am 12. Juni 1990 erklärte Russland seine Souveränität, seit 1992 wird der Tag als **Nationalfeiertag** begangen. Im Zuge der politischen Umwälzungen in der ehemaligen Sowjetunion wurde der Jahrestag der Oktoberrevolution (7. Nov.) abgeschafft. An seine Stelle trat der **Tag der Einheit des Volkes**, der am 4. November begangen wird. Allerdings hat sich für diese beiden Feiertage noch keine Festtradition herausgebildet.

KALENDER

FEIERTAGE

1. Januar: **Neujahr**
(1. – 7. Januar arbeitsfrei)
7. Januar: **russisch-orthodoxe Weihnachten**
23. Februar: **Tag des Vaterlandsverteidigers**
8. März: **Internationaler Frauentag**
1. Mai: **Tag des Frühlings und der Arbeit**
9. Mai: **Tag des Sieges**
12. Juni: **Tag Russlands**
4. November: **Tag der Einheit des Volkes**

Fällt ein Feiertag auf einen Samstag oder Sonntag, ist in der Regel der folgende Werktag arbeitsfrei.

JANUAR

RUSSISCH-ORTHODOXES NEUJAHRSFEST

Nach dem julianischen Kalender wird Neujahr am 14. Januar mit Familie und Freunden gefeiert. Arbeitsfrei ist aber nicht.

EISSKULPTURENFESTIVAL

Peter-Paul-Festung, Naryschkin-Bastion; Ende Dezember – Ende Januar
tgl. 10 – 22 Uhr, www.icefantasy.ru, Eintritt: 450 RUB

FEBRUAR

TAG DES VATERLANDSVERTEIDIGERS

Faktisch ist der 23. Februar heute der Männertag. Männer und Jungen erhalten kleine Geschenke.

FEBRUAR/MÄRZ

MASLENIZA

Der Winter wird verabschiedet mit Straßenmärkten, Musik, Tanz und vielen Blini, zum Schluss wird die Masleniza-Puppe aus Stroh verbrannt (in der Regel auf den Wiesen hinter der Peter-Paul-Festung). Die »Butterwoche« (maslo = Butter) läutet die Fastenzeit ein.

MÄRZ

INTERNATIONALER FRAUENTAG

Am 8. März erhalten die Frauen von ihren Männern ein kleines Präsent. Gefeiert wird im Betrieb und zu Hause oder im Restaurant.

MÄRZ/APRIL

OSTERN

Der Ostergottesdienst beginnt in der Nacht zum Ostersonntag und dauert bis in den frühen Morgen.

APRIL

BALLETTFESTIVAL DANCE OPEN

Im Aleksandrinskij-Theater, mit Tanzwettbewerben und Galavorstellungen
www.danceopen.com

MUSIKALISCHER FRÜHLING

Ein bunter Reigen an hochkarätigen Musikveranstaltungen.

MAI

TAG DES FRÜHLINGS UND DER ARBEIT

Gewerkschaften und Parteien rufen ihre Anhänger zu einem Demonstrationszug über den Newskij Prospekt – der sich dann in verschiedene Kundgebungen aufteilt.

TAG DES SIEGES

Um 10 Uhr morgens paradiert die Petersburger Garnison (nach mehreren aufwändigen Proben in den Tagen zuvor) vor geladenen Zuschauern – darunter Kriegsveteranen – über den Schlossplatz. Am Nachmittag ziehen hunderttausende Bürger mit Militärmusik über den Newskij Prospekt. Sie haben Bilder von Kriegsteilnehmern aus ihrer Familie dabei – diese junge Tradition nennt sich »Unsterbliches Bataillon«. Abends gibt es ein Feuerwerk über der Newa.

STADTGEBURTSTAG

Am letzten Mai-Sonntag feiert die Stadt ihren Gründungstag (am 27. Mai) mit Straßenfesten, einem Klassik-Konzert auf dem Schlossplatz und einem großen Feuerwerk.

AB MAI

STARS DER WEISSEN NÄCHTE

Von Ende Mai bis Mitte Juli steigt das große Hausfestival des Mariinskij-Theaters mit internationalen Stars aus Ballett, Oper und E-Musik.

MUSICAL OLYMPUS

Ende Mai/Anfang Juni treten in verschiedenen Theatern und Konzertsälen junge Musiker aus der ganzen Welt auf, die bei international bedeutenden Wettbewerben Preise errungen haben
www.musicalolympus.ru

SANDSKULPTURENFESTIVAL

Ende Mai bis Ende September am Strand der Peter-Paul-Festung
tgl. 10 – 22 Uhr, Eintritt: 350 RUB
www.sandfest.ru

JUNI

ROTE SEGEL

Meist in der Nacht auf den letzten Juni-Sonntag steigt für die Schulabgänger eine riesige Party: Zunächst ein Open-air-Konzert auf dem Schlossplatz, dann, von Hunderttausenden besucht, nach Mitternacht eine gigantische Feuerwerkshow mit Livemusik zwischen Festung und Schlossufer. Dort zieht ein Segelschiff mit roten Segeln seine Kreise. Das Fest »Aliye parusa« ist in den letzten Jahren zu einem Markenzeichen geworden.
www.parusaspb.ru

JULI

PETROJAZZ

Das Openair-Festival PetroJazz Mitte

Juli auf dem Ostrowskij-Platz zieht teils hochkarätige Stars an.
www.petrojazz.ru

STEREOLETO
Kultiviertes internationale s Rock-Festival Anfang Juli an einem Wochenende im Park auf der Jelagin-Insel
www.bestfest.ru

USABA-JAZZ
Ebenfalls auf der Jelagin-Insel, aber Ende Juli : Ein Sommertag mit feinstem Jazz openair
www.usadba-jazz.ru

FLOTTENTAG
Am letzten Sonntag im Juli Flottenparade der Kriegsmarine auf der Newa.

SEPTEMBER
Festival für Barock-, Renaissance- und mittelalterliche Musik (Earlymusic) mit Konzerten an verschiedensten Orten im Verlauf von zwei Wochen
www.earlymusic.ru

DEZEMBER

PLATZ DER KÜNSTE
Gemeinsames hochkarätiges Klassik-Festival der Philharmonie und des Michailowskij-Theaters für Oper und Ballett sowie des Russischen Museums
www.philharmonia.spb.ru

SILVESTER
Väterchen Frost legt den Kindern die Neujahrsgeschenke unter den Tannenbaum, es wird getafelt, um Mitternacht spricht der Präsident im Fernsehen. Andere flanieren und böllern auf dem Schlossplatz oder dem Newskij Prospekt.

MUSEEN

Die St. Petersburger Museumslandschaft ist äußerst vielfältig. Leuchtender Stern am Kunstmuseumshimmel ist natürlich die Eremitage, aber auch historische Museen stehen hoch in der Besuchergunst. Hinzu kommt eine ganze Reihe von Häusern, die sich ganz speziellen Themen widmen.

Bunte Museumslandschaft

Wie beliebt vor allem die großen Kunstmuseen sind, zeigen in den Sommermonaten die langen Schlangen vor den Kassen. Verbreitet sind in Russland Museen in Wohnungen, in denen bedeutende Dichter wie Alexander Puschkin oder Fjodor Dostojewskij zumindest einen Teil ihres Lebens verbracht haben. Unter den historischen Ereignissen hat die Blockade von Leningrad den größten Stellenwert, sie wird gleich in mehreren Museen aufgearbeitet. Die künstlerische Boheme trifft sich in kleinen Galerien, »Kreativ-Clustern« oder alternativen Kunstzentren wie der Puschkinskaja 10, wo aus einem besetzen Haus ein etabliertes Zentrum für Musik, Theater und Bildende Kunst geworden ist. Überhaupt sind in den vergangenen Jahren mehrere Museen für Moderne Kunst entstanden, die auch heutigen russischen Künstlern eine Chance geben.

Eintrittskarten, -preise

Ausländische Touristen zahlen in einigen Museen höhere Eintrittspreise als Einheimische, für die der Museumsbesuch aber auch so schon sehr teuer ist! Ob kostenlos, gegen Gebühr, mit oder ohne Blitz oder gar nicht fotografiert werden darf, muss man in jedem Museum am Eingang klären. Die **Petersburg Card** gewährt in vielen Museen freien Eintritt (▶ S. 302), lohnt sich aber nur bei zahlreichen Besuchen.

Vorbestellte **Online-Tickets** sind zur Umgehung der Warteschlange vor dem Katharinenpalast in Zarskoje Selo sinnvoll. Bei der Eremitage zahlt man auf diese Weise aber bedeutend mehr als an den Ticketautomaten im Innenhof, die es ebenfalls erlauben, an den Schlangestehenden vorbeizugehen. **Studenten**, gleich ob aus Russland oder dem Ausland, haben übrigens immer freien Eintritt in die Eremitage, ebenso Schüler. In den meisten Museen gibt es verbilligte oder kostenlose Eintrittskarten für Kinder, in Peterhof sogar bis 16 Jahre (Ausweis vorzeigen!).

Öffnungszeiten

Geöffnet sind Museen in der Regel von 10 oder 11 Uhr bis 18 Uhr, die Kasse schließt aber meist eine Stunde vorher. Größere Museen haben einen oder zwei lange Abende pro Woche. An einem Werktag pro Woche ist meist geschlossen. Zudem gibt es vielerorts einmal im Monat einen Reinigungsschließtag (»Sanitarnyj den«).

Der Michaelspalast ist der Hauptsitz des Russischen Museums.
Dessen Sammlungen verteilen sich aber auf mehrere Orte in der Stadt.

ST. PETERSBURGS MUSEEN

KUNST

BRODSKIJ-MUSEUM

Der Maler Isaak Brodskij (1884 – 1939) wohnte in diesem Haus am Platz der Künste. Ausgestellt sind neben seinen Gemälden Werke von Serow und Repin.

Ploschtschad Iskusstw 3
Metro: Newskij Prospekt
www.nimrah.ru/musbrod
Mi. – So. 12 – 19 Uhr
Eintritt: 300 RUB

EREMITAGE

▶ S. 62

Zweigstellen: im ▶ Menschikow-Palais und im ▶ Generalstab.

ERARTA

▶ S. 60

FABERGÉ-MUSEUM IM SCHUWALOW-PALAIS

▶ S. 79

MUSEUM DER AVANTGARDE

Die Großen der russischen Avantgarde verkehrten im nachgebildeten schmucken Holzhaus des Malers und Komponisten Michail Matjuschin (1861 – 1934).

Ul. Professora Popowa 10
Metro: Petrogradskaja
www.spbmuseum.ru
Do. – Mo. 11 – 18, Di. 11 – 17 Uhr,
Eintritt: 150 RUB, Fr frei

Auch die moderne bildende Kunst hat viel Zulauf in St. Petersburg. Ein Hotspot ist das Art Center »Puschkinskaja 10«.

MUSEUM DER KUNSTAKADEMIE
▶ Akademie der Künste

MUSEUM FÜR ANGEWANDTE KUNST (STIEGLITZ-AKADEMIE)
Schon das Gebäude von 1898 in historisierendem Stil ist sehenswert. Dazu kommt eine grandiose Sammlung von Möbeln, Porzellan, Keramik und Glaswaren aus verschiedenen Epochen und Ländern. Sie gehörte dem Industriellen Alexander Stieglitz, der hier eine komplette Hochschule für Design stiftete.
Soljanoj Pereulok 15
Metro: Tschernyschewskaja
www.stieglitzmuseum.ru
Di. – Sa. 11 – 17 Uhr
Eintritt: 300 RUB

RUSSISCHES MUSEUM
▶ S. 164
Zweigstellen: im ▶ Marmorpalais, ▶ Michaelsschloss und im Stroganow-Palais (▶ Newskij Prospekt).

STREET ART MUSEUM
Auf dem Areal einer alten Kunststofffabrik wächst seit 2012 eine ungewöhnliche Sammlung von Graffiti, Installationen und moderner Kunst. Ein Teil der Ausstellung wird jedes Jahr vor Ort neu angefertigt, Altes dabei übermalt.
Chaussee Revolutsii 84 (Zugang vom Industrialnyj Prospekt)
Metro: Pl. Lenina (weiter mit Bus 28,37, K28, K137, K530)
www.streetartmuseum.ru
Di. – Fr. 12 – 21, Sa/So 12 – 22 Uhr, im Winterhalbjahr nur am Wochenende
Eintritt: 350 RUB

ART CENTER »PUSCHKINSKAJA 10«
Lassen Sie sich nicht von der etwas tristen Hinterhofatmosphäre abschrecken: Unter dieser Adresse findet man rund 40 Ateliers von Malern, Musikern und anderen Künstlern. Auch das Nonkonformismus-Museum hat hier seinen Sitz.
Puschkinskaja 10
(Eingang: Ligowskij Prospekt)
Metro: Ploschtschad Wosstanija
www.p-10.ru
Mi. – Fr. 16 – 20, Sa./So. 12 – 20 Uhr

LITERATUR

ACHMATOWA-MUSEUM
▶ Scheremetjew-Palais, ▶ Interessante Menschen

BLOK-MUSEUM
In dem Haus, in dem der Dichter Alexander Blok (1880 – 1921) wohnte und starb, würdigt ein Gedenkmuseum sein Schaffen.
Uliza Dekabristow 57
Metro: Sennaja Ploschtschad
www.spbmuseum.ru
Di. 11 – 17, Do. – Mo. 11 – 18 Uhr
Eintritt: 150 RUB

DERSCHAWIN-MUSEUM
Der berühmte adelige Dichter Gavriil Derschawin (1743 – 1816) lebte in diesem Palais bis zu seinem Tod.
Nab. Reki Fontanki 118
www.museumpushkin.ru
Mi./Fr. – Mo. 10.30 – 18, Do. 12 – 20 Uhr
Eintritt: 300 RUB (Museum), 60 RUB (Garten)

DOSTOJEWSKIJ-MUSEUM
▶ S. 57

LITERATURMUSEUM (PUSCHKIN-HAUS)
▶ Strelka

NABOKOW-MUSEUM
Fotos und Exponate zum Leben und Werk des Schriftstellers in dem Haus, in dem Wladimir Nabokow (1899 bis 1977) Kindheit und Jugend verlebte
Bolschaja Morskaja Uliza 47
Metro: Admiraltejskaja
www.nabokowmuseum.ru
Di. – Fr. 11 – 18, Sa./So. 12 – 17 Uhr
Eintritt frei

PUSCHKIN-MUSEUM
► S. 162

THEATER UND MUSIK

MUSEUM DER MUSIK
► Scheremetjew-Palais

RIMSKIJ-KORSAKOW-MUSEUM
Der Komponist (1844 – 1908) arbeitete ab 1871 als Kompositionslehrer in St. Petersburg. In seiner Wohnung wurde ein informatives Museum eingerichtet.
Sagorodnyj Prospekt 28
Metro: Swenigorodskaja
www.theatremuseum.ru
Do. – So. 11 – 18, Mi. 13 – 21 Uhr
Eintritt: 100 RUB

SCHALJAPIN-HAUS
Hier lebte der Opernsänger Fjodor Schaljapin (1873 – 1938) bis zu seiner Emigration 1922.
Uliza Graftio 2b
Metro: Petrogradskaja
www.theatremuseum.ru
Do. – So. 11 – 19, Mi. 13 – 21 Uhr
Eintritt: 100 RUB

VÖLKERKUNDE

MUSEUM FÜR ANTHROPOLOGIE UND ETHNOGRAFIE
► Kunstkammer

ETHNOGRAFISCHES MUSEUM
Ursprünglich war es eine Abteilung des Russischen Museums gleich nebenan, doch 1934 wurde das Museum selbstständig. Seine Sammlungen beschränken sich auf die Völkerschaften auf dem Gebiet der ehemaligen Sowjetunion.
Inschenernaja Uliza 4
Metro: Newskij Prospekt
www.ethnomuseum.ru
Di. 10 – 21, Mi. – Sa. 10 – 18, So 11 – 19 Uhr
Eintritt: 300 RUB

GESCHICHTE

BLOCKADE-MUSEUM
Ein Museum über die Verteidigung und Belagerung Leningrads im Zweiten Weltkrieg wurde bereits 1944 gegründet, Stalin veranlasste 1953 die Auflösung, 1993 wurde es neu eröffnet mit Fotos und persönlichen Gegenständen der Belagerten.
Soljanoj Pereulok 9
Metro: Tschernyschewskaja
www.blokadamus.ru
Do. – Mo. 10 – 18,
Mi. 12.30 – 20.30 Uhr
Eintritt: 250 RUB

KIROW-MUSEUM
Die konservierte Wohnung des 1934 ermordeten Leningrader Parteisekretärs Sergej Kirow demonstriert den Wohlstand und Lebensstil der Sowjetelite.
Kamenoostrowskij Prospekt 26-28
Metro: Petrogradskaja
www.kirovmuseum.ru
Do. – Di. 11 – 18 Uhr
Eintritt: 150 RUB

AUSSTELLUNG AM MONUMENT FÜR DIE HELDENHAFTEN VERTEIDIGER LENINGRADS
► Siegesplatz

HÄUSCHEN PETERS DES GROSSEN
► S. 87

MARINEMUSEUM
Das Marinemuseum in einem aufwändig sanierten Kasernenbau informiert über die Geschichte der russischen Flotte – mit vielen Schiffsmodellen und Dioramen.
Bolschaja Morskaja Uliza 69A
(Eingang vom Krjukow-Kanal)
Metro: Admiraltejskaja
www.navalmuseum.ru
Mi. – So. 11 – 18 Uhr
Eintritt: 600 RUB

BAEDEKER MAGISCHE MOMENTE

ALLEIN MIT EINMALIGEN SCHÄTZEN

Im Bernsteinzimmer herrscht tagtäglich polyglottes Gedränge. Dabei gibt es in Petersburgs Museumslandschaft noch mehr einzigartige Exponate, die man in Ruhe auf sich wirken lassen kann, ohne von Reisegruppen weitergeschoben zu werden: In der Eremitage ist der älteste Teppich der Welt in einem abgelegenen Raum versteckt, zu dessen Auffinden archäologischer Spürsinn notwendig ist. Oder die einzigartigen Mammut-Mumien, die sozusagen frisch aus dem Permafrost ins Zoologische Museum gelangten –. Aug' in Aug' mit der Urzeit ...

MUSEUM DER ARTILLERIE-, PIONIER- UND NACHRICHTENTRUPPEN

► Peter-Paul-Festung, Kronwerk

AUSSTELLUNG ZUR GESCHICHTE ST. PETERSBURGS UND PETROGRADS 1703-1918

► Peter-Paul-Festung, Haus des Kommandanten

MUSEUM DER RELIGIONSGESCHICHTE

Zum Museumsbesitz gehören ca. 180 000 Exponate zu Religionen aus aller Welt. Schwerpunkt: die russisch-orthodoxe Kirche.

Potschtamtskaja Uliza 14
Metro: Admiraltejskaja
www.gmir.ru
Do. – Mo. 10 – 18, Di. 13 – 21 Uhr
Eintritt: 400 RUB

MUSEUM DER POLITISCHEN GESCHICHTE RUSSLANDS

In der requirierten Villa der Primaballerina Matilda Kschessinskaja hatte Lenin 1917 sein Arbeitszimmer. Anschaulich aufbereitete wechselnde Ausstellungen zur neueren russischen Geschichte.

Kronwerkskij Prospekt 3
Metro: Gorkowskaja
www.polithistory.ru
Sa. – Di. 10 – 18, Mi./Fr. 10 – 20 Uhr
Eintritt: 200 RUB

RUMJANZEW-VILLA

In der Residenz des Staatskanzlers Nikolaj Rumjanzew eröffnete 1831 das erste private Museum Russlands. Heute ist es eine Filiale des Stadtgeschichtsmuseums in der Peter-Paul-Festung. Gezeigt werden u. a. eine Ausstellung zur Blockade sowie zu Wirtschaft und Gesellschaft in den 1920er Jahren.

Anglijskaja Nabereshnja 44
Metro: Admiraltejskaja
www.spb-museum.ru
Do. – Mo. 11 – 18, Di. 11 – 17 Uhr
Eintritt: 200 RUB

SOMMERPALAIS

► S. 178

Mal nicht klassische Kunst, sondern Moderne bietet das private Erarta.

NATURWISSENSCHAFT UND TECHNIK

KREUZER »AURORA«
▶ S. 54

MUSEUM DER ARKTIS UND ANTARKTIS
Das weltweit wohl einzige Museum der Polarforschung hat seinen Sitz in der 1820 – 1826 erbauten Nikolauskirche.
Uliza Marata 24a
Metro: Wladimirskaja
www.polarmuseum.ru
Mi. – So. 10 – 18 Uhr
Eintritt: 300 RUB

MUSEUM DER RAUMFAHRT UND RAKETENTECHNIK
Zu sehen sind Exponate aus den Pioniertagen der Raumfahrt, Raumanzüge sowie der Landungsapparat von »Sojuz 16«.
▶ Peter-Paul-Festung
Fr. – Di. 11 – 18, Mi. 11 – 17 Uhr
Eintritt: 150 RUB

S-189
Hier geht es eng zu! Besucher werden im Rahmen stündlich beginnender Führungen durch das 1954 vom Stapel gelaufene sowjetische Diesel-U-Boot geschleust.
Nabereschnaja Lejtenanta Schmidta auf Höhe der 16. Linie
Metro: Wassileostrowskaja
www.s-189.ru
Mi. – So. 10 – 19 Uhr
Eintritt: 400 RUB

EISBRECHER »KRASSIN«
Der 1916 auf Kiel gelegte Eisbrecher rettete 1928 die Nobile-Polarexpedition. In den 1950er Jahren wurde er in der DDR modernisiert und stand bis 1990 in der Arktis im Dienst. Besichtigung nur mit Führung zu jeder vollen Stunde.

Nabereschnaja Lejtenanta Schmidta auf Höhe der 23. Linie
Metro: Wassileostrowskaja
www.krassin.ru
Mi. – So. 10 – 18 Uhr
Eintritt: 600 RUB

EISENBAHNMUSEUM

Das alte Freiluftmuseum am Warschauer Bahnhof wurde aufgelöst. Dafür eröffnete Ende 2017 ein neues Eisenbahnmuseum hinter dem Baltischen Bahnhof – in einem alten Lokschuppen sowie einem schicken Neubau.
Bibliotechny Pereulok 4/2
Metro: Baltijskaja
www.railway-museum.ru
Mi. – So. 10:30 – 18 Uhr
Eintritt: 200 RUB

POST- UND FERNMELDEMUSEUM

Im noblen Stadtpalais des Grafen Besborodko, seinerzeit Außenminister und Post-Chef, wird die Entwicklung von der Brieftaube zum Internet vermittelt. Aufgrund vieler Do-it-yourself-Experimente auch für Kinder interessant.
Potschtamtskij Pereulok 4
Metro: Admiraltejskaja
www.rustelecom-museum.ru
Di. – Sa. 10.30 – 18 Uhr
Eintritt: 200 RUB

WASSERMUSEUM

Das Wassermuseum befindet sich in einem 1852 errichteten Wasserturm. Die Geschichte der Wasserver- und entsorgung von den Römern bis in die Gegenwart wird hier anschaulich dokumentiert. Eine interessante Ausstellung zu einem vermeintlich banalen Thema.
Schpalernaja Uliza 56
Metro: Tschernyschewskaja
www.vodokanal-museum.ru
Mi. – So. 10 – 19 Uhr
Eintritt: 150 RUB

ZOOLOGISCHES MUSEUM

▶ Strelka

SONSTIGES

BROTMUSEUM

Diverse Exponate zur Geschichte des Bäcker- und Konditorenhandwerks.
Uliza Michailowa 2
Metro: Pl. Lenina
www.muzei-xleb.ru
Di. – Sa. 10 – 18 Uhr
Eintritt: 150 RUB

WODKAMUSEUM

Kleine private Ausstellung über die historischen Hintergründe des russischen Nationalgetränks. Die Wodkaprobe besteht aus drei Sorten mit Sakuska.
Konnogwardejskij Bulwar 4
Metro: Admiraltejskaja
www.vodkamuseum.su
tgl. 12 – 19 Uhr
Eintritt: 200 RUB, mit Wodkaprobe: 450 RUB

PUPPENMUSEUM

Puppen aus verschiedenen historischen Epochen werden hier präsentiert.
Kamskaja Uliza 8
Metro: Wassileostrowskaja
www.museumdolls.ru
tgl. 10 – 18 Uhr
Eintritt: 300 RUB

OZEANARIUM

In zahlreichen Aquarien kann man die verschiedensten Bewohner der Wasserwelt beobachten. Die Highlights Di – So: Haifütterung durch Taucher (19 Uhr) und die Robben-Dressurshow (11.30 und 16 Uhr).
Uliza Marata 86
Metro: Swenigorodskaja
www.planeta-neptun.ru/ocean
tgl. 10 – 20 Uhr
Eintritt: 600 – 750 RUB

SHOPPEN

Wer heute über den Newskij Prospekt flaniert, wird kaum Unterschiede zu Berlin, Rom, Paris oder New York feststellen – zumindest was die Einkaufsmöglichkeiten betrifft.

Luxus und teure Labels

In den vergangenen Jahren haben sich immer mehr Luxus-Geschäfte, Modeketten und angesagte Labels in St. Petersburg niedergelassen. Die Auswahl ist groß, die Waren sind allerdings meist teurer als in Westeuropa – und für die meisten Russen unerschwinglich.

Feinkost im Jugendstil

Den **Newskij Prospekt** prägen viele alte Jugendstil-Geschäfte, deren Architektur einen Besuch lohnt, allen voran das Flaggschiff des Feinkosthandels, **Jelissejew**, in Nummer 56 mit reichlich Stuck und Nobel-Interieur. Prächtig ist auch das Haus des Buches im Singer-Haus (Nr. 28). Das Einkaufszentrum Passasch (Nr. 48) lockt mit einer vornehmen Ladengalerie in Glas und Marmor.

Kosumtempel als Flaniermeile

In den vergangenen Jahren sind vor allem in den Wohnvierteln und am Stadtrand zahlreiche **moderne Einkaufszentren** mit vielfältigen Geschäften und Gastronomie-Angeboten entstanden. Aber auch am innerstädtischen Heuplatz und dem Platz des Aufstands gibt es je zwei solcher Konsumtempel. Sie sind immer gut besucht, denn vor allem in den kalten Monaten flanieren viele Russen abends oder am Wochenende lieber in Shoppingmalls als auf den Straßen.

Alltagsbedarf

Hypermärkte (vorherrschend sind die Ketten Lenta, O'key, Karusel und Auchan) für den Alltagsbedarf haben eine umfassendes Angebot, das sich nur in Details vom westlichen Standard unterscheidet. Die Waren kommen – aufgrund von Sanktionen und anderen Lieferwegen – aber oft aus anderen Ländern als im Westen gewohnt, gute Milchprodukte z. B. aus Weißrussland, Gemüse aus Israel oder der Türkei. An den Obstständen stößt man auf Importe aus Zentralasien, China oder Afrika. In der Innenstadt gibt es neben kleineren Supermärkten (Diksi, Poluschka, Perekrjostok, Poluschka u. a.) auch noch private »Produkty«-Lebensmittelläden ohne Selbstbedienung.

Bolschoj Prospekt

Neben dem Newskij Prospekt gibt es mit dem Bolschoj Prospekt auf der Petrograder Seite noch eine weitere Einkaufsstraße. Hier finden sich Boutiquen von etwas exotischeren Marken, viele Schuhgeschäfte und ebenfalls etliche Cafés.

Öffnungszeiten

In St. Petersburg kann man lange einkaufen: Meist öffnen die Geschäfte zwischen 9 und 11 Uhr und schließen gegen 20 oder 22 Uhr. Faktisch alle Läden haben **auch am Sonntag** geöffnet, 24-Stunden-

Geschäfte sind ebenfalls keine Seltenheit. **Alkohol** darf aber nur zwischen 11 und 22 Uhr verkauft werden – und an Kiosken gar nicht. Die Zahlung mit gängigen Kreditkarten ist fast überall problemlos möglich.

Souvenirs

Als Mitbringsel aus Russland eignet sich insbesondere **Kunsthandwerk**. Ein Klassiker sind die dickbäuchigen Matrjoschkas , schön die Miniaturmalereien aus Palech oder Fedoskino auf Tabletts oder Schatullen. Aus Petersburger Produktion empfiehlt sich feines Porzellan und Glas und natürlich **Bernsteinschmuck**. Warm, schick und russlandtypisch sind die bunten Seiden- oder Wolltücher aus Pawlowskij Possad oder die mollig warmen Ziegenwolltüchern aus Orenburg.
Bei der Suche nach einem individuellen Souvenir empfiehlt sich ein Blick auf die Aquarelle, Ölgemälde und Zeichnungen, die Künstler auf dem Newskij Prospekt vor der Katharinenkirche und in diversen privaten Galerien anbieten. Feinschmecker freuen sich über ein **Döschen Kaviar** als Mitbringsel (▶ Baedeker Wissen S. 250. Eine kleine Dose schwarzer Kaviar ist erlaubt: Die Höchstgrenze bei der Einfuhr liegt bei 125 Gramm für den Eigenbedarf.

Geschenke, Gags, Sinnfreies, Schräges gibt es beim »Gute-Laune-Generator« (Generator nastrojenija) in der Karawannaja Uliza 7.

GUTE ADRESSEN

KAUFHÄUSER

BOLSCHOJ GOSTINYJ DWOR

Petersburgs uraltes Shoppingcenter: Unübersichtlich, stickig, ohne Rolltreppen – aber riesig und mit vielfältigem Angebot (▶ Gostinyj Dwor).
Newskij Prospekt 35
Metro: Newskij Prospekt, Gostinyj Dwor
www.bgd.ru
Tgl. 10 – 22 Uhr

DOM LENINGRADSKOJ TORGOWLI (DLT)

Ein Besuch dieses Luxus-Kaufhauses lohnt sich allein schon wegen des schönen Jugendstilgebäudes.
Bolschaja Konjuschennaja Uliza 21-23
Metro: Gostinyj Dwor
www.dlt.ru
Tgl. 10 – 22 Uhr

PASSASCH

Die schönste alte Einkaufspassage der Stadt am ▶ Newskij Prospekt.
Newskij Prospekt 48
Metro: Newskij Prospekt
www.passage.spb.ru
Mo. – Sa. 10 – 21, So. 11 – 21 Uhr

GALERIA

Die größte Shoppingmall der City: 300 Geschäfte, 30 Restaurants und Cafés, Kino und ein Spaß-Park für den Nachwuchs.
Ligowskij Prospekt 30
Metro: Ploschtschad Wosstanija
www.galeria.spb.ru
Tgl. 10 – 23 Uhr, Cafés ab 8 Uhr

NEWSKIJ ZENTR

»Stockmann«, das einzige Kaufhaus einer westlichen Kette in der Stadt, ist der Kern dieser schicken Shoppingmall. Große Lebensmittelabteilung im Untergeschoss.
Newskij Prospekt 116
Metro: Ploschtschad Wosstanija
www.nevskycentre.ru
Tgl. 10 – 23 Uhr

ANTIQUITÄTEN

RUSSKAJA STARINA

Gemälde, Möbel, sogar Ikonen kann man hier erstehen.
Uliza Nekrassowa 6
Metro: Tschernyschewskaja
www.ruantique.com
Tgl. 11 – 21, So. ab 12 Uhr

TERZIJA

Alter Schmuck, Silberarbeiten und Antiquarisches.
Italjanskaja Uliza 5
Metro: Newskij Prospekt
www.tertiaspb.ru
Tgl. 11 – 20 Uhr

BÜCHER

BUKWOJED

Bücher, Schreib- und Spielwaren rund um die Uhr offeriert diese Buchhandlung mit Café.
Weitere große City-Filialen: Newskij Prospekt 46 und Wladimirskij Prospekt 23
Ligowskij Prospekt 10
Metro: Ploschtschad Wosstanija
www.bookvoed.ru

DOM KNIGI

Die wohl schönste Buchhandlung der Stadt in Jugendstilambiente direkt am ▶ Newskij Prospekt.
Newskij Prospekt 28
Metro: Newskij Prospekt
www.spbdk.ru
Tgl. 9 – 1 Uhr

CD UND DVD

OTKRYTYJ MIR

Klassik, Jazz und viele russische Interpreten führt das gut sortierte Musikgeschäft im Hof links neben der katholischen Kirche.
Newskij Prospekt 32
Metro: Newskij Prospekt
www.cd-classic.ru
Tgl. 10 – 22 Uhr

GALERIEN

ART-MUSA

Unter den 80 Mietern dieses 2013 eröffneten Kreativ-Clusters sind viele Galerien und Künstlerateliers – die sich hier gegenseitig inspirieren.
13. Linija 70
Metro: Wassileostrowskaja
www.artmuza.spb.ru
Tgl. 11 – 22 Uhr

AUSSTELLUNGZENTRUM DER KÜNSTLERVEREINIGUNG

Gemälde, Grafik, Kunstgewerbe.
Bolschaja Morskaja 38
Metro: Admiraltejskaja
www.spb-uniart.ru
Di. – So. 12 – 19 Uhr

ANNA NOVA ART GALLERY

Junge Petersburger Künstler stellen auf zwei Etagen aus.
Uliza Schukowskogo 28
Metro: Majakowskaja
www.annanova-gallery.ru
Di. – Sa. 12 – 19 Uhr

TSCHERDAK CHUDOSCHNIKA

Die kleine, aber dennoch vierstöckige Galerie ist auf hochwertige Glaskunst, Skulpturen, Puppen und Textilien spezialisiert. Ganz oben gibt es eine Fondue-Bar.
Uliza Lomonossowa 1
Metro: Newskij Prospekt
www.glassdesign.ru
Tgl. 11 – 19 Uhr

LEBENSMITTEL

JELISSEJEW

(Jelissejewskij Magazin)
Prunkvoller Jugendstil-Gourmettempel von 1903 mit tollen Leckereien – vieles unter eigener Marke.
Newskij Prospekt 56
Metro: Gostinyj Dwor
www.kupetzeliseevs.ru
Tgl. 10 – 23 Uhr

CAVIAR

Im Kaufhaus Gostinyj Dwor befindet sich Russlands einziges Fachgeschäft für schwarzen Kaviar – beliefert von russischen Stör-Zuchtbetrieben.
Newskij Prospekt 35
(EG, Newskij-Seite)
Metro: Gostinyj Dwor
Tgl. 10 – 22 Uhr

KUSNETSCHNYJ RYNOK

Gleich neben dem Dostojewskij-Museum: Die schönste Markthalle der Innenstadt stammt – trotz ihres historischen Designs – erst aus den 1920er Jahren. Hier gibt es eine üppige Auswahl an allen Lebensmitteln – auch solche, die als Mitbringsel taugen: etwa sibirischer Honig oder Trockenfrüchte, Gewürze und Nüsse aus Mittelasien oder dem Kaukasus.
Kusnetschnyj Pereulok 3
Metro: Wladimirskaja
Tgl. 8 – 20, So. bis 18 Uhr

MODE

FREEDOM STORE

Einsam zwischen all den Weltmarken verkauft dieser Modeladen in zwei Shoppingcentern interessante und alltagstaugliche Kreationen ausschließlich russischer Designer – ein bisschen was gibt's auch für Herren.
Ligowskij Pr. 30 (3. Stock),
Newskij Prospekt 114 (1. Stock)
Metro: Ploschtschad Wosstanija
www.freedomstore.ru
Tgl. 10 – 23 Uhr

TATYANA PARFIONOVA

Die Edelboutique offeriert Damenmode, aber auch Porzellan und Heimtextilien der Grande Dame des russischen Modedesigns.
Newskij Prospekt 51
Metro: Majakowskaja
www.parfionova.ru

RUSSKIJ LJON

Textilien aus Leinen haben Tradition in Russland – nicht nur in Form von Bauernhemden! Modische Kleidung für Damen und Herren sowie Tisch- und Bettwäsche aus dem nachhaltigen Material gibt es in diesem Fachgeschäft.
Puschkinskaja Uliza 3
www.linorusso.ru
Mo. – Sa. 11 – 20, So. bis 19 Uhr

PRJALKA

Was der Rest der Welt »Kaschmir« nennt, heißt in Russland ganz prosaisch »Ziegenflaum« (kosij puch). Hier gibt es aus dem mollig warmen Material gefertige Kleidung, vor allem

Wer das Bernsteinzimmer gesehen hat, nimmt zur Erinnerung vielleicht gerne ein Schmuckstück aus dem fossilen Harz mit nach Hause.

für Kleinkinder, aber auch federleichte Tücher und Schals aus Orenburg.
Puschkinskaja Uliza 10
www.prialka.ru
Tgl. 11 – 20 Uhr

SCHMUCK, BERNSTEIN, UHREN

AMBER ROOM

Bernstein ist als »typisch Petersburger« Mitbringsel sehr gefragt. Doch ein großer Teil der (oft gnadenlos überteuerten) Ware in den vielen, teils riesigen Bernstein-Shops mit Busparkplatz davor stammt aus China – um hier wiederum an Chinesen verkauft zu werden! Anders ist das im Hausladen der Bernsteinwerkstatt im Katharinenpalast (unter der Palastkirche): Er bietet nur eigene, auch künstlerisch wertvolle Ware. Ein Verkaufsstand befindet sich auch im OG des Gostinyj Dwor (Ecke Newskij Prospekt und Sadowaja Uliza).
Puschkin, Sadowaja Uliza 7
(▶ Zarskoje Selo)
www.amberroom.ru
Mi. – Mo. 10 – 17 Uhr

AMBER PALACE

Qualitativ guter Bernsteinladen. Weitere Filialen: Newskij Prospekt 54, Konjushennaja Ploschtschad 2a, Petrowskaja Nab. 8.
Nab. reki Moiki 35
Metro: Gostinyj Dwor
www.amber-palace.ru
Tgl. 9 – 21 Uhr

RUSSKIJE TSCHASY

Russlands Uhrenindustrie hat Tradition – und auch ihren eigenen Stil: Wuchtige Chronometer für den Herrn, elegante Schmuckstücke für die Dame. Es gibt auch Retro-Modelle mit allerlei Sowjetsymbolik oder Kosmonauten-Aura.
Ul. Gorochowaja 34
Metro: Sennaja Ploschtschad
www.slava.su
Tgl. 10 – 20 Uhr

SOUVENIRS

SOUVENIRMARKT

Souvenirgeschäfte mit den russischen Standard-Souvenirs (Matrjoschkas, Lackdosen, hölzerne Ostereier, Putin-T-Shirts ...) gibt es in der Innenstadt zuhauf. Auf diesem Straßenmarkt finden sich aber auch originelle Dinge. Etwas Feilschen ist erlaubt.
Nab. Kanala Gribojedowa (zwischen Auferstehungskirche und Inshenernaja Uliza)
Metro: Newskij Prospekt
Tgl. ca. 9 – 22 Uhr

PORZELLAN

IMPERIAL PORCELAIN

Bereits die Zaren speisten vom edlen Porzellan der 1744 gegründeten Petersburger Manufaktur. Von Kitsch über filigrane Sammlertässchen bis hin zu opulenten Servicen reicht das Spektrum. Weitere Firmengeschäfte am Newskij Prospekt 60 und 92.
Wladimirskij Prospekt 7
Metro: Dostojewskaja
www.ipm.ru
Tgl. 10 – 21 Uhr

FLOHMARKT

UDELNAJA

Alte Orden, Lenin-Büsten, Wodkagläser, abseitige Devotionalien aus der Zaren- und Sowjetzeit und und und – auf diesem Flohmarkt gibt es fast alles zu kaufen, was das Herz begehrt. Allerdings ist er nicht ganz einfach zu finden: Man verlässt die Metro, hält sich rechts und überquert dann die Bahnlinie. Danach gleich rechts ab und zwischen den Markthallen durchgehen. Oder folgen Sie einfach dem Strom der Menschenmenge.
Metro: Udelnaja
Sa./So. 9 – 17 Uhr

STADTBESICHTIGUNG

Die Stadt besichtigen, das geht auf unterschiedlichste Weise: Neben einer klassischen Sightseeing-Tour im roten Doppeldecker-Bus (mit deutschem Audioguide) laden die vielen Wasserläufe von St. Petersburg zu einer Bootstour ein. Man kann die Stadt aber auch im Rahmen von geführten Spaziergängen, nächtlichen Fahrradexkursionen oder sogar vom Hubschrauber aus kennenlernen!

Am besten vorab buchen

Ausflüge und **Stadtführungen** können meist über die Hotels gebucht werden – doch das kommt teuer. Besser man bucht vorab bei einem Reisebüro oder direkt bei einem Anbieter. Busausflüge, die an den Buden rund um die Metro-Station Newskij Prospekt angeboten werden, erfolgen nur mit russischsprachiger Führung. Das gleiche gilt für fast alle regulären Bootsrundfahrten. Für Gäste, die mit einem englischen Guide zurechtkommen, bieten Anglotourismo und Peterswalk täglich stattfindende Exkursionen an. Für auf Deutsch geführte Touren muss man sich eigens einen Führer bestellen.

Bootstouren sind besonders schön

Eine der schönsten Arten, St. Petersburg zu erkunden, ist eine Bootsfahrt auf der Newa und ihren Seitenarmen, die sich als Kanäle durchs Stadtzentrum ziehen. Im Angebot sind zwischen April und Oktober diverse **Rundtouren**, Dauer in der Regel 1 bis 1,5 Stunden (ca. 650 RUB). Auch nächtliche Fahrten zu den sich öffnenden Newa-Brücken sind möglich. Abfahrtspunkte sind an allen Kanalquerungen des Newskij Prospekts, an der Admiralität sowie an der Peter-Paul-Festung.
Eine Alternative ist ein Ausflug im **Wassertaxi**: Wo der Newskij Prospekt die Fontanka, Mojka bzw. den Gribojedow-Kanal kreuzt, bieten Yachtbesitzer ihre Dienste an. Welche Strecke zu welchem Preis befahren wird, ist Verhandlungssache. Mit ca. 80 € für eine einstündige Tour muss man rechnen. Viele Bootsführer sprechen zumindest ein wenig Englisch.

Wagen Sie sich auf das Fahrrad?

Das Radfahren wird in St. Petersburg – trotz weithin fehlender Radwege und des starken Autoverkehrs – immer populärer. Das städtische **Leihradsystem** (www.spb.velogorod.org) kämpft weiterhin mit Schwierigkeiten. Besser ist es, sich gleich bei einem Verleih für einen halben oder ganzen Tag ein Rad zu mieten – oder an einer **geführten Radtour** von Peterswalk teilzunehmen. Noch entspannter ist es, wenn Sie sich in einem der knallbunten **Velotaxis** chauffieren lassen (www.velo-taxi.ru).

Rundflüge

Und außerdem gibt es kurze, aber spektakuläre Rundflüge per **Helikopter**. Die 10- bis 15 Minuten mit einer Mi-8 über der Innenstadt oder Peterhof kosten allerdings 5000 RUB pro Person.

DAS NÖRDLICHE VENEDIG

»O sole mio« singende Gondolieri gibt es hier zwar nicht. Aber viele Kanäle, Inseln und Paläste. Und sogar eine Lagune – denn die Newa-Bucht vor der Stadt ist seicht und durch einen Damm abgeriegelt. Wie Venedig ist St. Petersburg in enger Symbiose mit dem Wasser entstanden. Eine solche Stadt darf man nicht nur vom Trockenen aus erleben: Bei einer gemütlichen Bootsrundfahrt ändert sich die Perspektive auf die Architektur, Brücken werden zu Tunnels, und die alten Granit-Kaimauern zeigen Details, die von oben herab unbemerkt blieben.

EMPFOHLENE ANBIETER

FÜHRUNGEN

PETERSWALK
Abseits der touristischen Trampelpfade: Ein vierstündiger Stadtspaziergang führt nach gegenseitiger Absprache durch versteckte Winkel und zu ungewöhnlichen Orten (Treffpunkt tgl. 10.30 Uhr Mitte Apr. – Sept., Julia Child Bistro, Grashdanskaja Ul. 27, 1300 RUB). Mitte Mai – Sept. starten 3,5-stündige Radtouren (Treffpunkt Sa., So. 11 Uhr , Taiga Space, Moschkow Pereulok 2, 2000 RUB), Juni – Aug. auch nachts (Di., Do. 22.30 Uhr). Führungen auf Englisch, Anmeldung über die Webseite empfohlen! Nach Vereinbarung gibt es (teils auch auf Deutsch) Stadt- oder Themenführungen – etwa zur Revolution 1917, zur Belagerung oder durch ein Neubauviertel.
Tel. 9 43 12 29
www.peterswalk.com

BAEDEKER ÜBERRASCHENDES

5X UNTERSCHÄTZT

Genau hinsehen, nicht daran vorbeigehen, einfach probieren!

1. ANTIQUITÄTENMUSEUM

Von allen Petersburger Museen hat das **Museum für angewandte Kunst** die schönste historische Aura – und die konzentriertesten Nutzer: Man stößt in der Stieglitz-Akademie auf mehr zeichnende Design-Studenten als Museumsbesucher (► **S. 267**)

2. ZUG UM ZUG

Kein Schlendrian, kein Fahrplan-Chaos: Die enorme Taktdichte der Petersburger **U-Bahn** und die Pünktlichkeit der russischen Fernzüge muss geplagten westeuropäischen Großstadt-Pendlern als neue Zivilisationsstufe erscheinen. (► **S. 310**)

3. DER ERSTE PALAST

Gegenüber den großen Eremitage-Filialen im Winterpalast und im Generalstab mit ihren grandiosen Kunstschätzen erscheint der **Menschikow-Palast** eher unbedeutend. Aber dafür gelang es, im ältesten Repräsentationsbau der Stadt die Atmosphäre der Zeit Peters des Großen besonders gut zu konservieren. (► **S. 111**)

4. WOHL BEKOMM'S!

Russen trinken nur Wodka. Vorurteil! Von der südrussischen Taman-Halbinsel kommen wunderbare **trockene Weine**. Und Biertrinker bereuen es nicht, wenn sie die Petersburger Marktführer **Baltika und Newskoje** verkosten. (► **S. 253**)

5. RADELSPASS

Auch wenn Radwege noch Mangelware sind: **Leihfahrräder** sind oft eine kluge Wahl – denn die Wege sind weit! Und wer – auch nachts – mit Guide eine interessante Route absolvieren möchte, wird von Peterswalk sicher durch die Stadt gelotst. (► **S. 278**)

ANGLOTOURISMO TOURS
Mai – Sept. tgl. 10.30 Uhr: kostenlose dreistündige Stadtführung auf Englisch, Trinkgeld erwünscht; englischsprachige Bootstour (1100 RUB): Mai – Sept. tgl. 11 Uhr, 13 Uhr, 15 Uhr, 17 Uhr und 19 Uhr, Juni – Aug. auch 21 Uhr; 0.20 Uhr Newa-Brückentour.
Treffpunkt bzw. Bootsanleger: Nab. Reki Fontanki 27 (Anitschkow-Brücke)
www.anglotourismo.com

DEUTSCHSPRACHIGE GUIDES
Lothar Deeg, Co-Autor dieses Bandes, und die Literaturwissenschaftlerin Juliana Kaminskaja stehen für individuelle Stadtführungen und Exkursionen gerne zur Verfügung.
E-mail: guide@infoburg.info

BUSTOUREN

CITY TOUR ST. PETERSBURG
Die roten Doppeldeckerbusse bringen die Stadt in elf Sprachen per Audioguide näher. Entlang der Hop-on-hop-off-Strecke kann man an 14 wichtigen Sehenswürdigkeiten beliebig oft ein- und aussteigen.
Haltepunkte u. a. am Ploschtschad Osstrowskogo (Metro: Gostinyj Dwor); Hauptsaison: stündlich 9 – 21 Uhr, sonst kürzer bzw. seltener, Tagesticket: 700 RUB (Tickets im Bus)

HELIKOPTERRUNDFLÜGE

BALTIJSKIJE AWIALINII
Rundflüge ab Peter-Paul-Festung oder Peterhof (nur Sa./So. Mai – Okt.).
Tel. 6 11 09 56
www.baltairlines.ru

ÜBERNACHTEN

Ausgewogen ist die Hotellandschaft in St. Petersburg nicht unbedingt: Herausgeputzte Hotels der Luxusklasse dominieren in der Innenstadt, während Sparangebote für Touristen hier noch eher selten sind.

Hotel verlangen stattliche Preise

Dabei hat sich die Situation in den vergangenen Jahren durchaus grundlegend gewandelt: Gab es in den 1990er-Jahren nur ein halbes Dutzend akzeptabler Hotels, ist die Auswahl zwischenzeitlich riesig geworden, wenn man das nötige **Reisebudget** zur Verfügung hat. Selbst für ein Zwei-Sterne-Hotel sollten mindestens 60 € pro Nacht einkalkuliert werden, wobei dieser Standard nicht dem westlichen Niveau entspricht.
Die noch aus sowjetischer Zeit stammenden Bettenburgen in den Außenbezirken sind heute fast durchgehend modern saniert und bieten einen guten Standard. Der Mangel an zentral gelegenen Mittelklassehotels ist auch der Stadtverwaltung aufgefallen, die deshalb seit

Jahren eifrig Investoren für Neubauprojekte anwirbt. Inzwischen haben auch **internationale Ketten** wie Best Western, Holiday Inn oder Ibis Häuser in der Newa-Metropole errichtet. Daneben gibt es so manches privates Boutique-Hotel.
Günstiger kommt man in der Regel mit einer **Gruppenreise** weg. Doch auch hier hängt der Preis vom Zeitpunkt ab: Während des Hochsommers, vor allem zur Zeit der Weißen Nächte, steigen die Zimmerpreise sprunghaft an.

Private Vermieter

Eine gute Alternative für Individualtouristen sind Privatapartments und -zimmer. Das Niveau dieser Wohnungen ist allerdings **höchst unterschiedlich**: vom Designer-Loft bis UdSSR-Standard wird so ziemlich alles angeboten. Ebenfalls eine Möglichkeit sind **Mini-Hotels**, kleine, privat geführte Pensionen mit meist sanierten, modernen Zimmern. Hier bekommt man in der Regel mehr für sein Geld als in klassischen Hotels. Die Vermieter haben oft auch Tipps für die Stadtbesichtigung und kennen nette Lokale, sodass ihre Gäste leichter hinter die Fassaden blicken können.

Hostels

Nicht nur für junge Gäste sind Hostels eine erschwingliche Übernachtungsmöglichkeit. In den letzten Jahren sind zahlreiche private Initiativen ins Leben gerufen worden, das Publikum ist **sehr international**. Wer keinen Massenschlafplatz mag: Hier werden meist auch Privatzimmer angeboten.

EMPFOHLENE HOTELS

❶ etc. ▶ Plan S. 254/255

PREISKATEGORIEN

für ein Doppelzimmer inkl. Frühstück
€€€€ = über 300 €
€€€ 150 – 300 €
€€ 75 – 150 €
€ bis 75 €
Es empfiehlt sich, nach Vergünstigungen und Arrangements zu suchen. In der Zeit der Weißen Nächte sind die Zimmerpreise deutlich höher.

⓫ BELMOND GRAND HOTEL EUROPE €€€€

Einige der 300 Zimmer des zur Belmond-Kette (früher Orient-Express-Hotels) gehörenden Traditionshauses (1875 eröffnet) sind individuell im Jugendstil eingerichtet, andere haben einen tollen Balkon-Blick auf den Platz der Künste. Wunderschön sitzt man im Restaurant »Europe«, wo auch das Frühstück serviert wird.
Michajlowskaja Uliza 1/7
Metro: Newskij Prospekt
Tel. 329 60 00
www.belmond.com

❼ ASTORIA €€€€

Altes Renommierhotel (1912 errichtet) mit 83 Zimmern und 86 Suiten direkt neben der Isaakskathedrale. Die alte Architektur wird stilvoll mit moderner Möblierung ergänzt.
Bolschaja Morskaja Uliza 39
Metro: Admiraltejskaja
Tel. 494 57 57
www.astoriyahotel.ru

3 W €€€€

Das Fünfsterne-Designerhaus mit 137 Zimmern zwischen Isaakskathedrale und Admiralität ist top für stylische Hightech-Fans. Atemberaubend ist der Ausblick von der Openair-Bar auf dem Dach.
Wosnesenskij Prospekt 6
Metro: Admiraltejskaja
Tel. 610 61 61
www.wstpetersburg.com

17 ALEXANDER HOUSE €€€

Etwas abseits vom Schuss – aber nahe zum Mariinskij Theater: In diesem Privat-Hotel mit historischer Aura und familiärer Atmosphäre ist jedes der 20 Zimmer individuell im Stil und Geist einer anderen Weltstadt gehalten.
Nab. Krjukowa Kanala 27
Metro: Sadowajja
Tel. 575 38 77
www.a-house.ru

2 DOM BOUTIQUE HOTEL €€€

Erst 2016 eröffnete dieses 60-Zimmer-Haus in einem farbenfrohen Stilmix – irgendwo zwischen Landvilla und Londoner Dandy-Club. Ruhige Lage am Sommergarten.
Gangutskaja Uliza 4
Metro: Gostinyj Dwor
Tel. 245 10 40
www.domboutiquehotel.com

12 RADISSON ROYAL HOTEL €€€

Modernes 5-Sterne-Haus mit 164 Zimmern hinter historischer Fassade in zentraler Lage: Tritt man vor die

Das Renaissance St. Petersburg Baltic Hotel ist das Flaggschiff der Luxusherbergen in St. Petersburg.

Tür, steht man an der geschäftigsten Ecke des Newskij Prospekts.
Newskij Prospekt 49
Metro: Majakowskaja
Tel. 322 50 00
www.radisson.ru

6 RENAISSANCE ST. PETERSBURG BALTIC HOTEL €€€

Perfekte Lage, moderner Luxus: Schräg gegenüber der Isaakskathedrale wurde 2003 das zur Marriott-Kette gehörende Haus mit 102 Zimmern eröffnet.
Potschtamskaja Uliza 4
Metro: Admiraltejskaja
Tel. 380 40 00
www.marriott.com

13 OKTJABRSKAJA €€

Zweckmäßig ausgestattetes Mittelklassehotel, verkehrsgünstig gegenüber vom Moskauer Bahnhof
Ligowskij Prospekt 10
Metro: Ploschtschad Wosstanija
Tel. 578 15 15
www.oktober-hotel.spb.ru

1 SOLO SOKOS PALACE BRIDGE €€

Der 324-Zimmer-Neubau einer finnischen Kette verfügt über die wohl beste Wellness-Welt aller Petersburger Hotels: acht Saunen und ein großer Pool!
Birschewoj Pereulok 2-4
Metro: Sportiwnaja
Tel. 335 22 00
www.sokoshotels.com

20 PARK INN PULKOWSKAJA €€

Das große Hotel (841 Zi.) gab es schon zu Sowjetzeiten, dennoch eine gute Adresse! Ansprechende Zimmer, weitläufige Lobby; Lage am Stadtrand nahe zum Flughafen.
Ploschtschad Pobedy 1
Metro: Moskowskaja
Tel. 740 39 00
www.parkinn.com

19 MOSKWA €€

Eine riesige, moderne Bettenburg gegenüber dem Alexander-Newskij-Kloster. Für Individualreisende ist der Metro-Eingang direkt im Haus ein echter Gewinn.
Ploschtschad Aleksandra Newskogo 2
Metro: Ploschtschad Aleksandra Newskogo
Tel. 333 24 44
www.hotel-moscow.ru

22 AZIMUT €€

Riesiges Hotel mit 900 Zimmern. Am besten sind die Zimmer in den oberen Geschossen mit Blick auf die Fontanka. Oder setzen Sie sich in die Sky Bar im 17. Stock – einen solchen Ausblick gibt es nirgendwo sonst in der Stadt.
Lermontowskij Prospekt 43
Metro: Baltijskaja
Tel. 740 26 40
www.azimuthotels.ru

18 USADBA DERSCHAWINA €€

18-Zimmer-Hotel mit literarischen Weihen: Es befindet sich im Palais von Gawriil Derschawin, dem bekanntesten Dichter Russlands vor Puschkin.
Nab. Reki Fontanki 118
Metro: Technologitscheskij Institut
Tel. 493 45 52
www.derzhavinhotel.ru

5 SCHASTLIWYJ PUSCHKIN €€

Originell plüschige Retro-Herberge (48 Zi.) in jenem Haus, wo der jungvermählte Puschkin wohnte. Man kann hier günstig in kleinen Einzelstuben wohnen – oder auch in riesigen Suiten mit Newa-Blick.
Englisch Enbankment 52
Metro: Admiraltejskaja
Tel. 777 17 99
www.happypushkin.ru

BAEDEKER ÜBERRASCHENDES

5X DURCHATMEN

Entspannen, wohlfühlen, runterkommen

1. MORGENSTUND…

Wer an einem schönen Sommermorgen um 5 oder 6 Uhr zu einem Fotospaziergang aufbricht, erlebt den sonst immer turbulenten **Newskij Prospekt** als fast autofreie Prachtmeile bei strahlendem Sonnenschein. (► **S. 119**)

2. AUS DER ZEIT GEFALLEN

Selbst wenn auf dem Newskij Prospekt und der Sadowaja Uliza heftigstes Gedränge herrscht, bleibt wenige Meter höher der schier endlose alte Arkadengang im Obergeschoss des **Gostinyj Dwor** menschenleer. (►**S. 86, 274**)

3. PARK-ALTERNATIVEN

Tausende Besucher bevölkern täglich den Fontänenpark von Peterhof wie auch den Katharinenpark in Zarskoje Selo. Gleich nebenan ist der Trubel aber ganz weit weg: Der **Park Alexandria** bzw. der Alexanderpark sind ruhige Refugien für entspannte Spaziergänge auf Zarenspuren. (► **S. 195**)

4. DEM FINNEN DIE SAUNA…

… dem Russen seine Banja: das traditionelle Schwitzbad – wobei die Russen es feuchtheiß lieben. Das eine wie das andere und noch diverse andere Badvarianten von türkisch bis arktisch gibt es im Wellness-Center des **Solo Sokos Palace Bridge Hotels**. . (► **S. 284**)

5. REIF FÜR DIE INSEL

Werktags vormittags ist der ebenso abwechslungsreich wie elegant gestaltete Park auf der **Jelagin-Insel** eine naturnahe Ruhe-Oase, bevölkert nur von ein paar Pensionären, Joggern und Eichhörnchen. (►**S. 95**)

Wer im Alexander House absteigt, hat es nicht weit zum Mariinskij-Theater.

4 NEVSKY BREEZE HOTEL € €
In einer ruhigen Seitenstraße nahe des Ehernen Reiters liegt dieses Hotel mit 33 Zimmern. Es gehört zur lokalen »NevskyHotelsGroup«, die sechs günstige und zentral gelegene Häuser betreibt.
Galernaja Uliza 12
Metro: Admiraltejskaja
Tel. 703 38 60
www.hon.ru

15 ALLEGRO LIGOWSKIJ € €
50 großzügige Zimmer mit modern-klassischem Interieur nur wenige Minuten vom Moskauer Bahnhof und Newskij Prospekt entfernt.
Ligowskij Prospekt 65
Tel. 644 72 00
Metro: Ploschtschad Wosstanija
www.allegro-hotel.ru

21 JEKATERINA €
Das einzige Hotel in einem Zarenschloss! Zwar sind die 28 Zimmer eher schlicht und das Frühstück langweilig – aber dafür wohnt man mitten in der Parklandschaft von Zarskoje Selo.
Puschkin, Sadowaja Uliza 5
Tel. 466 80 42
www.hotelekaterina.ru

HOSTEL

9 SOUL KITCHEN € €
Prima Design und durchdachte Kleinigkeiten – so gewinnt dieses Hostel den »Hoscar« als bestes Hostel Europas und weltweit bestes kleines Hostel!
Nab. Reki Moiki 62
Tel. mobil 965 816 34 70
www.soulkitchenhostel.com

PENSIONEN

8 CASA LETO B&B €€€

Für ein B&B sind die Preise der fünf Zimmer hoch, aber dafür sind sie groß geschnitten und überaus stilvoll. Allerlei nette Kleinigkeiten inklusive.
Bolschaja Morskaja Uliza 34
Metro: Admiraltejskaja
Tel. 600 10 96
www.casaleto.com

14 SOVETSKAYA 21 €€

Unter deutscher Leitung stehende Pension mit vier schönen Zimmern und zwei Bädern. Das Frühstück erfolgt nach dem SB-Prinzip.
5. Sowjetskaja Uliza 21
Metro: Ploschtschad Wosstannija
Tel. 911 923 05 75
www.rentroom.ru

16 BED & BREAKFAST SWISS STAR €€

Die Pension in Schweizer Besitz bietet acht Zimmer mit Ikea-Charme.
Nab. Reki Fontanki 93
Metro: Sennaja Ploschtschad
Tel. 911 929 27 93
www.swiss-star.ru

10 GRIBOJEDOWA 29 €

Zwei kleine Pensionen und eine Ferienwohnung in toller Zentrumslage unter Führung einer polyglotten Schweizer Familie.
Nab. Kanala Gribojedowa 29
Metro: Newskij Prospekt
Tel. 913 96 57
www.petersburg-hotel.com

RANDHOUSE B & B €

Die Agentur vermittelt Zimmer in vier gut ausgestatteten, zentral gelegenen Mini-Hotels.
Tel. mobil: 911 102 00 02
www.randhouse.ru

P
PRAKTISCHE INFOS

Direkt, erstaunlich, fundiert

Unsere Hintergrundinformationen beantworten (fast) alle Ihre Fragen zu St. Petersburg.

Manche Stationen der Metro sind fast schon Kathedralen des Nahverkehrs . ►

KURZ & BÜNDIG

ELEKTRIZITÄT
Netzspannung 220 Volt. Adapter nicht erforderlich.

WECHSELKURS
100 RUB = 1,43 €
1 € = ca. 70 RUB
1 CHF = 61,5 RUB

KREDITKARTE SPERREN
Bank-, Kreditkarten und Handys
Tel. +49 116 116

NOTRUFE

POLIZEI, RETTUNGSDIENST FEUERWEHR
Tel. 112

ADAC-NOTRUF
Tel. +49 89 22 22 22

ACE-NOTRUF
Tel. +49 711 530 34 35 36

DRK-FLUGDIENST
Tel. +49 211 91 74 99 39
www.drkflugdienst.de

DRF LUFTRETTUNG
Tel. +49 711 70 070
www.drf-luftrettung.de

ÖAMTC-NOTRUFZENTRALE
Tel. +43 1 251 20 20

RETTUNGSFLUGWACHT ZÜRICH
Tel. +41 333 333 333

WAS KOSTET WIE VIEL?
1 Glas Bier ab 140 RUB
1 Tasse Kaffee ab 120 RUB
Einfaches Essen ab 300 RUB
3-Gang-Menü ab 1000 RUB
Doppelzimmer ab 2000 RUB
U-Bahn-Fahrt: 45 RUB

VORWAHLEN

NACH ST. PETERSBURG
007 812

VON ST. PETERSBURG
innerhalb Russlands: 8
nach Deutschland: 8 10 49
nach Österreich: 8 10 43
in die Schweiz: 8 10 41

ZEIT
Winter: MEZ + 2 St.
Sommerzeit: MEZ +1 St.

ANREISE · REISEPLANUNG

Deutsche und internationale **Reiseveranstalter** bieten organisierte Reisen nach St. Petersburg an. Die Reisedauer beträgt meist zwischen vier und sieben Tagen, wahlweise kann man verschiedene Ausflugspakete buchen; vielfach wird ein Aufenthalt in St. Petersburg mit

einem Kurzbesuch in Moskau kombiniert. Immer beliebter werden Kurzaufenthalte im Rahmen einer Ostsee-Kreuzfahrt, für die bei bis zu 72 Stunden Aufenthalt kein Visum benötigt wird (►S. 293).
Individualreisen nach St. Petersburg sind durchaus möglich, selbst wenn man kein Russisch kann – wobei man sich auch vor Ort noch einen Führer engagieren kann. Hilfreich ist es in jedem Fall, sich spätestens im Flugzeug mit dem kyrillischen Alphabet (► S. 305) vertraut zu machen, damit man Hinweisschilder oder Fahrpläne entziffern kann. Wegweiser und Aufschriften im Umfeld von Sehenswürdigkeiten sind aber oft auch auf Englisch.

Mit dem Flugzeug

Flughafen Pulkowo

Direktflugverbindungen bestehen von den meisten größeren europäischen Städten zum Flughafen Pulkowo. Von Frankfurt am Main und München fliegt Lufthansa häufig nach St. Petersburg. Die Flugzeit beträgt rund 2,5 Std. Die russische Fluggesellschaft Aeroflot bzw. deren Petersburger Tochter Rossiya steuern St. Petersburg aus Hamburg, Düsseldorf, Berlin, München und Wien an, Austrian Airlines ab Wien, Swiss ab Zürich. 2013 wurde das neue Terminal des Flughafens Pulkowo eingeweiht, die Abfertigung samt Pass- und Zollkontrolle geht dort in der Regel recht zügig vonstatten.
Für die Fahrt vom Flughafen ins Zentrum (20 km) verlangen auf unbedarfte Kunden lauernde Taxifahrer nicht selten 30 bis 50 €. Auch der Abholservice von Hotels ist sehr teuer. Dabei bekommt man ganz unkompliziert solide **Taxis** zum Festpreis von ca. 1000 RUB (15 €, bezahlbar auch per Kreditkarte), wenn man sich bei der Gepäckausgabe oder spätestens vor dem Terminal an einen der Schalter von »Taxi Pulkovo« wendet. Billiger geht es mit dem Sammeltaxi (»Marschrutka«) K-39: Etwa alle 10 Minuten fahren die Kleinbusse vom Flughafen zur Metro-Station Moskowskaja. Etwas langsamer, dafür mit Platz für größeres Gepäck sind die Busse Nr. 39 und 39E (40 RUB, großes Gepäck kostet extra). Abfahrt ist direkt vor der Ankunftshalle (5.30 – 1.30 Uhr).

Per Schiff

Kreuzfahrtterminal Morskoj Fasad

Die schönste, allerdings nicht schnellste Anreise führt übers Wasser. Die meisten Kreuzfahrtschiffe legen im neuen Terminal Morskoj Fasad (»Meeresfassade«) an, das weit abseits auf neu aufgeschüttetem Boden vor der Wassilij-Insel liegt. Der Bus 158 verkehrt von dort alle halbe Stunde zur Metro-Station Primorskaja. Kleinere Kreuzfahrtschiffe können auch in die Newa einfahren und liegen dann zentrumsnah unterhalb der Blagoweschtschenkij-Brücke. Moby bzw. St.

INFORMATIONEN UND ADRESSEN

FLUGVERKEHR

FLUGHAFEN PULKOWO
16 km südlich des Stadtzentrums
Auskunft: Tel. 3 37 38 22,
3 37 34 44
www.pulkovoairport.ru

LUFTHANSA
www.lufthansa.com

AUSTRIAN AIRLINES
www.austrian.com

SWISS
www.swiss.com

AEROFLOT UND ROSSIJA AIRLINES
www.aeroflot.com

SCHIFFSVERKEHR

ST. PETER LINE/MOBY
www.stpeterline.com

FÄHRHAFEN (MORSKOJ WOKSAL)
für Seeschiffe von/nach Helsinki, Tallinn und Stockholm
Pl. Morskoj Slawy 1

PASSAGIERHAFEN (MORSKOI FASAD)
Kreuzfahrtterminal
Bereg Newskoj Gubi 1/Mitschmanskaja Ul.
www.portspb.ru

FLUSSHAFEN (RETSCHNOJ WOKSAL)
für Flussschiffe u. a. nach Kischi, Walaam und Moskau
Pr. Obuchowskoj Oborony 195

ZUGAUSKUNFT
Die übersichtlichste Methode, Zugverbindungen im Nah-und Fernverkehr zu finden, bietet die russische Suchmaschine Yandex.
www.rasp.yandex.ru

BUSVERKEHR

EUROLINES
Tel. 06196 2 07 85 01 (D)
www.eurolines.com

LUX EXPRESS
Mitrofanjewskoje Chaussee 2
www.luxexpress.eu

BUSBAHNHOF
Nab. Obwodnogo Kanala 36
Metro: Obwodnyj Kanal
www.avokzal.ru

VISABESCHAFFUNG / RUSSISCHE VISA-ZENTREN

DEUTSCHLAND
Friedrichstr. 58
10117 Berlin
Tel. 030 30 80 92 96
www.vhs-germany.com
Weitere Standorte Bonn, Frankfurt/M., Hamburg, Leipzig und München

ÖSTERREICH
Rennweg 33B
1030 Wien
Tel. 7 20 11 64 80
www.vhs-austria.com
Weiterer Standort Salzburg

SCHWEIZ
Eigerstr. 80
3007 Bern
Tel. 031 528 08 25
www.vhs-swiss.com
Weiterer Standort Genf

Peter Line unterhält **Fährverbindungen** auf einem Rundkurs über Helsinki, Tallinn und Stockholm nach St. Petersburg. Der Fährhafen für diese Schiffe liegt im südwestlichen Teil der Wasiljewskij-Insel (Trolleybus 10, 11 zum Newskij Prospekt). Die Stadt kann aber auch im Rahmen einer Flusskreuzfahrt durch Nordwestrussland besucht werden. Flusskreuzfahrten beginnen bzw. enden an der schlichten Anlegestelle Flusshafen (Retschnoj Woksal) im Südosten der Stadt. Von dort gelangt man zu Fuß zur Metro-Station Proletarskaja oder per Bus zur Lomonossowskaja.

Mit Bus oder Bahn

Achtung Transit visum!

Eine Anreise per Bahn ist **mit mehrmaligem Umsteigen** verbunden und dauert ab Berlin mindestens 38 Stunden. Benötigt wird ein Transitvisum für Weißrussland, das vorab beschafft werden muss!
Wer aus Moskau anreist, kann St. Petersburg mit Schlafwagenzügen oder tagsüber mit dem Hochgeschwindigkeitszug Sapsan in gut 4 Stunden sehr komfortabel erreichen (einfach ab ca. 50 €). Von Helsinki fährt der Allegro Train viermal täglich in 3,5 Stunden nach St. Petersburg. Eine **Busfahrt** aus dem deutschsprachigen Raum nach St. Petersburg dauert fast zwei Tage. Eurolines fährt ins Baltikum, Luxexpress bietet dann häufige und günstige Verbindungen von Vilnius, Riga oder Tallinn an. Erster Halt in St. Petersburg ist am Baltischen Bahnhof (Metrostation Baltijskaja), dann geht es noch weiter zum Zentralen Omnibusbahnhof.

Mit dem Auto

Für die Anreise nach St. Petersburg wählt man am besten die Route über Warschau, Kaunas und Pskow, alternativ über Riga, Tartu und Narva. Für die Strecke via Kaliningrad ist ein Mehrfachvisum für Russland erforderlich. Eine Alternative ist die Route über Finnland: Mit der Fähre geht es von Lübeck nach Helsinki und weiter auf dem Landweg über Wyborg nach St. Petersburg. Die neue Nord-Süd-Autobahn durch St. Petersburg ist gebührenpflichtig.

Ein- und Ausreisebestimmungen

Reisepass und Visum

Reisende aus Deutschland, Österreich und der Schweiz benötigen für die Einreise in die Russische Föderation einen noch mindestens sechs Monate über das Ausreisedatum hinaus gültigen Reisepass und zusätzlich ein Visum. Jedes Kind braucht sein eigenes Ausweisdokument. Bei Gruppenreisen wird das Visum in der Regel vom Veranstalter besorgt. Bitte beachten: Es ist **nicht an der Grenze erhältlich**. Wer sich selbst darum kümmert, beantragt es bei der zuständigen Vertretung der Russischen Föderation bzw. dem Visa-Zentrum (► S. 292) oder über einen Visum-Service. Das Visum sollte mindestens zehn Arbeitstage vor Reiseantritt beantragt werden. Gegen erhöhte Gebühr kann es schneller gehen. Reisepass, ausgefüllter Visumantrag, Nachweis einer Reisekrankenversicherung und ein Passfoto sowie die Visagebühr müssen vorliegen (Fahrzeugpapiere ► Verkehr). Die von den Konsulaten beauftragten Visa-Zentren nehmen Visaanträge per Post oder persönlich (vorherige Terminvereinbarung notwendig) entgegen. Der Basistarif beträgt 79 €.

Verschiedene Visa

Es gibt bis zu 30 Tage gültige **Touristenvisa** (Individualreisende benötigen dafür eine Hotelbestätigung, das sog. Voucher), Privatvisa (auf Einladung, bis zu 90 Tage), Visa für Geschäftsreisende (dafür muss die Einladung eines russischen Geschäftspartners vorliegen) sowie Transitvisa. Schiffsreisende dürfen sich nur im Rahmen von organisierten Exkursionen des Veranstalters oder eines lokalen Anbieters (sog. Tourticket) bis zu 72 Stunden ohne Visum in St. Petersburg aufhalten. Wer das Schiff individuell verlassen möchte, muss vor der Reise ein Touristenvisum beantragen.

Rückkehrwilligkeit

Für EU-Bürger ist der Nachweis über die Rückkehrwilligkeit in das Aufenthaltsland obligatorisch: Arbeitnehmer müssen Lohnabrechnungen, Pensionäre einen Rentenbescheid, Selbstständige eine Bestätigung ihrer Firmenregistrierung und Studenten eine Immatrikulationsbescheinigung vorlegen. Möglich ist auch ein Nachweis über Wohnungseigentum.

Immigration Card

Vor der Einreise ist ein Formular mit zwei Abschnitten auszufüllen, die Immigration Card. Sie wird bei der Anreise mit dem Flugzeug meist schon während des Flugs ausgegeben oder sie liegt am Zielflughafen aus. Bei der Einreise muss sie mit dem Pass vorgezeigt werden. Der obere Teil verbleibt an der Grenze, der untere ist bei der Ausreise an der Passkontrolle wieder abzugeben.

Touristen müssen bei längeren Aufenthalten an einem Ort innerhalb von sieben Arbeitstagen nach Ankunft bei der Immigrationsbehörde angemeldet werden. Hotels erledigen dies automatisch, private Gastgeber können dies über Postämter erledigen. Die **Meldebestätigung** sollte man dann während des gesamten Aufenthalts mitführen. Kontrollen durch die Polizei oder Überprüfungen der Meldepflicht bei der Abreise sind aber nicht üblich.

Zollbestimmungen Einreise

Wer nichts zu verzollen hat, geht bei der Ankunft im Flughafen über den **grünen Korridor**. Bargeld im Gegenwert von mehr als 10 000 US-Dollar muss in einer Zollerklärung deklariert werden. Für Reisen mit dem Pkw ist eine Zolleinfuhrbescheinigung erforderlich, die bei der Ausreise wieder vorgelegt werden muss.

Zollbestimmungen Ausreise

Ikonen und historische Kunstgegenstände, die älter als 100 Jahre sind, dürfen grundsätzlich nicht außer Landes gebracht werden. Werke, die nachweislich jünger als 50 Jahre sind, stellen in der Regel kein Problem dar (Kaufbeleg bereithalten), ebenso sämtliche Souvenirprodukte. Falls ein Kunstobjekt »von beträchtlichem kulturellem Wert« erworben wurde, muss man sich eine entsprechende Exportgenehmigung des russischen Kulturministeriums (Ul. Malaja Morskaja 17) ausstellen lassen. Achtung: Als »**Kulturgut**« können auch sowjetische Medaillen oder alte Geldscheine vom Flohmarkt deklariert werden. Wer keine Genehmigung für die Ausfuhr hat, muss gegebenenfalls mit einer Strafe rechnen. Devisen im Wert von bis zu 10 000 US-Dollar können frei ausgeführt werden.

Wiedereinreise EU/ Schweiz

Bei der Wiedereinreise in die EU oder die Schweiz sind pro Person ab 17 Jahren 1 l Spirituosen sowie 200 Zigaretten zollfrei. Reiseandenken dürfen bis zu einem Warenwert von 430 Euro zollfrei eingeführt werden. Die aktuellen Zollbestimmungen für die Einfuhr sind unter www.zoll.de bzw. www.ezv.admin.ch abrufbar.

AUSKUNFT

Touristeninformationen

Das zentrale Auskunftsbüro der städtischen Touristeninformation liegt unweit der Kreuzung des Newskij Prospekts und der Sadowaja Uliza (Sadowaja Ul. 14), eine Filiale mit Ausstellungssaal gibt es in der alten Hauptwache auf dem Heuplatz (Sennaja Ploschtschad). **Infopavillons** und -schalter befinden sich am Flughafen Pulkowo

ADRESSEN UND INFORMATIONEN

FREMDENVERKEHRSÄMTER

VISIT RUSSIA
www.visitrussia.com

STAATLICHE TOURISMUSAGENTUR
www.russia.travel
www.russiatourism.ru

TOURISTENINFORMATION ST. PETERSBURG
Sadowaja Ul. 14 (weitere Filialen im Stadtgebiet)
Tel. 3 03 05 55 (mehrsprachig), 4 56 03 03
www.visit-petersburg.ru
www.ispb.info
Mo. – Sa. 10 – 19 Uhr

RUSSISCHE VERTRETUNGEN

BOTSCHAFT IN DEUTSCHLAND
Unter den Linden 63–65, 10117 Berlin
Tel. 030 2 29 11 10
www.russische-botschaft.ru
Konsularabteilung
Behrenstr. 66, 10117 Berlin
Tel. 030 22 65 11 84
Generalkonsulate in Bonn, Frankfurt/M., Hamburg, Leipzig und München

BOTSCHAFT IN ÖSTERREICH
Reisnerstr. 45–47, 1030 Wien
Tel. 01 7 12 12 29
www.austria.mid.ru
Generalkonsulat In Salzburg

BOTSCHAFT IN DER SCHWEIZ
Brunnadernrain 37, 3006 Bern
Tel. 031 3 52 05 66
www.switzerland.mid.ru
Konsularabteilung
Brunnadernrain 53, 3006 Bern
Tel. 031 3 52 05 67
Generalkonsulat in Genf

VERTRETUNGEN IN ST. PETERSBURG

DEUTSCHES GENERALKONSULAT
Furschtatskaja Uliza 39
Tel. 3 20 24 00, in Notfällen, auch SMS: +7 921 964 55 48
www.sankt-petersburg.diplo.de

ÖSTERREICHISCHES HONORARKONSULAT
Kempinski Hotel,
Nab. reki Moiki 22
Tel. 931 300 88 72

SCHWEIZERISCHES GENERALKONSULAT
Tschernyschewskogo Pr. 17
Tel. 3 27 08 17
in Notfällen: +41 584 65 33 33
www.eda.admin.ch/stpetersburg

INTERNET

WWW.RUSSLAND.NEWS
Die Onlinezeitung bietet auf Deutsch viele Hintergründe zu Russland.

WWW.SAINT-PETERSBURG.COM
Infos zu allen wichtigen Sehenswürdigkeiten, Hotels, Restaurants und vieles mehr (in Englisch)

WWW.INYOURPOCKET.COM
Website mit aktuellen Infos der Broschüre »St. Petersburg in your Pocket«

WWW.RUSSLAND.TV
Deutschsprachige Video-Reportagen und Nachrichten über Russland

WWW.RUSSLAND.RU/PETERSBURG-LIFE/
Insider-Online-TV zu Themen aus St. Petersburg, nett moderiert

WWW.SPZEITUNG.RU
Der St. Petersburger Herold erscheint online.

WWW.PETERSBURGER.INFO
Private deutschsprachige Website mit Infos und Tipps zur Stadt

WWW.GOETHE.DE/STPETERSBURG
Das Goethe-Institut informiert über seine Veranstaltungen in der Stadt.

WWW.PETROSPHOTOS.LIVEJOURNAL.COM
Wunderschöne, rührende, nachdenkliche Petersburg-Fotos – auch aus der Luft – von Alexander Petrosjan

und dem Fährhafen Morskoj Fasad sowie in der Innenstadt auf dem Schlossplatz, an der Isaak-Kathedrale, an der östlichen Zugangsbrücke zur Peter-Pauls-Festung, gegenüber des Moskauer Bahnhofs am Platz des Aufstands (Ploschtschad Wosstanija) und an der Smolny-Kathedrale. Dort wird in der Regel Englisch gesprochen.

ETIKETTE

Gastfreundschaft

Touristen beklagen manchmal die vermeintlich fehlende Freundlichkeit der Russen. Blickkontakt und unverfängliches Lächeln werden in der Öffentlichkeit in der Tat sparsamer als in Westeuropa eingesetzt. Dies gilt für Verkaufspersonal und vor allem Amtspersonen wie Polizisten oder Schaffner. Die Freundlichkeit und Herzlichkeit im privaten Rahmen ist dafür umso intensiver.
Hat man die erste Barriere überwunden, so begegnen die meisten Russen Ausländern aus Westeuropa sehr offen und behandeln sie mit ausgesuchter Liebenswürdigkeit und Hilfsbereitschaft. Manchmal wird der Gast zu einem Essen nach Hause eingeladen. Wohlgemerkt nicht zu einem Glas Wein und einem Snack: Eine **Einladung** ist für Russen immer mit einem großen Essen verbunden. Als Gastgeschenk ist dann eine Leckerei oder Delikatesse sowie eine gute Flasche Wein durchaus angebracht – am besten aus dem Heimatland. Für die Dame des Hauses, die in der Regel die Vorbereitungen gestemmt hat, sind Blumen (immer in ungerader Anzahl!) geradezu protokollarische Pflicht! Üblicherweise zieht man beim Betreten einer Wohnung die Straßenschuhe aus und bekommt Hausschuhe angeboten. Russische Gastgeber kümmern sich intensiver um ihre Gäste, als dies gemeinhin in Westeuropa üblich ist. Dazu gehört oft auch, dass man den Gast an einem vereinbarten Treffpunkt abholt, zumindest aber an der nächsten Metro- oder Busstation, und auch wieder zurückbringt.

Begrüßung

Unter Freunden begrüßt man sich in Russland mit mindestens zwei, meistens drei **Wangenküssen**. Die Initiative sollte man aber immer dem russischen Gastgeber überlassen. Auf den Händedruck wird häufig verzichtet, vor allem Frauen erscheint er nicht als geeignete Begrüßung. Ein verbreiteter Aberglaube verbietet es, die Hände über einer Türschwelle zu schütteln!

Gesprächsthemen

Russen sind in der Regel relativ patriotisch gestimmt und stolz auf die Errungenschaften, die internationale Bedeutung und die reiche Geschichte ihres Landes. Das hindert sie aber nicht, hinsichtlich wirtschaftlicher, sozialer und rechtsstaatlicher Probleme die Lage ziemlich schwarz zu malen. Gleichzeitig werden die Verhältnisse in Westeuropa oft über Gebühr idealisiert – obwohl russische staatliche Medien gerne das Bild eines degenerierenden, von Migranten überrannten Kontinents zeichnen. Als Gast sollte man nicht ins gleiche Horn stoßen, sondern vielmehr hervorheben, was einem selbst positiv in Russland aufgefallen ist. Dann kann man auch vorsichtig relativieren, was an den Vorstellungen von Westeuropa schief sein sollte.

Kleidung

Vor allem Russinnen achten sehr auf ihre Kleidung und ihr Äußeres. Auch wenn das eigene Budget nicht allzu groß ist, sind insbesondere junge Frauen nach dem neuesten Chic gekleidet.
Beim Besuch von orthodoxen **Kirchen** ist angemessene Kleidung erforderlich: Kurze Hosen und schulterfreie Tops sind tabu. In vielen Kirchen wird auf Kopftücher bei Frauen bestanden, manchmal gelten selbst lange Damenhosen als ungebührlich. In der Regel liegen dann am Eingang Tücher und Wickelröcke zum Ausleihen bereit. Ansonsten kleiden sich russische Frauen sehr feminin – eine Ausländerin ist oft am Rucksack und ihren robusten Schuhen zu erkennen. Für einen **Theaterbesuch** ist festlichere Kleidung angesagt. Jeans und Turnschuhe beim Ballett gelten Russen als Sakrileg!

Rauchen und Alkohol

Rauchen ist weithin verboten – in der Gastronomie, in Hotels, in Verkehrsmitteln, an Arbeitsplätzen, in Treppenhäusern. Zu Bahnhofsbauten oder Metrostationen muss man beim Rauchen 15 Meter Abstand halten. **Alkoholgenuss** ist nur in gastronomischen Einrichtungen erlaubt.

In der Metro

Rechts stehen, links gehen: Russen stehen auf der rechten Seite der Rolltreppe, um links Platz für eilige Zeitgenossen zu machen. Aufwärts kann man diese Regel auf den Rolltreppen der Petersburger Metro aber getrost ignorieren – den langen Aufstieg tut sich kaum jemand an. Die Metro-Waggons sind meist gut gefüllt. Deshalb muss man sich beizeiten vor dem Aussteigen zur Wagentür vorarbeiten. Mit der Frage »Wy wychodite?« (»Steigen Sie aus?«) bittet man Mitfahrer, den Weg frei zu machen und die Plätze zu tauschen.

GELD

Währung

Die nationale Währung ist der **Rubel** (RUB). In Umlauf sind Banknoten im Wert von 50, 100, 200, 500, 1000, 2000 und 5000 Rubel. 5- und 10-Rubel-Scheine wurden durch Münzen ersetzt, sind jedoch nach wie vor gültig. Münzen gibt es zu 1, 5, 10 und 50 Kopeken sowie 1, 2,

5 und 10 Rubel. Es muss überall in Rubel bezahlt werden. Euro und US-Dollar können in **Banken oder Wechselstuben** in russische Rubel umgetauscht werden. Bei Beträgen bis zu 40 000 Rubel muss kein Pass vorgelegt werden, allerdings hat man einen (Phantasie-)Namen für die Quittung zu nennen. Banken, die keine von außen gut sichtbare Kurstafel aushängen haben, tauschen entweder gar nicht oder nur zu schlechten Kursen. Die Zahl der Wechselstuben (an der Aufschrift Обмен валюты zu erkennen) hat in den letzten Jahren aufgrund mangelnder Rentabilität und strenger Sicherheitsvorschriften drastisch abgenommen. Geldscheine sollten unbeschädigt sein, schon bei kleinen Rissen wird die Annahme oft verweigert.
Schaffner, kleinere Geschäfte oder Kioske können oftmals größere Banknoten nicht wechseln, daher sollte man immer kleinere Rubel-Scheine parat haben.

Geldautomaten, Kreditkarten

Deshalb ist das Abheben von Bargeld an Geldautomaten (russ. Банкомат/Bankomat, gelegentlich: ATM) mit einer Kredit- oder Maestro-Karte die bessere Lösung. Die Geräte sind immer zwei- oder mehrsprachig bedienbar. Vor der Abreise sollte man aber bei der Bank sicherstellen, dass die Karte für Russland freigeschaltet ist! Die maximale Auszahlungssumme pro Operation bzw. das Tageslimit variiert dabei stark von Bank zu Bank – zwischen 5000 und (bei der VTB) 100 000 RUB. Bankomaten stehen in den Eingängen der Metro-Stationen, in größeren Hotels und in Einkaufszentren. Kreditkarten von Mastercard und Visa werden fast überall von Hotels, Restaurants, größeren Geschäften und anderen Unternehmen akzeptiert.

GESUNDHEIT

Reisekrankenversicherung

Der Abschluss einer privaten Reisekrankenversicherung ist eine unabdingbare Voraussetzung für die Erteilung des Einreisevisums (► Anreise). Die medizinische Versorgung in Russland ist in Notfällen kostenlos, Standard und Ausrüstung liegen jedoch in der Regel unterhalb des mitteleuropäischen Niveaus. Im Krankheitsfall wendet man sich daher am besten an ein privates **Medical Center**. Hier kann man sich meist auch in einer Fremdsprache verständigen und mit Kreditkarte bezahlen. Billig sind solche Zentren allerdings nicht, daher sollte man vorher den Versicherer fragen, ob das gegebenenfalls übernommen wird.

Apotheken

Apotheken (Аптека) sind – von neu entwickelten ausländischen Pharma-Produkten abgesehen – gut sortiert. Die Preise für Medikamente

ADRESSEN

ÄRZTEZENTREN (24 H)

AMERICAN MEDICAL CLINIC
Nab. reki Mojki 78
Metro: Admiraltejskaja
Tel. 7 40 20 90
www.amclinic.ru

KLINIK SKANDINAVIA
Litejnyj Prospekt 55a
Metro: Majakowskaja
Tel. 6 00 77 77
www.avaclinic.ru

INTERNATIONAL CLINIC MEDEM
Uliza Marata 6
Metro: Majakowskaja
Tel. 3 36 33 33
www.medem.ru

CORIS
(Notfallklinik bei Verletzungen)
Uliza Tschugunnaja 46
Metro: Wyborgskaja
Tel. 3 27 13 13
www.coris-spb.ru

liegen dabei stark unter dem deutschen Niveau, viele zuhause rezeptpflichtige Medikamente werden frei verkauft, allerdings oft unter anderen Namen. Das Personal hilft aber meist gerne, ein Analog zu recherchieren. Zahlreiche Apotheken haben rund um die Uhr geöffnet.

HIV Die Zahl der HIV-Infizierten ist in Russland mit einem Prozent der Bevölkerung für europäische Verhältnisse sehr hoch. Betroffen ist vor allem das Drogenmilieu. Insofern besteht ein reales Ansteckungsrisiko bei ungeschütztem Sex!

Leitungswasser Leitungswasser kann man zum Zähneputzen verwenden, aber nur abgekocht trinken! Die hygienischen Bedingungen in manchen Imbissbuden, die die libanesische Spezialität Schawerma, eine Art Döner Kebap, verkaufen, sind oft bedenklich. Manche Buden haben keinen Wasseranschluss! Man sollte deshalb nur bei stationären Schawerma-Anbietern essen, die einen guten Eindruck machen.

LESETIPPS

Sachbuch **Nikolai Anziferow:** Die Seele Petersburgs. C. Hanser Verlag, München 2003. Das 1922 erschienene Buch ist eine Entdeckung für Liebhaber russischer Literatur; St. Petersburg mit den Augen der Dichter.

Lena Gorelik: Verliebt in St. Petersburg. Verlag Schirmer Graf, München 2008. Die Autorin besucht die Stadt ihrer Kindheit und schildert ihre Begegnungen witzig und mit Tiefgang. Der Band ist zwar vergriffen, ist aber antiquarisch oder in der Bücherei zu bekommen.

Christine Hamel: Lesereise St. Petersburg. Palastparade in weißen Nächten. Picus Verlag, Wien 2014. Die Autorin plaudert mit einem Urenkel Dostojewskijs, trinkt Tee mit Zeitzeugen der Blockade von Leningrad und entwirft ein lebendiges Bild der Stadt.

Jan Kusber: Kleine Geschichte St. Petersburgs. Pustet, Regensburg 2009. Ein detaillierter historischer Abriss der Stadt.

Anna Reid: Blokada. Die Belagerung von Leningrad 1941–1944. Berlin Verlag, Berlin 2011. Die britische Journalistin Anna Reid schildert die Blockade von Leningrad aus der Sicht der Bevölkerung anhand von Tagebuchaufzeichnungen der Eingeschlossenen.

Karl Schlögel: Petersburg. Das Laboratorium der Moderne, 1909 bis 1921. Fischer TB, Frankfurt 2009. Schlögel beschreibt, wie sich St. Petersburg Anfang des 20. Jh. zur modernen Industrie- und Kulturmetropole zu wandeln begann und wie dieser Weg durch die Oktoberrevolution letztlich für viele Jahre unterbrochen wurde.

Belletristik

Joseph Brodsky: Erinnerungen an St. Petersburg. Hanser, München 2003. Der Schriftsteller (▶ Interessante Menschen) erzählt von seiner Kindheit und Jugend in Leningrad.

Fjodor M. Dostojewskij: Weiße Nächte. Insel Taschenbuch, Frankfurt 2011. Die kurze melancholische Liebesgeschichte zweier einsamer junger Menschen vor dem Hintergrund der langen Petersburger Sommernächte zählt zu den schönsten Erzählungen dieser Art.

Lena Muchina: Lenas Tagebuch. Graf Verlag, München 2013. Die 16-jährige Lena Muchina führt ab 1941 Tagebuch, während Leningrad belagert wird. Ihre Aufzeichnungen wurden erst vor Kurzem gefunden.

Alexander Puschkin: Der eherne Reiter, Petersburger Erzählungen. Insel-Verlag, Frankfurt 2003. Ein Klassiker der Petersburg-Literatur.

Bildband

DuMont Bildatlas St. Petersburg. DuMont Reiseverlag, 2017. Die Bilder von Olaf Meinhardt und die Texte von Lothar Deeg geben einen stimmungsvollen Einblick in die Stadt an der Newa.

Film

Ironie des Schicksals (1975): Sowjetische Kult-Komödie. Der junge Schenja landet an Silvester nach einem Trinkgelage nicht nur in der falschen Wohnung, sondern auch in Leningrad statt in seiner Heimatstadt Moskau. Die Fortsetzung von 2007 gehört zu den erfolgreichsten russischen Filmen.

Der Bruder (1997): Großstadtdrama, in dem sich der junge Danila mit der St. Petersburger Mafia anlegt.

Russian Ark (2002): Phantastischer Historienfilm von Alexander Sokurow über die Geschichte der Eremitage – gedreht mit 2000 Akteuren in einer einzigen 90-minütigen Kamerafahrt durch das Museum.

PREISE · VERGÜNSTIGUNGEN

Petersburg Card

Die Petersburg Card (www.petersburgcard.com) berechtigt zum freien Eintritt in vielen Museen, kostenlosen Bootsfahrten und einer Bus-Stadtrundfahrt. Zudem gibt es Rabatte in einigen wenigen Geschäften, Hotels und Restaurants. Sie kostet 3500 Rubel (2 Tage), 4700 Rubel (3 Tage), 5800 Rubel (5 Tage) oder 6500 Rubel (7 Tage) und ist in den Touristen-Informationen und in manchen Hotels erhältlich. Für 300 Rubel Aufpreis kann die Karte online bestellt und ins Hotel geliefert werden. Der Erwerb lohnt sich aber nur bei längeren Aufenthalten und einem sehr dichten Besichtigungsprogramm.

ISIC-Card

Studenten erhalten mit der International Student Identity Card (ISIC-Card) in manchen Museen und Geschäften Vergünstigungen. Infos unter www.isic.de. In der Eremitage haben Studierende grundsätzlich freien Eintritt – mit beliebigen Studentenausweisen!

Eintrittspreise

Russische Bürger erhalten für das Mariinskij- und das Eremitage-Theater Eintrittskarten zum verbilligten Preis. Werden Ausländer damit »erwischt«, müssen sie in der Regel zurück zur Kasse und nachzahlen. Viele Kartenkontrolleurinnen haben ein geschultes Auge für Nichtrussen. Auch in zahlreichen Museen gibt es günstigere Tickets für Russen, während Ausländer den Vollpreis zahlen müssen. Wer in Russland arbeitet oder studiert und eine entsprechende Registrierung hat, erhält in der Regel Einlass zum Einheimischen-Preis.
In einigen **Museen** ist an einem Tag im Monat freier Eintritt – in der Eremitage ist das jeder erste Donnerstag im Monat. Kinder und Jugendliche haben oft freien oder ermäßigten Eintritt, gelegentlich wird ein Altersnachweis verlangt.

Mittagstisch

Gut und günstig essen kann man mittags an Werktagen. Fast alle Lokale bieten einen »**Bisnes lantsch**« an, bei dem eine Mahlzeit oder ein Menü wesentlich preiswerter als à la carte angeboten wird. Meist macht eine Tafel am Eingang darauf aufmerksam (russ. Бизнес-ланч).

REISEZEIT

Klima

St. Petersburg liegt in der maritim beeinflussten, kühl-gemäßigten Westwindzone. Die Ostsee und die riesige eurasische Landmasse mit ihren Hoch- und Tiefdruckgebieten bestimmen das Klima der Stadt. Charakteristisch sind schnelle Wetteränderungen.

Beste Reisezeit

Am schönsten ist es in St. Petersburg in der Zeit der »**Weißen Nächte**«, im Juni und Juli. An den längsten Tagen des Jahres wird es nicht mehr richtig dunkel, Abend- und Morgendämmerung gehen ineinander über. Auch im August und September besteht die Hoffnung, die Stadt bei schönem Wetter zu erleben. Zwar mag dies auch für April und Mai gelten, doch ist die Vegetation bis weit in den Mai hinein noch kaum entwickelt. Eine gewisse Feierlichkeit strahlt St. Petersburg im **Winter** aus, wenn Straßen und Plätze schneebedeckt und die Flüsse und Kanäle zugefroren sind. Eine Schneegarantie gibt es aber nicht. An trüben Tagen wird es um den Jahreswechsel herum gar nicht richtig hell, und bleiernes Grau hängt über der Stadt. Ein Besuch zu dieser Jahreszeit lohnt sich nur, wenn man den Hauptakzent auf Museums-, Konzert- und Theaterbesuche setzt.

Geeignete Kleidung mitnehmen

Wer im Herbst oder Frühjahr nach St. Petersburg fährt, sollte unbedingt eine wetterfeste Jacke und warme Kleidung mitnehmen, denn es kann zu Ostern noch recht kalt werden; der erste Schnee kann bereits im Oktober fallen. Im Winter sind 15 bis 25 Minusgrade durchaus möglich. Die Sommer variieren zwischen kühl-regnerisch und schwüler Hitze bei 30 Grad.

SICHERHEIT

Kein Grund zur Angst

St. Petersburg ist für europäische Großstadtverhältnisse recht sicher: Überfälle oder Gewaltakte muss man in der Innenstadt – anders als in den Neubauvierteln – wie auch in der Metro eigentlich nicht fürchten. Sofern man einigermaßen nüchtern ist, kann man nachts auch unbehelligt spazieren gehen oder zu später Stunde heimkehren.

Taschendiebe

Groß ist allerdings die Gefahr, Opfer von Taschendieben zu werden. Vor allem im Gedränge in der Metro, in Trolleybussen auf dem Newskij-Prospekt, an Sehenswürdigkeiten und sogar in Museen treiben sie ihr Unwesen. Gefahr besteht auch in stark frequentierten Cafés, Kneipen und Schnellrestaurants. Handys, Kreditkarten und Geldbörsen gehören an den Körper und nicht in offene Taschen oder den Rucksack! Den **Reisepass** lässt man am besten in der Unterkunft. Das Risiko, dass er gestohlen wird ist höher als das einer Personenkontrolle – und dann sollte eine Kopie auch genügen.

Alkohol

Auch wenn Alkoholverkauf in Geschäften von 22 bis 11 Uhr verboten ist, trifft man besonders abends und an Feiertagen oder Wochenenden immer wieder auf stark alkoholisierte Männer. Meist sind sie harmlos, aber dennoch ist es besser, einen Bogen um sie zu machen! Nicht auszuschließen sind K.-o.-Tropfen in Getränken.

Taxifahren

Das früher weitverbreitete Schwarztaxi-Fahren ist fast ausgestorben, seitdem es mehrere günstige Taxi-Dienste nach dem Uber-Prinzip gibt. Falls ein Taxi benötigt wird, kann Ihnen jeder hilfsbereite Einheimische mit einem Smartphone unkompliziert eines bestellen.

Verkehr

Auf Russlands Straßen ist eine recht freizügige Auslegung der Verkehrsregeln Alltag, Raser und Rowdies sind häufig. Innerorts sind 60 km/h erlaubt, aber erst ab 80 km/h werden Strafen erhoben. Fußgänger haben theoretisch an Fußgängerüberwegen Vorrang.– doch sich blind darauf verlassen sollte man vor allem auf breiten Straßen nicht!

Homosexualität, Rassismus

In Russland ist Homosexualität zwar nicht strafbar, aber immer noch wenig akzeptiert. Aktivisten wurden in der Vergangenheit wiederholt angegriffen. Gleichgeschlechtliche Paare sollten in der Öffentlichkeit entsprechend zurückhaltend auftreten.
In der Vergangenheit kam es in St. Petersburg mehrfach zu rassistisch motivierten Übergriffen mit Todesopfern, v. a. auf Menschen mit dunkler Haut oder mit kaukasischem bzw. asiatischem Aussehen.

SPRACHE

Allgemeines

Im Hotel bzw. Restaurant wird man sich in der Regel mit Englisch oder sogar Deutsch verständigen können. Um Straßenschilder und

Aufschriften zu entziffern, ist die Kenntnis des **russischen** (kyrillischen) **Alphabets** jedoch unabdingbar, wenn man sich ohne Führung auf den Weg machen will. Die Metro-Stationen sind auch auf Englisch beschildert. Vor allem ältere Menschen beherrschen oft nur ihre eigene Sprache, die meisten Jüngeren können sich zumindest rudimentär auf Englisch verständigen.

SPRACHFÜHRER RUSSISCH

ALPHABET UND UMSCHRIFT

Kyrillischer Buchstabe	**Transkription**	**Transliteration**
Aa	**a**	
Cc	**s**	
Бб	**b**	
Тт	**t**	
Вв	**w**	**v**
Уу	**u**	
Гг	**g**	
Фф	**f**	
Дд	**d**	
Хх	**ch**	**h**
Ее	**e/je**	
Цц	**z**	
Ёё	**jo**	
Чч	**tsch**	**č**
Жж	**sch**	**ž**
Шш	**sch**	**š**
Зз	**s**	**z**
Щщ	**schtsch**	**šč**
Ии	**i**	
Ъъ	**»harte Aussprache«**	
Йй	**j**	
Ыы	**y**	
Кк	**k**	
Ьь	**»weiche Aussprache«**	
Лл	**l**	
Ээ	**e**	
Мм	**m**	
Юю	**ju**	
Нн	**n**	
Яя	**ja**	
Оо	**o**	
Пп	**p**	
Рр	**r**	

AUF EINEN BLICK

Ja	**da**	**Да**
Nein	**njet**	**Нет**
Bitte.	**paschálsta.**	**Пожáлуйста.**

Danke.	**spassíba.**	**Спасибо.**
Nichts zu danken.	**njé-sa-schta.**	**Не за что.**
Verzeihung!	**prastítje!**	**Простите!**
Wie bitte?	**iswinítje, kak wy skasáli?**	**Извините, как Вы сказали?**
Ich verstehe Sie nicht.	**ja was ni-panimáju.**	**Я Вас не понима́ю.**
Ich spreche nur wenig ...	**ja gawarjú tólka nimnóga ...**	**Я говорю то́лько немно́го ...**
Können Sie mir bitte helfen?	**wy móschytje pamótsch mnje?**	**Вы мо́жете помо́чь мне?**
Ich möchte ...	**ja chatschú ...**	**Я хочу́ ...**
gut/schlecht	**charaschó/plócha.**	**хорошо́/пло́хо**
Haben Sie ...?	**u-was jest ...?**	**У Вас есть ...?**
Wie viel kostet es?	**skólka éta stóit?**	**Ско́лько это сто́ит?**
Wie viel Uhr ist es?	**katóry tschas?**	**Кото́рый час?**
Wo ist hier die Toilette?	**gdje sdjes tualét??**	**Где здесь туале́т?**

KENNENLERNEN

Guten Morgen!	**dóbraje útra!**	**До́брое у́тро!**
Guten Tag!	**dóbry djen!**	**До́брый день!**
Guten Abend!.	**dóbry wjétschir!**	**До́брый ве́чер!**
Seien Sie gegrüßt!	**sdrástwujtje!**	**Здра́вствуйте!**
Willkommen!	**dabró paschálawat!**	**Добро́ пожа́ловать!**
Wie geht es Ihnen?	**kak u-was dilá?**	**Как у Вас дела́?**
Wie geht es dir?	**kak u-tibjá dilá?**	**Как у тебя дела́?**
Danke.	**spassíba.**	**Спасибо.**
Und Ihnen/dir?	**a u-was/u-tibjá?**	**А у Вас/у тебя?**
Auf Wiedersehen!	**da-swidánija!**	**До свида́ния!**

UNTERWEGS

links/rechts	**naljéwa/naprāwa**	**нале́во/напра́во**
geradeaus	**prjáma**	**прямо**
nah/weit	**blíska/dalikó**	**близко/далеко́**
Bitte, wo ist ...?	**skaschýtje, paschálsta, gdje ...?**	**Скажите, пожа́луйста, где ...?**
Gehen Sie über ...	**pirijdítje ...**	**Перейдите ...**
... die Straße.	**... úlizu.**	**... улицу.**
Wie weit ist das?	**kak éta dalikó?**	**Как это далеко́?**
Hilfe!	**pamagítje!**	**Помогите!**
Achtung!	**wnimánije!**	**Внима́ние!**
Rufen Sie bitte schnell...	**wýsawitje býstra...**	**Вызовите быстро ...**
... einen Krankenwagen.	**... skóruju pómaschtsch.**	**... ско́рую по́мощь.**
... die Polizei.	**... milízyju.**	**... милицию.**
... die Feuerwehr.	**... paschárnuju kamándu.**	**... пожа́рную кома́нду.**

ESSEN UND TRINKEN

Wo gibt es hier ein gutes Restaurant?	**gdje sdjes charóschy ristarán?**	**Где здесь хорóший ресторáн?**
Wo gibt es hier ein nicht zu teures Restaurant?	**gdje sdjes nidaragój ristarán?**	**Где здесь недорогóй ресторáн?**
Gibt es hier eine gemütliche Kneipe?	**jest sdjes ujútnaje kafjé?**	**Есть здесь уютное кафé?**
Reservieren Sie für heute abend einen Tisch für vier Personen, bitte.	**sarisirwírujtje nam nasiwódnischnij wjétschir stol na-tschityrjóch tschilawjék, paschálsta.**	**Зарезервируйте нам на сегóдняшний вéчер стол на четырёх человéк, пожáлуйста.**
Auf Ihr Wohl!	**sa-wásche sdarówje!**	**За Вáше здорóвье!**
Bezahlen, bitte.	**raschtschitájtis sa-mnoj, paschálsta.**	**Рассчитáйтесь со мной, пожáлуйста.**
Hat es geschmeckt?	**fkússna býla? wam panráwilas?**	**Вкýсно было? Вам понрáвилось?**
Es war ausgezeichnet.	**býla priwaßchódna.**	**Было превосхóдно.**

ÜBERNACHTEN

Können sie mir ein gutes Hotel empfehlen?	**wy ni-passawjétujutje mnje charóschuju gastínizu?**	**Вы не посовéтуете мне хорóшую гостиницу?**
Können Sie mir eine Pension empfehlen?	**wy ni-passawjétujutje mnje tschássny panssión?**	**Вы не посовéтуете мне чáстный пансиóн?**
Haben Sie noch Zimmer frei?	**u-was jest swabódnyje namirá?**	**У Вас есть свобóдные номерá?**
Ein Einzelzimmer	**adnamjéssny nómir**	**Одномéстный нóмер**
Ein Zweibettzimmer	**dwuchmjéssny nómir**	**Двухмéстный нóмер**
mit Bad	**s-wánnaj**	**с вáнной**
für eine Nacht	**na-adnú notsch**	**на однý ночь**
für eine Woche	**na-nidjélju**	**на недéлю**
Was kostet das Zimmer?	**skólka stóit nómir?**	**Скóлько стóит нóмер?**
mit Frühstück?	**s-sáftrakam?**	**с зáвтраком**
mit Halbpension?	**s-sáftrakam i úschynam?**	**с зáвтраком и ýжином?**

PRAKTISCHE INFORMATIONEN

Können sie mir einen guten Arzt empfehlen?	**wy móschytje passawjétawat mnje charóschywa wratschá?**	**Вы мóжете посовéтовать мне хорóшего врачá?**

Ich habe hier Schmerzen.	**sdjes u-minjá balít.**	**Здесь у меня болит.**
Wo ist hier eine Bank/ eine Wechselstube?	**gdje sdjes bank/ punkt abmjéna waljúty?**	**Где здесь банк/ пункт обмéна валюты?**
Ich möchte ... (Betrag)	**ja chatschú abminját ...**	**Я хочу обменять ...**
... Euro/	**... jéwra/**	**... éвро/**
... Schweizer Franken/	**... schwijzárskich fránkaf/**	**... швейцáрских фрáнков/**
... Dollar	**... dóllaraf**	**... дóлларов**
... in Rubel wechseln.	**... na-rublí.**	**... на рубли.**
Was kostet ...	**skólka stóit atpráwit ...**	**Скóлько стóит отпрáвить ...**
... ein Brief/	**... pissmó/**	**... письмó/**
... eine Postkarte	**... atkrýtku**	**... открытку**
... nach Deutschland?	**... w-girmániju?**	**... в Гермáнию?**

ZAHLEN

0	**nol**	**ноль**
1	**adín (m)/adná (f)/ adnó (n)**	**один/однá/однó**
2	**dwa (m/n), dwjä (f)**	**два/две**
3	**tri**	**три**
4	**tschtýrje**	**четыре**
5	**pjat**	**пять**
6	**schest**	**шесть**
7	**sjem**	**семь**
8	**wóssim**	**вóсемь**
9	**djéwit**	**дéвять**
10	**djéssit**	**дéсять**
11	**adínazat**	**одиннадцать**
12	**dwinázat**	**двенáдцать**
13	**trinázat**	**тринáдцать**
14	**tschitýrnazat**	**четырнадцать**
15	**pitnázat**	**пятнадцать**
16	**schyssnázat**	**шестнáдцать**
17	**simnázat**	**сéмнадцать**
18	**wassimnázat**	**восемнáдцать**
19	**diwitnázat**	**девятнáдцать**
20	**dwázat**	**двáцать**
30	**trízat**	**трицать**
40	**sórak**	**сóрок**
50	**pidissját**	**пятьдесят**
60	**schysdissját**	**шестьдесят**
70	**sjémdissit**	**семьдесят**
80	**wóssimdissit**	**вóсемдесят**
90	**diwinósta**	**девянóсто**
100	**sto**	**сто**
200	**dwjésti**	**двéсти**
300	**trísta**	**триста**
1000	**týssitscha**	**тысяча**

2000	**dwjä týssitschi**	**две тысячи**
10000	**djéssit týssitsch**	**десять тысяч**
1/2	**palawína**	**половина**
1/4	**tschétwirt (f)**	**четверть**

TELEKOMMUNIKATION · POST

Telefonieren

Die Vorwahl von St. Petersburg lautet 812, dann folgt eine siebenstellige Nummer. Innerhalb von St. Petersburg muss im Festnetz nur die siebenstellige Nummer gewählt werden. Russische Handynummern beginnen mit einer 9 (dreistellige Vorwahl, siebenstellige Rufnummer). Bei Ferngesprächen aus dem Festnetz nach der »8« das Freizeichen abwarten. Von einem Mobiltelefon können Sie +49 (deutsche Ortsvorwahl ohne Null, dann Rufnummer) wählen, aber auch 8 10 49 (wie aus dem Festnetz).
Mobiltelefone klinken sich in das entsprechende Partnernetz ein. Für Anrufe von ausländischen Handys aus muss +7 (Ländercode Russland) vorgewählt werden. Mit einer vor Ort erworbenen Prepaid-Karte kann man bei längeren Aufenthalten viel Geld sparen, denn die Roaming-Gebühren sind hoch. Handy heißt »mobilnyj telefon« (мобильный телефон), umgangssprachlich auch »mobilnik« (мобильник); SIM-Karte heißt auf Russisch SIM-karta (SIM-карта). Öffentliche Telefone (russ. taksofon, таксофон) sind faktisch aus dem Stadtbild verschwunden.

Internet, WLAN

WLAN nennt man in Russland WiFi. Hotspots sind in der Gastronomie weitgehend Standard. In vielen Bereichen der Innenstadt gibt es ein kostenloses öffentliches WLAN-Netz namens **SPb Free WiFi**. Es soll nach und nach auch auf die Metro ausgeweitet werden. Die Übertragungsgeschwindigkeit ist allerdings mitunter deutlich niedriger als über Mobilfunk-Verbindungen.

Postsendungen

Briefe und Postkarten benötigen mindestens eine Woche nach Deutschland – gelegentlich auch viel länger. Briefmarken sind nur in Postämtern erhältlich, wo sich meist längere Wartezeiten ergeben. Schneller, aber auch deutlich teurer, geht es über die Firma **West-Post**, die Sendungen ins finnische Lappeenranta befördert und dort bei der Post aufgibt. Wer ein Paket verschicken möchte, bringt den Inhalt am besten unverpackt zum Postamt. Dort verkauft man geeignete Kartons, das Personal kann sich so auch direkt überzeugen, dass nichts Verbotenes verschickt wird.

POST

HAUPTPOST
Potschtamskaja Uliza 9
Metro: Admiraltejskaja
www.pochta.ru
Tgl.0 – 24 Uhr

WESTPOST
Newskij Prospekt 86
Metro: Majakowskaja
www.westpost.ru
Mo. – Fr. 9.30 – 20 Uhr

VERKEHR

Viel Verkehr auf den maroden Straßen

St. Petersburg hat mit beträchtlichen Verkehrsproblemen zu kämpfen. Vor allem in den Stoßzeiten ist das Verkehrsaufkommen höher als das ausbaubedürftige Straßennetz es verkraften kann, Parkplätze sind Mangelware. Auch Busse, Trolleybusse und Straßenbahnen stehen dann oft im Stau – zeitlich kalkulierbar sind nur Metrofahrten und Fußwege. Mietfahrräder sind bei einer Routenwahl abseits der Hauptstraßen durchaus eine Alternative für eine Stadtbesichtigung!

Öffentlicher Nahverkehr

Über und unter der Erde

Den öffentlichen Nahverkehr bedienen in St. Petersburg die Metro (U-Bahn), Busse, Trolleybusse (Oberleitungsbusse), Sammeltaxis (Kleinbusse), Straßenbahnen sowie Eisenbahnen. Auf der Newa und den Kanälen verkehren nur Ausflugsboote.

Metro

Schnellstes und bequemstes Verkehrsmittel ist die Metro (Streckenplan ▶ hintere Umschlagklappe) mit 5 Linien und 67 Bahnhöfen im Stadtgebiet. Auch wer nicht beabsichtigt, die Metro als Verkehrsmittel zu benutzen, sollte sich einige Stationen ansehen. Die U-Bahn-Stationen sind an dem großen »M« am Eingang zu erkennen. Die Metro verkehrt täglich zwischen ca. 6 und 0.30 Uhr. Die letzten Züge starten um Mitternacht an den Endstationen, die Umsteige-Übergänge schließen um 0.15 Uhr. Im Sommer verkehrt am Wochenende (Fr. auf Sa., Sa. auf So.) nachts von 1 bis 3 Uhr alle 20 Minuten ein Shuttle-Zug zwischen den Haltestellen Admiraltejskaja und Sportiwnaja. In der Rush-hour fahren die Metro-Züge **alle zwei Minuten**. Auch am späten Abend gilt noch ein Fünf-Minuten-Takt. An der Stirnseite jedes Bahnsteigs zeigt eine Leuchtuhr an, wie viel Zeit seit Abfahrt des letzten Zugs vergangen ist.
An den Schaltern der Stationen werden **Jetons** (für eine beliebig weite Fahrt) sowie eine Vielfalt an Zeit- und Mehrfachkarten verkauft. Wer nur ein paar Tage in der Stadt ist, erwirbt am besten einige

PALÄSTE FÜRS VOLK

Dank der Metro kann man sich in St. Petersburg zügig fortbewegen, das nutzen täglich über 2 Mio. Passagiere. Für Petersburg-Besucher ist sie aber nicht nur ein schnelles und günstiges Beförderungsmittel: Eine Besichtigung der schönsten Metrostationen ist an sich schon ein Erlebnis.

Auf lange Wartezeiten muss man sich nicht einstellen, denn zu den Hauptverkehrszeiten verkehren die Bahnen alle 60 – 90 Sekunden. Damit fährt die Metro häufiger als jedes andere Verkehrsmittel in St. Petersburg.

Prunkvolle Stationen

Begonnen wurde das Metro-Projekt 1941. Der Zweite Weltkrieg und die Blockade von Leningrad ließen es schon bald zum Erliegen kommen. Die erste, 10 km lange Metro-Strecke mit acht Stationen konnte daher erst am 15. November 1955 eröffnet werden. Diese **Linie 1** spiegelt noch deutlich Stalins Vorstellung von Architektur wieder. Für ihn waren die Metrostationen auch Prestige- und Schauobjekte: palastartige Bahnhöfe, weite Säle mit Kronleuchtern, riesige, mosaikgeschmückte Hallen mit Stuck und viel Marmor. Beginnen kann man die Tour an jeder beliebigen Metrostation, interessant wird es an der Station Ploschtschad Wosstanija am Moskauer Bahnhof – ursprünglich prunkvolle Endstation der roten Linie 1. Die Puschkinskaja zeigt sich, ganz in Stuck und Granit, elegant wie ein Hotelfoyer. In der marmorgesättigten Baltijskaja wird das Revolutionsjahr 1917 gefeiert. An der proletarischen Narwskaja porträtieren Reliefs zwölf verschiedene Berufsgruppen, während Kirowskij Sawod die Schwerindustrie verherrlicht. Den Höhepunkt bildet die Station **Awtowo** mit Kronleuchtern unterm Deckenstuck und mit Glaskacheln verkleideten Säulen.

Tief unter der Erde

Das Metro-System von St. Petersburg ist das tiefste der Welt. Einige Stationen liegen **fast 90 m unter der Erdoberfläche** (z. B. Admiraltejskaja: 86 m). Der sehr sumpfige Untergrund von St. Petersburg bereitete den Konstrukteuren der U-Bahn große Probleme. Überirdisch wollte man die Schnellbahn nicht bauen, denn die Trassen und Stationen hätten das einzigartige Stadtbild von Russlands ehemaliger Hauptstadt unwiderbringlich zerstört. So galt es, in Tiefen vorzustoßen, in denen man einen ausreichend tragfähigen Untergrund fand. Mancherorts ließen die Bodenverhältnisse den Metro-Bau überhaupt nicht zu. Die Gäste des Hotels Pribaltijskaja auf der Wassilij-Insel beispielsweise müssen auf den Luxus eines direkten Metro-Anschlusses verzichten.

Ausbau des Netzes

Längst entspricht das Netz jedoch nicht mehr den Anforderungen eines Transportsystems in einer modernen Großstadt. Viele Metrostationen in der Innenstadt liegen zu weit auseinander, viele Randbezirke sind gar nicht an das Metro-Netz angeschlossen. Es wird geschätzt, dass ca. die Hälfte der Einwohner der Stadt außerhalb des Metro-Einzugsbereichs wohnt. In den letzten Jahren hat sich allerdings viel getan.

BAHNHÖFE

BALTISCHER BAHNHOF
(Baltijskij Woksal)
Nab. Obwodnogo Kanala 120
Metro: Baltijskaja
Nur Nahverkehrszüge Richtung Peterhof (Petrodworez), Oranienbaum und Gatschina.

FINNLÄNDISCHER BAHNHOF
(Finljandskij Woksal)
Ploschtschad Lenina 6
Metro: Ploschtschad Lenina
Nahverkehrszüge in Richtung Wyborg, nach Norden und zum Ladogasee, Fernverkehr nach Finnland.

LADOGA-BAHNHOF
(Ladoschskij Woksal)
Sanjewskij Prospekt 73
Metro: Ladoschskaja
Fernverkehr nach Murmansk und in Richtung Sibirien, Nahverkehrszüge nach Südosten.

MOSKAUER BAHNHOF
(Moskowskij Woksal)
Ploschtschad Wosstanija 2
Metro: Ploschtschad Wosstanija
Fernverkehr Richtung Moskau, Nahverkehr nach Nowgorod und Südosten. **Ältester Bahnhof der Stadt**; erbaut 1851 für die erste Eisenbahnlinie zwischen Moskau und St. Petersburg. Der Architekt Konstantin A. Thon schuf einen Bau, der dem Leningrader Bahnhof in Moskau bis ins Detail gleicht.

WITEBSKER BAHNHOF
(Witebskij Woksal)
Sagorodnyj Prospekt 52
Metro: Puschkinskaja
Nahverkehrszüge Richtung Zarskoje Selo (Puschkin) und Pawlowsk. Fernverkehr nach Weißrussland und in dieUkraine. Der 1902 – 1904 erbaute Witebsker Bahnhof ist ein Juwel des Petersburger Jugendstils – und für Bahnnostalgiker einen Abstecher wert!

TAXI

RUTAXI/VESJOT
Tel. 318 03 18
www.spb.rutaxi.ru

TAXOVICHKOF
Tel. 333 00 00
www.taxovichkof.com

068 PETERBURGSKOJE TAXI
Tel. 068 oder 324 77 77
www.taxi068.ru

TAXI 6 000 000
Tel. 6 00 00 00
www.6-000-000.ru

YANDEX TAXI
www.taxi.yandex.ru

MIETWAGEN

SIXT
Flughafen Pulkowo (im Hotel Angleterre)
Tel. 309 03 55
Bolschaja Morskaja Uliza 39
www.sixt-rent.ru

NAPROKAT
Flughafen Pulkowo
Tel. 326 45 05
www.naprokat.ru

FAHRRADVERLEIH

RENTBIKE
Nab. reki fontanki 77
www.rentbike.org

SKATPROKAT
(nur Klappräder)
Gontscharnaja Uliza 20
www.skatprokat.ru

VELORODEO
(in Peterhof)
Swerinskaja Uliza 6
www.velorodeo.ru

VELOGOROD
Das städtische Online-Mietrad-System mit ca. 75 Stationen in der Innenstadt leidet unter allerlei Kinderkrankheiten Die Tarife sind nur bei Kurzstecken günstig.
www.spb.velogorod.org

Jetons auf Vorrat – die umkomplizierteste Lösung. Eine Fahrt kostet 45 RUB. Den Jeton wirft man in einen Schlitz rechts des Drehkreuzes. Für große Gepäckstücke muss man einen weiteren Jeton kaufen, kann dann aber den Durchgang für Kinderwagen benutzen.
Bei jedem Gleis hängen Schilder, auf denen alle Stationen, die die betreffende Linie anfährt, aufgeführt sind. Beim **Umsteigen** sind mancherorts unterirdisch beachtliche Strecken zurücklegen. Aufpassen muss man am Umsteigeknoten **Technologitscheskij Institut**: Die beiden stadteinwärts führenden Strecken der Linien 1 und 2 teilen sich eine Station, stadtauswärts geht es von der anderen Station.

Busse, Straßenbahn

Busse, Trolleybusse und Straßenbahnen fahren täglich von 6 Uhr bis kurz vor Mitternacht. Der größte Andrang herrscht zwischen 8 und 10 Uhr, am Abend zwischen 17 und 20 Uhr. Sie verkehren seltener als die Metro. Außerhalb der Stoßzeiten muss man oft zehn Minuten und mehr warten. **Fahrscheine** (bilet) kauft man beim Schaffner für 40 RUB. Problematischer als in der Metro ist hier die Orientierung. An den Fahrzeugseiten nennen Schilder nur die wichtigsten Stationen. Die kommenden Stationen werden angesagt, in neueren Fahrzeugen auch elektronisch angezeigt.
In den Nächten von Freitag auf Samstag und Samstag auf Sonntag sowie vor Feiertagen verkehren entlang der fünf Metro-Linien **Nachtbusse** (0 – 6 Uhr). Treffen Sie jedoch auf geöffnete Brücken, machen sie wieder kehrt.

Sammeltaxi

Auf vielen Strecken verkehren kleinere Busse als Sammeltaxis (**Marschrutka**), erkennbar an der **K-Nummer**. Sie bedienen eine bestimmte Strecke, halten aber unterwegs auf Wunsch der Fahrgäste an (fast) jeder beliebigen Stelle. Bezahlt wird bei Fahrtantritt beim Fahrer. Diese haben oft einen robust-nervösen Fahr- und Sprachstil, denn es gilt: Jede (in rasantem Tempo) zurückgelegte Fahrt bringt Geld.

Vorortzüge

Von den fünf Petersburger Bahnhöfen gelangt man mit Vorortzügen, den **Elektritschkas**, vergleichsweise schnell – die Züge verkehren etwa alle 20 – 60 Minuten – und durchaus preisgünstig ins Umland. Fahrkarten erhält man am jeweiligen Bahnhof, eine Reservierung ist nicht möglich. Achtung: In den meisten dieser Züge gibt es keine Toiletten! An den Metrostationen Kuptschino, Udelnaja, Dewjatkino und Rybazkoje kann man ebenfalls in Elektritschkas umsteigen.

Taxi

Taxis sind nicht unbedingt als solche zu erkennen, denn das Taxiwesen hat sich in den letzten Jahren grundlegend gewandelt. Inzwischen verdienen sich Privatfahrer wie Taxiparks ihr Geld vor allem über clever gemachte Online-Vermittlungsdienste. Dies hat den Vorteil, dass oft innerhalb weniger Minuten ein Auto zur Stelle ist – und die Preise sind dabei außerordentlich günstig. Der nach dem gleichen Prinzip arbeitende US-Gigant Uber ging in St. Petersburg erst 2017 an den Start, verbündete sich aber alsbald mit dem bereits etablierten Taxiservice der russischen Suchmaschine **Yandex** – und drückt die Preise nun noch weiter. Eine Online-Bestellung (am besten über die auf Englisch verfügbaren Apps der Unternehmen) bedeutet aber auch bei den klassischen Taxifirmen einen Preisnachlass von 25 bis 30 Prozent gegenüber der telefonischen Anforderung. Man kann zwischen verschiedenen Fahrzeugklassen bis hinauf zum Kleinbus oder einer VIP-Limousine wählen. Dieser Fortschritt hat allerdings den Nachteil, dass man ohne Bestellung kaum noch ein Taxi findet – oder z.B. an Bahnhöfen oder anderen Nachfrage-Brennpunkten den letzten verbliebenen Taxi-Freibeutern bedeutend höhere Preise zahlen muss – erst recht als Ausländer! Die großen Hotels verfügen meist über einen eigenen Limousinen-Service, der zu extrem hohen Preisen gebucht werden kann.

Straßenverkehr

Nicht unproblematisch

Für Autofahrer, die keine kyrillische Schrift lesen können, ist es relativ problematisch, sich in St. Petersburg zurechtzufinden. Zudem wird im Stadtverkehr ungewohnt schnell gefahren, Rotlichtsünder sind häufig zu beobachten. Ein beruhigender Gewinn für alle Verkehrsteilnehmer sind die **Sekundenzähler**, die an vielen Ampeln die verbliebene Länge der Rot- und Grünphase anzeigen.

Mietwagen

Das Anmieten eines Autos ist nur für Fahrer zu empfehlen, die bereits Erfahrungen im russischen Straßenverkehr gesammelt haben. Mangels Nachfrage haben sich die meisten internationalen Autovermietungen auch wieder vom russischen Markt zurückgezogen.

Führerschein, Versicherung

Das Mitführen eines internationalen Führerscheins ist nicht Vorschrift, aber vor allem in der Provinz empfehlenswert, da er eine russische Übersetzung enthält. Die Internationale Grüne Versicherungskarte ist in Russland gültig, allerdings muss das entsprechende Länderkürzel RUS darin vermerkt sein. Ein Auslandsschutzbrief und eine Vollkasko-Versicherung sind unbedingt anzuraten, um bei einem Unfall nicht auf dem Schaden und eventuellen Zollkosten sitzen zu bleiben. Bei der Einreise muss die zeitweilige Einfuhr eines Pkws in der Zollerklärung angegeben werden.

Verkehrsbestimmungen

Prinzipiell gelten in der Russischen Föderation dieselben Verkehrsbestimmungen wie in Mitteleuropa. Innerhalb geschlossener Ortschaften beträgt die Geschwindigkeitsbegrenzung 60 km/h, außerorts für Pkw 90 km/h, auf Autobahnen 110 km/h. Es gilt ein **Alkohol-Grenzwert** von 0,15 Promille in der ausgeatmeten Atemluft, was etwa 0,3 Promille im Blut entspricht.

Kraftstoff

Die Versorgung mit Diesel und bleifreiem Benzin ist flächendeckend, die Treibstoffqualität an Markentankstellen akzeptabel. Die Preise sind für westliche Verhältnisse mit 40 bis 45 RUB pro Liter eher niedrig. In der Regel wird vor dem Tanken bezahlt!

Strafzettel

Ein Strafzettel – etwa für zu schnelles Fahren – muss bei der russischen Sberbank beglichen werden, Barzahlung ist nicht möglich. Allerdings ist es nach wie vor möglich, dass Autofahrer von Verkehrspolizisten, die sich auf diese Weise ein Zubrot verdienen, ganz unbürokratisch sofort zur Kasse gebeten werden – natürlich ohne Quittung. Allerdings ist dies mit äußerster Vorsicht abzuwickeln – Korruption und Bestechung sind Straftaten für beide Seiten!

REGISTER

S

BILDNACHWEIS

Adobe/fotolia/Anna Pakutina S. 47
Birgit Borowski S. 184 (oben)
Alexander Demianchuk/ picture alliance S. 26/27
dpa/picture alliance S. 232 (unten)
Dumont Bildarchiv/ Achim Gaasterland S. 105, 162, 220
Dumont Bildarchiv/Olaf Meinhardt S. 2, 3 (2 x), 4, 5 (unten), 9, 14/15, 17, 25, 29, 31, 38, 45, 49, 53, 55, 57, 59, 64/65, 73 (2 x), 74, 77, 80, 89, 94, 97, 99,108, 117, 120, 122, 125 (2 x), 127, 131, 132, 138/139, 140, 146 (2 x), 158, 167, 171, 175, 180, 191 (2 x), 193, 194, 199, 208, 215, 242, 247, 251, 252, 256, 259, 265, 270, 273, 279, 280, 286, 289, U 7
Dumont Bildarchiv/Martin Sasse S. 184 (unten), 244, 266, 276, 283
efesenko/iStock S. 84/85
fotolia/istetiana S. 248 (unten)
fotolia/khasuistic S. 248 (oben)
fotolia/Birgit Kutzera S. 249 (Mitte)
fotolia/Sharon Meyer S. 249 (oben)
fotolia/OlegD S. 248 (Mitte)
fotolia/AndreyPS S. 285
fotolia/zoryanchik S. 249 (unten)
glowimages/Imagebroker/studio204 S. 202
James Hill/laif S. 5 (oben), 239
Interfoto S. 217, 232 (oben)
Karl Baedeker Verlag U 6
laif/Galli S. 101, 224, 229
laif/Pronoza S. 178
laif/Tesarek S. 235
Look/Widmann S. 226
mauritius images / Paul Fearn / Alamy S. 12
mauritius images / John Kellerman/ Alamy S. 115
mauritius images / VPC Travel Photo / Alamy S. 22/23
Mienny/iStock S. 21
Jonathan Smith S. 197
Jean-Daniel Sudres/hemis.fr/laif S. 10/11
TC/Huber Images S. 18/19

Titelbild: mauritius images / Richard Bradley / Alamy

VERZEICHNIS DER KARTEN UND GRAFIKEN

IMPRESSUM

Ausstattung:
107 Abbildungen, 29 Karten und grafische Darstellungen, eine große Reisekarte

Text:
Lothar Deeg, Veronika Wengert, Birgit Borowski

Bearbeitung:
Baedeker-Redaktion (Birgit Ulmer)

Kartografie:
Christoph Gallus, Hohberg; Klaus-Peter Lawall, Unterensingen MAIRDUMONT Ostfildern (Reisekarte)

3D-Illustrationen:
jangled nerves, Stuttgart

Infografiken:
Golden Section Graphics GmbH, Berlin

Gestalterisches Konzept:
RUPA GbR, München

Chefredaktion:
Rainer Eisenschmid, Baedeker Ostfildern

13. Auflage 2018
Völlig überarbeitet und neu gestaltet

Trotz aller Sorgfalt von Redaktion und Autoren zeigt die Erfahrung, dass Fehler und Änderungen nach Drucklegung nicht ausgeschlossen werden können. Dafür kann der Verlag leider keine Haftung übernehmen.
Kritik, Berichtigungen und Verbesserungsvorschläge sind jederzeit willkommen. Schreiben Sie uns, mailen Sie oder rufen Sie an:

Verlag Karl Baedeker / Redaktion
Postfach 3162
D-73751 Ostfildern
Tel. 0711 4502-262
info@baedeker.com
www.baedeker.com

Printed in Italy

MIX
Papier aus verantwortungsvollen Quellen
FSC® C015829

BAEDEKER VERLAGSPROGRAMM

Viele Baedeker-Titel sind als E-Book erhältlich:
shop.baedeker.com

A
Algarve
Allgäu
Amsterdam
Andalusien
Australien
Australien · Osten

B
Bali
Barcelona
Bayerischer Wald
Belgien
Berlin · Potsdam
Bodensee
Brasilien
Bretagne
Brüssel
Budapest
Burgund

C
China

D
Dänemark
Deutsche Nordseeküste
Deutschland
Deutschland · Osten
Dresden
Dubai · VAE

E
Elba
Elsass · Vogesen

F
Finnland
Florenz
Florida
Franken
Frankfurt am Main
Frankreich
Frankreich · Norden
Fuerteventura

G
Gardasee
Golf von Neapel
Gomera
Gran Canaria
Griechenland
Großbritannien

H
Hamburg
Harz
Hongkong · Macao

I
Indien
Irland
Island
Israel
Istanbul
Istrien · Kvarner Bucht
Italien
Italien · Norden
Italienische Adria
Italienische Riviera

J
Japan
Jordanien

K
Kalifornien
Kanada · Osten
Kanada · Westen
Kanalinseln
Kapstadt · Garden Route
Kenia

Köln
Kopenhagen
Korfu · Ionische Inseln
Korsika
Kos
Kreta
Kroatische Adriaküste · Dalmatien
Kuba

L
La Palma
Lanzarote
Leipzig · Halle
Lissabon
London

M
Madeira
Madrid
Maldavien
Mallorca
Malta · Gozo · Comino
Morrokko
Mecklenburg-Vorpommern
Menorca
Mexiko
Moskau
München

N
Namibia
Neuseeland
New York
Niederlande
Norwegen

O
Oberbayern
Oberitalienische Seen · Lombardei · Mailand
Österreich

P
Paris
Polen
Polnische Ostseeküste · Danzing · Masuren
Portugal
Prag
Provence · Côte d'Azur

R
Rhodos
Rom
Rügen · Hiddensee
Rumänien

S
Sachsen
Salzburger Land
Sankt Petersburg
Sardinien
Schottland
Schwarzwald

Schweden
Schweiz
Sizilien
Skandinavien
Slowenien
Spanien
Spanien · Norden · Jakobsweg
Sri Lanka
Stuttgart
Südafrika
Südengland
Südschweden · Stockholm
Südtirol
Sylt

T
Teneriffa
Tessin
Thailand
Thüringen
Toskana
Tschechien
Türkische Mittelmeerküste

U
USA
USA · Nordosten
USA · Nordwesten
USA · Südwesten
Usedom

V
Venedig
Vietnam

W
Weimar
Wien

Z
Zürich
Zypern

Meine persönlichen Notizen